就这样，我们在一堆废墟和另一堆废墟中穿梭

图腾与废墟

上

章夫 / 著

四川人民出版社

作者简介

章夫，中国作家协会会员，享受国务院政府特殊津贴专家，四川省第13批学术与技术带头人，入选2021年度"天府青城计划"天府文化领军人才项目，成都市第10届有突出贡献的优秀专家，首届四川省十佳新闻工作者，成都文学院签约作家，四川大学文学与新闻学院硕士生导师，成都商报副总编辑。擅长报告文学、人文历史与地理随笔，共出版各类著作20余本计400余万字。代表作有，历史随笔《徘徊：公元前的庙堂与江湖》，人文地理随笔《成渝口水仗》《窄门》《少城》等，其中长篇报告文学《邓小平故居留言簿》荣获第六届全国书籍装帧艺术展铜奖和2006年度"四川图书奖"一等奖，纪实文学《天下客家》荣获第六届"成都市五个一工程奖"。

用"微视角"洞悉世界"大历史"

李 舫

1949年，德国著名哲学家雅斯贝尔斯在其新作《历史的起源与目标》中提出了一个著名命题——"轴心时代"。

雅斯贝尔斯发现了一个有趣的问题，公元前800至公元前200年之间是人类文明精神的重大突破时期。在这个时代里，各个文明都出现了伟大的精神导师——古希腊有苏格拉底、柏拉图，以色列有犹太教的先知们，印度有释迦牟尼，中国有孔子、老子……他们提出的思想原则塑造了不同的文化传统，也一直影响着人类的生活。而且更重要的是，虽然中国、印度、中东和希腊之间有千山万水的阻隔，但它们在"轴心时代"的文化却有很多相通的地方。雅斯贝尔斯将人类文明的这个时代命名为"轴心时代"。

章夫的这部《图腾与废墟》，正是围绕着"轴心时代"徐徐展开的一部文化散文力作。他用比较视野，以实地探访姿态，进行着艰难却有趣的中外文化的对比和考察。

全书共分六个部分。即，祠、宫、城、堡、人、家。这六个字，犹如六盏明暗不同、色彩缤纷的指示灯，把我们引向六个不同的方位。这六个方位，又恰如六条射线，给人以丰富多彩的想象空间。它既指向"他者"，也指向不同的文明与文化，或许正因为此，这个世界才如此丰富多彩。

以祠为例，"祠"虽然是一个地道的中国"词"，但却被作者巧妙地挪作"祂"用。"祠"直通"神"，所以在很多地方，"祠堂"又称"神庙"。

章夫从厚重的古埃及开篇，并有了一个精妙的发现，"最终体现埃及文明精髓的，不是金字塔，而是神庙"。古代中国，祠堂是儒家伦理的道德法庭；近代西方，祠堂就是一本书，让人类读出它的伟大来。著名的巴黎先贤祠门楣上，有一句最煽情的广告词："伟人们，祖国感谢你们。"

苍穹之下，偌大的祠堂就像一盘跨越东西方的巨大棋盘，那些"棋盘高手"都在同时思考人类"下一步"的方向与走势。他们是世界东方的孔子、老子、释迦牟尼，更是蔚蓝色海边的埃斯库罗斯、苏格拉底、希罗多德和柏拉图。

重要的是，他们都生长在一个共同的时代——我们今天看似遥远的"轴心时代"。

与埃及文明媲美的，要数"不远处"的印度文明。章夫巧妙地将印度文明聚焦到一座小小的"通天塔"上，这座塔名叫顾特卜塔，离印度首都新德里仅15千米的地方，也可算作新德里的城郊。同古老的中华文明一样，印度文明同样是厚重的，而作者举重若轻，将伟大的印度文明浓缩到一个遗址——顾特卜遗址中的一座塔——顾特卜塔身上。这样的构思与谋篇布局，是因为作者有着新闻从业者的敏感，又有着文化研究者的丰沛。于是，在宏大叙事之余，作者都不时挖出一些读者所需要的细节，以加深印象，起到管中窥豹之效。

这一点，在印度文明这一章中精心表达俯拾皆是——

我幻想着从它的每条精致的雕痕，每一块桑沧的石头上，读出它目睹千年的故事后的复杂的内心世界。坐在一块石头上，置身于眼前无与伦比的残缺之美，我显得有些孤寂，身旁恍然是熙熙攘攘匆匆而过的着黄袍的僧侣，还有头戴白帽口念"阿门"的真主后代，他们才是这些建筑的主人，我只是一个遥远的过客与看客。

这样的文字在书中可谓妙语连珠。作者十分照顾读者的感受与情绪，因为他知道，读者才是评判文字的最终裁判，迎合读者的需求，抓住读者的眼球，从而让读者循着他的思路与指引，充分互动，同频共振，从而达到阅读的最佳体验。

基于此，无论是欧洲古罗马斗兽场，欧洲文明的地标克里特岛，还是雅典卫城的一组组振撼人心的群雕，章夫都十分熟练地拿起历史的望远镜，用心地挖掘出可能被历史遗忘的诸多元素，从看似风马牛不相及的各类信息中，梳理出他想要的某种逻辑，再揉搓丰富的历史知识，从而"端出"一盘适合读者品味的精神大餐。

这样的揉搓并不容易，历史信息如此纷繁复杂，良莠杂陈，东西方文明的差异如此鲜明，要用庖丁解牛般的功夫使读者豁然开朗，的确需要不一般的技巧与丰厚的历史知识垫底。

广博的视野自不必说，精巧的工笔画般的描述很是受用，弱水三千吾取一瓢耳的取舍得心应手……探究其中的每一个文字，资深新闻记者的笔调与功底、专业文化学者的情趣与积淀，在这些文字中散发着曼妙的幽香。

章夫不是传统意义上的历史专家。正因其如此，他不必囿于历史上的一时一事、一城一池。他站在时间的前沿，站在人类历史的高处，居高临下，俯视众生，恣意挥洒着纵横捭阖的激扬文字，观照东西方文明的一座又一座巅峰。

不妨让我们跟随他的脚步，追逐他的视线，走进他的巅峰世界——

这里随处可见的石头崇拜，图腾。粗看上去是一堆石头，杂乱无章。每一块石头都有灵性，沉默数千年之后都会说话。

石头成了这儿天然的主角，其余所有的都成为配角，包括那个最初文明时代的国王。

我穿过石头阵，枕着石头组成的窄窄狭缝，侧着身子缓缓前行。走廊的尽头是一个由巨石砌成的门，门的结构十分粗犷而野性。

航标灯从这里发轫，世界文明梯次进行螺旋式上升。由此看来，迈锡尼文明是人类文明长河中，不可或缺的代表作。

唯一让迈锡尼留名于世的人，不是君主，不是将军，不是刺客，也不是学者，而是一位诗人，而且，他已经失去视力——他不是盲人，他比世间的任何人都看得更清楚。

这是迈锡尼古城。

在欧洲人类文明发展历史上，古希腊罗马时代是第一个高峰。早在公元前3000年左右，古希腊进入青铜时代，这一时期先后形成了以希腊克里特岛为中心的"米诺斯文化"（岛上的克索斯王宫以米诺斯国王命名），还有以迈锡尼古城为中心的"迈锡尼文化"。

从远处看，整个主体建筑就像一个巨大的纪念碑，高高耸立，十分惹眼。

它的四周地势偏低，远远地，你的眼光就会自觉不自觉地被吸引过来，不论你知不知道此"碑"为何物，都会好奇地打量。

犹如一个石头垒的高大雄伟的土堡，越是走近，就越发有一种高大神圣之感。

严格而言，这应该是一个南非白人"移民纪念馆"。直到1994年曼德拉当上总统之后，特地将先民纪念馆重新作了诠释——称这是消除黑白种族争端，永葆和平的见证。

作为一个历史的储藏所，先民纪念馆无疑都是成功的，它甚至可以成为世界博物馆的一个经典范例。

这是南非的"移民纪念馆"。值得注意的是，这座纪念馆纪念的"先人"不是本地的祖鲁人，而是荷兰的拓荒者布尔人。纪念馆记录了欧洲移民与非洲土著之间的血腥争斗历史，既是一部白人的开拓史，也是一部黑人的被殖民史。

进入大殿的门口，永远都是一长串等候的队伍，人们秩序井然。

踩着精美的红底蓝花的土耳其地毯进入殿堂，就像走进宏大而空旷的圣殿，我的脑袋瞬间有一种缺氧似的嗡嗡作响，有一种被电击的感觉，周身震颤。我的双眼被那一大片红蓝相间的地毯"刺伤"了——这是当年伊索匹亚朝贡给繁盛一时的奥斯曼帝国的，浩浩荡荡铺满了近5000平方米的整个大殿。

蓝色清真寺最引人注目的，还是那些神秘的圆顶。硕大的穹顶上，漂亮优雅的花纹图案，精美绝伦，让人如沐仙境。

置身其间，强烈感觉到个体的渺小，任何语言都显得太过苍白。身临其境，再强大的内心都会被伟大、辉煌……这些极端的形容词填满。再浮躁的心，在这些"造物主"面前也会心如止水，甚至匍匐在地，顶礼膜拜。

人类文明很长一段时间里，这儿是南北方向海路的必经之地，是东西方向陆地的中央大道。

这是土耳其的蓝色清真寺。这座穹顶层叠、凝重庄严、拜占庭风格的圆顶建筑，如此优雅优美地勾勒出优美的伊斯兰风情。

拐进一条老街，我偶遇这样一幕，红砖建筑，绿草坪前，太阳底下，8个几岁大小的小孩坐在草坪上，旁边支起一口锅，锅里是燃烧的柴禾。一位身着中世纪服饰打着绑腿的男子，正用钳子夹着一块小金属在火焰上烧着，他旁边有一个很小的容器。

一会儿过后，那块小金属软了，接着再烧，金属彻底融化，水银一般地在容器里。再冷却，一枚中世纪的勋章制作而成。

太阳底下，小草坪上的书包和课本散在一边，小孩子们津津有味。

我当然听不懂老师讲的什么，从他的表情和手势，我想他正在讲述中世纪的吕贝克，讲三个诺贝尔奖得主，讲那些教堂为何体弱多病……这些都与他要讲的主题——勋章有关。

孩子是吕贝克的未来，吕贝克是孩子们的保姆。而勋章，是他们永恒的主题。

这是德国著名的小镇吕贝克，这个从中世纪就开始经营的古城，曾经一度是"海上王国"的中心，有着经济联合国之称的"汉萨同盟"早已灰飞烟灭，而商业的血液，也随即注射进这座城市的肌理。

难得的是，章夫不论在哪里，都没有一头扎进历史的厚重之中故作深沉，而是深入浅出，收放自如，有时如万花洞般引人入胜，有时又如临深渊般沉着理性。在他的文中，在他的笔下，历史与现实中不断穿越，镜头在历史与现实中不断摇曳，趣味性与思想性如此和谐地结合在一起，故事背后有道理，历史里面有史识……这种有如庖丁解牛般的随意转换，看似

序

漫不经心，实则需要丰厚的学养与扎实的文字功底作铺垫方可。

特别值得一提的是，章夫在第5部分"人"中，给我们塑造了东西方不同的人物形象——属于女人的巴黎，属于三个女人的卢浮宫；千年吴哥，微笑着的石头，微笑着的人；奥斯陆650尊裸体雕像，洞穿"生命链条"中的每一个"我"……人的生命轮回与历史的时间轮回如此这般契合在一起。

"夫天者，人之始也。"无论是历史还是当下，都是"人"的杰作。我们不妨粗略看看其中的文字，以一睹其笔下的风采——

以生命柱为圆点，四面八方呈射线状有36组雕塑，每一组都栩栩如生、可亲可近、可触可摸，他们就是我们的邻居、我们的亲人，甚至就是我们自己。

徜徉其间，他们一个个有的祈求地看着我，有的友善地盯着我……我能够听得见他们的细语，能够听得见他们的呼吸……

这里的每一件作品都在提醒和告诉我们，人对于生命不再是惶惑与不安，更多的是镇静与从容。

生命之柱四周有环形台阶，台阶上呈放射状矗立着36组花岗岩雕塑。

与生命之泉一样，主题同样是生命轮回。

由下到上，由近及远，一个个鲜活的生命体就像被机器挤压了一般，横亘在面前。

这是奥斯陆维格兰雕塑公园著名的群雕——《轮回》。著名雕塑大师维格兰将650件作品，分为生命之桥、生命之泉、生命之柱、生命之环四大部分，表现了从摇篮到坟墓的人生轨迹。由下到上，由近及远，一个个鲜活的生命体就像被机器挤压了一般，横亘在面前。从章夫充满哲理的文字里，我们看到了一个个大写的"人"。

女王宫内有三座祠塔，供奉湿婆的位于正中，而供奉毗湿奴和梵天的祠塔则分立两侧。据说梵天神像已经收藏于金边博物馆，而其他两尊则不知去向。

祠塔门体故意突出于墙外，门上刻有十分精美的浮雕。

参观时我一直在想，女王宫为何如些深藏不露？除几分神秘之外还有别的原因吗？

参阅历史我发现，女王宫修成的时期，恰是吴哥王朝与邻邦处于战争多发期，或许正是在这远离吴哥王城之地建造宫殿，才是保护后宫佳丽的最好办法。

难怪女王宫还有个别名，叫作"女子避难所"。

由于隐藏得太深，直到1914年一位法国地理学家方发现这位"小美人"，这时离吴哥窟的发现已经过去半个多世纪。

真没想到，千年吴哥在章夫的笔下，是如此轻松而诙谐，那些微笑着的石头，微笑着的人看似没有了历史厚重感，但这恰恰是写作者的高明之处，将如此厚重的历史隐藏在轻松的文字之中，这或许正是章夫所追求的效果。因为，历史虽然很苦涩，我们却可以用美去品出高下。

人，是能进行复杂思维活动的高等动物。也如章夫所说，人其实很简单，只是思维很复杂。

我们注意到，此书6个部分中，之前5个部分都是"他乡"，只将最后一个部分留给了"家乡"。书最后一个部分是"家"，章夫巧妙地用五个历史切片，来体现"家"的厚重——

落凤坡，一个现实中原本不存在的地名，成了中国历史上看不见的十字路口。章夫笔下，中国历史进入三国混战时，一切起因都源于庞统这块

"多米诺骨牌"的倒下，才引发一系列的连锁反应。刘备原先计划以庞统为辅翼直下成都。庞统身亡，让诸葛亮不得不提前离开荆州，进入川中；因为诸葛亮的离开，以致关羽大意失荆州；关羽的败亡，引发刘备讨伐东吴，夷陵一场火烧光了蜀汉的家底和刘备的寿数，也让蜀汉的国运彻底改变……以致诸葛亮后来的北伐，渐成强弩之末。

这样的历史结局，有如一个连环套，一环套一环，一环连一环，精彩纷呈，让人为之惊叹。故而章夫认为，大的格局之变，往往都是由一个小小的不经意间的意外而造成的。

落凤坡如此，云顶山也不例外。

南宋帝国的版图就像一只碗的侧边，碗口对着北方，首都临安（今杭州）在碗的东面，最西的边沿就是四川。1242年的云顶山，是成都平原一堵"挡风的墙"。1242年，一代名将余玠将军在这写下了南宋王朝的凛冽风骨。因为有了余玠，蒙军用了整整51年时间，方艰难地拿下四川。余玠的突然辞世，四川百姓"莫不悲慕如失父母"。

看似在写云顶山，在写南宋一方官吏余玠。而章夫更在意的，是"一山一人"背后的南宋基业，是想让读者透过这长长的显微镜，一窥历史的"微"生物。

人们或许对南宋的余玠并不太熟悉，而章夫"家"中的另一位人物颜真卿，却是一位铮铮铁骨般的历史名人。

从一个书家的命运作为历史切片，解剖中国人文现象。无论从哪方面来说，生于唐代的颜真卿都是不二人选。颜真卿与四川的情缘不浅，隋唐五代十国时期，颜姓忠烈多人曾在四川为官。除颜真卿本人之外，颜真卿的二儿子颜颛，曾任蓬州长史；颜杲卿的儿子颜泉明曾任彭州司马；颜威明曾任邛州（今邛崃）司马；颜翙曾任温江丞；颜觐曾任绵州参军；颜靓曾任盐亭尉等。

镌刻于四川南充仪陇新政的《鲜于氏离堆记》为颜真卿54岁所书。54岁，正是一个人年富力强之际，也正值颜真卿书法艺术中期。摩崖大字，丰硕伟岸，气势磅礴，震撼人心，不愧为颜书大字的杰出代表。历朝历代书法名家的排行榜，算得上另一个版本的历史晴雨表。就书品而言，颜真卿的伟大之处，就在于他改变了汉字的外表形象；就人品而言，颜真卿更是为悠久的中华文明树立了一个铮铮铁骨的士大夫典范。

此文从颜真卿入手，让我们认识了离堆，认识了新政。更让我们切身感受到一座离堆和一位书坛巨匠的千年邂逅。

人类关于"家"的眷恋，可以追述到很久以前。有了"家"就有了战争，很大程度上讲，人类的历史就是一部保家卫国的历史。

无论是历史上看不见的十字路口落凤坡，还是因家国破败而不愿侍新主不得已而留下的《陈情表》；无论是贰贬入蜀，人生不得意而远离庙堂的忠臣良将，还是为抵御外敌铸成可歌可泣的民族精英……一切都因"家"而起、因"家"而立、因"家"而鉴。

古人云，读万卷书，行万里路。行万里路如同读万卷书。世界是一本大书，章夫徜徉其间，吸引养分与营养。这35篇文章是作者历时二十年，游历五大洲，三十余个国家，八十余座城市后留下的思想的珍珠，既是一本地理历史人文游记，又是集可读性、思想性于一体的哲思类读物。

远古时候，丝绸成为东西方之间沟通交流的第一座桥梁。丝绸的轻逸与光泽让富有或掌握权力的上层人士有了一种身份区分感，这种来自东方的软黄金自然而然地成了全世界盛行的奢侈品，"丝绸之路"因之诞生，东西方文明对话得以完成。

原本只是为了贩运丝绸的"丝绸之路"，在地理上，它只是跨越亚欧大陆的一条通道，但它对于世界文化的意义却远非如此。它的东西两端，分别是东西方文明的源头，就像织造丝绸的经纬线一般，它将中国、印度、埃及、美索不达米亚这些古老文明编织在一起，成为一个永不枯竭的思想源泉。

在章夫的书中，有"大历史"也有"微生活"。相比浩浩荡荡的"大历史"，微观的"生活史"似乎并不那么"显耀"。不显耀不代表不重要，相反，它是文明交流、文化融合的巨大动力所系。难能可贵的是，章夫在搜寻充满着人间烟火气息的"微生活"，用以推动着"大历史"的滚滚江河。章夫让我们看到了历史作为无数个具体而微的生活的总和，是围绕着人们的日常生活所构建起来的一个绵延不息的历程，充满了烟火气，活灵活现，可以触摸，可以感同身受，可以自如地进入其中，也可以直观感受到历史真实的生活气息。

不可否认，我们已经生活在一个全球化时代，只有了解世界，才能更好地理解当下。

章夫的脚步轻灵中有沉重，思考沉重中有飞扬。英国史研究专家钱乘旦先生曾说："在许多国家，包括我们的近邻，世界历史的教育已经超过了本国历史的教育，外国历史课程占百分之六十甚至更多，本国历史课程只占百分之四十或更少。外国史教育是现代公民的基本素质教育，中国的公民也应该是世界公民。"

· 李 舫 ————————————

学者、作家、评论家。中国人民大学文艺学博士，人民日报海外版副总编辑。中国作家协会全委会委员、中国散文学会副会长、中国作协文艺理论评论委员会委员。已出版著作有《纸上乾坤》《不安的缪斯》《在响雷中炸响》《魔鬼的契约》《风笛声中的城堡》《自在独行》。担任14卷中国文学"丝绸之路"大型名家散文文库主编（华文出版社）、14卷中国文学"丝绸之路"大型名家诗歌文库主编（商务印书馆），担任《见证——中国改革开放四十年四十人》主编（商务印书馆）。

Temple of Karnak　卡纳克神庙

Temple of Poseidon

Panthéon　先贤祠

Valley of the Kings　帝王谷

Voortrekker Monum

Crete　克里特岛

Château de Versailles　凡尔赛宫

Colosseo　罗马斗

Stockholms stadshus　斯德哥尔摩市政厅

Cannes& Davos　夏纳 & 达沃斯

Sultan Ahmet Camii　蓝色清真寺

Chiangmai　清迈

Rome　罗马

Amsterdam　阿姆斯特丹

G　日内瓦

第一部分
祠
TOTEM & RUINS

春物始生，孝子思亲，继嗣而食之，故曰祠。

"祠"直通"神"，所以"祠堂"很多地方又称"神庙"。

古代中国，祠堂是儒家伦理的道德法庭；近代西方，祠堂就是一本书，让人类读出它的伟大来。

著名的巴黎先贤祠门楣上，有一句最煽情的话语："伟人们，祖国感谢你们。"

苍穹之下，偌大的祠堂就像一盘跨越东西方的巨大棋盘，那些"对弈高手"都在同时思考人类"下一步"的走势。

他们是，东方世界的孔子、老子、释迦牟尼等，蔚蓝色海边的埃斯库罗斯、苏格拉底、希罗多德和柏拉图等。他们生长在一个共同的时代——"轴心时代"。

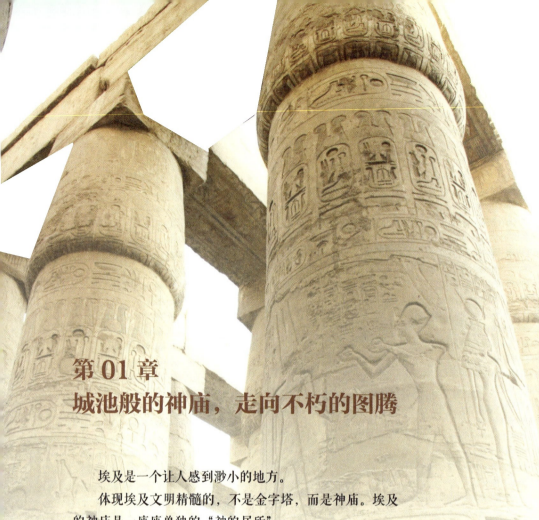

第01章
城池般的神庙，走向不朽的图腾

埃及是一个让人感到渺小的地方。

体现埃及文明精髓的，不是金字塔，而是神庙。埃及的神庙是一座座单独的"神的居所"。

每一根柱子都是图腾柱，都隐藏着无数的传说。

卡尔纳克神庙和卢克索神庙在埃及历史的位置，并不低于金字塔。卡尔纳克神庙更像一幅古代埃及的"清明上河图"，历史的画卷在这里徐徐展开，向世界呈现。

埃及的神庙，很大程度上讲就是他们祖先的精神居所——也就是我们所说的祠堂。只不过祠堂是家族氏的，而神庙则是国家的——法老们的祠堂。

埃及文明的伟大，在于它的"布阵"。每一个神庙乃至金字塔，都以极其精准的阵势震撼着世人。

最终体现埃及文明精髓的，不是金字塔，而是神庙

埃及是一个让人感到渺小的地方。再伟大再杰出的人物，来到埃及博物馆、金字塔，都得匍匐在它们的面前——顶礼膜拜。

在埃及，看过金字塔后，其他任务事物很难再勾起你的惊叹与感动。

神庙是个例外。当金字塔在不可一世的法老们心中光辉暗淡的时候，他们心中的另一种图腾物——神庙，便成为接力棒似的时髦之作——以此来显示他们对先王的哀思或对神祇的虔诚。

随着时间脚步的挪移，帝王们梦想的，还是在归天之后能延传"帝脉"。这也是在埃及人眼里神庙能与金字塔媲美的重要原因——后代的杰作绝对不能逊色于先辈。

这里需要特别说明的是，古埃及的历史分为古风时期（前3150—前2686）、古王国时期（前2686—前2181）、中王国时期（前2040—前1782）和新王国（前1570—前1070）时期。自中王国时期始，埃及建筑史进入了又一个伟大的时代——神庙时代。

神庙，顾名思义，即神仙住的地方。古埃及的神庙是一座座单独的"神的居所"。虽然很多古王国和中王国时期的神庙因日久而毁坏，但可能还没有任何一个国家能像埃及一样，保存有如此众多的神庙。

区区500年间，古埃及建成的神庙之多、规模之巨、建筑之恢宏，令世人叹为观止。这些建于100代人之前的神庙都是献给神的。由此可见古埃及人对神的空前崇拜。

卡尔纳克神庙

埃及第二大城市卢克索堪称"埃及的神庙博物馆"，卡尔纳克神庙和卢克索神庙自不必说。在卢克索，以中轴线为中心，呈南北方向延伸，依次由塔门、立柱庭院、立柱大厅和祭祀殿组成的大大小小的神庙，比比皆是。

好大喜功的簇拥下，华丽而神圣的"公羊大道"

我们是专门去看这两座神庙的，从开罗坐火车过去，前一天的下午启程，一整夜都在"哐哐哐哐"的声音中度过，迷迷糊糊的，内心却有一种说不出的兴奋与惊诧。

卡尔纳克神庙和卢克索神庙在埃及历史中的地位，并不低于金字塔。卡尔纳克神庙更像一幅古埃及的"清明上河图"，历史的画卷在这里徐徐展开，向世界呈现。

令我们今天都难以想象的是，这座功勋卓著的神庙，在长达2000多年的建筑过程中，浓缩了埃及自中王国时期至希腊托勒密十一世（前51—80）的长长的历史。

我们可以从那些与金字塔比肩的文物古迹中，了解一个灿烂的古文明王国兴衰史。

初春的太阳下，能见度特别好，神庙的大门之外，远远地望见两边列阵似的长长的动物雕塑群，那是由一组列阵式的"公羊群"组成⋯⋯长长的神道给人一种威逼之感。

神庙的巨石，给人一种天然的心理暗示，一种敬畏感，一种神秘感，让你产生特有的心理压力、惧怕，然后跟着神的指引和诱感，步步深入其间。越往深处，压抑感就越发强烈。这正是神庙所要的心理效果——让人觉得无所不能的神，一直高高在上，俯视众生。

可以想象，古埃及人同样有着深厚的心理学知识，他们制造出的氛围可以征服世间每一个人。

公羊大道

卡尔纳克神庙在埃及文明的"进化史"上有着极其重要的位置和作用。为有利于认识这座人类历史上极其重要的证物，让我们粗略地了解一下其前世今生——

距今4000年前的中王国时期，卢克索就建起了一座侍奉阿蒙神的神庙。至新王国始，第18王朝一代又一代的法老在这块土地上，留下了他们不朽的杰作，其中之一便是卡尔纳克神庙。至18王朝末代法老哈拉姆哈博时，卡尔纳克神庙工期已经过半。卡尔纳克神庙注定是一件伟大的作品，需要在数代法老的传承下方可完成，这一点法老们心里也很清楚。

于是乎，接力似的完成卡尔纳克神庙的庞大工程，便成了18王朝、19王朝……直到第25王朝法老们的头等大事。在经过拉美西斯一世、塞提一世之后，到好大喜功的拉美西斯二世法老时，修建卡尔纳克神庙的热潮达到一个空前的顶峰。进入神庙的那条华丽而神圣的"公羊大道"，便是拉美西斯二世的佳作。

作为一条养育埃及的母亲河，尼罗河似乎与埃及所有的伟大作品都有关。据说，拉美西斯二世时期，公羊大道是通到尼罗河边的。河边有一座原始的驳船码头。当时阿蒙神雕像参加卢克索庆典时，祭司把神像从圣殿抬到这里，然后乘船出发。

无疑，这是一个仪式感极强的设计。在极权时代，这样的仪式在统治者眼里可谓至高无上。

到第23王朝努比亚从以色列带回大量战利品之际，卡尔纳克神庙的建设再次达到高潮；第25王朝埃塞俄比亚统治时期，法

柱廊阵

老们在神庙的西部建造了最大的比龙门——也就是我们今天通过长长的公羊大道，进入神庙的那个集威严、雄伟和凛然于一体的大门。

"比龙门"是古埃及人对神庙大门的专门称谓。卡尔纳克神庙里共有5道庞大而华丽的比龙门，巧妙地、艺术性地将整个神庙分隔成五大部分。

从最大的比龙门进入，我有一种跨越时空之感，好似一脚就踏进了数千年前的古埃及。近万平方米的庭院，美轮美奂，每前进一步，每转换一个角度，都令人不由得惊叫起来。

也难怪，就是这样一个庭院，就消耗了十几代法老的时间和精力，从前13世纪到前1世纪，长达1200年的时间，十几代法老终其一生，也只看到了其中某个时期的"半成品"。

让人眩晕的"柱廊阵"，充分彰显古埃及是如何排兵布阵的

不说别的，仅看其间上千年的苍茫，每一件物什留下的斑驳时光，都得肃然起敬。

深入其间，我很关注那些建筑的"排兵布阵"，希望弄出个所以然来。在导游Mohamed Abd Ei Rahman的引导下，我进入那些复杂的阵式，慢慢看懂了个中奥妙，也弄清了这是怎样的一座庭院——

　　映入眼帘左边，有一座破落的偏殿，这是第19王朝塞提二世为阿蒙神和妻子努特、儿子汗苏修建的圣殿。圣殿前的两排石柱分属第25、第26王朝和托勒密王朝。院中央有4座巨大的石墩，那便是阿蒙神雕像外出参加宗教活动时的临时憩息地。

　　远远地，又出现一座比龙门，入口处有一左一右两尊巨幅雕像，这些是拉美西斯二世的奥西里斯神雕像。左边站立着有几分威严的拉美西斯二世，只见他双脚并拢，双手交叉着放在胸前，王后纳菲尔塔莉的小雕像小鸟依人般地站在他的膝盖处。这尊雕像是卡尔纳克神庙中最为著名的作品之一。右边的雕像不知为何，已经毁坏，面目全非。我查了不少资料也没查出个所以然，估计也与拉美西斯二世有关。我知道，后人以毁坏的方式报复前人，是再正常不过的事了，哪怕帝王将相也不例外。

　　拉美西斯三世也在这里，虽然他的神庙显得有些小，但正因为有了那让人眩晕的"柱廊阵"，才让人驻足。其内有两样东西名震天下，其一是庙门上的拉美西斯三世征战图，图中镌刻着埃及所有城市的名字，堪称埃及考古宝库；其二是最内侧小柱厅尽头有两座奇特的小屋，右为王后圣殿，左为法老圣殿，每天太阳升起时，阳光可透过屋顶的天窗，照射到法老圣殿之内。更为神奇的是，每逢法老登基和生日这两个纪念日的清晨，第一束阳光便会直射在圣殿中央的法老雕像上，堪称古埃及建筑乃至全人类古代建筑之奇迹。

　　这些有趣的"说法"都是导游Mohamed Abd Ei Rahman告诉我的。在说这话的时候，他黝黑的脸上总是荡漾起莫名的兴奋。我知道，那是属于他祖先的杰作，他有理由为此而骄傲。

就是这不起眼的庭院最右前方，有一片"柱廊阵"，密密麻麻，眼花缭乱，美不胜收。

这便是举世闻名的大柱厅了……柱厅里竖立着134根参天石柱，中间的12根石柱高达21米，直径近4米，柱顶是盛开的纸莎草的形状（纸莎草在埃及有着特殊的历史作用，我将在其后的文字中涉及），上面可以同时站100人。据说每根石柱重达65吨，需要12人张开手臂方能合围。其余的122根柱子高13米，周长8米多，柱顶呈荷花花蕾状。

曾经，这座建筑的屋顶压在134根立柱上，据说其上还绘有极尽精美的彩色图案，后来时间剥去了它的颜色，再后来，一场大地震将它泯灭。

图腾柱

壁　画

100多根柱子直顶着苍穹，给人无限的想象空间。

粗大而威猛的神柱上，刻着极其繁复的图腾，森林般的旷世亘古，撼人心魄。

这是我在这里见到的最让人刻骨铭心的柱廊，由石头堆积起来的艺术珍品。每一根柱子都是图腾柱，都隐藏着无数的传说。不仅如此，神柱上那些精美的雕刻，融入到整个柱廊所形成的特殊气场，都那样撼人心魄。

柱廊四周是十分精湛的石刻艺术，人类的血脉相连，命运与共，数千年后，遥远的我们仍可从中读出些许故事，3000年前的精美艺术真的让人叹服。

在柱与柱之间徜徉，我感到自己的无限渺小，每经过一根柱子，都有顶礼膜拜的冲动。我们自以为站在古人的肩膀之上，可很多时候我们却在古人的脚下仰望。

我以为，这柱廊周围的壁画和壁刻给人的震撼，一点儿也不亚于那些擎天神柱。这些壁刻和壁画就像我们今天的连环画，完整地讲述着不同时期的故事。大多都是表现战争和凯旋的场面。比如第22王朝什申卡法老战胜以色列的长长的雕刻画面中，有一些细节很有意思，男人都上前线去了，留下一些妇女和儿童，这些妇女和儿童由两位男子领导。时间长了，难耐寂寞的女人便成了两位男子的情人。画面上展示的，是两位男子长长的"男根"。战争胜利了，战士们归来，两位男子按律当斩，但不少妇女站出来保护他们。画面栩栩如生，诙谐生动，有着极高的艺术价值。

古老的方尖碑体现了太阳的光芒

埃及的神庙，很大程度上讲就是他们祖先的精神居所——也就是我们所说的祠堂。只不过祠堂是家族的，而神庙则是国家的——法老们的祠堂。

同埃及几乎所有神庙一样，卡尔纳克神庙看似复杂，但结构简单——庭院、神殿和最中心的内殿，后来演变成为古埃及神庙的基本设计思路，这样的结构与埃及房屋设计基本一致。Mohamed Abd Ei Rahman告诉我，埃及一般房子的庭院对应神庙的前庭，对所有人都开放；房屋门廊对应的是神庙的多柱厅；房子主人的房间在最中间，在神庙中最中间的是内殿。

卡尔纳克神庙同样如此，入口是由两个梯形塔门构成的，塔门前是方尖碑、巨型雕像和旗杆。穿过两座塔门中间的入口，就进入了有柱廊包围着的露天庭院，然后是拥有巨型石柱的多柱厅，多柱厅通向一个小神殿——内殿，只有国王和高级祭司才能进入此地。内殿是摆放神像的地方，神像被放置在圣船上，节日庆祝仪式上，祭司们会抬着圣船游行。

底比斯三神，在卡尔纳克神庙都受到崇拜。因此在这里除了献给主神阿蒙·拉神的内殿，还有两座献给次之的穆特女神和空苏神的神殿。

塔门的墙壁、神庙的天花板和石柱上都装饰有丰富多彩的图案和题刻。外墙上，刻画着法老的英勇事迹、重要的国家事件和战争胜利的场景。内部的壁画则涉及神祇和在这座神庙里举行的仪式和典礼。

旅行者与向导

落日余晖

方尖碑是埃及特有的象征，卡尔纳克神庙也立有高高的方尖碑。穿过第四道比龙门，图特莫西斯一世的方尖碑便赫然现于眼前。西下的阳光最为生动地照在方尖碑上，此时的碑活像一把利刃直刺苍穹，尤其是金黄色的碑尖，此时橙红橙红的。

的确，古老的方尖碑正是体现太阳的光芒。我不由想起了金字塔铭文中的一个句子："天空把自己的光芒伸向你，以便你可以去到天上，犹如拉的眼睛一样。"

相传图特莫西斯一世的女儿哈采普苏特女王为纪念自己执政16周年，从阿斯旺开采了粉红色的花岗岩，建造了两座方尖碑。碑高30米，重320余吨，是现存最高的古埃及方尖碑。碑顶呈金字塔形状，用黄金和白银镶嵌而成。

据说，两座碑从采石到完工仅用了7个月时间，创下了当时建筑史上的奇迹。我不禁要问，300余吨的一整块石头是怎么成功开采的，又是怎样运输和竖立起来的？导游向我讲述了其间的子丑寅卯，首先在山体上用木楔法开采石料，即在山体上凿洞，打入木楔，在木楔上浇水，木头受水膨胀，把石块崩开。反复操作这一工序，用于建造方尖碑的整块石头便被开出。这与2000多年前的都江堰水利工程中，李冰在凿宝瓶口时以火烧水浇来开采石头是一个原理，只不过这两座方尖碑的时代比李冰要早上千年。

更为神奇的是，30米高的方尖碑上的文字和图案，从底部往顶部看似一样大小，并不是惯常的上小下大。这说明在这个时候的埃及，复杂的数学公式已经运用到建筑上了。

我以为，这一切都是"金字塔现象"的一种延续。仰望方尖碑顶端金光闪闪形如金字塔的碑尖，我甚至在想：这会不会是法老们延续其祖先血脉的一种符号？金字塔和方尖碑，无疑都是王权与神权的一种象征，两者所展示的，正是神权和王权的一种天然融合。

那些看似支离破碎的冷冷的古董，令后人生出不尽的想象和崇拜。

再看看方尖碑是怎么运输和竖立起来的。古埃及人将建好的方尖碑用船运抵卡尔纳克神庙门口，然后，用绳子倒拖碑体，并在碑下垫上木板与木制滑轮，从事先修好的从河边向上的沙土斜坡，靠人力拖至预设的尖碑竖立位置。运用杠杆原理，一些人在碑的尾部挖掘沙土，慢慢地，方尖碑在人力的作用下就竖立起来了。

时至今日，我仍很难理解方尖碑这样的庞然大物的制作与竖立方法，然而，古埃及人正是用我们今天看起来的"笨办法"，创造了一个又一个奇迹。

其实，"方尖碑竖立原理"也正是借鉴了他们祖先建造金字塔的经验。这种丰富的实践经验创下了古埃及辉煌的文明。

站在方尖碑下，我一直在琢磨，古埃及人为何要费尽心血修造那实际意义不大的方尖碑呢？慢慢地我悟到了，必须深入到古埃及人的思想体系中去，也是人类最初共同的原始崇拜之物——太阳神崇拜。在阿布西尔的尼乌塞时代（前2500），便有一座十分壮观的太阳神庙，据说太阳神庙的圣殿，便是太阳在夜间休息的住所，多柱式厅最高的地方，便是太阳行进轨道的顶点，最高立柱的花式柱顶盘是"开放"着的，而最低立柱的柱顶是"闭合"着的。由于时间原因，我未能亲自前去拜望。

最为不朽的，是令世人景仰的如城池般的神庙

慢慢地，随着比龙门的指引，层层深入，文明的因子也随之斑斓起来。

文献厅记载了埃及伟大征服者图特莫西斯三世在亚洲的征战史。记录此战役的长长的壁画，从正对入口的东墙东北角开始，向西边延伸，通往厅的北面，直到黑色花岗岩石门，然后淹没在一片废墟之中。今天看来这很像一场行为艺术。

穿过中王国时期的建筑遗址一直往前走，尽头便是新王国图特莫西斯三世的庆典厅，十分有趣的是，厅内的石柱似乎被颠倒了，柱的底座装饰细腻，而顶部光秃，专家称这在埃及是唯一的例证。这座大厅在很长的一段时间内是基督教堂所在，当年留下的基督雕像还依稀尚存。我凝神其间想，其怪异的装饰肯定与此段历史有关。

埃及神庙很是有一些机关和讲究的。据此不远处，可谓一个花鸟世界，各种各样的动植物标本比比皆是。这是图特莫西斯三世征战归来时，

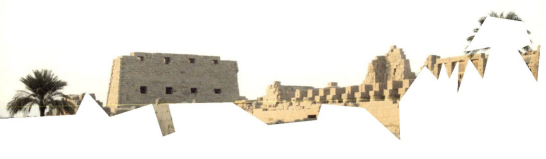

圣 湖

带回的沿途鲜花水果、飞禽走兽等的标本，或许这位法老是想以这样独特的方式留下自己辉煌的战争记忆。

卡尔纳克神庙中轴线尽头，东拐直行，豁然开朗，一片清澈的湖水让人大呼意外。难以置信的是在一片沙漠之地，竟然有一汪清水，那么晶莹，犹如沙漠中的眼睛。原来，这就是传说中的圣湖，每天清晨，那些大大小小的祭司，都要在此洗浴净身。

我坐在圣湖边一块石头上，仰望着黄土般的神庙，久久不愿离开。我甚至在畅想，这里2000年的喧嚣，2000年的神圣，以及2000年的奢华……

世易时移，那些被誉为神的祖先也没能很好地庇佑其子民，要不然神的家园为何败落？忽然我又悟到，在时间面前一切都是渺小的。再伟大的神，有谁能抵得过时间？是时间将他们高高托起，又重重放下。文明的车轮，就是这样不断前进的。

四周的荒芜和黄土，并没有使这一汪湖水易色，那湛蓝的水与紧紧依偎的沙漠毫不相干似的，形成一个截然的反差。岁月的刀锋可以让至高无上的神物失色，难道就不能使那眼清泉干涸？

行走在卡尔纳克神庙，这是最让我感动的地方，就像一首交响乐章，从头到尾已经很完美了，到最后却提高了八度，给人一个更恢宏的高潮。

如镜般的湖水在艳阳的照射下，将岸边的一切收入其间，地面上残美的建筑与水下的倒影相映成趣，精妙绝伦，我赶紧拿起相机，发疯似的猛拍起来。

我要把这一切带回东方——我生长的国度。

漫步一个又一个比龙门，回首神庙两边宏大的"公羊阵队"，火红的夕阳照得一地恢宏。那是人类文明的重要驿站，虽然已经与我们渐行渐远。

数日的沉思，我突然醒悟，埃及文明的伟大，在于它的"布阵"。每一个神庙乃至金字塔，都以极其精准的阵势震撼着世人。

卢克索神庙当然也不例外，它位于卡尔纳克神庙西南1.5千米处，要在傍晚时分看才最为动人。夕阳西下，天边的火烧云映照得尼罗河一片血红，一股肃杀之气飘荡在脑际，卢克索神庙就在尼罗河岸边。庙宇中的古老石柱与碧波荡漾的尼罗河相映成辉，水天一色。

夕阳下的神庙

可以回想，如果时光拉回到3000年前，这里该是何等的风光旖旎、神圣威严。

卢克索神庙虽然存世3400余年，在世人眼里堪称一个奇迹，但"不幸"的是，它生在了埃及，而且就在卡尔纳克神庙身边，这使它失去了自傲的资格。事实上，在埃及有无数这样的不幸，有如一台大戏，主角永远只是凤毛麟角，其余的大腕哪怕再优秀，也都只能委屈地沦为配角。

然而，卢克索神庙在埃及历史中的标志意义却不可忽视。因为这座神庙从诞生之日始就被历代统治者当成政治的工具，可以说是极权时代的一个象征。

就像金字塔的历史使命一样，随着太阳神信仰的崩溃，神庙在古埃及逐渐衰败，以致后来的基督徒和穆斯林在神庙里建起了教堂和清真寺。渐渐地，卢克索神庙便成了古埃及、基督教和伊斯兰教的共同家园。

更为精彩的是，神庙内曾不可一世的阿蒙诺菲斯三世的诞生殿，甚至成了地方政府的粮仓。

仅此一点可以看出，极权时代的结束和不同文明的共生。

还须一提的是，卢克索神庙前本来有一条狮身人面像大道直通卡尔纳克神庙，这条大道打通了主角与配角的联系，可惜今天已经不存在了。卢克索神庙前也有一对25米高的方尖碑直插云端，现在也仅存一座孤零零地站在那里，另外一座1831年被当时的埃及总督作为礼物送给了法国国王路易·菲利普，成为今天巴黎协和广场的一个重要景致。2001年我去巴黎时看到方尖碑时震撼不已，没想到来到方尖碑的故乡，再次看到"另一半"时却少了往日的震撼。

我知道，在这处尼罗河孕育的文明长河里，让人目不暇接的震撼已经给人"审美疲劳"了，就像上面所说的卢克索神庙的命运一样，如果把它搬到巴黎去，肯定比协和广场的方尖碑要"主角"得多。

我还知道，只有在卡尔纳克神庙身边，卢克索神庙才能只映衬得卡尔纳克神庙更加伟大。

查阅相关资料得知，公元前4000年时，神庙的样子像一座巨大的马斯塔巴：一座巨型平行六面体，外壁稍微倾斜，顶部有硕大的顶饰。宽敞的内室沿着一条中轴线排列，与"国王住宅"极其相似。这些房间包括接待室和属于一家之主的私人用房。这神庙里，作为前厅的宽敞大厅和祭祀厅后面，才是真正的圣殿，圣殿中央是守护神的圣堂，两侧还有四到六个小圣堂，周围是圣器室和祈祷室。

主要大厅均有两到三个殿，殿中有粗大的立柱。有些大厅是露天的，从而变为庭院，周围有走廊。

我们可以想象，这样非常和谐的设计和规划在6000多年前就已经十分成熟了，后辈的责任是按照祖先拟定好的"施工图"施工。几千年来这种"施工图"作为一个重要的蓝本，发扬光大，其间有两个方面令我们惊叹：一是设计和规划科学，近乎完美；二是后代顽强的执行力，数千年不变。这充分显示了古埃及人对神的虔诚，已经到了入骨入髓的程度，哪怕一个细节都不容改变。我在希腊克里特岛的古城堡也发出过类似的惊叹，但那只是一座城堡，没有普遍复制开来，留给后人的，也只能是一些残片和孤品。

我认为，这样的"惊叹"一代代沿袭下来，成为埃及图腾崇拜的根脉。

我们所能知道的，埃及除了金字塔之外，最为不朽的，便是那令世人景仰的，如城池般的神庙了。是它们，构成了古埃及文明的精髓。

第 02 章
印度文明的通天塔

　　顾特卜塔给我的震撼，在印度之行后也久久难以忘怀——我把它称为通天塔，看上去就有神性与灵性。

　　塔底层的大门上，刻着这样一句名言："谁在地上为真主修造清真寺，真主就在天国为他建造同样的寓所。"

　　或许正是这样的名言，开启了一批又一批信徒的灵智，他们蜂拥而至，为真主，也是为自己，修筑了这座海市蜃楼般的豪华宫殿。

　　历史如沉重的石头层层堆积，然后又如轻细的浮尘悄悄散去。

　　看到顾特卜塔的第一眼，想象中的惊艳变成现实的那一刻，我还是被深深震撼了——那雕刻精美的廊柱石墙，那充满了沧桑的石头墙和石门，有着穿越岁月般的历史纵深感。

我把它称为通天塔，看上去就有神性与灵性

对于我们这些外来人而言，如果说印度首府新德里太过新、太过乱、太过拥挤的话，那么，距离新德里东南约15千米，有一处集文化、厚重、典雅于一体，足够养身疗心的风景，那可是十足的重量级"旧东西"——顾特卜遗址。

"德里"一词源于波斯文，意为"门槛"。对于古老的印度文明而言，你一旦到了德里，就应该算迈进了印度人文的"门槛"。

如果说老德里如一面历史镜子，展现了恒河源远流长的古代文明，那么新德里则是一座里程碑，让人们看到了印度前进的步伐。

于我而言，顾特卜遗址并不陌生，之前在一些书籍里有过认识。有人说顾特卜遗址给人的震撼，不亚于古罗马斗牛场。这话虽然有些夸张，但太多的断垣残壁，太厚重的岁月沧桑，太多的历史故事……构成了"印度第七大奇迹"，也同样勾起了我对顾特卜遗址强烈的欲望。

15千米路程对于今天的大都市而言，只能算得上一座城市的东西与南北之距。因而一抵达德里，我便忍不住跃跃欲试，欲

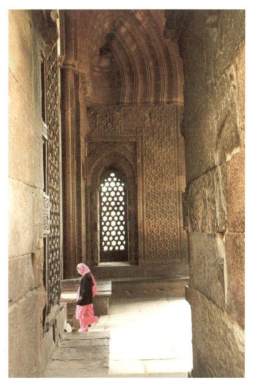

顾特卜的一个门槛

顾特卜遗址

一睹其芳容。

清晨，大巴从酒店出发，绕过脏兮兮、乱哄哄的城市，来到郊区。一路之上，车慢吞吞如老人般蹒跚前行，堵堵停停，15千米足足开了一个钟头。

透过眼前的杂乱与无章，远远地，便可看见尖尖的细细的高耸建筑，似烟囱一般鹤立鸡群，直刺云端，我们的中巴车以"烟囱"为目标前进，越来越近，那"烟囱"渐渐演变成一座高塔，影子越来越清晰，我们便不由自主地掏出相机……原来，这样一座精美的建筑，生长在一片同样精美的废墟之上。

视野随着大巴车的移动，不断定格那精美废墟的方位。我不禁张大嘴巴惊呼："世上还有如此精美的废墟。"

看到顾特卜塔的第一眼，想象中的惊艳变成现实的那一刻，我还是被深深震撼了——那雕刻精美的廊柱石墙，那充满了沧桑的石头墙和石门，有着穿越岁月般的历史纵深感。

穿过不同肤色的人群，我径直走到顾特卜塔前，凝视着眼前这幢饱经风霜的石头建筑，内心有一种说不出的激动与崇敬。

这里每一件废墟的精细，都深深地打动了我。特别是顾特卜塔，给我的震撼在印度之行后也久久难以忘怀——我把它称为通天塔，看上去就有神性与灵性。

一眼看上去，便知晓这是一座融印度教风格和伊斯兰教风格于一体的建筑物。从某种程度上讲，也可认为这高高耸起之物，就是清真寺里一座独立的宣礼塔——只不过寺没了，塔还在。

初看上去，塔呈赭红色，用红砂石砌成。递次看上去，塔分五层，每一层主题不同，经纬分明。但每一层都有突出的环形阳台，外表由交替的三角形和圆形折纹组成，配之以支撑的钟乳石圈，坚固而美丽。

仔细端详，一至三层由艳丽的红色沙岩制成，热烈而奔放，无不挑逗起观者的兴趣。每层的花纹各不相同，但都极为精巧，题材、构图、描

顾特卜塔塔身

线、敷彩皆有匠心独运之处。我特地绕着圈数着欣赏这座奇塔，第一层由24个交叠的三角形和半圆形柱子，每层塔身外表有凸出的装饰性折纹，而且造型各不相同，底层是交错的三角形和半圆形。与之不同的是，第二层只有半圆形，而第三层只用三角形，相互交错，重重叠叠，煞是好看。

那些有始无终的折线组合，几何纹与花纹结合的特殊形态，转瞬间现出无限变化，"眼花缭乱"一词是最好的形容。越仔细揣摩，就越发惊叹于它的美，不愧为世间最美的石塔。再仔细看其间的图案与纹理，甚为繁复与精致，可谓巧夺天工。

同行的段教授是印度文化研究专家，他给我介绍说，伊斯兰的纹样堪称世界之冠。塔身上的"动物纹样虽是继承了波斯的传统，可脱胎换骨之后，有了崭新的面目"，而那些"植物纹样，主要承袭了东罗马的传统，历经千锤百炼，终于集成了灿烂的伊斯兰式纹样"。

最高两层塔身没有折纹，主要由大理石构成，大理石中间又特地用红砂石间隔开来，形似缠在塔身上的红色腰带，气派而壮观。

相传最后一位印度教君王建顾特卜塔时，希望王后每天都能登高望远……

同行的向导介绍说，眼前的顾特卜塔本来是有七层的，且每层间都由一个环形阳台相隔。也就是说我们现在欣赏的五层之塔，是一种残缺美。我一直在想象顾特卜塔七层时该是什么模样，但最终还是没能想出，就像断臂的维纳斯，残缺之美已经衬托出它的完整之美。

整座塔形如一件极其讲究的美术作品，各种花纹图案穿梭其间，和谐统一，相得益彰。塔身刻有阿拉伯文撰写的《古兰经》经文，以及这座建筑历代的建造者和维修者的名字，密密麻麻，龙飞凤舞，形成一个统一的基调与主题，向世人赞美他们的英名。

塔底层的大门上，刻着这样一句名言："谁在地上为真主修造清真寺，真主就在天国为他建造同样的寓所。"

或许正是这样的名言，开启了一批又一批信徒的灵智，他们蜂拥而至，为真主，也是为自己，修筑了这座海市蜃楼般的豪华宫殿。

顾特卜塔未建之前，这里原是一处印度教寺庙。12世纪伊斯兰教进入印度，这里被改建成清真寺后，才有了顾特卜塔。

因而，这是印度最早的清真寺遗址。

顾特卜塔又称"胜利塔"。印度第一位穆斯林统治者顾特卜·艾伊拜克，是印度穆斯林领袖穆罕默德部下的一位将军，1192年，他在穆罕默德遇刺身亡后缔造了德里苏丹王国顾特卜沙希王朝。1193年，顾特卜在战胜德里的最后一个王国后，为庆祝征服生涯中的伟大胜利，开始兴建顾特卜塔，直到13世纪方得以完工。

几度风雨，几度春秋。几个世纪的风云变幻，顾特卜塔虽然有些倾斜，但还是以其精美的身段，被誉为世界上最美的石塔之一，完好地保存

旅行者

了下来。并于1993年列为世界文化遗产。

正看得出神之际，耳畔传来讲解的声音："顾特卜塔是德里最有名的古建筑，相传是印度最后一位印度教君王为其王后所建……"据说，那位王后希望每天都能登高望远，看到不远处神圣的亚穆斯纳河。

而我，更相信世界遗产委员会给它的结论："这座红砂石尖塔高72.5米。基座直径14.32米，塔峰直径2.75米，建于13世纪早期。从下往上逐渐变细，塔身棱角状和圆状的凹槽装饰穿插出现。"

我眼里的顾特卜塔也正如世界遗产委员会所说："由下而上，各层高度缩小，节奏逐层急促，塔身收分很大，密排着竖向棱线，造成强烈上升的动势，给人以雄伟壮观之感。"

与塔外一样，塔内饰有优美的壁画，同样镌刻着源于古兰经文。我正欲准备走向塔内，去到顶层"一览众山小"时，却被告知"不能上去"。

向导告诉我，"游客禁止入内"已经有30多年了。原来，1981年的12月4日，一场停电导致顾特卜塔塔内漆黑一片，尚在塔内的游客紧张逃生，导致45人死于非命，其中半数多是儿童。

一朝被蛇咬，十年怕井绳。自此以后，作为一道禁令，顾特卜塔再也不对游客开放了。塔基直径15米，而到了塔顶直径仅有3米。可以想象，塔内的楼梯应该是陡峭且狭窄的，塔内有397级石阶盘旋而上直登塔顶悬台，人一多了，拥挤在这狭窄的空间里，一旦有什么紧急情况出现，出事故就再所难免了。

我心里痒痒的，很想透过397级台阶一瞰新德里和旧德里及亚穆纳河的秀丽景色。但"规定"面前，只能遗憾作罢。我见到过不少历史遗存，也因为管理未跟上而出台这样的"武断规定"，只能导致游客抱憾而归。

风雨中耸立1500年没一点儿锈痕的铁柱，竟叫"阿育王铁柱"

顾特卜高塔院墙内的废墟之上，有一根被栏杆围起来的黑黝黝的铁柱十分打眼，因为可望而不可即，引得不少人驻足。这根铁柱有一个名字，叫"阿育王铁柱"。

废墟之中，这根看上去不起眼的铁柱，应该算绝对的主角。在这个巨大的文物堆里，如果不是特别介绍，这根形体最小、最瘦、最不起眼的铁柱，很容易从眼前遛过。但唯有它，发出平静而悠远的金属之光——人类文明进入金属时代的特有光芒。

引得人们好奇的原因，是在于它不生锈，近千年过去了，它还完好如初，没一点锈迹，堪称奇迹。

铁是最容易生锈的金属，一般的铸铁不用说千年，几十年就锈迹斑斑了。即使在科学昌明的今天，人们仍然没有找到防止铁器生锈的良方，而古代印度人居然可以做到这一点，真是不可思议。

铁柱顶部有着古色古香的装饰花纹。专家们从铁柱上刻着的梵文看，断定这根铁柱并非就地铸造。据现代科学分析鉴定，这根铁柱的铸造时间在1500多年前，比顾特卜塔早了500多年。据说它是被统治德里的伊斯兰王朝从印度东部的比哈尔邦搬移过来的，主要是为了纪念旃陀罗王。

不过现在人们都习惯把它和2300多年前叱咤印度的一代豪杰——阿育王联系在一起，于是叫它"阿育王铁柱"。

在印度的名胜古迹，"阿育王"的符号随处可见，这与阿育王热心佛教有关，他在位期间到处立柱建塔。德里也有一根被称为阿育王的石柱，高高矗立在一个古堡之上。阿育王本是一个相当强蛮的君主，听了佛理后幡然醒悟，印证了"立地成佛"，结果成了佛门伟人，广受崇拜。

阿育王铁柱

无论如何，铁柱在露天风雨中耸立了1500多年而没一点儿锈痕，都是奇迹。

与之相对应的是，周围的建筑都纷纷"老"去，连比它年轻500多岁的顾特卜高塔都垂垂老矣，唯独此铁柱青春常在，朱颜不改。

正因为有了它，"一切都被提挈起来，在千年金属上牢牢地打了一个结，再也不会散落"。从某种程度上讲，它是印度宗教文化遗墟上画龙点睛之笔。

看着人们争相与铁柱合影，我也好奇地拥了上去。走近一看，此柱高约两层楼房有余，直径约半米。向导笑着告诉我，只要能背靠铁柱将它环抱，许下的心愿就一定能够实现。我知道这是景点的噱头，没当回事，但"一点都不生锈"让我产生了好奇。

产生好奇的不仅仅我辈，数百年前人们就好奇了。

于是人们求助于科学，1911年，一位名叫罗伯特·哈德费尔德的爵士带着同样的好奇，特地从铁柱上取下一小块做检验，后来又对一块大的铁柱样品做了研究。结果表明，从铁的纯度和统一性来看，"阿育王铁柱"是一个"完全没有杂质的加工铁制品中的精品，甚至比现代瑞典的碳铁还要好，从结构上看，柱由大的铁晶粒组成，只有一小部分水泥，有时在晶粒的边缘，偶然在铁柱体上，一个更小的粒状结构，独立于大粒子，几乎看不到。"

这段学术味极浓、专业性极强的文字，对我这样的外行打开"阿育王铁柱"之谜没给予多少帮助。

不过罗伯特·哈德费尔德之前的半个世纪，也有一位科学家说过类似的话，他的名字叫亚历山大·克宁奥姆。1862年，此君在《印度的考古学概述》一书中称："铁柱的上端呈现奇怪的金黄色，这种表现引致一段时间的猜疑"，"没有人质疑这根铁柱由铁盘焊接而成，因为焊接的标志清晰可辨"。

比之更早的1807年，一位叫布卡南的博士出版了《在南印度旅游》一书，书中描述了印度人加工制造钢铁产品的土方法，可惜书中没有详细记载这种工艺。或许正是这种特殊的工艺，才成就了千年不锈的"阿育王铁柱"。

严峻对峙的三大宗教，在此"有一种隐秘而有趣的互生关系"

随着科学的不断普及，一位名叫拉马穆尔西·巴拉苏布拉马尼安的材料工程师发现了"阿育王铁柱"的奥秘，并说出了我们常人"听得懂"的"人话"，"这根柱子含磷量很高，这种元素与铁和空气接触发生了化学反应后，形成磷酸氢盐的水合物，在铁柱开始生锈时，由磷、铁和空气形成的保护膜防止了锈迹的进一步发展"。另外，他还认为，"德里温和的气候也是重要原因之一"。这一观点得到了气象的有力印证，气象学家在分析了新德里地区几百年来的气候后，发现这一地区一年中，大多数时候都比较干燥，相对湿度不超过70％。而铁在湿度80％的条件下，才能和空气反应，形成微电流，造成腐蚀。

直到今天，世界范围内的科学家仍在对铁柱的成分做着不同的研究，比较一致的说法是，"阿育王铁柱"内碳、硫、磷和氮的含量都极低，铁的含量极高，这就意味着这是一个精纯无比、货真价实的"铁制品"。

　　这样的结论就带来了另外一个问题，如果印度人千年前就已掌握了如此高超的工艺，那为什么"阿育王铁柱"是一件孤品，他们为何没有冶炼出其他不生锈的铁制品呢？汗牛充栋的古印度典籍中，为什么没有关于这种秘技的任何记载与介绍呢？阿育王铁柱搬移至此的目的和用意何在？这是一个怎样特别的宗教符号？为什么会被后来的宗教统治者供奉？……

　　千年过去了，铁柱仍孤零零地矗立在那里，向人类的智慧不断发出挑战。

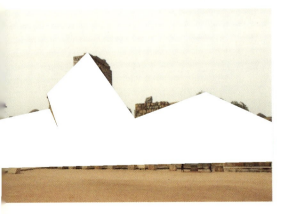

以顾特卜塔为标志，印度第一位穆斯林统治者顾特卜·艾伊拜克，于1193年在这里修建了名为"伊斯兰力量"的清真寺。我们今天可以想象，那应该是一个巨大的"清真寺群落"。

这里原本是27座寺庙的地盘，也就是说，这个"清真寺群落"是以拆了27座寺庙为代价建成的。

站在这片庞大的废墟之上，向导指着一层层废墟由近及远地告诉我，拆毁的27座寺庙中，大都是印度教、佛教、耆那教的寺庙，其中印

顾特卜遗迹

立柱上的浮雕

度教拆毁的最多，达20座；就地取材，物尽其用，拆下来的石材大都用于建造顾特卜清真寺。这就难怪我们看到清真寺遗址上的柱廊、墙壁等都雕有精致的印度教神像和图腾，与禁绝偶像的伊斯兰寺院形成了鲜明的对比。

从中也不难看出，"清真寺群落"应该也是速成品。

余秋雨来此看到塔、清真寺和石门石柱之后，想到了"严峻对峙的三大宗教"在此"有一种隐秘而有趣的互生关系"。在他的眼里，塔是伊斯兰建筑，但从空中俯视看塔的横切面，却是葵花形——典型的印度教标记。

也就是说，虽然塔下面的宗教冲突长年不断，但塔本身，却在"申述着融合的可能"。

而我却生发出另一种感慨来，这座印度最早的清真寺，实际上早已失去宗教场所的功能，只剩下几座高高的石门和无数精美的石柱。一切涂饰全部剥落，因此所谓的精美，也仅存那些留在石头上的层层浮雕，宗教的外衣荡然无存，剩下赤裸裸的文化供世界品评，这样的纯粹却能征服更多的"朝拜者"。

印度庙的柱子显露出来，每一根柱子上精致花纹都不一样。没有了征战，没有了冲突，一切复归安宁，你中有我，我中有你，干戈玉帛。

光阴为它刻下了时间的皱纹，废墟以无言面对是非论断。当我对它的厚重和智慧表示仰慕之时，却仿佛听到废墟发出自嘲的声音："亿万年对宇宙只不过一瞬。我，算什么？"

印度文明特有的"千层糕现象"

对印度的历史过往，历史学家张荫桐先生曾有过权威的解读。他说，印度不像中国那样有连续的历史记载，他们的历史与神话纠缠不清；如果把印度的各种历史记述串联起来，起码有好几万年之久，不能当作信史。

其原因在于"千层糕"之故。

原来，印度半岛历史上每过几百年，北方的游牧民族就会越过今天阿富汗那里的开伯尔山口南侵，把恒河流域的农耕文明毁灭，把那里残存的居民赶往南方。一次又一次，原来的征服者又被新来的游牧民族打败南逃，不同的文明层层叠加，久而久之，就变成了"千层糕"。最后，印度半岛原来的居民被赶到南端，有一些还渡海到了今天的斯里兰卡，也就是肤色最深的泰米尔人。

屈指算来，伊斯兰对印度的真正征服开始于11世纪，是由中亚的突厥人进行的。伽色尼王朝的苏丹马赫穆德远征印度12次以上，在北印度造成严重破坏。伽色尼王朝在中亚的领土于1173年被其位于阿富汗的原附庸廓尔王朝吞并。廓尔王朝统治者穆伊兹丁·穆罕默德在1192年的第二次德赖战役中决定性地击败了兆汗人。他留在印度的总督顾特卜-丁·艾伯克于1206年采用苏丹头衔统治被穆斯林征服的北印度地区，定都德里。

也因为此，我们才有机会看到了这座胜利之塔——顾特卜塔。

行文至此，我又想起了世界遗产委员会结语的后半部分："周围的考古地区包括一些墓葬建筑：著名的有建于1311年的印度穆斯林艺术的精品阿拉伊—达尔瓦扎门；以及两座清真寺，其一是顾特卜伊斯兰清真寺，该寺是印度北部最古老的清真寺，其建筑材料取自20余座婆罗门寺庙。"

今天，透过那座名叫顾特卜清真寺遗迹，仍可窥见当初的气派。

资料显示，建成之后的顾特卜清真寺，长50米，宽25米，寺中11个拱门组成的西墙，长117米，中间最大的一个拱门宽7米多，高16米。寺内有内外两个庭院，院内屋室都是印度教庙的建筑形式，墙壁、石柱和天花板也都有原来印度教庙的装饰。

我站在遗址旁，感觉这样的轮廓和遗址，比看完美的清真寺还更有韵味。拱门虽然仅存半壁，仍可感受当初气势。透过尚存的半壁拱门往天空眺望，顾特卜高塔就在拱门之内，不仅构图关系堪称绝妙，清真寺的赭红色遗迹，与顾特卜高塔亦浑然一体，交相辉映。

其实，这清真寺内应该还会有另一座与顾特卜塔相对应的高塔的，只因一个偶然的因素未能建成，不然我们今天看到的，应该是双子座的顾特卜塔。据说参与第二次扩建顾特卜高塔的卡吉尔，决定在院内再造一座胜过顾特卜塔的新高塔——阿雷米纳尔塔，不料此人于1316年被暗杀，第一层工程还未完工只好被迫中断。

我们在景区内看到一座由红砂岩建造的圆锥体建筑，地基像个帽子一样耸立在地面上。那便是阿雷米纳尔塔地基的最初模样，不知建造者为何留下这样一个烂尾工程，是留给后人以纪念？还是有意丑化这个形象工程？我以为，以文物的样式保留下来，成为一段历史的铁证，让后人知道个中故事，让各路游客在巨大的塔座前留影、猜想，也无不可。

印度有那么多民族，每一个民族当中又有那么多不同等级；有那么多宗教，每一个宗教里又有那么多派别，分别信奉那么多天神；有那么多语言，每一种语言中又有那么多方言……也正因为有了那"千层糕"，才产生了许许多多的"那么多"。

张荫桐先生说得很有道理，正是英国人的入侵和殖民统治，用他们的尖船利炮，才把"那么多"大大小小的土邦搓捏成一体。

从这一点而言，没有英国人的出现，印度要"在一起"是很难的。

1947年英国人走了，印度半岛经历了印巴分治的腥风血雨，又彼此各自成为独立的国家……当然，这是后话了。

顾特卜的过客

　　我幻想着从它的每条精致的雕痕，每一块沧桑的石头上，读出它目睹千年的故事后的复杂的内心世界。坐在一块石头上，置身于眼前无与伦比的残缺之美，我显得有些孤寂，身旁恍然是熙熙攘攘匆匆而过的着黄袍的僧侣，还有头戴北帽口念"阿门"的真主后代，他们才是这些建筑的主人，我只是一个遥远的过客与看客。

　　历史如沉重的石头层层堆积，然后又如轻细的浮尘悄悄散去。虽然眼前是一片由石头结成的阵式，但只要你看它们的角度一变化，阵式就立即会发生变化，顷刻之间，那些石头便有了无穷的生命。

　　印度建筑极其讲究对应关系和空间搭配，建筑之间的透视关系也极其舒服。穿梭在那些由石头组成的城堡中，那石窗、石门、石廊、石柱、石凳、石墙、石屋，经过岁月的风霜虽已残破，但明媚的阳光让这些坚硬的石头充满了柔情和生命。

尽管展现在眼前的是些断墙残垣，但从部分保存完好的精美石柱上，仍然可以想象出当年的盛景和气势。仔细辨认，那些刻画、纹理、凹凸，早已苍老得不知所云，时间的巨手把彼此慰抚得毫无火气。

　　我不知道那残岩断壁里有着怎样的故事，但也许就是这样的神奇、这样的奥妙让人们对顾特卜塔念念不忘。

残损的立柱

第 03 章
16 根大理石柱擎起"众神之家"

　　海神殿形似离堆。风大，冬天的阳光，湛蓝的海水，在风的指引下分外美丽。

　　一切都让位于这座以"海"命名的神殿，经典的残缺之美。

　　精雕的石柱是公元前5世纪的作品，3000年过去，在年复一年日复一日带着腥腻味的海风浸蚀下，那些坚硬的石头，也被磨去了棱角，白里泛黄，留下今天这般苍老而坚毅的模样。

　　顺着年轮往上推算，这些石柱开始屹立的时候，世界东方的孔子、老子、释迦牟尼等先哲，几乎同时在思考，而此时此刻，这里的海边上，同样坐着埃斯库罗斯、索福克勒斯、苏格拉底、希罗多德和柏拉图。

　　就像一盘跨越东西方的巨大棋盘，东西方这些"棋盘高手们"都在同时思考人类"下一步"的走势。

一切都让位于这座以"神"命名的神殿，经典的残缺之美

此行的目的地

海水蓝蓝的，像一位少女羞涩恬静。

我喜欢大海吸纳一切的博大和吞噬一切的凶狠，也喜欢黑夜幻想一切的激情和隐藏一切的深沉。"海"的最初意义应该是"大"，比如海碗、海吃、海喝……大海就应该是很大很大的意思了。

爱琴海温柔得像是回归到了爱情的怀抱，以至船行其间十分平稳，我们都感觉不到一丝摇晃。

爱琴海注定要留下一串串动人的传说，不同的人们怀着不同的心情来到这里，留下不同的动人故事。我不是第一次投入爱琴海的怀抱，2001年欧洲之行，在法国境内，曾领教过其风流倜傥。

温柔、湛蓝是她绝对的主题词。

我们将经历黑暗中爱琴海的重重波涛，到达欧洲各种文明的发源之地，这种感觉可比喻为一种特别的穿越，是我内心深处一种说不出的期待。

　　该怎样形容爱琴海呢？浩大而不威严，温和而不柔媚。

　　在这里，可以让人静下心来看海，心无旁骛，没有任何打扰。不像我们想象之中，这样的著名景点，一定是别墅林立，街市遍布，商品琳琅满目……这里的一切都

冬日阳光下的海神殿

比较简朴，满眼是连绵起伏的山峦和飞翔的海鸥。

　　沿着海岸行驶，高低不平的山包上像雅典卫城一样的白色的坚硬的礁石，公路上都是细碎的大理石，雅典人太奢侈了。

　　大海是希腊文明的摇篮和归宿，且是恒久不变的主题。苏尼翁是希腊海边最美的所在，是因为那里镶嵌着波塞冬海神殿。

　　海神殿形似离堆，风大，冬天的阳光，湛蓝的海水，在风的指引下分外美丽。海神殿就如一名跨越千年的模特儿，矗立在风中任世人瞻仰、凭吊。

　　也只有如此的大理石才可承受千年的风剥雨蚀，要不然早已不复存在了。不知为何，已是严冬，太阳却似夏天般炙人，天高云淡，海水碧蓝，让人心旷神怡。

这里的一切都与大海的氛围相契合，静得让人窒息。真可谓海天一色，除了高高耸立的海神殿，几乎再也看不到其他建筑，四周几乎都是"无人区"。

一切都让位于这座以"海"命名的神殿，经典的残缺之美。

如果也算建筑的话，唯一的人工建筑，是一个岗哨一样的验票处。你到此一游时，一位女服务员满脸堆笑地点点头，算是迎接和招呼，我发现，她在点头之际，还不忘了理了理手中那本厚厚的书。显然，这里的生意不是太好，冬日阳光之下，只有我们这一路客人。

坐在有暖气的岗亭里看书，便是她最好的消遣方式。

再往前走的山坳处，是用几片白帆搭建的简易休闲处所，供客人们小坐饮水，外搭卖一些旅游纪念品。这样的布局与设计看似随意，实则甚为精妙，无论你是远观还是近观，都丝毫不影响海神殿在你心里的美感。

镜头里的海神殿样子，还是那么完美。

也难怪，海神殿面前，任何建筑都会显得多余，最好的办法，就是什么也不要建，一切保持千年前的原貌。如是，倒反而衬出海神殿的博大和高深，就让人们心目中神圣的海神殿，独自守护着那个海枯石烂的海，还有那个流传远古的关于海的故事吧。

静静地站在波塞冬海神殿中央，眺望着湛蓝的爱琴海，我真的为这样的宁静气场而深深折服。这样的气场里，仰视海神殿那仅存的洁白石柱搭出的超越时空的几何图形，凝神静气，外部图像和内在意蕴上的巨大反差，形成了一种掠人心魄的美。

这，既来自自然之美，更出自人文之美。

我暗自思忖，只要你置身其间，都不得不赞叹大自然的魔力和人类的伟大。要知道，我眼前的这些经过人工精雕而成的石柱，是公元前5世纪的作品，3000年过去，在年复一年日复一日带着腥腻味的海风浸蚀下，那些坚硬的石头，也被磨去了棱角，白里泛黄，留下今天这般苍老而坚毅的模样。

苍老的大理石柱

顺着年轮往上推算，这些石柱开始屹立的时候，世界东方的孔子、老子、释迦牟尼等先哲，几乎同时在思考，而此时此刻，这片海的边上，同样坐着埃斯库罗斯、索福克勒斯、苏格拉底、希罗多德和柏拉图。

就像一盘跨越东西方的巨大棋盘，东西方这些"棋盘高手"都在同时思考人类"下一步"的走势。

中华文明与希腊文明具有历史的可比性。东西方文明的视野所及，是整个人类。

从古时候起，对于神和人而言，这里都是一处绝佳的风水宝地

著名的波塞冬海神殿位于希腊半岛最南端的"尖尖"上，伸入海中的一个悬崖，叫苏尼翁海角。

苏尼翁角原来也是雅典重要的前线重镇之一，它位于阿提加半岛的最南端，是一处眺望爱琴海的浪漫地点，尤其是傍晚时分，红色的太阳落在蓝色爱琴海上。

乘车的路上可以一览田园诗般的萨罗尼克海湾。苏尼翁海角三面环海，左面是著名的爱琴海，正面是地中海，右面则是爱奥尼亚海，它也是人们从爱琴海上的岛屿或小亚细亚来到希腊所看到的第一片陆地。

因之，从古时候起，对于神和人而言，这里都是一处绝佳的风水宝地。充满艺术神韵的古希腊人便选择了这样一个神境建筑海神庙。

古希腊人认为，诸神与这个世界的联系是非常紧密的，处处都留有他们的踪迹。比如克里特岛是宙斯出生的地方，在他的足迹所到之处，发生过很多惊险的故事……这些故事中的名胜古迹就像一幅幅图画，构成了一册文化地理课本。

根据"神谱"的逻辑，即神繁殖的逻辑，每位神都有父母及祖先，每位神都拥有后代。如果诸神就是世界，那么，世界是神构成的；如果诸神组成世界，那么，诸神的历史就是世界的历史。

希腊的起源论可谓一部神谱，也是一部宇宙起源论和一部人类起源论。

因此，宇宙的历史，主要涉及统治权，涉及权力的转让。

希腊神话塑造了数不清的神，据说众神之中最有权威、最受崇拜的十二主神，住在希腊北部色萨利的奥林波斯山上（罗马称之为"天国"），被称为"奥林波斯十二神"。他们分别是：宙斯、赫拉、得墨忒耳、波塞冬、雅典娜、阿波罗、阿耳忒弥斯、阿佛洛狄忒、阿瑞斯、赫淮斯托斯、赫耳墨斯及赫斯提亚或狄俄倪索斯。

同我们人类逻辑思维所理解和判定的一样，这"十二主神"也大多是一个家族的，他们不是宙斯的兄弟姐妹就是宙斯的子女。

波塞冬海神也不例外。希腊神话记载，波塞冬是希腊神话中的海神，宙斯的哥哥，哈迪斯的弟弟。据说当初宙斯三兄弟抽抽签划分势力范围，宙斯抽得了天空，哈迪斯抽中冥界，波塞冬就成了一切大海和湖泊的君主，被尊为"大海的宙斯"，支配力遍及全宇宙，其地位和力量之高，仅次于宙斯。

波塞冬是克洛诺斯与瑞亚之子，他联合哥哥天帝宙斯和弟弟冥王哈迪斯，推翻了父亲的残暴统治。在讨伐克罗诺斯时，独眼巨人送给宙斯闪电火，给波塞冬三叉戟，给哈迪斯黑暗头盔。此后波塞冬经常手持三叉戟，这成了他的标志。

当他愤怒时海底就会出现怪物，他挥动三叉戟不但能轻易掀起滔天巨浪引起风暴和海啸、使大陆沉没、天地崩裂，还能将万物打得粉碎，引出浇灌农田的清泉。甚至引发震撼整个世界的强大地震，由于过于强悍，就连冥王都惧怕会不会令宇宙裂开导致冥界暴露在人间，但象征他的圣兽海豚则显示出海的宁静和波塞冬亲切的神性。

希腊神话中关于波塞冬的故事有很多：他曾在阿波罗的帮助下替拉俄塞冬国王修筑了著名的特洛伊城墙；一次他和雅典娜就新城雅典起名之事争吵，最后被迫向智慧女神让步；另一次他因科林斯的国王之故与赫利俄斯激烈争斗，最后以胜利告终……由于其权力仅在宙斯一人之下，因而其内心膨胀，密谋推翻宙斯没有得逞，反倒被宙斯发配到人间。

波塞冬曾与雅典娜争夺过雅典，争持不下，决定让民众选择，波塞冬祭出三叉戟，雅典娜伸出橄榄枝。

最终，雅典人民选择了"和平"的雅典娜。

一段最能体现神话真谛的文字，总是像戏剧一般，展示主人公曾经受最严峻的考验，在出生入死之后，才能扮演或重新扮演其新的角色。

孤独的海神殿

神殿在阳光下显得很孤独，伟大的东西是不是都很孤独

爱琴海附近的希腊海员和渔民对波塞冬极为崇拜。

生为海上民族，在海洋中求生存的民众们，对大海充满了天然的敬畏。他们会不惜一切代价，去修建一些设施来平复自己的内心。海神殿就是最好的见证，不仅希腊如此，所有海边求生存的人都是这样，比如东方海岸边的妈祖庙。

希腊各地都建了许多供奉波塞冬的神殿，而位于苏尼翁角的海神殿是最著名的一座。古希腊时期这里就开始成为一个祭拜神灵的中心，在荷马《奥德赛》中这里被称为神圣的海角。

从雅典到苏尼翁角有70千米的海岸线，被称为阿波罗海岸。出雅典城不久，我们的车便沿着海岸线奔向这个著名的海神殿。爱琴海平静无波，汽车贴着海岸线顺山势起起伏伏、一路奔驰，仿佛欲将我们带离喧嚣和忧虑，而带进自然、忘我、干净的境地。

波塞冬海神殿

一个多小时后，我们便从雅典来到了波塞冬海神殿。

骨感、沧桑、坚定、神圣——远远望去，一座留存十几根白色柱子的建筑孤零零地矗立在海边山坡上。

这个建于前444年的神殿，如今只留下断残的石柱，它矗立的一瞬间，竟然就是2500年。

传说中，2500年前年的一个下午，雅典国王在这里焦急地等待远征的儿子，他向海神祈祷儿子的平安，不多时果然见到船队的风帆，于是在此为波塞冬修建起神殿。

虽然这传说显得过于简单，但在这片海天一色之地，2500年间波塞冬海神殿是绝对的地标性建筑。

事实上，公元前5世纪初开始建造的这座神殿，建筑工程还没有完成的时候，便受到了与波斯人战争的毁灭性侵袭。现在我们所看到的遗迹，则是在前445—前440年间在原波塞冬神殿遗址上重新建造的多立克式石柱建筑，它与雅典著名的帕特农神殿同龄。其内部构造包括希腊建筑中常见的门廊、内殿、后殿三大部分。其外部与著名的赫菲斯托斯神殿十分相似，并且在爱奥尼亚式大理石柱之间的壁上雕刻着精巧的石雕。1906年，此处发掘出大量文物，最引人注目的大理石雕像科罗斯和令人印象深刻的还愿救济铭文，现都珍藏于希腊国家考古学博物馆。

据说神殿的日落是最美的，虽然我没有见到，但此时的神殿也很美。阳光从高大的石柱间洒下，在凹凸不平的地面上落下几段暗黑的阴影，与洁白的大理石形成鲜明的对比。

这是一种无须炫耀、无须张扬和攀比的美，却可以穿越时空。我凝视着眼前的神殿，努力与它对话与交流。我喜欢这种时刻，耳边只有风和草的声音。

神殿在阳光下显得很孤独，伟大的东西是不是都很孤独？孤独也是一种美，不知道为什么，我想流下眼泪。

正如所有的希腊神殿一样，波塞冬建筑呈长方形的，四面柱廊。史料告诉我这座神殿的尺寸：石柱高6.10米，底部直径1米，顶部直径79厘米，这些多利安式圆柱有一个特点，它们只有16道沟陷，其他地方的多利安式石柱都是20道。考古学家估计，这是为了能更好地抵御夹杂着盐分的海风的腐蚀。

第一眼看它，觉得它太简单，每一根柱子都八面来风，一眼看透。再细看却觉得正好：石柱的纯白、海水的蔚蓝；大海的澄澈，石头的深沉，协调与和谐。

正是这样澄澈单纯的大智慧，让希腊成为欧洲文明的发源地。它以简洁质朴的方式，书写了华丽和神圣，刻下了深刻与久远。

远古的阳光抚摸着远古的石柱，在这里，时间是一种无意义的抽象词。我仰起被太阳晒得滚烫的脸，感觉历史如流水从身旁悄然流过。

爱琴海神韵的魅力无所不在。时间的岁月更加增添了昔日的神秘。

这座神殿在18、19世纪很受文人墨客的喜欢，为了纪念到此一游，很多人都把自己的名字镌刻在石头上，著名诗人拜伦勋爵也不例外，当他于19世纪初期造访于此时，也未免脱俗，同样在其中的一个石柱上留下"到此一游"的痕迹，没想到的是，这一痕迹竟与波塞冬海神殿一样，成为不可磨灭的图腾——

祖国啊，此刻你在哪里？你美妙的诗情，怎么全然归于无声？你高贵的琴弦，怎么落到了我这样平庸的流浪者手中？

我凑上前去端详柱子上镌刻的密密麻麻各种不同的文字，真不知道哪一段文字是拜伦所留。当然更不知道的是，当年他在留下这段文字时，是否因为损毁文物而受到什么样的处罚。

其实，拜伦留在波塞冬海神殿石柱上的那段文字不是偶然，更不是率性而为，而是在一个宏大的时代背景中的必然所为。1821年，希腊人发起了独立战争，反抗土耳其的统治。1822年，希腊宣布独立。土耳其统治者实施镇压，在各地制造了许多惨案。得知这一消息后，欧洲不少人报名参加支援希腊的义勇军，拜伦也是其中一个。1823年，拜伦所在的义勇军在科林西亚湾登陆参战。1824年拜伦身患疟疾，客死他乡。

诗人从此与希腊结上了不解之缘。

我知道，拜伦的长诗《唐璜》中，有一节专门写一位希腊行吟诗人自弹自唱，悲叹祖国拥有如此灿烂的文明而落于败落，那诗读起来朗朗上口，十分感人。

拜伦的祖国不在希腊，但他愿把希腊看成自己的文化祖国。按文学大师余秋雨的解读："拜伦把自己的名字签写在希腊文明的肌肤上"，"成了接过希腊琴弦的流浪者"。

是爱琴海孕育和繁衍了诸文明，我们只不过目睹了波塞冬海神殿这个"物证"罢了

迎着海风，我在白色石柱间的空地上慢慢走动，凝视着那些白里透黄的大理石，想着这个有些伤感而又浪漫的故事，心里猛然间升腾起一种说不出的情愫来……

古希腊辉煌的历史上，有三个青铜时代的伟大文明曾在这一四面环海的区域发展、繁荣，以至于这一地区后来成为希腊古典时代的中心——

青铜时代早期，即公元前3500—前2000年，基拉迪克文化在希腊东南环爱琴海诸岛区域发展壮大。

公元前2000—前1470年，以克里特岛为中心的米诺斯文明，创造了璀璨的艺术和优雅的生活方式，他们享有的民用生活福利设施，直到1000年后才又在欧洲出现。米诺斯文明的众多遗存中，被称为"A类线形文字"的书写系统，至今尚未被破译。

当米诺斯文明日臻顶峰之际，又一个青铜时代晚期的文明在希腊大陆上发展起来。它以雅典、梯伦斯、派洛斯和迈锡尼为中心，被称为迈锡尼文明。迈锡尼人从被他们所取代的米诺斯人那里借鉴了许多东西，同时也发展起自己的生活方式。他们是讲希腊语的民族：这一事实在他们的书面语——被称为"B类线形文字"的语言——于1952年被破译之后，才为人所知。

迈锡尼人和较早的米诺斯人都生活在考古学家们所说的"宫殿文化"中。这样的社会以宏伟的石筑宫殿群为中心，宫殿里住的是世袭国王和国

家的管理者，他们制定、实施法律，管理经济。迈锡尼人在高高的悬崖上建造堡垒似的被称为"卫城"的宫殿——在希腊语中的意思是"山顶之城"。

种种文明，都归结为"爱琴海文明"。是爱琴海孕育和繁衍了诸多文明的存在与伟大。

今天，我们只不过在爱琴海的这一角落，目睹了波塞冬海神殿这个"物证"罢了。

海风渐大，卷着灿然的阳光在石柱间呼啸而过。石沙静寂、人迹稀渺、海天一色，唯有风是能够看得见和听得见的精灵。

下得山来，半路竟有一间咖啡馆。开放式的咖啡厅正对着碧波浩瀚的大海。初冬时节是旅游淡季，几乎没有了生意，却有着一种远离尘世喧嚣的洒脱和宁静。

这里的海有一种与众不同的美，那是一种令人头晕的蓝。海水就像真空一样纯净，却有令人诚惶诚恐的深度。那种深不见底，会令人心生恐慌，仿佛随时都会将人吸进去一般。

强烈的阳光如尖刀一样扎在海面，又反射回来四处溅开。远远近近，船影和岛影以历历分明的轮廓映进海底，摇曳不定。感觉那不是海，而是一种神圣的仪式。

我站立在岩石边，面对仪式般的大海，久久不动。我感觉一种神奇的力量，混合着苍茫的蓝色和溅动的阳光在我身体里流动。

这里没有别墅、白帆，连房屋都见不到几座，人影稀疏，草木蓁蓁。

在这样的气场里，波塞冬海神殿以残余16根白色大理石柱的姿态，典雅轻盈地矗立在海崖，扬起高傲的头。所有的一切，形成一种苍海桑田的大气象，静静地守护着眼前远古的石柱、远古的海。

万物皆流，无物常住，古希腊世界的一切：神话、爱情、家庭、战争、民主……如同赫拉克利特的河流，虽然早已流逝。时至今日，古希腊

离别时的波塞冬海神庙

仍令人魂牵梦萦，对她的追求和怀念从未停止过。

　　我想闲散的希腊人也许就是这样，他们不会容忍现代化的脚步掩住古文明的风采。

　　也许，这就是苏格拉底、柏拉图的后代，任外面的世界惊天动地、天翻地覆，他们却踏海放歌、临海垂钓，悠然在爱琴海的水天中放任着自由的心灵、睿智的精神和丰富的文化。

　　这一种看淡世事的风骨，让希腊的子民们每天伴着世界上最丰厚的遗产而居，却不露半点骄横之态，活得淡定闲散、从容悠然。

　　回头望望山坡上的波塞冬海神殿，有几分不舍，我还是微笑着挥手与它暂别。

第 04 章
一个"轻浮"之地，
何以有如此厚重的殿堂

这里镶嵌着世界最煽情的"广告词"："伟人们，祖国感谢你们。"

先贤祠云集着72位先贤，他们中间没有一个世俗的幸运儿。他们都是人间的受难者——他们在燃烧着自身肉体的烈火中，去找寻金子般的真理。

这里的每一颗灵魂都分列两边，一左一右，每一处石棺上都放着一片美丽的铜棕榈。

先贤祠告诉我们的，更多的不是地名，而是茬苒岁月中一串连缀叠唱的人名。

先贤祠与教堂在结构上并无多大分别：不熄的烛火、空旷的大厅、还有那些精美的雕塑、壁画，只是少了做弥撒时那一排排用于听经的桌椅。

教堂里供的是神，人是渺小的。而这里却独辟蹊径，将神的居所还原给人，一座供奉人的教堂哪怕再简陋，也是举世无双的地标性建筑。

与大地融为一体，与万物共生共荣。

就是你生性胆子再小，在这里也感受不到某种不适，心里涌起的，是说不出的崇敬与崇拜……他们不再高高在上，不再遥不可及。

先贤祠是一本书。

到法国如果不到先贤祠，就形同只了解了这个国家的"皮毛"

提起法国，我们自然而然会想到卢浮宫、凯旋门、埃菲尔铁塔，想到的是这些历史建筑的寓意和壮美，想到的是法国人的浪漫和优雅，想到的是法兰西民族对不同文化和信仰的宽容。

但是，如果提及坐落在巴黎拉丁区的先贤祠，可能就很少有人知道了。我问过不少到过巴黎的朋友，他们对先贤祠都比较陌生，有的"听说过"，更多的则摇摇头。我相信对于多数到过巴黎的中国游客而言，先贤祠于他们是陌生的。

我是在一个晴朗的午后来到这里的，太阳下巴黎的天空一片蔚蓝，远远地，高耸的圆顶直刺云霄，四周镶嵌着精美的雕塑，每一块用石都十分考究和严密。走近，一条考林辛式柱廊艺术地托起圆顶底座。再走近，但见两排22根整齐的圆柱列阵一般组成了先贤祠门廊。

是那些通天之柱托起了整个先贤祠，使其气势连贯，浑然天成。给人的强烈感觉，有如整个法国是由这些入住于此的先贤所托举起来的一样。门廊上面的人字形山墙（即"山花"）纷外醒目，山墙上的大型浮雕《在自由和历史之间的祖国》浪漫而恢宏："自由"和"历史"分坐两边，中央台上站着代表"祖国"的女神，正把花冠分赠给左右的伟人。

先贤祠的雕像

祖国女神

我知道，那是大卫·当杰斯的代表作。

　　到法国旅行，如果没到过先贤祠，就形同只了解了这个国家的"皮毛"，而没有真正探究其内在的精神核心。即便其他的都可以忽略，也绝不可以忽略先贤祠。恰恰是这座建筑和它所包纳的内心，向我们展示了法兰西民族的精神取向。

　　如果要真正认识了解法兰西，回溯其曲折蜿蜒的悠久历史，探索其灿烂典雅的文化艺术，深入理解其浑厚的人文精神内涵和与东方民族迥然不同的历史文化，先贤祠可以说是最好的入门钥匙。

先贤祠的"祠"字本来是中国独有的。

我猜想，其字其义应该是中华文化传统功底相当深厚的翻译家的得意之作。在古代，祠乃中国人祭拜祖先的最神圣的地方。几乎每一个家族，都修造有气派不凡的家族议事建筑，人们管它叫作祠堂。听父辈们说，德高望重的人过世之后，都会在本家族的祠堂里停上几日，供后人们瞻仰追思。人死后一旦入祠，就成为敬意、崇拜、纪念的对象，其间还折射出一种博大的让后人继承的某种精神。

这一切引申之义，都与巴黎的"先贤祠"契合。自西欧归来的很长一段时间内，一想起这个"祠"字，我心里便滋生出一种难言的悸动与感慨。

先贤祠不是一个热门的旅游景点，那里也不是看热闹、售名牌的地方。

我要说的是，对于法国而言，先贤祠十分重要。对于去那里"到此一游"的"我们"而言，亦同样重要。

人死了，便住进了一个永久的地方——墓地。生前的亲朋好友，如果对他思之过切，便来到墓地，隔着一层冰冷的墓室石板"看望"他。

然而，先贤祠是个例外。去到那里的人，非亲非故，全是来自异国他乡的陌生人。有的相距千山万水，有的相隔数代。就像我们，千里迢迢去看欧洲的文明，去看那些为文明奠基的伟人：卢梭、雨果、巴尔扎克、莫奈、德彪西等一大堆活在我们想象中的名字。

真羡慕法国人的浪漫和聪明，他们把这些名字集中到了这个名叫先贤祠的地方。

世人眼里，法兰西是浪漫之国，巴黎是著名的浪漫之都。没想到，就是这样一个"轻浮"之地，却供奉着十分肃穆神圣的殿堂。

在巴黎市中心塞纳河左岸的拉丁区，从巴黎地铁站出来，沿绿树成荫的圣米歇尔大道走到苏夫洛街东望，一个十分气派的圆形穹顶建筑便跳入眼帘，那便是法国人专门为伟人准备的安息之地——先贤祠。

法国先贤祠

先贤祠荟萃了法国的众多思想伟人，就像圣丹尼大教堂是历代法国王室汇聚的地方一样，先贤祠是永久纪念法国历史名人的圣殿。

那里是法国的精神的寄托，那里是法国灵魂的化身，那里可以找到法国之所以历经千折百难，仍然屹立于世的最直接的答案。

先贤祠最煽情的广告词："Aux. grand's hommes, laPatrie reconnaissance"（伟人们，祖国感谢你们）

先贤祠最初是一座教堂。又名"万神殿"，初始含义是"所有的神"。这类以供奉诸神而著称的建筑，在古时的西方十分盛行。这样的建筑往往肃穆典雅而庄重，象征着神至高无上的威仪。比如古希腊人修筑的经典建筑巴特农神庙，供奉着世上所有的神，虽然诞生于公元前5世纪，早已剩下残垣断壁，但今天依旧熠熠生辉。

我们今天很少知道，先贤祠最早是路易十五（1715—1774年在位）重疾痊愈后的"还愿"之作。路易十五以穷奢极欲、挥霍无度而著称，最能让后世记住的，是他说的那句臭名昭著的千古名言："我死后哪管它洪水滔天。"

1744年，路易十五生了一场重病，命在旦夕。病入膏肓的他，特地到教堂祈求祷告巴黎的保护神圣日内维耶保佑，并且许下宏愿——如果让他活过来，就建造一座宏伟的教堂供奉她。奇迹真的出现了，路易十五活过来了。

圣日内维耶是一位真实存在过的法国历史人物。传说她是一个虔诚的天主教徒，幼年在乡村度过的她，就决定终身过贞节的生活，她把全部精力都用到祈祷和沉思上。后来她到巴黎，致力于照顾贫穷及生病的人们。传说她从15岁开始一直到50岁每周只进食一次素餐、饮水两次。

1500多年前，在匈奴国王阿提拉入侵巴黎时，圣日内维耶发挥了极大的影响力，她站出来动员巴黎的女人们祈祷、男人们保卫城市。人们起初不相信她，甚至有人认为她在扰乱军心，想用石头砸死她。最终在她的努力之下，阿提拉撤了兵——巴黎保住了。由是，巴黎人笃定这是神的庇佑，于是尊她为保护神。

却说路易十五康复后，便开始了"还愿"历程。

他全权委托御用建筑师玛格内侯爵负责整个工程，玛格内的副手苏夫洛负责具体设计。苏夫洛的设计非常大胆，柱细墙薄，加上顶部巨大的采光窗和雕饰精美的柱头，室内空间显得非常轻快优雅。工程因为战争时断时续，从1758年开始设计，到1780年苏夫洛去世前，教堂的穹顶尚未建造，苏夫洛让学生隆德莱接着完成。

为了纪念这位著名的设计师，教堂正对的那条街至今仍叫苏夫洛街。

站在先贤祠外面，凝视着眼前一根根厚重的罗马立柱，视野往上，眼帘里的人字墙下，是一排工整的法文，不用翻译，我便知晓那是先贤祠最

先贤祠的穹顶

煽情的"广告词"："伟人们，祖国感谢你们。"

很大程度上讲，就是因为这句"广告词"的召唤，我才特地瞻仰这处特别的风景。

门廊墙上的五幅巨型浮雕，与那句"煽情的广告词"形成极妙的呼应，它们指向一个共同的主题：法国式的爱国主义和英雄主义。

带着几分神圣与期待，我穿越巨型立柱，步入祠堂，视野漫过穹顶，眼前一片豁然开朗，站在大厅中央的十字交叉点上，空间感觉和对应关系无处不在，上方是透光的大穹顶，大穹顶的前后左右由四个带拱的扁平穹顶簇拥着，中间被十字交叉堂隔开，就是地板上的图案也与穹顶有机呼应。

大穹顶映射之下，呈现的是永远"进行时"的科学实验——第一次证明地球自转的著名的傅科摆。1851年，法国物理学家莱昂·傅科在大厅穹顶悬挂了一条67米长的绳索，绳索下面有一个重达28公斤的摆锤，摆锤下方是巨大的沙盘，每当摆锤经过沙盘上方时，摆锤上的指针就会在沙盘上留下运动的轨迹。

直到今天，"傅科摆"还在不停地摆着。

圣日内维耶大教堂抛弃了上帝，摇身变为"祖国和自由的祭坛"

科学与宗教在圣殿里进行完美的演绎，不愧为一段佳话。

先贤祠的正厅与普通的教堂在结构上并无多大分别：不熄的烛火、空旷的大厅、还有那些精美的雕塑、壁画，只是少了做弥撒时那一排排用于听经的桌椅。

站在大厅十字交叉点往东边的侧廊看，其尽头处赫然耸现着一组雕塑，一块巨石之间并肩而立着两位女神——荣誉女神和记忆女神，她们脚下平卧着一名牺牲的战士。这个名为《致为法国捐躯的无名烈士》的作品，由著名雕塑家布沙尔创作，旨在纪念"一战"中阵亡的无名将士们。

大厅后面正中另一组群雕《国民公会》也十分醒目，群雕上那些国民公会会员，像在演舞台剧，左边的会员们戴着假发，穿着法国绅士服，做出各种夸张的舞台动作；右边的军人们敲着战鼓，骑着战马，动感十足。中间是手持长剑的自由女神，女神脚下（也即雕塑的正中央）的一行法文烘托出作品主题："不自由毋宁死"。

我知道，那是美国政治家帕特里克·亨利1775年提出的名言，法国革命时被奉为圭臬。

"不自由毋宁死"这样的标签能够入驻先贤祠，有极其讲究的，它明白地在告诉世人，这样一个举足轻重的精神殿堂，在弘扬什么、主张什么。

大厅陈列的主题雕塑还有一处惹人眼目——百科全书派和狄德罗纪念碑。整个雕塑由三个表情不同的人物形象构成，表现的是18世纪法国启蒙思想家在编纂《百科全书》过程中形成的派别。百科全书派的核心，是以狄德罗为首的反对封建特权制度和天主教会的唯物论者，认为迷信、成见、愚昧无知是人类的大敌。他们主张，一切制度和观念，要在理性的审判庭上受到批判和衡量。

这些风马牛不相及的元素集合在一起，看似十分随意的大杂烩，却是经过精心考量的。因为政治、宗教和科学，无疑是人类永恒的主题。

先贤祠内与盛大雕塑相映成趣的，是两侧墙壁上一幅幅堪称为经典的宗教色彩浓厚的壁画，其中最为生动而丰富的，便是体现圣日内维耶为主角的历史组画，四根柱子掩映的壁画墙上，是著名画家布维·德沙万凭借超凡的表达，把女神圣日内维耶在牧羊时期的恬静可爱、战争时期的庄严肃穆、临刑时的坚定决然，表现得淋漓尽致、惟妙惟肖、美轮美奂，从而使画面呼之欲出，令人身临其境。

先贤祠这个名字是法国大革命时给定下来的。那个特殊时期，世俗与宗教的权威皆消失殆尽。于是圣日内维耶大教堂抛弃了上帝，摇身变为"祖国和自由的祭坛"。

宗教壁画、大革命雕塑、科学实验，不同时期、性质各异的遗留物品串联起来，就是一部先贤祠精彩的编年史——

1791年4月4日，法国制宪会议通过决议，从这一天起，圣日内维耶教堂正式更名为先贤祠。

1806年，拿破仑曾经试图把先贤祠重新回归为一个教堂，可是几经反复之后，它最终还是按现在的面目，将先贤祠凝固在历史的画卷中了。

1814—1830年，它又被归还教会。先贤祠中的艺术装饰非常美观，其穹顶上的大型壁画是著名画家安托万·格罗特的代表作。

后来因波旁王朝复辟又经过几次反复，直到第三共和国时期（1870—1940年），从安放雨果骨灰开始，先贤祠再度改成国家名人祠墓，并保持至今。

冥冥之中，时间好像在有意进行无缝对接，1790年教堂竣工时，法国大革命如火如荼。到处都在杀教士、毁教堂，圣日内维耶的骨灰也被抛进了塞纳河，路易十六的人头也很快就要为大革命祭旗。幸运的是，这座还没有来得及成为教堂的殿堂，在没有被狂热的革命群众捣毁之前的紧急关头，被制宪会议事先做出的一个英明的决定拯救了——将教堂改为殿堂，用以存放国家名人的尸骸。革命家米拉波、启蒙思想巨人伏尔泰、卢梭以及其他先贤伟人，聚集于此，供人们瞻仰与膜拜，以鼓舞民众，集聚民气。

从最早的圣日内维耶教堂，到法国大革命爆发后改建成陵墓，再到19世纪两度恢复宗教圣堂……几度风雨，几经变迁，成为法国历史不屈的精神写照，成为承载整个法兰西民族的精神圣地。

这里的每一尊棺木，都是人们心中的一座丰碑

从玻璃门进入地宫，地宫里有几条巷道，巷道两侧，铁栅栏门紧

锁，是一间又一间的墓室。这里供奉着思想家、政治家、科学家，但更多的是法兰西的作家和艺术家。他们有的是两人一个墓室，有的是多人一个墓室。

一条条走道脉络清晰，一间间石室编排有序。

这里的每一颗伟大的灵魂都分列两边，一左一右，每一处石棺上，都放着一片美丽的铜棕榈，每一尊棺木都是人们心中的一座丰碑。

门厅最显眼处是伏尔泰和卢梭的棺椁，他们比邻而居，安葬在先贤祠最显赫位置，中间只隔了窄窄的一条走道。

伏尔泰被誉为法国启蒙运动的旗手、法兰西思想之王；卢梭被尊为法国大革命的思想先驱。他们都是伟大的思想家，只是在启蒙运动时，一位向左，一位向右；一位崇尚自然，追求平等；一位讲究理性，倡导自由。

为此，他们争吵了大半辈子，谁也没说服谁，先贤祠的安排也颇为考究。生前这对著名的冤家，身后却长相厮守。这真是一个有趣的画面，置身于这般场景，想象着左翼、平等、革命与右翼、自由、渐进这些澎湃着热血的词汇，仿佛触摸到了法兰西民族最深处矛盾又和谐的灵魂。

风度翩跹，神采飞扬，右手捏着鹅毛笔，左手拿着一卷纸，动感十足的伏尔泰，站在自己的棺木前，以这样的优雅姿态招呼着南来北往的膜拜者。他身后的棺木上镌刻着几行极富哲理的字符："诗人、历史学家、哲学家，它拓展了人类精神，他使人类懂得，精神应该是自由的。"

伏尔泰是一个哲学家，一个文学家，一个投资成功的富翁，一个法国贵族们崇拜的偶像。但他能够入驻先贤祠的最大理由，却是"自由的精神"。在人们眼里与心里，伏尔泰虽然不是一个简单的"革命形象"，但骨子里却流着"革命"的血液。

伏尔泰的一生，从年轻时因文字惹祸，两度进入巴士底狱开始，就不断地在与旧制度搏杀。他说，天主教是"一些狡猾的人布置的一个最可耻的骗人罗网"。他又说，要统治人民，宗教是不可缺少的，"即使没有上帝，也应该造一个"。

今天的法兰西共和国，虽然已经是第五个共和国，可追根溯源，难道不就是要追溯到巴士底狱被攻克的那一天、追溯到国民公会宣布共和的那一刻吗？

正是这样的理想，号召人们冲破了中世纪的宗教桎梏；正是这样的理想，催生了法国大革命。

伏尔泰雕像

伏尔泰的余光所及，会瞥见一座矮矮的小寺庙，小寺庙极为精致，也很是考究，不用问都知道，那是让·雅克·卢梭灵魂居所。

走近一看，庙门微微开启，从门缝里竟伸出一只手来，手中擎着像是一支燃烧着的火炬，我知道那是"卢梭的思想点燃了革命的燎原烈火"。但怎么看上去，手里都像拿着一枝玫瑰，似乎在挑逗和戏弄他的"死对头"。这一幽默的设计，与卢梭棺木上"自然与真理之人"的铭文，形成鲜明的对比，大概只有浪漫的法国人才会想得出这样的创意。

如果说，伏尔泰的墓地设计别致，浑然天成的话，仅隔着小小走廊，与之相对的卢梭之墓，则更加崇尚自然。

歌德和席勒都是卢梭的崇拜者，托尔斯泰少年时颈项间悬挂有他的肖像纪念章，康德因读他的作品而为之神往，说他"使我双目重见光明"。

同样如此，卢梭一直是我崇拜的偶像，我常常为他的理论，为他孤独的情感、激昂的文采所倾倒。他《忏悔录》中的经典句子，我随口可以背出来："当末日的号角吹响时，我愿意拿着这本书和任何人一起，站在至高无上的上帝面前接受审判。这就是我曾做过的，我曾想过的，这就是真实的我。"但我初看《忏悔录》时，在心里却怎么也接受不了，就这样"一个少年时有露阴癖的性变态者"，居然成了民主社会理论的奠基人。

于是我在心里经常问自己，为什么卢梭能超越卑贱成为一个伟人？后来我明白了，虽然他浪迹过街头，做过仆人、家庭教师，却始终潜藏着一颗高贵的心灵，正是这种心灵引领他走出了卑劣，激励他在劣境中去寻找一个更公平、美好的世界，从而将法国导向了平等、自由、博爱的新航向。

就像卡莱尔说的："他教导的东西，整个世界将去做和创造出来。"

卢梭生活在最底层，受尽了各种屈辱，但他心灵的高贵使他无法忍受这一切，在孤独与痛苦中，他思考着人的权利和价值，并用他天才的灵魂和激情四射的言辞唤醒了我们，使我们认识到平等和自由的可贵。

正是在卢梭思想的引导下，才有了法兰西共和国，才有了美国的独立宣言。也正因为如此，他死后方进入属于他的荣誉殿堂——一个专门用来安葬伟人的处所——先贤祠。

对于政治家而言，先贤祠无疑是一个是非之地

1778年，伏尔泰送葬的队伍在巴黎大街上走了8个钟头。卢梭比伏尔泰多活了34天。在他死后的第16年（1794），法兰西共和国同样举行隆重盛大的仪式，把他迎进了先贤祠。

驻足于此，凝视着两位人类历史上的伟人，耳畔不由想起了宋代词人辛弃疾的《破阵子》："了却君王天下事，赢得身前身后名。"在寂静神圣的先贤祠里，那么多智者与圣者云集于此，如果伏尔泰和卢梭还会辩论，想来一定会是极佳的盛筵。

再往里走，地下墓室西侧的左边，是世界著名大文豪雨果的棺椁。与他同一墓室的是法国自然主义文学流派的领袖佐拉和法国浪漫主义作家大仲马。

三位文豪，同处一室，也是莫大的幸事。看上去他们是作家，但他们

都不是以文学的名义走进先贤祠的。他们不只是艺术殿堂的栋梁，他们是撑起法兰西民族精神大厦的一根根擎天巨柱。

这里有必要特别介绍一下雨果的葬礼。雨果去世之后，法国政府为他举行国葬。巴黎人几乎倾城而出，涌往凯旋门下去瞻仰这位天才作家的遗容，自发形成的200万人的送殡队伍，延绵数公里，蔚为壮观。这种场面，在法国历史上堪称空前。

我终于明白了，为什么在这里没有巴尔扎克、斯丹达尔、莫泊桑和缪塞，也没有莫奈和德彪西。这里所安放的伟人们所奉献给世界的，不只是一种美，不只是具有永久的欣赏价值的杰出的艺术，而是既代表了法国思想和精神的发展脉络，也体现了法国历史发展的缩影。

映入眼帘的，也正是这样的"脉络"与"缩影"。那些特色鲜明的墓葬和墓志铭，彰显了一个个伟大的灵魂。

比如拉纳元帅墓。拉纳是一位勇敢、无畏和顽强的军官。也是当时欧洲最杰出的进军掩护指挥官，号称"军中三杰"之一，因在芒泰贝洛战役中一战成名。比如让·饶勒斯墓。这位和平运动的领导人在第一次世界大战爆发前夕，就被敌对党暗杀身亡。这般神圣的地方，科学家也有一席之地。居里夫妇之外，还有数学家拉格朗日等人。俭朴的墓室、简单的介绍，一如他们朴实无华的品质。

尤值一提的是，这里还有一些"伟人"，并非名人。比如一面墙上雕刻着许多人的姓名，是两次世界大战中为国捐躯者的烈士。第一次世界大战共560名，第二次世界大战共197名。可以说，他们能够进入其间，每一位背后都有如歌如泣的伟大故事。

生前籍籍无名，死后却得到伟人般的待遇。因为，先贤祠所敬奉的是一种纯粹的精神。

凝视这密密麻麻的字符，我内心里除了感动，就是崇敬。只有来到先贤祠，才会真正触摸到法兰西的民族性，它的气质，它的根本，以及它内在的美。

先贤祠告诉我们的，更多的不是地名，而是荏苒岁月中一串连缀叠唱的人名。

细看先贤祠内的伟人名单，有一个明显的特征，那就是法国历届政府的主要领导人，身后没有一个葬入先贤祠。戴高乐将军作为一位伟大的政治家，是最有希望入驻的，但他早就对自己后事做了安排，表示"身后拒绝任何荣誉称号和勋章"。如今，戴高乐将军长眠在他选择的乡间。据说那是一座简朴的墓穴，墓前也仅有一块石碑而已。

对于政治家而言，先贤祠无疑是一个是非之地。

让·拉纳墓

1791年4月4日，先贤祠第一个"伟人"米拉波，入驻三年便悄悄迁出。原因竟是"白天革命，晚上挥霍作乐"。

如今，先贤祠云集着72位先贤，他们中间没有一个世俗的幸运儿。他们都是人间的受难者——他们在燃烧着自身肉体的烈火中，去找寻金子般的真理。

他们本人就是这种真理的化身。徜徉在他们中间，我神情恍若，似在囫囵吞枣地啃一本本鸿篇巨著。周围的石棺上堆满鲜花，红黄白紫，芬芳扑鼻，那些花都是来自世界各地的人每天潮涌堆积献上的，它们一直是新鲜的——有的是一小枝红玫瑰，有的是一大束盛开的百合花。

我知道，来这里瞻仰的所有人，应该都有与我同样的感受。

与大地融为一体，与万物共生共荣。那些声震寰宇的伟人都安放在先贤祠的地宫里，所有棺木都摆在非常考究和精致的大理石台子上。

就是你生性胆子再小，在这里也感受不到某种不适，心里涌起的，是说不出的崇敬与崇拜……他们不再高高在上，不再遥不可及。徜徉其间，我心里忽然涌起一种莫名的情绪，感觉这里躺着的每一位巨人，都像是邻里长者，你都可以随时蹲下身子与他们窃窃私语。

是法国大革命使他们"还俗"，供人们零距离亲近与瞻仰，成为人类最为生动、最为可贵的教材。

先贤祠是一本书。

从这里可以读到法兰西的历史和文化艺术，也能从中领会法兰西民族精神的精髓。

今天看来，富丽堂皇的大厅恢宏而气派，与低调而狭窄的地宫比起来，大厅只不过一个高调的前奏而已，真正的高潮部分，还是那些一具具看似冰冷的却浓缩人类精神与灵魂的小屋子。每一处，都烙下不凡的过往。

如果仅仅是一座教堂也就罢了，顶多也只算得上巴黎众多教堂中的一座——且属于那种特色不甚明显，建筑不甚气派的一座。其名头远远难以与巴黎圣母院那样的教堂媲美。

教堂里供的是神，人是渺小的。

而这里却独辟蹊径，将神的居所还原给人，立即引来世界的侧目，一座供奉人的教堂哪怕再简陋，也是举世无双的地标性建筑。

事实也正是如此，从建筑意义上讲，先贤祠在有着建筑博物馆之称的巴黎算不上什么，但当你走近她，想着里面供奉的主角时，便会有着不一样的感受。

有人说，世界时尚中心的巴黎是一个"轻浮""浪漫"之地，果真如此的话，先贤祠便是这个"轻浮"之地的肃穆殿堂。我想说的是，巴黎不愧为巴黎，将先贤祠以这样的方式呈现在世界眼前，其立意也自然而然高远起来。

平庸与伟大在此作了一次零距离的华丽转身。

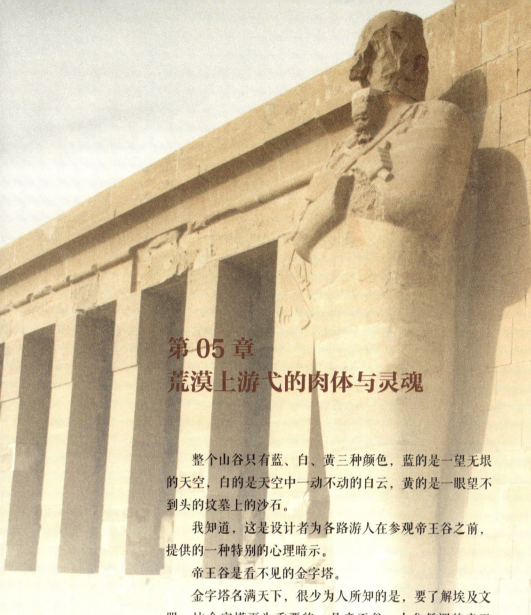

第 05 章
荒漠上游弋的肉体与灵魂

    整个山谷只有蓝、白、黄三种颜色,蓝的是一望无垠的天空,白的是天空中一动不动的白云,黄的是一眼望不到头的坟墓上的沙石。

    我知道,这是设计者为各路游人在参观帝王谷之前,提供的一种特别的心理暗示。

    帝王谷是看不见的金字塔。

    金字塔名满天下,很少为人所知的是,要了解埃及文明,比金字塔更为重要的,是帝王谷。十分低调的帝王谷,有意地避开公众视线,但很多行家往往绕过金字塔,直奔帝王谷。

    法老则乘着太阳船,在众神的领引下,在圣甲壳虫、圣蛇的庇佑下,经历着白天、黑夜等众多关口的考验,最终抵达了彼岸的天国,在永恒的极乐世界中继续着人世间的风光。

尼罗河西岸不毛之地的峭壁上，隐藏着一个神秘的帝王谷

整个山谷只有蓝、白、黄三种颜色，蓝的是一望无垠的天空，白的是天空中一动不动的白云，黄的是一眼望不到头的坟墓上的沙石。

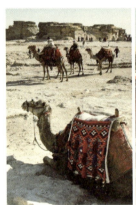

帝王谷的驼队

各个王朝充满血腥的权力争斗，那杀气阵阵刀光剑影，都可隐约在山谷间感受到。

金字塔虽然名满天下，但很少为人所知的是，要了解埃及文明，比金字塔更为重要的，是帝王谷。

当我们将全部注意力集中在金字塔上时，那些曲折而跌荡起伏的故事，却发生在帝王谷这个毫不起眼的地方。十分低调的帝王谷，有意地避开公众视线，但很多行家却往往绕过金字塔，直奔帝王谷。

从开罗出发，南行700千米，但见一条河横亘眼前，这条河便是有名的尼罗河，沿河再往西走7千米，便会看到埃及文明的又一处精髓所在——帝王谷。

就像完成一道十分繁复的人文作业题，我们是按照既定的科学路线图，陆续进入世代法老们领地的——

先走进揭示古埃及七千年文明与历史的国家考古博物馆，那里收藏有闻名世界的图坦卡蒙王及古埃及历代法老王的陪葬品、木乃伊等。

然后漫步于黄沙万里的撒哈拉大沙漠，走近举

帝王谷

世闻名的吉萨大金字塔及神秘的斯芬克斯狮身人面像。

夜晚又马不停蹄，乘火车前往卢克索，那是比开罗还更重要的历史名城，地处埃及南部。

我是在初春的凌晨抵达卢克索的，一下火车，便急匆匆前往心仪已久的两座神庙——卢克索神庙和卡纳克神庙。

把帝王谷放到了最后一站——这里是法老们肉体与灵魂的老家——古埃及王国的都城底比斯就在这里。

这样的旅行线路就像探寻一幕大戏，往往主角和高潮都是在经过层层铺垫过后，才会精彩出场的。

我以为，帝王谷就是那个"主角"和"高潮"。

集数百年之力，法老们一直在寻寻觅觅，请了若干风水大师和巫术高手，最后将目光锁定在尼罗河西岸的峭壁上。那里遍布豪华与富贵并重的地下秘密宫殿，法老们要把生前人们难以想象的奢靡与巨富，带到另一个世界供其享用。

在帝王谷，有60多座帝王陵墓，埋葬着古埃及第17王朝到第20王朝

的64位法老，比较著名的，就有图特摩斯三世、阿蒙霍特普二世、塞提一世、拉美西斯二世等法老。

门农神像如同帝王谷的两扇门，去往帝王谷，必须经过这道"门"方可一窥全豹；门农神像又似帝王谷清晰的人文地标，看到了硕大的门农神像，你就会知道，帝王谷不远了。

门农神像是矗立在尼罗河西岸和帝王谷之间的两座巨像——远远地，你便会看见两尊庞然大物矗立于此，像门神一样，威然不可侵犯。据悉，这两尊高约20米的雕塑，重达720吨，由当地的砂岩石堆砌而成。之所以用"堆砌"二字概括，是缘于走近一看，两尊称之为雕塑的巨人，显得实在过于粗糙，就是一些石头堆砌上去罢了。

接待我们的翻译讲述了两尊坐像的来由，坐像的原型，就是公元前14世纪初期，新王国时代鼎盛时期的阿梅诺菲斯3世，它身后原本有国王的葬祭殿，后来的法老为了建设自己的神庙，将那些建筑拆毁了。

以至于我们今天所能看到的，只是两座孤零零的神像。

门农是原本希腊神话中的英雄，出于对阿梅诺菲斯三世的崇拜和对鼎盛时期的纪念，后人就给石像取名为"门农像"。

人类有大石崇拜的传统，世界各地都留下了许多大石之谜，这大概也是那个时期的印证。

故事是大石文化的精髓，如果你不了解背后的故事，在你的眼里，那就是一堆冷冰冰的石头。门农神像也不例外。据说当清晨第一到曙光照到脸上时，石像就会发出优美的歌声。公元前27年的一场大地震后，一尊雕像从肩部到胯部出现很多裂缝，至此每天清晨微风吹过时，雕像的石缝就会传出凄惨的哭声，而雕像眼窝中汇聚的晨露也会随之溢出流下，似在流泪。人们称它是哭泣的神像。后来古罗马人对门农像进行了修补后，就再也听不到门农的哭声，看不到悲伤的眼泪了。

四周没有一点儿清绿，它们静静地在矗立在一片旷野中，黄黄的石头山映衬出孤寂与落寞，凝视着两尊粗大的石物，怎么也想不到它们的年龄如此悠久，它们的故事又是那么凄美。

我知道，这是设计者为各路游人在参观帝王谷之前，提供的一种特别的心理暗示。

500年间，葬在帝王谷每一座墓室都无一例外地遭到过洗劫

尼罗河西岸底比斯山区那个偏远的山谷，杳无人烟，一片孤寂，光秃秃的山势绵延起伏，层层叠叠，除了嶙峋的石头就是无边的荒漠，裸露着一片凄凉的黄色，给人一种死一般的窒息。

整个山谷寸草不生，烈日将其恶狠狠的热能，毫无顾忌地洒向大地，整个世界在它的视野里炽烤着，无处可藏。

幸好我们是在埃及最冷的1月到来，即便这样，不少游客还是短衣短裤加身。

大巴车以匀速向没有一点生命迹象的帝王谷前行，我们都睁大眼睛好奇地左顾右盼，车上没有一个人说话，周围除了有汽车的蠕动外，看不到任何生命的律动。

果真是"低调奢华有内涵"，对于帝王将相而言，这里就是一个天然的墓园。

这样的气场和氛围，表面上看足以征服任何一个外来者。但一些特殊的群体却是例外，他们有一个特殊的名称——盗墓者。

遥远的古人以为生命可以轮回，带走生前的荣华富贵便成为他们身后最大的追求。

由是，一个古老的行业——盗墓应运而生。

或许自有墓那天始，盗墓就诞生了。

在帝王谷，法老们的墓穴都相距不远，目的是便于集中守护，然而，这也恰恰给盗墓贼提供了方便。法老们在安葬他们的尸骸时极尽奢华，这

在那些盗墓贼看来，诱惑实在太大了，每一座墓室的财富，都远远超过贪婪者的想象。不知从何时开始，这些"特殊群体"不约而同聚集到帝王谷，不惜铤而走险，甚至将身家性命一并赌上，进行疯狂的盗墓。

500年间，帝王谷的每一座墓室都遭到过洗劫。托特米斯一世的木乃伊在帝王谷安放了多久不得而知，但他的后辈托特米斯四世下葬不到10年，其墓就被洗劫一空。让人吃惊的是，盗墓者竟然在墓室的墙上写下得意的留言。

这样的疯狂之下，以至于后来的法老们不得不一次又一次地将他们的先祖改葬。拉美西斯三世的遗体前后改葬了3次，阿赫密斯、阿门诺菲斯三世、图特摩斯二世以及拉美西斯大帝的遗体也都曾被改葬别处。

这些帝王也真够可怜的，死后也不得安宁。

到最后，由于再也找不到合适的地方，只好将尸骸几具、十几具堆在一处。1881年，考古学家们仅在一个秘密洞穴中，就发现了40多具这样的法老木乃伊。

帝王谷中的陵墓

　　我们所能知道的，帝王谷共长眠着62位法老，他们是第18王朝到第20王朝的统治者。

　　时光流转，朝代更迭。

　　3000年来，一批又一批的盗墓者把这片山谷翻了一遍又一遍，直到19世纪初叶，又一支特别的队伍开进了山谷……队长是个英国人，名叫霍华德·卡特。

　　1874年出生在伦敦的霍华德·卡特，对艺术和埃及学有着痴迷的热情，受父亲的影响，没有接受过多少正规教育的卡特，成年后成了一名画匠，他的这一专长使他来到埃及，受雇于一家公司，专门绘制墓葬壁画。

　　有着雄厚经济实力的英国贵族罗德·卡纳冯勋爵是卡特的好友，同时卡纳冯也是一位业余考古学家，由是，在卡尔冯的资助下，卡特与卡尔冯组建了一支考古队，主要在帝王谷寻找法老墓葬。虽然人们普遍认为帝王谷已不可能再有新的法老墓葬，但固执的卡特还是相信自己的判断。

　　准备过程中，卡特在山谷里意外发现了印有图坦卡蒙名字的蓝色彩陶杯和黄金叶片，这让他欣喜不已，他知道，那是盗墓者满载而归后，无意中遗弃的。

他肯定，这里还有一座陵墓没有被发掘出来，那就是图坦卡蒙的陵墓。

勘探帝王谷全貌、绘制地理位置图、收集之前所有考古学家的资料……与法老墓葬有关的准备都顺利完成，他们的目标直指第12位法老图坦卡蒙。

100年前的那个冬天，伴随着"芝麻开门"的密码，沉睡千年的帝王们终于醒来……

视野所及，公元前1341年已经是一个十分遥远的年代了。

就在这一年，埃及诞生了一位新国王——图坦卡蒙。他9岁君临天下，成为古埃及新王国时期第12位法老，19岁又突然暴亡。

来去匆匆，留下谜团一片。

图坦卡蒙为现代人广为熟知的原因，正是由于他的坟墓在3000年间从未被盗过。

自1917年开始，卡特用了整整5年时间，做了大量缜密的准备工作。苍天不负有心人。精诚所至，金石为开。1922年11月5日下午，霍华德·卡特率领的探险队找到了"芝麻开门"的密码，编号为62号墓的图坦卡蒙陵入口，终于在沉睡几千年后显露端倪。

5年的寻找，仅仅3天时间就成功打开了第一道墓门。图坦卡蒙法老伴着5000多件大大小小的陪葬品安睡了3000多年，他的长梦终于被搅醒了。

眼前的一切，让卡特和他的伙伴目瞪口呆——

放眼望去，整座墓由前室、墓室、耳室及库室组成。除墓室外，所有的地方都放满了家具、器皿、箱匣等各类器物，其中包括墓主人的宝库。

图坦卡蒙的木乃伊有八层棺椁，最外面的四层是木质，上面用黄金描绘了精致的图案，一层套一层，每个就像是一个房间大小。

墓中的每件器物，都以金银珠玉装饰而成。

墓室中有两尊真人大小的乌木镀金雕像，雕像生动逼真、栩栩如生。卡特断定，这应该是墓中主人图坦卡蒙的形象。

墓中有一个小型急救箱，里面除了一些急救药品外，还有绷带跟类似骨折时用的吊带。

墓中发现大批衣物，衣物旁还有一个依他体形而制成的木型模特儿。还发现质料好，手工细的围巾。

墓中有100双鞋，这些鞋品种烦多，有用皮做的，有用木头做的，也有用柳条编的，甚至还有用黄金做的。

墓里有两个流产的女婴，科学家证实其中较大的一个是图坦卡蒙的女儿。

墓中有30多种品牌的酒，其中有一种上面还标有年份、葡萄产地跟制造商。

墓中有30支回力棒。在古代回力棒是用来打猎的。

图坦卡蒙不愧是个时尚男。

看到这一切，卡特无不幽默地说："据我所知，图坦卡蒙一生唯一出色的成绩，是他死了并且被埋葬了。"

我们还可以循着下面这段极富磁性的文字，回到当年激动人心的考古现场——

填满石渣的甬道尽头第二道墓门，也刻有图坦卡蒙的印章，门后是整个墓室的前厅。

卡特擎着蜡烛从门上被凿开的缝隙侧身钻进去，一束微弱的金光霎时扫过，他被眼前的景象惊呆了。事后他回忆说："起初我什么都看不见，一团热气从墓室中迎面扑出，使我手中的烛火轻快跳动起来。当我眼睛适应黑暗的时候，里面的东西从朦胧中浮现出来，各种'动物'，数不清的雕塑还有黄金……到处都闪烁着金光。"

卡特还看到堆放在前厅的陪葬品：流光溢彩的百宝箱、雪花石膏瓶、黑色神龛、精雕细琢的椅子、金冠等，还有一辆外表包裹着黄金的威武战车。

卡特与队员进入这间墓室，开始整理文物，却没有发现法老的木乃伊。

他们发现，后墙上很大一块面积呈现出异常的颜色，有两尊持矛武士金像分守两边，仿佛是什么"禁地"的入口。卡特敏锐地断定，存放法老木乃伊的墓室就密封在墙的背后。由此他们打开了第三道墓门。木乃伊墓室的墙上绘满五彩斑斓的壁画，描述了图坦卡蒙生前的形象以及他死后与地狱诸神——奥西里斯、阿努比斯、伊西斯来往并获得重生的故事。

卡特等人从木乃伊墓室东北角的一扇门进去，发现装有法老内脏的四个坛子、诸神和法老的雕像以及项链、戒指、权杖等。

最激动人心的高潮时刻到来了。

图坦卡蒙的木乃伊包裹严密，一口镶嵌了蓝瓷的硕大包金木椁，几乎占满整个木乃伊墓室。

一口气打开四层木椁后，人们看见黄色石英岩棺材的下端有一尊女神，张开双臂和双翅托住棺脚，仿佛在保护图坦卡蒙的尸身免遭侵犯。移去棺盖，揭开一层层包布，里面是一具人形木质金像棺，上面雕刻着图坦卡蒙的头像，脸和手用纯金铸成，眼睛是黑曜石的，眉和眼睑是青石玻璃的。

图坦卡蒙右手执权杖，左手握冥王神鞭，两手在胸前交叉。

金像棺里又是一具人形镀金木棺，再打开棺盖，里面有一用布包裹的长形物。是木乃伊吗？现场情绪紧张起来，裹布被小心打开后，人们无不汗颜，原来里面还有一具人形棺，只不过换成了纯金的。这口棺材中才是被层层麻布包裹着的图坦卡蒙木乃伊。

只见图坦卡蒙浑身布满了宝石和护身符，脸上覆盖着黄金面具，胸膛上摆放着花圈。

"这是国王死后那年轻的王后献给亡夫的……花虽枯萎却还能辨出颜色。"霍华德·卡特在挖掘图坦卡蒙陵的手记中，如是写道。

神奇的墓志铭："谁要是干扰了法老的安宁，死神就会降临到他的头上。"

原来，图坦卡蒙的石棺与陪葬品原本是准备给另一个法老用的。因为谁也没想到他这么早去世，这样的豪华装备都是提前定做的，绝非一时半会儿"急就章"能成的，没办法，只好临时拿给他享用了。

图坦卡蒙的黄金面具重10.23公斤。图坦卡蒙的木乃伊由三个人形棺与三个外廓层层包裹，每一个大小都恰好卡进另一个，手工技艺相当精细。最内一层的人形棺重达110.9公斤，由22K纯金打造，最外一层的外廓可以当中型汽车的车库，奢华程度无与伦比。

谁也没有想到，这一次挖掘，持续了整整8年。

8年间，卡特和他的考古团队在墓中发现了2000多件奇珍异宝；又花了将近10年时间，为坟墓里发现的5000件陪葬品编目。

这一重大发现，震惊了20世纪初叶的西方世界——

正是有了这次发掘，才有了如此众多完整的出土文物；

正是有了这次发掘，才有了我们在埃及国家博物馆看到的"镇馆之宝"——图特卡蒙的黄金面具，它已经成为埃及古老文明的象征；

正是有了这次发掘，图坦卡蒙的生平和死因一直成为考古学界研究争论的焦点，至今都没有定论；

也正是有了这次发掘，才有了留存至今而未能解开的诸多谜团……

那些让人窒息的谜团，伴随着死亡的气息，诸多的"神奇"折磨着卡特和他的团队。

1923年4月23日，也就是打开法老墓室6个月后，参与此次探险、考古的卡纳冯勋爵神秘死去。原来，他在墓室中被蚊子叮了左颊，因早上刮胡子时不小心刮伤了左颊的疙瘩，感染丧命。

神奇的是，据说卡纳冯临死前不断地重复着一句话："我听见了他呼唤的声音，我要随他而去了！"

十分神奇的是，图坦卡蒙木乃伊左颊上也有一处疤痕，与卡纳冯被蚊子叮咬的位置完全相同——就在卡纳冯勋爵死的当天，开罗发生全城大停电，勋爵的狗也在英国死去。

更加神奇的是，此后的3年零3个月里，相继有22名参与图坦卡蒙陵墓发掘的人员意外死亡：探险队成员阿瑟·梅斯被人发现昏死在开罗一家宾馆的房间里；进入到墓室的勋爵好友乔治·古尔德因高烧不退而死去；参观陵墓的尤埃尔落水溺死；卡特的助手皮切尔也不明身亡，皮切尔的父亲则跳楼自杀，送葬汽车又轧死了一名8岁儿童；试图借助X射线技术确定法老死因的科学家阿奇博尔德·里德，在刚回伦敦开始分析收集到的数据时也撒手人寰……

神奇还没有结束。媒体报道，埃及考古和医学界专家对古埃及18王朝时期的少年法老图坦卡蒙的木乃伊进行了CT扫描，用电脑将这些扫描图合成三维立体影像，从而确定图坦卡蒙的死因和他死亡时的实际年龄。然而，进行CT扫描的当天，发生了许多怪事——

10人研究小组当天来回帝王谷的汽车差点遭遇了一场夺命的车祸，科学家们都被惊出了一身冷汗；而在进行CT扫描实验时，负责CT扫描的计算机却突然无缘无故"罢工"达两小时之久，最后科学家好不容易让计算机重新启动，进行了15分钟的扫描工作；扫描期间，帝王谷突然狂风大作，黄沙漫天……

其实，为了渴求安宁有防止盗墓，古埃及陵墓中大多都刻有"诅咒"。

探险队在进入图坦卡蒙陵墓时，同样看到了一行墓志铭："谁要是干扰了法老的安宁，死神就会降临到他的头上。""我是图坦卡蒙的保卫者，是我用沙漠之火驱赶那些盗墓贼。"……

恐怖的诅咒似乎真的应验了。

唯独卡特逃过了"3年零3个月"魔咒。传说，有一只幸运鸟指引卡特等人进入墓室中，但那只鸟一进入墓室就被蛇吃掉了，也正是这只幸运鸟，代替了卡特死亡。

又传说，有人发现了死亡之翼，其背后插有364根翅膀，诅咒364天。仅剩下的一天，是图坦卡蒙的生日。

玄机重重。

事实上，科学已经破除了神秘，研究证实，第一批进入图坦卡蒙墓地的人员中非正常死亡的只占5%而已。如果说有什么异常的东西，大概是因为空间的密闭，墓穴中的病菌不能与外界的空气共同进化，从而形成了独立的进化体，人类未曾接触过，也无法抵抗。

所谓法老的诅咒而引起的事件，很大一部分也是杜撰出来的。

一个谜团，为何法老要集体安葬于帝王谷

帝王谷这个名字很贴切，也给人以想象空间。

可以说，帝王谷就是埃及的另一处金字塔，金字塔是故意让世人看得见的招摇显赫的帝王谷；而帝王谷就是隐身低调的金字塔。

如果说尼罗河东岸是神的世界，那么河的西岸便是法老的永恒之地。据说帝王谷始于法老图特摩斯（前1545—前1515），他有感于先人的陵寝大都不免遭受盗墓人的侵害，于是命人在底比斯山西麓隐蔽断崖下的石灰岩壁上，开凿了一条很陡峭的隧道作为墓穴，并将遗体（木乃伊）放在那里。

此后500年间，图特摩斯的子孙们就不断地在这个山谷里，沿用这种

方式构筑自己的岩穴陵墓。

帝王谷分为东谷和西谷，大多数重要的陵墓位于东谷。西谷只有一座陵墓向公众开放。帝王谷也有被宠幸的贵族和法老的妃子和子女的陵墓，也有一些妃子与她们的丈夫一起合葬。

如今，墓穴中价值无法估量的物品或成为某些人的私人藏品，或散落到世界各地的博物馆里，留给我们的只有墓穴中缤纷灿烂、让人浮想联翩的壁画了。

走过长长的墓道，可以看见左右两旁各四个大小一样的副墓室，每间墓室里都有精美绝伦的壁画，主要描绘的是古埃及人民的节日与生活场景。再往里走，就是左右各一个较大的墓室，这里的笔画主要记载的是拉美西斯三世的赫赫战功——战俘都被反绑双手，恭恭敬敬地跪在法老面前。

只可惜墓室里不能拍照。我顺着不同肤色不同种族的人流，踏着木板栈道进入窄窄的墓穴，有时要攀登很高，有时又要下到很深。回廊宽敞高大，两旁的石壁上布满了玻璃保护屏，遮挡着非常精美的壁画和象形文字。虽然有些颜色已不太鲜艳，但几乎所有的细节都能分辨出来——

长长的蛇驮着人兽，爬了很远才吐出信子，唾液滴到另外一片土地上。

两头翘起的彩色帆船造型优美；人像动作优雅，服饰上有细致的花纹。

各样的人、鸟、神、兽，再小的也可以看清眼睛，十分生动。

法老则乘着太阳船，在众神的领引下，在圣甲壳虫、圣蛇的庇佑下，经历着白天、黑夜等众多关口的考验，最终抵达了彼岸的天国，在永恒的极乐世界中继续着人世间的风光。

从陪你过那些精美华丽的图画、密密麻麻的象形文字可以看出宽敞的主墓室奢华到了极致。这些壁画的内容从众神、权杖、星星、月亮到牛羊、花草、甲虫，以及法老的今生来世，极其丰富，应有尽有，仿佛想带走世间的所有繁华。

我被这恢宏气势和绘画艺术的无穷魅力所吸引，赞叹不已。

拉美西斯三世墓地规模宏大，壁画保存得极为完好。

拉美西斯三世在位31年，是古埃及最后一个大法老，曾率军打退了"海上民"的袭击。他重振了埃及帝国的雄风，最后却死于后宫妃子提耶为子夺位的阴谋中。

陵墓中最大的一座是第19王朝塞提一世之墓，从入口到最后的墓室，水平距离210米，垂直下降的距离是45米，巨大的岩石洞被挖成地下宫殿，墙壁和天花板布满壁画，装饰华丽，令人难以想象。墓穴入口开在半山腰，有细小通道通向墓穴深处，通道两壁的图案和象形文字至今仍十分清晰。

徜徉在帝王谷，有一个谜团在我脑海里难以解开，为什么法老要集体安葬于帝王谷？

一位埃及考古专家如是陈述理由：一是古埃及人认为太阳从尼罗河东方升起，西方落下，从东到西表示从生到死。人死了以后灵魂就到西方，因而要埋在尼罗河西岸，经过一个晚上就能复活。二是建造金字塔工程浩大，劳民伤财，到新王朝时期就不再建了，而帝王谷地处尼罗河西岸的金字塔形山峰之下，成为他们心中象征性的金字塔。三是从陵墓的安全性考量，古时候从尼罗河西岸，来帝王谷很不容易。

我一直很纳闷的是，人类最为伟大的考古发掘为何都集中在19世纪初？为何那些赫赫有名的发掘又都是以英、法、德等为主的西方人完成的？他们带着长枪，赶着马车，穿着时髦的探险服，以考古的名义在世界文明遗址上肆无忌惮地频繁活动着。

19世纪之前，前往帝王谷所在地的底比斯是十分困难的——在法国神父克劳德·西卡尔1726年到来之前，没有人知道底比斯的所在。1799年，拿破仑远征埃及，随军的德农男爵绘画了帝王谷陵墓的地图及平面图，并第一次记录了西谷——阿蒙霍特普三世的陵墓就是在这里被发现

精美的石柱

的。24册的《埃及记述》中有两册介绍了底比斯附近的地区，这为他们的后世来寻找帝王谷的秘密，提供了绝佳的路线图。

19世纪初，法国著名历史学家、语言学家，被称为"埃及学之父"的商博良，破解了古埃及象形文字结构，从而大大推动了欧洲人对底比斯地区的研究，帝王谷正式进入他们的视野。

1827年，他们对每个陵墓入口进行绘画，并为各陵墓编号。

1829年，商博良等西方考古学家来到帝王谷，他们复制了陵墓里的铭文，并辨识陵墓的主人，还刮走了墙壁上的雕刻装饰放在巴黎卢浮宫展览。

那些深藏于地下的文明，在他们的手里，相继复活，不断惊艳世界……这是对人类的贡献，还是对文明的亵渎?

这个问题就像帝王谷的谜团一样，千百年来人们一直争吵不休。

第 06 章
南非的"历史蓄水池"

从远处看，整个主体建筑就像一个巨大的纪念碑，高高耸立，十分惹眼。

它的四周地势偏低，远远地，你的眼光就会自觉或不自觉地被吸引过来，不论你知不知道此"碑"为何物，都会好奇地打量。

犹如一个石头垒的高大雄伟的土堡，越发走近，就越发有一种高大神圣之感。

严格而言，这应该是一个南非白人"移民纪念馆"。

1994年曼德拉当上总统之后，特地将先民纪念馆重新作了诠释——称这是消除黑白种族争端、永葆和平的见证。

作为一个历史的储藏所，先民纪念馆无疑都是成功的，它甚至可以成为世界博物馆的一个经典范例。

精美的建筑往往会贯穿设计者的理念，建筑自己会说话的

古代的中国，几乎每一个家族，都修造有气派程度不等的家族议事建筑，人们管它叫作祠堂。听父辈们说，德高望重的人过世之后，都会在本家族的祠堂里停上几日，供后人们瞻仰凭吊，慎终追远。

这是一个相当古老的民族风俗习惯。据说今天一些祠堂保存完好的地方，还留有这种风俗。

遥远的南非也有这样的祠堂。幸运的是，我也见到了南非最大的"祠堂"——南非把它叫作"先民纪念馆"，又称为"开拓者纪念堂"。

先民纪念馆

先民纪念馆位于南非北部比勒陀利亚（茨瓦内）城市南部入口处的一座小山上，完全由石头建成，从远处看，整个主体建筑就像一个巨大的纪念碑，高高耸立，十分惹眼。由于它的四周地势偏低，远远地，你的眼光就会自觉或不自觉地被吸引过来，不论你知不知道此"碑"为何物，都会好奇地打量。

中间微微凸起，四周略低，看似低调，实则匠心独具。我以为，按照现代传播学理念和公众心理，先民纪念馆应该是特地选址于此，设计者想要的应该正是这种"仰视效果"。

有这样一个数字可以为证，每年约20万来自世界各地的游客观光客访问先民纪念馆。这样一个数字对于一个类似于博物馆的建筑而言，应该是相当不错的。在人们心里，先民纪念馆无疑是南非最具魅力的标志性建筑之一。

他们是怎样做到这一影响力的呢？正如前文所述，至为关键的一点，就在于它的选址。

纪念馆所在的自然保护区，有很多野生动物，如大羚羊、斑马、黑斑羚、跳羚、山苇羚、白尾角马、豺、猫鼬和蹄兔等，可供游客近距离观赏。

先民纪念馆配备有齐全的生活设施，包括数不清的美食餐厅，每天提供简餐和点心。同时在纪念馆里还配备着出售纪念品的商店。来此一游，可以吃吃景区提供的美食，适当选购一些景区纪念品……不仅历史气息浓重，而且风景秀丽，空气清新。

显然，设计者十分专业地考虑到了游客的心理，把这样一个纪念馆放进自然保护区里，可谓天作之合。

这样的旅游佳境，是任何游客也不愿错过的。大凡这样的地方往往会勾起人们的记忆，这样的记忆不论肤色与种族。

这个独特纪念馆是为了纪念1834—1835年为了建立自己的国家而赶

先民纪念馆正面的青铜雕像

着牛车远离开普半岛的布尔人祖先（南非荷兰人）而特地修建的。

他们是最早进入南非的欧洲先驱者，纪念馆也因此成为南非排名前十的历史文化景观之一。

值得一提的是，先民纪念馆不仅仅是一个简单的纪念馆，它还是遗迹管理机构，管理着南非各种各样的纪念碑和历史文化遗址。

汽车在一段弯曲的公路上前行，仰视之处便是这幢巍巍的建筑。午后，拾梯而上，最先进入眼帘的，是正面的一座青铜雕像，这座主题为"一位母亲保护着两个孩子"的雕像，无论从哪个角度看，都给人一种凝重的美。母亲拖着两个孩子无助地看着远方，刻画了在疲惫的迁徙过程中精彩的一瞬。整座建筑由石头的本色组成，呈灰褐色，中间嵌进这样一个青铜色物品，无论从色彩美学意义上的反差，还是从建筑意义上的搭配，都可谓浑然天成、无懈可击。

一位母亲保护着两个孩子　　　　　　　　　　雕像侧面

手持火枪的巨型男子石雕

　　再往两边看，纪念馆基座四角有各有一个手持火枪的巨型男子石雕，在墙面的衬托下，显得十分威武。这四条汉子代表大迁徙中的布尔战士。

　　以这样的方式，把他们巧妙地展示在最佳位置，显示出设计者对这些战士的足够尊重，也体现出布尔战士在南非人心目中的重要位置。

比勒陀利亚南郊山丘上的这幢巨大建筑物，由著名建筑师Gerard Moerdijk设计而成，用了11年时间修建（1938—1949年）。建筑从设计到建成至今不过百年，为何却引来如潮好评？先民纪念馆的整体结构和宏伟气势，会让每个参观的人印象深刻，就如同身处一个矗立了上千年的纪念馆一样。

犹如一个石头垒的高大雄伟的土堡，越发走近，就越发有一种高大神圣之感。纪念馆的讲解员告诉我，这幢建筑呈四方形，基座四边和建筑高度都是40米。因为视角，看上去显然要突出一些。

精美的建筑除了令人震撼之外，往往会贯穿设计者的理念，建筑自己会说话的。

先民纪念堂就是这样一个建筑，走近它，便有一种不断想"读"下去的欲望，虽然不足百年，但看上去却历史厚重，成为活着的历史文物；虽然语言不通、文化迥异，但美是相通的，建筑语言也是世界语言。

每年12月16日正午12点，纪念馆就会出现一个十分奇特的景象……

进得大门，便可看到一个圆形大厅——英雄大厅。大厅有4扇巨大的拱形镂空窗户，在阳光的照射下，呈现出暖暖的黄色。

英雄大厅为上、中、下三层，一楼大厅在中层，内壁四周墙上嵌了27块汉白玉浮雕，这些浮雕反映了著名的布尔战争全过程，每一幅浮雕都讲述战争中的一个故事。当然，最为著名的，就是南非人大迁徙的情景。

圆形的内墙是一圈白色大理石浮雕——据说这组92米长的大理石浮雕，是经过意大利无数艺术家的艰辛努力方得以完成的。这组浮雕生动地表现了南非人迁徙、被杀戮、征战、争取解放的过程……这一切，与地下室里移民先驱们当时生活、学习和工作物品的展览厅和世界著名的纪念塔礼堂无形中联合成一个整体，共同构成了先民纪念馆的"主轴"。

大厅正中间有个直径为数米的大圆孔，站在圆孔边沿，可以看到底层中心处的圆形图案里，摆放着一个长方形物体，走近一看会吓你一跳，原来那是一口石棺——衣冠冢。

原来这个象征性的墓穴，是作为布尔人祖先永久的安息之地，接受南非人的祭奠和顶礼膜拜。我以为，这样的表达，跨越了不同的文化背景和风俗习惯，有一种殊途同归之感。无论从精神上讲还是从地理上讲，这里都是整个纪念馆最神圣的地方，是纪念馆的"心脏"，也是纪念馆的高潮部分，所有的一切，都围绕着"他"徐徐展开。

我们也能感受到，建筑设计师在"这一点"上，真可谓煞费苦心。事实上，当我从解说员的口中得知另外一个"背景"时，当时就惊得张大了嘴巴——

每年12月16日正午12点的时候，纪念馆就会出现一个十分奇特的景象，这一刻，阳光会准时穿过纪念塔穹顶的特别通道，直接射在纪念馆最神圣的"心脏"——石棺之上。

为什么会在12月16日这天出现这样奇特的景象？12月16日是个什么样的特殊日子呢？

翻阅南非不长的历史便可获悉，12月16日在南非原来被称为"丁冈日"或"誓言日"，是为了纪念1838年12月16日布尔人打败祖鲁王丁冈、夺取了南非内陆大片土地。

1994年新南非政府成立后，这一天被改名为"和解日"，寓意是希望南非两大种族面向未来，和平共处。

这些都是经过精心计算出来的，阳光孔道是经过特别设计的，建筑物顶部有一个十分狭小的开口。

以阳光为媒，寓民族和解。一"主轴"一"心脏"，从两个维度让来自世界上每一个角落的受众，感受到一种强烈的震撼……

站在纪念馆最高的地方向下看，大厅全景尽收眼底，如果你不停地动，眼前就会出现一种幻觉，好像大厅的地面变成了水面，一圈一圈的涟漪向四处漫延开来。有资料称，布尔人要的就是这个效果，用这种现象表述布尔人的大迁徙是自由之旅。有如向平静的水面投入一块石头（那个空棺），形成的涟漪会由点到面、由小到大，最终形成气候，成为布尔人历史上最值得炫耀的一种拓荒精神延续下去。

不得不佩服这样一个天才的设计。

我缓缓靠近大厅，走近那个带有几分神秘的圆圈，再走近那更为神秘莫测的"心脏"，定睛一看，方发现那石棺是用红色花岗岩做的，上面还工整地刻着一行文字——"ons vir jou, suid-Afrika"（一切为你——南非）。

在一排镶在玻璃框里的挂毯中，有一件针织品上描述着大迁徙时期的场景，解说牌上写着是"织锦"，据说是9个妇女用了8年时间才得以完成的。大厅里还有一幅画，是用三幅拼接起来的，讲述的也是大迁徙中发生的故事，画的名字和空棺上面的字一样，也是"一切为你——南非"。

……

其实，因为语言和文化背景的关系，我不知道这样的感动还有多少。那些入情入理，从一些小的点和草根人物出发，然后用世界语言去表达，让所有人都能看懂的做法，应该能够给我们很多启迪。

远远地，你必须仔细看，方能一赌墙上雕刻的那些丰功与伟绩

乘坐电梯而上，我登上穹顶，上面的通天小窗口已经近在咫尺，我向上望了望，又向下俯视，那特殊的石棺显得深邃莫测，遥不可及，几扇大的窗户和比利时进口的玻璃，格外晶莹剔透，增加了些许神秘感。

此时我似乎明白了，建筑者为何特意将电梯留在肩部而没直接到顶部，就是为了专门留下最后十步石梯，让来者特地一步步登高，感受其间的莫测与伟大。

从穹顶再到顶层廊道，设计也很是考究，一块块看似粗糙的石头金字塔般精致地砌在一起，很有气势，让人置身于这石林之中体验自己的渺小。漫步廊道中，有一种走进时空隧道之感，廊道尽头就是观景台，廊道

的设计很有意境。在观景处，比勒陀利亚城市风光一览无余。

　　惊讶和启迪还在不断地袭击着我，直到走出纪念馆，绕馆一周，我看着纪念馆四角那神圣的雕像，又一眼洞见外墙内侧雕刻的64部牛车。这时，耳畔响起解说员轻言细语的声音："我们所在的纪念馆位置，正是大迁徙结束的地方……"我不禁为之一颤，这个构思太完美了。

外墙上的牛车浮雕

　　围绕着纪念馆主体建筑的圆圈外墙，雕刻有真实般大小的64部牛车，每一辆马车高2.7米，还原布尔人御敌于车阵之外的情景，"保护着"纪念馆免受攻击。

　　这些雕塑诉说了大迁徙和血河之役的故事。用64部牛车列阵似的突出表现，也正是纪念馆的宗旨所在。因为先民纪念馆的建立，正是为了纪念南非历史上著名的"牛车大行进"的民族大迁徙而修建的——19世纪30年代，布尔人在英国殖民统治者的排挤下，成群结队地从南非的南部向北转移，历时3年之久才来到这里。

精彩还未停止脚步。

主体建筑四周每个角上都塑有一尊石人，每人足有5米高，这四只角的四尊彪形大汉，形如我们传统门神里的四大门神，站在底部须仰视才见。四人中有三人是普通建设者的形象，一人便是比勒托利亚，其间的喻意我不是特别清楚，但有一点可以肯定，那就是作为南非史上的一个伟人，比勒托利亚与普通劳动者一样，进入历史，也进入不朽。

先民纪念馆的正前方，首先映入眼帘的，便是一位母亲带着两个带着忧郁的眼睛望着她的孩子，这是一个青铜雕塑。

这个雕塑形象地表达了100多年前那迷惘和悲壮的一幕。

这样的情景与前面所述的"主轴"和"心脏"呼应，形成了南非先民纪念馆一个完美的高潮。

事实上，以这样的方式让后人记住先贤还有很多，比如美国的华盛顿纪念塔，比如法国的先贤祠……21世纪开启之年，我有幸到法国并去到先贤祠，其建筑上面的文字感动着无数人，同时也让我深深地铭刻于心——"Aux. grand's hommes, laPatrie reconnaissance"（伟人们，祖国感谢你们）。

作为一个历史储藏所，先民纪念馆可以成为世界博物馆的一个经典范例

从先民纪念馆走出来，我特地放下脚步，回头再次用眼睛作为摄像机，将它深深地烙在大脑的底片上——我以为，纪念馆就是南非巨大穹顶上那个小小的窗口，将世界的目光吸引了过来，对南非行注目礼。

严格而言，这本是一个南非白人的"移民纪念馆"。

1994年，曼德拉当上总统之后，特地将先民纪念馆重新作了诠释——称这是消除黑白种族争端、永葆和平的见证。

让世界游客来此一游并昭告世人，让人了解并记住那段历史……这样的爱国主义教育真可谓用心良苦，效果显著。

漫步260多级台阶，比勒陀利亚城市景色尽收眼底，另外一座小山头的总统府在金色的阳光下赫然醒目，与先民纪念馆遥想对视，难道这是刻意的安排？

比较有意思的是，南非是世界上唯一有三个首都的国家：一是行政首都比勒陀尼亚，是总统府和国家行政机关的所在地；二是立法首都开普敦，是国家议会所在地；三是司法首都布伦方丹，是国家最高法院所在地。

立法、司法、行政三权分立，将权力分别下放到三座城市；三权分治，分别在三个地方治理国家。一个国家，三个首都，相互独立，相互制约。

站在先民纪念馆的最高处遥遥相望，比勒托利亚半山之上的总统府清晰可见，地面上看，这种高高在上且气度非凡的建筑显得霸气十足，总统府也就有一览众山小之感。然而身处先民纪念馆的云端看过去却完全可以平视，总统府是欧式建筑，正面的主体建筑是半圆形的两层花岗岩楼房，在半圆形直径的两端各有一个类似教堂钟楼的方体圆顶的建筑物，在每座"钟楼"的一侧又有一排与对面的"钟楼"一侧相对称的二层楼房与之相连。

总统府下面有一个很大的草坪兼花园，这既体现一国之尊，也成为各地游客到此一游的绝佳景点，拉近了政府与百姓之间的距离，有点像美国的白宫，你可以无限度地走近它。

可以说，作为一个历史的储藏所，无论是地理位置、设计理念，还是景观配置、营销策划，先民纪念馆无疑都是成功的，它甚至可以成为世界博物馆的一个经典范例。

于我而言，非洲是一个神秘而新鲜之地。数年前我看到一份考古资料，说非洲是"人类文明最初的摇篮"，认为"人类最初就是从这里走出来，繁衍到其他大陆的"。

回望先民纪念馆

然而在我从小的记忆里，非洲仅限于一望无际的原始森林，森林里按"丛林法则"惨烈生存着各类动物……"文明"二字在非洲，是个多少显得有些奢侈的字眼。

我们的一些历史课本也这样写着，除北非外，非洲很少留下历史的足迹，较其他大陆而言，非洲的很多地方历史一片空白……这样一块保存得很好的原始之地，怎么会是"人类文明最初的摇篮"？带着这些"秘"和"谜"，我对非洲产生了兴趣，虽然已有心理上的准备，但一路耳濡目染，还是处处震撼。其中，先民纪念馆对我的震撼，比想象的还要多。

奇迹还不仅于此。

宫谓之室。室谓之宫。

"上古穴居而野处，后世圣人易之以宫室。"

可为帝王天子之居，如宫殿、行宫；可为神仙居住之所，如天宫、龙宫。

无论是东方西方，还是黑人白人，遑论远古近代，宫殿都是极其重要的标识。

作为西方文明的青春期，克里特文明最大特征是宫殿的修筑，每个城邦多围绕王宫而形成，宫廷是国家的经济、政治和文化的中心。

巴黎的历史和文化，很大程度上寄存于两个法国王宫——卢浮宫和凡尔赛宫。

废墟是一个磁场，一极古代，一极现代，心灵的罗盘遥相感应，失去了磁场便失去了废墟的生命。

第 07 章
欧洲文明醒目的地标，
掩映在隐秘的克里特岛

古希腊是欧洲文明的发源地和摇篮。

很长一段时期，克里特岛除了被海水环抱、风光绮丽、气候宜人之外，似乎并没有别的能够引起人们注意的地方。

克里特文明的最大特征是宫殿的修筑，每个城邦多围绕王宫而形成，宫廷是国家的经济、政治和文化的中心。

左看右看，上看下看。如果用一个形象的比喻，整个建筑就似一座小型的城镇，它有街，有贮藏粮食和货物的仓库，有艺术家工作室，有住房、礼仪厅和商店等，所有这些，都从中心庭院向四周呈放射状分布。

欧洲文明好不容易找到了自己的源头，这个源头因何而来，由何而去，都不清楚。

那个人神共舞的古代，任何东西都可演绎成一段故事，我们只有带着这个凄美的故事，去瞻仰一件件古物。

希腊应该庆幸有一个克里特岛，它以一个巨大的未知背景让希腊文明永久地具有探索色彩。

很长一段历史，神秘的克里特岛并没有引起人们在意

古希腊是欧洲文明的发源地和摇篮，没有古希腊，无法想象欧洲文明会是什么样子。就是今天，整个欧洲文明仍被希腊收藏着。

千年前，我们的祖先在那条充满荆棘的南方丝绸之路上，所及最远的地方，应该就是希腊了。10年前的那个元月，作为"巴蜀文明与南方丝绸之路"文化考察团一员，来到这个石头堆砌的国度后，我便一头钻进了3700年前的希腊古城堡克诺索斯迷宫。

遥远而神秘的古希腊神话里，克里特的米诺斯王修建了一座非常复杂并且庞大的迷宫，进去后就再也出不来。长久以来，神话越传越神，人们权当它是个离奇的故事，但古希腊人对神的崇敬是不容怀疑的——那是一个诸神共舞的时代。

这个千古神话，一直到20世纪初始方回归到"人间"。流传数千年的神话得到了印证，西方文明的源头就此被掀开帘子，尘封数千年的文明被揭开神秘的面纱……克诺索斯王宫现身于克里特岛。

地中海以东，希腊半岛以南，有一个多山的海岛——那便是神秘而悠久的克里特岛。自古以来，它就是希腊最大的也是离本土最远的一个海岛，大约130千米。

在烟波浩渺、碧海蓝天的爱琴海域，古老的荷马史诗《奥德赛》曾这样盛赞克里特岛："在色如酒浆的海中央，有这么一个地方——美丽富饶的克里特，四周翻着波浪。90座城池立于岛上……其中最大的一座是克诺索斯，米诺斯国王在那里临朝统治了9年，他享有万能的众神之长宙斯的关爱……人口众多无数量。"

很长一段时期，克里特岛除了被海水环抱、风光绮丽、气候宜人之外，似乎并没有别的能够引起人们注意的地方。在希腊古老而光辉的历史

克里特岛的壁画

上，克里特的地位常常被忽略，历史学家们对这个古代文明的发祥地，也几乎一无所知。

第一次比较深入地了解克里特岛，竟然是一本《千年一叹》的人文随笔。余秋雨先生一行先到希腊伯罗奔尼撒半岛的迈锡尼古城，然后再到克里特岛的克诺索斯宫殿遗址。

印象较深的，是他留下那些带着时间体温的句子——

说希腊的事，经常把公元前五世纪当作一个中点，但一到克里特岛，时间概念还要狠狠地往前推，从公元前三十世纪说起……希腊文明的早期摇篮在伯罗奔尼撒半岛，尤其是其中的迈锡尼，迈锡尼的繁荣比希腊早了一千多年。

克里特岛孤悬在希腊南部海面，是希腊的第一大岛，我们去追索希腊文明更早的起点。迈锡尼文明是克里特文明传播到希腊大陆的中介，我们顺着中介回溯去寻找真正的源头。

100

余秋雨帮我厘清了希腊古文明的时间指引。因而我们最先到克里特岛的克诺索斯宫殿，然后再去那个叫迈锡尼的"中介"。

　　来希腊之前，克里特岛、米诺斯文明、克诺索斯宫殿、迈锡尼古城……这些谜语般的词汇，就如同埃及的金字塔、木乃伊一样，极其神秘地刻在我大脑皮层的深处。好在出发前做了一些功课，特意先买了一本英国学者唐纳德所著的《克里特岛迷宫》，从书中了解到大海另一边的史前文明——那个希腊神话中专吃童男童女的人头牛身怪物"米诺牛"。那座有着1500座精美房间的宫殿。那些至今无法破译的神秘线形文字。那些3700年前所绘至今仍鲜艳的壁画。那个显赫的王朝而突然间湮灭的种种传说……所有这些，带着神话故事般的玄妙传奇和演义色彩，深深地种植在我心里。

　　从希腊坐游轮到克里特岛差不多是唯一的选择。从雅典的伊拉克里翁·比利埃夫斯港出发，晚上8点半到第二天早上5点半，9个小时的海上航行，旅行睡觉两不误。船票75欧元（双人间），不少人混迹于第四层酒吧的雅座，很有点泰坦尼克号的奢华与浪漫。一些人为了节省开销，则独自睡在二、三层的过道里，自带"天""地"——因为1月是淡季。据说夏秋旺季时，船体四处都睡满了人。

　　比利埃夫斯港是个非常繁忙的港口，从这里可以坐轮船到希腊的各个岛屿。不时有巨大的海轮从身边启程。那些灯火的星星点点，在码头上红黄绿蓝地闪闪烁烁，在夜色闪烁出一种不真实的虚幻。

　　夜幕低垂，躲开喧嚣的船舱，我独自攀上船舷，眺望远方，水天一色，冷风习习，世界是如此美丽……红色的影子、蓝色的眼神、暧昧的红酒、香醉的咖啡、疲倦的灯光……慢慢地，我回到属于我的那间客房，头枕着波涛，从黑暗中隐约传来马达的声音，倒是感觉不到海上的波涛摇摆，更感受不到风浪的袭击。温柔的爱琴海就这样把我送进似幻似梦的空间。这种感觉，令人陶醉。

　　明天，我们去寻找希腊人的祖先，该会以怎样虔诚的方式享受这一古文明的震撼？想到此，我一夜无眠。

英国人伊文思，无意间掀开了一个古老王宫的神秘面纱

一夜的轮渡，把梦想和身体一起送到了"孤悬"的克里特岛。

是我们这群不速之客揭开了克里特岛清晨的面纱，夜幕还深罩着。据说在旅游旺季的时候，这些客船是相当忙碌的。是他们打扰了爱琴海的睡眠，使爱琴海不得安宁。而爱琴海似一位慈祥的母亲，接纳着她怀抱里南来北往的游子。

克里特岛的港口

晨曦中，克里特岛街道上的路灯还亮着，凛冽的空气中飘浮着一种味道，一种潮湿的苏醒的味道，还夹着几丝慵懒和闲散。

我们沿着长长的海堤向前走，清晨大海边的散步令人心神安宁。站在这样的海边，总觉得有一种特别的含义，因为那片传说中的大海，就在这里。经历过几千年古老文明的海风，现在正向我们耳语，让我们听听它古老的传说吧——

克里特岛是欧洲文明的发源地。曾在此发掘出公元前1万年至公元前3300年新石器文化遗迹。公元前2500年，克里特岛出现了青铜器，石瓶、印章、黄金饰物的制作也引人注目。当时，私有制已相当发展。

约在公元前2500年，克里特出现了最初的国家。从公元前2500到公元前1125年，岛上涌现了著名的米诺斯文化，艺术、建筑和工程技术空前繁荣，并建立了统一的米诺斯王朝。

天边慢慢泛起淡红色，继而转为深红，上帝慢慢醒来，给世界一个崭新的黎明。

寻着黎明的指引，我们的中巴车离开了海边，远远望去，那些山一座挨着一座，连绵不断，周围是一片肥沃的河谷洼地。蜿蜒的山路把我们送到一座半山腰间，司机突然在一宽阔之处停了下来，说目的地到了。

我定睛一看，路两边是茂密的树林，树林边有一处不起眼的商埠，再走近一看，是克诺索斯宫殿遗址公园的大门，遗址还在百米开外。进得大门，不远处便可看到一尊微黑的半身青铜人像，我知道，那便是克洛索斯遗址的发现者伊文思。

因为克里特在希腊神话中是一个赫赫有名、非同凡响的地方，希腊神话和荷马史诗中的传说深深地吸引着无数的西方考古学家，他们认为这些历史悠久的故事很可能是古人根据一定的历史事件，经过艺术加工而创作出来的。当德国考古学家谢里曼依据荷马史诗《伊利亚特》有关特洛伊战争的描写，在小亚细亚希沙尔里克丘陵发掘出特洛伊古城遗址后，另一位名叫伊文思的英国考古学家再也坐不住了，他一头扎进了克里特岛的崇山峻岭之中。

1894年，伊文思初到克里特岛时，当时岛上正在掀起一场反土耳其统治的运动，他的考古工作并不顺利。在岛上他发掘出好几座古城遗址，也发现了大量文物，间接证明了克里特王国的存在。经过漫长的6年"定位"之后，狂热的伊文思索性花钱买下了那片山地，他在自己的土地上肆意地挖掘，没有人能管得了他。

仅仅用了半年时间，伊文思就有了惊人的收获——属于他的那片土地上，竟然藏着克洛索斯的全部遗址——古希腊的预言、神话，传说中的地下宫殿在他手里魔术般重见天日。

功夫不负有心人。古希腊历史的面纱在他的坚持下，一层一层地被慢慢揭开——

那是一座占地2万平方米的与金字塔一样神秘的超大宫殿，王宫依坡而建，共有3层，有地下室。王宫结构之复杂，实为罕见。宫中大小房屋有几百间，均由迂回曲折的廊道连接。

王宫的墙壁上，种种题材的壁画绘出国王和贵族妇女及仆役的形象。这些壁画虽历经数千载，但色泽仍鲜丽如初……无意中，伊文思在废墟里发现了双斧标志。他喜出望外，无疑，这就是传说中米诺斯双斧迷宫。

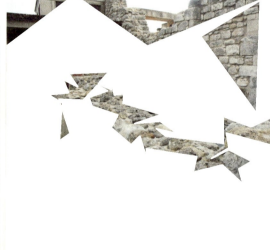

宫殿遗址

伊文思还在这里挖出了被食用过的人骨，这与希腊神话故事中藏在迷宫中吃人的牛头人身的怪物，是否有千丝万缕的联系？那个古老的传说到底是神话还是骇人听闻的历史故事？这座宫殿在古希腊文明中扮演着一个怎样的角色？

更让伊文思欣喜若狂的，是那数万张刻有文字的泥版。那些泥版记述了国王的档案和重要事件，无疑是米诺斯王国的《史记》。一块文字泥版上赫然写着："雅典贡来妇女7人，童子及幼女各1名。"准确无误地印证了米诺斯王强迫雅典进贡童男童女的传说故事。从200多根支离破碎的人骨，伊文思推测，可能出于某种宗教仪式，克里特人有食人肉习俗。

考古的过程，就是不断求证的艰难历程。经过多年不懈的发掘，曾长期使人迷惑不解的神话中的米诺斯王国，终于露出端倪。

伊文思的发现轰动了全世界。考古学家们纷至沓来，宁静的克里特岛顿时热闹起来。

1906年，伊文思在遗址附近修建了自己的住所，从此在这里定居下来，把毕生的精力都投入到对克诺索斯的发掘、修复和研究工作当中。由于他在考古学上的重大贡献，1911年英国政府授予他爵士爵位。

当我的眼光掠过一片绿荫丛，落到那个名叫伊文思的青铜人像身上时，有一种说不出的崇敬。是他，让我们这些对历史好奇的人，找到了答案。是他和他的团队，让我们清晰地了解克里特王国的本来面目。

在伊文思先生的目送下，我正式走进3700年前的克洛索斯遗址。

透过充满情趣的壁画，洞见3700年前富裕、优雅的米诺斯社会

克里特文明的最大特征是宫殿的修筑，每个城邦多围绕王宫而形成，宫廷是国家的经济、政治和文化中心。

最先看到的，是由几根柱子撑起的平顶建筑，建筑只剩下残垣断壁，但当年的风骨犹在，那是王宫的最高所在，这应该算得上世界最早的楼房了。可以想象，这一修造工艺和设计，在3700年前要求应该极高。

"宫殿面积达2.2万平方米，宫内厅堂房间总数在1500间以上。"当导游告诉我这两个数字时，我不由得心里为之一颤，站在高处向下俯视，眼前只见层层叠叠，一组围绕中央庭院的多层楼房建筑群时尚而气派。遂往里探视，虽然眼前是一片废墟，但仍能强烈地感受到，梯道走廊曲折复杂，厅堂错落，天井众多。不像中国古建筑布局，这座宫殿不求对称，但出奇制巧，外人难觅究竟。果真像极了古希腊神话传说中的"迷宫"。

左看右看，上看下看。如果用一个形象的比喻，整个建筑就似一座小型的城镇，它有街，有贮藏粮食和货物的仓库，有艺术家的工作室，有住房、礼仪厅和商店等，所有这些，都从中心庭院向四周呈放射状分布。另外，从发掘现场来看，王宫的建筑物也不是一次修成的，这些房屋并不是整齐地上下交迭，而是杂乱地混在一起，它们是在漫长的岁月中利用原有部分建筑不断地改建、扩建，逐渐变得庞大起来的。

遗址初看上去是那么新，一点儿也不像3000多年前的作品，看着那些断垣残壁，好像是一处没有完工的工程……王宫建筑的房屋大都很宽敞，房屋内外往往只用几根柱子隔开，这与克里特温暖的气候有关。它的采光系统安排得很巧妙，房屋之间安置了一个个采光和通风的天井，光线和空气可进入室内。

每一组围着采光天井的房屋中，都有一个长方形的主要房间，称为"麦加伦"，意即"正厅"，在以后的希腊神庙建筑（如雅典卫城）中常有这种建筑形式。王宫建筑也广泛采用了圆柱，圆柱设计得上粗下细，看上去非常协调，说明当时的建筑师已充分考虑到了人的视觉差异。

我不敢直接进入高处的平顶房里，而是沿着长长的巨石铺成的甬道，无论是外国使臣还是各路臣子，都由此进入王宫的中心大厅。从下仰望，我的眼前便不由得浮现出这样一个场面：人们从北门进入到这座宫殿，沿途遇到一队队正在巡逻的士兵，这里是进入克诺斯宫殿的必经之路，地势险要，易守难攻，真是"一夫当关，万夫莫开"。只要少量布防，就可以把持住城墙之间狭窄通道……

高处的平顶屋

平顶屋中的壁画

再往里走，一件件壁画虽然看不太明白，但其美感却让人心旷神怡。其间的鲜艳、生动，就像刚着色上去的一样，根本看不出是3700年前的旧物。导游告诉我们，专家考证，那些壁画都是在颜料未干时涂抹上去的，色彩渗入墙壁，所以至今依然鲜艳如初。

壁画中的女人，天生丽质，容貌清丽，身材娇柔。它分明来自现代欧洲贵妇们出入的沙龙，怎么可能来自一座距今至少3000年前的宫殿？

在中心庭院南侧宫墙上，我看到一幅名为《戴百合花的国王》的壁画，画中的国王如真人大小，头戴百合花和孔雀羽毛的王冠，过肩的头发向外飘拂，脖挂金色百合穿成的项链，身着短裙，腰束皮带，风度翩翩地向前走去。

还有一幅《侍酒者》的经典壁画，画面上年轻人一手举起容器的手柄，一手抓在容器底的末梢上。脖子上戴着项链，耳朵上戴着耳环。身材修长而健美，腰上还束着腰带，紧身衣服上还有非常精美的装饰。

野山羊和幼崽的彩陶浮雕是克里特艺术最有代表性的典范。它的表面是灰绿色，并有深褐色的花纹。其中一只小羊正吮吸着母羊的乳汁，而其他几只正不耐烦地走动，母山羊头部竖起，警觉地四处张望。

在宫殿里还发现有女祭师的雕刻。她双手高高举起，各抓一条小蛇，一条紧身腰带束着细小的腰部，丰满的双乳房裸露在外，她身着有七层荷叶边的裙子，看起来裙子经过细致的裁剪。

那些生气勃勃、充满现代情趣的壁画，让人看到了一个富裕、安闲、友善、文雅的米诺斯社会。

那个人神共舞的远古时代，任何东西都可演绎成一段神话故事

一进米诺斯王宫，我就在寻找一幅斗牛图壁画。那是希腊神话传说中的一个脍炙人口的悲剧故事。故事说，克里特岛的国王米诺斯自称是宙斯的儿子，他在这里建立了一个强大的王国。海神波赛冬暗中使计，送给他一头美丽而强壮的公牛，并让米诺斯的妻子帕西法厄疯狂地爱上了这头公牛，之后产下了一个牛首人身的怪物米诺陶洛斯。

家丑不可外扬，戴了绿冒子的米诺斯，悄悄地请大建筑师德达鲁斯在克诺索斯建造了一座规模庞大、结构复杂的双斧宫殿，而后把那个半人半牛的怪物藏在深宫中。

后来，米诺斯的一个儿子在雅典被害。愤怒的米诺斯便借机向雅典问罪，强迫雅典国王埃古斯签订了一项骇人听闻的条约：每隔9年雅典必须向克里特进贡7对童男童女。

这些孩童送到克里特后，即被那个牛首人身的怪物——米诺陶洛斯当作食物逐个吃掉。

因为米诺斯的强大，雅典不敢不从，只好接受屈辱的条约按时纳贡。因此，每年到了进贡之期，凡有童男童女的父母们，都害怕悲惨命运降临到自己子女的头上。

到第三次进贡之际，雅典国王埃古斯的儿子希萨斯下决心要废除这个恶习，与父亲商量，准备混迹于少男少女之中登上克里特岛，寻隙把怪物制服。

由于兹事体大，且凶多吉少，雅典国王给了他们一面白帆，并约定，

如果希萨斯平安归来，就悬起白帆。否则，仍像以往那样，挂上黑帆，使人们远远一看就知道失败了。

希萨斯和童男童女们乘船来到克里特岛，米诺斯王召见了他们。可当这位少年英俊的雅典王子出现在克诺索斯王宫的时候，米诺斯美丽的女儿阿里阿德涅公主立刻对他一见倾心，不顾一切地爱上了他。同样，希萨斯也对公主一见钟情。

得知希萨斯的意图之后，阿里阿德涅公主偷偷交给他一个线球和一柄摩剑，并透露进入深宫的方法。希萨斯在米诺斯宫殿里制服了怪物米诺陶洛斯，之后带着阿里阿德涅公主和孩子们一起离开了克里特岛。

归程中，高兴异常的他们却忘记了把船上的黑帆换成白帆。当雅典国王埃古斯站在海岸上远远望见张着黑帆的船只徐徐驶来时，以为儿子已经死亡，顿时痛不欲生，随即跳海身亡。

因为"爱琴"是埃古斯的另一个别名，后人为了纪念这位伟大的国王，便把这片海域命名为爱琴海。

在那个人神共舞的古代，任何东西都可演绎成一段故事，我们只有带着这个凄美的故事，去瞻仰一件件古物。

映入眼帘的，也是一幅少男少女与牛搏斗的硕大壁画，我想，这壁画恰好印证了那个人们早已耳熟能详的传说吧。

壁画簇拥着的是一个神秘的房间，那便是米诺斯国王居住的地方。王位的坐椅不如想象般的宽阔，需经过一道窄窄的巷子……或许正是显示"王"的神秘和安全需要。

国王、王后的住所紧靠，共同面对一个大厅，大厅有不同的楼梯进入他们各自的卧室。大厅一侧，又有他们各自独立的卫生间，皇后的卫生间里还附有化妆室。

这个王位座椅在被发现时仍完好无损，它的造型十分别致简洁，有些现代古典味道，底座坚实而宽阔，石椅中部有凹下的部份，坐下去刚好合适。已经过去3700多年了，它仍保持着最初的深红色。

当初曾端坐在这座宫殿王位上的帝王们，在历经岁月的洗涤后，已演化为神话传说中的人物，在学究们如刀锋般锐利眼光下，他们或许根本就没存在过。但是，当我们来到这里时，它给我们讲述的，正是这个如神话般古老王朝的过往烟云。

与想象中的古代王宫不同，这个宫殿中没有宏大的神殿，却有更多的人的气息。男女似乎也比较平等，也没有看到早期奴隶制社会森严界限的遗迹。我以为，这应该与通达的海上商业有关。

宫殿地下室是"酒窖"，这里至今还放着一排排保存完好的大坛子，应该是世界上最早的酒窖了。

沿着地下室再往下走，可以看到这里完善的供水和排水系统。水从外面引入，水管用经久耐用的陶土制成，两头小中间大，可利用水流的力量充分排污。王宫中有浴室、有厕所，厕所安装有冲水设备，窗子有通风循环结构，甚至在梳洗间内有很大的隔间和检修孔，工人们可在此修理系统。这些精细的排水系统，仿佛应是人类昨天刚刚具有的技术。

置身于这个看似不大的宫殿，仿佛置身于现代的建筑设施之中：科学的排水系统，据说今天仍有不少城市建筑学家前去学习观摩；粗细相嵌的陶制水管，据说与本世纪瑞士申请的一项设计专利相差无几；单人浴缸的形态，即使放在今天雅典的洁具商店里，也算不上过时；而细细勘察，当时有些浴缸里用的还是牛奶……如此先进的生活方式，居然发生在苏格拉底、孔子、释迦牟尼诞生前的1000年！这是历史还是穿越？我们平日总以为人类的那些早期圣哲一定踩踏在荒昧的地平线上，谁知回溯远处的远处，却是一种时髦而精致的生活形态。

古人的智慧与远见，真让我们望尘莫及。种种细节都在微笑着讥讽我们：你们，是否还敢说"古代"和"现代"？

再高的文明在自然暴力面前，也往往不堪一击。但它总有余绪，飘忽绵延，若断若连。让我们欣慰的是，今天的世界，就是凭着这几丝余绪发展起来的。

克里特岛以一个巨大的未知背景，让希腊文明永久地具有探索色彩

寒风瑟瑟，掠过这些沉寂的废墟，仿佛一个忧郁的心正在陈述旧年往事；透过这些残破的壁画，我们仿佛见到消失已久的克里特岛圣灵们的归来。在那些肃穆的回廊间，这些幽灵正迈着无声息的脚步，悄然旋舞。

与迈锡尼王宫相比，这里的宫廷建筑缺少战备的痕迹，尽管据历史记载，米诺斯王朝已经拥有规模不小的武装船队，但宫廷里却是一片富足与精致，极其讲究生活品位。这种品位不仅没有发扬于迈锡尼，连很晚的雅典黄金时代也未必能望其项背。

从出土的文物看，米诺斯王国的器物受埃及影响很大，也有一些小亚细亚的风格。所处的地理位置使它成了古代欧、亚、非三大洲交流的聚散点，这也使希腊文明不能称为一种完全自创的文明。但就欧洲而言，它是后世各种文明的共同祖先。

但是，严重的问题出来了——

那么早就出现在克里特岛上的这些人是谁，什么人种，来自何方？显然远不止是土著，那么，他们中的大部分是来自埃及，还是亚洲，或是希腊本土？考古学家伊文思发现了一大堆被称为"线形文字A"的资料，估计能解答这个问题，但这种文字100年来始终未能释读。

另一个更严重的问题是，这么一个显赫的王朝，这么一种成熟的文明，为什么在公元前15世纪突然湮灭？美国学者认为是由于岛北100多千米处的桑托林火山爆发毁灭了克里特岛，这场大爆发喷出的火山灰60多米厚，又引发海啸，海浪50余米高。但另一些考古学家却发现，在火山爆发前，克里特岛已遭浩劫。至于何种浩劫，意见也有不同，有的说是内乱，有的说是外敌。

站在人类文明的高度审视一番，方可发现，与克里特文明同时代的汉谟拉比法典已经诞生，那是世界上第一部成文法典。法典是古巴比伦王国

时代两河流域南部奴隶制社会政治、经济、法权制度发展的产物，人类的灵性往往惊人地一致。

美国进化生物学家摩尔根说，由于人类都有相同的心智，所以在相同的时期都有相同的发现。这样的文明高度在世界范围内次第盛开，两河流域地区，不算苏美尔时代拉伽什的国王乌鲁卡基那（前2378—前2371）的改革铭文，最早的法典当数乌尔第三王朝的建立者乌尔纳木（前2113—前2096）制定的法典。

欧洲文明好不容易找到了自己的源头，但这个源头因何而来，由何而去，都不清楚。历史渐渐远去，虽然个中谜团尚未解开，深临其境，我以为应该是火山爆发一类的自然灾害所至。眼前的宫殿有一半在地下，掩埋它的应该是火山灰。

希腊应该庆幸有一个克里特岛，它以一个巨大的未知背景让希腊文明永久地具有探索色彩。

今天的克里特同样是一个舒适的天堂，下午4时不到，在休闲冬阳的照射下，男女青年便聚集到阳光下的咖啡吧里，悠闲地品尝着浓郁的咖啡……窄窄的小街两边，摆满了休闲小椅，他们无视车辆在身旁川流不息，其状酷似成都的串串香门店里的客人。这样的气场与我们所在的城市成都高度吻合。不远处就是千年城墙，他们与祖先对视，一点儿也不着急，有祖先遗留下的这份基业，他们该享福了。

一些快餐店也沿街为市，将店招放在街边招揽生意，更增添了休闲的乐趣和情趣，总之，现代和古老如此和谐地嵌在同一片蓝天之下，有一种说不出的动感和快感。快的是大街上风一样的摩托，慢的则是阳光下人们悠然自得的节奏。

年轻人的另一种玩法，便是飙摩托车，他们特地取下消音器，在大街上加大油门，远远的声音就响得让人心慌，吸引着许多人的目光，风也似地从你身边逃过。看得出来，他们有一种说不出的快感。

我们也很快融入这样的氛围，沿海岸线驱车来到伊雷克利翁市的海边

一只悠闲的狗漫步在废墟中

小镇，除了路上南来北往的车辆和一幢幢空置的房屋外，很少有人出现在视野里。

一切都静极了。

导游告诉我们，时值旅游淡季，这里的店主们都关门歇业，候鸟般地到外地甚至外国度假去了，直到3月方回来打理生意，享受一番服侍之后，他们才像候鸟一样归来，高高兴兴地服侍如织的客人。

这里完善的旅游设施自不必说，每年夏天的海边人山人海，必须提前两个月订好旅店及沙滩。看得出来，这里什么都不产，只产文化和旅游。难怪这里的狗与猫都不怕人。

夕阳西下，坐在古城墙上，有阳光懒懒地照着。望着千米之外静静的爱琴海上点点白帆，甚是惬意。

第08章
巴黎有座没有围墙的"紫禁城"

巴黎的历史和文化，让我们这群东方之子领略到的是两个真正的法国王宫——一个是卢浮宫，另一个就是凡尔赛宫。

凡尔赛宫在巴黎西南22千米，一个名叫凡尔赛的小镇上。

50年时间筑造一幢奢华的宫殿，在巴黎的历史上应该是一件"速成品"。

正因如此，无论纵观艺术价值还是历史价值，凡尔赛宫都难以与卢浮宫抗衡。

偌大的凡尔赛宫广场上，有一尊骑着高头大马的卷发将军，他就是路易十四。

伫立于此，我忽然想到了这样一个画面：1793年1月21日，在巴黎的协和广场，一个行将被处死的女囚徒，上断头台时不小心踩到了刽子手的脚，她马上下意识地说了句："对不起，先生。"她便是路易十六的夫人玛丽·安托瓦内特。

此刻，玛丽·安托瓦内特的丈夫路易十六，面对杀气腾腾的刽子手，留下的同样是坦荡的遗言："我清白死去。我原谅我的敌人，但愿我的血能平息上帝的怒火。"

几分钟后，路易十六及皇后便身首异处。

50 年构筑一幢奢华宫殿，在巴黎应该算一件"速成品"

　　凡尔赛宫不是一般的王宫，它浑身上下都讲述着一个朝代、一个国家、一个家族未尽的故事，凡尔赛宫浓缩和见证了巴黎乃至法国一段极为关键的历史。

卢浮宫内

法国的历史，很大程度聚焦在"路易家族"的兴衰史上。100年的凡尔赛宫不断交替着迎候它的三位新主人：野心勃勃、建立专制集权盛世的路易十四；昏庸无度、坐吃山空、战败失利而迅速衰落的路易十五；在颓势中试图改革和重振、开明却又软弱、最终因自己参与的革新局面失控而断送性命的路易十六。

带着这种有趣的对比，我踏上了飞往巴黎的班机。清晨，波音747"空中大巴"满载负荷，喘着粗气稳稳地停靠在巴黎戴高乐机场。

13个钟头的长途飞行，我竟没有一丝倦意。当飞机穿云破雾，向陆地俯冲时，一望无涯的灯海宛如海市蜃楼般呈现在眼前。

"巴黎到了。"不知谁惊呼了一句。我双眼透过明亮的机窗，目光做俯视状直线远眺，映入眼帘的五彩缤纷令我心潮澎湃，一种难以名状的冲动直涌心头——我梦中想往的巴黎终于到了。

以前从教科书上知道，巴黎断断续续地在担当着"法国"的首都。之所以给法国二字加上引号，是因为在很长的时间里，还没有什么根本意义上或称谓上的法国。因此，后人眼中法国的早期宫廷，从严格意义的概念上来分述，不可称为法国王宫。

巴黎的历史和文化，让我们这群东方之子领略到的是两个真正的法国王宫——一个是卢浮宫，另一个就是凡尔赛宫。

载我们的旅行大巴很快就驶离戴高乐机场。此刻的巴黎还在清晨的沉睡之中，虽与中国有着7小时的时差，但我们也来不及把生物时针往后调，"空客大巴"换成的"旅游大巴"在深秋的巴黎大街上疾驰，我们直奔凡尔赛宫。

凡尔赛宫在巴黎西南22千米，一个名叫凡尔赛的小镇上。

深秋的巴黎一片金黄色，公路两边的法国梧桐都将自己站成迎宾状。随着秋的晕染，梧桐叶都一片片地缓落在大地的皮肤之上，厚厚的，一眼望去就像土地上铺就了金黄的地毯一般，炫目的光芒直刺我的双眼。

饱览这样醉人的景色，22千米的路程在眨眼间便疾逝而去。

巴黎宛若一个旅游博物馆，各种奇异珍品都会让每个前来到此的人眼花缭乱。世界各地的游客慕名来到巴黎，大多是奔着埃菲尔铁塔、卢浮宫、巴黎圣母院和塞纳河等世界顶尖级景点。

相对这些耳熟能详的景点而言，凡尔赛宫似乎逊色一些。

可又有一句通俗的说法："到了巴黎，如果不去凡尔赛宫，那就是你没有真正地到过巴黎。"因为凡尔赛宫珍藏着巴黎乃至法国历史上非同凡响的卓越篇章。以至后来各国的文学家、哲学家和史学家，往往从这里洞穿法国甚至欧洲大革命的波澜壮阔。所以，凡尔赛宫的地位和影响留给后世的想象和价值的延伸是无穷尽的。

法国的历史，很大程度聚焦在"路易家族"的兴衰史上。法国最后的统治王朝是大名鼎鼎的波旁王朝。封建王朝都是家族承袭制，所以从1589年1789年法国大革命，整整200年的波旁王朝，就是在这个波旁家族里代代相传，子承父业的。

波旁王朝的开端是亨利四世，他的王位传给了他幼小的长子——路易十三。再往下，就是法国大革命前最后的三个国王：路易十四、路易十五和路易十六了。

最为辉煌的应该定格在路易十四那个时期。

凡尔赛宫原系路易十三游猎的一个庄园，在路易十四时期得以"重用"。始建于1661年，前后费时50年，动用数万名工人，

凯旋门

塞纳河

埃菲尔铁塔

建筑师也是不停地更换。安德烈·勒诺特尔负责园林设计，他的设计规模大大超过了原有的庄园范围，整个园林占地10公顷。

凡尔赛宫

凡尔赛宫的园林

由于凡尔赛宫的修建在当时耗资巨大而引起了财政部门的抗议，但"太阳王"路易十四因"我死后哪管洪水滔天"的誓言，即排左右与前兆，按着自己的意愿将凡尔赛宫修成了一座极其奢华的宫殿。

50年时间筑造一幢奢华的宫殿，在巴黎的历史上应该是一件"速成品"。

正因如此，无论纵观艺术价值还是历史价值，凡尔赛宫都难以与卢浮宫抗衡。

凡尔赛宫的正宫是南北走向，两端与南宫和北宫衔接，形成对称的几何图案。宫殿外观宏伟壮丽，内部的陈设和装饰则更赋有艺术魅力。

500多间大小殿堂处处金碧辉煌，堪称豪华盖世。

装饰是以雕刻、巨幅油画和挂毯组合而成，再配置造型精巧、工艺绝佳的家具。一些厅堂还陈列着世界级的艺术品，其中也有中国的古代瓷器。宫中大厅的面壁上端刻着许多大理石人物雕像，造型精巧而优美，宫殿内部装潢考究，墙壁与柱子都是以各色大理石再镶金嵌玉制作而成。

凡尔赛宫的走廊

天花板是用金漆做的彩绘，再加以各种装饰用的贝壳或花饰及错综复杂的曲线，都让前来的游人产生豪华奢靡和富丽奇巧之感。

尽管凡尔赛宫与卢浮宫的对比是有差别的，但毫无疑问的是，当时的凡尔赛也是聚集了一批法国最优秀的艺术家。

路易十四迁至凡尔赛宫，还有一个不为外人所道的秘密

凡尔赛宫的广场上，映入眼帘的第一个景点就是那尊青铜雕像——路易十四骑在高头大马上做挥斥敌军状。无疑，这里是游客留影率最高的"背景"。

在巴黎，到处都可看到这熟悉而又蓬松着一头深色鬈发的身影。

凡尔赛宫广场地面，还是香舍里榭大街式的那种"欧洲式"老砖。老砖的铺设十分讲究，这些老砖都是竖起来栽在地里的，一块一块相依在一起，颇为结实，虽历经风云变幻都没有风化或变形。

路易十四雕像

严格来说，凡尔赛宫的外表显得有几分朴实无华。欧洲式的灰白色石制外墙，外墙体被典型的裸式男女雕塑簇拥着。它似乎在以某种神秘引诱着你步步深入。

今天的凡尔赛宫，只对游客开放很小的一部分。其中有国王的卧室，国王与大臣们一起翩翩起舞的镜廊，还有王后的寝室。相较于这辉煌的宫殿，开放的部分似乎显得有些"寒酸"了。但无论是从镜廊、花园或者国王之寝室，都是极尽富贵与尊严气派。从某种意义上讲，凡尔赛宫同英国的都铎王都建筑一道，共同结束了整个欧洲的巴洛克建筑时期。

据说"大革命"过后，这里的物什几乎被洗劫一空，后来为了吸引世界各地的旅游者，便依照原有的风貌复制了王室的物什。所以，今天的游客才可一窥皇室的风范和宏伟。

在凡尔赛宫的各个通道和每一个房间里，都挤满了来自世界各地的旅游者，各国的导游们也在用不同的语言滔滔不绝地进行各自的讲解。而凡尔赛宫的工作人员却在一个劲儿地提醒导游尽量将时间压缩，以便让站在门外的游客可以早一点进入。这一点，与拥挤的故宫惊人地一致。

包括卢浮宫在内的巴黎各个景点都可让游人任意地摄影照相，唯独凡尔赛宫王室例外。在众多的凡尔赛宫工作人员的"监视"中，游人们尽管举着相机手里痒痒的，但还都是不敢按动相机的快门。

凡尔赛宫在全盛时期，宫内外有二万人之多，单是皇宫的本身就可以容纳近5000人。

5岁的路易十四登基时，朝中有诸多长辈和大臣，各种朝臣间的钩心斗角或尔虞我诈举目皆是。日渐成人的路易十四将这一切都尽收眼底，恨透了当时令他窒息的王宫所在地——卢浮宫，于是便发誓迁宫凡尔赛——这个野兽时常出没的偏僻之地。

路易十四迁宫至凡尔赛，还有一个不为外人所道的秘密，那就是路易十四意将身边的那些一言九鼎、依权仗势的大臣们"囚"了起来。路易十四在每周星期一、二、四都要安排11个钟头的活动时间，活动的内容安排细致到每个钟头去做什么。所有大臣都必须参加每个活动的项目。路易十四这样的安排就是要限制这些大臣，不让他们有"开小差"的机会。凡尔赛宫内虽是一片歌舞升平、君臣同乐的气象，但陪伴着大臣们的都是路易十四无处不在的身影。

宫廷迁至凡尔赛，贵族们不得已，也纷纷迁往此地，这也表明了权力的均衡被打破——贵族在离开甚至在逐步失去自己过往的"盛世"，失去他们在经济和政治上的实力，开始越来越多地依附于君权。

由于凡尔赛远离市中心，当时的交通工具只有马车相随，有路易十四亲自"侍候"着，这些重臣难有胆量和精力再重返自己的府邸"走后门""拉关系""结朋党""排异己"。

路易十四此番的用心良苦，只是等待自己的羽翼逐渐丰满，以壮阔自己将来的江山。

在凡尔赛宫，革命前的波旁王朝经营了整整100年。

路易十四的花天酒地是出了名的，单看那些洛可可风格的繁文冗节的装饰与绘画就可以明了个中情形。专制强权的路易十四整整在位72年，昏庸无能的路易十五在位59年，而在20岁继位、相对开明的君主路易十六，不仅接下一个烂摊子，而且历史只留给他短短15年。

然而，让我惊讶的是凡尔赛宫皇家花园的土地面积实为极大，凡尔赛宫的工作人员不仅开辟了大片大片的草坪，还有大块大块的花坛，整个凡尔赛宫皇家花园是完全没有围墙的。满眼望去，尽是繁茂的森林和丛林，宽敞的林荫大道交织其间，让人置身其中不免有赏心悦目之感。置身其中视野辽阔，举目远眺无边无垠。目光所及之处更是有无数栩栩如生的"生命"，神与人，人与兽，是洁白的大理石雕像和青铜雕塑，有的散落在林间或喷泉之下，在那些建筑物的壁面或屋顶，这些无声的生命都在向游人展示着历史的纵深和艺术的千姿百态。

偌大一个王宫没有一道高墙，皇家的威仪与安全呢？

徜徉凡尔赛宫，凝视着皇家花园，我的头脑里始终将它与北京的紫禁城作比，从政治规格、历史环境，还有其主人的命运，都有着惊人的类似。

一眼望去，看着郁郁葱葱的一片，我脑海始终在萦绕着一个问题："偌大一个王宫，竟没有一道高墙，路易家族的安全是怎样得以保证的？"这与紫禁城倒形成了极其鲜明的对比。这使我不由想到作家徐迟老先生曾拿凡尔赛宫与故宫做过一次有趣的对比，我认为是极其有道理的。在故宫，除了围在围墙里的假山、花木、盆景后面的"御花园"可找到花草植物之外，从天安门到端门、午门到太和殿前的太和门，一道道大门、小门、侧门，重门深锁，直到神武门，在其"中轴线"上，你根本找不到一棵树木和令人心仪的花草。凡尔赛宫和园林所占面积不压于紫禁城那般大小，然其宫殿建筑面积只占整个面积极少部分，其余全是满眼碧绿的"法国园林"。

徐迟认为，这不是北方特殊天气所至，也不是皇帝大臣们不喜欢花木，关键的是"怕"字及思想在作祟。他们怕这些花丛中隐藏着刺客和谋反之士，他们怕自己的江山就这样轻易易主。

于是乎，威严的"三大殿"极目远眺，视野之至，一切尽在掌握之中；于是乎，一条条长巷替代花园隔开了无数后宫庭深；于是乎，一垛垛城墙围墙又高又深、又厚又密，不要说庶民百姓，就是大臣也难辨方向。

这是一个值得研究的奇特的现象。东方的宫廷是封闭的、隐晦的和内向的，而西方的宫廷，特别是它的园林却是开放的、明朗的和外向的。

法国人在17世纪的一系列建设，均标志着人类开始在宏大尺度上尝试将文明与自然结合，成为具有中心感和系统性的结构整体。在这种思想指导下兴建的凡尔赛宫及其园林，可谓是这一规划设计思想的杰出代表。

同样是皇家宫殿，可因为文化背景的不同，其内涵和外延都大相径庭。显然，延伸已成为基本的主题，建筑物也由此成了一个简单的重复的系统。那些高大的法国式窗户与纤细的爱奥尼柱式相结合，使得整条立面有如一排透明的格构。诺伯格·舒尔兹曾认为，凡尔赛宫由此具有了玻璃房屋的特征，成为联系哥特时期的透明结构和19世纪钢结构玻璃建筑的伟大作品。

凡尔赛宫中最主要的、举行重大仪式的镜厅，在室内同西面窗子相对的东墙上安装了17面大镜子，并以白色和淡紫色大理石贴墙面。这种大量巴洛克式手法的室内设计中，在凡尔赛宫已经随处可见，它们在古典比例的控制下透露出动感和变幻。

有专家称，紫禁城的布局从整体而言，是一个富于礼制含义的院落集合。与之相比，凡尔赛宫可谓是在古典比例控制下的立面格构的累积与延续。

只是因为文化的不同，在园林的规划与设计上两者存在很大的差别。

没有围墙的凡尔赛宫和高墙林立的故宫，身为同一时期的皇家宫殿。然而，展现给后人的是两种不同的民族心态、不同的审美方式、不同的审美情趣和不同的思维定式。

偌大的凡尔赛宫广场上，有一尊骑着高头大马的卷发将军，他就是路易十四。伫立于此，我忽然想到了这样一个画面：1793年1月21日，在巴黎的协和广场，一个行将被处死的女囚徒，上断头台时不小心踩到了刽子手的脚，她马上下意识地说了句："对不起，先生。"她便是路易十六的夫人玛丽·安托瓦内特，而此刻她的丈夫路易十六，面对杀气腾腾的刽子手，留下的同样是坦荡的遗言："我清白死去。我原谅我的敌人，但愿我的血能平息上帝的怒火。"几分钟后，路易十六及皇后便身首异处。

他们都曾是凡尔赛宫的主人，路易十六的命运跟明朝末期的崇祯皇帝惊人地一致，他们用自己的性命，承担了祖上留下来的种种恩怨。令人吃惊的是，两个世纪之后，时任法国总统密特朗在纪念法国大革命200周年庆典上，不无真诚地表示："他是个好人，把他处死是件悲剧……"他说的是路易十六。

我知道，其实这里并不适宜沉思，那太多的繁华缤纷，总是裹挟着人向前。

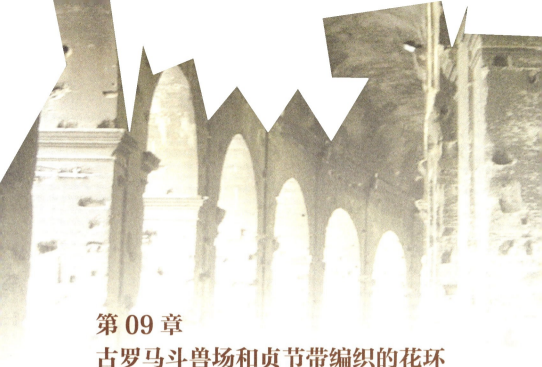

第 09 章
古罗马斗兽场和贞节带编织的花环

位于罗马祖国祭坛背后的那片沧桑之美，便是古罗马遗址。在这片开阔的遗址前，古罗马恺撒大帝的青铜雕像巍然矗立，如果稍不留意，就会忽略雕像基座上那一行不起眼的罗马文字："永恒的独裁者"。

古罗马斗兽场既是一件民心工程，更是一项政绩工程。因而既俘获了民心，又彰显了政绩。

有这样一组数字来展示斗兽场之大：占地面积约2万平方米的斗兽场，可容纳近9万人同时观看表演。

只要你在角斗台上随便抓一把泥土，放在手中一捏，就可以看到印在掌上的斑斑血迹。

废墟是一个磁场，一极古代，一极现代，心灵的罗盘在这里感应强烈。失去了磁场就失去了废墟的生命，它很快就会被人们淘汰。

斗兽场与贞节带，象征着罗马帝国的强盛，也象征着它的必然灭亡。可以说，中世纪的全部黑暗和野蛮，浓缩具象在这件贞节带上。而那件挂在墙上用玻璃罩着的"标本"——恰是挥舞旗帜的黑色旗帜。

从古罗马的废墟中，我读到了一种从未有过的震撼。

只要在角斗台上随便抓一把泥土一捏，就可以看到斑斑血迹

倘若把欧洲比作一本精致的相册，那么意大利无疑就是其中那张最老的老照片。

古老，甚至有些发黄，不过偶尔能嗅到阵阵清新的气息，浓而不腻，沉而有味——因为有古罗马垫底的意大利，有资格在欧洲傲视群雄。

这一切，都可以把我们拉回到古罗马，拉回到文化的本源，拉回到人性洪荒的篝火旁……而最能直接体现这种"本源"的，当数古罗马遗址中的斗兽场了。

位于祖国祭坛背后的那片沧桑之美，便是古罗马遗址。在这片开阔的遗址前，古罗马恺撒大帝的青铜雕像巍然矗立，如果稍不留意，就会忽略雕像基座上那一行不起眼的罗马文字："永恒的独裁者"。

古罗马斗兽场

时间的交融

　　传统与现代在这里交汇，昨天和今天在这里对话，古遗址群落被现代化建筑群包裹得严严实实。透过今天的现代气息十足的建筑群，那片巨型残柱耸立的遗址特别打眼，远远地就可瞧见。好像没有那些残垣断壁作陪衬，今天的这些建筑群落就不完整一样，十分协调，十分友善，十分气派。

　　那片叫作"古罗马遗址"的所在甚是宏大——面积大概和天安门广场一样——这里是古罗马的政治商业中心。据说它是在1930年被考古学家发现，1940年拆除了这个地区的房屋后开始发掘，76年过去了，这片遗址仍处于发掘和修复状态之中。

　　遗址中心是广场，四周是元老院、法院、凯撒庙、商业中心，正面是一座巨大的凯旋门，它为庆祝古罗马占领北非领地而建。看着这片只有地基、石柱和瓦砾的宽阔遗址，我眼前立刻出现了《斯巴达克思》里复杂的场景。

君士坦丁凯旋门

这是欧洲文明的一块基石，尽管繁华和声势均被岁月消退，然而正因为有这基石，欧洲有今天新的文明。

离这里不远就是举世闻名的古罗马斗兽场，它与遗址亦庄亦谐，相得宜彰。

很大程度上讲，古罗马斗兽场就是古罗马遗址的重要组成部分。难怪此处地名译成汉语时，有一个特别的名字——庞大。

凯旋门与斗兽场看似两处相距一定距离，彼此独立的建筑，但它们之间却有着密不可分的因果关系——

公元315年，君士坦丁大帝为了庆祝在城北米尔维奥桥击败暴君马克森提，特地下令修建一座纪念门。1700年过去了，这座纪念门巍然屹立，它就是君士坦丁凯旋门。资料显示，这座三拱式的纪念门高21米，宽度超过25米。中拱高而大，侧拱矮而小，均以古罗马典型的哥林多式石柱作为框饰，同时还装饰着古罗马纪念门标志性的雕像和浅浮雕，富丽堂皇，雍容华贵。

君士坦丁凯旋门是古罗马凯旋门中最大、最著名、现存最完好的一座。之后的法国巴黎凯旋门，就是以此为蓝本建造的。

靠近君士坦丁凯旋门的路基上有一个圆圈，随行的向导说，这里曾有一个名叫麦达苏丹特的锥形喷泉，建于公元1世纪的。旧迹犹存，喷泉早已干涸。这里的一草一木大抵都可以让人闪回到千年以前，徜徉其间，难免有一种穿越时空之感。

君士坦丁凯旋门西侧，就是著名的古罗马斗兽场。准确地讲，应该说古罗马斗兽场的东侧，就是君士坦丁凯旋门，是因为古罗马斗兽场的历史要比君士坦丁凯旋门还要早243年。

斗兽场与凯旋门

严格而言，古罗马斗兽场应该叫古罗马大竞技场。更为准确地说，应该叫作科洛赛姆大竞技场。只不过后来，人们习惯于叫斗兽场罢了。

史载，斗兽场建筑的地基，原是古罗马帝国有名的暴君尼禄皇帝金宫中的一个小湖。

公元64年，罗马城内发生大火，尼禄皇帝嫁罪于基督徒，随后大规模迫害基督徒……王朝倾覆。尼禄自杀后的一年中，罗马又经历了3个短命皇帝的失败统治。直到公元69年，古罗马帝国进入弗拉维王朝时期。韦斯帕西恩（公元69—79年）是弗拉维王朝的缔造者，刚刚征服耶路撒冷得胜回朝的他，为了避免前车之辙，决定用斗兽场填平并埋葬属于尼禄的豪华金色宫殿的人工湖，将昔日帝王将相之所，变成公共娱乐场所，这一伟大的决定得到了人民的热烈支持。

说干就干。工人就是耶路撒冷战场上带回的10万奴隶，他命儿子提图斯具体指挥这古罗马帝国标志性的建筑，工程历时8年，公元80年正式落成。

这既是一件民心工程，更是一项政绩工程。因而既俘获了民心，又彰显了政绩。

从这个意义上讲，古罗马斗兽场堪称韦斯帕西恩时期的凯旋门。

韦斯帕西恩不愧是古罗马伟大的政治家，斗兽场工程竣工之际，他下令举行了为期100天的庆祝典礼。让他的将士和百姓尽情享受胜利的喜悦。

罗马史学家狄奥·卡西乌斯记载，这100天时间里，5000只猛兽与3000名奴隶、战俘、罪犯轮番上场"表演"，这种人与兽、兽与兽、人与人的血腥大厮杀，直到5000只猛兽和3000名勇士拼尽最后一口气、流干最后一滴血，才得以结束。

无怪乎有这样的形容，只要你在角斗台上随便抓一把泥土，放在手中一捏，就可以看到印在掌上的斑斑血迹。

有这样一组数字来展示斗兽场之大：占地面积约2万平方米的斗兽场，可容纳近9万人同时观看表演。长轴长188米，短轴长156米，围墙高

57米，周长527米。这座水泥和砖石构成的环形竞技场，仅石料用量就达10万立方米，全部采自提维里附近的采石场。

古罗马斗兽场显现出的巍峨、雄浑，至今让人赞叹不已。这样的圆形阶梯状设计，给后来的歌剧院、体育场提供了范本。

废墟是一个磁场，一极古代，一极现代，心灵的罗盘在这里感应强烈

斗兽场虽只剩下大半个骨架，但其雄伟之气魄、磅礴之气势犹存。置身其间，足够震撼你的灵魂。

这真是一个堪称迷宫般的建筑，斗兽场内部结构共有四层，前三层均有柱式装饰，依次为多立克柱式、爱奥尼柱式、科林斯柱式，十分眼熟，我曾在雅典的遗址上看到过。80个圆拱托起了斗兽场的前三层。到第四层，建筑风格为之一变，小窗和壁柱装饰成为主角。

古罗马是一个等级森严的社会，从斗兽场的座位分布图可见一斑：古罗马最高执政官、元老们拥有特殊的"包厢"；身着白色红边长袍的元老们坐在同一层的"唱诗席"中；然后依此是武士和平民；不同职业的人也有特殊的席位，例如士兵、作家、学者和教师，以及国外的僧侣等，都有各自的席位。

斗兽场的三层看台分别建在三层混凝土制的筒形拱上，每层80个拱，形成三圈不同高度的环形券廊，最上层有50米高的实墙。看台逐层向后退，形成阶梯式坡度。每层的80个拱形成了80个开口，最上面两层则有80个窗洞，观众们入场时就按照自己座位的编号，首先找到自己应从哪个底层拱门入场，然后再沿着楼梯找到自己所在的区域，直到找到自己的位子。另有160个出口遍布于每一层的各级座位，被称为吐口，观众可以通过它们涌进和涌出，如果碰到混乱和失控，场内的人只需10分钟就可以被快速疏散。

这样精巧的实用功能与艺术价值有机地结合，不要说千年前，就是今天都是极其先进的。先进的还不止于此，由于竞技区要比第一圈看台低5米，所以场中还可以灌水成湖。据说公元248年，庆祝罗马建成1000年时，斗兽场就曾将水引入表演区，形成一个1~1.5米水深的湖，并做了微缩战船在湖中再现海战的场景。

　　难怪不少专家断言，作为世界八大建筑奇迹之一，斗兽场已成为古罗马的象征，它对于古罗马，象征意义有如长城之于中国、金字塔之于埃及。

　　映入我眼帘的，圆场底层中心，是角斗士与猛兽搏斗场地，地面早已破坏，露出了关野兽和关角斗奴隶的地窖。一眼望去，斗兽场墙体早已是满目疮痍，布满大大小小、一个接一个的孔，我以为是战争留下的纪念，向导连称"No"。说这墙体本来是大理石的，古罗马变成一片废墟后，罗马人便

斗兽场看台

揭去了墙表面的大理石，以作其他建筑之用。那些大大小小的眼，便是最初镶嵌大理石时的铆钉孔。

墙体上的铆钉孔

圈形的高耸的围墙大部分坍塌，残缺不全，如同一只凶兽牙齿七零八落豁豁牙牙的嘴；场内的看台也大都坍塌了，依然可以看出那个时代国王贵妃和普通看客的尊卑台阶；囚禁奴隶关锁野兽的地下洞穴也塌了，兽和人放逐出来的通道壕沟也壅塞不畅了……历史把鲜红的血和苦涩的泪风干风化，时间的演进中，人类的耻辱也被风吹日蚀得只余一张空干的破皮了。

废墟是一个磁场，一极古代，一极现代，心灵的罗盘在这里感应强烈。失去了磁场就失去了废墟的生命，它很快就会被人们淘汰。废墟是垂死老人发出的指令，使你不能不动容。废墟是祖辈曾经发动过的壮举，汇聚着当时的力量和精粹。

本来怀揣期许与好奇，但直到进入斗兽场，我突然有一种不适之感。透过这一堆堆废墟，我仿佛遥望到古罗马的辉煌史。斗兽场在无声地告诉我们，罗马世界非常不平等。奴隶与自由人之间、外国人与罗马人之间、男人与女人之间，都有着极大的差异。

罗马帝国本身就像一幅由城邦国家拼成的马赛克，他们地位各异，但全部控制于罗马的威权之下。

我从不喜欢赶热闹，我是在罗马旅游最为清淡的冬季造访的。

斗兽场没有淡季，就像它一建成就一直成为关注的焦点一样，这里至今一年四季都有排着队进进出出的游客，与庞大的斗兽场比起来，人就像一粒粒尘埃。

斗兽场外的游人

　　穿过巨型石拱门廊进入场内，你的眼前一定会浮现出那恢宏的血淋淋的场面。在石墙隔出的狭道里，人与兽"狭路相逢"，只能拼死相搏。

　　古罗马帝国一个小城镇的人行道上，拼嵌着这样一句话：打猎、洗澡、游戏、找乐子——这就是人生。

　　这一写照生动地揭示了古罗马人"玩"的本质。他们玩的是心跳。或许尚武已经深入古罗马人的骨髓之中，他们的娱乐活动也都充满了血腥味。而最能体现这种血腥味的娱乐活动，非斗兽场莫属。

　　据说，那些真刀真枪生死搏斗的角斗士们，只要一上场就是在"玩命"。角斗结束时，只要观众高喊"米特"，比赛的组织者就会做出一个拇指朝下的手势，得胜者在看到这个手势之后，就会毫不犹豫地把败者杀死；如果观众高喊"伊乌古拉"，组织者则会做出一个拇指朝上的手势，角斗场上的败者，方得以侥幸生存。

我们在诅咒废墟时，又无时不寄情于废墟

值得一提的是，斗兽场诞生之前，古罗马就有专门训练角斗士的学校，学校的老板往往就是角斗士的主人。角斗士刚开始接受训练时，作为基本功，十八般兵刃样样都要学，直到训练结束时，才会专攻一门：那些身体灵活的角斗士会变成"网手"，他们的武器是一张网和一根三叉戟，比赛时不带任何护身，他们要设法用自己的网去网住对手或他们的武器，尔后再用三叉戟攻击；其他的角斗士则成为"盾手"，所使用的武器，是一面盾牌和一柄利刃，比赛时可用盾牌护身。

角斗士进行比赛时，一般都是由一个"网手"与一个"盾手"捉对厮杀。获胜者可得到主人的奖赏。那些武艺超凡的角斗士，往往因此可攒下一大笔钱，他们还可以因此成为"明星"，有着大群的"追星族"。

考古学家在庞贝古城的城墙壁上，就发现了这样关于追星的文字——

那个色雷斯式的"盾手"凯勒杜斯，让所有的女孩仰慕不已。
"网手"克列斯森赢得了所有女孩的心。

考古学家们据此断定，这应该是古罗马最初的角斗士形态。

尚武好斗的古罗马人，或许认为这样太不刺激了，于是便有了更加血腥的角斗形式——把一些准备处死的罪犯、战俘和触怒了主人的奴隶等，送上角斗场，让他们捉对搏杀，以此来执行对他们的死刑判决。

人的欲望是在不断索取中走向贪婪的。之后，为了寻求花样翻新的刺激，又有了人与兽搏斗、兽与兽搏斗。据称，人与兽搏斗也分两类：一类纯粹是为了执行极刑，被判极刑者手无寸铁，与饥饿的猛兽，诸如狮子、豹子等搏斗，直到被咬死吃掉为止；另一类被称作"狩猎"，"猎手"可手执武器，但没有护身之物，如果猎手吉星高照，可以生还，还可得到重奖，就像获胜的角斗士一样。至于兽与兽相斗，就是把一些凶猛的大兽，

如狮子、豹子、大象、犀牛、熊等赶到一起，让它们相互撕咬、践踏，或者由弓箭手、标枪手站在高台上，把它们当成射杀的靶子。

看着那些绝望的吼叫与奔窜，古罗马人在感官上得到了极大的刺激与满足。随着刺激的不断深入，人性，也在一步一步走向扭曲和变态。

古罗马时期，上至达官贵族，下到普通民众，都乐于到斗兽场去观看奴隶们的斗兽表演。在罗马帝国的国王和达观贵族们看来，只有这样的表演，只有这样的征服，才足够刺激，才足以体现帝国的无比强大。

边走边看，发现距斗兽场千米开外，又出现了一个角斗士学校——"斯库拉角斗士学校"。向导说是专门培训现代角斗士，拥有近百名学生。校长是一位名叫亚科莫尼的50岁男人。此人非常热爱意大利的历史，早在1994年，他发起成立了"罗马历史研究协会"。但他后来觉得，与其埋头在卷宗中寻章摘句，还不如亲自投身到历史中去体验。正巧影片《角斗士》上映，受其影响，亚科莫尼筹集资金，开办了罗马第一个现代角斗士学校。

《角斗士》的主角是斯巴达克思，他掀起奴隶大起义的故事我们耳熟能详，这位天才的领袖原是巴尔干半岛东北部的色雷斯人，据说在一次反抗罗马人的战斗中不幸被俘，后来卖到了意大利半岛当奴隶。由于他身材魁梧，臂力过人，被一所角斗士学校的老板买了下来，从此他便开始了悲惨的角斗生涯。

在古罗马，奴隶被广泛应用于社会生产的各个领域：农庄、作坊、矿山……奴隶艰苦劳作的身影无处不在。不仅如此，社会生活的方方面面，也大量使用奴隶：私人家庭、服务行业……都充斥着奴隶的身影。

公元前73年，不甘被命运摆布的斯巴达克思策划并领导了奴隶起义，这次起义有十多万奴隶响应，持续时间两年之久。但最终还是寡不敌众，被镇压下去，斯巴达克思本人也在战斗中牺牲。

这次奴隶起义给了罗马奴隶制沉重的打击，马克思曾赞誉斯巴达克思是"整个古代史中最辉煌的人物"。

事易时移。与你死我活的古代角斗士不同的是，现代罗马角斗士最大的伤顶多也不过是擦破一点皮，因为他们使用的全部都是木质武器。今天，"角斗"已经衍化成为一种有氧健身运动，可以有效地消耗体内多余的脂肪，增强肌肉弹性，加强心肺功能和反应灵敏度，与现代健身的理念不谋而合。

旨在表演与复古的角斗士学校人气很旺，引来了大量驻足观看的各色人等。让人意外的是，"斯库拉角斗士学校"的诞生，在意大利上下引起颇多争议，是怕回到那个"斗兽"的年月，还是怕触动那根脆弱的"伟大的古罗马"神经？我不得而知，但这种不同声音本身至少表明了某种程度的担心和态度。

亚科莫尼的观点似乎道出了个中本质："我们崇尚勇武，但并不喜欢残废或死亡。"

不得不承认，我们在诅咒废墟时，又无时不寄情于废墟。废墟是毁灭、是葬送、是诀别、是选择。没有废墟就无所谓昨天，没有昨天就无所谓今天和明天。

废墟是课本，让我们把一门地理读成历史；废墟是过程，人生就是从旧的废墟出发，走向新的废墟。

从古罗马的废墟中，我读到了一种从未有过的震撼。

斗兽场与贞节带，象征着罗马帝国的强盛，也象征着它的必然灭亡

行文至此，不知不觉想起了古罗马的贞节带。

意大利国家博物馆里，有一件钢铁锁链式的带子十分引人注目，它有一个特别的名字——贞节带。

贞节带是一条类似于健美运动员穿的那种、简化到只能护住阴部的带子，不过这个带子不是任何纺织布料的产物，而是由坚硬的钢铁铸成。那些一小块一小片的钢铁，连缀成一条腰带，用来箍绑女人的腰；同样的钢

铁薄片连接成一条带子，一头与前腰的铁带相连，通过腹部兜住阴部和屁股，再和后腰里箍缠的铁带相扣。兜着屁股的铁片中间留着一个空心大孔，那是设计和制作者专门为大便通过的悉心设计。

而最富于匠心、竭尽智慧、显示天才的设计，自然是表现在最核心、最重要的部位，即对女人生殖器的防卫措施，那儿的铁片同样留着一道孔，无须阐释，便可以想到是给小便的出路。那孔是竖立式偏长形状，宽窄的估计和把握，同样经过精心的算计，即不容许任何男性生殖器通过。

最绝的活儿是在扁孔的边沿上，有一圈倒立起来的约二寸长的三角形尖刺，其锋锐程度有如锥尖锯牙……

试想一下，有哪个情种能够对抗这道监牢围墙似的钢铁蒺藜？而被扎上这道钢铁蒺藜式的贞节带的女人，又是遭受着怎样的心理和生理的屈辱和痛苦？

这件匠心独运的钢铁作品，就悬挂在意大利国家博物馆的墙上，或许是为了某种"不妥"，展品外面特地用一只玻璃罩子罩着。

这便是中世纪的欧洲，这便是中世纪的意大利，这便是中世纪的罗马。

据说，这样的贞节带主要是为罗马帝国的大将军和小士官们铸造的。在他们出征另一个地域的前夜，用这件"万无一失"的钢铁制品封锁妻子的阴户，然后才放心地扛着盾牌和利矛去进行征服之战。

这里，我们不得不留下这样的疑问。如果某个将军战死在异国的沙场上，他妻子的这副贞节带恐怕就要箍勒到死也无法解除了，因为唯一的那把钥匙只能由丈夫装在腰里，他死了，钥匙也就和腐烂的肌肉一起埋入地下。

当罗马将军们用贞节带锁好自己的妻子，拿着长矛冲进别人的家园，去凌辱别人的妻女时，他们其实也凌辱了自己的妻女，凌辱了作为人的自身。

斗兽场与贞节带，象征着罗马帝国的强盛，也象征着它的必然灭亡。

可以说，古代的全部黑暗和野蛮，浓缩具象在这件贞节带上。而那件挂在墙上用玻璃罩着的"标本"——恰是挥舞的黑色旗帜。

斗兽场旁，我看到许多介绍罗马的小册子，封面上都写着："罗马——永恒之城"。它的教堂、它的艺术，让人感到灵魂的净化；可它的斗兽场，甚至它的城徽——一头狼用奶喂养着的两个小孩，却使人感到人的肉欲和兽性。

古罗马，使我从一个侧面看清了站在天堂和地狱之间的人。

放眼一望，一片沧桑——埃米利亚殿堂、马森齐奥殿堂、蒂奥斯库雷神庙、维纳斯女神庙、罗莫洛神庙、恺撒神庙、和平神庙……我又启动了那尘封的记忆。是金戈铁马的狼烟推倒了文化的载体，是乾坤逆转的风沙摧垮了前朝的欣欣向荣，还是显赫一时的昔日经典耐不住岁月的寂寞而妖颜早逝？……

雕花的基座失去了承载的石柱，自然也减轻了年华的负重，浮在颓败的荆棘中；大理石地面反射不出庙堂的雄浑与华美，磨去了明镜可鉴的光亮，难免沙土的半遮半掩；凯旋柱再也衬托不了将军的威武，茕茕孑立，空留斑驳一身，无人喝彩……

不知为何，我远远地瞅见古罗马斗兽场的断垣残壁时，竟无任何惊讶与新奇的感觉。相比之下，贞节带对我的震颤，却深自内心。

没有悲剧就没有悲壮，没有悲壮就没有崇高。废墟的留存，是现代文明的象征。废墟很美，它昭示着沧桑、惨烈、凝重，震撼心灵，涤荡脑海，让人偷窥到民族步履的蹒跚。

由斗兽场和贞节带编织的花环，长存于那具叫作古罗马的棺椁之上。

第 10 章
"诺贝尔厅"的号召力

　　置身于此，我努力想象贵宾们在这里翩翩起舞的样子，虽然极尽奢华，但面对堆砌着无数"美"的环境里，我这等俗人，是迈不开半步的。

　　两个钟头的舞会结束后，很多意犹未尽的人还会去参加夜间聚会——斯德哥尔摩的四所大学，还会有"后半场聚会"。

　　可以理解，在这个特殊的日子里，那些为理想和事业奋斗终身的人们，有足够理由狂欢。

　　诺贝尔是一个巨大的品牌，瑞典人很会营销。

　　蓝厅还是那个蓝厅，可平时的蓝厅与"12月10日晚上"相比，就是天上地下了。

　　其实，蓝厅就是一个舞台，有大型演出和明星出场时，这里人声鼎沸，光鲜耀人，平时，就回归一幢建筑的本身——我们平时所看到的，就是这建筑物光环褪尽的本来面目。

斯德哥尔摩的"市政厅游"，已经成为北欧国家的一大特色

世界上有许多个蓝厅，尤以此地的蓝厅最为有名；世界上有许多个著名奖项，只有一个诺贝尔奖。

当蓝厅与诺贝尔奖珠联璧合之后，就会释放出无与伦比的影响力。

是的，我这里所说的"蓝厅"，就是一年一度诺贝尔奖举办之地——瑞典首都斯德哥尔摩市政厅一楼大厅。我且把它叫作"诺贝尔厅"。

太阳打在轻盈而清澈的湖面上，泛起点点刺人的白光，晶莹剔透。只要你把绕视一圈的视野慢慢回收，湖畔便会出现一个尖字塔建筑群落，高低错落，十分雅致，这栋建筑便是享有百年老店之称的斯德哥尔摩市政厅。市政厅前那片开阔的水域，一半是海水一半是湖水，那片海水，是波罗的海，那片湖水，便是梅拉伦湖。

斯德哥尔摩市政厅前的湖水

斯德哥尔摩的地理位置十分特别，地处波罗的海西岸，梅拉伦湖入海处。更特别的还在于这样一个现代化大都市零星地分布在14座岛屿和1个半岛上，由70多座桥梁将它连为一体，从而构成了一个完整的斯德哥尔摩，可以说斯德哥尔摩就是一座桥梁上的城市，因之也有"北方威尼斯"之誉。

极目远眺，可以看见湖的对岸挺拔的骑士岛教堂（又称里达尔岛），教堂高耸入云，气势不凡，据说瑞典君主去世后就安葬于此。如果再看得远一些，还会看到皇后岛。岛上那座以凡尔赛宫为蓝本的建筑，是一处典型的法式园林，有中轴线，有花园，还有湿地。最令我感兴趣的，莫过于中国宫，那是17世纪欧洲兴起"中国热"时修建的。这建筑表面上看堪称中西合璧，但仔细看却有些不伦不类，仔细一问，原来建筑师从未到过中国，是根据自己想象中的中国建筑模样构思而成的。细细想来，这也符合欧洲人的性格。

许多标志性建筑高高低低地云集在这里，加上水天一色，红黄绿多彩的各式建筑与错落有致的天际线，构成了一幅十分养眼的图画。因而，这里也成为人们争相拍照的黄金口岸。

同样道理，从梅拉伦湖的对岸远观斯德哥尔摩市政厅，给人最强烈的视觉冲击的是那耀眼的红砖墙。如果艳阳高照，熠熠闪亮的金顶便吸引人们的目光；在没有阳光的天空下，红墙的色彩暗中国画中的泼墨山水。这使得市政厅无论是在白雪覆盖的冬季，还是在碧波荡漾的夏天，都显得分外夺目。

市政厅内外有大大小小数百个人物雕塑，从艺术角度来讲，这些雕塑算不上精品，往往被人们忽略。而市政厅前梅拉伦湖边的两尊裸体青铜雕塑，是永远会引人注目的，一男一女，青春四溢，活力四射，十分健美，造型上男子招手唱歌，女子翩翩起舞。

这有点像两位斯德哥尔摩的迎宾模特儿，他们一直以这样欢快的姿态定格在于此，欢迎来自世界各地的人们。

"市政厅游"是欧洲旅行的一大特色。北欧国家的市政厅都很漂亮，斯德哥尔摩市政厅尤其如此。远远望去，最为伟岸的建筑，无疑是106米高的钟楼。钟楼顶上，金色的三王冠在太阳的映照下熠熠生辉，光彩夺目。

这三个镀金皇冠可不是一般的装饰品，里面大有学问，代表着瑞典、丹麦和挪威，阳光淡下来之后，金顶的光芒消失了，市政厅若隐若现，似乎与浓雾、湖面融合为一体，看起来，极像三国亲密无间的合作。当然，其寓意不仅仅如此，这三个王冠还是纪念卡尔玛联盟的象征。

说到卡尔玛联盟，不得不谈到挪威、瑞典和丹麦三国中世纪的历史。

1397年6月17日，丹麦、瑞典和挪威三国，一起在瑞典南部丹麦边境的卡尔玛城的一个堡垒内举行会议，签订了《卡尔玛条约》。条约约定三个王国共同拥戴同一位君主，建立永恒的联盟。这个联盟，就称为"卡尔玛联盟"。

"条约"还规定，这一位君主必须从上一任离世的君主的各个儿子中挑选。三国虽然组成联盟，但仍然保留了各自的地位，内政保持独立，并根据各地原有的法规，由当地的议会管治，只是外交和国防事务由共同的君主总揽。

把一个最有国家标志性的"外交"和"国防"交由他人掌管，在今天看来，这样的联盟让人不可思议。

最初，这个联盟的成功，有赖于一位叫赖玛格丽特的女人。此人原来是丹麦国王瓦尔德马四世的女儿，又是挪威国王哈康六世的王后。玛格丽特10岁时就嫁与哈康六世，二人的儿子奥拉夫四世被认定为挪威王室的继承人。

1376年，年幼的奥拉夫从外祖父手中继承了丹麦国王的王位，成了丹麦的奥拉夫二世。1380年，哈康六世逝世后，奥拉夫接任成为挪威国王，丹麦及挪威两个王国从此成为一个共主邦联，由一个儿童担任君主，由他的母亲担任监护人。原挪威属地格陵兰岛、冰岛和法罗群岛亦从此时开始接受丹麦的统治。

在卡尔玛，年仅15岁的国王埃里克在丹麦及瑞典的总主教加冕之下，成为三国的共同君主，玛格丽特继续掌有联盟的控制权，直到1412年逝世为止。

却说瑞典恢复独立后，卡尔玛联盟已经瓦解，但丹麦和挪威仍然维持着联盟国家。从玛格丽特1世开始，历任5位君主及12位摄政官，共93年。

世事难料，1534年挪威被取消王国的地位，降为丹麦的省。17世纪，瑞典为争夺波罗的海霸权，不断与丹麦交战。后来，瑞典最终收复了斯堪的纳维亚半岛上长期被丹麦占领的南部沿海地区。19世纪初，俄罗斯帝国兼并了瑞典统治下的芬兰。拿破仑战争后，根据1814年《基尔条约》，挪威成为瑞典国王统治下的王国。

对于北欧而言，20世纪是一个"独立的世纪"。1905年，挪威以和平的方式从瑞典独立。1910年，芬兰从沙皇俄国的统治下独立。1944年，冰岛脱离丹麦独立。北欧终于成为今天这个样子。

直到今天，瑞典还在斯德哥尔摩市政厅的最高处，留下这个醒目的标识，以这种特殊的方式来留驻卡尔玛联盟，真可谓意味深长。

走进"蓝厅"，走近诺贝尔

斯德哥尔摩市政厅是向所有人开放的，所以"蓝厅"也不例外。

但走进"蓝厅"还需要一定的时间和手续，比如必须在解说员带领下才能入内参观，比如中文听众只能在"10点半、12点半和14点半"方可进入。因为市政厅内的解说只有三种语言可供选择，幸运的是，这三种语言中，其中就是中文。而中文解说的参观时间，正是10点半、12点半和14点半。

接待我们的解说员是一位潮汕口音极重的小伙子，交流得知，他已经来瑞典9年时间了，虽然普通话比较"普通"，但对瑞典的了解和相关知识还是很扎实，所以交流起来还比较愉快。

进入蓝厅之前，须先经过旁边的一个厅，可以醒目地看到墙的高处有一个小伙子雕塑头像，因为没有任何介绍，所以很容易一览而过。其实，这个十分不"不起眼"的雕塑里面，还有一个十分温馨的故事，蓝厅落成之际，人们都认为，有必要为那些普通的建筑者留下一个纪念符号，最后讨论决定，选取两个市政厅普通劳动者为模特，将其塑像与建筑融为一体，共存亡。

因而，凡是进入蓝厅的人，不论是瑞典国王、王后，还是政要、科技精英，都无一例外地要先瞻仰这两位当年普通的劳动者，以缅怀他们的功绩。

这种对普通人的尊重和对生命的关爱，在西方国家很常见，就是诺贝尔奖颁奖仪式也不例外。蓝厅只能容纳1300人出席宴会，为此每个人座位宽度限制在60厘米，只有主宾席的座位为80厘米，就座的是瑞典国王、王后和其他贵宾。据说，随着来宾数量的增加，主宾席上的每一个座位都一律减少20厘米，和所有与会者的座位一样宽。另外，宴会上的菜肴也没什么两样，在颁奖晚宴上，最风光的不是国王和那些权贵，而是为人类进步、和平和科技发展做出贡献的学者和科学家。

我相信，这些看似不起眼的细节，一定会感动世界。

这样独具匠心的创意与设计出自拉格纳尔·奥斯特伯格之手，他被称为建筑界的"怪才"，作为斯德哥尔摩市政厅的设计者，他还有一个头

市政厅的设计者拉格纳尔·奥斯特伯格

市政厅外墙

衔——瑞典民族浪漫运动的启蒙大师。难怪他能处处站在普通劳动者的视角去打量宏大的建筑作品，让每一个外来者去平视而不是仰望他的作品。

这样的"浪漫"也体现在市政厅的外墙上，由于用800万块红砖来映衬的缘由，外墙看上去高低错落、虚实相谐中又保持着北欧传统古典建筑的诗情画意。

在市政厅门旁，我还看到了"达拉木马"。原来17世纪前后，在原始森林密布的瑞典中部达拉娜地区，人们大多以伐木为生。工人们一旦进入原始森林，最多要待半年时间。伐木工人想到用木头刻一些小玩具，以便回家时作为礼物送给孩子。

马之所以成为当时伐木工最好的模特，是因为那个时期伐木工人采下的原木要运到外面，马是主要的运输工具——远行、驮货、干农活，瑞典几乎家家养马。

真正让瑞典木马声名大振的，是在1939年纽约举行的世界博览会上。当时，达拉娜地区的作坊为瑞典展区制作了一个2米多高的大木马，引起了很多媒体记者的兴趣，数家报纸都选用了瑞典木马的大幅照片来报道这次展会。

我顺便拿了一个看了看，这些木马标本的价格非常昂贵，一个10厘米高左右的达拉马，要卖到200多瑞典克朗。对此，他们给出的两点理由很让人意外，这些达拉马全是手工制作，还是瑞典的品牌，需要用这样的方式维护这一品牌。

我站了一会儿，发现人们似乎并不在意其价格，卖得很好。人们在乎和感动的，更多的是那些伐木工人用经历所炼成的感人故事。

可以想象，这里的设计处处都充满着"奥斯特伯格式的"风趣与幽默，蓝厅当然也不例外。

"蓝厅"为何徒有其名？实则是一个"红厅"

令人意外和吊诡的是，人们所企盼的蓝厅，其颜色却并不是蓝色，而是砖红色。这也是奥斯特伯格给我们的意外。原来，奥斯特伯格原计划在红砖墙外铺上蓝色的马赛克——瑞典国旗的颜色。一天下午，夕阳映照之下，他发现阳光下的红砖呈现出无与伦比的美，并深深为之打动，"浪漫"的他立刻放弃先前的设计。

放弃蓝色，保留红砖本色。"蓝厅"徒有其名，实则是一个"红厅"。

红色的"蓝厅"

　　还有这样一个"浪漫"的细节，蓝厅通往二楼的台阶，被奥斯特伯格命名为爱莎台阶，是专为出席诺贝尔奖颁奖宴会时穿长裙的女士设计的（楼上就是舞厅"金厅"）。爱莎台阶就是以奥斯特伯格夫人的名字命名的。设计时，奥斯特伯格让爱莎夫人穿各种长裙，反复实验上下楼梯，最后计算出楼梯台阶高度、长度、坡度，经反复修改方案，设计出8种台阶。不要看这个小小的设计，仅楼梯就花费了一年多时间，以满足女士们穿着晚礼服和高跟鞋以优雅的姿态缓缓地走下台阶来参加晚宴。因为他知道，这对因身着晚礼服而无法看到脚下的女嘉宾们来说，尤为重要。

爱莎台阶

　　不过奥斯特伯格没有想到的是，这颇费心思的台阶，后来成为诺贝尔颁奖晚宴上乐队的临时舞台。

　　蓝厅很好找，迈步进入市政厅那一排石头砌成的圆形拱门，到左边就可以看到几级台阶，漫步台阶，就可以抵达。天南地北、各种皮肤的游人们，也因为蓝厅的影响力而到此一游，所以，你来到市政厅内，无须打听，一看门口前长长的队伍，便知道蓝厅的所在。

　　清晨我们早早出发，到达时几列纵队已经排到快抵近拱门的地方了。排队时，我仔细打探这个古老且朴实的"四合院"，一眼便看见侧墙上那尊熟悉的石雕像——诺贝尔头像，紧紧围绕他的，是代表最早的五项诺贝尔奖，从左到右分别为：物理、化学、和平、生理学或医学、文学。其中，物理、化学、生理学或医学、文学奖在瑞典颁发，和平奖在挪威颁发。后来又增加了经济学奖。诺贝尔奖没有数学奖，流传最广的传说，是因为他喜欢并热恋多年的恋人弃他而去，和一个数学家走在了一起。

带着几分神圣与虔诚步入蓝厅之时，映入眼帘的，却是几分朴实，甚至有些平庸。这样空空的大厅与其他建筑几乎没什么两样，只不过屋顶有一些开口，可以使天空和阳光透射进来罢了。

或许，浪漫的奥斯特伯格，特地抛开了豪华与气派，要的正是这种平实与低调。目的是要来这里的每一位，把目光和注意力，都集中在那些为人类作出贡献的人身上，而不是建筑物，在这里，建筑物所提供的一切都是配角，都居于从属地位。当我踏入蓝厅目光所及那一刻起，就深深地感受到了这一点。

这些格调，与颁发诺贝尔和平奖的奥斯陆市政厅惊人的一致，奥斯陆市政厅内除了几幅体现挪威人的生活和民俗的巨幅画面外，其间也都充满着"朴实"。

有趣的是，参观奥斯陆市政厅时正好是午饭时间，我们将事先准备好的简餐都拿出来，坐在大厅的台阶上食用起来。只要你不高声喧哗，不乱丢东西，没有任何一个人来干涉你，大厅里也没有一个工作人员因不放心你的行为前来巡视。你吃饱了喝足了，大厅入口处的楼下就是卫生间，供你使用。

我当时还打趣说，我们也可以在诺贝尔颁奖之地享用大餐了，只是时间不是"12月10日晚上而已"。

诺贝尔是一个巨大的品牌，"蓝厅"只是一个引子

其实，这就是一个食堂——只不过来这里吃饭的人，是不一般的人而已。

于我等而言，有一种恍惚之感，似乎到了"蓝厅"就看到了诺贝尔奖，感觉之前那个遥不可及的奖项离我其实很近，似乎触手可及，也不觉得那么神圣和神秘了。

那是一种"近在咫尺，又远在天涯——可望而不可即"的情愫。我进入蓝厅后，先是打量这样一个空旷的所在，然后从不同方位观察品味，感觉不出什么别样的东西来，最后又站在中央，只觉得透过屋顶的光照射下来，有些晃眼。

我再走上阶梯，正对台阶之处是晚宴的地方，此刻，我的眼前浮现出一幕浩大的画面，人们的眼光都齐刷刷地看着我，冲我微笑，所有聚光灯都照射过来，直刺我的眼，这让我很不习惯也很不舒服。但这"不舒服"瞬间即逝，那种万众注目的感觉的确很好。让我没有一点儿准备，有些手脚无措……正站在蓝厅神游间，耳畔响起了导游的解说声音——

毋庸置疑，蓝厅的名气缘于诺贝尔奖晚宴的设置。

每年12月10日诺贝尔奖生理学或医学、物理、化学、文学、经济学5个奖项在瑞典颁奖后，1300多人云集于此，被称为"世界最拥挤的晚宴"在这里盛大举行。

12月10日是诺贝尔的祭日。这一天，也成了蓝厅的生日——蓝厅最风光的一天，世界的焦点都注目于此。这一天，诺贝尔奖金颁发后，瑞典国王和王后都要在这里为诺贝尔奖获得者举行隆重盛大的宴会。蓝厅两侧列柱间金碧辉煌的灯光和前方打下的蓝色光柱，衬出精英云集的晚宴氛围，而留下众多诺贝尔奖得主身影的蓝厅，也自然具有了一种独一无二的气质。

……

正当蓝厅的盛筵热闹非凡之际，斯德哥尔摩市政厅地下餐厅里，也有一个热闹的聚会，那是诺贝尔家族一年一度相聚的地方。每次都是50个人，先在一个小房间喝酒，然后到一个大间吃晚餐——和楼上的宴会不一样，这里吃的是圣诞自助餐。

诺贝尔家族成员和出席颁奖晚宴的人们聚集在一起，在12月10日晚这个特殊的日子，共同追思和感恩诺贝尔先生。让诺贝尔十分欣慰的是，这种固定的"礼数"，自斯德哥尔摩市政厅落成以来，就已经延续至今。

2001年诺贝尔奖100周年庆典的晚宴在环球体育馆——斯德哥尔摩一个万人体育馆举行。1901年，第一届颁奖晚宴是在诺奖得主下榻的格兰德大酒店举行的，颁奖典礼放在音乐学院，那时还没有市政厅和音乐厅。市政厅举行宴会最初是在位于蓝厅之上的金厅，这里只能容纳几百人，随着后来人数不断扩大，蓝厅正好派上用场。

那些政要、学者……都喜欢借诺贝尔奖凑热闹，吃什么，吃得好与不好概不重要，每一个人实际上都在寻找一种存在感——只要有幸被邀请，就是一种荣幸。

晚宴进行到晚上10点半的时候，贵宾们将移步到二楼的金色大厅，这里是他们到此一展舞姿的地方。

金色大厅果真是名副其实，我一进去就被突如其来的"金碧辉煌"晃得睁不开眼睛。

与极简的蓝厅形成鲜明对比的是，金厅极尽复杂，从天上到地上，再到四周，都"穿金戴银"富贵气十足——那些"金碧辉煌"是由近2000万块金箔与彩色玻璃混合的马赛克镶嵌而成的。大厅的正面，是一幅巨幅壁画，壁画上坐在正中的，是一位女神——眼睛很大，手脚很大，身材健硕，头发飞散，极尽夸张的女人，便是梅拉伦女神。

画面上一手持权杖，另一手托皇冠——她就是瑞典首都斯德哥尔摩的守护神。此刻我望了望窗外那片海，才猛然想起这片海的名字，就叫梅拉伦湖。

置身于此，我在努力想象贵宾们在这里翩翩起舞的样子，虽然极尽奢华，但处于堆砌着无数"美"的环境里，我这等俗人，是迈不开半步的。

两个钟头的舞会结束后，很多意犹未尽的人还会去参加夜间聚会——斯德哥尔摩的四所大学，还会有"后半场聚会"。

市政厅与湖水

可以理解，在这个特殊的日子里，那些为理想和事业奋斗终身的人，有足够的理由狂欢。

诺贝尔是一个巨大的品牌，瑞典人很会营销。

蓝厅还是那个蓝厅，可平时的蓝厅与"12月10日晚上"相比，就是天上地下了。

其实，蓝厅就是一个舞台，有大型演出和明星出场时，这里人声鼎沸，光鲜耀人，平时，就回归一幢建筑的本身——我们平时所看到的，就是这建筑物光环褪尽的本来面目。

通向蓝厅二层走廊大门上方，有一组体现人生的壁画，描写的是人从生到死。从右边开始陆续是出生、成婚、得子、暮年，最左边是出殡。我的理解，这个特殊的场合出现这个主题的画面，不是要告诉我们人生苦短、及时行乐，而旨在感谢和尊重那些为我们这些凡人作出贡献的杰出人士。正是有了他们，才有我们人类的幸福。

从蓝厅上楼梯，二楼过门的门楣上有一尊雕塑，那便是奥斯特伯格——斯德哥尔摩市政厅的设计者。这尊雕塑个性十足，右手拿着笔，左手托着书，做沉思状。虽然一副十分绅士的样子，但我还是忍不住笑了起来，向他投去几许敬佩的目光。

不朽的诺贝尔，不朽的蓝厅，不朽的奥斯特伯格。

第 11 章
一个"平庸"小城与"不平庸"的电影帝国

　　戛纳是因为电影而成名的，我们也是因为电影而知道戛纳的。戛纳在国际影坛上的地位，称"戛纳电影节"为电影界的"奥运会"一点都不为过。

　　于是我便进入了另一个世界，也进入了另一个季节。

　　每年的春夏之交，整个建筑群全部被大师们的作品包裹着，红红的地毯铺满电影宫的每一个角落。分外妖娆的嘉宾们从名车里款款走来，出尽风头，引得"狗仔队"提起鼻子嗅新闻。

　　这么一个小城，何以背负起那么沉重的如奥运会一般的电影节？

　　我在努力寻找答案。

很难想象，如此平庸的小城竟藏着一个隆重节日

金秋时节，我带着一种特别的想往和憧憬，踏入那片名叫戛纳的海边小城。

大巴在油画般的海边急驰。碧绿的山和碧绿的海水在碧蓝的天空辉映下，把我们每一个人都衬得十分"碧绿"，其实这样的山水在欧洲并不鲜见。就在碧绿的山水间，放眼望去，万绿丛中点点红白相间的建筑，宝石一般，煞是惹人怜爱。循着我望去的眼光，法国朋友指着其中的一幢建筑介绍说，这些别墅的主人都是显贵，每一幢没有500万美元是拿不下来的，里面住着不少世界各地的影视巨星。

这无疑增添了我们探究的兴趣。仔细观看，通向各别墅的道路都是曲径通幽，如世外桃源一般。背靠着不高的青山，面朝着蔚蓝色的大海。从中国的风水角度上讲，背有靠山，前面开阔——算得上是一处可圈可点之地。

戛纳是因为电影而成名的，我们也是因为电影而知道戛纳的。戛纳在国际影坛上的地位，称"戛纳电影节"为电影界的"奥运会"一点都不为过。

走走停停，一路观光，车行驶了两天穿越了半个法国。渐渐地，迎面扑来了一面面耀目的粉白色屋墙，还有一排排沿着海滩站列着的棕榈树。要知道，在浪漫的法国是生长不出这树的。只有丛生在高直树干顶部宽大的羽叶闯入我的视野，静矗着，摇曳出夏季的风。

于是我便进入了另一个世界，也进入了另一个季节。

在面向海滩的宾馆背后，幽街窄巷纵横交错。这些小店，一家接一家、一户靠一户地一顺溜排列开来，密不透风。自然，密不透风的，还有川流不息的游客。

一年一度的戛纳电影节闻名世界，电影节颁发的金棕榈大奖被公认为

前往戛纳

电影界最高荣誉之一，这已经不是什么新闻。

正因为此，每逢春季电影节期间，世界各地成千上万的电影工作者、影星、影商和影迷不约而同来此聚会，一时间，戛纳影星荟萃，好片如潮，宣传广告铺天盖地。电影成为人们最主要的话题，戛纳成了一座名副其实的"影城"。

能有幸站在戛纳的红地毯上，是"电影人"终生的荣耀。能看看这个电影节，是一些影迷终生的梦想。

胃口吊得很高。期望愈大，失望就愈大。说实话，当戛纳真的呈现在眼前时，我有一种"受骗"之感。我很难想象，电影界为何如此草率，将一个如此圣洁而盛大的节日，放到一个如此平庸的小城。

如果不是电影节，单就是来到这样的弹丸之地，那些风光无限，光彩照人的"大腕""明星"们又将自己的身价和面子又置于何地？

无论从哪个方位看，戛纳都不过一个滨海小城。放眼望去，一切尽收眼底。依旧是倚山傍水，山也不高水也不深，蓝天绿水在这个风景妖娆的地方，也没啥特别之处，山清水秀间是鳞次栉比的别墅和楼房。这样的风景在地中海的海边随处可寻，在四处皆风景的欧洲根本没什么特别之处。

旅游大巴直接抵达海边那座电影王宫。导游说："到了，大家下车吧。"

随着"下车"的声音，我眼里的近景出现一幢少有特色少有个性亦难以留下任何印象的建筑（这种建筑在中国的中等城市比比皆是）。这里似乎即将有什么展出活动，一些工人在忙碌着给这幢建筑物的外表"贴金"。建筑物旁边花花绿绿、穿金戴银的大门告诉来这里的人，这儿是一个赌场。紧临建筑物的海边是一排长长的绿带，绿带上高高的棕榈树显得格外醒目。

面对接踵而来的一大串戛纳元素，我一时难以回过神来，难道这就是国际影界朝拜的"圣地"？

不对，肯定不对。我真的是难以相信。如果我也对如此的戛纳"朝拜"，不免太随意了吧。

再往下看，离建筑物20米外的棕榈树群旁，有一件用铁皮作胶带制成的电影放映机；

再往下看，电影放映机外的水泥地上，嵌着一长串手印连着的地砖，橙红色的地砖极为粗糙，有如大街上那种不合格的彩砖。彩砖上凹下去的手印边，镌刻着电影界一个个如雷贯耳的名字，其中包括中国影坛的实力派领军人物陈凯歌。

这一切都明明白白地告诉我，这儿确实是一年一度的戛纳铺红地毯的地方。

但我仍是我心存疑虑。随着导游滔滔不绝的解说词和抑扬顿挫的声调，我又不得不相信这是真的。

夏纳全城7万居民，电影节发出的请帖两万多张。即使一半来宾在夏纳，也有上万人。工作人员有数千名，包括保安、服务人员、组委会、各种外围组织等，还有慕名临时来旅游的，每日在海滩上躺着，或在会场外晃悠，等待见明星一面，或一次晚会的机会，他们也在万人以上。

就是这么个不起眼的建筑群，占据着500米的海滩。建筑群里包括25个电影院和放映室，中心是电影节宫。这座替戛纳电影节开幕闭幕了几十次的克鲁瓦塞特宫坐落在海滨大道路北不远。它曾目睹星海浮沉，阅尽荣誉的欢笑和失败的泪花，如今已完成历史使命，改为一家剧院。尽管附近仍有二三十家影院和放映厅为电影节效力，但由各国国旗组成的旗海早已移到戛纳电影节的新宠——1982年落成的影节宫门前。

影节宫虽不及旧建筑古朴、艺术、典雅，但其设计和内部设施更能符合现代人的需要。宫内主厅设2300座，音响一流。还有一个1000座的大影厅和14个35~300座的厅堂。此宫也可供各种国家会议使用。为了吸引游客，宫内还设有赌场。

在两周展期内，放映20~25部竞选影片和400部不参加评比的影片，全市每天要上映200多场，每届约有4万名电影界人士光临，2500多名记者云集，加上来这里光顾的影迷，戛纳的大街小巷中至少有10万外地人。

夜夜笙歌，灯红酒绿，每天晚上与电影节有关的晚会就有近十处。

每年的春夏之交，整个建筑群全部被大师们的作品包裹着，红红的地毯铺满电影宫的每一个角落。分外妖娆的嘉宾们从名车里款款走来，出尽风头，引得"狗仔队"提起鼻子嗅新闻。

这么一个小城，何以背负起那么沉重的如奥运会一般的电影节？

我在努力寻找答案。

真没想到，世界闻名的"蓝色海岸"度假胜地竟在这里

其实尼斯远比戛纳有吸引力。就是人们在介绍戛纳之前，也都以尼斯为参照物。

海滩的风情

入宾馆，卸行李，洗澡换装，然后投入地中海的怀抱。我的家乡远离大海，从小我对大海就特别向往，每一次看到海都会有一种特别的冲动。到尼斯一样如此，白白的沙滩，给我的是一片荒寂；蓝蓝的大海，给我的是旷寥；近处山岳上的大片大片针松，岸边成排的棕榈树，把它们所有的绿铺展成海天一线，大自然的原色也被省略到了近乎单调。然而，当太阳升起，沙滩上撑起一把红黄相间的太阳伞，伞下铺着绚丽的沙滩巾，或者搁起一张五彩的沙滩躺椅，面对着海面躺着的一个个活生生的游客，即便没有音乐，这份浪漫的意境，这片鲜艳的人与自然共同构建的景观，却给点染到了极处，点染成了"尼斯模式"的风情。

　　这海滩吸引我的，也就是这一份景致，这一份风情。到处是来自世界各地各种肤色的游客。只见涂抹着防晒油的肌肤，像打了蜡，上了光，被亚热带和煦灿烂的阳光点燃了，放射出熠熠的生命之光。不管是男是女、是老是少、是胖是瘦，早已被淡化了，整个世界出现了令人目眩的光谱：从雪白，白里透红，到浅红，浅褐，棕褐，深栗，直至黝黑，且黑里透红……就如要知树龄，只需读一下它切面的年轮一般，在这沙滩上看一眼肤色，就可知道世界有多大；细看一个度假者的肤色的深浅，也可知道，度假者在海滨度假的时间长短了。

　　海映着天，天溶于海；无风，也无浪。海风，阳光，还有那五光十色的"人文景观"，构成了尼斯海岸地中海特有的风情，会把游客溶解在这里的。

　　暮秋的阳光暖洋洋的；人，懒洋洋的。无风的海面，凝固了时间。时间，正如沙滩上的脚印，一双双，被蔚蓝色的海水，抚摸得平平整整的，只允许我们，带走这儿独有的那份风情。

　　戛纳位于尼斯之西，距离26千米。拥有40万人口的尼斯是世界闻名遐迩的度假胜地。它位于蔚蓝海岸的中心地带，距离意大利国境30千米，濒临美丽的天使湾，是法国东南部地中海海滨仅次于马赛的大城市和港口。尼斯是一座名副其实的国际旅游之城，拥有法国第二大航空港、10余条铁路干线和4条海上航线，直接连接着巴黎、纽约、伦敦等国际大都市。

以尼斯为中心，西起戛纳，东至摩纳哥，是世界闻名的"蓝色海岸"度假胜地。

风景好、气候好，固然是客观条件，但还不足以成为胜地。按照我们的习惯观念，接下来的条件一定是历史古迹了，如果没有也要从传说故事中拼凑，但无论是尼斯、戛纳还是摩纳哥，几乎都没有什么历史古迹。

"蓝色海岸"作为度假胜地的最早起点是在1834年，一位叫布鲁厄姆的英国勋爵途经此处去意大利，不巧因霍乱流行边界封锁，只能滞留于当时还只是一个渔村的戛纳，滞留期间他惊喜地发现此地风景宜人，决定建造别墅。他的这个戏剧性决定引起了英国上层社会的好奇，大家随之而来，都没有失望。后来连维多利亚女皇也来了，那就引起轰动，这一带一时名震欧洲，成了上层社会竞相购地建筑别墅的所在。于是公共设施也逐渐完善起来，在整体吸引力上形成良性循环。

可见，此间作为旅游胜地，基础是风景气候，而关键则是现代高层度假生态的构建。今天到"蓝色海岸"游观的旅人，目光总是兼及两边，一边是浩瀚无际的地中海，一边是多彩多姿的别墅群，真可谓在领略一种"人化自然"。

"戛纳是一座花城和旅游胜地，常年鲜花盛开，风光如画。每年夏季，千千万万的游客来戛纳海浴和日光浴，享受大自然的恩赐。"一本书上这样着情渲染地推荐戛纳，"风景秀丽、气候宜人是她最大的吸引力。"

看着这样的推荐，我觉得有点好笑，哪个海边城市不是"风景秀丽，气候宜人"？

我的好笑是多余的。这些都并不影响戛纳这块"圣地"的吸引力和号召力，因为影星们只看重手里的奖杯和奖杯背后的钞票，并不在意这奖杯是在什么地方得到的；影商们只看重影片的上座率是多少，是赔还是赚；影迷们只想游戏似的实地看一看在银幕上心仪已久的明星在银幕外究竟美丽到何种地步，也顺便出来走一走看一看。旅游绝不是要将自己的身心和兴致都消耗殆尽。仅此而已。这些正中戛纳人的下怀。看着花花绿绿川流不息来来往往"送钞票"的人群,他们会爽心地说"这就够了"。

很长一段时间我这样认为,如果不是因为电影,这样一个边陲小镇,会一直寂寂无声的。寂寂无名之地,房地产会高到哪里去?500美元可以买一幢城堡了。其实我错了,在欧洲这块土地上,恰恰是那些看似毫不知名的之地名震寰宇。比如举世瞩目的达沃斯小镇……

坐在戛纳的海边上静静地与海风亲昵,时间久了,你才会慢慢发现,较之尼斯,戛纳多了几份宁静和精致,没有了人来人往的喧嚣,没有了大城市病……这,正是富豪们看中并栖息于此的根本原因。他们是不图热闹的。

每年春夏之交,以"电影"的名义登堂入室

戛纳之所以扬名世界,戛纳人还真的感谢一位奇才才是,这位奇才就是拿破仑。

史料上说,1815年,拿破仑从厄尔巴岛逃出后,来到这个尚无多少人知道的小镇,树起大旗招兵买马,准备重振河山。一时间,戛纳成了全法国人注目的地方,知名度急剧上升。到后来,法国作家们来到戛纳,也爱上了这里的风土人情,将它搬进文学作品,使戛纳名扬海外。

真可算"名帅与小城齐飞,风光共文化一色"。

20世纪40年代,因法国外交官菲利普·艾尔朗认为由德国纳粹操纵的意大利威尼斯电影节评奖不公,在宣布退出威尼斯电影节的同时,立志要在自己的国土上创立一个公正的、高品位的世界电影节,并很有深意地挑中了这座像威尼斯一样、又与拿破仑有关的滨海小城。

我一直有一种错觉,当初拿破仑是不是把"戛纳"和"尼斯"两个名字倒了个个,弄混淆了。尼斯应该是戛纳才对呀。

戛纳于我印象最深的,莫过于棕榈树了。她们是地中海边的一道看不尽的风景,圆圆的高高的。同样是棕榈树,在世界其他地方你很难看到这样生长的。或许这是上天的特意偏爱,将最好看的棕榈树送给了戛纳,特

别得美、特别得富贵、特别得招人怜爱。或许正因为此，戛纳电影节的最高奖用她来命名了。

"金棕榈"，这才是戛纳真正的风光所在。

我们可以换个思维表达，今天暴富的戛纳是棕榈树"捧"出来的，估计这一观点就连戛纳人也不会有异议；而暴富的戛纳又"捧"红了无数颗"暴富"的"星"，估计世界影视圈内外的人也不会有啥异议。

一个"捧"字吊起了无数人的胃口，"捧杯"更能使人亡命突奔。每年的春夏之交，各色各态的人聚集在这个世界电影的"圣地"，使之成为"电影文化"的殿堂、"电影经济"的范本。

我至今这么认为，戛纳或许并不在乎什么电影不电影的，他们更在乎来这里的人。用我们今天一句时髦的话说，就是"电影搭台，钞票唱戏"。只要有人来，戛纳人就有钱赚，只要有钱赚，戛纳就欢迎人来，越多越好、越热闹越好，哪怕天天电影节他们都高兴，数钞票玩的惬意谁不喜欢？据说，每年电影节期间，只有几万人口的戛纳，是难以消化10万外来人的。相当一部分的记者和"影人"都会被"赶"到戛纳的陪衬地——尼斯投宿，更不要说一般的"朝圣者"了。

如织的游人

——如此陪衬，尼斯委实有些委屈。

但不得不承认，这是戛纳最成功之处。戛纳到底有什么吸引力能够将世界各地的影界鳌头召集到自己的麾下呢？

戛纳人懂得，经营好一座城市，就是打造一个永远只赢不输的"劝业场"。

一年又一年，戛纳电影节越来越成为一个发掘电影人才、引导电影美学发展趋势以及保证艺术电影能够在商业和金钱的压迫下得以生存的一个大本营。

奇怪的是，这些年来法国最卖座的电影大多不是从戛纳出名的。从票房统计上来看，戛纳电影节对法国电影近年来的重振，并没有任何直接的影响。法国票房头号影片《阿梅莉·普兰的神奇命运》恰恰是一部被戛纳电影节放弃的作品。《阿梅莉·普兰的神奇命运》打动人的楔口是给小人物们一丝并非幻想的力量，是让看完影片的人在走出电影院时有一种莫名的激动，由电影想到自己的人生。当时导演勒内已经将该片送往戛纳电影节，他要求戛纳组委会保证入选正式参赛片。按规定，组委会不能过早透露哪部影片将入围，勒内一气之下便撤回该片，直接送进电影院。结果《阿梅莉》红遍半个地球，接连夺得一系列电影奖。

这部大受公众欢迎的作品，却并不符合戛纳电影节的选片原则。有调查显示，法国只有22%的观众会专门去看戛纳金棕榈获奖片，更多的人是冲着奥斯卡奖或恺撒奖而走进电影院的。这大概是因为超过60%的法国人都一致认定，戛纳电影节旨在捍卫"作家电影"，因此其选择的电影不够"大众化"。

凭良心说，戛纳其实也没有错。就像把戛纳定为国际电影节所在地，全世界的"影人"都来"赶集"没错一样。它一向把自己的风格和目标放在明处，一向标明它追求的是探索性艺术电影，而非商业电影。在艺术风格上，戛纳追求的是先锋性、前卫性、独特性。这种探索显然是与所有商业片背道而驰的。商业片追求票房，就必须考虑到观众的欣赏习惯，必须顺应甚至迁就观众的心理需求。然而戛纳正好是反其道而行之。要想入选戛纳，就必须在表现手法上有所"突破"或"创新"。

对好莱坞来说，可以利用戛纳集中了数千记者和上万影人之机来共同推销自己的新作；对戛纳来说，美国大片参展，片中的大明星将会登上电影宫的红地毯，从而吸引更多的影迷前来戛纳。

不符合戛纳的某种"模式"，任何导演都别想进入戛纳的圈子。

世界很多国家的电影人——特别是年青一代——都在做着"戛纳梦"。许多前来戛纳的各国导演——参赛的或参展的——都是怀着忐忑不安之情踏上电影宫的红地毯的。

戛纳没错，关键在于你怎么理解。

与戛纳惊人类似的，还有那个"世界级小镇"达沃斯

这是一个奇怪的现象，不少重要的国际大型活动，在欧洲的一些小城小镇举行，比如达沃斯、海牙、生垠等举世瞩目的世界级活动都在这些"人迹罕至"之地进行。往往是一个会议、一次活动，就让这些名不见经传之地扬名四海，之后成为趋之若鹜的旅游胜地，成为一个又一个的"聚宝盆"。

即使你对瑞士不太熟悉，达沃斯这个名字应该也不算陌生。中国从1991年起，每年参加达沃斯世界经济论坛。

达沃斯只是瑞士的一个普通的小村庄，海拔2800多米的高山上，四周是一片银白。由于是夏冬旅游的交汇时节，很少有旅游团造访，使这座阿尔卑斯半山上的小村庄格外清净和幽静。

一眼望去，房屋并不奢华，风景也并不出众。千万不要就此认为达沃斯是个没见过世面的小山村。一年一度的世界经济论坛就在这里举办。

1971年，日内瓦大学经济教授克劳斯·施瓦布发起了世界经济论坛，并决定每年年初在瑞士东部格劳宾登州的冰雪旅游胜地达沃斯村举行年会，邀请世界各国的2000多名政府首脑、著名跨国公司负责人、政治界、经济界、金融界以及新闻界人士与会，共同探讨世界经济问题。

这样的景色我们并不缺

达沃斯是世界上行政地位最低，却接待了世界上会议规模最大（与会的大公司产值达4万亿美元）、高级官员最多（每年有30多位国家元首和数百名部长级、官员参加）的村庄。

每年的1月底、2月初，达沃斯村便会骤然成为世界的中心。

我来到这个小村时，整个小村只有一条街道，来回跑着奔驰公交车，这里旅游的客人都可免费乘坐其中的任何一趟。村庄虽然不大，但名牌汽车专卖店、高档手表时装店比比皆是，与品种齐全功能多样的小型超市相得宜彰。虽然每个店里的顾客不多，虽然大多也都是礼节性地光顾一下，但那些店老板都会很满足。

此刻在我眼里，这些品牌店家都好像不是商店，而是一个个景点似的在恭候着游人来观赏。

达沃斯十分紧凑，不管怎么走，也不会迷路。几次下来，我已熟如故土，先前迟疑的步履不由得也变得轻快起来。

达沃斯的"小"，与戛纳的"小"相映成趣。对于这样的欧洲小城，千万不能就这么掉以轻心。往往在你以为已经了如指掌时，实际上恐怕连它的皮毛都没摸着。特别是那些给你提供一两个亮点的小城，则更要另眼相看了。一两个亮点，只是醇化过后的简明，背后躲着的，却是大量被省略了的文章。

今天回想起来，戛纳和达沃斯，我都有这种异样的感觉——他们小不堪言却又庞大无边，是那种真正意义上的深不可测。

我们不缺"湖光潋滟晴方好"的风景，我们也不缺"山色空蒙雨亦奇"的意境，我们缺的是一种把品牌做大做强的盛气和胸襟，缺的是做"大文化""大经济"的目光和决心。

戛纳，既是一个品牌，也是一个特别意义的专有名词，虽然她也名不符实，但她却已经叫响天下。

"戛纳现象"值得研究，"戛纳现象"值得深思，"戛纳现象"更值得学习和借鉴。

第 12 章
以蓝色清真寺为切片，揳入土耳其

进入大殿的门口，永远都是一长串等候的队伍，人们秩序井然。

踩着精美的红底蓝花的土耳其地毯进入殿堂，就像走进宏大而空旷的圣殿，我的脑袋瞬间有一种缺氧似的嗡嗡作响，有一种被电击的感觉，周身震颤。我的双眼被那一大片红蓝相间的地毯"刺伤"了——这是当年伊索匹亚朝贡给繁盛一时的奥斯曼帝国的，浩浩荡荡铺满了近5000平方米的整个大殿。

蓝色清真寺最引人注目的，还是那些神秘的圆顶。硕大的穹顶上，漂亮优雅的花纹图案，精美绝伦，让人如入仙境。

置身其间，强烈感觉到个体的渺小，任何语言都显得太过苍白。身临其境，再强大的内心都会被伟大、辉煌……这些极端的形容词填满。再浮躁的心，也会心如止水。

人类文明很长一段时间里，这儿是南北方向海路的必经之地，是东西方向陆地的中央大道。

我知道了，这就是守卫了千年的君士坦丁堡的那道著名城墙，坚不可摧

悠扬的诵经声响彻云霄，在我们这些外人眼里，悠扬中夹杂着几分紧张，像极了印象中的警报声——准时发出。顷刻之间，无论你做着什么，全城的信徒都必须停下来，面向蓝色清真寺的方向，跟随着那空旷的诵经声一起律动——祈祷。

这是我初到伊斯坦布尔后，所感受到的最深切的震撼。

土耳其的几天行程中，无论身在何处，我都会在特殊的宣礼声中微闭双眼，接受灵魂的洗礼。在伊斯坦布尔，每天从晨礼到宵礼，人们都会严格进行五次礼拜：晨礼（从拂晓到日出时）、晌礼（从中午刚过到日偏西）、晡礼（从日偏西到日落）、昏礼（从日落到晚霞消失）、宵礼（从晚霞消失到次日拂晓）。

蓝色清真寺

蓝色清真寺2

清真寺四周尖尖的建筑，便是宣礼塔。宣礼塔发出统一的号令，报告祷告时刻的人，得沿着狭窄的楼梯攀上宣礼塔宣布唤拜，每天五次。现在有了扩音设备，人们不用再登上宣礼塔高声朗诵。

土耳其是一个几乎全民信仰伊斯兰教的国家，据说仅伊斯坦布尔就有3000多座大小不一的清真寺，供全城1000多万穆斯林礼拜之用，因而又被称作"宣礼塔之城"。我见过圣地麦加朝拜时那种气势恢宏的场面。而3000座宣礼塔所组成的气势，同样壮大。

宣礼塔

对土耳其人来说，日复一日，年复一年，礼拜已经成为他们生活中不可分割的一部分。

伊斯坦布尔是丝绸之路极其重要的桥头堡。10年前的那个深秋，随着"南方丝绸之路专家考察队"一路行进，我们来到了这个历史厚重的欧亚大陆连接之地。

有朋友称土耳其是咖啡的发源地之一，据说英语中的"咖啡"一词就缘于此。意为"像地狱般黑，像死亡般强烈，像爱情般甜美"。迷恋咖啡的我，对土耳其更多了一分期待。

凌晨4时，我们登上飞机，清晨落在欧洲境内的伊斯坦布尔凯穆尔阿塔图尔克国际机场，离伊斯坦布尔市区约15千米。

出机场后，上了高速公路，不一会儿便看到海的影子——我知道，那便是传说中的内海马尔马拉海。据悉，马尔马拉海长71千米，最窄处仅1.3千米，最宽处7.5千米，最深达106米。虽然一眼望去看不到边，实则还没有美国的密歇根湖大。

伊斯坦布尔始建于公元前660年，当时被称为拜占庭。跨越欧亚大陆、紧扼黑海门户，如此重要的战略地位，必然成为兵家必争之地。赫赫有名的罗马帝国、拜占庭帝国、奥斯曼土耳其帝国都曾在此建都。它的南边是达达尼尔海峡，北面是最后切断欧亚大陆的博斯普鲁斯海峡。一头通向黑海，另一头连接爱琴海，是黑海通往地中海的必经通道。

历史上，这里曾发生过无数的恩怨情仇，曾撰写过古希腊、东罗马、奥斯曼帝国和整个旧世界的精彩故事。

接我们的大巴一直沿着马尔马拉海岸线急行。此刻，伊斯坦布尔还沉睡在黎明之中，慢慢地，太阳静悄悄从天边慢慢爬上来，使得整个伊斯坦布尔城便辉煌一片，十分刺眼。左前方，断断续续的老城一晃而过，一截一截的残垣断壁在金色的光影里，给你一种极大的探求欲。

"那是老城的城墙。"翻译指了指我们凝视的"左前方"，慢吞吞吐

伊斯坦布尔的城墙

出7个不标准的汉字来。

不顾汽车的一闪而过，我还是掏出相机按下了快门。触摸斑驳的历史，曾经的血雨腥风早已化作时间的烟云，斑驳的痕迹下，却不失风骨。风景在车窗外列阵般地向后挪移，那位瘦弱的土耳其翻译揉了揉惺忪的双眼，开始了她的讲解，虽然我们都举起相机把目光投向那初晨的画面，她还是滔滔不绝地说了起来。

就这样，我知道了这就是守卫了千年的君士坦丁堡的那道著名城墙，坚不可摧——

5世纪的匈奴人，曾征服了中亚、东欧和中欧，并向西欧和北欧扩张，多次击败西罗马军队，也曾在君士坦丁堡城下大败东罗马军队。可作为胜利者的匈奴人，不知为何却绕道而行——没有攻打君士坦丁堡，原来他们留下了话——要求东罗马交纳一些"保险费"。

人们曾把横扫欧洲的匈奴王阿提拉称为"上帝之鞭"，意指其所到之处，所向披靡。人们不能理解的是，在欧洲大陆如入无人之境的匈奴人，会对这东罗马的都城视而不见？

事后证明，他们当然不是出于怜悯，只是因为他们知道即便是上帝之鞭，也抽不垮这坚固的城墙。据说波斯人曾几度兵临城下，结果都趾高气扬而来，铩羽而归。

不止如此，941年，基辅的大公伊戈尔率领数千艘战船横渡黑海，试图前来"分享"东罗马帝国的辉煌，结果灰溜溜地回去了。

曾经无比强大的阿拉伯帝国视君士坦丁堡为眼中钉，想以2650艘战船一鼓作气拿下，结果在城墙下转悠了好几个月，最终只剩下5艘船归来。

1453年，东罗马帝国风烛残年之际，这里仅剩下一片孤城，即便这样，强大的奥斯曼帝国用了好几个月时间方才攻下，穆罕默德二世最后不得不借助匈牙利人的大炮，才打断城墙最后一根筋脉……

——这，便是我眼前所看到的城墙的巨大威力。

西欧近代史，在很大程度上是由一座城墙倒塌后所引发的故事而组成的

一个称雄了千年的帝国倒下，无论历史学家对此如何评价，对于我等匆匆过客而言，都不啻为一件能够引发伤痛的故事。古人云，祸兮福所倚。正是城墙倒塌、帝国毁灭，直接导致拜占庭贵族和知识分子的大量逃亡。他们携带了许多东罗马帝国保存千年之久的精华，除了珍宝细软，还有珍贵文献、史料、艺术作品，以及思想，比如柏拉图、亚里士多德等古希腊罗马的思想精髓。而这些恰恰是正沉睡在中世纪天主教神权中的欧洲人所缺乏的。有人甚至认为，正是这些古希腊、罗马的光辉思想，成了中世纪欧洲突破天文教神权束缚的直接动力，从而引发了人性战胜神性的文艺复兴运动。

可以说，西欧近代史，在很大程度上是由一座城墙倒塌后所引发的故事而组成的。

在这里，时间似乎只是一个停止了的数字。1985年，连同城墙在内的

这片区域加上城市考古公园、苏莱曼尼耶区、泽雷克区……一并被联合国教科文组织宣布为世界文化遗产。

我们的导游兼翻译，有一个十分柔软的中国名字——伊丽倩，她出生于土耳其首都安卡拉，安卡拉大学物理系毕业后，赴德国留学，在德国认识不少中国朋友，于是又学了中文。她对中国十分热爱也颇有研究，她把中国叫作"秦"，认为中国从"秦始皇"而来。

伊丽倩的汉语发音虽然不甚标准，但从她的谈吐中，能感受到她对历史的理解，娓娓道来，侃侃而谈。比如上述那段"城墙的故事"，让我们每一个人都疲劳全无，睁大眼睛望着她，还有她背后的动听的故事。

从伊丽倩的讲述中我知道，原来，这座紧紧维系一个帝国命运的城墙，是5世纪狄奥多西二世的杰作。据说这位狄奥多西二世性情斯文，讲求文明治国，不崇尚武功。这使得其军事主张以"守"为主，这一军事主张不仅成了东罗马帝国一贯的军事风格，还成就了这座千年不倒的旷世奇迹——于是乎，后人为了纪念这位君主，就把这千年城墙称为"狄奥多西城墙"。

"狄奥多西城墙"之所以千年不倒，奥秘就在于其材质和建筑工艺，还有极佳的地理位置和科学的设计方案。

马尔马拉海和博斯普鲁斯海峡交界处有一条河流，把欧洲这半边的土地一分为二。这条河流叫金角湾。由于水域的走向有点弯曲，正好使这片土地形成一个尖角状，故而得名。

凝神其间，我以为伊斯坦布尔之所以被人推崇，很大程度上讲都倚重那个自然港湾。由于"湾"的特殊位置，使得伊斯坦布尔成了三面围水的三角高坡，正所谓"虎踞龙盘"。看起来它是通向博斯普鲁斯海峡一条支流，实际上是伊斯坦布尔的一个门户——水上广场。所以被称为"金角"。

北面的黑海碧波荡漾，四周有许多文明群落和商业重镇，还连着东欧、中亚和漫漫无际的亚洲大草原和西伯利亚大平原；向南穿过达达尼尔

老城与海

海峡就是蔚蓝的爱琴海，直通地中海；往东望去，仿佛能遥望到长长的丝路驼队，香料、黄金、丝绸和瓷器，踏着悠扬的驼铃声，由远及近——这个广场的四周，随便一数，就能排出一长串世界文明之果。

人类文明的很长一段时间里，这儿是南北方向海路的必经之地，是东西方向陆地的中央大道。在地理大发现之前，这儿算得上是大千世界的中心地带……再加上坚实的希腊文化底蕴、彪悍的罗马气魄、国富民强的经济实力……生活于此的人们，有了一种天然的得天独厚的优越感——他们看什么都是居高临下的。

严格而言，博斯普鲁斯海峡作为水域并不宽，甚至难以与长江媲美。但绝妙之处就在于，它的两头都通向辽阔的大海，居住在两岸的人们可以遥遥相应，海峡间滔滔不绝的水流有种波及心灵的动感，完全不同于山间的一泓溪流。也因为此，这两边的土地堪称世界上最昂贵的地段，寸土寸金。

临海的角尖微微凸起，活像一个迎风破浪的船头，而皇宫就是这船头上的驾驶舱。从马尔马拉海斜穿到金角湾，把这个尖角地带隔出一截，再用"狄奥多西城墙"团团围住，这就是当年的君士坦丁堡，也就是现在的老城区。

置身其间，强烈感觉到个体的渺小，任何语言都显得太过苍白

越往老城区，司机开得越缓慢，这既是一种尊重，也是一种纪念。

慢慢地，金角湾、马尔马拉海、博斯普鲁斯海峡、皇宫、蓝色清真寺……都一一呈现在我们眼帘，这样一幅幅画面在眼前慢慢移动，让每一个人都兴奋不已。

带着几分激动，我走进了心仪已久的画面里——蓝色清真寺。

看上去朴实无华，几根高耸的尖塔有些夸张……这是蓝色清真寺给我的外观印象。随着脚步的不断走近再走进，真容一层层地呈现，从而令人惊讶不已、惊叹不已、惊叫不已、惊羡不已——

最先映入眼帘的，是一排恢宏的拱柱廊厅环绕的中庭中央，一处精致的大理石六角亭净水池。廊厅两旁，成排的水龙头和座椅和谐地镶嵌其间，原来，这是每一个外来者入寺的必修课，一些伊斯兰教徒十分认真地在此净身，让一路的拂尘随水流去。我们也学着将水捧在手上，象征性地清洗面颊。

拱柱与宣礼塔

大　殿

　　进入大殿的门口，永远都是一长串等候的队伍，人们秩序井然，在工作人员的提醒下，自觉地穿上鞋套，女士还要披上长纱和头巾。

　　踩着精美的红底蓝花的土耳其地毯进入殿堂，就像走进宏大而空旷的圣殿，我的脑袋瞬间有一种缺氧似的嗡嗡作响，有一种被电击的感觉，周身震颤。我的双眼被那一大片红蓝相间的地毯"刺伤"了——这是当年伊索匹亚朝贡给繁盛一时的奥斯曼帝国的，浩浩荡荡地铺满了近5000平方米的大殿。

　　大殿穹顶正下方，垂吊着大大小小黄色的吊灯，一圈一圈的同心圆灯架，架上是一圈灯泡，很简洁，几百只小灯泡组成光环，像是繁空中闪烁

环形灯架

的星星，耀眼夺目。户外的自然光线透过260个彩绘玻璃小窗，和室内昏黄的环形灯光互相辉映，变幻着奇异色彩，与寺内空旷深远的构架和安详悠然的气氛融合在一起，营造出一种独特的神秘氛围，冲击着我的视觉和幻觉，美得令人窒息。

光线透过这些窗户变幻着奇异的色彩，让人仿佛置身在一个虚幻的空间，肃穆、安谧。

蓝色清真寺最引人注目的，还是那些神秘的圆顶。阳光透过窗户缥缈地投射下光芒，映照在清真寺里那些颜色各异的瓷砖上，映射出一种迷离的瑰丽金色。支撑大圆顶的4根大理石圆柱，支撑着43米高的中央大圆穹

透过窗户的光线

穹 顶

顶。仔细观察，柱头和柱身上都有蓝底金字或黑底金字的阿拉伯文，简直就是一件件美轮美奂的艺术品。更让人难以置信的是，整个清真寺的建筑没有使用一个钉子连接。

硕大的穹顶上，漂亮优雅的花纹图案，精美绝伦，让人如入仙境。

缀满图案的墙壁上，分别拼成各种奥斯曼的星辰，植物和花卉。如雕塑般的石墙带来视觉的戏剧效果，在大片深深浅浅的蓝色中点缀着一些绿色、柿红色、白色和浅灰，色彩斑斓，搭配得漂亮极了。

置身其间，强烈感觉到个体的渺小，任何语言都显得太过苍白。身临其境，再强大的内心都会被伟大、辉煌……这些极端的形容词填满。再浮躁的心，也会如止水般安静。

蓝色清真寺的得名，是从那些四壁镶嵌的蓝色瓷砖而来的。清真寺大厅的内墙三分之一高度以上，共装饰有2万多片蓝白两色的伊兹尼蓝瓷

181

砖。这些出自土耳其最为著名的陶瓷之乡伊兹尼克的瓷片，每当光线透过260扇装有彩色玻璃窗户投射进来的时候，便散发出奇妙的色彩，映照在支柱和穹顶上，21043片蓝色瓷砖呈现出的"大合唱"，足够让人体验到什么叫气势恢宏，色彩瑰丽。

仔细观察，瓷砖上的图案有爬在绿色花枝上的荷兰石竹，有风信子，有蓝色和柿红色的玫瑰，有白花钵中下垂的郁金香和麦穗，还有缠绕在格架上的灰色柏树枝和蔓藤叶子以及一串串葡萄。据说，当年这座清真寺装修完成之后，把剩余的马赛克全部毁掉了，而烧制这些瓷砖的工匠都是从波斯招来的，所以现存的马赛克都是独一无二的。

大时代每一次斗转星移，都为这座城市带来了改朝换代的阵痛，蓝色清真寺无疑是最好的参照物

大殿的里面是穆斯林做礼拜的地方，我们这等匆匆过客不让进去。趁那些信徒进出的瞬间，我看见几个身着长袍的男子正对着墙祷告。与做礼拜的区域空旷相比，大厅里忙着拍照的游客已是熙熙攘攘。

闹中取静。伊丽倩招呼我们靠近墙边，围成一个小圈，坐在厚厚的地毯上，她则盘着双腿，用手比画着给我们讲蓝色清真寺的来龙去脉——

蓝色清真寺诞生于1609年，那个时候这座城市的名字，已经不再是君士坦丁堡，而改名为现在的伊斯坦布尔了。自1453年穆罕默德二世灭了东罗马这个最后的堡垒之后，伊斯坦布尔便成为奥斯曼帝国的首都，原来的东正都的大本营也随之变成了伊斯兰教的中心。

信仰不同，建筑也有差异，穆罕默德二世当年没舍得直接把索菲亚大教堂给拆除，只是稍稍改装了一番，便成为一座十分精美的清真寺。百年之后，苏丹艾哈迈特还是下令另起炉灶，新建了清真寺，这就有了我们今天看到的蓝色清真寺。

可以想象，在决定修建蓝色清真寺这件事上，苏丹艾哈迈特应该还是颇动了一番脑筋的。首先是帝国的一大笔开支不说，更为重要的，旁边已

经有了一件撼世之作——索菲亚大教堂矗立其间，如果另修，如果超越不了，会留下笑柄，如果要超越，如何才能超越，能找到支撑超越的艺术家和优秀工匠吗？

索菲亚大教堂是公元532年拜占庭帝国时期的建筑，这座大教堂在梵蒂冈圣彼得大教堂问世之前，一直是世界上最大的教堂，誉为世界著名宗教建筑典范。

最后的任务落到了当时最有名的建筑师锡南的高徒迈赫迈特·阿加的身上，那是1609年的事。聪明的迈赫迈特·阿加把自己关进索菲亚大教堂，用了8年时间，终于从这座不朽之物上获得灵感，建造出了最具伊斯兰教特色的清真寺。

1617年秋天，蓝色清真寺竣工，当最后揭开这件神秘之物面纱的时候，所有人都被其美轮美奂的设计与装饰惊呆了。

作为一个正宗土耳其人，这些故事对于伊丽倩而言，只能算得上小儿科。可于我们这些外人，却像听评书一样过瘾。最为过瘾和难忘的，还是"六根宣礼塔"的故事——

宣礼塔的多少，是衡量一座清真寺级别的重要参数。迄今为止，蓝色清真寺是世界上独一无二的拥有六根宣礼塔的清真寺。据说当年苏丹艾哈迈特为了体现对真主的虔诚，想在清真寺外面建造几座"黄金"的尖塔，而建筑师迈赫迈特·阿加却鬼使神差般地错听成了发音相似的"六根"尖塔，于是蓝色清真寺就拥有了现在的这六根尖塔。

后来这事却差点引起一场宗教争端，原来穆斯林心目中最神圣的清真寺——伊斯兰圣地麦加克尔白大清真寺就是六根尖塔，其他地方的清真寺不得享受如此待遇。

最后妥协的结果，是麦加克尔白大清真寺又加了一座尖塔，以示独尊。

从伊丽倩滔滔不绝的介绍中，我们还零零星星知道了蓝色清真寺更多的背景资料——

伊斯坦布尔的市民

蓝色清真寺大殿长72米、宽64米，可容纳3500人同时做礼拜。

寺院共有8个入口，分布于院子的三个方位，人们从其中任一个方位都可以进入。

三道门框均由大理石铺成，内庭由粉红砾石、大理石或斑岩的大石柱之间以拱门相连接，拱顶着30个圆顶。

蓝色清真寺的6个尖塔中，4个有3个阳台，另外两个有2个阳台，一共是16个阳台。据迈赫迈特·阿加回忆录上记载，阳台数目原为14个，象征着当时的14个亲王，后来又加了两个，包括耶尔德勒姆·巴叶兹德的两个儿子：埃米尔·苏莱曼和穆萨·切莱比。

……

走出圣殿大厅，再回过头来眺望，蓝天白云下的蓝色清真寺更加灼人眼目，浪漫、深沉、大气、圣洁，几乎我所喜欢的美好词汇，在这里似乎都可以找到最佳的注脚。

此刻，我恍然发现，如果用一种颜色来描述一个城市的话，伊斯坦布尔的底色一定是蓝色的——举世闻名的蓝色清真寺、蔚蓝色的大海……这是现实的铺陈；它那淡淡的忧郁气质，则更令人深思——几千年来，无数英雄在这个舞台上你方唱罢我登场，特别是"奥斯曼帝国瓦解后，时间几乎遗忘了伊斯坦布尔的存在"，正如诺贝尔文学奖获得者奥尔罕·帕慕克的作品《伊斯坦布尔：一座城市的记忆》中所称的"呼愁"，这就是历史的纵深。

蓝色清真寺无疑是最好的参照物。大时代的每一次斗转星移，都为这座城市带来了改朝换代的阵痛，但伊斯坦布尔一次又一次得以凤凰涅槃。欧洲与亚洲，基督教与伊斯兰教，不断在此交融，虽曾有冲突与碰撞，但终以和谐共存。

今天，我们既能感受到帕慕克时常着墨的遗址古迹和黑白影像，也能体会到这座城市洋溢着欣欣向荣的活力，这就是蓝色的含义——浪漫、梦幻且不失忧郁深沉，而这正是蓝色清真寺所赋予伊斯坦布尔的城市底色。

第三部分

城

TOTEM & RUINS

城者，盛也，所以盛受民物也。

"城"古字写作"𪩘"，最早见于西周金文，"城"最早见于战国。"城"之本意是城邑四周的墙垣，里面的叫城，外面的叫郭。

古罗马不是一座给人看的城市，是上帝把它放在世间让世人感受的。街道狭小：横向深嵌的线纹，拱形的门窗，富有节奏感的圆柱，健壮有力的雕塑，还有形态各异的铁花窗，风格从最古老的中世纪一路走来，构成了城市的肌理。

同样古老的水城威尼斯，其街巷活像层层叠叠的书架。站在圣马可广场，可以聆听到威尼斯的心跳。水城人那种特有的气质，让人徒生羡慕。

圣城雅典是一个巨大的石头博物馆，每一块石头都在以不同的角度，讲述一个个"石头圣经"故事……

第13章
清迈，让世界"慢"下来

　　驻足于此，面对这座古寺庙历史感、沧桑感都会油然而生，与之匹配的，是后来新建的寺庙，一新一旧，相得宜彰，而紧贴寺庙的学校，又增加了新的内涵。

　　我静静地站立在三者之间，一会儿遥看古寺的残美，一会儿凝神新庙的香火，一会儿又定睛一看校园的美景。

　　一阵钟声过后，只见穿着校服和僧服的同学都走出了教室，这一幕让我惊讶。

　　又一阵上课铃之后，穿校服的同学进了教室，着僧服的同学则走进了寺庙。

　　他们眼里，这里没有寺庙，只有学校。用我们的思维换一句话说，这里只有学校，没有寺庙。

只要一骑上车，你就会感觉融入了这座城市，感觉是一个"清迈人"

成都是一座以"慢"自居的城市，我觉得成都还不够"慢"。朋友推荐泰国清迈的"慢"堪称一绝，于是乎，就想一睹其"慢"。

曼谷到清迈700千米，悠闲自在开了两天，一路阅尽泰国美色，方发现曼谷至清迈的道路不仅仅是一条快速经济通道，更是文化大道，在这两大城市的中间，便可寻找到泰国丰富的历史过往。带着期望，我一直在想象清迈的模样……中午时分，直到清迈呈现在眼前时，觉得清迈也"不过如此"——没有高楼大厦，流动的没有豪华轿车，人们的衣着，也是五颜六色，朴素而平常——大凡可以停下来"品"的城市都是这样吧，表面其貌不扬，骨子里却魄力十足。

不错，这就是清迈，泰国北部最具魅力的"玫瑰之城"。

入夜时分，我一头扎进了清迈的夜生活。表面上看，清迈的夜生活更多体现在灯火辉煌的夜市里，甚至有几分嘈杂和轻浮掠过。从驻地步行十几分钟，便可抵达夜市，举眼一望，这个夜市还停留在沿街为市阶段，步行街道的两边搭满了密密麻麻的摊位，一个挨着一个，商品可谓包罗万象——纺织品、草帽、银饰、漆器、青铜佛像等，泰国北部风采一览无余……我们很快闪过，手持地图，去寻找一些有特色的夜市。

紧邻护城河的一条街便是花的夜市，两旁的鲜花琳琅满目、错落有致，那些成群结队的鲜花，被花匠们艺术性地聚在一起，成为一件件艺术品，每一个摊位都摆出一种不同的造型，吸引路人的眼球。

起初我想，夜晚有谁会买花。但看穿梭的人流，才知道夜晚买花是当地人的习惯。批发的、零售的，都在这儿交汇。

花市过后就是水果夜市，同样，这里的商家都是艺术家，他们把不同水果摆出不同形状，连在一起，延绵开来，成为一个十足的"水果阵"。

清 迈

从夜市里走出来，约莫夜里10时左右。这时，低吟浅唱的酒吧、极具魄力的泰式按摩便粉墨登场。花样翻新的霓虹灯直刺你的双眼，就看你是迈步朝前走，还是停下脚步走进它们。

不胜酒力的我，提议大家享受正宗的泰式保健。于是在满地都是泰式房的街道上，随便侧身进了一家。这一家，不像其他门脸那么招摇——夸张的霓虹灯加上门口坐的一排穿着入时的靓丽的妹妹，这家矮矮的广告牌显得很有"教养"，一撩开门帘，一股特有精油香味扑鼻而来。

主人是一位上了岁数的老太婆，窄窄的屋子里摆了几套用于按摩用的行头，也只有一个小妹倒茶招呼我们。老板娘似乎看出了我们的疑惑，一个电话，10分钟不到门口停下几辆摩托车，车的主人进屋变成了按摩女。

语言不通，但她们满脸笑意和专业手法，让你不会有任何非分之想。

泰国朋友轻声向我们介绍，泰国不少男人游手好闲，且动辄就离婚另寻新欢，那些按摩女大多是离过婚的中年女性，她们要养活自己和孩子，生活并不轻松。这里的收费标准证实了她们劳动的低廉，一个钟头200铢（约合40元人民币）。我大概算了一下，她们的所得，最多不到20元。

泰国有收小费的习惯，我又给了50铢，按摩女子很是感激，双手合十，然后心满意足地骑上摩托。伴随着摩托的"突突声"，她们很快消失在霓虹灯笼罩下的夜色之中，奔赴下一个客人。

与泰式按摩相映成趣的，是酒吧。在清迈夜色里，两种霓虹灯相互交织在一起的，肯定是酒吧和按摩房，一个喧嚣，一个宁静，在酒吧里激情澎湃之后，便顺势进入按摩房休闲，两者就像一项工业产品的上下游，又像我们熟悉的前店后厂的加工作坊，方便顾客，相互支撑，彼此成长。

初到清迈我很奇怪，这样一座国际旅游城市，居然没有出租车。满大街上跑的，只是形似货车一样的小型载人"双排车"，有红色的、蓝色的、黄色的、橙色的、绿色的、白色的，可以过街串巷到达任何地方，形成清迈特有的流动色。其次就是嘟嘟车（一种机动三轮车，柬埔寨吴哥窟这种车特别多），可以"点对点"满足每一位客人的短途旅行。

而大街小巷跑的还有两类车——自行车和摩托车。这些车大多是游客租用，租借点很多，租借的手续也很简便。应该说，清迈已经形成了自行车和摩托车"租借超市"，大大方便了自助行的游客。

仔细一想，这才是清迈的精妙之处，其用意是想让到这里的"外来人"深度体验这座城市，哪种方式最好？当然是自驾游、自助行……随时停下，随时行走，累了，随便找一个路边店休闲（清迈有的是小型酒吧和微型超市），饿了，也可随时停下品味清迈小吃（路边饮食店遍地皆是）。你可以说它简陋，你也说它庸俗，但的确是休闲城市的一大特色。

只要一骑上车，你就会感觉自己融入了这座城市，感觉到你是一个"清迈人"。

游客的深度之行，带来的是全方位的效益：消费自不必说，城市的人文、城市的景观、城市的管理……都进入了游客的心——走进了游客的心，他们自然会认可这个"第二故乡"。

一座城市的亲和力就此荡漾开来，让你"来了就不想离开"——这正是清迈所要的效果。

清迈的慢

无处不在的神。清迈人眼里，这里没有寺庙，只有学校

泰北之行，与其说是追寻"慢"的休闲之旅，不如说是一种寻佛、寻庙——寻神之旅。

泰国是个佛教的国度，寺庙可以说无处不在，清迈更是一个十足的"佛都"，人们都成天穿梭于寺庙、佛像之间，也都放心地把自己的一切都交付给寺庙里的"神"。因之，对神的尊崇便成为清迈人每天的必修课。

在清迈，有很多我们中国人熟悉的寺庙，比如双龙寺，比如大佛塔寺（又名契迪龙寺），比如帕辛寺，比如清曼寺……那些叫得出名叫不名字的寺庙都修葺得金碧辉煌、气宇轩昂，有的甚至精美绝伦，让你赞叹不已。每一座寺庙背后，都深藏着一段历史典故，以供信众传扬与广布。

清迈六大寺庙中最为著名的大佛塔寺历经700余载风雨洗礼，寺庙的高大与挺拔自不必说，而16世纪的一场地震留下的斑驳陆离，更增加了古寺的历史感。驻足于此，面对这座硕大的文物，历史感、沧桑感都会油然而生，与之匹配的，是后来新建的寺庙，一新一旧，相得宜彰，而紧贴寺庙的学校，又增加了新的内涵。

我静静地站立在三者之间，一会儿遥看古寺的残美，一会儿凝神新庙的香火，一会儿又定睛一看校园的美景。一阵钟声过后，只见穿着校服和僧服的同学都走出了教室，这一幕让我惊讶。又一阵上课铃之后，穿校服的同学进了教室，着僧服的同学则走进了寺庙。

他们眼里，这里没有寺庙，只有学校。用我们的思维换一句话说，这里只有学校，没有寺庙。

与大佛塔寺齐名的帕辛寺是清迈一座兰纳式风格的寺庙，兴建于1345年，1400年修建完毕。寺院内供奉着Phra Singh佛像，完美的古典兰纳风格，名震清迈直至老挝琅勃拉邦，寺庙墙壁上描绘着引人注目的古典壁画和华丽金色图案。

素贴山双龙寺坐落在海拔1676米的清迈小镇上，在这里可以俯视清迈全城，而高高在上的双龙寺，具有同样的功效。白象选址、皇室建造的故事就足以让你咀嚼很久，而两条金龙守护的传说，赋予寺庙更加的神秘。

令我开眼的是，寺庙里不仅供奉着佛，还供奉着那些得道高僧。这一点与我们的寺庙有着很大的区别，在中国的寺庙里，一个僧人，就是修行再广远，得道再高深，也难以进入"神"的行列，更不用说与高高在上的"神"紧紧挨在一起，接受芸芸众生的三叩九拜。清迈著名的寺庙大佛塔寺的正殿里，神龛上供奉着数十尊佛像，其中最前一排的最小，那些便是历代方丈等高僧，其中有一尊蜡身，活灵活现，简直就是肉身原大，只是久久不动，我们方才发现不是真人。这样"以假乱真"的造像，我还是第一次看到。

中国的寺庙里，这样的表达方式是不可想象的——人和神有着不可逾越的鸿沟，人永远也难以企及到神的高度。曼谷至清迈的高速公路旁山坡上，我看到一尊硕大无朋的金身佛像，走近一看，不是我们想象中的观音或佛祖，而是一个"泰国和尚"——面目清瘦，神态安详，慈眉善目，口里念念有词……不停地在为百姓念经祈福。再仔细一看，那种脸形，那种神态，简直就是芸芸泰国僧人中的一员。

更广泛一点说，"他"就是泰国民众中的一员——原来，人们供奉的，是他们自己。这种可亲可敬可学的典型形象，成为泰国民众心中典范。

带着不解和困惑，我就这个问题询问泰国朋友，朋友解释说："每一个泰国人心里都有一座神，而最大的神，就是自己，只有做好了自己，你才会有资格博爱众生。"

原来如此。

比起中国的诸多历史名城来，清迈的历史算不上悠久。但给人的历史感却格外浓郁，一段段老城墙若隐若现，像一位历史老人，依偎在你身旁，绵绵诉说百年过往；一座寺庙精致纷呈，又似一位长者，以其不凡的经历谆谆教诲，教化世人。

在清迈，东南西北你随便走上三五分钟，都可以进入一座寺庙。清迈的老城区很小，只在一个长2千米、宽不足1千米的标准的长方形内，就是这样一个狭小地带，却密密麻麻镶嵌着200座寺庙。我们特地在清迈老城中心选了一家紧邻寺庙的酒店（Parasol Inn）住下，住在了一片寺庙丛林之中。

清迈的寺庙身段很低，平易近人，与民众没有任何距离感。也不收取任何门票，是真正的心灵居所。寺庙往往又与学校紧挨着，有的甚至就合二为一。出家的小僧人上午在学校学功课，下午在寺庙念经文，学校和寺庙都有一个共同的目标——教化育人。

早晨醒来，我走出宾馆大门，一脚便踏进了寺庙，这种感觉很好。

一座白庙，挑战这个寺庙王国里的建筑权威，从而名垂青史

泰国的大小寺庙星罗棋布，难以计数。可能就是泰国人，也难以统计出究竟有多少寺庙。

成百上千年的人文积淀和宗教历炼，诞生了无数杰出的寺庙建筑作品，集中了佛教、美学、建筑学、文学等众多精华于一体，成为历朝历代顶礼膜拜的殿堂。

要在这寺庙王国里新建一座让人记住的全新之作，这样的挑战是很多人想也不敢想的。查仁猜（Ajarn Chalermchai Kositpipat）偏不信这个邪，他要吃这只"螃蟹"——修建一座白庙，挑战这个寺庙王国里的建筑权威，从而名垂青史。

与所有的精品名作的诞生路数类似，其过程无疑都笼罩上了一层高深莫测的色彩。1997年的一个夜晚，查仁猜做了一个奇怪的梦，梦见一片洁白如银、晶莹剔透、童话般的白色寺庙群。正当他沉醉于这美景之际，一个声音在耳边响起："你的责任就是要建一座洁白的寺庙。"原来是佛祖降临他的梦境，并给他指明了方向。

从梦中醒来，查仁猜立即将那梦中圣洁的美境一一绘出——就这样，一座"万佛之都"的寺庙雏形诞生了：通体洁白，闪闪银光，檐飞神鸟，

196

白 庙

顶立神像，神龟墩卧，流云幡衬，错落有致……

这也难怪，一直对佛教文化痴迷的查仁猜，时常流连于泰国大小寺庙及宫殿，醉心于佛教壁画的艺术魄力，神游于似真似幻的佛国世界中——有这样的梦境也不难理解。或许，正是有了这样的梦境，才会创作出如此梦幻般的作品来。

白庙给人的摄人心魄的震撼，不身临其境是无法感受到的。我有幸分享到查仁猜梦境中的现实。眼前，那座叫作白庙的建筑以素白做底，银镜镶边，纯白的屋顶，纯白的墙壁，纯白的基座，通身无一处镶金，上天把足够的阳光赐予这片土地，这通体的"白"静谧地反射出夺目的光芒，银白如一只只纤纤的手，柔柔地伸向天空。仿佛一座落入凡间的琼楼玉宇，让人瞬间进入童话般的银白世界，看着这惊艳的一切，我不禁惊呼起来。

白庙从构想到图纸，从图纸到动工，从动工到完成……一系列浩大工程的复杂过程难以想象。一分耕耘一分收获，我们完全可以从这座艺术作品本身，感受到作者的呕心沥血和出众才华。

197

白庙之美

与其说这是一座寺庙，不如说这是一个寺庙群；与其说这是一个寺庙群，不如说这是一场关乎宗教的行为艺术。

从大门缓缓地走进，眼前是一片水陆交织的画面，虚眼望去，那层层叠叠的白色建筑，就像浮在水面之上的海市蜃楼，走过一段弧形，你的眼前便呈现出一座长弧形的桥，站在桥的这头，桥头堡的左右两端有两个硕大的"万人坑"：惊栗的面孔，圆睁的双眼，万般的挣扎，还有无数双向上伸展的手……这一幕与进入寺庙门口吊在树上的各种妖魔鬼怪人头紧密呼应，让人不寒而栗。

此情此景，看似与那洁白无瑕美好的银白世界反差极大，犹如两个世界完全不搭调。是作者有意为之，还是无意中的败笔？

没错，白庙所追求的，正是这样的效果。查仁猜是想用这样夸张且极端的表达手法，营造出"地狱"与"天堂"，只有经过炼狱般的洗礼，才能进入天堂般的境界。

放眼一望，泰国最常见的四面佛，在这里被白色做了新的诠释，连栏杆柱头都别出心裁，圆骷髅代表死神，白色庙宇代表生灵，生与死，此岸与彼岸，短暂与永恒，绝望与希望，有限与无限……都是永恒的矛盾，也是生命的轮回。无数条首尾相接的白龙尾随在护法的身后，将其与主殿串联起来。那些龙的每一片鳞片、每一颗牙齿、每一根须髯，都嵌满了单独打磨的镜片。不得不佩服艺术家的开悟，按查仁猜的诠释，白色代表了纯洁，闪闪发光的玻璃片是智慧的象征。

我静静地伫立于太阳下锃光闪闪的白色精灵之下，再往上看，广袤的蔚蓝色苍穹之下，"我"的渺小给我以强烈的对比感，仿佛稍不留意就会掉进那罪恶之渊的"万人坑"似的。此时，耳畔隐隐传来一个声音："你们注意，上了桥之后，千万不要走回头路。"那是导游在告诫游人。我望着手持小黄旗的导游淡淡一笑，心想，其实形式上的"回头路"并不可怕。

我从容走过那座寓意深远的"灵魂之桥"，进入白庙的大殿。大殿也与其他庙宇的布置不太一样，除了不能拍照的佛像之外，四周多了一些画作，那些画作完全突破了佛教传统的框框，完全是天马行空、信马由缰的作品，将宗教、卡通形象、政治人物，以及太空船等当代发生的大事杂糅在一起。这样的表达与白庙整个建筑自成一体，浑然天成。

出大殿往左行，一座精巧的小塔好像挂了无数把钥匙，走近一看，才知是善男信女的许愿牌。许愿牌背后寺庙的骨架已经搭好，工人们正在用白漆给那些钢筋混泥土穿衣，架子搭在蔚蓝色的天空之下，从地面上仰视，画面感很美，恍然间，那些工人也成了白色世界里的精灵。再往左，眼前呈现一处金碧辉煌的建筑，浓荫之下显得特别耀眼，走近一看，才知那是供游人们方便的厕所。虽然同样堂皇而富丽，但在这白色笼罩之下，却多少显得有些另类而俗气，只好用作人们的方便之处了。

其实，我们眼睛所见所闻的，只是白庙群中的一个部分。我们现在所说的白庙，准确一点地说，也只是"正在进行时"的白庙。按照查仁猜的构想，这里应该是一个建筑群，寺庙预计有9座，整个建筑分3个区域：

金色的厕所

供礼拜聚会的宗教殿堂、出家人的生活区（包括宿舍以及作为修行静坐之用的课室）、行政部门（画廊、小卖部、放映室等）。全部完工预计要60年。

　　查仁猜将自己的全部财产、时间和精力都投入到"白庙"的兴建中，因为资金太过庞大，这个宏大的建筑群修修停停。而令人不解的是，查仁猜却坚持不接受1万泰铢以上的捐赠，而且坚持不收门票、不收停车费、不要香火钱，只靠出售自己的绘画作品作为建庙的资金。

　　就这样，60年间，你每天看到的白庙都是一个正在修建的全新的工地，只要建筑没完工，就会成为你心中的牵挂，一次，二次，三次……无数次期待着去看看"新"白庙是什么样子。而且，游客也大可近距离观看工人们修建时的样子，置身于此我不由思忖，这样的行为艺术，是不是就是查仁猜所要的效果？

静谧，还是静谧，成为这里唯一的主题词

完全颠覆了我们对博物馆的概念，没有大门，不售门票，没有解说员，绿树掩映下的40余幢建筑，零星散落在一片平整的土地上，周围都是片片农舍。初看上去，更像一个硕大的庄园和实验性村落。连一个围墙也没有。不论人或者动物，徘徊其间，没有任何人干涉你。

静谧，还是静谧，成为这里唯一的主题词。

我像探究迷宫一般，向想象中的神秘黑屋靠拢。最先迎接我们的是一处礼堂式的建筑，这也是黑屋博物馆的主体建筑，虽然完全是按"庙"的规格而建，这也是整个博物馆最大的空间——正殿是巨大的原木结构屋子，但我还是喜欢叫它为礼堂——动物们灵魂聚会的礼堂。走进去一看，里面显得空灵，展品乏善可陈，几根偌大的蟒蛇皮标本，黝黑的鳄鱼外壳标本，还有一些用牛头角、佛像雕塑等铺陈其间……

巨型的庙堂式展厅中央高十多米，从大门及两旁泰式木窗渗入的阳光，只能把这漆黑的大堂一角照亮，余下空虚一片的黑暗，烘托出的一种极"黑"的氛围，给人留下一片无间地狱的联想。

走出"礼堂"，便又是一种别样的感觉，三三两两的各种风格的泰式建筑，几乎都是木屋，主体为黑色，顶上铺黄瓦。一幢比一幢精美。毫不夸张地说，由柚木建成的每座木屋都是一处绝佳的艺术品，大到整个房屋的设计，小至一个雕花饰品，都一丝不苟。屋檐屋角装饰都用尖长的弯角作构造，各种古代魔鬼形象的雕刻出现在建筑上——活脱脱又一个寺庙聚集地。不错，那是动物们的寺庙，一处处精美的建筑里，都是动物的标本展示——我把这些空间称为动物的灵堂。

建筑与建筑之间，有一些小小的缸被罩起来，里面可能是一只百年老龟，也可能是千年蟒蛇……与那些建筑里不同的是，它们都是活体。你走近一看，用手轻轻一敲，它们会懒懒地动一下，有的甚至连一动不动——它们都见过大世面。

201

黑屋博物馆

这样的布置很费心机，黑屋是要告诉你，不论人或是其他类动物，地狱还是天堂，只在心念之间。

从清莱出发前，我们专门问过路线，被告知清莱往北30千米左右便是，不能再往前开了。车下高速路很自然地拐进了乡村公路，停下来问了五次后，一位热情的小伙子手指着前往说："再往前200米处，有一个路标，往左的口子进去，500米即到。"说得如此详细，我们的车以最低的速度爬行。"200米处"确实有一个路口，也有一个路标，而那路口和路标，都是小得让人可以一晃而过忽略不计的"参照物"。

我遂调侃："是不是黑屋有意在考验我们的诚心？"这就是泰国，商业意识，自我宣传意识极不强的泰国。

没有广告牌，没有标志性建筑，四周完全是农村的乡间小道，路面虽然也很好，但窄窄的，我们在农家的房前与屋后穿行。以至当我们怀疑再次走错了路的时候，黑屋的轮廓出现了。

这儿本就是一处世外桃源般幽静的居所———一处较为私密的私人博物馆。

我真不知道，这样的黑屋，这里的黑屋，是如何走出属于它的出名之路的。也不知哪一天起，像我这样的跨国游客们，不远千里万里，翩然而至，寻求内心的那一份静与美。

带着种种疑问开进停车场，才发现已经有近10辆车捷足先登了。

其实，黑屋根本不在乎你去或不去。一根绳子划出一道屏障，一些建筑还只能在外观看，看上去根本就不像一个景区。事实上黑屋也没说自己就是一处景区，它只是一个私人博物馆，是人们慕名要前去参观，"它"有什么办法？

有如江湖大佬一般，操到这个份上只能怪人家"牛"。你受了冷遇还不得不竖大拇指。

清莱是清迈麾下的一个行政区域，相当于我们的一个镇。泰北以北，便是清莱，过了清莱，便是有名的金三角地带了。因此，也可以说，清莱是泰北的最北方。

就像中国的东北一样，泰北是泰国的粮仓。放眼望去，一片片碧绿的田野里郁郁葱葱，远处是高高低低的山峦，错落有致，情趣怡然。平原和山区的过渡地带，正是粮食疯长的地区。蓝天白云之下，绿色笼罩着的红色、黄色、白色……丰富多彩，五彩斑斓。

或许也只有在这样的地方，神、佛和寺庙才增添了更多的灵气和神清气爽之感，这也许是为何泰北的寺庙如此有名之滥觞所在？

没经过什么考证。窃以为，这或许是白庙与黑屋落户于此的缘由吧。

在清迈和清莱，那么多寺庙集结于此，总要有一些标志性建筑吧，于是就有了大佛塔寺、双龙寺等一批历史遗迹……这些知名寺庙都集在清迈地区。清莱呢？集艺术家和佛教信徒于一身的查仁猜就站了出来，那我们就来设计创造呗，保证能吸引那些居士、信众的眼球，于是乎，白庙和黑屋就这样诞生了。

这样的情景对白都是我这个"老外"猜测出来的，或许他们有更高远的构想。

一"黑"一"白"，天堂地狱一念间，恢宏的"黑白道场"

泰国的朋友向我介绍说，黑庙是由泰国鬼才艺术家塔弯·达察妮（Thawan Duchanee）花费了36年时间设计，外部全由柚木建造。同白庙一样，现在还在建造之中，就在我们近距离参观之际，那些艺术家还在建筑旁不停地忙碌着。

年逾七旬的塔弯·达察妮穷尽毕生精力，搜集了大量关于死亡、地狱的展品，包括数千年前的兽骨、原始民族的猎杀工具、各式各样的古代工具、祭祀用品、古董、皮毛和标本等，用现代装置艺术的手法，有机地把展品融合成一件一件的艺术品，放置于那些近乎于漆黑的内室里，达到出奇不意之效。比如用水牛角构成的巨型座椅、古代木船上的魔鬼浮雕、吊在半空的风干动物皮造成的风铃装置……这些元素都陈列在40余处黑屋里，进入内里，除了一点自然光透进来，没有别的什么光源。我凑近上前，一股股特殊的味道直刺感官，与整个黑色的基调相得宜彰。

博物馆的主题是地狱及死亡。可朋友却告诉我，塔弯·达察妮的创意实是要表达天堂，可那些阴暗恐怖的摆设，无疑让像我一样的许多人产生更多的是关于地狱的联想。不过，当我在生机勃勃的林间行走，观察整座陈列馆，发现这里其实还有许多展品并非完全充斥着死亡的味道——憨厚的木佛像、雪白的瓷观音、莲花佛手、大象神石像、女神窗雕、厕所里各种夸张的生殖器藏品、石头砌成的图腾、捕猎工具……仿佛穿越时光，令人联想起人类蛮荒的远古时期那些原始的生活场景和生殖繁衍。

我猛然醒悟，塔弯·达察妮所要表达的，是暗示着万物轮回的生生不息。与其说这里正在展示枯寂的死，不如说是用死亡证明曾有过的生。

巧合的是，塔弯·达察妮竟是白庙设计者查仁猜的恩师。也就是说，他们师徒二人，成就了清莱的黑白地标。一"黑"一"白"，成为师徒毕其一生的作品，他们以这样的方式把自己的名字镂刻于人心，定能不朽。

其实，稍将两件艺术珍品联系起来，就不难理解两位创作者的内在逻辑关系与传承关系。我们可从悟出，师父塔弯·达察妮将大量的创作空间和想象空间留给了弟子查仁猜，也可以说，因为有了黑屋，才会出现白庙；因为有了表达动物灵魂的宫殿，才会出现不一样的表现人类生与死的白色庙宇。

很大程度上讲，黑屋带给人的空灵和视觉享受，并不亚于白庙，特别是环境和建筑给人的空灵之感，比白庙尤甚。黑屋的"黑"更多的不是体现在视觉与感观上，举目一望，眼前的建筑虽然都是深色调，但都并不是全黑色，而"黑"，更多的是给人的心灵体验。

白庙是站在黑屋肩上的杰出作品。于是乎，师徒二人做出了让人惊叹的相同的举动：自己出资、自己负债、自己创作、自己修建……

很难想象，一个已经年逾七旬的老人，当他还是而立之年、风华正茂的时候，就悄然决定，要穷尽一生的精力去完成在我们眼里看来是"一个项目"的工作，这的确需要勇气与毅力。

不仅仅放弃了荣华与富贵，还可能面临巨大的失败。但我读懂了他的所作所为，塔弯·达察妮尊崇的是内心的选择与呼唤，"吾身从吾心"而百折不回，在强大内心的召唤之下，荣誉、富贵、金钱等一切，都是身外之物、过眼云烟。

这样的决策给了学生极大的示范效应。人生的意义，也莫过于此。佛家说，心取地狱，心取畜牲，心取天人。人处在什么位置，是天堂，还是地狱，取决于一颗心。

不知是有意布局还是无意为之，白庙与黑屋相距近百里，清莱城在两者之间，它们都镶嵌在清莱的田间与乡野上，与其他名胜沾不上边。特别是黑屋，不在旅游路线上。也就是说，如果要去看看这一"黑"一"白"，只能专程前往。如果不具备较强的吸引力，它们是很难被人发现的。

一黑一白，将天堂与地狱阐释得如此清楚与明白，留给不同悟性的世人，留下不同的解读。天堂地狱一念间，有如此恢宏的"道场"，我十分意外，大呼过瘾。

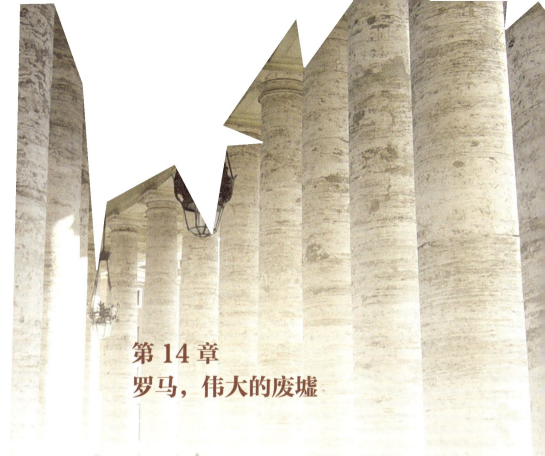

第 14 章
罗马，伟大的废墟

　　和许多欧洲老街一样，时间在这里似乎凝固了，人们从容走出石头的房屋，穿过爷爷时就自由自在穿过的街道，悠闲地在先辈们坐过的地方，以同样的姿势坐下来，喝杯浓香满溢的咖啡。

　　日子就这么水流一样在岁月与华年的缝隙间潺潺而过。

　　罗马的街道狭小。像欧洲许多的城市一样，到处是古老的石头的建筑：横向深嵌的线纹，拱形的门窗，富有节奏感的圆柱，健壮有力的雕塑，还有形态各异的铁花窗；风格从最古老的中世纪风格，到巴洛克、罗可可、哥特式风格。房屋外墙很久没有洗刷了，因此显得陈旧，甚至破败。

　　我不禁窃想，利玛窦如果现在从明朝的中国回来，他还可以寻到自己童年的旧迹吗？而长年身居异地的我，回到自己的故乡往往就像到了另外一个世界。

　　是谁把我的故乡清除得没有了一丝旧痕？

罗马不是一座给人看的城市，是上帝把它放在世间让世人感受的

西方的历史渊薮中，有这样一对关系是不能颠倒的——古希腊是西方文明的源头，意大利是复兴古希腊古罗马文明的圣地，人文主义精神"日出"的地方。

罗马不是一座给人看的城市，是上帝把它放在世间让世人感受的。

意大利是自己历史的知音，他们敬畏历史，珍惜历史的每一个细节。"世上有很多美好的词汇，可以分配给欧洲的各个城市，比如精致、浑朴、繁丽、畅达、古典、新锐、宁谧、舒适、奇崛、神秘、壮观、肃穆……其中不少城市还会因为风格交叉而不愿意固守一词，产生争逐。"

"只有一个词，它们不会争，争到了也不受用，只让它静静安踞在并不明亮的高位上，留给那座唯一的城市。"

"这个词叫伟大。这座城市叫罗马。"当余秋雨将"伟大"这个词慷慨地献给罗马之时，说句实话，我是不敢苟同的。起初，罗马于我的印象并不太好，无论如何也难以将它与"伟大"一词相匹配。

那是一个深冬的傍晚，透过大巴车窗，映入眼帘的是一幅让人激动不起来的画面：街头乱糟糟的，车流乱哄哄的，人流乱纷纷的，纸屑、烟头和涂鸦随处可见，还有随时被盗了东西乱叫的人……还有那些成百上千年的建筑被各式各样的电线遮着，举起相机却很难按下快门——那些"蜘蛛网"破坏了极好的画面，让我很好的兴致颓减过半。

听当地华人说，罗马曾被评为欧洲最脏的城市。要改变这种先入为主的概念，还真得费些功夫。面对这一切，我很难相信她就是意大利的首府，也很难接受这就是奠定了欧洲文明的摇篮——以致在"罗马到了"的声音中，我仍怀疑是不是走错了地方。

大城市病和老城市病在罗马同时上身。就这样，我们在一堆废墟和另一

堆废墟中穿梭。有一天遇到游行，我们的车不得不在狭窄的街道上绕行，昔日电影里《罗马假日》看到的古老景观就在眼前，恍然一种隔世之感。

老祖宗有句语，温水泡茶慢慢浓。

诗意十足的古罗马，应该是诗人的天下。那一幕幕残垣断壁，那一件件千年古遗址，如果不是诗歌一样的语言和史记，谁能将它表述得深达通透？细细品味，古罗马的影子便在自觉或不自觉之间凸现了出来，气定神闲，眼前浮出几百上千年一幕幕惨烈的画面，正是历尽了悲壮，罗马才会显现出她独有的风骨。

2000多年的记忆镌刻在古城墙的遗址上、斗兽场的砖石上、万神殿的立柱上……在罗马，我看不到时间，似乎罗马从来就没有淹没于历史……18世纪、19世纪，还有20世纪，罗马人都是这样生活着，像永远循环着的周而复始。

意大利祖国祭坛

和许多欧洲老街一样，时间在这里似乎凝固了，人们从容地走出石头的房屋，穿过爷爷当年自由自在穿过的街道，悠闲地在先辈们坐过的地方，以同样的姿势坐下来，喝杯浓香满溢的咖啡。

日子就这么水流一样在岁月与华年的缝隙间潺潺而过。

罗马的街道狭小。像欧洲许多的城市一样，到处是古老的石头的建筑：横向深嵌的线纹，拱形的门窗，富有节奏感的圆柱，健壮有力的雕塑，还有形态各异的铁花窗；风格从最古老的中世纪风格，到巴洛克、罗可可、哥特式风格。房屋外墙很久没有洗刷了，因此显得陈旧，甚至破败。市内没有一栋高楼，几乎全是四至六层的楼房。

我不禁窃想，利玛窦如果现在从明朝的中国回来，他还可以寻到自己童年的旧迹吗？而长年身居异地的我，回到自己的故乡往往就像到了另外一个世界。是谁把我的故乡清除得没有了一丝旧痕？

汽车穿行在2000年前的城墙遗址中，高耸的断壁残垣伸展开来，将市区截成数段。蓬起的蒿草迎风摇曳，岁岁枯荣，隐约还在散发出帝国时期的兴衰荣辱。

公元前3世纪中叶的一个秋天，亚平宁半岛正值收割季节。迦太基将军汉尼拔率军翻越阿尔卑斯山，陈兵意大利，发动了针对罗马人的第二次布匿战争。在罗马城郊外的一次战役中，汉尼拔以别出心裁的"新月形战阵"取得了那次古代战争史上最辉煌的胜利。这次战役之后，罗马正规军团的作战力量悉数战死，而部署在西班牙、撒丁、西西里的23个罗马军团不是被分割包围，就是因为距离太远，不及回救罗马城。

罗马城，这个强大王国的中心，似乎注定了坐以待毙的命运。

欧洲其他城市的历代设计者，连梦中都有一个影影绰绰的罗马

汉尼拔率军来到罗马城下，在这里他发现有三支严阵以待的非正规部队准备迎战，这些部队由罗马公民自愿组成，他们怀着无所畏惧的报国壮志，从小就接受罗马严格的公民教育和军事、纪律训练。面对着一场如不

能杀掉最后一个罗马公民便无脱身之望的战争，汉尼拔不禁胆寒了，这个杰出的军事天才在这样一批罗马人面前，选择了匆匆退去。

远在西班牙军团的罗马将军费边闻听这个消息，不禁仰天长叹："汉尼拔！只有汉尼拔才了解罗马的伟大！"

一位聪明的希腊人波利比乌斯写了一部关于那个时代的历史，揭示出罗马之所以伟大的深厚基础。美德和荣誉是罗马的最高宗旨。罗马公民彼此之间、以及他们对国家所抱的忠诚，是得到教育的习惯和宗教的支持的。每当执政官一举起共和国的旗帜，每个公民，必然会恪守自己过去宣读的誓言，拿起刀剑为祖国效力。

这一制度，源源不断地把一代又一代的罗马公民，送上战场。

世界上同时期的文明故事大体相似。冷兵器时代的肉搏战无疑是极其残酷的，就像秦帝国统一中国的情形一样，罗马这种无往不胜的武装力量，一直伸向幼发拉底河、多瑙河、莱茵河……那些原可以代表他们的民族和国王的金、银、铜像，一个个相继被铁一般的罗马粉碎了。

当时间的暴力运行到公元6世纪行将结束之际，罗马的命运一下子跌入了悲惨期。由于帝国中心的转移和各行省的先后失守，公众和私人的财源已经完全断绝。罗马城居民战栗着打开他们的大门，从城墙上观望他们的房屋葬身于野蛮入侵者的火海当中，曾经统治整个欧洲世界的高贵的罗马人，此刻呻吟着被拖到遥远的奴隶工场去。

意大利的平原很快变成了一片土地贫瘠、水流污浊、空气中充满病毒的荒野。

如果一位陌生人游荡至此，他带着恐惧的心情观望着这凄慌的、空落落的城市，可能会止不住地问：元老院在哪里？人民在哪里？执政官在哪里？

当西罗马帝国最终灭亡的时候，帝国内部事实上已经从文明状态彻底落入野蛮状态了。

天使古堡位于台伯河畔，这是一座公元139年建成的皇帝陵园，只是

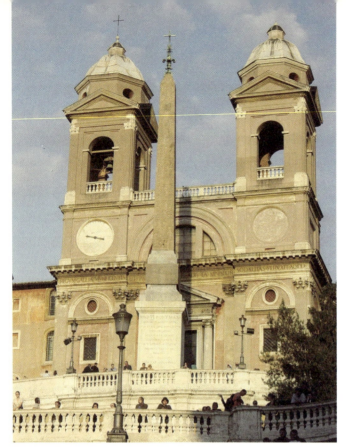

圣三一教堂

由于罗马多次受到外族人侵袭，而这个建筑坚固易守，后来就多被用作防御性堡垒。天使古堡与梵蒂冈只有几百米之遥，这里曾经是教皇的避难之所。它与梵蒂冈之间有一条暗道相通，遇到危险时，教皇可通过这一通道从梵蒂冈潜入这座古堡。据说，若干世纪来，只有一位教皇从这儿逃生。

14—15世纪的文艺复兴，在千年前的灰土上燃起了人文烈火，但十分可惜的是，罗马并没有在这二次辉煌中脱胎换骨。新大陆的发现，宣告了意大利的又一次衰落。

一个国家的灾难莫过于人格灾难，在人格灾难面前，再伟大的国家也变得无比脆弱。罗马也不例外。其实，罗马在屋大维以后就进入了鼎盛，公元1世纪和2世纪，罗马帝国的疆域北越多瑙河，南抵北非，西达英吉利，东临土耳其，俨然一派霸主威严。

罗马帝国最终于公元476年走向灭亡，罗马的古韵也就定格在这个历史片段。帝国灭亡后，罗马市中心十分凄凉，只有野草冷月与断柱残石相伴，大量优质的象牙白石材形成的流芳百世的雕塑在冷风中哭泣。

　　今天的罗马大地上，仍然涂抹着大片的象牙白。只不过象牙白斑斑驳驳渗透着几分袭人惊魂的轻掠。后代的新建筑当然也有不少，却都被恭恭敬敬地退过一旁，尽管有着谦让，但在姿态上，后代的建筑还是与前辈保持一致的。

伟大与渺小

圣彼得广场

　　虽然，它们强健的筋骨让人一目了然，但它们却把全部的尊荣都奉献给了奔腾不息的日月。结果，它们只能在静寂无声的对峙中映照出一种让人不敢小觑的传代强势，这便是今日罗马的气氛。

　　罗马的伟大，在于每一个时代都有格局完整的遗留，每一项遗留都有意气昂扬的姿态，每一个姿态都经过艺术巨匠的设计，每一个设计都构成了前后左右的和谐，每一种和谐都使时间和空间安详对视，每一回对视都让其他城市自愧弗如。

　　我不禁豁然开朗，罗马的伟大是一种永恒的典范。欧洲其他城市的历代设计者，连梦中都有一个影影绰绰的罗马。

蛮族入侵只是帝国的"一根稻草"

映入眼帘的古罗马遗迹，一看就有这种"伟大"的昭示。盛势非凡，经典恢宏，甚至直到今天还足以睥睨周围一切其他的建筑。我坚信，茫茫大地还处于一种蒙昧和野蛮之时，罗马的征服，虽然也总是以残酷为先导，但在很大程度上却是文明的征服了。

古罗马遗址遍布罗马全城，它们庄严肃穆、精雕细刻、古色斑斓……随处可见。用一个形象的比喻：打一个喷嚏都会错过一处古迹。

西班牙广场。文坛巨匠拜伦、歌德、安杰里科、考夫曼、巴尔扎克、司汤达、安德逊等名人都曾在广场附近的街上居住过，英国诗人济慈就是在大台阶靠右边的那间屋里与世长辞的。西班牙广场是由建筑师德·桑蒂斯和斯佩基设计的，这两人同时还是西班牙驻罗马教廷大使馆官邸的设计者，西班牙广场由此得名。

半个多世纪以来，大概没有哪处石阶能如此风光无限而引人注目，这里简直就是罗马文化活动的天然舞台：每年春季这里摆满了盛开的杜鹃花，成为花的世界；到了夏天，这里又成为展示意大利时装的最佳盛地，来自世界各地的名模身着霓裳款款而行，其鲜亮翩然的身影将人们带入炫目而神奇的意境。

许愿泉被誉为罗马喷泉之最。多少世纪以来一直流传着这样一个说法：若你能背向喷泉朝水池投中一枚硬币，就可以重返罗马。所以这里永远都是游人如织。这座喷泉始建于公元1730年，花了30多年时间正式完工，它的筑造及筑造所需真是让人惊叹。

30年的时间都花在塑海神的形象上：海神内笃站诺在海贝上，迈着稳重而庄严的步伐，海贝由两匹海马牵引着，它们分别象征着平静和波涛汹涌的大海。

伟大是一种隐隐然的气象，从每一个广场溢出，从每一处景点溢出，从每一扇旧窗溢出，从每一块古砖溢出，从每一道雕纹溢出，从每一束老藤溢出。

虽然，其他城市也有广场，也有景点，也有旧窗，也有古砖，也有雕纹，也有老藤，可为何却偏偏自认与伟大无缘？我想，关键还在于罗马天生的"帝国霸气"。

世间有些废墟很壮观，但我们对它们以前的功业知之甚少；有些名人故居看似亲切，但往往主人与历史的兴亡关系不大。唯有在罗马，是废墟而直通历史主脉，是帝王而早就为大家熟知，于是一阶一柱都会激发出深远而浩大的叹息。

斗兽场是罗马的象征，意大利语称其为"科洛赛奥"（即庞然大物的意思）。据说当年建造这个庞然大物时共用了4万名奴隶，建成竣工的庆祝活动持续了100天，杀死了5000只猛兽，有上百名角斗士丧生。斗兽场上铺着一层厚厚的海沙，每天斗兽完毕，斗兽场院鲜红的血沙都可捏出血水来。

整个斗兽场可以容纳至少10万名观众。现在，游客还是天天在售票处排起长龙，人们都愿意到此，感受那种无法想象的难以名状的沧桑。因为没有皱纹的人生太累了，没有废墟的大地太空旷了。

从斗兽场出来，大巴辗着古罗马的每一寸历史厚土，缓缓前行。不知为何，映入眼帘的是一望无际的车阵，整个罗马大街顿时成了临时停车场。原来在罗马市中区，失业工人正在举行游行，警察不得不轧断交通。

很难想象，在古罗马时期有没有这样的游行，即使有，也不知这种游行会造成一种什么样的后果。

欧洲文明就这样一步步走来。直到今天，游行变成一件很容易的事，只要你有这个想法，向警察局递交一份申请，你便可以上街。警察就会来维持秩序，自发的游行是要付费的，请上街人员得付工资，还要负责街道上的清洁……难怪我们在电视里看到，游行人员大多漫不经心，就像逛公园一样悠闲，根本没有同仇敌忾的意思。

游行人员有组织有纪律，他们都在一种游戏规则的前提下，遵循着共同的守约。

钻过几条巷子是一条大街，过了大街又钻巷子，我一时迷恋不已。在一条大街边的小书亭，一本小小的图片书吸引了我。书上一座完整的斗兽场，翻过一页薄薄的透明的纸，就是斗兽场废墟，再合上，2000多年前的斗兽场重现；接着，废墟上2000多年前的古罗马市场重现，万神庙、圣天使古堡、农神庙等。

此时我恍然大悟，或许在罗马人眼里，2000多年的时光呈现给现代的只能是一张薄薄的透明的纸。历史与现实在这座石头城从来就是交织在一起的，文化与传统一直就没有断裂过。

对这样的城市，如果赋予时间，又能彰显什么意义呢？看着这一幕幕褪变成历史的片段，我不能不问：罗马帝国衰落的原因究竟何在？

对于这样的疑问，有关于历史或文化的各种解答如天花般乱坠，有些不着边际，有些陷入偏见，有些则从正确的前提得出错误的结论。例如有人论证说，是专制扼杀了古罗马人的心智及其政治生活。然而，最明显不过的是腓特烈大帝的专制主义恰恰是促成欣欣向荣的动力。还有人称，正是因为上层社会的奢侈与堕落才招致历史的惩罚……我以为，奢侈与堕落最多只是"病兆"，而非"病因"。

"元老院时代"，古罗马就已经有了今天西方"三足鼎立"的雏形

我们只要把目光放得更远一些，或许看得更为明白，便可洞见问题的实质。

初始时期的罗马，"组织构架"是十分严密而科学的。"罗马人民"作为一个极其重要的历史符号，贯穿了罗马历史的始终。其组成是这样来的，每十个氏族组成一个胞族，叫库里亚。每十个库里亚组成一个部落，叫特里布。三个特里布构成罗马城市公社，全体成员则构成"罗马人民"。即使在古罗马，所有的执政者都必须以人民的名义行使权力。代表罗马人民的是人民大会，也叫库里亚大会，由全体成年男子参加，按照库

里亚分组议事。每个库里亚有一票表决权，有权选举执政者，决定战争和判决。

之所以用这些笔墨来详述古罗马的这些"形而上"的历史，关键在于我们如何认清罗马，在此基础上来看待那些废墟，也就有了不一般的体味。

罗马历史上，元老院才是真正的权威和灵魂。罗马人至今在书写他们的国家时，通常缩写为SPQR，意即"元老院和罗马人民"。只有明白了这一点，我们才能看懂罗马的政治和历史。实际上，在"元老院时代"，古罗马就已经有了今天西方"三足鼎立"的雏形。权力主体是罗马人民，权力机关是人民大会，决策机关是元老院，执行机关是罗马王。

这个时代相当于中国春秋战国时期，从制度设计这一点上说，西方的确"走在前面"了。

在这样的背景下理解"罗马不是一天建成的"这句西方古谚语，我以为，更多的应该指其制度和文化。

公元前287年，罗马通过"霍腾修斯法"，确定罗马"平民大会"的"平民决议"对罗马贵族同样具有法律效力。这次平民革命取得决定性胜利之后，罗马共和国事实上成了一个由自耕农市民组成的征战国家——每次战争都意味着吞并更多的土地以供拓殖。

罗马兵源乃是从罗马自耕市民的非长子中征召，按照罗马法规定，这些非长子没有继承权，只有靠从军征战去为自己赢得土地，同时也只有通过战场为自己赢得片草寸土之后，他们才有资格取得充分的罗马公民权——罗马武力的秘密，全都集中在这里。

罗马农民阶级在第二次布匿战争中死伤达五分之一，导致了罗马农民阶级的没落。随后的格拉古兄弟改革运动虽致力于恢复罗马小农农业，但继之而来的贵族反动恰标志着奴隶劳动耕种制的决定性胜利。格拉古兄弟试图把平民们安置在被贵族长期占有的国家公地上，贵族们纷纷起而拒之。他们有的认为这项法律将鼓励动乱，有的因为其长期占有的地产将不复存在而认为这项法律将剥夺掉守护共和国的战士。

为了复辟，元老院情急之中放弃传统的应急手段，转而自行颁发戒严令，追杀格拉古。

自此以后，就只有拥有奴隶者才能进行生产。这并不是说自由劳动已经完全消失，而是说，奴隶劳动现在已成为经济发展的唯一动力，罗马的整体经济结构日益严重地依托于一个能源源不断供应人力的奴隶市场。

可以想象，如果奴隶市场的货源一旦中断，对于一个庞大的帝国而言，将会导致什么后果？

奴隶供应停止后，奴隶价格的提高导致了技术的改进，奴隶开始得到更多的训练。奴隶庄园主也开始以更为人道的方式对待奴隶，力图使奴隶的折旧期限尽可能延长。奴隶逐渐在内心燃烧起对自身尊严的朦胧意识和解放的欲望，基督教关于"上帝面前人人平等"的教诲在此背景下更深入人心，奥古斯都时代的奴隶都住在一个集体式的奴隶营当中，而到了加洛林时代，奴隶已经有了自己的小茅舍。

奴隶主为了降低人力成本，更是想到了让奴隶自我繁殖的好招，这意味着奴隶除了小茅舍之外，还必须而且能够拥有自己的家庭和财产，《查士丁尼法典》使这种私人财产权获得了法律的认可和支持。

这一重大转变虽然很慢但却不可逆转。600年前，斯巴达克虽浴血奋战仍求之未得的东西，现在获得了自动、然而必然的认可和确立——奴隶解放！

当西班牙"无敌舰队"再次游弋海洋之时，欧洲人一定会重新唤起对第一次布匿战争中那支远征迦太基的罗马海军的记忆，但时光已经在黑暗中流转了千年之久。在这段漫长的时光中，历史将欧洲人置于罗马的灿烂文明已然毁灭的忧伤当中，也置于阿拉伯人或者土耳其人的军事打击之下。

民众意识的觉醒，罗马帝国自身已经在衰落之中，蛮族的入侵只不过为罗马漫长的衰落过程画了一个句号。正如吉本所说："我们应该感到奇怪的，不是罗马帝国怎么会灭亡，倒应该是，它怎么竟会存活得如此长久。"

万神殿前的方尖碑

　　条条大道通罗马。连接着大道的罗马只有小路，城市的斜街、胡同的地面仍旧用青色和黑色的碎砖铺成，显出简朴的半圆图案，只要你踏上这堆历史故土，古罗马的遗风便会扑面而来。

　　一位德国教师的话很有哲理："一个有悠久文化历史的城市是一个博物馆，展品就是城市的古建筑群，扔掉这些展品换上现代的东西，这个博物馆就不存在了，如果事后后悔了再仿造，把这些展品重新摆出来，博物馆仍然是不存在的，因为没有多少人愿意去看赝品。"

　　这，就是伟大的罗马废墟，留给世界最大的遗产。

第 15 章
亚得里亚海面上，漂浮着一座老城

信步前行，才蓦然发现威尼斯的街巷像书架，家家户户的门扉是书脊，太阳西沉的城市便是那安静的图书馆了。

我们在一个又一个安静的图书前，听到华丽的音乐如水般从一个书架里的某个书笺里流淌出来。我驻足在一旁聆听，浑身被音乐浸润得湿透而快乐无比。

这是第一次在异国他乡听到如此美妙的乐章，不禁吟出"音乐与水是孪生"的怪句来。

建在水上的城市注定处处有倒影，一个倒影与它的对象之间的情事，只有水自己知道。当然，在这片领域，还有悄然流淌着的前世今生。

水面割开了两岸的铺面、教堂和住家。桥连接起破碎的陆地，像针线一样织出了一个"完整"的水域。

威尼斯的街巷，活像层层叠叠的书架

没有到过威尼斯的人，无法想象威尼斯的美；到过威尼斯的人，无法忘却威尼斯的美。

脚下的河，河中的船，映在亚得里亚海的天空下，熠熠发光。远处豪华的大理石宫殿、高塔和穹顶，构成一个美丽绝伦的世界，所有的一切让人感受到的就是置身于浪漫主义的图画中。

苍茫的烟水暮霭中，广场上高耸尖削的钟塔、圣马可大教堂壮丽的圆顶、执政官宫殿那有如缀着累丝边的城墙，全都神话般地渐渐显现了，一切的美让你惊呼得几乎都是梦幻。我心头无端浮起"航向拜占庭"那诗题的意象来。

圣马可广场外的海面上，停泊着一长排十分精致的"贡多拉"（一种只供乘极少人的小船），每条船上都站着一位高大英俊的意大利"艄工"，这些"艄工"全是统一的欧洲中世纪衣着，红黑相间，煞是好看。

威尼斯有100多个建满房屋的岛屿，400多座连接岛屿大大小小、各式各样的桥梁。大部分房屋的正门开在岛上陆地一边，后门却是临水的私家码头。因而，在威尼斯如果想走捷径，就得不断地上桥下桥，穿街入巷；如果想省力，便是乘船渡河。河道大多很窄，像一个水上胡同，船身必须细长才好穿行。桥洞又低，不能有船篷。

所以这里独特的风景，便是那种月牙式两头翘起的贡多拉。

我们刚下船，那些"艄工"便纷纷上前来"拉生意"，只是这"贡多拉"的价格不菲，每只船最多可坐 6 人，总共

圣马可钟楼

穿桥而过的贡多拉

约800元人民币，时间约1个多钟头。

人坐在船上一点儿也不自由。我同两位画家没有接受这份邀请，我们决定用双脚作为交通工具，穿越桥梁架起的水路，体验威尼斯水城的美。

信步前行，才蓦然发现威尼斯的街巷像书架，家家户户的门扉是书脊，太阳西沉的城市便是那安静的图书馆了。我们在一个又一个安静的图书前，听到华丽的音乐如水般从一个书架里的某个书笈里流淌出来。我驻足在一旁聆听，浑身被音乐浸润得湿透而快乐无比。

这是第一次在异国他乡听到如此美妙的乐章，不禁吟出"音乐与水是孪生"的怪句来。

建在水上的城市注定处处有倒影，一个倒影与它的对象之间的情事，只有水自己知道。当然，在这片领域，还有悄然流淌着的前世今生。

沿街入巷，青石铺就的古朴地面被游客的步履探踏得光可鉴人。小径两侧店铺接踵，大部分都是出售工艺品，自然其中也少不了面具。

水面割开了两岸的铺面、教堂和住家。桥连接起破碎的陆地，像针线一样织出了一个"完整"的水域。河道蜿蜒，"桥网"纵横，计算它的数量显然是徒劳而乏味的，倒不如深入那"河巷水陌"中去看一看水城的平常人家：五六层的小楼比比皆是，砖石构造，淡红色的表皮，这仿佛是意大利的"国色"，几乎所有窗台的铁栏上都垂着翠绿和粉红——叶的丰腴，花的灿烂，是向春天致意，还是向游客问好？

楼与楼缝隙处的水面上停泊着家用小艇，它们的平常就像我们楼道下停放的家用轿车一样。威尔第的《弄臣》《游吟诗人》《茶花女》，小仲马的《里戈雷托》都从这里走向世界。晨曦中的桥埠，老墙中的窗台，以及窗台上搁着的那盆黄玫瑰，在细微的雾粒下都显得那样耐看、那般诗化。

蜿蜒幽深的水道，插在老屋前各色各样的拴船的杆子，这一切都五光十色地倒映在波光潋滟之中，水光摇曳，影如梦幻，变化无穷，特别是夜晚到来之时，更是美不胜收。

站在圣马可广场，聆听威尼斯的心跳

眼前的威尼斯城被运河分割成两半，运河是威尼斯的"大街"，呈"S"形状，全长4千米，宽50米，最深处有5米。水面是"街道"，汽艇是"巴士"，码头则是"站台"，在没有斑马线的"街道"上，时常有不守规矩的海鸥从"车"前横穿。

我们坐上一艘"水上巴士"，一上"巴士"，便迎着海风一边畅快地呼吸着潮湿的空气，一边频频地左顾右盼，捕捉拍照的背景。游历过一幅幅异域美景图，"大巴"顷刻间就来到了圣马可广场。这里是威尼斯的心脏。

圣马可广场是威尼斯闻名全世界的巨大广场，梯形广场东西长170余米，东边宽80米。有人说，"圣马可"是威尼斯的全部，在我看来，未免言过其实。不过，当我第一次站在圣马可广场时，它出乎意料的美丽与壮观还是深深地震撼了我。广场入口处赫然矗立着两根高大的圆柱，一柱子上站立着一头身上长有一双飞翅的雄狮，象征信念与力量，此乃威尼斯城徽"飞狮柱"；另一柱子上是位手执权杖和天平的女神，象征权力与公正，那就是保护神"圣奥多尔"柱。

除此之外，融合东西方建筑特色的圣马可大教堂，古朴而高耸的四角形威尼斯尖塔，哥特式风格的总督府，林林总总的大小精品店，怡然自得、喝着咖啡，悠闲地享受着阳光和海风的游客，自娱自乐但琴技高超的街头演奏家，再加上数以万计的"肥鸽"和时不时戴着奇异面具走来走去的小丑，将圣马可广场装扮成一个天然的舞台。

而圣马可教堂绝对是这舞台上最浓重的一笔墨彩。雄伟壮丽的圣马可大教堂始建于公元829年，作为中世纪欧洲最大的教堂，它是威尼斯建筑艺术的经典之作。融合了各个世纪不同的建筑风格，汲取了东西方各异的建筑特色的圣马可大教堂拥有拜占廷式的金碧辉煌，哥特式的建筑精神，文艺复兴时期的装饰，罗马帝国时期的构造。

从外观上，它的五座圆顶来自圣索菲亚大教堂；正面的华丽装饰有着拜占庭的繁复风格；大型拱廊和奢华的大门又分别以罗马时期的小圆柱和浮雕装饰。而整座教堂的结构又呈现出希腊式的十字形设计。

进入教堂，其穷尽奢华更让人惊叹，这里不像宗教的圣殿，倒像一座金光闪烁的皇宫。从地板、墙壁到天花板上，到处都是细致的镶嵌画作，其主题涵盖了十二使徒的布道、基督受难、基督与先知以及圣人的肖像等《圣经》上的故事，这些画作都覆盖着一层闪闪发亮的金箔，使得整座教堂都笼罩在金色的光芒里，而当中最惹眼的莫过于内殿中间最后方的黄金祭坛，祭坛之下是圣马可的坟墓。

祭坛后方，高大的纯金装饰屏绝对是黄金艺术的极品之作。屏面上有80多幅描绘耶稣、圣母、门徒马可行事的瓷片，镶嵌有2500多颗钻石、红绿宝石、珍珠、珐琅等珠宝，可谓宝中至宝。教堂中央的圆顶是一幅耶稣升天的庞大镶嵌画，是由当时威尼斯最优秀的工匠在13世纪所完成的。在

圣马可大教堂

左侧的珍宝馆中则陈列着1204年十字军东征时带回威尼斯的大量装饰画和金质圣器。

辉煌无比的总督宫位于圣马可广场的西面，是一座建于15世纪的哥特式建筑，临河的南面和朝向小广场的西面均长70多米，下面两层白云石的尖拱柱列敞廊，具有浓厚的哥特式风格，气势非凡。

内院有18世纪初建造的"巨人梯"，30级的大理石台阶上部竖立着战神和海神的巨大雕塑。而楼内的"金梯"，则是因两旁的涂金墙壁，头顶的华丽壁画闻名于世。

宫内馆藏丰富，维罗内塞的《威尼斯的胜利》、堤埃坡罗的《海神向威尼斯献礼》等均在其中。二楼的大评议员会议室中的丁托雷托的《天堂》长22米，宽7米，画中有700多个人物，被誉为"世界最大的油画"。宫内还陈列了从中世纪到近代的各种兵器。

从这儿下楼梯就是一座"叹息桥"。据说从前的犯人行刑前都会经过这里，他们在走的时候不由得最后一次眺望人世，眺望之余是叹息生命的美好，还是留念咀嚼人生的苦短？我们都不得而知。

水城人那种特有的气质，让人徒生羡慕

著名作家冯骥才来到这里，曾为那些数百年泡在水里的老房老屋担心，怕的是在底层的砖石早已泡酥了，"一层层薄砖粉化得像苏打饼干，那么淹在下边的房基呢？一定更糟糕，万一哪天顶不住，不就'哗啦'一下子坍塌到水里？"身临其境，面对眼前的水天一色，我同样有这样一种担忧。

其实，我们的担忧是多余的。威尼斯的所有房子并非建在水里，而是在一片沼泽中间的滩地上。城市建立在由118座小岛组成的群岛上，被几十亿根深入淤泥的树桩支撑着，并由400座桥相连接。

飞机降落时，从空中俯视，还可看见大片的水域中间，浮现着一块块滩地。虽然威尼斯濒临亚得里亚海，但这里的水却不是纯粹的海水，有一

部分是来自内陆河流的淡水，淡水海水交织在一起，形成世界上面积最大的潟湖。古代的威尼斯人，就在这潟湖中的滩地上，打下密密麻麻的木桩，中间再填上沙砾，上边铺上一种又厚又大的石板。据说，那些石板是经亚得里亚海从伊斯特拉运来的。石板上面叠砖架屋，这样的"地基"，得以让威尼斯一直"浮"在水面上。

精美的玻璃制品是威尼斯最具魄力的商品，五彩缤纷，形状各异，晶莹剔透。在这些商品前，都聚集着不少游客，啧啧称赞却迟迟难以下手。原来这些商品动辄上千欧元，价格都十分昂贵，又不易携带，大多数游客过过"眼瘾"后，又依依不舍地离开。

从一个又一个店门前缓缓逛过，有些倚门而立的店主，会很大方地向你投来一个职业的微笑。若在门前驻足盯住一件商品，店主立刻会迎了上来，让所有热情跑到脸上和口上，使你不买一点什么，很有点儿对不起他（她）这一副和蔼可亲的意思。

于是，讨价还价开始了。语言不通，可以用手语；欧元用尽，皮夹里只剩下美金，店主可以按比价折算。有趣的是，这一刻，如同对商品的讨价还价，双方得再一次努力寻找出一个都可以接受的交易价格。不同的是，这时用的不是手势，而是面对老板手上那只小小的计算器，计算器好像翻译一样，你掀一个数字，我再掀一个数字，直到双方一起发出一声"OK"，交易才算真正完成。

莎士比亚写过一部戏叫作《威尼斯商人》，呈现在我面前的那些"威尼斯商人"，是本分中透着几分文雅，老实中透着几分孤傲，但无论从眼神里还是经商过程中，几乎看不出奸诈之气。

又走进一家商店，推门进去坐着一位老人，在看了几件货品后，同行的画家小心翼翼地问："能不能便宜一点？"老人看也不看，抬手一指，说："门在那里。"

我们显得有几分尴尬，在我们眼里，这样的生意显然做不大，这样的态度也实在太离谱。这便是血管里依然流淌着罗马血液的意大利人。自己知道在做小买卖，做大做小已经无所谓，是贫是富也不经心，只想守住那一点自尊——职业的自尊，还有人格的自尊。

有些门面虽狭小却又典雅非常，轻手轻脚地进入，店主人以嘴角的微笑作欢迎后，就不再看你，他给你的是随意，任你选择或离开。

店是祖辈传下的，半关着门，不希望有太多的顾客进来，因为这是早就定下的规模，不会穷，也不会富，正合适，穷了富了都是负担。因此，他们不是在博取钱财，而是在固守一种生态，经营一份心境。

不免心生感叹，只有发达的商市才能培养良好的商业人格。

走走看看停停走走，拐过一街又一街，漫过一桥又一桥，不知不觉到了离集合时间。我们决定漫不经心地往回赶，听到对面街上教堂的钟声，都说还有的是时间。没想过我们越走越远了，几乎认不出来时的路，买了一张地图一看，我们离圣马可广场已超过十条街道。

我们慌了，在熙熙攘攘的人流中小跑前进，背着摄影包，步履匆匆，途经之处，只见人们下意识地捂着行包，不怀好意地目送着我们。我们也管不了那么多了，沿着圣马可的指路牌，只管跑步前进。上了年岁的画家呈痛苦状，可还是经不住美景的诱惑，手持相机不断地"打靶"。

原以为只有几条不大的街的水城，其实也是够复杂的。足足跑了一个钟头，方才抵达圣马可广场。

看着我们这副狼狈相，那些坐"贡多拉"的同胞大笑不止。

威尼斯很清醒，它知道自己想要什么

在旅游已成为当代主要消费方式而日益"猖獗"的今天，世界旅游热一浪盖过一浪。身在威尼斯这样的城市，全世界旅客熙熙攘攘，要设法赚点大钱并不难。

我一直在想，世界各地的旅客，无论地区，不管老幼，也不论分文化层次，他们在游玩的时候为什么选威尼斯呢？论风景，它说不上雄伟也说不上秀丽；说古迹，它虽然保存诸多却大多上不了档次；说风情，它只知频繁交错，没有太多刺激性的奉献；说美食，说特产，虽可列举几样却也不能见胜于欧洲各地。那么，吸引人的究竟是什么？

威尼斯很清醒，所以它没有把主要力气花在旅游上，而是用在保持自己城市的品位和历史的原真性上。城市中的所有建筑不能随意改建，不能改变原貌。那些看似已经"千疮百孔"的外墙，如果必须"翻修"，也得听取专家的意见。凡是专家认定的"翻修"，政府出资七成，必须让每一个"细节"都修旧如旧。

正是这种"诗的功夫在诗外"的执着与坚守，让游客看到了百年前、千年前的威尼斯模样，焉有不来之理？

来自全球各地的游客不无担心地看到，涨潮时漫过圣马克广场的海水水位越来越高，次数越来越频繁。潟湖不但没有发挥积攒潮水、围海造田的预期效果，反而成了新的海岸线。

威尼斯虽然不担心房子泡坍，却担心整座城市下陷。城市的下陷是由地球变暖、海平面上涨造成的。现在每年平均下陷1厘米多。100年就是1米多。它会不会有一天陷到地平线以下，成为一座水下城市？

20世纪上半叶，威尼斯遭受了19次水位超过110厘米的潮汐袭击，而到了下半叶，这个数字猛增为150次。尽管威尼斯没有像某些骇人听闻的流言所说的那样正在沉入大海，但它的海岸正在被海水侵蚀，建筑根基逐渐动摇却是不争的事实。

2001年12月，与威尼斯历代敢做敢为的统领一样，时任意大利总理的卢斯科尼做出了一个大胆决定，以便扭转在这场威尼斯与海水之间持久战中的不利局面。在经过一年的漫长讨论与推敲之后，威尼斯海洋管理委员会计划启动大规模机动防潮闸，这是个别出心裁的海水管理工程。它的主体是由79座宽度、高度皆为65英尺（约合19.8米）的中空钢闸组成，用巨大的铰链固定在潟湖与亚得里亚海的交汇处。在水位正常时，这些钢闸将蓄满海水，平置于湖底，当潮汐来临时，管理员就会向钢闸中注入压缩空气，排空蓄水，并控制铰链升起钢闸阻挡海水进入。

不论上述计划到底有无实效，海潮对威尼斯的威胁的确是迫在眉睫。1966年11月4日的那场大洪水至今在威尼斯人心中还有余悸：市中心著名的圣马克广场积水达 4 英尺（约合19.8米）深，受热带季风影响，次日上午积水已经上涨至 6 英尺（约合1.8米），交通瘫痪，电力供应中断，家具从民居的楼道中漂浮而出，几乎所有市民在家被困长达3天之久。

这场大洪水的直接后果就是威尼斯海洋管理委员会的诞生，其宗旨就是使这样的灾难"永不再来"。尽管天公作美，随后30年中没有一次洪水打破这个纪录，但这种"道高一尺，魔高一丈"的较量始终没有停止。威尼斯人必须时时加固、升高堤坝。那片隐藏在堤坝后，海拔比圣马克广场还要高出10米的大海，成为一柄高悬在威尼斯头上的达摩克利斯之剑。

圣马可广场的常客是一群群鸽子，它们正期待着游人的馈赠。我自然心领神会，掏出一袋碎面包，还没等向空中抛撒，便觉得头上、肩上、手上、怀中一阵喧闹，"主人们"已经迫不及待了，纷纷站到了我的头上、肩上。它们像峨眉山的猴子一样热情和顽皮。

广场上横七竖八堆着一条条长凳，一看就知道这些都是用来防止海潮的。

随着游客的人数不断增多，威尼斯面临着重重压力，总共不到8平方千米的城区，每年要接待2000多万游客。威尼斯市政当局委托一家调查公司对有关情况进行调查，调查报告表明，短途旅行游客平均每天只花半小时观光，却要花将近5小时在圣马可广场附近吃喝。每个夏季，短途游客高达1300万人次，大街小巷都是手持相机和手机，四处拍摄的游客，住在这里的原住民，有时出门都很难。在当地人眼里，这些游客有如一年一度的候鸟，一来就捣腾得天翻地覆。使得住在这里的年轻人越来越少，老人们则依恋着与自己生命记忆融为一体的老房子，固执地留在这里。

静静地矗立，凝视着不可预知的未来

人们期盼意大利另一个标志性建筑比萨斜塔的"纠偏"能给予威尼斯借鉴。自1902年比萨斜塔因濒临倒塌而被迫停止对游客开放，而挽救它悲惨命运的，正是那个充满争议的移除部分倾斜方向反侧地基的大胆方案。

威尼斯的街巷

与比萨斜塔不同的是，威尼斯是一整座城市，而非一栋孤立的建筑物。

随着海风阵阵吹来，初秋的威尼斯傍晚已有些许寒意。但游客们的兴致未减。岸上明亮的灯光映在湛蓝的海水中，船宛若在仙境里遨游。一幢接一幢的楼房里，星星点点的灯光如同天上的星星，稀疏地点缀着天空。

岸上最热闹、最明亮的地方，都是饭店和酒店。我们这些外国游客，几乎扮演了威尼斯的临时演员，在这里快乐地游玩，给威尼斯点缀上一抹亮丽的景色。

把眼光从那些热闹移开之后，我蓦然发现许多楼房幽幽地伫立在黑暗中，孤寂而静穆，仿佛是一座远古时代的博物馆。导游小姐的说法比较可信，原来，威尼斯的许多房屋都出售或出租给了来自诸如法国、德国等地的外国人，这些人如候鸟一般，每年夏天才在这里住，其余时间房屋都闲置着。

　　小巷只能让它这么延伸着，老楼也只能让它在水边永远地湿着脚……那么多人往返彼此，也只能让一艘艘小船承载着岁月与光华之间的牵引，来的来了，去的去了；白天临海气势不凡，黑夜只能让狂恶的海潮一次次威胁着。运河边被污水浸泡的很多老屋，早已是风烛残年岌岌可危，弯曲的小河道已经发出阵阵恶臭，偶有偏僻的小巷也是秽气扑鼻。

　　威尼斯如同一个满面愁容的俏丽佳人，静静地凝视着她的不可预知的未来。

小　巷

威尼斯

　　威尼斯诞生过一个我们很熟悉的名字——马可·波罗。正是他诱人的"东方游记"，把一个神秘美好的中国带向了欧洲，成为欧洲人对东方的梦想脚本。据说哥伦布、达·伽马等人的伟大航海，都是以这部传记为起点的，船长们在狂风恶浪之间还在一遍遍地阅读。

　　当年，马可·波罗一个人游走在中国人之间，今天，有很多中国人走在他的家门前。

第16章
"泡"在水中的阿姆斯特丹

阿姆斯特丹，俨然是都市里的大村庄，村庄里的大都市。

阿姆斯特丹把大城市的魅力和乡村的特色完美地融于一体，有时真让你分不清哪是城市哪是乡村。

密密麻麻的运河把城区分割成许许多多小陆地，这些小陆地四周都是水，是名副其实的"小岛"。

城市和街道、商店、教堂和住宅都是建在这些"小岛"上，"小岛"之间的连接依靠上千座桥梁。

站在16世纪的桥上看今天的云，忽然想起荷兰诗人马斯曼的诗歌：天空伟大而灰暗/下方是辽阔的低地和水洼/树木和风车/教堂和温室/被纵横的沟渠分割/一片银灰色/这就是我的故乡……

悠闲的节奏里渗透着隐秘的消极，就有了很多种"堕落"的理由

阿姆斯特丹是一座奇特的城市。

"丹"，在荷兰语中是水坝的意思。是荷兰人筑起的水坝，使700年前的一个渔村逐步发展成为今天的世界名城。

16世纪末，阿姆斯特丹已成为重要的港口和贸易城市，并于17世纪一度成为世界金融、贸易、文化中心。

1806年，荷兰将首都迁到阿姆斯特丹。

阿姆斯特丹

从比利时首都布鲁塞尔到荷兰首都阿姆斯特丹，相去220千米。旅游大巴在高速公路上跑了大约两个钟头便到了。

金秋的天本该是"秋高气爽"，可一进入阿姆斯特丹，老天却阴沉着脸，云层低得就像在头顶上压着，随时都可能拧出水来，不时伴着一股股大风，让人有些窒息。

到过这儿的朋友说，阿姆斯特丹的"脸"一直就这个样，这张脸一年有300天左右在雨水中泡着。看久了也就习惯了。

荷兰的天果然是多变的天。车窗上的雨珠还未散尽，一轮旭日从东方升起，穿过厚厚的云层，直刺大地。瞬间，运河亮了，奶牛、绵羊似珍珠一样晶莹发光，湿湿的草地格外嫩绿。可不到半小时，太阳又耍赖似的躲进云彩中去了。七色彩虹变着戏法随时以不同的方式撑在天地间，我们都十分惊喜地指着、看着、叫着、举着相机拍着，可这里的百姓却习以为常见惯不惊了。反过来，他们因我们的惊喜而感惊奇。

塞缪尔·约翰逊说过，任何对伦敦感到厌倦的人，他也一定是厌倦了生活。此话无疑也适用于阿姆斯特丹。适中的面积，幽雅的环境，使这个迷人的、令人心情愉快的城市更富魅力。

阿姆斯特丹把大城市的魅力和乡村的特色完美地融于一体，有时真让你分不清哪是城市哪是乡村。阿姆斯特丹，俨然是都市里的大村庄，村庄里的大都市。

老城区很小也很集中。电车从阿姆斯特丹中心车站出发，可以到达市区的各个角落。

即使如此，了解阿姆斯特丹最好的办法还是步行，不足半小时即可步行穿越。

穿着轻便的鞋子在大街上闲逛，你可以一览繁忙和闲暇中的阿姆斯特丹风貌，探知风格各异的建筑物。

出售鲜花、工艺品或书籍的小店引人注目。

走累了，路边拐角有咖啡店供应咖啡并佐以打好奶油的热巧克力。

市内有大约40个博物馆、60多家剧院和141个美术馆，是两个国际著

悠闲的居民

名的交响乐团和荷兰国家芭蕾舞团及歌舞团所在地。然而，它却没有国际大都市的那种紧张气氛。许多自由自在的自行车，许多令人惬意的咖啡馆，即使你是初次来这里参观，他们也会像欢迎老朋友一样欢迎你。

下午5点，当一天的工作结束后，街上到处是阿姆斯特丹人（他们生在这个城市，长在这个城市）。他们出来散步或在路边咖啡馆和朋友喝咖啡，原来，这个城市也如地中海城市一般地散发着醉人的风情。

阿姆斯特丹是一座快速发展的舒适之城。从其居民出游所乘坐的沿着运河慢悠悠地运行的驳船来看，他们的生活是在体味悠闲的节奏。

而在河另一边，有最美丽的大风车、最出色的芝士、最浓艳的郁金香、最繁荣的物流业。

阿姆斯特丹人为自己的这些"光明磊落"自豪，干尽了一杯又一杯土

对岸的风车

产Heineken啤酒，肆无忌惮地笑。路边捡来单车便骑，用完就放在路旁等待被领回。

　　就在我们西欧之行一个月之后，从荷兰传来一条消息，阿姆斯特丹的梵高博物馆遇窃，两幅梵高早期作品被盗。据说，窃贼利用梯子爬到博物馆屋顶再潜入建筑物作案，颇有汤姆·克鲁斯《职业特工队》中偷计算机磁盘那经典一幕的影子。两幅画作尺寸都不小，在光天化日下（据说案发早上8点）被搬走又不引起任何注意，看来不只是博物馆的保安问题。

　　这些却反映了城市的宽容态度。关于是否加大容忍度、是否误用了容忍精神的话题，是阿姆斯特丹市民时常辩论的。但基本上市民们采取不干涉的态度，不管是对邻居还是政府。本着对他人隐私权的尊重，他们对别人的选择睁只眼闭只眼。

　　对这一点，阿姆斯特丹人总是幽默直率，从不避讳。

或许临海的阿姆斯特丹兼收并蓄，有着渊海一样的胸怀，它早在400多年前就已经很开放了。据说阿姆斯特丹还是欧洲思想禁锢时期最能容纳自由思想的流亡者的地方。

从地图上看，阿姆斯特丹形状独具特色，有些街区就像连在一起的拼图一样，它们代表着阿姆斯特丹发展的几个独立阶段。你一旦明白了阿姆斯特丹的设计布局，就能比较容易地在蜘蛛网般的运河与街道间穿行了。

如今，为了打击人口贩卖、贩毒和洗钱等犯罪活动，阿姆斯特丹市政府已关闭了部分色情场所，将红灯区改造为商业、住宅及文化的设施区。当时尚的模特身着姹紫嫣红的新潮衣裙来回穿梭在时装店的展示区时，阿姆斯特丹又增加了一道亮丽的风景。

河堤的一端是幢幢民居，如果不是这河堤，河水准会冲进民居里面去

阿姆斯特丹市中心的达姆广场是一些全国性的庆典仪式的举办地。广场中央矗立着为纪念两次世界大战中的牺牲者而建的战争纪念碑，对面是富丽的王宫，这里原来是市政厅，建于1648—1662年。

阿姆斯特丹核心区周围环绕的是运河环，核心区有3条建于17世纪的同心运河，以及主要经典建筑。运河环的海港一端环绕布洛维斯运河，它始建于1613年。

就像水城威尼斯一样，泡在水里的阿姆斯特丹的主题无疑是水。坐上一艘游艇，我们便徜徉在阿姆斯河里。

河穿插在阿姆斯特丹的大街小巷，纵横交错，把阿姆斯特丹切割成一块又一块，活像老和尚的百纳衣。

泡在水里的建筑很有意思，门都比较窄小，不管楼层有多高，每层楼的窗外都会有一个十分结实的挂钩，用于往楼上的屋子里搬运家私之用。据说在古代，政府收房产税时，都是按门的大小来测算的，所以人们在修房屋时，就把门弄得很窄很窄，仅能容一人进出。我在猜想，这可能与阿

姆斯特丹特殊的地理位置有关。

阿姆斯特丹的许多房子似乎就建在水面上，这让我想起苏州来。河流是过去运货的主要渠道。以前商行的货仓都设在楼上，用吊斗把货吊上去从窗口进仓。至今，沿阿姆斯河的房子，虽然早不使用，但那些饱经沧桑的巨大的铁吊钩，还是一排排地留在房檐下，令人想起当年工人们那热闹的吆喝声。

阿姆斯特丹全市共有160多条大小水道，由1000余座桥梁相连。漫游城中，桥梁交错，河渠纵横。从空中鸟瞰，波光如缎，状似蛛网，被称为"北方威尼斯"。

过去，城市的建筑几乎均以涂了黑柏油的木桩打基，以防沉陷。王宫的地基使用了13659根木桩。

河与民居

周围的大部分土地都是数百年来通过拦海筑坝，把海水排干而得到的。这样的土地被称为"新辟的低地"。这样大规模的填海造地工程引起了人们的争议，环境学家担心，如果再把依斯米尔的海水排出去，脆弱的生态环境就会受到破坏；并且如果地下水的水位下降低于现在的水位，那些支撑阿姆斯特丹古老建筑的木桩就会腐烂，造成大规模毁坏。

令阿姆斯特丹居民安心的，是进一步的填海造地工程已经停止，这场陆地与海洋的战斗宣布暂时停息。

运河边上停泊着一艘艘大小不一的船只。由于陆地太少，这里不少人家长年住着水上船屋，政府给他们提供水电设施。船屋外一盆盆艳丽的花成为水与陆地间最好的纽带，河边上有一艘特别的船，船上有很多只猫在自由自在地嬉戏，妙趣横生。开船的船长告诉我，这些都是走失的野猫，多年来，一位"慈善"的老太婆专门供养它们，照顾它们的饮食起居。两年前老太婆过世后，这些猫的照顾工作被一群义工承担起来。

听到这个故事我鼻子酸酸的，心里涌起一种特别的感动，嘴里却说不出是什么滋味。

——这里的猫真有福气！

我们在画中游，漫过城市，一不留神便进入乡间的河道，感觉河里的水随时都可溢出来。河边停着一长溜小车，小车旁蹲着几个小车主任，主人的双眼目不转睛地盯着河面，手里紧握着钓竿，四周出奇地静谧，没有一点声息。

仿佛世外桃源般的胜景。

河堤的一端是幢幢民居，如果不是这河堤，河水准会冲进民居里面去。这些民居大都单家独院，院里停泊着高档轿车，院外的河边放着被帆布套着的小艇，主人可以随时选择自己心爱的交通工具出门。

民居的主人好像想给外人展览似的，将窗帘撩起老高，我们的眼光透过落地玻璃一览无余，里面的家什布置极上档次，让我们这些"老外"很是羡慕忌妒。

这里的农民真是生活在天堂之中了。

毫不夸张地说，阿姆斯特丹的历史，就是一部治水的历史

正在羡慕忌妒之际，运河里碧绿的水面荡起层层涟漪，三五条快艇飘然而至。每条艇上都有穿着运动服的青年男女在快速地挥动着双桨，岸上

一位中年妇女一手握着自行车龙头，一手拿着喇叭，追着船队，嘴里在不停地叫着什么。

看得出来，这是一支专业队伍。

"到处都是水，无处不通船"是阿姆斯特丹的写照。以中央车站为中心，城区依次有辛格、赫雷、皇帝、王子和阿姆斯特5条骨干运河。在5条骨干运河被几十条放射形的小运河相连接，密密麻麻的运河把城区分割成许许多多小陆地，这些小陆地四周都是水，是名副其实的"小岛"。

城市和街道、商店、教堂和住宅都是建在这些"小岛"上，"小岛"之间的连接依靠上千座桥梁。温和湿润的海洋气候孕育了阿姆斯特丹市区郊外无尽的绿地，鲜花青草与泛着粼粼波光的小河相映成趣，构成千米多姿多色的独特水城风光。

意大利哲学家克罗齐说得好，"一切历史都是当代史"。

毫不夸张地说，阿姆斯特丹的历史，就是一部治水的历史。在顽强地填了900平方千米海域之后，荷兰终于自己扩大了自己的"国土面积"。

阿姆斯特丹的水利工程举世闻名，荷兰三角洲拦河大坝工程，长达36千米。

雨中的阿姆斯特丹的乡村风景是最美的。秀丽的田园风光尽收眼底，水渠纵横，牧草肥美，奶牛在悠闲度步，阿姆斯特河蜿蜒曲折，河畔的树木郁郁葱葱。迎着淅沥的秋雨，望着天边橘黄色的云彩，我们眼前出现了一排排传说中的风车。老天刻意制造这样的氛围，我们也管不了此时雨水湿透了全身、彼时太阳又出来把身体烤干，便兴致勃勃地钻进了画中。

我们最先进入的是一家木屐博物馆，里面陈列着各种各样的木屐，最早的要追溯到100多年前了，玻璃框内已经发黄的图片和呈褐黑色的船一样的老木屐在向人们讲述着历史，宽敞的平房满满地堆放着大大小小的上了色涂了纹的木屐标本，琳琅满目。屋子的一旁，几位中年人在向我们表演，他们将一截桦木拿在手中，放进机器上，一阵轰鸣，不到两分钟一只木屐就做成了；另一旁，一位上了年岁的老人也在表演，他戴着老光眼镜，用一个锋利的铁器在木屐上刻着美丽的花纹。

世人都知道，木屐和风车已经成为荷兰游的"特色产品"，由于阿姆斯特丹筑海而成，脚下的地全是盐碱地，对脚有着极强的腐蚀作用，他们的祖先便将桦木制成木屐，穿在脚上。昔日用来抵御自然，今天便用来卖钱，让全世界的人都来"穿木屐"。

风车也是如此。在阿姆斯特丹附近保存完好的巨大的风车已失去了往昔车水的功用，成为荷兰风景的标志。

风车荟萃了典型的荷兰乡村风光，精致的风车，引颈的白天鹅，还有拱形天桥，把阿姆斯特丹的景色推到极致唯美的境地。

脚下草毡，一眼望去软软的，就像一块硕大的绒毯铺在大地上，即使你真正的站在了上面，也会不忍心提迈自己的脚。而眼前的风车却又在摄魂般地"勾引"着你，让你落魄得不由大叫几声，这时，你的激动已经回荡在阿姆斯特丹的天与地之间了。

这个特殊的"乡村游"令人着迷。放眼望去，阿姆斯特丹有很多花房，尖尖的屋子内都种着各式各样的花。一些花已经探出头来，红杏出墙了。

阿姆斯特丹是出绘画大师的地方，凡·高和伦勃朗就是从这风景里走出来的

阿姆斯特丹是欧洲文化艺术的名城。国立博物馆收藏有各种艺术品100多万件，其中不乏蜚声全球的伦勃朗、哈尔斯和弗美尔等大师的杰作。市立现代艺术博物馆和凡·高美术馆以收藏17世纪荷兰艺术品而闻名，凡·高去世前两天完成的《乌鸦的麦田》和《吃马铃薯的农夫》就陈列在这里。

像阿姆斯特丹这样的风景，是出绘画大师的地方。举世闻名的凡·高和伦勃朗就是从这绝妙的风景里走出来的。

1853年，凡·高生于荷兰的一个新教徒之家。少年时，他在伦敦、巴黎和海牙为画商工作，后来还在比利时的矿工中当过传教士。

1881年左右，他开始绘画。1886年去巴黎投奔弟弟，初次接触了印象派的作品，对他产生影响的还有著名画家鲁本斯、高更，以及日本版画。

1888年，凡·高开始以色彩为基础表达强烈的感情。他曾短暂与高更交往，后来神经失常，被送进精神病院。人们如果确能真诚相爱，生命则将是永存的，这就是凡·高的愿望和信念。可是冷酷和污浊的现实终于使这个敏感而热情的艺术家患了间歇性精神错乱，病发之时陷于狂乱，病过之后则更加痛苦。在经历多次感情上的崩溃之后，凡·高于1890年在奥维尔自杀，年仅37岁。他对野兽派及德国的表现主义有巨大影响。

凡·高全部杰出的富有独创性的作品，都是在他生命最后的6年中完成的。他最初的作品，情调及风格常是低沉的，可是后来，他的作品变得响亮和明朗，好像要用欢快的歌声来慰藉人世的苦难。一位英国评论家说：他用全部精力追求了一件世界上最简单最普通的东西，这就是太阳。他的画面上不单充满了阳光下的鲜艳色彩，而且不止一次地去描绘令人无法逼视的太阳本身。

凡·高是世人公认的艺术大师，同时也是备受争议的"疯狂天才"。

凡·高曾说："我想用《向日葵》来装饰我的画室，让纯净的或调和的铬黄在各种不同的背景上，在各种程度的蓝色底子上，从最淡的维罗内塞的蓝色到最高级的蓝色，都要让它们闪闪发光；我要给这些画配上最精致的涂成橙黄色的画框，就像哥特式教堂里的彩绘玻璃一样。"

凡·高确实做到了让阳光的色彩在画面上大放光芒，这些色彩炽热的阳光，恰似梵高发自内心的虔诚和对生命极致的向往。形态各异的向日葵，或绚烂或枯萎，或隐或现，以淡黄色为背景，以深黄色为向日葵的主色调，另有几朵含苞未放以淡黑色点缀的花蕊，颜色上给人一种强烈的对比，画面总体上给人一种明亮而又强烈的生命力，让人感到生活充满希望，阳光是那样的明媚，天空是那样的广阔。

英国伦敦大学玛丽女王学院做了一个有趣的研究：让一群从来没见过真花的蜜蜂"欣赏"四幅色彩绚烂的名画复制品，看看蜜蜂反应如何。结

乡 村

奶 牛

荷兰国立博物馆

果发现，凡·高的油画《向日葵》特别受蜜蜂青睐。大师笔下惟妙惟肖的向日葵竟让蜜蜂误以为真。蜜蜂多次停落在向日葵上，想品尝其中的"花蜜"。

玛丽女王学院的拉尔斯·希图卡教授领导了这项研究，研究结果将刊登在《光学与激光技术》杂志上。希图卡说，用进化的观点很容易解释"花朵类"油画的吸引力。他相信人类对颜色的选择是由进化而来的。希图卡指出，科学家已经证明，人类对颜色的分辨是从吃水果开始的，而梵高的画吸引蜜蜂的原因也和颜色有关。

《向日葵》是凡·高在法国南部所作。在法语里面，向日葵的意思是"落在地上的太阳""人们往往把它看作是光明和希望的象征。梵高的向日葵不是一种亮丽明快、充满着希望和幻想的向日葵，而是比较疯狂的。在梵高的精神世界里面，他看到的一切都充满着生命——存在着压制和反压制关系的生命。

高更因艺术理念分歧，无法与神经崩溃的凡·高相处，最终离开了。画了向日葵后的凡·高便是金黄色的化身，把这金黄色的火焰撒遍天际田野，也涂上夜晚的星空，卷成旋涡，直到麦田群鸦乱飞，才举枪结束了这场金黄色的癫狂。金黄色从此属于凡·高。

生前寂寥、死后荣耀的画作在1978年的在伦敦拍卖会上，凡·高的《向日葵》以大约59亿日元的天价被日本人买走了，这个消息震惊了全世界。无论是有钱人的附庸风雅还是《向日葵》真的找到了欣赏它的人，都不重要。但是这与凡·高生前卖画所比，的确是一种巨大的讽刺。后来，凡·高的作品《鸢尾花》和《迦赛医生像》分别以73亿及127亿日元卖出。如果说现在画价飞涨是由凡·高所引起的，也不为过。可是，凡·高生前卖出的作品只有《红色葡萄园》一幅，而且价格非常便宜，仅为400法郎而已。

站在16世纪的桥上看今天的云，忽然又想起荷兰诗人马斯曼的诗歌

凡·高的疯狂，还不足以叫荷兰人尽情。他们就是那么幸运，在阿姆斯特丹，还有伦勃朗——用画笔把光与影凝成永恒的大师。

伟大的天才的现实主义肖像画、历史画、风俗画和风景画世界级艺术大师伦勃朗的故居就傲然挺立在阿姆斯特丹那幽静秀丽的街道旁。漫步于大师光彩夺目的画作展室，停步在大师妙手挥就的自画像前，此刻的大师仿佛就静静地停驻在自己的画作之中，他深沉凝视着世间的阴晴冷暖，仿佛在思索、在追忆、在倾诉，他仿佛在向远方的匆匆过客诉说着昔日绘画、生活和生存方式的全部的艰辛旅程。

伦勃朗1606年7月15日出生于荷兰弥漫着浓重文化氛围的莱顿小镇。童年的伦勃朗，还是一身奶气，就从神奇的民间故事和人物的多彩服饰中如饥似渴地吸取智慧的灵感，立志献身于艺术。

独具慧眼的父亲也支持了孩子朦胧的志向。14岁的伦勃朗在就读于莱顿大学两个月后就毅然改学绘画，开始了他艰辛的漫漫绘画征途。

匆匆迈入画坛的伦勃朗似刚刚出浴的朝阳，幸福地徜徉在人生的小道上。父亲为他精心选择了导师；导师精心地为他启蒙解惑、指点迷津。年轻的伦勃朗在导师的引导下，一步步艰辛地向艺术的高峰登攀，向人生的佳境挺进。几载奋斗，几度辛劳，他从默默无闻的小镇踌躇满志地走进了大都市阿姆斯特丹；他由委身于师长身侧的画院到坐堂于自己梦寐以求的画室收授门生；他由复制大师的名画谋生，到被学院的学生开始复制自己的画作。一幅《蒂尔普医生的解剖课》画作，使他一夜之间闻名于画坛，由此，达官贵人应声而至，订单洽谈滚滚而来，天才的伦勃朗迎来了他人生和创作的灿烂辉煌的黄金时代。

1634年，28岁的英姿勃发的伦勃朗，伴着画布上甜蜜而亮丽的肖像画悄悄地走进少女的香榻，一位美丽纯情少女缓缓地走进了爱河澎湃的伦勃朗的心田——名门闺秀萨斯基亚带着一颗热恋的芳心，挤进了这个为世人敬仰的天才画家的心中。她出身上流名门，父亲曾执掌市长之重权；兄弟或为律师，或为达官。萨斯基亚的到来，为年轻的伦勃朗带来了丰厚的财产，带来了无穷的欢乐，带来了无尽的创作灵感。美丽动人的萨斯基亚一时成了伦勃朗笔下的花神、心中的太阳和天使。一对幸福浪漫的伉俪呀，尽情享受着人生，尽情地憧憬着未来，尽情地开辟着绘画艺术新天地。伟大的天才的伦勃朗，此时的艺术水准、艺术才华登峰造极，他运用光线和阴影增添作品的厚度、力度和神秘感，成为明暗对比无可争议的大师，至今无人能与之匹敌。

可是啊，可怕的时刻——1642年，黑色的1642年，终于降临了。

《蒂尔普医生的解剖课》使他一鸣惊人，《夜巡》却使他得罪了无知的顾主，声誉横遭诋毁，而陷入人生黑暗的深渊。

这一年，就是该死的1642年，因为当时照相术并没有问世，阿姆斯特丹射击手公会，邀请走红的伦勃朗为他们绘制一幅巡警生活的群像画作，像今天集体照片一样悬挂在同业公会的房间里以示纪念。伦勃朗没有按照订货者平庸媚俗的要求简单地画出每一个人的肖像，而是把画作当成一个历史的主题画来构思，他将主要人物安排在画面的显著位置，而将其余的人物放在后边，画面明暗变化强烈，有的人处在暗影中。每个人出同样的钱，却不能在画面中获得同等地位，由此，引起强烈不满，遭到公会的拒绝。

为了索回画金，公会诉诸法庭，并对伦勃朗进行了大肆的人身攻击和中伤。《夜巡》引起的轩然大波，渐渐超出了艺术本身的争论，一些维护旧道德的无知小市民以伦勃朗曾经以他妻子萨斯基亚为模特儿画过一些裸体宗教题材的历史画为由，轮番对他进行肆无忌惮的诽谤和攻击。但是，倔强的伦勃朗，我行我素，毅然坚持自己的艺术信念，坚持自己的艺术追求，毫不动摇，决不修改。

黑色的1642年啊，年轻气盛的伦勃朗在与旧势力旧习惯搏斗中，声誉和地位悄悄地衰微了，他的世界渐渐地崩溃了。

祸不单行，在《夜巡》风波的阴风冷雨冲击下，这年的6月，与伦勃朗心心相印的爱妻萨斯基亚一病不起，溘然西去。萨斯基亚的突然去世，给中年的伦勃朗以致命的打击，他的一颗滚烫的心凉了、碎了，他赖以生存的绘画订单绝迹了，他与贵族沟通的渠道断裂了。

1669年10月4日，这位17世纪荷兰画派的伟大代表，杰出的艺术大师，在饱尝了人世间丧亲、贫困、攻讦、孤独和冷遇等一切不幸之后，终于闭上了他深沉智慧的双眼。当他挥泪告别这个充满了磨难和苦痛的人间的时候，身旁只留下了几件破旧的衣衫和朝夕与共的画具。他被悄然无声地草草地掩埋在早逝的儿子的墓旁。

这位不幸画家的丧葬费仅是13个盾——只相当于埋葬一个流浪者的花费。然而，他却给人类留下了价值连城的宝贵的文化遗产：500多幅油画，250余幅铜版画，1500多幅天才灵动的素描和他那坚强不屈、坚忍不拔、愈穷益坚、自强不息的做人作画的伟大精神和原则。

历史是公正的。尽管昔日伦勃朗贫困孤苦地死去，但试看今日，他却是满载着荣誉，享有人类永远铭记的荣光。

水上的城市

"我服从自然，我唯一的欲望，就是像仆人似的忠实于自然。"奥古斯特·罗丹如是说。

在雨中的阿姆斯特丹乡村风车旁，我看到一尊伟大的雕塑在实践着奥古斯特·罗丹的诺言。那便是青铜雕铸的伦勃朗，他一只脚跪在铺满青草的大地，一只脚踩着这片富有灵气的世间，两眼一直注视着前方。

乌云密布的雨中，河边树荫下，铜雕的伦勃朗正在写生，他目光炯炯，紧握铅笔，注视着美丽的田野和牧场。

站在阿姆斯特丹16世纪的桥上看今天的云，忽然又想起荷兰诗人马斯曼的诗歌：天空伟大而灰暗/下方是辽阔的低地和水洼/树木和风车/教堂和温室/被纵横的沟渠分割/一片银灰色/这就是我的故乡……

252

第 17 章
坐在日内瓦湖畔，寻找联合国喜欢它的 N 个理由

站在勃朗峰大桥上，沿罗纳河流去的方向看去，几十米外的河中央有一座被称为"卢梭"的小岛。

四面皆水，只有一条路可通往这个湖心岛。带着虔诚之心，我一个人疾步来到这个孤岛上，金黄色的树叶在一片一片轻轻地落下，地上厚厚的一层。卢梭就坐在树丛中间的那把熟悉的椅子上，他安详地坐着，右手执笔，身体略微前倾，神态自若，一直保持着沉思状。

站在大师面前，我双眼微闭，心底里却是出奇地宁静，有一种四大皆空之感，像是坐在教室里聆听大师的教诲。周围是川流不息的车水马龙，还有潺潺的流水声，可我全然听不见任何。

我不知道还会不会再有机会来这里谒拜，我取出了相机，站到大师脚下，将沉思的卢梭定格成永恒的风景。

这里应该是闹中的一块静土，更是一块净土。很适合卢梭人生忏悔的意境，我想，九泉之下的卢梭应该是会喜欢这个地方的。

我恍然大悟，瑞士人为何要把"水柱"和"花钟"做得如此夸张

我站在日内瓦万国宫前的林荫道上停了下来，眼前最惹人注目的风景便是一只巨型木椅（估计有 5 米高）。我正纳闷为何将这简单的雕塑置于如此显著的位置，仔细一看，那木椅只有三只脚。原来，那是一件"反地雷作品"，此景与 50 多米外万国宫飘扬着的"国旗方阵"互为呼应。

万国宫

巨型木椅

254

它在用一种特别的方式暗示世界——这里是一座和平之城。

据说日内瓦每年要完成3万多个国际性会议，不愧为一个会议之都。就是这样一个国际知名度极高的城市，大街上车辆并不是很多，街头的

喷泉与旗

行人也极少，各种建筑、绿地、树木井井有条，处处给人一种协调之美，有一种回家的感觉。

罗纳河把日内瓦一分为二，左岸是老城，右岸为新居。这便是日内瓦大致的地理分布情况，很好认也很好记。我便寻着日内瓦本身的轨迹"从左至右"去欣赏。

老城和新城的交会点是全城最繁忙的勃朗峰大桥，是日内瓦湖的西边尽头。阿尔卑斯山脉冰川的融水流入日内瓦湖，自东向西流淌，湖水穿过勃朗峰大桥后，被逼入几十米宽的河道，从这里开始，就是罗纳河。

罗纳河在日内瓦州境内穿行10余千米后进入法国，最后注入地中海。

日内瓦游览的最佳点是日内瓦湖与勃朗大桥交界的"三角地带"，这里聚集着日内瓦三大著名标志性景观：喷泉、花钟和茜茜公主雕像。

我们有幸在深秋的那个艳阳天一睹日内瓦水柱的壮观景象，远远地，它冲天而起，从湖面直射天穹，仅这一"冲"，就有140米高，像一道白练，水柱成扇面形状洒向湖面，在两公里外就会有细细的水雾袭来，就像初春润无声贵如油的雨，轻轻地洒在脸上，给人一种凉凉的痒痒的润肤感，舒服极了。要是有风吹过，这雾便会偏向一方，形成一面晶莹体透的"水旗"———面日内瓦湖的风中大旗，蔚为壮观。

如果细细端详，阳光下的水雾旁会腾起道道彩虹，漂亮极了。彩虹随着水雾的升降起舞，在日内瓦的各个角落都能看见它。能将水做到这种极至，不愧为人间奇观。

如今这喷泉已经有120多岁的高龄了。是科技让这"高龄"的喷泉与时俱进、风采依旧。据载，日内瓦人在1886年修建喷泉的初衷是排放钟表工场的污水。1891年，人们将喷泉移建到罗纳河口处，又修筑了一条狭长的石堤将游人引到喷泉脚下。早期喷泉的水柱并不高，随着机械制造技术的不断发展，人们为喷泉增加了新的压力机，强大的高压轮机以每小时200千米的速度将湖水压入水泵推到约140米的高空，在空中形成一幅白色水幕并自由落下，喷射并停留在空中的水达6吨重。

"花钟"在日内瓦的知名度不压于"水柱"。在离"水柱"不远处一条长长的马路旁，有一缓缓斜坡，整面斜坡被浓而翠的修葺十分规范的灌木覆盖。正中便是一圆形彩色花钟，外圈为金黄，钟盘是深绿，彩圈之内，便是60个排列均匀的圆点，时针、分针、秒针都在按各自的功能，一丝不苟地运转着。

由鲜花和植物组成的大钟并不鲜见，在国内一些城市我也见过，像我所在的城市，成都，双流国际机场就有一座这样的花钟，是不是受此灵感不得而知，但无论从气派和大气程度，或是从历史意义上看，彼花钟都远远无法与此花钟媲美。

像日内瓦这样做成景观并扬名世界的，算是独一无二了。

花钟直径约5米，用6500株不同的鲜花和植物装饰表盘，每年的春天和秋天分别更换一次植物，花工每周对鲜花和植物进行剪修。因此日内瓦人每年可以看到两种色彩和装饰迥异的花钟。由于每天在花钟前摄影留念的游人过多，拥挤的人群和汇集的人流影响了交通，园林工人不得不将花钟向英格兰公园内移动了8米。

最初，"种植"花钟的倡议是由"维护日内瓦利益协会"发起的，栽种花钟植物的工作由具有150年历史的日内瓦园林局负责。

今天，几乎所有的日内瓦人，都可以"踏着绿草去上班"了。

在欧洲，几乎每一个城市，尖顶的大教堂四面，都有报时的古钟，那声音从清冷幽深的窗子里透出来，清冽而孤寒，闻之，令人震颤。我驻足良久，倾听这花钟报时，与教堂的钟声相比，似乎是来自两个截然不同的世界的物语与信息：这花钟给予我的美，是时间与生命的启迪，是长途跋涉途中的小憩。

我在想，日内瓦为什么会在闹市内造这样一座花钟呢？在有了花钟之后，为何又将此定为国家的象征？

继而我恍然大悟，这一定与"钟表王国"的背景有关。

或许伏尔泰的谜语能解开这个谜："世界上哪样东西是最长的又是最短的，最快的又是最慢的，最能分割的又是最广大的，最不受重视的又是最珍贵的，没有它什么事情都做不成，它能使一切渺小的东西归于消灭，使一切伟大的东西生命不绝。"

答案就是眼前的花钟——时间。

古今中外，写水最后似乎总是免不了写到时间。水就是时间——或者说，流逝的时间。我蓦然知晓，为什么瑞士人的"先人们"要苦心竭虑地把"水柱"和"花钟"做得如此夸张。

原来是想以此来警示所有的瑞士人：只有珍惜时间的民族，才是最有希望的民族。

伯尔尼钟楼

离开卢梭的眼光，在左岸一些古建筑上，我努力寻找属于日内瓦的记忆

中国观众由于罗密·施耐德的精彩表演，对奥地利皇后茜茜的故事并不陌生。茜茜公主出生于1837年12月24日，是巴伐利亚公爵的女儿。15岁那年，茜茜与表兄、奥地利国王弗朗茨·约瑟夫一见钟情，成为奥地利皇后。她曾全力促成奥地利和匈牙利缔结和平协定，深受人民爱戴。但茜茜公主厌倦宫廷的繁文缛节，追求自然的人生，也受到贵族的反对。茜茜公主一生充满争议和传奇色彩。

茜茜公主生前经常到日内瓦度假，但不幸于1898年在和平饭店被意大利无政府主义者洛契尼用锐器刺中心脏而逝。1998年，茜茜公主被刺100周年之际，她当年下榻的和平饭店附近树立了一尊青铜塑像。雕像是按1∶1的比例制作的。她背对着喷泉，头戴帽子，用扇子遮住面庞，青铜的黑色给人以凝重、凄凉之感。

在看完这三件真正意义上的日内瓦标志性建筑后，我心里一直在想，在我们传统的思维中，城市的标志性建筑一定是这样的词堆砌而成的——"宏伟建筑""巨资造就""意境深远"。

好像日内瓦的这三件东西与这些词都沾不上边。

是我们的"标志性"思维出了问题？还是人家的东西在东方水土不服？！恐怕答案难以用"是"或"不是"那么简单。

我站在桥头看风景。这风景同伯尔尼、琉森如出一辙。日内瓦湖清澈见底的水，同卢塞恩湖廊桥上看到的一模一样，天鹅嬉戏，鱼翔浅底。沉浸于此，我在想，就是再伟大的画家，也难以勾勒出如此有情趣的意境。

站在勃朗峰大桥上，沿罗纳河流去的方向看去，几十米外的河中央有一座被称为"卢梭"的小岛。

卢塞恩湖廊桥

天　鹅

四面皆水，只有一条路可通往这个湖心岛。带着虔诚之心，我一个人疾步来到这个孤岛上，金黄色的树叶在一片一片轻轻地落下，地上厚厚的一层。卢梭就坐在树丛中间的那把熟悉的椅子上，他安详地坐着，右手执笔，身体略微前倾，神态自若，一直处于沉思状。

站在大师面前，我双眼微闭，心底里却是出奇地宁静，有一种四大皆空之感，像是坐在教室里聆听大师的教诲。周围是川流不息的车水马龙，还有潺潺的流水声，可我全然听不见任何。

我不知道还会不会再有机会来这里谒拜，我取出了相机，站到大师脚下，将沉思的卢梭定格成永恒的风景。

这里应该是闹中的一块静土，更是一块净土。很适合卢梭的人生忏悔的意境，我想，九泉之下的卢梭应该是会喜欢这个地方的。

卢梭岛原名巴尔克岛。卢梭因抨击新教教士和政界官员，生前被日内瓦国民议会取消了"日内瓦公民权"。1792年12月12日，日内瓦国民议会取消了一切谴责卢梭及其著作的判决。卢梭是日内瓦人最推崇的哲学家之一。1830年，雕塑家普拉迪埃受命为卢梭塑像。1835年2月24日，"日内瓦公民"卢梭的雕像被安置在巴尔克岛上，此后，巴尔克岛更名为卢梭岛。

离开卢梭的眼光，在左岸的一些古建筑上，我在努力寻找属于日内瓦的记忆——

中国有句古话，"树大招风"。名气大了的日内瓦也恰如其分地代表了瑞士"中立"的鲜明特色，并取得了中立的"实惠"。

日内瓦市是日内瓦州的首府，位于瑞士西南部，三面与法国接壤，像一个三角形的楔子，深深地嵌入法国，而与瑞士沃州只有4千米的"边界线"。

从地理位置上讲，日内瓦被瑞法分界线汝拉山、萨莱伏山（法国境内）和瑞士最大的湖泊——日内瓦湖（莱蒙湖）夹在中间，如处子般静卧于山峦、湖泊的环抱之中。湖光山色、清澈喷泉，日内瓦像一颗璀璨的明珠嵌在瑞士的西南角。

一踏入这所学府，便有一种让人难抑的气场，内心涌起莫名的冲动

再往前行，我的目光便紧紧地停在了老城内一所古老的大学身上，它的名字叫日内瓦大学，一所极其堂皇富贵厚重的高等学府。漫过老城弯弯曲曲忽高忽低的鹅卵石铺成的街道，便来到了日内瓦大学。

一踏入这所学府，便有一种让人难抑的气场，内心涌起莫名的冲动。信步前行，一长排法国梧桐的尽头处有一面修颀的高墙，墙上雕塑着一组巨幅人像。我知道了，这便是有名的"名人墙"。上面雕塑的是加尔文等宗教改革家，在这些塑像面前，我的思绪又穿越了历史的隧道。

宗教改革时期，日内瓦被称为"新教的罗马"，吸引了整个欧洲的注意。19世纪，两个重大事件确定了日内瓦的国际地位：1863年，亨利·迪南在日内瓦创建了红十字会国际委员会，它与其后成立的国际红十字与红新月委员会一道引领了国际红十字运动；1871年，美国和英国选择日内瓦作为调解"阿拉巴玛"号战舰事件的谈判地，并顺利达成协议，使日内瓦成为国际谈判城市。

这样的轰动世界的事件，至今为人们津津乐道。今天的瑞士人没有忘记他们的这些先贤，把他们放到了最神圣的地方供着，为所有的瑞士人师表。

就这样日复一日年复一年。日内瓦不仅成为了旧国联和现在的联合国欧洲办事处所在地，而且是世界上召开国际会议频率最高的城市。

1919年，美国总统威尔逊选择日内瓦作为国联总部所在地。国联无果而终，被1945年成立的联合国所取代，日内瓦随后被选为联合国欧洲办事处所在地。联合国除在纽约召开安理会和成员国代表大会（联大）外，其余的所有会议几乎都在日内瓦召开。

联合国六大直属机构的总部都设在日内瓦。

日内瓦的国际组织大致分为四类：

第一类是联合国机构，如世界卫生组织、世界气象组织、国际劳工组织、国际电信联盟、世界知识产权组织、联合国贸发会议、联合国难民高级专员公署、联合国欧洲经济委员会、联合国开发计划署等。

第二类是与联合国发生关系的国际组织、机构，如世界贸易组织、日内瓦裁军谈判委员会等。

第三类是政府间组织，如欧洲核子中心、国际教育局、欧洲移民国际委员会等政府间组织。

第四类是被称为第三部门的非政府组织（NGO）。日内瓦有200余个NGO，较重要的有各国议会联盟、国际民防组织、世界工会联合会、世界宗教理事会、文学与艺术国际协会、国际法学家委员会等。

万国宫就是一个大花园。我们兴奋地打着滚在这里留影，我甚至怀疑这是人为的景观，世上哪有这完美无缺的自然景观？

万国宫是联合国欧洲办事处所在地。它坐落在罗纳河右岸日内瓦新城的阿丽亚娜花园内。这个公园是著名慈善家古斯塔夫·雷维里奥的家族私人花园，阿里亚娜是雷维里奥母亲的名字。1890年雷维里奥去世前，将所有私人家产捐献给日内瓦政府。

到过日内瓦的人一定不会错过到联合国欧洲办事处所在地万国宫游览的机会。说到联合国，人们马上联想到纽约那座旌旗招展、外形像巧克力块一样的联合国大厦。可每年联合国70%的决议和决定是在日内瓦做出的，这也是日内瓦为全世界做出的贡献。

阿里亚娜公园的地势高出日内瓦湖几十米，离湖的直线距离也只几百米，站在万国宫的任何一个角度都可看到湖面，还可远眺欧洲最高峰——勃朗峰。

这里的一切都是"绿色"（无污染）的，绿色的山川，绿色的大地，绿色的河流，还有那片瑞士特色的绿色的天空，这是一块由"绿色"拼成的绿色天堂！

阿尔卑斯山

苦日子里过来的瑞士富了，富起来就有一大堆不"卖身"的理由

车过法兰克福，驶入达沃斯。映入眼帘的是阿尔卑斯山脉，皑皑白雪，碧绿透明的高山湖水，还有那田园诗般的牧场，整齐干净的街道，精确华美的钟表，香甜爽口的巧克力和散发着"欧洲异味"的奶酪。

这便是欧洲的微缩景园，人间天堂——瑞士。

瑞士的城市大多掩映在森林中，乡间则是一块连一块的草坪，远远望去，就像一个又一个高尔夫球场。难怪同行的朋友惊呼："在瑞士变成一棵树也是幸福的。"这个城市和森林相互渗透相互衬托的国度，经济发达，社会繁荣，人民生活水平极高，就是十分发达的美国和日本也难望其项背；它吸纳了世界资产的35％，是世界首屈一指的金融大国；它对世界事务漠不关心，却是世界政治中心之一；它是一个中立国，却也是一个军事大国……

阿尔卑斯山横空出世，一座座尖如宝剑的山峰直指蓝天，山间终年不化的积雪给滑雪爱好者提供了极易兴奋的滑雪场所；一个个明镜般的湖泊镶嵌在群山之间，让人感受着童话般的美……

伯尔尼位于瑞士高原中央山地，上天赐予它一条高原河流——阿勒河。它的至善至美的景观，正应了苏东坡那句诗"浓妆淡抹总相宜"，一个作家形容伯尔尼："这个城市真干净，如果不小心把一碗汤撒在大街上，你可以用勺子把它舀起来就吃。"

拥有利马特河的苏黎世就是一个放大了的公园，那遍布高档商品的繁华大街旁，几条蜿蜒曲折的碎石小路直通绿荫深处，路边是绿油油的青藤，争先恐后地爬满民居的墙上，你看不出这是农村还是城市。

用"水光潋滟晴方好，山色空蒙雨亦奇"来形容瑞士中部重镇琉森，再合适不过了。清晨，当太阳隐藏在山峰背后还没露脸的时候，清澈见底的琉森湖中，迎着丝丝凉风，船舶伴随着一声长长的汽笛驶进画里，湖旁的山峰上终年积雪，湖岸浅草如茵，远处山坡遍布一片片葡萄园和错落有致的农家屋舍，还有绿毯般的牧场，成群的奶牛在和煦的阳光下悠闲地吃着草。这个被大仲马誉为"世界最美的蚌壳中的明珠"，美得真是让人妒忌。

瑞士的每一寸土地，都给人一种无可挑剔的美。这是西欧之行中，给人感官上唯一没有缺陷的国度。或许这种完美本身就是一种缺陷，我在心底里努力寻找着瑞士的不足和丑陋的丝痕。

在瑞士听到一种说法，要想成为瑞士人，必须具备三个条件：滑雪、吃奶酪、银行工作经历。足见银行在瑞士人心中的地位。700万人口的瑞士有400多家银行。瑞士银行是信誉和财富的象征，可正是这种"信誉"成为全世界口诛笔伐的"靶子"。

第二次世界大战期间，欧洲各国的犹太人为逃避灾难，将大笔钱财存进瑞士银行，许多存款人被纳粹抓入集中营，绝大多数被杀害，银行里的巨款便随之成为"死账"。这是其一。

遭到千夫所指的另一个理由是"纳粹的金库"问题。"二战"期间，瑞士利用其中立国地位与纳粹从事黄金交易，收购纳粹从被占领国家掠夺来的黄金，并为纳粹提供军火，延后了纳粹覆灭的时间。

其实，富甲天下的瑞士也是从苦日子里过来的。

这里曾经是特别贫困的地方。在这块土地上，除了穷山恶水，没有任何可以利用的自然资源。

贫困带来战乱。但荒凉的中部山区有一位隐士早就留下遗言："只须卫护本身自由，不可远去干预别人。"

话是对的，却难以做到。太穷了，本身的一切都无以卫护，干预别人更没有可能。

恶劣的自然环境和外来的武力威胁，使瑞士人养成了勤劳和骁勇善战的顽强风格。于是，瑞士成了长达几个世纪"雇佣军"的代名词，200多万瑞士男人鏖战疆场，欧洲战场上最英勇、最忠诚的士兵，公认是瑞士兵。欧洲列国打仗，瑞士并没有参战，但在第一线血洒疆场的却是成批的瑞士人；更触目惊心的是，杀害他们的往往也是自己的同胞。

没办法，这些同胞受雇于对立的两方。

瑞士人替外国人打仗，并不是因为人口过剩。瑞士的人口一直很少，却无可奈何地投入到生命的赌博之中。说是赌博似乎很不确切，因为赌总有输有赢，但他们却永远也赢不了什么，即便打赢了，那是雇主的事。他们自己最多暂时捡了一条命而已。

这样的战争，只是因为雇用。他们全然不知道雇主的姓名和主张，也不知道为什么要发动这次战争。这是一场千里之外陌生人的对弈，却把瑞士人分成两派当作了棋子。

失去本来作用的古堡

这种战争的正面成果，是养成了一种举世罕见的忠诚。忠诚不需要讲太多的理由，有了理由就成了逻辑行为，不再是纯粹的忠诚。因此，罗马教皇从来不对贴身卫士精挑细选，只有一个要求：瑞士兵。

直到今天，罗马教廷的规矩经常修改，他们的多数行为方式也已紧贴现代，唯有教皇的卫士仍然必须是瑞士兵；直到今天，除了教皇那里之外，瑞士早已不向其他地方输送雇佣兵。这是血泊中的惊醒？耻辱中的自省？归根到底一句话，瑞士人不像从前那样"卖身为奴"了。

他们富了，富起来就有一大堆不"卖身"的理由。

但罗马教皇那儿一定得去。每年200人一个都不少。因为在这儿服役的瑞士兵，只需两年时间，所得的薪金足以养活自己一辈子。

瑞士人太熟悉战争又太不熟悉战争。熟悉的，是刀刃血拼；不熟悉的，是战争的发动及其理由，战争的推进及其计谋，战争的结束及其善后。严格来说，他们还不大知道如何为自己而战。

第18章
徘徊在传说与众神之间的圣城

　　悬崖绝壁，地形险峻，易守难攻，是冷兵器时代最佳的堡垒，加之坚硬的石灰岩托起的那些神庙，成为雅典人最虔诚的视觉中心和精神殿堂。

　　雅典就是一个巨大的石头博物馆，每一块石头都在以不同的角度，讲述一个个"石头圣经"的故事，神话、文学、哲学、民主、戏剧、体育……无论从哪个角度切入，都能直抵人的内心深处，都能直达追本溯源的深度。

　　帕特农神庙、伊瑞克提翁神庙、埃雷赫修神庙、埃莱库台伊神庙、雅典娜神庙……列阵一般镶嵌其间，共同组成了公元前5世纪的雅典黄金时间。

　　我是在仰望卫城过后，从而认识雅典乃至整个希腊的。

　　人类历史上，希腊是一段飘动的神话，神话里的希腊曾是整个世界思考的中心：哲学、民主政治、奥林匹克、荷马史诗……每一个名词都冲击着人类的灵魂深处。

雅典就是一个巨大的石头博物馆，每一块石头都在讲述"石头圣经"故事

这真是一块天造地设的宝地。

四周是一望无垠平展展的坦途，中间耸起一个大大的"舞台"——4平方千米在古代足可以容纳一座城市——这个形似诺亚方舟的舞台，成就了"西方文明的摇篮"。

那个舞台被尊称为"山"，那座"山"被唤名为阿克罗波利斯——希腊语意为"高处的城市"。

在希腊，如果说去圣托里尼是为了奋不顾身的爱情和一场说走就走的旅行。那么去雅典，就是为了历史的回望和文明的召唤。它是如此古老，游走在雅典这座千年古城，处处都能抚摸到文明的面颊——那种带着沧桑且饱含震撼的文明物证，让你寝室难安，欲罢不能。

雅典就是一个巨大的石头博物馆，每一块石头都在以不同的角度，讲述一个个"石头圣经"的故事，神话、文学、哲学、民主、戏剧、体育……无论从哪个角度切入，都能直抵人的内心深处，都能直达追本溯源的深度。

雅典的著名建筑主要集中在三座小山上。339米高的利卡维多斯山又称为"狼山"，是雅典最高的地标，耸立在宪法广场的东侧，与雅典卫城同为雅典的标志。每到黄昏，就有许多观光客、上班族到这里享受夕阳和景观。那个阳光丰富的下午，我来到山顶，俯瞰雅典市区全景，鸟瞰比雷埃夫斯大海，十分惬意。

山与城，城与山，就这样十分美妙、无与伦比地完美地结合在一起。

"阿克罗波利斯"无疑是雅典精气神的集中代表，它不仅地处最高处，不论你从哪个角度来到这座城市，那座"山"，都是寄居眼帘的著名景点——它是雅典无可替代的历史地标。站在卫城俯瞰，便可将雅典尽收

雅　典

眼底；而城中的人们只要抬头，就能看到高高在上的卫城和供奉雅典娜的帕特农神庙。

人类有限的记忆里，没有谁能说清它究竟承载多长时间。只记得，这个貌不惊人的石灰岩山冈上，在公元前1500年的时候，是一处王宫所在地，这个王宫在此大约存活了700年之后，就乖乖地搬了出来，知趣地把它还给了雅典的守护神雅典娜。

也就是说，从公元前800年开始，这里就成了祭祀雅典娜的神庙群。

古希腊神话传说中，雅典娜是宙斯和智慧女神墨提斯的女儿，是希腊神话中的奥林波斯十二神之一，是古希腊神话中的智慧女神、战争女神和纺织女神。

悬崖绝壁，地形险峻，易守难攻，这个山冈是冷兵器时代最佳的堡垒，加之坚硬的石灰岩托起的那些神庙，成为雅典人最虔诚的视觉中心和精神殿堂。

帕特农神庙、伊瑞克提翁神庙、埃雷赫修神庙、埃莱库台伊神庙、雅典娜神庙……列阵般地镶嵌其间，共同组成了公元前5世纪的雅典黄金时期。

不仅仅如此，至今为止，整个雅典城中所有建筑物，都是以此为中心铺排开来。由是，这里便众星拱月般成为雅典人和来到雅典的外来客膜拜的对象。不论你愿意不愿意，只要你住在雅典这座城市，早晨一打开窗户，映入眼里的，绝对是那座圣山和圣山上的圣物。

人们送给了它一个十分美妙的名字——雅典卫城。

卫城是用来让无数众生仰望的。虽然那个叫作卫城的地方，矗立在海边，海拔高度和相对高度超不过200米。仰望着高高在上的卫城，神一般地矗立在那里，孤独而静美，我心里油然升起宗教般的情愫来。

雨里浸过，风里吹过，海水泡过，雅典卫城已经铸造为真正意义上的历史坐标。它的修建最早可追溯到公元前1400年前的迈锡尼文明时期，断断续续，修修补补，直到公元前5世纪伯里克利执政期间，才最后竣工。这样历经千年雕刻之精品，在人类历史上绝不多见。

乱石嶙峋间唯有那几根大理石柱依然擎天而立，向天而问。刻着精美纹饰的碎石洒落一地，一片狼藉，残存的昔日辉煌，镶嵌在支离破碎的往日烟尘里。

雅典卫城

"独留残垣笑西风"。我站在那里久久没有挪动半步，不由得想起了福楼拜的名言："历史是艺术最璀璨的源泉。"可双眼凝视着那些诱人的残缺之美，我还是不由得匍匐在它们脚下。

我是在仰望卫城过后，从而认识雅典乃至整个希腊的。人类历史上，希腊是一段飘动的神话，神话里的希腊曾是整个世界思考的中心：哲学、民主政治、奥林匹克、荷马史诗……每一个名词都冲击着人类的灵魂深处。

那座名叫阿克罗波利斯的山，也曾留下一个动人的传说，说是雅典娜轻轻地将一枚小石子抛下，便成了这座城中之山。

雅典卫城所处的地形，酷似拉萨市区西北玛布日山上的布达拉宫，高耸的那部分叫作山的"丘"如舞台一般，引得四方瞩目。

阿克罗波利斯山顶同样有一个长方形平台，雅典卫城就镶嵌其上，平台四周有高大的围墙围着，恰如一个天然的城堡，与陡峭的阿克罗波利斯山紧紧呼应，形成双保险的安全保障。身临其境，你不由得暗自叫绝击掌——阿克罗波利斯山三面绝壁，仅留下西南面一个相对较缓的斜坡，作为唯一进入通道。

在长达数千年的冷兵器时代，这样一处绝佳的城池，很难想象有被攻破的可能。

站在"山"上俯视狄奥尼索斯剧场，似乎凝结了天地大美之气

歌剧自古是西方上流社会奢侈的产物。

在希腊，在雅典，古希腊剧场遗址至今看上去都透着几分奢华。站在阿克罗波利斯"山"上，驻立良久，凝视着眼前那螺旋般的狄奥尼索斯剧场，我眼里浮现出古希腊步入剧场的那些绅士派头，我甚至想象不出，能够获得一张珍贵的演出票，会需要怎样的运气和周遭。

位于雅典卫城南侧的狄奥尼索斯剧场，建于公元前6世纪，是希腊最古老的露天剧场，由东西两个半圆形的剧场构成，有门廊相连。西侧的剧

场至今仍在使用，每到夏季，作为露天音乐会和戏剧表演的场所。东侧的酒神剧场更为神圣，这里最早是向酒神祈祷的地方，现在作为景点向游客开放。

值得一提的是，西侧那座足以容纳近2万人的剧场，上演过无数场古希腊剧作家的作品，埃斯库罗斯、索福克勒斯、欧里庇得斯和阿里斯托芬的作品都曾在此上演。

由于希腊歌剧都是在白天演出，所以设在阿克罗波利斯半山上的剧场，有一种居高临下的优势，傍山而建的观众席也可以看得很远，雅典的壮丽景象一览无余。

据说在古代雅典，观看歌剧不仅是市民大众喜闻乐见的主要艺术活动，也是城邦生活的重要内容。对于城里的贵族特别是女性贵族们而言，除了看歌剧本身之外，也是"走出家门"的一项重要的社交活动。

希腊人认为看歌剧，意味着某种"激情般的快乐"。可以想象，对古希腊人来说，能看一场好戏肯定算得上令人兴奋的事，虽然那时的剧场可能不那么舒适——为了保证音响效果，古希腊剧场的坐位都是从岩石中开凿出来的，类似于台阶。

站在"山"上俯视狄奥尼索斯剧场，虽然居高临下，距离也相对较远，但橄榄树萦绕的半圆形剧场依然美丽，依山坡而建的那些冰冷的石头作品，十分协调地镶嵌在山体上，似乎凝结了天地大美之气。

西方社会的民主意识，一直可以追溯到古希腊剧场里面。剧场内不设"包厢"，不设边座，不设楼厅，也不设正厅前排。哪个位置都可以确保你能舒适地欣赏歌剧。严格地说，古希腊剧场不是为观众建造的，是专为艺术家建造的，它反映出建筑师和剧作家及演员之间的"合作关系"。

带着几分崇敬与好奇，我又特地从山下走到山下，透过比人还高的巨型石头所砌的墙体，我从上锁的门缝向半圆形场内窥视，近在咫尺的剧场使我的双眼有些模糊，恍然间我有一种穿越之感，我的身旁似乎有熙熙攘攘的人群在进进出出，耳畔似乎又响起特别的天籁之音……真羡慕2500年前的雅典市民。

2500多年过去了，剧场的座位和舞台基本保持着2500多年前的那个样子，剧场依旧在上演着从古至今的精品名作，人们还保持着2500多年前看歌剧的模样与神情。

时间似乎在这里凝固了。延续至今的古剧演出和雅典艺术界的时尚颁奖在这里交相辉映，带给这座闻名古城与古剧场无限的美。

在雅典，除了狄奥尼索斯剧场之外，还有一处古希腊剧场不得不提到，它就是闻名于世的埃皮达鲁斯剧场。像许多古希腊剧场一样，它也呈半圆形，约于公元前450年建在距离雅典140千米处的一座绿树环绕的山坡上。一排排大理石座位，依着环形的山势，次第升高，像一把巨大的展开的折扇。中心是直径20米的歌坛，歌坛前是看台，依地势建在山坡上，有34排座位，全场能容纳1.5万余名观众。

希腊建筑中，剧场天然堪称神作。埃皮达鲁斯剧场就被誉为"神作"的典型代表，最"神"之处就在于，站在剧场的舞台中央划一根火柴，其声音都能清楚地传到山上的最后一排。狄奥尼索斯剧场虽然没有埃皮达鲁斯剧场的规模，但由于地利原因，更深受雅典人的喜爱。

其实，雅典又何尝不是一座大剧场，上演着跨越近3000年的悲喜剧？

当我离开卫城，走回山下的普拉卡区，仿佛回到了人间。亘古不变的夕阳为卫城涂上了神圣的光晕。地铁穿越古迹，驶向远方，人们拥挤着，在先贤发表过演说的古代市集旁逛街、饮酒，享受着世俗的快乐。这一刻，雅典仿佛与世上的任何一座城市一样平凡。但是，当我看到一个姑娘在自己的饰品摊前久久凝神时，又仿佛看到了雅典娜女神不灭的灵魂。

整个雅典就是一座享誉世界的博物馆，那些雕塑与苍天共存，与上帝同在

在雅典，博物馆如同学校一般普及，更准确地说，博物馆就是另一种意义上的学校。

梵蒂冈博物馆藏有一幅拉斐尔的壁画《雅典学院》，画中的景象就是柏拉图所建的雅典学院。壁画的画面十分宏大而开阔，以纵深展开的高大建筑拱门为背景，大厅上汇集着不同时代、不同地域和不同学派的著名学者，有以往的思想家，也有当世的名人。他们在自由地讨论，情绪热烈，好像在举行什么典礼，或庆祝某个盛大节日，洋溢着百家争鸣的气氛，凝聚着人类智慧的精华。中心透视点的层层拱门，直通遥远的天际，这是一个极其神圣的环境，学者们被对称地、自然而富有节奏地配置台阶两侧，上层台阶的人物排成一列。不同时代的先贤会聚一堂，百家争鸣，而画中心是两位伟大的学者——柏拉图与亚里士多德。他们似乎边进行着激烈的争论，边向观众方向走来；其余的人，众星托月，有的在注视，有的正在谛听这两位老人的谈话。画面动感十足，人物仿佛就在眼前，呼之欲出。

回到现实中的雅典，也真的有雅典学院，它就坐落在雅典的大学街。那一组建筑叫作"新古典主义三部曲"，包括雅典大学、国家图书资料和雅典学院，气派而考究的建筑，使你会怀疑走进了卫城的神殿。置身其间，竟让人有些莫名的怯场。

要研究学术，当然不能不去博物馆，带着南方丝绸之路的课题，我特地走进了希腊国家考古博物馆。置身于文物世界感受这里的庞与大，我只有用自己的渺小来形容，连同大厅、陈列室等多达50多个房间，你就是跑马观花，也得安排至少一天的时间。近2万件收藏文物可谓集古希腊神话之大全，前厅的中路是迈锡尼文物陈列区，其中的金制面具、器皿和装饰品最为著名；中路的两侧为雕塑陈列区，有各种战具；往北就是青铜器陈列区；后厅为陶器和陶瓶陈列区……从古至今的雕塑、青铜器、金器、陶器都不少，诸如阿伽门农的黄金面具、海神波塞冬铜像、少年和马雕像、来自圣托里尼的少年壁画等，都是不允许错过的精品。

有趣的是，所谓"阿伽门农的黄金面具"，其实并非真的属于阿伽门农。传说中的阿伽门农是希腊迈锡尼国王，而他的弟媳就是被拐走的海伦。站在他的面前，我在想那传说中的阿伽门农不知是否真有其人，但即使真有，也是公元前13世纪的人物，而这个面具所在的墓葬却属于公元前16世纪。

除了精美的金器，博物馆里的雕塑也十分而看，特别是一尊铜像，研究认为，铜像是宙斯或者波塞冬。至于他究竟是谁，要靠他手中的武器来定，因此，这又是一个未解之谜。铜像的表情坚定果敢，两臂很长，右手似乎刚刚投掷出了武器，又或者正要发射雷电。作为希腊神话中的第一和第二把交椅，宙斯和波塞冬拥有超然的地位和能力，这个铜像很好地诠注了这种力量和威严。

我这里尤其要说的，是以大大小小的石雕，大的数米高，直达天庭，小的温婉可爱、晶莹剔透，每一件都堪称绝品，让你留恋忘返，爱不释手。

博物馆内珍藏的许多栩栩如生的石雕，置身于这近千件石雕作品之中，犹如在呼吸悠远的文化海风。这些作品除了一些反映希腊神话外，大部分反映的，是公元前4、5世纪的政治、经济、体育、民俗等主题。一个个古希腊思想家们的大理石头像，他们或深沉思考，或热烈讨论，或慷慨雄辩，使你仿佛看到2000多年前，德谟克里特与柏拉图哲学之辩的情景，使你联想到希腊的那句名言："不懂政治的人就不是希腊人。"

实际上，整个雅典古城就是一个享誉世界的石雕博物馆，一个又一个古城堡雕刻建筑群让人赞叹不已，一些大型雕塑至今仍高高耸立，与苍天共存，与上帝同在。

一路之上，让我感慨无限、思索万端的，便是那些随处可见的直通人性、直通灵性的石头，或高或低，或整齐陈列，或杂乱无章，时间在它们身上烙下累累伤痕，这样的沧桑更是焕发出无穷的魅力。

在我的眼里，它们都是有生命的可以抚摸其温度的历史老人，往来于一处处遗迹之间，坐在车上，感受那一个个在眼前一晃而过的面孔，常常让我眼眶湿润。

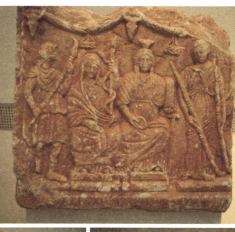

希腊国家考古博物馆藏品

是人创造了文明，是人建造了奇迹。这些苍老、年轻、美丽、平凡、古旧、鲜活的面孔，赋予了这座城市、建筑、古迹太多的内涵与外延。当我徜徉在这些原本没有生命的石头面前时，这些面孔，如一条无形的暗流，当它们从这些荒芜的石头上流过时，石头开始说话，开始唱歌……在它暗黑粗糙冰冷的表面之上，魔术般地出现了柔和迷人的光泽。

这样的光泽，可以光耀世界，辉映苍穹。

摘下一枝橄榄绿，送给雅典这个"4S 店"

雅典有形的博物馆让人难忘，而无形的博物馆同样傲视世界。雅典是欧洲哲学的发源地，并称为"希腊三贤"的苏格拉底、柏拉图、亚里士多德，在时间长河里愈久愈显示出独有的伟大——苏格拉底出生于雅典，被后人广泛认为是西方哲学的奠基者；柏拉图写下了许多哲学的对话录，并且在雅典创办了知名的柏拉图学院；亚里士多德在柏拉图学院生活了20多年，在许多领域都留下著作，包括了物理学、哲学、诗歌、生物学、逻辑学、政治、政府学，以及伦理学。

"希腊三闲"无论是对欧洲还是世界文化，都产生过极其重大的影响。不仅如此，正因为有了苏格拉底、柏拉图等一大批历史伟人，雅典还被称为民主的起源地。

公元前5世纪，雅典产生了三大喜剧诗人：克拉提努斯、埃乌波利斯和阿里斯托芬。而活跃于同时期的欧里庇得斯、埃斯库罗斯和索福克勒斯，在历史上并称为"希腊三大悲剧大师"，他们都在雅典生活过，雅典这块神奇的土地，哺育和培养了他们。

无论是雅典还是这些名人，都配得上"伟大"这个不常用的词汇。

如果把古希腊与中国相对比，两者之间有很多有趣的联系。孔子生活的年代，古希腊就已经出现了赫拉克利特这样的哲学家，是他，说出了"人不能两次踏入同一条河流"的千古名言。更为神奇的是，而那条沟通东西的古代海上丝绸之路，早早地就将两大文明连在了一起……这是历史的必然，更是人类的幸运。

清晨的雅典脉动着新鲜的血液，令人莫名熟悉。古老的城市，人流如织的地铁，招手停的出租汽车，还有相对低廉的物价，都带来了天然的亲近感。

宪法广场上永远有人围观。看卫兵换岗，喂广场上的鸽子，是游客来雅典的固定保留节日。离开宪法广场，我来到对面的酒店，那里的顶楼餐厅与卫城遥相呼应，适合与朋友共聚。

也许雅典从未追求永恒，却默默成了永恒。

虽然只有短短一周的访问，我是越来越喜爱雅典这座城市了。我是在初冬来到这里的，雅典的大街两旁的行道树已经开始落叶，尚有不少树叶抓住清晨斑斓的阳光，迎面而来的，是一树树跳动的黄。

那些醉人的"黄"中间，有一些是列阵一般的橘子树，橘子早已坠满枝头，如十月怀子的少妇，时刻等着幼子呱呱落地。车行在街道上，是扑鼻的满城橘香，那味道一直留存在我的心里，一想起都让人神往。

雅典人是不吃这些橘子的，他们为橘子安排了最好的归宿——每一棵树下都会有一个坑，就是专门用来装掉下的橘子的，那里是橘子最后的墓地。看上去，陡生出一种莫名的沧桑感来。

导游小郭是中国留学生，后来在雅典一家旅行社做职业导游。小郭风趣地告诉我，雅典的旅游可以用4S概括。第一个"S"是STONE（石头），那是雅典天生的神迹和石迹；第二个"S"是SUN（太阳），雅典一年四季都有明媚的阳光照射，很少见到阴天；第三个"S"是SEA（大海），雅典三面临海，爱琴海、地中海、伊奥尼亚海，这些海当中分布着数不清的小岛，那是世界各地游客们的度假胜地；还有一个"S"，就是SEX（性感），雅典人比较开放，这里有同性恋岛、女人岛，还有各式各样的娱乐场所……看来，这里自古就是民主自由之地，果然名不虚传。

　　从小郭那里我还知道，因天生条件优越，雅典人天生比较散漫，这一散漫在政府机关的作息时间中也能体现出来，通常是上午9点上班，中午回家吃饭，然后午睡，下午3点上班，5点又下班。午睡当地称为"悉埃斯塔"，"悉埃斯塔"时，商店停止营业，政府停止办公，连电视台也要停播一小时。直到下午4、5点，街上又重新热闹起来。星期六、星期日商店、银行、公司等都要关门。

　　我们看到，雅典人晚饭都很晚，通常晚上9点才吃，晚饭结束后又去咖啡馆。雅典人不怎么喜欢看电视，他们喜欢看戏剧，喜欢泡咖啡馆，一杯咖啡能够喝上一天，那是他们最好的社交方式。一天吃饱喝足后，回到

俯瞰雅典

家已是深夜了。

夜深时，喧闹的城市安静下来，雅典已然入睡。遥望卫城，一根根白色大理石的廊柱在灯光的照射下反射出火焰般明亮的光芒，在漫天繁星的衬托下显得格外典雅圣洁，有如一位女神手擎火炬默默地守护着她幸福的子民。

走入众神居所，回望黄金岁月，徘徊在神与人的边界，用双脚丈量，用思想触摸雅典，便有一种浑身通透、豁然贯通之感。

传说，雅典之所以得名，是因为它的守护神雅典娜。雅典娜和海神波塞冬打赌，给人类一件礼物，赢了就能成为的守护神。波塞冬用三叉戟敲打岩石，石中跃出一匹战马，而雅典娜把长矛插在地里，土中长出一株橄榄树。

战马象征战争，而橄榄象征和平与丰收，最后和平战胜了战争，雅典娜获胜。

橄榄树遍布雅典的各个角落，橄榄油是希腊换取外汇的主要贸易品之一，在阿克罗波利斯山下，我折下一枝长长的橄榄，把它编成绿色的花环，戴在头上的那一刻，我默默地许愿，雅典，我还会再来。

图书在版编目（CIP）数据

图腾与废墟 / 章夫著. -- 成都：四川人民出版社，
2022.6

ISBN 978-7-220-12534-8

Ⅰ.①图… Ⅱ.①章… Ⅲ.①散文集－中国－当代
Ⅳ.①I267

中国版本图书馆CIP数据核字(2022)第069971号

TUTENG YU FEIXU

图腾与废墟 /上

章夫 /著

责任编辑	段瑞清
版式设计	成都原创动力
封面设计	李其飞
特约校对	北京悦文
责任印制	李 剑
出版发行	四川人民出版社（成都三色路238号）
网　　址	http://www.scpph.com
E-mail	scrmcbs@sina.com
发行部业务电话	（028）86361653　86361656
防盗版举报电话	（028）86361661
印　　刷	成都东江印务有限公司
成品尺寸	155mm×230mm
印　　张	37.75
字　　数	524千
版　　次	2022年7月第1版
印　　次	2022年7月第1次印刷
书　　号	ISBN 978-7-220-12534-8
定　　价	138.00元

蓬起的蒿草迎风摇曳，岁岁枯荣

图腾与废墟

下

章夫 / 著

四川人民出版社

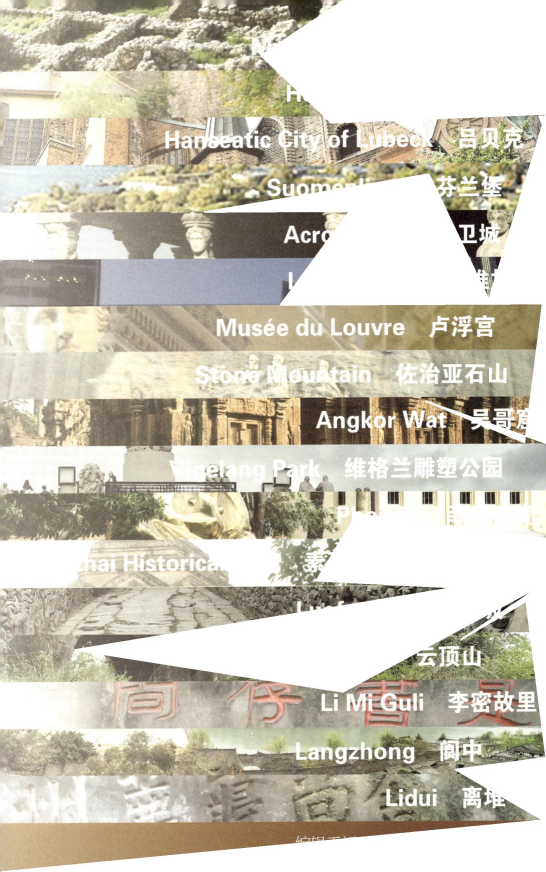

Hanseatic City of Lubeck 吕贝克

Suomen... 芬兰堡

Acro... 卫城

Musée du Louvre 卢浮宫

Stone Mountain 佐治亚石山

Angkor Wat 吴哥窟

Vigelang Park 维格兰雕塑公园

...hai Historica... 素...

云顶山

Li Mi Guli 李密故里

Langzhong 阆中

Lidui 离堆

第四部分

堡

TOTEM
&
RUINS

堡障，小城也。

"堡"通常指军事上防守用的建筑物，比如堡垒、暗堡、地堡、城堡。

东方词汇里，堡的身价越来越低，有时低到"铺"（驿站）。

名气颇大的迈锡尼古城，严格而言，就是一处古堡。粗看上去是一堆石头，杂乱无章。每一块石头都有灵性，沉默数千年之后仿佛都会说话。给古堡徒添诸多灵性。

海德堡同样古老，一路摇摇晃晃走到今天，又恰似一座古城。

城门，城堡，街道，教堂，红砖红瓦……或许，从诞生那一天开始，古堡一般的吕贝克，就是用来模仿和复制的。

芬兰堡是个路标，引导芬兰一路前行，辐射整个波罗的海，把芬兰引向更远的远方。

拉斯维加斯貌似一座现代之城，一定意义上讲，却似一个今堡……

第 19 章
"一堆石头"砌成的迈锡尼古城

这里随处可见的石头崇拜——图腾，粗看上去是一堆石头，杂乱无章。每一块石头都有灵性，沉默数千年之后都会说话。

石头成了这儿天然的主角，其余所有的都成为配角，包括那个最初文明时代的国王。

我穿过石头阵，枕着石头组成的窄窄狭缝，侧着身子缓缓前行。

走廊的尽头是一个由巨石砌成的门，门的结构十分粗犷而野性。

航标灯从这里发轫，文明开始螺旋式上升。由此看来，迈锡尼文明是人类文明长河中，不可或缺的代表。

唯一让迈锡尼留名于世的人，不是君主，不是将军，也不是学者，而是一位诗人，而且，他已经失去视力——他不是盲人，他比世间的任何人都看得更清楚。

狮子就像一把开启迈锡尼的钥匙，打开了尘封数个世纪的大门

形如墓地一般的迈锡尼古城，屹立于一个十分奇特的山丘之上。

两面大山相拥，中间突兀起一座小山，四面悬崖，只此一条道可上，前面是一片开阔地。

这里就像一个巫师们的巨大祭祀神坛。巫师们挥舞着硕大的法器，在属于他们的那个坛场上激情四射。

当然，这只是想象中的画面。

迈锡尼古城最鲜明特点是过分低调。低调，这样极具迷惑性。低调，是为了有效地完成自我保存，避免逃过一拨又一拨盗墓者的光顾。

或许正因为此，如果你是第一次造访，很容易就会错过这样一个地方。

迈锡尼古城

我们所乘的越野车在伯罗奔尼撒半岛的山路上疾行，弯道连着弯道，山路倚着山路，崎岖难行。从雅典古城出发，两个多钟头过去了，司机笑着说："我们已经开过了，还得倒回。"他带着歉意的脸上透露着真诚。车又倒行10分钟，来到一个小山包前，远远望去，面对眼前起伏的山峦，这里的确算不上什么特别，也没有特别的个性，甚至有几分平庸。然而不突出正是它的个性，可以依偎在若干群山之间，得到有效的保护和滋养。

这的确是一个比较容易让人忽视的地方，唯一让人有些意外的，是一堆看上去杂乱无章的石头，如果不是特别在意，一脚油门下去，这个著名的迈锡尼古城便会从眼前一闪而过。我不禁暗自佩服古城主人的英明："迈锡尼古城，你简直低调得让人惊讶。"

粗看上去是一堆石头，其实每一块石头背后都藏着诸多秘密，每一块石头都会说话，就是看你有没有本身猜出其中的秘密，有没有能力让它们开口说话。

车停在"那堆石头"的最底处，我们步行着向上仰视，约莫10分钟，来到一道山门前，几块巨大的石头组成的山门横亘眼前，从气势上就已经震住了造访这里的每一个人，一对狮子屹立在山门的最高处，虎视眈眈令人畏惧三分。难怪余秋雨到此造访时，也不免"在猝然之间领受千古气势，在静僻之中撞见世间名作，我不能不停下脚步，来调理呼吸"。

山门的门楣上是两头相对的石狮浮雕，一公一母，这便是历史书上有名的"狮门"，我们早就看见过。

狮门就像一把开启迈锡尼的钥匙，打开了尘封数个世纪的大门。

狮 门

考古给我们留下的资料显示，狮门建于公元前1300年左右。它的门两侧的城墙向外突出，形成一条过道，加强了城门的防御性。狮门宽3.5米，高4米，门柱用整块石头制成；柱子上有一块横梁，重20吨，中间厚两边薄，形成一个弧形，巧妙地减轻了横梁的承重力；横梁上面装饰有三角形的石板，石板上雕着一公一母两只狮子，狮的前爪搭在祭台上，形成双狮拱卫之状，威风凛凛地向下俯视着。

镶嵌在狮子身上的黄金面饰已被博物馆收藏，现在我们能看到的，只是石头上两只狮子的倩影。在时光的无情雕刻之下，它们已经变得陈旧而深黑，自我掩盖起来，褪到历史深处。

站在大门向下俯视，至今仍可感受到雄雄气势，一道狮门便可拒百万兵于千里之外。

门口的阶梯也用整块的岩石铺成，上面还残留有战争的轮辙。虽然迈锡尼城堡已成废墟，但这个庄严肃穆的城门，历经3000年的风吹雨打巍然屹立，威风不减当年。

一个墓坟牵连着一串故事，盲诗人的歌声慰抚着无数亡灵

站在城头看风景。缓缓而上，王宫的最高处，可以环视四周一切，冷兵器时代，这样的"居高临下"为这里的主人提供了绝佳的视野和生存安全。也就是说，如果不是内部出问题，从外部很难攻破城池。

山上是一堆石头砌成的宫殿，而呈现在我们这些凡人眼里的，就是一堆零乱的石头，它们组合成一个个迷宫，让人理不出个头绪，看不出个所以然来……说实话，事先如果不做一点点功课，你突然置身于此，10分钟不到，你就会觉得无聊，定然离开。

借助迈锡尼城堡遗址博物馆的示意图，可一窥整个古城的构建情况——

城堡呈三角形，城墙周长900米，占地面积约3万平方米。墙用粗糙的

巨石垒叠而成，其间不用任何黏合材料。墙的厚度平均达6米，最厚处达8~10米。

透过表面，可以看出这里机关重重，迈锡尼古城就是一个巨大的道场，看似无物，却又内容丰富。触摸着身边那些看似千年前的物什，它让你一眼看不透；它又你看后回味无穷。

这，恰恰就是迈锡尼古城最大的魅力所在。

伫立平原之上，极目远眺，隐约可见群山环抱的高丘之上气势恢宏的城堡遗址。

迈锡尼古城遗址最有魄力之处，还在于路。而路，也是这座王城作为战争基地的最好验证。曲曲折折的路弯延而上，看似近在咫尺，却是遥不可及。

路很隐秘，走近之后，你才会深深惊叹其间躲躲藏藏的宽阔。透过两只大狮子往前直行，你千万不要只在乎眼前弯弯曲曲的路，进得大门的左边，就暗藏着玄机，竖起的石板组成一个圆形的凹槽，中间围着一个大大

的圆圈，活像古老的太极图案。如果没有导游精心的解释，无论如何你也看不出个究竟来。

迈锡尼王朝又称为竖井墓王朝。原来这是两个皇族墓地，经过考古挖掘，里面出土了大批迈锡尼文明时代的文物，包括大量金器、银器和青铜器，其数量之多为世所罕见（仅其中一墓穴即有870件之多）。工艺水平也很高。

也就是说，这个王城进门的第一风景就是坟墓，这种格局与中华文明有太大的差别，让我们这些东方人无论如何也接受不了，但这样的安排却恰如其分地反映了一个穷兵黩武的王朝的荣誉结构，容易激发起每一个迈锡尼人置生死于度外的情操。

看来，"为国家牺牲的人，荣誉高于一切"的理念，早在迈锡尼时代就已经根深蒂固了。

墓葬里更多的是陪葬者。据悉，考古学家在墓廊里竟发现用金叶包裹的两个婴儿和三具女尸。可以猜测，迈锡尼王朝除了对外用兵之外，还热衷于宫廷谋杀。一个墓坟牵连着一串故事，盲诗人的歌声慰抚着无数亡灵。

圆形的凹槽

这是荷马的迈锡尼。

从墓区向上攀登，道路越来越诡秘，绕来绕去都错综的石梯，像是进入了一个立体的盘陀阵，当年这里一定埋藏了无数防御机巧，只等进城的敌兵付出沉重的代价。

终于到了山顶，那是王宫。而映入眼帘的，只留下了平整的基座，一切似乎都在时间的注视下，灰飞烟灭。从上往下望去，一间又一间以石头为主角的小格子一样的地基，看得让人眼花，煞是壮观。可以看出，迈锡尼的建筑皆以巨石为架构，庞大及雄伟也就成为护卫及防御的代名词。厚达10多米的城墙皆是巨大的石块重重叠叠地堆在一起而成的。

站在宫殿的基座上，散落在地上的石头中，还隐约可见一个巨大的半圆形石头。导游告诉我，那是祭坛。"上至国王，下到庶民，皆视宗教祭祀为大事，将宗教信仰融合于生活之中。人神同在，这便是迈锡尼时期的最大特点。"导游的话让我领悟了许多。

再看那些坚固的城堡，许多暗门设在墙内的掩体中，有时设在下水道内，加强巩固及防御。术廊留下的大石石礅，这些与三星堆同时代的产物，有着鲜明的特色和风格，不由让人赞叹不已。

这里十分完善的地下排水系统，与米诺斯王宫有惊人的相似。

在古希腊文明史上，无论从哪方面来讲，迈锡尼都是一个"中介"

放眼望去，山河茫茫，尽收眼底。

恍然间，可以洞穿城堡下面平川地带有广阔的市区，富商大贾和百业工匠居住其间……也正因为此，当地大大小小的迈锡尼文明遗址已经发现有上千个。

我第一次比较深入地了解迈锡尼古城，竟然是从一本人文随笔——余秋雨先生一行先到希腊伯罗奔尼撒半岛的迈锡尼古城，然后再到克里特岛的克诺索斯宫殿遗址。印象较深的，是他留下那些带着时间体温的句子——

说希腊的事，经常把公元前5世纪当作一个中点，但一到克里特岛，时间概念还要狠狠地往前推，从公元前30世纪说起……

希腊文明的早期摇篮在伯罗奔尼撒半岛，尤其是其中的迈锡尼，迈锡尼的繁荣比希腊早了一千多年。

克里特岛孤悬在希腊南部海面，是希腊的第一大岛，我们去追索希腊文明更早的起点。迈锡尼文明是克里特文明传播到希腊大陆的中介，我们顺着中介回溯去寻找真正的源头。

余秋雨帮我厘清了希腊古文明的时间指引。因而我们最先到克里特岛的克诺索斯宫殿，然后再去那个叫迈锡尼的"中介"。

在古希腊文明史上，无论从哪方面来讲，迈锡尼都是一个"中介"，一个数千年文明史的匆匆过客。

其实，作为"中介"的迈锡尼城堡不是一个孤立的存在。要了解这座城堡的前世今生，必须借助城堡的时代背景、地理位置和历史走向才行。

伯罗奔尼撒半岛和特洛伊战争便是两个醒目的参照系，让它们带领我们一步一步，从历史的天空中俯视这座古城。

面具与陶像

先说说伯罗奔尼撒半岛。迈锡尼古城就在伯罗奔尼撒半岛的核心地带。希腊是西方很多学问的源头，而伯罗奔尼撒半岛又是源头的重要表征。后世诸多哲学家、思想家关于西方文明源头的引经据典，都会指向这里。可以想象，几乎所有的学问家，都是风尘仆仆的考察者，他们来到这里顶礼膜拜，他们来到这里感悟灵性，他们来到这里接受洗礼……越来越多的人来到这里，越来越多的思想在这里碰撞，构成了生机勃勃的希腊文明。

历史走到今天，希腊文明的中心显然聚集在雅典。恰如人文学者余秋雨所说："要深入了解它，先要荡开一笔，看看它的背景性土壤。理所当然，先去伯罗奔尼撒半岛。"

超出一般世界史知识的是，希腊文明的早期摇篮，也这伯罗奔尼撒半岛之上，尤其是其中的迈锡尼。如果你取道阿提卡进入伯罗奔尼撒，不经意会忽视希腊大陆和该岛之间还有一条狭窄的地峡，科林斯运河横越地峡，把该岛屿的一端和大陆相连。

清晨，我们从雅典出发，沿着北岛海岸线西南行百余千米，经过峻峭的山路，就来到了科林斯运河处。这条运河在世界上虽不出名，但在希腊却是大名鼎鼎。这是一条长6000米、宽23米的短而窄的运河，水平线到岸上有90米高。虽然很小，但它开凿时却是一项相当艰难的工程。我从上往下望去，一艘轮船正穿行其间，就像一辆甲壳虫小车缓缓而行。

站在横跨柯林斯地峡的铁桥上，可以欣赏到高80米、宽24米的狭长深水道，两边垂直切割，工整的悬崖地形，十分壮观。

我到过苏伊士运河，这里的险要一点儿也不比那里差。

其实，我这里要说的，还不是运河的本身。而是运河所处的独特的地理位置和历史价值。运河将伯罗奔尼撒半岛与希腊大陆分割开来，使得伯罗奔尼撒半岛实际上成为了一个岛。科林斯运河是潮汐水道。连接科林斯湾和萨罗尼克湾，接通爱奥尼亚海和爱琴海，是爱琴海群岛通往爱奥尼亚群岛及意大利的快捷方式，也是雅典通往伯罗奔尼萨半岛的大门。

神话是人类童年时期的产物，它具有永久的魅力

再来说说"特洛伊战争"。特洛伊战争是以争夺世上最漂亮的女人海伦为起因，以阿伽门侬及阿喀琉斯为首的希腊军，进攻以帕里斯及赫克托尔为首的特洛伊十年攻城战。希腊神话中，这场因绝世美女引发的人神交战，是最为人熟知的故事之一。

公元前12世纪，迈锡尼王国为了争夺海上霸权而跟小亚细亚西南沿海的国家发生冲突，其中最著名的就是特洛伊战争。然而，根据《世界通史》的论述，特洛伊地处交通要道，商业发达，经济繁荣，人民生活富裕。迈锡尼文明后期，残酷的王位之争愈演愈烈，城邦间更是战争不断。为了转移矛盾、掠夺财富，迈锡尼国王阿伽门侬振臂一呼，其他城邦群起响应，发动了特洛伊战争。

神话是人类童年时期的产物，它具有永久的魅力。根据《荷马史诗》记载，希腊人血战10余年，仍然无法迫使特洛伊人缴械投降，最后是奥德修斯贡献的木马计帮助希腊人攻陷了特洛伊，这就是著名的"木马屠城"。

由于穷兵黩武，迈锡尼王城里留下了大量青铜制作的面具和武器。太多的征战，太多的杀戮，最后连王城也沦落为一个堡垒。与其他文明遗址相比，一度强悍无比的迈锡尼显得那么局促和单调，这真是一个干涩的悲剧。

古往今来，打仗都是以雄厚的物质基础作重要保证。这场战争没有胜利者，得胜归来的希腊各国（以迈锡尼为首）无不疲惫不堪、财力空虚。螳螂捕蝉，黄雀在后。虎视眈眈的多利亚人多次兴兵乘虚而入，终于在特洛伊战后60年入侵成功。自此，希腊历史展开了新的一页。

一场战争拖垮了一个文明，这也是特洛伊战争备受关注的一个原因。

大约150年前的那个夏天，一对德国青年夫妇（谢里曼和索菲亚）迷

醉于这片山地。他们不是被这里的景色所诱惑，也不是为这里的美食所倾倒，他们关注的，是我们常人不感兴趣的、看不见的地下。他们都是"荷粉"（荷马的粉丝），是那本人们看似子虚乌有的神话故事，牵动了他们的神经……他们硬要在神话中找到真实的故事。

可能是上帝也被他们的虔诚所感动，他们的努力终于有了结果。德国考古学家谢里曼发现了古希腊特洛伊城的遗址，通过大量实物的研究，他认定特洛伊的故事是真实的。这是一场人神合一，进行了10年的战争，与《荷马史诗》中的故事高度吻合，得以证实。虽然后来很多考古学家持怀疑态度，但古希腊人对神的崇敬，是不容怀疑的——那是一个诸神共舞的时代。

整个希腊都应该感谢他们，是他们，找到了希腊历史的重要源头和根脉所在。

希腊神话里流传了2000年的传说之城迈锡尼，19世纪才在伯罗奔尼撒半岛重见天日。这座千年古城，在十年战争中扮演了"人神会战"的关键角色。

这是一个很值得研究的现象，希腊人的源头都是外国人给找到的。克里特岛的米诺斯王宫是英国人发现的，而迈锡尼遗址的发现任务，又交给了德国人。

许多世纪以来，人们一直以为阿伽门侬的坟墓在著名的"阿特柔斯宝库"。相传"阿特柔斯宝库"是阿特柔斯父子埋藏财宝的地方，它位于距狮门西南约500米的一个山谷中，一条长达35米的壮观的石头长廊是通向这座传奇式坟墓的入口。

这里随处可见的石头崇拜——图腾，粗看上去是一堆石头，杂乱无章。每一块石头都有灵性，沉默数千年之后都会说话。

石头成了这儿天然的主角，其余所有的都成为配角，包括那个最初文明时代的国王。

我穿地石头阵，枕着石头组成的窄窄狭缝，侧着身子缓缓向前，想一睹其中有何宝物。映入眼帘的，长廊用石块精工垒砌，犹如两堵石墙。

　　走廊的尽头是一个由巨石砌成的门，门的结构同狮门相似，上面为三角形，下面为长方形。

巨石门

　　博物馆的资料中，我同样找到了它的精确数字，上下之间用横梁隔开的巨石长8米、宽5米、高1.2米，比狮门的横梁还重80吨。整个石门棱角分明整齐，令人赞叹。

　　经过这道门，就进入了一个直径15米的圆形大厅，大厅的造型很奇特，顶部由一系列打磨得很整齐的石块垒砌，石块向内排列直到中心相会，形成一个蜂窝状的圆顶。

　　我知道，那应该就是有名的圆顶墓建筑了。

唯一让迈锡尼留名于世的人，不是君主，不是将军，也不是学者，而是一位诗人

古希腊文明，就指的是克里特岛的米诺斯文明和迈锡尼文明。

站在人类历史长河的源头，我们来看看还有哪些富有纪念意义的标志性事件——

在中国，大禹治水成功，"禹以铜为兵，奚仲造车"。权力模式起源。中国史官沮诵、仓颉创造文字。二里头文化出现。夏朝始立，"家天下"开启。监狱始建。

在古印度，印度河文明开启，其文明中心在印度河的哈拉巴和摩亨佐·达罗两地，称"哈拉巴文化"。

在两河流域，古代两河流域乌拉尔第三王朝创立者乌尔纳姆在位，颁布《乌尔纳姆法典》，为世界第一部成文法典。苏美尔地区出现奴隶制城市国家。

在古埃及中王国时期，青铜器广泛应用，开发法雍湖地区，修建卡尔纳克神庙。上埃及统治者美尼斯征服下埃及，初步形成统一国家，埃及第一王朝形成，准备大规模兴建金字塔，狮身人面像落成。

航标灯从这里发轫，文明开始螺旋式上升。由此看来，迈锡尼文明是人类文明长河中，不可或缺的代表。

在伯罗奔尼撒半岛。当我们的车停在一条安静的小街，我发现窗外有一对相依的情侣。男子慵懒地半躺在女子的怀里，阳光洒在女子褐色的长发上。旁边是几棵黄了叶子的大树，树叶撒落在他们身后的地面。

情侣并没有讲话，旁若无人地沉浸在自己的情绪里。

这是一个让我感动的场景，我向他们举起了像机。情侣终于发现了我，非常友好地向我招了招手。当我们离开时，他们仍然安静地坐在原地

享受属于自己的美好时光。

时间是最好的裁判，一个繁荣富强夹杂着穷兵黩武的"迈锡尼时代"早已远去，这块天空下的太阳，温柔而又吉祥。

下午时分，残阳斜照在山坡上，给人一种残缺而狰狞的美。

荷马从迈锡尼的血腥山头上采撷了千古歌吟，然后与其他歌吟一起，为希腊文明做了精神上和文学上的铺垫。因此迈锡尼的最佳归属，应该是荷马，然后经由荷马，归属于希腊文明。它不属于任何一个形式上的胜利者，只属于荷马。

历史的最终所有者，多半都是手无寸铁的艺术家。

唯一让迈锡尼留名于世的人，不是君主，不是将军，也不是学者，而是一位诗人，而且，他已经失去视力——他不是盲人，他比世间的任何人都看得更清楚。

残阳如血，站在古城的废墟上，我的耳畔仿佛回荡起一首诗，在那首《荷马与迈锡尼》的诗里，我听到了悠远的意境——

给荷马一把竖琴/让他像瞎子阿炳一样千古弹唱/不是在二泉/是从刀切剑割般的科林斯运河/逆流而上像一只鹰/在不朽的伯罗奔尼撒半岛上空/猎猎飞翔。

寻找迈锡尼/寻找杀戮的阴霾/当嗜血的狮门洞开/当累累战车的辙印辗过/断壁残垣以及/金叶包裹的幼婴与嫔妃/除了硝烟/除了横尸千里血流成河/刀戈斧钺沉寂之后/城郭热土山河茫茫/坟墓如硕大的帐篷一样/升起之时/另一番防御工事的筹建随即开始/工匠们以巨大的石材/坚硬的青铜/堆造出一个远古王朝/一切可能的光辉和荣耀。

终逃不过坍塌直至颓败的劫数/冤魂不散魔咒发力/一座固若金汤的堡垒/一个盛极一时的城邦/弹指之间灰飞烟灭千古不复/而谁来抚慰/一茬茬倒下去的亡灵/百年之后/只剩一个盲者/饮血残阳之下/在反复歌吟。

杂乱的石头

第 20 章
高深莫测的海德堡

海德堡的主街是这座城市的历史见证。古往今来多少文化界、科学界和王室知名人士来此居住、逗留。一栋楼一栋楼地走过去，在主街上，可以看到许多镶在墙上的纪念铭牌，表示某位名人某年某月在此居住。

这里每一栋房子都有自己的个性，也流露出房主的品味。

在海德堡，说不清是大学包围了城市，还是城市包围了大学。

看到海德堡大学，忽然想起了一段历史，"二战"时期，盟军几乎把德国夷为平地，可海德堡作为唯一幸存者，未遭到任何轰炸。

这，无疑与那座600年历史的海德堡大学有关。

据说，美国盟军司令就是从海德堡大学走出来的留学生，很多参与此次战争的将领也都从此校毕业。是他们，让母校及母校所在的城市幸免于难。

据说"二战"之后，海德堡的市民热泪长流，拥到海德堡大学去祈祷感谢。一所大学保住了一座城市，这在人类历史长河中都是值得大书而特书的事。

数百年匆匆而过，踏进城堡，给人一种阴暗中的心虚、陈旧中的慌乱

一不留神，我走进了海德堡最大的古堡。

海德堡是不是因这个古堡得名，我不得而知。抬头四顾，那古堡实在是巨大雄伟。

这是一个已经废弃了的千年古堡，粗看上去应该是罗马帝国时期的产物，布满沧桑的墙体和已经老态龙钟的内饰，都给人一种莫名的震撼。

海德堡地处浅丘，中间是静静流淌的莱茵河，河的两旁是渐起的山丘。古堡就在山丘的高处，视线极为开阔，直面莱茵河和对面的大片山丘。我抬头便问，这古堡的名字一定很有讲究吧？周围没有任何人回答我，再去问导游和在古堡卖纪念品的商家，他们都摇着头："不知道。"

我不相信，这么一个重要的古堡会没有名字？

就是在这个古堡里，我看到了可能是世界上最大的酒桶——卡尔·路德维希酒桶。

这倒怪了，古堡没有名字，它里面的酒桶却有着名字。它安放在城堡中心广场西边一座碉堡形的建筑中，如果不介绍，你一定会以为那是一个粮仓。酒桶卧放着，高7米有余，长约8米，站在地上仰视就像面对一座小山。

古 堡

酒桶下端有阀门，是取酒的所在。但怎么把酒装进去呢？那就得爬到酒桶上面。可以从此桶的两边40多级木楼梯上去，楼梯呈"S"形直到顶部。

我们绕有兴致地爬上楼梯，酒桶太大，留给楼梯的地方很窄。这楼梯真陡，陡得让再年轻力壮的人上去也都得扶着。楼梯的尽头就是酒桶的最顶端，上面盖子捂得紧紧的，桶的一侧有一个盛酒的阀门，但不是很大。

下得楼梯，回到地上，又看到桶的底部也还有一个小空，却是没有阀门，估计早年就已经废弃了。我在想，这么大的一个酒桶，城堡的主人应该是爱酒之人。但即使如此，就是全城堡的人都是酒仙，天天喝得烂醉，也要喝上几年。因为这个酒桶可容纳葡萄酒20多万升。

可以遥想，沉浸在这酒桶里的故事，一定也是很刺激很新鲜吧。

桶的四周是横七竖八的涂鸦。

看着眼前硕大无比的酒桶，我在思索着一个问题：酒桶外面并没有十分开阔的可以摆酒席的场所，是就地消化，还是运到另一个地方享受？酒桶再大也只可能贮一种酒，对于这个小小的城堡而言一直喝这种酒，在口味上是否过于单调？几千几万个人醉态醉梦都如出一辙，这岂不成了另一个桎梏或监狱？

可以看出，古堡的主人一定是好酒之徒或有一定规模的酒商，要不他不会想出如此让后人捉摸不透的"馊主意"的。

酒桶就如同眼前那密不透风的古堡。站在平台岗楼上可以俯视脚下的一切水陆通道市镇田野，当年如有外敌来袭或内乱发生，战况悉收眼底，而背后的几层大门又筑造得"一夫当关，万夫莫开"。城堡内屋宇森罗轩敞，地面高低盘旋，可以想象当年贵族王侯们安全而又不安全、舒适而又不舒适的生活状态。

这是一种权威，也是一种囚禁，那年月大地荒蛮，群雄割剧，权威的专利就是如何把囚禁自己的监狱造得漂亮而坚固。

酒桶的右侧，通过一条不长的回廊，是一个十分宽敞的平台，估计能同时容纳上百人游玩。平台的尽头是两处小亭，应该是士兵放哨的哨位了。

平台是一处极佳的留影之地，居高临下，可以鸟瞰大半个海德堡之城。天色灰暗，闪光灯的此起彼伏之中，我暗自惊叹古堡主人的眼光——这是一个典型的易守难攻之地，古堡占据着山上有利的地形，密不透风的城墙拒敌于之外，正面开阔的空间尽在视野掌握之中。

难怪这样的古堡会保存千年，除风剥雨蚀之外，至今仍完好无损。

就是在这样厚重的地方，富有人情味的玩笑也照样开。在古堡的平台的石板上有一个脚印，据说是古堡的主人外出御敌时，女主人在家偷情，不料男人回来了，情人狗急跳墙，从高处跳下来，在石板上踩下这个千年脚印。每每有游客来此，导游都要让男士将脚踩上去比比大小，众男人不知何故，纷纷叫嚷着说"自己的脚最合适"。

待导游揭开谜底，众人大笑，"最合适"的那个男人又多了一个"浑名"。

数百年匆匆而过，踏进城堡，给人一种阴暗中的心虚、陈旧中的慌乱。

蹑手蹑脚地走了半天才开始踏实，因为我们大体看清了当年这里的无聊。古人的繁忙和古人的无聊只要留下遗迹，都可以被今人欣赏，但与现实生活不同的是，欣赏无聊的遗迹更有味道。

站在狮子泉下，读一封来自138年前的信

繁忙，大多是一种蒸腾的消耗。海德堡早已是一座闻名世界的工业城市了。就文化景观而言，除了那个有着巨大酒桶的老城堡外，还有海德堡大学了。

一个以气质取胜的城市，仿佛有着咒语般的力量，使最美的东西得以保全。海德堡是德国著名的浪漫之城，她实在有太多的理由值得人们去宠爱。这里的城市和大学完全融合在一起，互相补充，互相熏陶，即使历经岁月的磨砺，却依然充满着青春的灵秀之气。

海德堡大学紧邻莱茵河，是欧洲最古老的大学之一，没有围墙，因此学生们弥散四周，处处可见，使这座城市又被称为"大学之城""青春之城"。

以风景秀丽、情调浪漫著称于世的海德堡，其最古老的大学——海德堡大学，距今已有600年历史。其在校大学生人数占整个海德堡居民的三分之一，再加上教职员、科研人员和全世界来来往往的留学生及外国访问学者，让海德堡成为十足的大学城。

抬头望去，一只头戴王冠、高擎宝剑的雄狮仿佛正在仰天愤怒嘶吼，耳边传来的却是轻柔的淙淙水声。这是海德堡老城，大学广场正中著名的

狮子泉。老城的各种游览观光活动多数以此为召集点，但在更久远的时代里，它是海德堡大学学生每日各项活动的地理中心。

站在狮子泉下，会读到一封来自134年前的一封信——

上午7点的逻辑课迫使我一大早就要起床。每天早晨还要围着击剑厅跑1小时，然后诚心诚意地一直挨到听完我的课。

11点半到隔壁花1马克吃午餐，有时还要喝上1/4升葡萄酒或啤酒。

然后我和奥托、小旅馆老板伊克拉特先生常常一起去滑旱冰，玩到14点，我们就返回各自的住处。我温习听课笔记，读施特劳斯的《旧信仰和新信仰》。

下午我们有时去爬爬山。晚上我们又在伊克拉特那里聚会，花上80分尼吃一顿精美的晚餐，接着照旧去读洛策的《人类社会》，我们已经对它进行了最热烈的争论。

这是1882年韦伯写的一封家信。我环首四顾，试图回望138年前，那个刚刚通过大学入学考试，来海德堡修习法律的18岁少年马克斯·韦伯眼中的景物。

马克斯·韦伯是中国人熟悉的社会学家，海德堡大学是他的母校又是他从教的学校，这一点让他引以为自豪。他对古代中国、埃及、巴比伦和印度有着较深的研究，后来他惊奇地发现西方文明是一系列来自于希腊和罗马、成熟于市场经济的精神和方法，像理性观念、公民观念、专业观念，像社会结构意识、自由劳动意识、海上贸易意识，像系统方法、实验方法、数学方法……组合在一起才是西方文明。

一个与一座城的缘分，一座城与一个人的坚守，很大意义上就是献给马克斯·韦伯和他的海德堡的。难怪霍尼希施海姆曾这样写下流传很广的名句："任何一个人想要绘制一幅马克斯·韦伯的画像，无论像中人是作为学者的韦伯，还是作为一个人的韦伯，都必须以他那个时代的海德堡为背景。"

建成于1844年9月18日的17处山顶墓地是继海德堡大学之后，海德堡另一个意义上的财富。如果想要了解海德堡19世纪末到20世纪初的文化、政治、经济背景，山顶墓地是保存完好的极佳的历史档案。因为那里埋葬着那个时代海德堡最有名望的一群人，实业家、政治家、艺术家，但绝大多数，还是与海德堡大学有着千丝万缕联系的学者。

韦伯的墓地就在半山腰，他以这种特殊的方式，一直与这座他终生钟爱的城市厮守着。韦伯在全世界有无数崇拜者，所以他的墓地，也无疑成为人们拜会最多的一道景观。

也许不止这些，马克斯·韦伯在海德堡是一个永远在场的代表海德堡精神的灵魂人物。在海德堡，这个他生活过的地方，马克斯·韦伯的身影从来没有消失过，

神奇的"海德堡精神"。每一个人身上，都会产生"一个人与一座城"的化学反应

对于读书人而言，生活在海德堡，买书应该说是一大乐事，海德堡的书店自然也不少。这些鳞次栉比的书店，成为海德堡最独特的最有魅力的风景标志。据悉，在这座仅有13万人的小城，上规模的书店就有28家。每隔几十上百米就有一个书店，成为仅次于饭店的公共场所了。

书店多了，彼此竞争也就激烈，激烈的竞争无疑提高了书店的服务质量，在海德堡购书，你会享受到真正的上帝级的服务。据说每个书店都有一大批固定的购书者。德国人都喜欢把自己经常光顾的书店，称为"我的书店"，这一现象十分有趣。

海德堡大学广场四周的100多米左右就有五六家书店，同样的货品，同样的价格，你去哪家？此时此刻，服务质量便占了上风，哪怕一点点的差异，也会在你心里的天平秤上显示出的巨大落差，这个落差最终决定着你脚步的走向。

不用说，这里的书店都是开架营业。如果对一本书犹豫不决，店主会

给你出主意，"带回家去看看再说吧"，当你听到这样的话定是大感意外，他们相信你不会因为一本书断送了彼此再见的机会。

有时候，一本厚书只有少数几页对你有用的话，店主会慨然同意你借回去复印，仅是一本书就能够看出店主的豁达与大度。

其时，你也知道他们的目的只有一个，那就是尽最大努力拴住你的目光和脚步，直到使你无法拒绝为止。

阅读一本书，最有趣的地方不单单是阅读一本书，就如同博尔赫斯曾言，阅读一本书最大的乐趣就是仿佛看到了自从成书之日起经过的全部岁月。也许，博尔赫斯所谈到的还不是阅读的极致，我们甚至可以说成是从书中描述的那些曾经鲜活的人物所生活的日月开始到现在为止的全部岁月。

对我来说，阅读尼古劳斯·桑巴特的《海德堡岁月》就是这样一种生动无比的体验。《海德堡岁月》是关于他一段青春的回忆录，回忆开始于1945年，德国战败投降，从北部的汉堡到南方的慕尼黑，整个德国四处是残垣断瓦、缺衣少食、屠杀的记忆、失败情绪、苏联和美国士兵……一等兵尼古劳斯·桑巴特以一名退役老兵的身份来到海德堡——静谧而灿烂的大学城，或许也是唯一幸免于轰炸的城市——开始他的学生生涯。

尼古劳斯和他的朋友们，整夜地畅谈书籍与思想，一心要创办表达自己这一代声音的杂志。他进入大师们的书房聆听教诲，在小酒馆里大吵大嚷，还在深夜翻过窗户去和女友偷偷幽会，享受扼杀在枕头下的低低呻吟……

对他们来说，整个世界与人类的历史，都是一个探索之物。他们试图通过各种道路抵达终点——思想、酒精、爱情、友谊、争辩、旅行……

《海德堡岁月》一书中，尼古劳斯·桑巴特曾半开玩笑地开出一张成为知识公民的基本条件列表："1万本书、3打哲学体系、2000种音乐作品、2万件艺术作品、1万条历史数据、5000本传记、20001条自然科学知识。"

要获取这样的基本知识，大概要花20年的时间，而且不只靠记忆技巧，还要面对如何有效工作的问题。以培养这种知识公民为宗旨的古典学院，与工业革命后帮助青年人做好职业准备的现代大学，根本是两种不同的事物。

尼古劳斯在《海德堡岁月》中所看重的不是他如何学习成长的变化历程，而是他一直都在思考的"海德堡精神"。在他看来，海德堡之所以能在战火中岿然屹立、毫发无损，而且能把一种学习、思考和理性的氛围传递给在这里生活的人正是有一种海德堡的精神暗流悄悄影响着人们思维观念。

他甚至毫不掩饰地说，他对海德堡的爱，是和人物及他们的命运有关，和人，和人的性格、观念与理想有关，"其客体是非物质的、'精神的'、是符合黑格尔世界精神的意义的"。

这个迷人的海德堡，这种令人神往的海德堡精神，存在于一个个老人的记忆中，存在于一本本的书的记载中，也存在于一次次的争论中，更存在于那些对知识充满渴求、对思想者充满敬意的年轻的生命躯体中。

严格来说，所谓的海德堡精神是德国精神历史的产物，是一代代人，尤其是那些伟大的思想者的精神遗产和他们自身人格精神的延续。

海德堡精神无关乎个人，但是在那里生活的每个人却能时时刻刻感领到这种精神的影响和引导。

时隔百年，远在时间之外的我们，已经无法亲身感受到代表这种精神的大师们的风采，但是透过尼古劳斯的这些发黄的文字，那些名字依然焕发耀眼的光彩。

很大意义上讲，对于"一个人与一座城"的命题与诘问，并非仅仅是马克斯·韦伯和尼古劳斯·桑巴特这两个特例。其实，只要来到海德堡待上几天，几月，几年……甚至一生，你都可以或多或少地感悟出这里不一样的气场，把自己放进去酝酿。

由是，每一个人身上都会产生"一个人与一座城"的化学反应——这就是海德堡的神奇魅力。

你不得不佩服，小城虽然只有13万人口，却有13位诺贝尔奖的获得者

刚刚踏上进入海德堡的古桥，立即被一群业余乐手演奏的《梦幻曲》所吸引，这是德国作曲家舒曼的名作，乐曲柔曼空灵，如泣如诉，宛如桥下的碧水轻轻流过。古桥南岸的桥头堡巍然屹立，与山头的古堡遥相呼应。

桥头竖立着两座高大的雕像，靠南的是一位身着戎装的王公；靠北的是智慧女神雅典娜。

古老而残缺的古堡坐落在城市后山上，据说从13世纪开始修筑，历经7个王朝。可惜数百年的风霜雨雪，天灾人祸，使它几乎沦为废墟，只有一座拱门完好无损，那是弗里德里希五世为了向来自英国的王后表达爱意，在她19岁生日时，派人一夜之间在古堡花园建起的一座大门，命名为伊丽莎白门，门上镌刻着一句献词："献给最心爱的妻子伊丽莎白。"

四周的一片残垣断壁中，如今映入我眼帘的这座拱门，显得很孤独，但很坚强，大约是爱情的力量创造的奇迹吧。

海德堡的主街是这座城市的历史见证。古往今来多少文化界、科学界和王室知名人士来此居住、逗留。一栋楼一栋楼地走过去，在主街上，可以看到许多镶在墙上的纪念铭牌，表示某位名人某年某月在此居住。

这里每一栋房子都有自己的个性，也流露出房主的品味。

主街51号，费里德里希楼前，有著名化学家、光谱分析的发明者本森（1811—1899）的铜像，他曾在海德堡大学任了6年教授。主街84号，哲学家费尔巴哈的妻子曾于1852—1868年在此居住。主街160号，音乐家舒曼于1829年在这里确定了自己一生的音乐道路。主街50号，标志牌注明曾住过哲学家黑格尔（1817—1818），他漫步过的道路，也是德国作家诗人赫德林和艾兴多夫经常散步、思考人生、探索哲理的地方，现称"哲学家之路"。

哲学家之路是一条很美的山间小路，正对着海德堡的老城区，中间隔着一条内卡河——德国的诗人之河，如银色曲线一样缓缓折向远方。

哲学家小径以一段窄窄的、不平整的柏油路开始，新旧沥青的颜色交替在一起，路两旁是红色的石墙，墙旁停着几辆四人座的汽车，墙内是一栋栋两层的小楼，不知什么人住在其中。红色的石墙，是海德堡的标志。

在海德堡就不得不说人文、哲学，就像在巴黎左岸不得不谈读书一样，它们都是因为此而存在的。你不得不佩服的是，小城虽然只有13万人口，却有13位诺贝尔奖获得者。这便是海德堡的力量。

从俾斯麦广场向北，就是跨越内卡河的西奥多-休斯桥了，而哲学家之路就在河对岸的山上。小径的坡度很陡，要花上些力气才上得去，如果哲学家徒步而上，可能分不出心思来思考。

再往上走，坡势平缓了，房屋也消失了，只有红色的石头还在，四处是绿树、野草和葡萄藤都，空气愈加清新，四周一切安静，可以听得到自己的呼吸声。

在哲学家之路上散步的时候，我不禁想到那些曾经迷惑我的问题，比如爱情、死亡、宇宙的奥秘、人生的意义等。

哲学家之路上，唯一留下名字的，是一位诗人。

一个僻静的角落，几枚熟透了的李子，在清晨的阳光中散发出淡淡的酒香，红砂岩的石碑上刻着荷尔德林的名字，还有几行诗，可能是他赞美海德堡的那首：

> 灌木丛繁荣其上，直铺深谷，
> 背靠山丘或怀抱河滩，
> 蔓延你欢乐的小巷，
> 它们休憩在你芬芳宁静的花园之下
> ……

有人说海德堡是一个"路过之地"——由于地处南北交界，往北有马堡、柏林，往南有图宾根、弗赖堡，都是哲学重镇。作为历代大哲学家的必经之地，费希特、谢林、黑格尔、费尔巴哈、海德格尔都盛赞过海德堡的美丽，或者在这里停留过，与海德堡相互荣耀。

正对着圣灵大教堂，在市政府前的广场有一块纪念牌，是纪念歌德1775年从这里被魏玛国王招去的史实，这是歌德生命中具有决定意义的转折点。

歌德曾经在这里为玛丽安娜写下了著名的诗句——"海德堡，是我把心遗忘的地方"。那是1815年秋天，66岁的歌德从魏玛来到海德堡参观古画收藏，邂逅了玛丽安娜，她气质高贵，举止文雅，而且擅长诗歌和音

小 径

迷雾与城堡　　　　　　　　　　山 间

乐。他俩一见钟情，并且他们在精神上是极度地合拍，玛丽安娜甚至参与了歌德若干诗篇的创作，歌德亲切地称她为"活缪斯"。每逢傍晚，他俩便手挽手到古堡花园散步，他给她朗读自己的作品《塔索》中的片段，并把玛丽安娜的名字用阿拉伯文写在花园的沙地上……这样度过了两周美好的时光，歌德恋恋不舍地离开了玛丽安娜。

从此，他俩再未见面，不过在此后歌德在世的17年中，他们一直有书信来往，互相以诗歌表达思念之情。歌德把她的诗及自己的一部分作品，收在1819年出版的诗集中，以纪念这段刻骨铭心的爱情。

在海德堡，说不清是大学包围了城市，还是城市包围了大学

100年后，海德堡市政府在古堡花园建造了歌德纪念碑，碑的上端安放着歌德英俊的青铜头像，碑上镌刻着他的生卒年代。碑旁安置了一张饰有"爱情鸟"图像的石椅，石椅下方刻着玛丽安娜的诗句："高墙开花之处，我找到了最爱的他。"

此时的耳畔仿佛响起歌德的轻喃："海德堡，是我把心遗忘的地方……"其实，何止是歌德，多少人把心里美好的部分都留给了海德堡。维克多·雨果也在这座小城留下了一句名言："我来到这个城市10天了……我是多么的不能自拔。"

在这样一个轻易就纠缠了情感的地方，好像每个人都会变成诗人。多少人在莱茵河畔汲取了创作灵感，从而使这座小城成为那个时代浪漫主义的神殿。

在这里，国王曾经为了表达爱情而一夜之中修建起华丽辉煌的拱门。再加上山岗上那座曾经叱咤风云的城堡遗迹，使得整座城市渗透出一种浓郁得让人心醉的浪漫情怀。以至所有的旅行指南上都写着："海德堡，歌德把心遗忘的地方。"

几百年来，有无数诗人、作家、画家对这里一见钟情，然后都像歌德一样"把心遗忘在海德堡"。这个德国最美丽的城市，让人感受到她洒脱

拱门——伊丽莎白之门

不羁的浪漫。无怪乎歌德会在古桥畔惊叹："我在这里所看见的，真是个美丽的新世界啊！"马克·吐温说海德堡是他到过的最美的地方，诗人艾辛朵夫曾为海德堡做颂，韦伯索性住在海德堡完成他不朽的乐章……

中国台湾作家龙应台的小说也有个煽情的标题："在海德堡坠入情网"。海德堡真的是一个适合坠入情网的城市。这里安静闲适，美丽的莱茵河静静地流过整个城市，无限的温柔，就让我醉死在这里吧。河上的老桥在夕阳下闪闪发光。山丘上的古堡沉着地俯瞰着这个美艳得不可方物的城市已经有几百年了。

初访海德堡的感觉很奇怪，有一见钟情的感觉，仿佛我已寻找这个城市已经很久了。

今天看来，在海德堡这样的城市有一座古堡和海德堡大学，真是彼此的幸事。古堡那个密不透风的院子里，有几排长长的迁椅放着，我们正在建议可以站在迁椅上，以古堡为背景，来一个集体合影时，在一旁卖纪念品的男主人很快上来阻止。原来这是专供河对面那些大学生毕业时来这儿留影的，海德堡大学的毕业生都有这样一个习惯，每当毕业时，都要来此与古堡合影，戴上学位帽，身陷古堡的幽深处。

学生们在与古堡对话、勾通灵性之后，便带上这样一张极富特色的照片，然后再与学有所成的学业一道，踏上征程，奔赴心仪之地，若干年后再将照片掏出来，那心头泛起的滋味一定是回味无穷。

我不知道这种习俗与古堡的历史背景有没有关系，但我想这绝不会只把古堡当成一种风物而已。

一座城市填充了那么多亮丽的生命真是福分，满街的活力使老墙古树全都抖擞起来。中心商业街也与校园连在一起，结果，连一般市民也有了一种上学心态，而且永远不能毕业，一有空就喜欢浑身斯文、满脸新潮地坐在咖啡座上，这里的人们把大街当作了课堂。

难怪人们都说，在海德堡，说不清是大学包围了城市，还是城市包围了大学。

看到海德堡大学，我忽然想起了一段历史，"二战"时期，盟军几乎把德国夷为平地，可海德堡作为唯一幸存者，未遭到任何轰炸，我们看到的那座古堡也完完整整地保留了下来。

这，无疑与那座600年历史的海德堡大学有关。据说，美国盟军司令就是从海德堡大学走出来的留学生，很多参与此次战争的将领也都从此校毕业。是他们，让母校及母校所在的城市幸免于难。

这真是一个惊心动魄且十分温馨的故事。

据说"二战"之后，海德堡的市民热泪长流，拥到海德堡大学去祈祷感谢。一所大学保住了一座城市，这在人类历史长河中都是值得大书而特书的事。

极目远眺，老桥、古堡、尖塔、河流，尽收眼底。城市的边际线有森林簇拥，森林里光线瞬息多变，随便挑一张山间长凳上长坐，闲看青山白云，倾听对岸教堂的钟声——就这样长此终老，也不失平生幸福。

山中远眺

第21章
吕贝克，从未走出中世纪

城门，城堡，街道，教堂，绿色的尖顶，红砖红瓦……或许，从诞生那一天开始，吕贝克的小，就是用来模仿和复制的。

汉萨同盟早已灰飞烟灭，商业的血液，早已注射进这座城市的肌理。

拐进一条老街，我偶遇这样一幕，红砖建筑，绿草坪前，太阳底下，8个几岁大小的小孩坐在草坪上，旁边支起一口锅，锅里是燃烧的柴火。一位身着中世纪服饰打着绑腿的男子，正用钳子夹着一块小金属在火焰上烧着，他旁边有一个很小的容器。

一会儿过后，那块小金属软了，就放进小容器里，接着再烧，金属彻底融化，水银一般地在容器里。再冷却，一枚中世纪的勋章制作而成。

我当然听不懂老师讲的什么，从他的表情和手势，我想他正在讲述中世纪的吕贝克，讲3个诺贝尔奖得主，讲那些教堂为何"体弱多病"……这些都与他要讲的主题——勋章有关。

孩子是吕贝克的未来，吕贝克是孩子的保姆。

而勋章，是他们永恒的主题。

赫尔斯登城门前，躺着两头"睁一只眼闭一只眼"的狮子

坐在赫尔斯登城门外的睡狮旁，我注视着前方百米开外的门洞里，望着那片一尘不染的老城发呆。那是中世纪的产物，那门，和门里的一切，数百年来几乎没有发生过变化。也就是说，就算康熙来这里，看到的也是和我同样的景致。

恍然间，我顿生一种恍惚感，觉得眼前看到的特别不真实。那门，和门里的一切，都是一种幻觉……我回到了汉萨同盟时代，看到的是一个辉煌的吕贝克；我又回到了飞机轰鸣的"二战"时代，看到的是一个哭泣的吕贝克。

狮 子

我的身旁，人们在草坪上忙着摆弄各种造型，争相拍照留影。坐在草坪上，阳光甚好，或仰望蓝天，天朗气清；或面朝大海，春暖花开。

赫尔斯登城门

赫尔斯登城门是为吕贝克量身定做的标志，一定意义上讲，也是德国最显著的标识。这里是观看吕贝克的最佳之地，由是，我静坐于此，默默地摸着睡狮的头，久久不愿站起身。

此次德国之行，想写的地方有很多，可以列一个长长的单子，国会大厦、柏林大教堂、柏林墙、汉堡、洪堡大学……都是些历史厚重的地方，且可以写得很出彩。但我最先想到的却是吕贝克，一个很有故事的古城——也是因为在赫尔斯登城门坐久了的缘故，总有一种看不够、看不透的感觉。

之前虽然两次到过德国，但都没有这次看了赫尔斯登城门之后的那种写作冲动。

既然如此，那就从视野中的赫尔斯登城门写起吧。最先认识赫尔斯登城门是第一次去德国之时，在德国50元马克纸币的正面，就是赫然醒目的赫尔斯登城门特写，两个高帽子一样的圆锥尖塔夹着一个大大的门洞，门洞上面是四层由窗户组成的排楼。

能入国家货币图案的法眼，肯定有其过人之处，也可看出赫尔斯登城门在德国的影响力。

这城门给人的印象太过深刻，以至过目不忘。之后在涉及德国的影视纪录片、人文旅游画册上，我也多次见到过，算得上德国明星级人文景观了。

一定意义上讲，它不仅代言吕贝克，也应该是"德国之门"了。

很多人眼里，能代表"德国之门"的，无疑是地处柏林市中心的勃兰登堡门，它是柏林的标志，也堪称德国的国家标识。相对于赫尔斯登城门，修建于1791年的勃兰登堡门更现代、更气派、更具有象征意义——这座以雅典卫城城门为蓝本，门顶上镶嵌着胜利女神驾驶四轮马车的铜像，张开翅膀的女神手持权杖，还有橡树花环、铁十字勋章和展翅鹰鹫的陪衬，这一切元素都指向"胜利"。

我以为，赫尔斯登城门就是另一个意义上的勃兰登堡门。它们彼此有一种历史传承关系，特别是门楼上镌刻的那行金色和平宣言："对内和谐，对外融洽"，都是德意志精神最本真的表达。

初看上去，赫尔斯登城门很像一处安徒生笔下的童话城堡，两个尖尖的塔楼直指天空，似乎有种魔力，推开城门，你就进入一个童话般的世界。放眼一望，屋面用的都是德国拉斐天然石板瓦，沉稳大气，充满历史韵味。闭上眼睛，就能想象当年的吕贝克是怎样的一个场景。

地处海边又富得流油的吕贝克，在海盗猖獗的中世纪，自身安全问题肯定是头等大事。当时，只有四座城门可进入吕贝克城，现在只剩下两座城门，一座是地处北边的吕贝克城堡门，此门修建于15世纪中叶，晚期哥特式风格；另外一座位于城西，就是赫赫有名的赫尔斯登城门，也差不多晚二三十年建成，为增强其威武性和仪式感，1685年又新增了巴洛克头盔状屋顶。

赫尔斯登城门是吕贝克唯一完整存留的中世纪城堡大门遗迹，也是现残存的中世纪老城墙中最美的一部分，主要由南北两个庄重的塔楼和一个中央建筑构成，塔顶是圆锥形，共有4层。现在除了景观功能外，还是一处位置极佳的博物馆，内部陈列着吕贝克过去的城市模型、古代的作战地图、兵器和战船模型等，可以让南来北往的游客深度了解这里的历史与文化。

从空中俯视，城门夹在两条道路中间，道路狭窄而紧凑，酷似一个椭圆形瓶子，而赫尔斯登城门就恰恰处于瓶口。从这个方位看，城门的功能更加突出。

其实说是城门，也不完全准确，远看就像是一座红色小城堡。同样是哥特式建筑，这原本也是一处应付海盗的防御工事，可城楼建成后却从未发射过一弹。

这座城门风格十分别致，无疑是德国建筑中的精品，从清晨、正午、黄昏到夜晚，不同的时间洋溢着不同的风采。导游绘声绘色地给我们讲述着她心里神品一般的城门，称清晨的古城门；有些朦胧；而到了黄昏时候最漂亮，阳光洒在城门之上，一派金碧辉煌；到了夜晚，投射灯照在城门之上，又是一派浓浓的童话气息。

吕贝克金属沙盘

虽然城门看上去豪华气派，却一度差点面临被拆除的命运。那是1863年，当时市议会大厅正紧张地进行为赫尔斯登城门命运进行的投票表决，经过两个多小时的激烈辩论，议会以一票之微将城门保留了下来。原来，因为吕贝克地区的土基十分松软，城门的巨大重量集中在一处，重压之下地基严重下陷，如果不拆除就会成为危险建筑，如果要维修又注定是一笔巨大开销。

事实证明，大多数议员的决策是正确的，特别是那位投下关键一票的代表。赫尔斯登城门给吕贝克带来的影响力，是难以估量的。

穿过吕贝克老街熙熙攘攘的人流，再绕过川流不息的车流，我来到赫尔斯登城门前，仰望着巨大的"门"，感觉个体实在太渺小。

城外是一片翠绿的草坪，草坪尽头的两边，躺着两尊金色的狮子。

"睁一眼闭一眼"的设计，很有意思。一个醒着，时刻警惕地注视着城门外的一举一动；一个睡着，恬淡而悠静，气定而神闲，颇似养精蓄锐。是它们，时刻守候着吕贝克的平安与宁静。

20万人口的吕贝克小城，深藏3位"剥洋葱"的诺贝尔奖老人

到访吕贝克老街时正值中午，太阳将这里的每一条小巷都照得锃亮。阳光下的红砖古道，给人以莫名的刺激和兴奋。加之给我们解说的是一位在吕贝克生活了10多年的山东女学者，姓陈，她结合中国文化，解读得十分专业和到位，从历史到现实，从经济到人文，吕贝克简直就是她诵读过无数遍的一本书。在她的嘴里，吕贝克的一切都可以信手拈来，滔滔不

绝，就好像这里才是她的故乡。

这样的解说让我很受用。当我不解地看着她时，陈女士才抿着嘴笑着解释："我的先生就是地地道道的吕贝克人。"或许也是有了这位山东美女的滔滔解读，才让我更深刻更彻头彻尾地认识了这座中世纪的文明古城。

我不由想，一个地方的推介，选对合适的人真是太重要了。

为方便跟我们直观解说，陈女士还特别准备了两张彩色的图，一张是吕贝克的鱼骨形地图，一张是"七个尖塔"。

吕贝克是那种让你第一眼就会喜欢上的城市，紧凑的古城中精致华丽的建筑鳞次栉比，错落有致，有童话的美感，却一点儿也不失庄严。又似一曲乐章，高潮的地方让你心潮澎湃，激动万分；低回婉转之处，往往又直击你心灵柔弱之处。

老城区的街巷结构多是一条稍宽的巷子直通远方，左右连接着很多条四通八达的窄巷，呈现出鱼骨一样的放射形状。"鱼骨形城市"便由此而来，十分形象。

我曾两次到过德国，德国给我的印象，每次都不一样。是自然？是人文？是历史？是现实？我都有感受。但更多的感受，可以用两个字来概括——安逸。鱼骨形街道看上去，走上去，都很安逸，特别是古街上镶嵌有一段新铺设的大理石，据说是一家中国公司中标后，用取自中国的石材铺设而成，我更倍感亲切且自豪。

无论是宽宽的街道还是窄窄的巷子，都很人性化，小街看似密密麻麻，但即使你第一次来，也不会觉得陌生，每当分不清东西南北时，只要回到中央较宽的那条街上，然后再去找另一条小街，包准没错——街上有很多游客，也和我一样，惊奇又茫然地在陌生的街上欢快地窜来窜去。

漫步在立柱小方石块铺成的大街上，你随时都在穿越，一步踏入历史，一步又走回现实。这些小石块都被岁月和无数人的脚磨得圆滑光亮，踩在上面就像做足底按摩，特别舒适。

古老的建筑，干净的街道，悠闲的游客，还有那些随处可见的鸽子，吕贝克让人感到神清气爽。有些地方特别拥挤，像菜市场，有些地方又特别空旷，如同空城。整个城市贵族气十足，这便是老城的景致。

抛开过往历史，抛开种族争端，抛开一切恩怨……只剩下"安逸"二字，让人记忆深刻。

除了"安逸"之外，吕贝克让我眼睛一亮的，还在于它的气场——孕育出3个诺贝尔奖得主的强大气场。要知道，这是个到今天为止也仅有20万人口的小城。这样的奢华，吕贝克当然有理由骄傲。

3位诺奖获得者，就整齐地镶嵌在"鱼骨"清晰的肌理中，揉进吕贝克的风骨里。

诺贝尔文学奖获得者托马斯·曼是土生土长的吕贝克人，父亲是一位巨商，父亲死后家道中落，直至后来贫穷潦倒，这过山车般的变化对他的影响

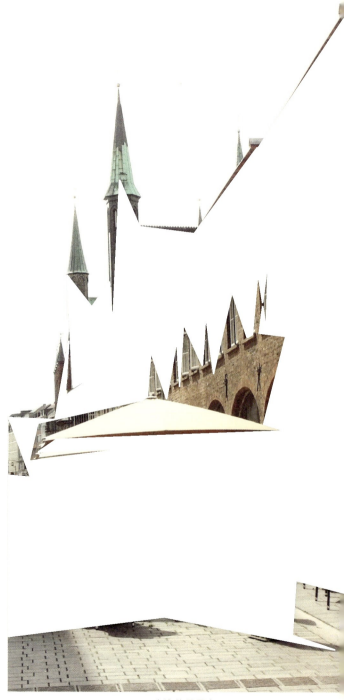

安逸的吕贝克

很大，26岁时托马斯·曼便出版了其成名作《布登勃洛克一家》。这部作品就是以一个大家族为背景，勾勒了一幅"老子创业，儿子守业，孙子败业"的盛衰图，这其实也是19世纪德国社会的变迁图，有专家盛赞这是20世纪德国版《红楼梦》。1929年，诺贝尔文学奖让《布登勃洛克一家》在德国家喻户晓。因为小说以吕贝克为写实对象，一度让这里的人受不了。时间是最好的良药，直到托马斯·曼80岁时，他的乡亲们方释然。他们以投票表决的方式授予托马斯·曼为吕贝克荣誉市民。

也就在这一年，托马斯·曼安然离世，面对故乡和故人，他此生无憾了。

1993年，"布登勃洛克宅邸文学博物馆"在寸土寸金的吕贝克老城落成，由不解到理解再到骄傲，吕贝克人以这样的方式让托马斯·曼不朽。

从这里沿步行街往北一个街区，就是国王街十字，北行几步，便是德国前总理勃兰特纪念馆。勃兰特也是地地道道的吕贝克孩子，后成为柏林市长，并官至联邦总理。他一生致力于东西方和解，人生的精彩之处，在于1970年访问波兰，作为"二战"加害国的领导人，他意外的"世纪之跪"，那个经典的画面感动了整个世界。他也因此荣获诺贝尔和平奖。

在《我的世纪》中，一名记者以白描的方式，用文字勾画了当时历史的瞬间——

在曾经是华沙犹太人区的地方，一九四三年五月它被已去理智的灭绝人性的方式摧毁而且野蛮地抹掉，在这里，德国总理独自一人跪在一座纪念碑的前面，从两座青铜的枝形烛台里蹿出的火苗每天都被风吹得呼呼作响，在十二月的这个又冷又湿的日子里亦是如此，他表示悔过，忏悔所有以德国名义犯下的罪行，他将过多的责任担在自己的身上，他，这个本身并没有责任的人，却跪下了……

吕贝克的老建筑可谓"千窗百孔"，特别是那一幢幢精美的教堂，却在"二战"尾声被炸得面目全非。同下跪的勃兰特一样，这些建筑本来也没有什么责任，却在默默地承担着极其可怕的后果……德国的反省赢来了世界的掌声。

吕贝克不大，博物馆、纪念馆和教堂却不少。格拉斯纪念馆就坐落在勃兰特纪念馆南边的地方，格拉斯是文学巨著《铁皮鼓》的作者，也是诺贝尔文学奖获得者。

"二战"后德国文学的一个重要主题，就是清算纳粹时期德意志民族所受的空前浩劫，《铁皮鼓》就是一部呼吁民族自审的代表作。《铁皮鼓》出版40年后，于1999年获得诺贝尔文学奖。得知获奖的那一天，格拉斯风趣地说，为了这一天，他等待了20年。

格拉斯八旬高龄时，又写下回忆录《剥洋葱》。深情告白道："回忆就像剥洋葱，层层剥落，泪湿衣襟。"

战争留下的疤痕，一直未能散去

在我的眼里，吕贝克从未走出过中世纪，我就像一个穿越在中世纪吕贝克大街上的局外人，来感受这座古城的不一样与不一般。

陈女士放下"鱼骨形地图"后，左手指着蓝天下高耸的蓝色尖顶，右手又马上拿出"七个尖塔"滔滔不绝。

来吕贝克之前，就听说这座城市的别名叫"七尖塔之城"。没想到，放眼望去，到处都是尖塔，可谓尖塔成林。后来才知道，所谓的"七尖塔"是特指吕贝克里5座非常有名的教堂，因为有两座教堂拥有双塔，所以加起来是"七尖塔"。

教堂无疑是欧洲城市最精华的建筑。吕贝克的"七尖塔"有什么特别之处呢？正当思索之际，陈女士一语震住了我，是"七尖"共同拱卫起古

七尖塔之城

老的吕贝克，如果抽掉了这些"尖"，吕贝克的灵魂也不复存在。

她以拥有双塔的圣玛丽教堂为例加以佐证，红砖结构的圣玛丽教堂，是人类第一次用本地烧制的砖替代天然石料建造的哥特式教堂，有着世界上最高的砖结构拱顶。这座教堂建于13世纪，其他4座教堂也都有着与圣玛丽教堂类似的履历。

七尖顶勾勒出吕贝克古城曼妙的天际线，城中到处是古老的建筑和狭窄的小巷。走在这些巷子里的时候，还是更容易被抬头就能看见的高耸尖顶还有色泽鲜艳的民房及店铺所吸引。

战火洗礼后的"七个尖塔"给人垂垂老矣之感，"二战"的炮火使它们伤筋动骨，不是在维修，就是在等待维修之中。陈女士也不失风趣地说："几十年来，中国都在忙于修新的建筑，而德国，却在忙于修旧的建筑。"

　　教堂是一个让人渺小的地方，在欧洲行走，教堂会让你时时处于兴奋和感动之中。每每看到一处，以为把教堂的美做到极致了，走进另一座教堂，又会令你尖叫起来。欧洲人把全部的文化和历史，都倾注在教堂身上，留下来，在后人面前炫耀。

　　德国的教堂，给我以震撼的，不是"七个尖塔"，而是柏林大教堂。

　　在欧洲行走得久了，看教堂也会有一种审美疲劳，但柏林大教堂是个例外，百看不厌。我围绕它四周仔细打量，不时举起相机"咔嚓"，即便如此，还是久久不愿离开。从外到内，一层一层，我特地走进它的心脏，直接来到它的大脑，鸟瞰柏林。

　　教堂内一处一处的精美自不必说，让人过目不忘的，是楼梯间的教堂修筑示意图和反映建筑进程的图片，那是另一个意义上的柏林大教堂。从局部到整体，从简单到复杂，一直全景展示到最后完工。也就是说，你旋转着爬楼梯的同时，一座纸上的教堂修建过程，便自然而然完成了。

　　这不仅向你傲视作品建成后的震撼，同时向你展示那种伟大产生的每一个细节。

　　更为绝妙的是，教堂还设有几个特别的陈列室，陈列着当年被轰炸时，从教堂身上掉下来的一些重要部件。那些折翅的天使，那些精美的花环……是如何散落人间的。与之相呼应的，也有被炸后一些让人心碎的图片。

　　在这里，柏林大教堂的整个档案信息，全都毫无保留地公布给前来的每一个人。你感动也好，唏嘘也罢，那是你自己的事，大教堂就像一位历史老人，静静地矗立在那里，如山一般任世人品评。

　　我到过数十个国家，看过上百座教堂，这种别拘一格全息摄影的陈列方式，我还是第一次见到。

　　不论是圣玛丽教堂还是柏林大教堂，身上都有一层黑黑的烟尘，那是"二战"时炸弹爆炸时留下的印痕，战争让它们伤了筋动了骨，就像一些致残的病人，这些教堂一直处于修复状态，柏林大教堂肌体上还残留有不少弹孔，圣玛丽教堂也多半时间遮住面孔。

　　快一个世纪了，战争留下的疤痕一直未能散去。

曾为汉萨同盟的盟主，是什么造就了吕贝克

地处"兵家必争之地"，吕贝克自诞生那天起，就无论如何也难以置身事外。这里有德国在波罗的海最大的港口，而旧城又是两条海河包裹起来的一个小岛。天生丽质且地理位置极佳，注定了富贵的命运。冷兵器时代的漫长岁月里，成王败寇的例子屡见不鲜。因而，吕贝克的历史跟世界上任何一座城市的历史一样，都是在打来打去中不断成长和壮大起来的。

吕贝克最早的历史可以追溯到11世纪初。1159年的一场大火之后，城市浴火重生，其鱼骨状的大街和四通八达的小巷，就已经成为我们今天看到的模样。100年后它再次凤凰涅槃，成为一个自由城邦。又过去100年，好运又一次降临吕贝克，它成为汉萨同盟的总部所在地，从而奠定了在欧洲的"贵族地位"。

我们不禁会问，什么是"汉萨同盟"？其影响力究竟有多大？其实，未接触到吕贝克这个名字之前，我也是一脸茫然，翻阅大量资料后，看到的权威解释是，"北欧沿海各商业城市和同业公会为维持自身贸易垄断而结成的经济同盟"。据悉在汉萨同盟出现之前，德意志地区曾经存在过两个自由市同盟——莱茵同盟和士瓦本同盟。莱茵河流域的城市和士瓦本地区的城市，通过结盟的方式来防卫地方贵族和强盗的抢劫，成员城市间相互放弃征收水路和陆路的通行税，并通过协调的方式解决彼此争端。

我的粗浅理解，就是"中世纪的欧盟"——维持海洋经济秩序的国际组织。很长一段时间里，世界都处于野蛮的丛林法则之中，没有约定俗成的规矩。那个"同盟"，就是维持秩序的契约。也就是说，在没有海洋法之前，它就是一部海洋法。

作为上百个城市加入的"汉萨同盟"盟主，13—15世纪是吕贝克最为风光的时期——带着拓展和保护商业的使命，同盟拥有特殊的海上武装，还有专门的金库，其强大的实力致使海上强国丹麦也被一度打败。

在陆路运输不发达的低效率时代，水上交通是最大的赢家。黄金水

道、深水良港……都是富裕的代名词。地处波罗的海，又是天然良港，汉萨同盟时期的吕贝克，占尽天时、地利、人和，注定会成为物质流、资金流的聚集之地。

这种"聚集效应"的一个重要标志，就是这里的教堂都以财富的名义打上了等级的烙印，比如专供海员祈祷的海员教堂（雅克博教堂），有点像我国沿海一带的妈祖庙，海员在大海上时刻存在危险，以此作为祈福的心灵所。还有专供富豪们做礼拜的教堂，全高的门只能供有身份的人进出，仆人只能走旁边半高的门。

方圆2平方千米的吕贝克老城有各种教堂上百座，老城区仅2万多人，差不多每200人就有一座教堂。陈女士告诉我，现在剩下来的不到一半。究其原因，主要还是维修费用过高，养不起。德国的工薪阶层有一个税名叫"教税"，政府收起来后，专门分发给各教堂供日常开支，但大的维修得教堂自身解决。一些教堂通过周末办音乐会等各种方式来集资，对于教堂修复所需的庞大资金而言，却也是杯水车薪。作为哥特式教堂之母，圣玛丽教堂也概莫能外，一直在修，也永远都取不了脚手架。即使每位游客参观收两欧元的门票费，到现在也只修复了三分之二。我们走进圣灵养老院（主要是"二战"后孤寡老兵）时也是如此，这座当年的海员教堂，虽然早已不再举行宗教仪式，但透过其间的布局和装饰，仍可洞见当年的辉煌。

遍及大街小巷的红墙民居十分特别，那些整齐的旧式房屋，都标有1477、1478等建筑年份的标识。原来，600多年前这些房屋全是仓库，汉萨同盟解散后，仓库也渐渐闲置。为了不影响城市风貌，那些仓库都改装成了民宅。房子都朝向大街或河道的正面，几乎全是三角形的大屋顶，正方形门面，三角形屋顶中间是几扇窗户，正好方便从楼上仓库卸货的大门……改为民宅后，门洞变身为漂亮的窗台。

果真是化腐朽为神奇，吕贝克有了这些不可或缺的景致，变得更加有味道了。上苍赐予这一方宝地，它没有理由不滋养出一方令人羡艳的人文来。1987年，吕贝克整个老城被联合国列入世界文化遗产名录。对此，世界遗产委员会是这样给予评价的——

　　建立于12世纪，作为汉萨同盟的前首都，直到16世纪才成为北欧的重要商业中心。到今天它仍是海上商贸中心，尤其在北欧国家之间。

　　除去"二战"中所受的损毁，这座老城结构的大部分是由15世纪到16世纪的贵族居所、一些古迹、教堂和盐场组成，它们至今仍保持完好无缺。

　　自然与文化的双重魅力，造就了吕贝克。

小巷深处，我看到了一枚勋章

　　行进在小巷深处，我总觉得似曾相识，十分眼熟，猛然想起，刚刚走过斯德哥尔摩——斯德哥尔摩就是按它的模样仿造。城门，城堡，街道，教堂，绿色的尖顶，红砖红瓦……或许，从诞生那一天开始，吕贝克的小，就是用来模仿和复制的。

　　欧洲很多市政厅看上去都非常漂亮，与教堂可以媲美，吕贝克市政厅号称德国最古老和最美丽的市政厅之一，同样有着非凡的标本意义。同时代的教堂已经退休，而它却还在继续服役，至今还承担着市政管理和召开市民议会之责。同欧洲大多数市政厅具有景点功能一样，我们这些游客当然也可以进去参观。就像美国白宫一样，运气好了，说不定还会与总统一起在马桶前见面——我的一个朋友参观白宫后，逢人便说在男厕所里见到了时任总统克林顿。

　　那幢砖结构哥特式建筑，正面贴满了文艺复兴的元素，黑色肌体上镶嵌着诸多白色的石雕，加上绿色的尖顶，透露出少有的严肃与庄重。

　　可令人费解的是，市政厅广场竟然就是一个菜市场。每天上午，吕贝克市民会来此赶集，其理由是这里商品最集中，也最方便老百姓。据说周日的时候，这里还是传统的集市，各种手工艺品在此兜售，热闹非常。我

吕贝克市政厅

们中午到来时，菜市已经散去，广场上集市的帐篷就撑在市政厅的古墙之下。咖啡休闲座看上去实在奢侈，市民们的那种怡然自得，很像成都闲散的茶馆。

　　杏仁糖是吕贝克闻名于世的特产，有着数百年的历史。有意思的是，那个最著名的老店就矗立在市政厅的对面，在这里，杏仁糖做成各种形状，从人物到动物到建筑，令人目不暇接，徜徉其间，绝对是一件赏心悦目的事情。

　　应该是汉萨同盟开始就惯坏了这里的时间，以至到今天吕贝克教堂上的钟，只有时针，没有分针和秒针。时间概念永远是生存指数的重要标志，这里的人永远没必要起早贪黑地跟着时间跑。财富滋养了这方土地，也滋养了这方闲适的有着慢生活节奏的百姓。

　　这里的"软"，与市政厅的"硬"，形成极好的反差。也充分彰显"政府为人民"的中心思想。这里的完美和谐，仿佛远古时代的君主和平民仍住在这里，将士们仍在城楼上守卫，旁边教堂的钟仍会按时敲响，捕鱼的、打铁的、造砖块的……仍在里面各自营生。居民们闲适地走路、买菜，拎着个布袋子，敞开着夹克，好像是在自家庭院里散步。

汉萨同盟早已灰飞烟灭，但商业的血液，早已注射进这座城市的肌理，市政厅外的菜市场、对面的杏仁糖老店，就是吕贝克商业天赋的最好解读。

从市政府广场抽身出来，拐进一条老街，我偶遇这样一幕温馨的画面，红砖建筑，绿草坪前，太阳底下，8个几岁大小的小孩坐在草坪上，旁边支起一口锅，锅里是燃烧的柴火，一位身着中世纪服饰打着绑腿的男子，正用钳子夹着一块小金属在火焰上烧着，他旁边有一个很小的容器。一会儿过后，那块小金属软了，就放进小容器里，接着再烧，金属彻底融化，水银一般地在容器里。再冷却，一枚中世纪的勋章制作而成。

制作勋章

原来，那金属容器是一个勋章模型。太阳底下有些炎热，但小孩子们看得津津有味，在老师招呼下，有两位小孩上前亲自操作，十分认真。我们这些游客站在一圈，也没有影响他们的上课。

老师讲得认真，孩子们听得很专心，小草坪上的书包和课本散在一边。

金属沙盘金属教堂

　　我当然听不懂老师讲的什么，从他的表情和手势，我想他正在讲述中世纪的吕贝克，讲3个诺贝尔奖得主，讲那些教堂为何"体弱多病"……因为这些都与他要讲的主题——勋章有关。

　　孩子是吕贝克的未来，吕贝克是孩子的保姆。

　　而勋章，是他们永恒的主题。

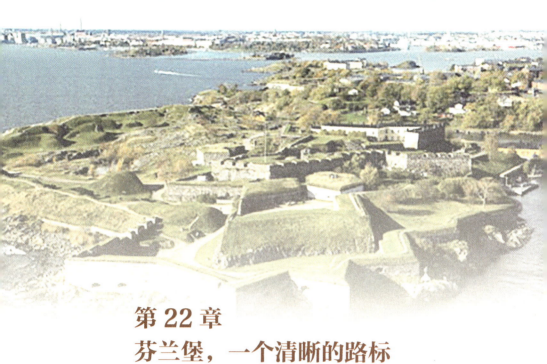

第 22 章
芬兰堡，一个清晰的路标

"远交近攻"是冷兵器时代的作战策略。

对俄罗斯而言，芬兰就是北欧的屏障。因为地缘关系，两个性格都倔强的民族只要碰在一起，故事一定十分精彩。

作为当今世界上人均最富的国家之一，芬兰是值得好好研究的。而芬兰堡，无疑是研究芬兰最好的一个参照物。

芬兰人不会忘记那些血与泪的历史，他们会不厌其烦地把他们的孩子们拉到芬兰堡，在遗址上讲授一堂堂生动的历史课。

我离开芬兰时，是一个金色的黄昏，当"诗利娅"号游轮驶入芬兰湾，穿过美丽的奥兰群岛时，眼前一处处小岛星罗棋布，小岛上一幢幢别墅点缀其间，在阳光和大海的映衬下，简直如同仙境一般。

猛然间，我对着芬兰堡的方向眺望。

我知道，是芬兰堡这个路标，引导芬兰一路前行，辐射整个波罗的海，把芬兰引向更远的远方……

战争过去一个世纪，芬兰至今都在以这样的方式，表达着一种情绪

远远地，看上去像极了一座墓碑，花岗岩砌成的那个长方体，棺材一般静静地躺在绿草坪上，一棵老树用它巨大的绿色臂膀，庇护着那座毫不起眼的花岗岩石体。

是的，那的确是一具棺材，也是一座墓碑。慢慢地我靠近它，方看清长方体上的麦绿色金属构件——像时间久了，长满了"绿卤"的坚硬的躯壳。这似一件精致的艺术品，又似一堆战乱后的遗散物——头盔、利剑、勋章、头颅、绶带、盔甲……这些带有明显战争符号的元素组合在一起，让冰冷的氛围"冰"到了极致。

我的心里咯噔了一下。如果说墓地的主人是一个军人，那是一名什么样的军人？这荒原之上戒备森严的芬兰堡，军人可谓多矣，他，又会是谁呢？

我凝神的瞬间，那个挥动着蓝色导游旗的小伙子，快速地移动脚步，站到了这冰冷物什跟前，一解我心中谜团。

墓的主人名叫奥科斯丁·艾伦怀特，是一位瑞典炮兵军官。芬兰堡就是由他设计完成的——原来，他才是芬兰堡真正的主人——一位瑞典人的"芬兰墓地"。

听上去有些怪怪的，带着这怪怪的疑惑，我一步步走向芬兰堡纵深。

这真是一个战斗的堡垒，一道厚重而坚实的大

奥科斯丁·艾伦怀特墓地

炮弹与铁链

门，酷似故宫博物院的城门，可谓固若金汤，"一门当关，万夫莫开"——门早已经打开了，贴近城墙根。

就在城墙根处，我看到了几张芬兰堡航拍的照片。从空中俯视，一个一个不起眼的小孤岛，珍珠一样地穿在一起，形成一大串项链般的链条，将芬兰层层保护起来，密不透风。

这"一大串项链"，就是我们要参观的芬兰堡。

这真是一处上帝特赐的要塞，它就是镶嵌在海上的一个楔子，把芬兰湾牢牢地"楔"住。自此，芬兰方得以平安。

踏上堡沿着矮矮的平房，行进约数百米，岛面忽然走高成一处隆起的部分，一处教堂就在隆起的最高处，这教堂也好生特别，四周的链子，是"炮弹+铁链"围成的，"炮弹"三枚一组，由铁链连着垂直向上，铁链有如引线一般，像是随时都可能爆发一场战争。

至少在我看来，那阵势，跟低声细语的教堂极不匹配。

还有教堂的顶端，也显现出不一般的设计。因为是芬兰堡的最高处，教堂的尖塔还用作引导空中和海上交通的灯塔——这里的教堂不仅教化人们的思想，还充当着适用功能。

原来，这座名叫芬兰城堡教堂，建立于1854年，是一处俄国的驻军教堂。

望着这战争时期的产物，我在想，这般的设计，其中一定会隐藏着许多不为人知的故事，或许会非常精彩，只是，我们须不断努力刨根问底方能听到。

与教堂相连的，是一处红墙建筑，建筑十分粗犷但却很协调，导游解释说，那便是当年的军火库。平房外是一片水域，在微风的吹拂下泛起阵阵涟漪。水域面积不大，举目可视，周边的小平房掩映在绿树丛中，十分雅致。据说，那些小房子，就是当年的营房。

再往前行，会过一座桥。桥，是岛与岛之间有效连接的重要纽带。

过了桥后，就可以看到一座座工事和堡垒了。那些十分隐蔽的工事全都是石头砌成，看上去十分坚固，窄窄的通道仅可以供一人侧身而过。而那些石头，都是岛上坚硬的顽石。地面凹凸不平，地道四通八达，列阵一般，遍布全岛，光线也十分阴暗，如果不事先熟悉，贸然进来，肯定会成为瓮中之鳖。

在地道里前行，就会发现，每隔数米远，就有一个瞭望孔，那些孔内大外小，直接可以看到很远的地方。其实，这些孔有三个作用：一是发现敌情；二是为了战争供枪炮射击；三是用于通风透气。人在里面待得久了，也会有不适应。

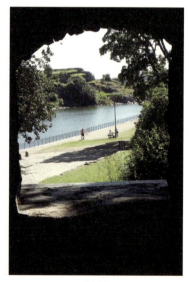

瞭望孔

从外面看，这些工事毫不起眼，就是走得近了也容易让人忽略，这正是设计者所追求的效果。那些孔道外面，都长满了厚厚的长青藤，伪装得十分隐蔽。

　　随着战争走远，今天看上去，却透出一种特别的美感来。

　　整个岛的地面上铺陈的，全是鹅卵石，走在上面舒舒服服的，有一种按摩的功效。我在想，设计者肯定不会考虑舒适与按摩之功用，战争年代能保命就不错了。这样的设计应该是为了有利于快速进攻或撤离时，踩在地上不至于打滑。

　　就在奥科斯丁墓地不远处，两门大炮直直地对准一幢米黄色的建筑物。据说那建筑物就是当年俄国指挥官的住所，虽然战争已经过去快一个世纪了，芬兰至今都在以这样的方式，表达着一种情绪。

　　如果说俄罗斯建筑物面前的大炮仅仅具有象征意义的话，再前行百米开外，就可以看到真正的大炮，那些看上去极具威力、可以前后移动的大炮，也都掩映在堡的凹处。大炮的后面就是掩体，掩体里住着军人，一门大炮大约需一个班的兵力去"服侍"。

天主教和东正教世界的界线，随着 1323 年的一纸条约，嵌在芬兰的版图上

　　走遍全岛，几乎每一个要害之处，都布置有这样的大炮，炮口都无一例外地对着外海的方向。导游告诉我，那些大炮都是当年服过役打过仗的功臣，是历史的物证。时过境迁，它们仍就静静地躺在这里，向着外海虎视眈眈，守护着家园。

铸铁大炮

不少游客，特别是小孩，爬上炮身以各种姿势合影留念。黑黑的铸铁还是当年的模样，面不改色，任由你折腾。关键时刻才显现出无比的威力。

我站在大炮前合影时，望着一望无际的蓝海，再看看身后清晰可见的芬兰首都赫尔辛基，才真正感受到芬兰堡的意义。它处于赫尔辛基这座城市的最前沿，大敌当前时，只有它挺身而出，方可保城市和百姓无虞。芬兰堡一旦失守，赫尔辛基也难以保全，芬兰的国家命运可想而知。从某种程度上讲，是这些看上去冰冷的大炮，以其让敌人色变的威力，在守卫着芬兰堡，从而也在守护着它身后的国土。

今天看来，那些大炮，还有大炮身后的营房都已作古，但正是它们和它们身后的主人，缔造着芬兰不屈的历史。

远远地，一艘大型游轮从芬兰堡前慢慢经过，我们站在堡前挥动着双手，就像当年的海兵一样，游轮上的人们也挥起手来，随着一声汽笛拉响，游轮驶向远方。我知道，它是在以这样的方式，向芬兰堡致敬。

芬兰堡就是一位挂满勋章的历史老人，每一个来来往往的人，无论是匆匆过客，还是这里的主人，都要向它行注目礼。

这是必不可少的礼数。

岛上迎风飘扬着一面巨大的芬兰国旗，白底色蓝十字，与湛蓝的大海和辽阔的天空形成一种十分协调的呼应。

我特地来到插着芬兰国旗的那处掩体，发现坚硬的石头砌着的工事里面，几乎每一个面向海的小窗口后面，都有一门大炮在"值勤"。

今天看来，那些古堡，那些战壕，那些暗道的外表，都被"涂"上了一层浅浅的绿草，平时提到橄榄绿我没有什么特别的感受，来到这里，望着满眼层次分明、内容丰富的不一样的绿色，我有了一种别样的解读。

我们不禁会问，一个来自瑞典的军官，为何要在芬兰的土地上，设计一座军事城堡？

338

古堡、战壕与掩体

　　这还得从瑞典和芬兰的历史说起。基督教传入芬兰是一个重要的标志性事件。1150年因基督教分裂，瑞典十字军征伐芬兰。这里所谓的十字军，是指由天主教士兵组成的军队，这些士兵都佩有十字标志。瑞典十字军占领芬兰的理由，是因为当时芬兰人"拒绝继续改信基督教"。1154年，瑞典国王埃里克将基督教带入芬兰后，两国在700年间就一直保持着非常密切的关系。基督教的强大黏性，将瑞典和芬兰两个国家紧紧地连在一起。

　　13世纪初叶，汤姆士就任第一任芬兰主教。当时瑞典、丹麦、诺夫哥罗德共和国、条顿骑士团都曾试图占领芬兰。芬兰人虽有自己的领导，但没有一个共同的领袖。

一位叫比列尔·雅尔的瑞典将军，于1249年第二次瑞典十字军出征之际占领了芬兰后，沙斯拉夫人也不甘示弱，它西北部一座名叫诺夫哥罗德的古城，趁机控制了说东芬兰语的卡累利亚，有了这个粗暴的军事干涉，芬兰便在文化上一分为二——卡累利亚分为东西两半。西卡累利亚归于天主教文化圈，东卡累利亚逐渐转向东正教。

天主教和东正教世界的界线，也随着1323年的一纸条约，嵌在芬兰的版图上。

任人摆布的芬兰，当然无可奈何。

"后人们，凭你自己的实力站在这里，不要依靠外国人的帮助。"

严格而言，芬兰史在12世纪之前的记载不甚详尽，载维·科尔比的《芬兰史》是目前最为权威的史书。参照载维·科尔比著的《芬兰史》，我们或许大致有一个粗略的了解。

1293年，瑞典占领下的芬兰，瑞典语成为行政、教育机构的第一语言，而芬兰语直到整整6个世纪之后，由于芬兰民族主义高涨，以及芬兰的第一篇民族诗史《卡勒瓦拉》发表，才真正受到重视。当然，这是后话。

1362年，芬兰的代表获邀参加瑞典国王的选举。这个事件常被当作芬兰融入瑞典王国的表现。作为这个王国斯堪地那维亚的一部分，负担得起一人一马装备的权贵和自耕农组成绅士和贵族阶级，都集中于芬兰南部。

1380年发生在瑞典斯堪地那维亚部分的内战也波及芬兰。1389年，瑞典内战的胜利者玛格丽特一世将瑞典、丹麦、挪威三个王国全都纳入自己的统治之下，此即卡尔马联盟。接下来的130年里，瑞典的各个派系试图打破这个联盟。芬兰也加入了这场纷争，但用实力说话才是最有权威的，此时的瑞典只聆听自己的内心，其余人谁也难以左右。

15世纪是北欧相对富裕的时期，到了15世纪末，东部边境的情势越来越加紧张。莫斯科大公国占领了诺夫哥罗德，向统一的俄罗斯迈进了一步。1495年到1497年，瑞典和莫斯科大公园两大巨头终于发生了战争，维堡的要塞遭到莫斯科大公园包围，根据当时的传说，该城是由神迹而拯救，因而看似凶猛的莫斯科大公园也难于撼动。

16世纪的瑞典，仗着日益强大的经济、军事实力乘胜追击，拉开了延续一个半世纪的对外战争，建立起波罗的海地区的霸权。它先是击败丹麦，成为斯堪的纳维亚半岛的强国，接着又跃进欧洲大陆，构建起横跨波罗的海两岸的强权，成为当时欧洲举足轻重的国家。

在这个胜者为王的丛林时代，裹挟着芬兰的瑞典被称为"海上霸主"，可谓目空一切，直到其与三国联盟进行的北方大战中战败，方渐渐看清自己，三国联盟系指波兰、丹麦、莫斯科大公园组成的联军，时间在1699—1721年。此后，瑞典国势渐衰，从波罗的海霸主地位上跌落下来。

历史是一个舞台，你方上罢我登台。

北方大战无比惨烈，让近半数的芬兰人丧生，瑞典人不得不签署《尼斯塔德条约》，莫斯科大公园据此最终占领了芬兰东南部和维堡。瑞典在战后失去了欧洲强权的地位，莫斯科大公园从此称霸波罗的海。

瑞典进入史上的"自由时代"，君主专制就此终结，国家由议会统治，议会与王室虽有密切的关系，但国王对其却几乎没有影响。

18世纪中叶，日落西山的瑞典完全处于守势之中，原属瑞典版图的波罗的海地区，纷纷落入俄国的辖区——芬兰堡就是一个十分重要的标志。

当时修建芬兰堡的一个主要原因，就在于防御俄罗斯帝国的入侵。1747年，当芬兰仍然是瑞典国土一部分的时候，斯德哥尔摩国会决定要在赫尔辛基外的小岛上，建造一座军事城堡，那时的芬兰堡名为"瑞典堡"。

1748年，35岁的奥科斯丁接受任务后，便开始了他的设计计划。奥科斯丁出身于瑞典一个贵族家庭，是一位训练有素的军人，特别是在军事建筑设计上，有着不一般的天赋。

奥科斯丁眼里，古老的海防要塞，扼制着从芬兰湾进入赫尔辛基的海上要道。他在考察了赫尔辛基南面大黑岛、小黑岛和狼岛等6座岛屿之后，精准选择了今天我们看到的芬兰堡作为防御主体，然后再依托岛链，修建起一圈链式连接的防御性城堡，这种"链式防御城堡"主次分明，详略得当，可以有效地防御敌人的进攻。

站在"链式防御城堡"中间，欣赏着景色，回味着历史，我一不留神就来到了帝皇门。

帝皇门被誉为芬兰堡的象征，瑞典国王阿道夫·弗雷德里克来视察时，专为阅兵而建。高高的城门，厚重的铁索，似乎至今仍在吟诵着当年的豪言壮语："后人们，凭你自己的实力站在这里，不要依靠外国人的帮助。"

说这话的，是古罗马帝国时期天主教会四大圣师之一奥古斯丁·厄伦施瓦德，他是欧洲中世纪基督教神学、教父哲学的重要代表人物。帝皇门的大理石板，工整地镌刻着这句格言。

沙皇俄国缘何成了主角

帝皇门虽然不大，但很有气势，我走出帝皇门往下十级台阶，再漫过一片草坪，智能化的水龙头正喷出如丝的细水，浇灌着这片绿意，再走几步，就是蔚蓝色的海水了——那是阿道夫·弗雷德里克1752年停锚的地方。

真可谓命运多舛，天妒英才，1772年第一期基本工程"链式防御城堡"刚刚修建完成，奥科斯丁便倏然去世，享年59岁。

一直拖到18世纪末，"瑞典堡"的修建计划得以最终完成。这期间，数以万计的士兵、艺术家、犯人都集中起来，参与了这项伟大的工程，前后历时40年。

要塞由城堡、装甲室、7.5千米的花岗岩城墙组成，各岛之间用桥梁连接，当时配置了1300门大炮。城墙串联起港口岛屿，形成坚实的御敌堡垒，是18世纪少见的堡垒，也因此成为欧洲军事建筑的典范。

联合国教课文组织世界遗产委员会给予芬兰堡如是评价："该城堡建于18世纪下半叶，是瑞典人在赫尔辛基港入口处的岛屿上建造的。城堡很好地体现了当时欧洲军事建筑的特点。"

这便是奥科斯丁的杰作——从选址，到设计，到建成，可谓都达到了最佳的防御能力。

中国有句俗语："邻居是无法选择的。"

芬兰陆地上与瑞典、挪威和俄罗斯接壤，西南面被波罗的海环绕，东南部为芬兰湾，西面则为波的尼亚湾。这样的地理与地势，注定了芬兰这个小国的命运，难以自己左右和掌握。

整个18世纪，崛起的沙皇俄国打败了瑞典，芬兰全境为沙俄占据。之后又停停打打，打打停停……一直打到1809年，战争总算彻底停止。也就是这一年，瑞典对芬兰650年的统治宣告彻底终结，沙皇俄国又无缝"接管"了芬兰——

1899年，芬兰著名音乐家西贝柳斯创作芬兰民族音乐史诗《芬兰颂》。芬兰民族史诗《卡勒瓦拉》等作品诞生。

1809年，芬兰一院制议会成立。议会规定，所有年满24周岁的公民，包括身份地位最卑微的女佣和佃农在内，统统都拥有投票权。第一届议会选举中，有9位女性当选议员，她们成为世界上首批女性议员，芬兰也成为欧洲第一个赋予妇女选举权和被选举权的国家。

种种迹象所透露出的，这是芬兰民族独立意识的彻底觉醒。

西贝柳斯的雕像就矗立在赫尔辛基西北角的西贝柳斯公园，我的眼前，那600根钢管组成的类似管风琴的雄伟雕像，给人一种少有的震撼与激动，微风吹拂，仿佛送来了《芬兰颂》的旋律，从中我能感受到芬兰民族特有的气质，既悲壮深沉，又不乏浪漫。与西贝柳斯长发飘飘的头像紧紧依偎在一起，那是一个民族的最高礼遇。

他们以此向世界宣誓，芬兰这个国家所凝聚起来的民族魂，是任何敌人都难以轻易撼动的。

值得一提的是，波尔沃古镇上有一幢建于15世纪初的教堂，尖拱顶式的中世纪俄罗斯教堂看上去并不雄伟，但在芬兰却有着特殊地位，这里就是1809年芬兰第一届议会所在地——它在芬兰历史上有着里程碑式的意义，这里也被尊崇为芬兰独立精神的基石。也就是在这里，俄国沙皇承认了芬兰人的信仰、宪法、权利和自治。

为永久性纪念这一切，教堂里特别立有沙皇亚历山大一世的铜像，教堂旁则立有独立精神基石。我以为，那铜像应该是俄国沙皇所立，而独立精神基石，所筑者则非芬兰议会莫属。

随着俄国十月革命的爆发，沙俄对芬兰的统治被削弱。1917年12月6日，芬兰议会通过了独立案。俄罗斯苏维埃联邦社会主义共和国宣布承认芬兰独立，芬兰人终于堂堂正正地有了自己独立的国家。

据说十月革命前，列宁曾26次到过芬兰。在芬兰南部的坦佩雷市，还存有一座列宁博物馆，馆内展出列宁从事革命活动的历史遗存。从中可看出，芬兰人从内心深处是感激列宁的。

时间老人来到了"二战"，并很快开启了举世瞩目的"二战时间"。

1939年11月29日，苏联中断了与芬兰的外交关系。第二天，驻扎在列宁格勒的苏军向芬兰进攻，冬季战争正式拉开帷幕。

苏军领导人认为这将是一场轻而易举就能胜利的战争，国防委员伏罗希洛夫甚至希望能在12月21日之前结束这场战争。

而在芬兰，受命担任军队总指挥的是卡尔·古斯塔夫·曼纳海姆元帅，此时的芬兰军队仅仅只有15万名士兵，并且大多数都是预备役军人和青少年，他们要面对的是军事实力强过他们百倍的苏联红军。芬兰人充分地利用资源，在苏军进攻途中可能经过的一切森林和小湖泊的入口处，都小心地布满了地雷。

作为当今世界上人均最富的国家之一，芬兰最是值得好好研究的

芬　兰

英国历史学家安东尼·比弗笔下的《二战史》，以精湛的笔触、细腻的描述，全景再现了那场人类史上最大的人为灾难——

事先，红军士兵们被告知，芬兰人民会像兄弟般地欢迎他们的到来，因为他们会帮助芬兰人民从资本家的压迫中解放出来，然而在卡累利阿地峡区域穿越雪地向桦树林进军的途中，遇到的那些来自芬兰人的隐蔽攻击，却一点一点地消磨着苏军士兵的斗志。

苏芬边境湖泊纵横，森林茂密，人烟稀少，交通不便，气候严寒。参加冬季战争的苏联军队主要是由南方的部队组成，不适应芬兰的冬季寒冷和森林中的战斗。他们也没有准备冬季在森林中战斗的装备，大量使用战斗车辆，这些车辆必须24小时不熄火才能保证油料不会冻住……它不利于苏联红军重装备、大兵力的行动，却很适合于芬兰军队轻装备、小兵力的使用。

麻痹轻敌让苏联红军吃尽了苦头。熟悉当地环境的芬兰军队发挥滑雪特长，避免正面作战，以小分队广泛进行伏击战、阻击战，打了就跑，突袭苏联红军的翼侧与后勤，切断苏联红军的补给，使苏联红军火力优势无法发挥，经常陷入挨冻受饿的境地。

"在大约有四英里长的路上，"在访问了战场之后，美国的新闻记者弗吉尼娅·考尔斯这样写道，"公路上和森林里，随处可见苏军士兵和马匹的尸体；还有被摧毁的坦克、野战厨房的厨具、卡车、炮车、地图、书籍和衣物。这些尸体都被冻得像木头化石一样坚硬，皮肤变成了红褐色。一些尸体堆在一起，就像一座座小型垃圾山一样，只有厚厚的白雪覆盖在他们的上边；还有一些倚靠着树木，呈现出奇形怪状的样子。所有的尸体都被冻住了，与冰冻的大地连为一体。我看到其中一具尸体的样子，正在用手捂着自己的胃部；而另外一具尸体的样子，则是试图解开外套的扣子。"

对苏联来说，尽管最终苏联军队取得了这场战争的胜利，但是也付出了高昂的代价，死亡近十万人，受伤数十万人，这一庞大的数据是芬兰死亡人数的10倍以上，而且还损失了数百架飞机。

一名苏联将军在被问及这场战争有什么收获时，沮丧而幽默地回答道："我们已经赢得了足够的土地，去埋葬我们的死者。"

国家虽然独立，地缘政治格局仍令芬兰卷入到大国间的战争之中。好在"二战"结束后，芬兰作为中立国，与苏联和英美都保持了不错的关系。

今天的交通甚为便利，从圣彼得堡到赫尔辛基，也就四五个小时的车程——俄罗斯境内139千米，芬兰境内247千米。

我有些不解的是，从俄罗斯进入芬兰境内，出境竟然严格得出奇，每一个人都必须里里外外检查三遍方可放行。在俄海关，一位朋友用手机

回望芬兰堡

接了一个电话，也被迫叫到一边，将手机拿出来看看是不是拍到什么东西，大家都因此而紧张。而进入芬兰，检查又十分宽松，一些海关人员例行公事一般，放行通过。

"远交近攻"是冷兵器时代的作战策略。对俄罗斯而言，芬兰就是北欧的屏障。因为地缘关系，两个性格都倔强的民族只要碰在一起，故事都一定会十分精彩。

作为当今世界上人均最富的国家之一，芬兰是值得好好研究的。而芬兰堡，无疑是研究芬兰最好的一个参照物。芬兰人不会忘记那些血与泪的历史，他们会不厌其烦地把他们的孩子们拉到芬兰堡，在遗址上讲授一堂堂生动的历史课。

这是芬兰人骨子里的民族性和良好素质的表现。说到芬兰人的素质，导游小刘给了一个让我震撼的数字，在芬兰，每1500人就有一个图书馆。芬兰乡下人还有一项福利，那些像房车一样的流动图书馆，每周都会下乡，给偏远地区的孩子送去福利。

芬兰人十分骄傲，他们的流动图书车，一直都行驶在路上。

我离开芬兰时，是一个金色的黄昏，当"诗利娅"号游轮驶入芬兰湾，穿过美丽的奥兰群岛时，眼前一处处小岛星罗棋布，小岛上一幢幢别墅点缀其间，在阳光和大海的映衬下，简直如同仙境一般。

猛然间，我对着芬兰堡的方向眺望。

我知道，是芬兰堡这个路标，引导芬兰一路前行，辐射整个波罗的海，把芬兰引向更远的远方……

第 23 章
石头奏出的"卫城乐章"

　　仰望着高高在上的卫城，神一般地矗立在那里，孤独而静美，我心里油然升起不一般的情愫来。

　　卫城的修建，最早可追溯到前1400年前，迈锡尼文明时期。断断续续，修修补补，直到前5世纪伯里克利执政期间，才竣工。

　　下车后稍行几步，深吸一口气，卫城就在眼前，触手可及。

　　拾级而上的脚步自然变得小心翼翼，唯恐一不小心做了恶客，惊扰了沉睡千年的众神。

　　这样历经千年雕刻之精品，人类历史上绝不多见。

　　古希腊大大小小城堡遍布，卫城最初是一位氏族首领的城堡。只是因为这里地势太过完美，成为人们心中神圣的地方，所以当秩序建立起来，战争退居二线后，这里便演变成祭祀神灵之地。

　　雅典人心中，卫城不仅是一处宗教之地，更是一处庇佑他们的"诺亚方舟"。

　　雨里浸过，风里吹过，海水泡过，雅典卫城已经铸造为真正意义上的历史坐标。

2000 多年的风，漫过神山。卫城是引来众生仰望的

飞机追着夜色，只怕被黎明赶上。

一停，一睁眼，黎明和雅典一起出现在我的眼前。或许是导游的刻意安排，中巴车把我们从机场一直拉到了希腊最让人兴奋的地方——雅典卫城。

雅典卫城

穿过杂乱而平庸的雅典城，汽车在盘旋过后直驶入一座小丘，远远的，那眼熟而极具特色的残垣断壁便映入眼帘。

车到卫城大门外停下，便可鸟瞰脚下喧嚣的雅典城。其实，走出机舱的那一刻，我就有余秋雨对雅典同样的最初印象——略觉寒伧。

"既已失去古代的格局，也没有现代都市的规划。"

可能我们看事物的角度不一样，虽然略显零乱的雅典给人一种无序之感。但，总体而言，字里行间的那种"贵族气"尤存。只是，初看上去，这座城市的市民太过休闲甚至庸懒，或许就像一个落魄的大家族子弟，好日子过惯了，放不下昔日的那份自尊。

也难怪，人，一辈子不就是追求一种享受么？物质生活质量上不去，精神生活总得有一点儿吧。

就像一个笑话所说，为何拼命往前赶，前面不就是死亡么？

雅典的这一特点，真有点酷似我所生活的成都——虽然成都无论在历史厚度还是城市知名度上，与雅典都有相当一段距离，但保持着这种历史的痕迹与印记，是一座历史名城的必然——或许正因为此，无形中，我不由自主地爱上了这座城市。

古剧场正门

古剧场

卫城是用来让无数众生仰望的。仰望着高高在上的卫城，神一般地矗立在那里，孤独而静美，我心里油然生出不一般的情愫来。

雨里浸过，风里吹过，海水泡过，雅典卫城已经成为真正意义上的历史坐标。

它的修建最早可追溯到前1400年前的迈锡尼文明时期，断断续续，修修补补，直到前5世纪伯里克利执政期间，才竣工。这样历经千年雕刻之精品，人类历史上绝不多见。

最初时节，在阿克罗波利斯山上建造城堡仅仅是为了防御之需，与世界同时期所有地方一样，秩序尚未建立之时，战争便是解决问题的重要砝码。

在古希腊，大大小小的城堡遍布，雅典卫城曾是一位氏族首领的城堡。只是因为这里地势太过完美，成为人们心中神圣的地方，所以当秩序建立起来，战争退居二线时，这里便演变成祭祀神灵之地。

雅典人心中，卫城不仅是一处宗教之地，更是一处庇佑他们的"诺亚方舟"。因其独特的地形，成为古时多战时期的雅典市民避难之所。战事一来，雅典市民就集体跑到这座形似诺亚方舟的山上，这里是绝对安全的。可以说，雅典卫城自古就是雅典的保护伞和依靠。

一个"卫"字，形象而深刻地诠释了它的定位和功能。

只是不幸的是，神灵最终也未能守护好这天赐之地。前480年，波斯大军登陆希腊，一举攻占了雅典城，希腊各城邦也都被卷入了保卫之战，结果还是没能保住卫城，坚固的建筑遭到彻底的破坏。好在侵略者很快被赶了出去，战争结束后，雅典人花费了40年时间，复原了卫城昔日的辉煌，白色的大理石建筑群昭示出的是希腊人心中永远洁白无瑕的神圣之地。

更为经典的是，除却山丘下一些橄榄绿，整个高地全是象牙色，与高高低低的神殿颜色融为一体，无一丝杂色。

洁白的废墟

下车后稍行几步，深吸一口气，卫城就在面前，触手可及。

拾级而上的脚步自然变得小心翼翼，唯恐一不小心做了恶客，惊扰了沉睡千年的众神。

不远处，一只狗懒洋洋地睡在3000年历史的石头上晒太阳，蓝天白云下悠闲自在的样子，像极了一个悠闲的人，任耳畔的喧嚣与嘈杂，独自眯着双眼，沉浸在自己的美梦之中。

信步十余步，便来到山丘西侧卫城的唯一入口，这是一座纯大理石建筑，中间是宽大的门廊，两边是柱廊，通往卫城的圣道即由此开始。再仔细一看，左右两排大理石立柱巧妙地穿插并列，气势雄伟，给你一种安全感。门廊的两翼有意不对称，北翼曾是绘画陈列馆，南翼是敞廊。两侧的立柱都有不同的名字，外侧的立柱叫多利安式立柱，令人升起威严之感；内侧的名为奥爱尼亚式立柱，优雅迷人。

上述这些有画面感的文字，应该说是千年前的真实存在——附在廊柱上的铁架上，展示着一幅精美的建筑图画，那便是复原后的卫城山门形象。而呈现在我眼前的，那些"真实的存在"，仅剩五个廊柱——光光地，五根残迹斑驳的石柱直入苍穹，衬托起2500年间的蓝天白云。

6位少女长裙束胸，轻盈飘忽，顶天立地，神情端庄

如果设想卫城的平面图是一片橄榄叶，那卫城的入口就是橄榄叶柄。通过"叶柄"之后，便来到了前门，这也是5世纪的作品，这座门由左至右分三部分，由北翼、中央楼及南翼组成一个阵势，直通卫城的圣殿。

恰如迷宫一般，我好奇的眼光雷达般地搜集各种信息，对神的天然崇敬，让我无形中多了几分虔诚。就这样，我几乎屏住呼吸，移动着细细的碎步，鞋底尽量与大理石不发出声响，小心翼翼地挪动着身子。

地面到处坑坑洼洼，墙根躺着坍塌的墙石残柱。乱石嶙峋间唯有那几根大理石柱依然擎天而立，向天而问。刻着精美纹饰的碎石洒落一地，一片狼藉，残存的昔日辉煌，镶嵌在支离破碎的往日烟尘里。

　　山门后是著名的伊瑞克提翁神殿，于我而言，这个名字不太熟悉，但要说建筑前的六根廊柱由6位美女托举，则印象深刻——很多年前，我就从各种历史画册和介绍希腊的书中，见到过这些经典，印象犹深。

　　这座建于2400年前的神殿不大但设计非常精巧，我穿过杂乱的碎石，爬进里面一看，只见神庙东区由六柱门面构成，南面是一处虚厅。

　　就像一幅画大量留白一样，那故意"留白"的虚厅外面，特别设计了6位少女像柱代替了石柱，这些少女长裙束胸，轻盈飘忽，顶天立地，神情端庄。

　　建筑师和雕塑家将承重和装饰功能，十分精妙地结合在一起，这天才的设计令人倾倒。

　　也因为此，这里成为卫城游客最喜爱的景点之一，无论是到此一游者，还是潜心研究者，来到这里必然驻足瞻仰，立此存照。导游小郭指着满面沧桑的少女像说，由于石顶的分量很重，而6位少女为了顶起沉重的

伊瑞克提翁神殿

石顶，颈部必须设计得足够粗，为了不影响美观，建筑师给每位少女颈后保留了一缕浓厚的秀发，又在头顶加上花篮，成功地解决了建筑美学上的难题，因而将美留传千古。不是小郭提醒，我们真的没看出来6位少女像竟是复制品，据称，6位雅典少女的真身，早已被人武断地移居到了伦敦的大英博物馆。

2000多年的风，不断吹拂她们飘飘的裙裾，她们仿佛随时都有可能从神殿下走出来，告之我们太多的过往⋯⋯

废墟中的复制品

像刘姥姥进大观园一般，我把目光从伊瑞克提翁神殿移开，但见山门右前方，矗立着闻名世界的古代七大奇观之一——雅典娜女神庙。艳阳高照，蓝天映衬，别出心裁的雕刻技术闪耀其间，更有各种花样翻新的装饰点缀其中，它们用世界的共通语言，时而述说着历史的沧桑和不朽，时而展示着它们的古老魅力和庄严气魄。

严格地说，卫城一直在修建之中，我们视野所及的所有神庙，都搭着厚实的铁架子，建筑师们正忙碌着，把2000多年前的卫城景物，一一复制给我们。每一幢神庙的遗址旁，都会有那些建筑物最初的模样，真是一幢比一幢漂亮。

正处于修复阶段的神庙，被如网般的铁架围了起来，墙上一幅示意图告诉我它最初的容颜——

18英尺（约合5.49米）长、12英尺（约合3.66米）宽的神庙内，有一个爱奥尼亚式门厅和一个约呈方形的内庙组成；

一条饰以高凸浮雕、宽18英寸（约合45.72厘米）的中楣饰带，围绕在建筑物外部；

高8米的巨大圆柱在东、西各设置8根，南北各有17根；

神庙分前庙、正庙和后庙，神庙全部用雕刻和浮雕装饰，在神庙东面安放着雕刻家菲迪亚斯的作品——一个执盾的雅典娜神像浮雕。

雅典娜女神庙也称无翼胜利女神殿，建于前447—前421年。传说雅典市民为了使胜利永驻，就将胜利女神的双翼砍下，难以置信的是，这残酷的故事竟成为无翼胜利女神殿的由来。神殿命运多舛，历经卫城所有的兴废盛衰与战火洗劫，到17世纪人类已经进入文明阶段时，还被英国人掠走许多浮雕，以至于今天只剩下几根高高的圆柱，直指苍天。

世人心里，"处女的"帕特农神庙就是一尊神圣的神

　　一个建筑群，一部歌剧，一出晚会……都会有一个主角，如果说这些神庙都还不是主角的话，那么卫城绝对的主角，应该是雅典娜神庙了，神庙地处卫城最高点，体量最大，造型庄重，其他神庙都是众星拱月一般地簇拥在其左右。

　　卫城的中心当数雅典城的保护神雅典娜铜像。雅典娜铜像就供奉在雅典娜女神庙，雅典娜女神庙就是我们今天所说的帕特农神庙，帕特农是希腊文，意为"处女的"。

　　神庙里，12米高的雅典娜神像挺立着，目光如炬，气宇轩昂，黄金头盔、胸甲、袍服衬托出独有的雍容与华贵，象牙铸成的脸孔、手脚和臂膀，展现出少女特有的柔美与神韵。长予靠肩，盾牌在身，右手托举着一个黄金和象牙镶嵌的胜利之神……只可惜出自于雕刻家菲迪亚斯手中的艺术珍品，早在146年就被东罗马帝王所掳走，最后竟沉没于大海。

帕特农神庙

只可惜，这座神像不知所终，仅留在古人的描述里。面对上述那些诱惑力极强的文字，只要稍加想象，就会勾勒出其中的隽美来。好在留下了小型仿制品，我们也有幸一睹尊容。

帕特农神庙代表了古希腊建筑艺术的最高成就，被称为"神庙中的神庙"。其主角地位是无法撼动的，虽然希腊的古遗址明星荟萃层出不穷，但在全世界眼里，只要有介绍希腊的图片，哪怕只有一幅，也非帕特农神庙莫属。

这就是帕特农神庙存在的意义——它成了介绍希腊不可取代的符号。帕特农神庙的魅力，集合了神话、历史、艺术，还有无与伦比的造型。"被旭日托着，被夕阳染着，被月亮星星伴着。"

人们心里，帕特农神庙就是一尊神圣的神。

当我一步步走近它的时候，一种威严之气无形中向我逼来。我条件反射般用手遮住从浩瀚蓝天下射来的烈日，又虔诚地放下另一只手中的相机，在心里点亮一盏长明灯，再慢慢地靠近。

虽然神庙遗址大多已是断墙残垣了，但从各个方向眺望，依然风姿绰约，霸气天成。

介绍帕特农神庙的文字无以计数，为了我心中的景仰，在这里不惜再次重复一次，作简短推介——

帕特农神庙于前447年动工，由著名建筑师和雕刻家菲迪亚斯承担11年后建成。

建筑设计非常独特，从远处看神庙是由平面和直线立体组合而成，实际上却是由曲线和曲面组合而成。多立克式直柱外观上是直线的，实际上石柱的中间稍鼓，上面稍细。石柱也不是垂直的，而是稍向神庙内侧倾斜。神庙内的地面看起来是平面的，实际上中部隆起，略高于两边。石柱之间的排列也不匀称，神庙四周的柱子稍大一些。

原来，菲迪亚斯在设计中巧妙地利用了人的视觉错觉，将建筑美学和实用完美结合在一起。

帕特农神庙内，48根擎天巨柱环绕，可谓气势磅礴，可如今铁架比巨柱还要多，密密麻麻的间隙里，无不透漏出沧桑与忧伤。

昔日的壮观华美虽只余下断壁残垣，我们凭借乱石嶙峋间那些依然擎天而立的大理石柱，感受它当年的辉煌与荣耀。

几经天灾人祸，神庙历经屈辱与浩劫。罗马时期它被改作基督教堂。在土耳其统治时期，它又成了清真寺。17世纪威尼斯军队炮轰城堡，引爆了土耳其人堆放在神庙里的炸药，把庙顶和殿墙全部炸塌。19世纪初，英国驻君士坦丁堡的大使埃尔金雇用工匠，把表现雅典娜勋业的巨型大理石浮雕群像劫走。这批稀世珍品，有些在锯凿过程中破碎损毁，有些因航海遇难而沉入海底……幸存下来的，至今仍陈列在英法等国的博物馆里。

修复工作一直是雅典人的接力赛，直到1933年，在一位名叫尼克劳·巴勒诺的希腊土木工程师的努力下，帕特农神庙才被认为修复到大约250年前的样子。

将单色变成了丰美，将残缺变成了宁静。历经苦难战乱洗礼，留存下来最平静详和、大气无畏的精神。那一根根屹立千年的纯白色石柱，摸上去粗糙坚硬，叩之锵然有声。

帕特农神庙巨柱

坐在神殿的石柱旁，日光毫不掩饰地从云中直射下来。我听到微风吹过神庙的廊柱，仿佛欢快的手指拨动着琴弦。神庙神秘安详的美，让人不由得想与之开展一番心灵对话。

征服与被征服，一个文明古国的最后尊严

雅典卫城东南角，有一处结实的建筑，那便是卫城博物馆。博物馆共有9个陈列室，珍藏着雅典卫城内各神庙的珍贵石雕、石刻。矮矮的卫城博物馆并非古时的建筑，是希腊官方后来修建的。为了使博物馆的高度不超过卫城山上的古建筑，修筑是特意挖开土层，与其他建筑浑然一体，于1878年完工。

就在卫城博物馆落成10年前一个月光皎洁的夏夜，一位富有冒险精神的美国游客偷偷从被隔离在比雷埃夫斯港的船中溜上了岸，躲过了巡逻警察，步行来到雅典，通过贿赂卫兵获准登上了雅典卫城。

慕名而来的他，完全被如水月光下的废墟迷住了，对周围的景色惊诧不已："成排地矗立着——成堆地叠放着——遍布雅典卫城广大区域的是数百件大小不一、雕刻得精美绝伦的破损的塑像。"

这位深夜闯入的不速之客不是别人，正是美国作家马克·吐温，他在其著作《乡巴佬在国外》一书里，完整地记录下了自己的恶作剧。

马克·吐温充满景仰的朝圣旅行，充分展现了19世纪中叶，人们对所有希腊事物的迷醉。西方工业技术上的进步把当时的世界飞速拖入一个眼花缭乱的新时代，但当时的许多诗人、作家和哲学家们，却选择栖居在过去，从希腊汲取灵感和营养。

很自然地，学者们——包括新兴学科考古的学者——把注意力集中到了希腊，这个刚刚从土耳其人近4个世纪的统治中独立出来的国度。

随着这种"注意力"的持续，引发了一股空前的希腊"寻宝热"。

"寻宝热"最早可追溯到古罗马时期。罗马人在征服了希腊之后，就像自家搬东西一样，把希腊的众多艺术品视为他们合法的战利品，陆续搬

到了罗马。

那还是公元前2世纪的事，开了这个极其恶劣的先例之后，希腊的艺术品便不用再找理由就背井离乡了。有些喜剧的是，也就在古罗马帝国之时，一本由希腊人撰写的旅游指南《希腊纪事》问世，此书主要是迎合全盛时期罗马帝国蜂拥到希腊的游客之需，但这本"旅游指南"，最后却成了十足的"抢劫指南"。

雅典被野蛮地洗劫。这段历史我们很容易查到，395年，罗马帝国被分为东、西两部分，希腊划归东部，也就是拜占庭帝国，在其后的1400年间，它由君士坦丁堡的皇帝统治。或许是历史的宿命，罗马帝国分裂之时，便是古典文化走到尽头之日。当基督教成为帝国的正统宗教时，昔日的希腊诸神便纷纷被赶下神坛——神庙被关闭，神像被破坏……甚至连奉献给宙斯的奥运会也被取消。

不可思议的是，这个令世界文明窒息的过程，整整维持了1600年。由是，古希腊真的进入了长眠期。虽然君士坦丁堡的大批学者依然在研读和欣赏着希腊古典的美，而在整个欧洲乃至世界，很多东西已经失传……当大批欧洲人来到拜占庭时，他们身上的标签是"征服者"而非"学者"。

这对于希腊而言，某种意义上讲，是一种公开而彻底地否定和侮辱。

梳理一路走来的人类古文明路径，不免令人伤感，但不可否认的是，那就是历史——活生生地在世间发生过的人类自身的历史。好在我们能够原汁原味地保存那些残垣断壁。从那些残垣断壁的只言片语中，我们尚能呼吸到历史散发出的各种信息——那是人类骄傲和耻辱的过往。

因为喜欢，希腊古代艺术品成为欧洲各国间明争暗斗的主要对象。每个大国都建立了博物馆，作为其温雅有识的象征，接着，便抢在竞争者之前大肆搜罗当时的古代艺术品。

所以其古代杰作无一能逃出德国人、法国人、英国人……的手心。

而那些明目张胆的"抢劫犯"，却自认为是在挽救长期受到忽视的历史。

饱经风霜的石雕

事实上，希腊当局一直没停止把雅典卫城的精华雕刻从伦敦的大英博物馆请回来的努力，我们来到这里，也看见一些学者、教授在面向全世界的游客奔走呼号，理由写得十分强硬——

这些文物有自己的共同姓名，叫帕特农，而帕特农在雅典，不在伦敦；这些文物只有回到雅典，才能找到自己天生的方位，构成前后左右的完整；帕特农是希腊文明的最高象征，也是联合国评选的人类文化遗产，英国可以不为希腊负责，却也要对人类文化遗产的完整性负责……

这种令人鼻酸的呼吁，我们最有感触和体味，这是一个文明古国的最后尊严。

数年过去了，回味起卫城上那一幕场景和一张张面孔，令我久久难忘。同中华民族一样，作为文明古国之一，希腊是热爱和平的，你在那里会处处感受到友善与真诚。

我们是在冬天抵达希腊的，雅典大街路中巷间的树大都落了叶片，剩下的叶抓住雅典清晨斑斓的阳光，是一树跳动的黄。

街边排着橘子树，如四季怀春的少女。在楼旁人群里举着满枝头橙色的果。据说雅典人是不吃树上的橘子的，而是让它们自生自灭，等它成熟之后落在地上任其腐烂，每一棵树下都会有一个坑，就是专门用来装掉下的橘子的。

因之，雅典给我最初的味道，便是整个城市都飘散着橘子的香味。

遍地的橄榄树，随时等着牵你的手——他们天然应该受到世界的尊重。

第 24 章
上帝的魔杖，幻化出一个海市蜃楼

　　清晨的候机大厅人影寥寥，密密麻麻的老虎机塞满其间，一位黑人兄弟正紧张地敲打着老虎机，里面是叮叮当当的响声。不一会儿，那位上瘾的黑人兄弟已经掏出几张美钞塞进了"老虎"的嘴里。

　　随着候机厅内甜甜的登机提示音，他匆忙结束了游戏。然后，十分不情愿地走向了登机口。

　　他的身后，一些老虎机上的赌徒还在聚精会神地操练着。

　　这个世界，这个拉斯维加斯，人和机器的较量远远没有尽头。

　　随着飞机的不断升起，我注视着眼下这个金迷纸醉的世界里，禁忌暂时失效，罪与恶被抛向九霄云外，命运被飞速旋转的小小轮盘牢牢控制，时间没有了市场，放纵成了生活的主题……

通往拉斯维加斯的，是一条死亡之路

拉斯维加斯给这个世界留下了太多的神话与神奇，也给无数人留下无尽的神往。

我们是从洛杉矶开车前往500多千米外的拉斯维加斯的。时值"流火七月"，美国西部最大的城市洛杉矶已经热得发烫了，开车的王军说拉斯维加斯正值一年之中最热的时期，平均每天都在40℃左右，我们听后都张大嘴巴伸了伸舌头。虽然热浪滔天，但没有丝毫退却，"神往"二字驱使我们一往无前。

公路、汽车、戈壁、拉斯维加斯

王军出生于东北，去美国淘金已经10多年了。经历过两个国家两种制度，十分健谈的他，感触良多。王军有4个子女，10多年前来美国淘金时，他笑谈其"宏伟计划"是立志生50个孩子。我们听他的豪言都笑得合不拢嘴。

清晨出发，我们一路有说有笑，气氛显得格外轻松，车上空调的效果也尚好。不知不觉一小时过去了，车来到加州与内华达洲交界处的一家"工厂超市"，据说原来这儿是一个小型火车站，后来火车站没有了，一些房屋便改作超市。这里的东西都是一些"大路货"，比如T恤、球鞋、衣服等。所谓"工厂超市"是指工厂直接运过来的直销商品，因为这里的东西相对比其他地方便宜，所以买的人特别多。为了区别，每一个旅客都须贴上编着号的不粘胶标记，这样店方会根据这些标记实实在在地打折，在挑肥拣瘦的间隙，我发现销售人员不少是中国同胞，交流起来十分方便。

尽管超市外面已经热得不行，但我们还得继续赶路。慢慢地，我们在车里也明显地感受到外面是怎样一个炙热的烧烤世界。随着道路不断向前延伸，车窗外已经没有一丝绿色，这大概就是传说中的"火焰山"吧。一路上，满眼竟是光秃秃的山，热浪里飞驰着各式车辆。

虽然车上的冷空调已经开到极限，渐渐地，车内仍感觉不到凉爽的气息。我手握相机，一直用镜头探测车外，路边、山野见不到一个人——这里已是真正的无人区，也看不见生物迹象出现。辣刺刺的太阳直逼大地，任何生命体都躲了起来，唯独剩下公路上逃命似的"车们"。

给我印象极深的，还有公路两边随处可见的报废车胎。看得出来，这些轮胎都是在高温下经不起考验而爆裂的。王军告诉我，如果在这里真的爆胎，那是一件十分倒霉的事。我听了在心里暗自祈祷，老天保佑我们的车能完好无损地到达目的地。

夜幕降临，拉斯维加斯恢复了妖娆的本性

傍晚时分，我们沿着15号高速公路逐渐接近拉斯维加斯市区，在通过一片干燥的不毛之地后，炎热的大街上仍看不到人，不毛之地的山间

看不出有多少特别之处，可越往深处走，一幢幢高楼便海市蜃楼般走了出来，魔术一样越来越清晰地呈现在我们的眼前。瞬间，大地的边缘出现一个金碧辉煌的不夜城，媚惑的灯光已经若隐若现，幢幢现代化高楼在以不同的姿态搔首弄姿，引诱着你睁大自己难以自持的眼睛。

不夜城

王军不停地说着它们的名字，都是哪些财团修造的，这些建筑像列阵一样迎接着世界南来北往之客，又像张着血盆大口，窥视着每个人的钱袋。

一路上难耐的炎热和折腾早已忘到九霄云外，情欲的本能勾引着每一个到来的人步步向她靠近，再靠近，然后义无反顾地走进她，最终堕落在她的怀抱里。她就是拉斯维加斯——一个万分妖艳而又放荡不羁的城市。已经沉没在她怀抱里的人，目光都会被那闪耀的霓虹灯及极富特色的豪华观光旅馆所吸引，在完全脱离日常生活的幻境中迷失自我。

这里所有城市的设计都是为了人们尽情的放纵。

那些极尽奢华的酒店，看外表就显气质高贵，卓群凡响，它的这份气场会不停地勾引你步步深入，直到双方都极尽快感为止。

妖艳的城市

一路上我甚至怀疑，拉斯维加斯会有传说中的那么繁荣么？它有什么理由让人们趋之若鹜？我纳闷，这样恶劣的气候，那些摩天大厦是怎么盖起来的？一位美国朋友告诉我，那些建筑几乎是来自亚洲、非洲等地的移民劳工的杰作。

当心与身越发靠近她之际，任何怀疑都是多余的。透过一路原始的考验，你会越发对眼前的一切油然而生敬意。当人和车还在拉斯维加斯的大街上逡巡，我已经完全相信了不知是谁告诫的那句名言——

纽约是老贵妇人，因为她远看珠光宝气，高楼林立，近看却是满脸的皱纹，又脏又乱；华盛顿像个淑女，因为是唯一一个先规划后建设的城市，显得那么端庄温婉；拉斯维加斯就像个夜总会小姐，白天闭门不出，夜晚总是装点得异常艳丽，妖娆非常。

小车穿过灯红酒绿的繁华大街和熙熙攘攘的人流，我们来到预订好的酒店。放下行李，大家就迫不及待地要出去一睹风景。虽然已近暮色，但室外却是一浪高过一浪的热流。热流袭来，有一种桑拿之感，如果心脏不好，肯定是难以正常呼吸，要是没有较好的心理准备，准会被阵阵的热浪席卷而晕厥。

经验丰富的王军告诫我们，拉斯维加斯大街长达10千米，我们倒不如开车出去，坐在车上一览街景，然后再重点参观一些著名的景点。我们都齐声说好。

入夜的拉斯维加斯果然让人另眼相看，随着太阳的西沉，华灯初上，从外表上看就已是不凡，她魅惑着你步步深入其中。夜晚是拉斯维加斯的"良辰"美景，五彩缤纷的灯光一下激活了这座城市。人们像变魔术似的从各个角落钻了出来，大街上熙熙攘攘，虽然也是热浪滚滚，但丝毫抵挡不住拉斯维加斯的夜的诱惑——各式各样的表演让人目不暇接。

用于投注的老虎机肆无忌惮地无所不在。豪华的赌场门前，你可以定时看到用现代科技模拟的火山爆发和加勒比海炮火连天的海盗大战，其情其景堪然逼真，气势宏伟磅礴，让每个看到的人都心惊肉跳。各个大饭店地上铺就着猩红色的地毯，头上映着柔和的灯光，人们自由地进进出出。许多建筑、喷泉、雕塑的设计精美，造型奇特夸张，令人惊叹叫绝。

一座酒店就是一座城堡，一座城堡就是一座赌城

拉斯维加斯分为拉斯维加斯大街、老城区以及拉斯维加斯湖区。拉斯维加斯大街，以两侧分布着诸多巨型的高级酒店而闻名于世。

在这个曾经沙漠环绕的地方，盛载着鳞次栉比的群楼，以及璀璨的各种城市建筑。所有的注意力都集中到热闹喧嚣的拉斯维加斯大街，据说世界上10家最大的度假旅馆就有9家在这里落户，其中最大的就是拥有5000多个客房的米高梅旅馆了。

城市的大道两边充塞着自由女神像、埃菲尔铁塔、沙漠绿洲、摩天大楼、众神雕塑等雄伟的模型，模型后矗立着华丽豪气的赌场酒店。每一个建筑物都精雕细刻，但它们堆在一起，看上去却是极不协调，有的甚至俗不可耐。就如一个粗俗的女人，拥有着黑珍珠、红宝石、钻石等种种项

链，如果只戴其中之一，倒也落得高贵典雅，可她非要统统都戴在脖颈上，终是将自己装扮得跟街头卖艺的一样。面对诧异的眼光，这个粗俗的女人竟还坦然地表白："我以前就是在天桥上摆地摊的。"

对此，除了佩服她的专业精神，你还有什么话好说呢？

威尼斯人大酒店便是拉斯维加斯大街"这堆珠宝"中最著名的酒店之一。占地很阔的酒店向客人们展现了一个逼真的威尼斯小城，无论是白鸽飞舞的圣马可广场，还是运河上的叹息桥，甚至有一边摇着贡多拉小船，一边唱着意大利歌剧的船夫，这些都和真实的威尼斯完全一致。其创意让人叫绝。

置身其间，你会赞叹，这哪是饭店啊，简直就是一座宫殿，或是一座城堡。就是这座城堡，像一艘硕大庞然的航空母舰一般，可以同时入住6000人。封闭的室内水世界，天花板就是天空。酒店里还有一个50万平方英尺（约合4.65万平方米）的购物广场，漫步其中，就如同置身于意大利街头一般。令人意想不到的还是水街上空的苍穹，淡蓝色的天空点缀着朵朵白云，仿佛永远是暮色降临之时，不管外面是风雨雷电还是艳阳高照，待在里面的人看到的是永远是朵朵祥云，晴空万里。这些人工制作，让人叹为观止。

威尼斯人大酒店

拉斯维加斯各个赌场都像威尼斯人大饭店一样，以金碧辉煌、奇形怪状的建筑物来吸引游客。美国内华达州有一条法律，凡是开赌城都必须兼营旅馆，因此在拉斯维加斯，大赌场都是大旅馆，大旅馆也都是大赌场。像威尼斯人这样的酒店在这条大街上共有20多家。如：米高梅、凯撒皇宫、海市蜃楼、阿拉丁、纽约·纽约、巴黎、柏拉齐奥、金银岛、卢克索、希尔顿……一个挨着一个，都集中在拉斯维加斯大街两侧，这些旅馆（就是赌场）的规模都很大，底层大厅的赌场面积差不多都有上万平方米，各种赌具如轮盘、扑克牌、掷骰子、21点、吃角子、老虎机等应有尽有，每家都是几千台，赌博方法五花八门。

这里的赌场24小时不间断营业，这里有世界最优质的服务和最完备的设施供你沉沦。每个大型赌场的一层还有能够容纳上千人的大型会议厅和宴会厅，以及各式风味的饭店、商店、健身俱乐部、戏院。据说赌场里的氧气要比外面多60%，灯光始终控制在最佳的视觉效果，使人们在里面从不感到疲劳，这让那些赌鬼永远处于一种亢奋状态。困了可以到楼上旅馆休息，再睁开眼后可以下楼继续赌博，饿了到自助餐厅花近20美元敞开肚子随便吃。

当走进每一家用老虎机布阵的巨大赌场时，仿佛进入了一座光怪陆离的迷宫，那成千上万台老虎机纵横交错地摆满了整个大厅和每个角落，无论走到哪里都可以听到机器沉闷的旋转声和金钱叮叮哐哐的散落声。你可千万不要小看了这些老虎机，据统计，拉斯维加斯赌场的每台老虎机每年要从赌徒口袋里掏走10万美元。最大的赌场里面工作人员多达8000人，一个挨着一个的赌场就像迷宫一般随时让你迷失方向。

全世界知名艺人云集于此，是要告诉你，什么是灯红酒绿

拉斯维加斯虽然是以赌博及歌舞表演闻名于世，但近年来，随着许多超大型观光旅馆的重新兴建，一些大型主题乐园、表演剧场的纷纷开幕，拉斯维加斯已经蜕变为适合全家大小以度假为诉求目的地娱乐中心，男女

老幼在此都能尽情地享受到最好的娱乐活动。

要深度体验拉斯维加斯的夜生活，最好的办法就是看她千变万化的表演。因为还要去看夜间的表演，所以我们选择了几个较有特色的地方一饱眼福。

从那些千奇百怪的赌场出来，我们每人花近百美元进入Stardust，看其招牌戏Lido。每个进场的人都必须经过较为严格的安检，并且不准拍照，不许带任何行李。22时30分，带着几分神秘的表演开始了，从装饰、阵容都极尽奢华。此地的舞蹈很有特色，其"艳"也不是人们想象中的那么"露"，女演员们最多只裸露一些上体。

这个地方的招牌节目已上演了近20年。多达100位歌星、舞者都身着豪华服饰，头戴价值5000美元以上的头饰，呈现的都是百老汇式的歌舞表演，很值得一看。节目最后表演的是豪华邮轮泰坦尼克号的沉没，沉没的过程触目惊心、荡气回肠，十分逼真，一点儿也不亚于那获得多项大奖的电影，这样的安排使演出的尾声达到了高潮。

那种大投入及大制作，真的让人赞叹美国人丰富的想象力和超人的创造力，整个演出就是好莱坞的翻版，让每个观看的人身临其境。然而，几分钟过后，眼前的波澜壮阔的场面便戛然而止，恍然隔世似乎什么也没发生过一样。

演出短短一个多钟头。结束后，观众们都不由自主地齐齐站起身来，长时间地鼓掌。

在拉斯维加斯，每天晚上有上百场各种题材和风格的歌舞和演唱会。

拉斯维加斯是全美国知名艺人的表演圣地，当年如法兰克·辛那屈、猫王等，皆因在拉斯维加斯的演出而名噪一时。赌彩业的蓬勃，带动了娱乐业的发展，著名的歌舞团体及知名影星、歌星都以能登上拉斯维加斯的华丽大舞台而自豪，也因此吸引了众多游客。

各种演出层次丰富多彩。一些赌场的门前，每隔一小时就有新奇的表演，免费观看，场面壮观。譬如"海盗大战"，观众可以亲自目睹一群海盗战败后和庞大的海盗船一起沉入海底的真实场面。至于"火山爆发"，

夜幕下的街头

炎热的岩浆可以一直滚到你的脚下。

从Stardust看完演出出来，我们径直来到世界上最大的音乐喷泉前欣赏。这里是拉斯维加斯的黄金地段，观赏的游客很多。为了满足游客们的欲望，这里的喷泉每隔一刻钟就表演一次。在人造湖的中央，霓虹灯闪烁，霎时间只见一个个细细的喷头中，出现一股股独立的如白色丝带状般的水柱，组成了一幅幅美丽的图案。时而像羞涩的小姑娘，婀娜多姿；时而像一群美少女，在动情地跳着芭蕾舞；时而呈直线，时而交叉汇合；时而又如狂风暴雨，有横扫千钧之势……时而闲庭信步，时而暴风骤雨，时而探戈，时而芭蕾，时而小调，时而……水柱在音乐声中翩翩起舞，让人陶醉。

我见过各种喷泉，但是这种仿佛有生命力的精灵舞蹈，还是令人震撼。

任何的存在都爆发了无数的撞击，每一次都会引来无数双眼睛驻足，不少游客是在看过几次后方恋恋不舍地离去。

这样公益的表演并不是拉斯维加斯政府所为，乃一家名叫The Mirage的赌场为了吸引顾客的眼球而采用的独特方式。走进赌场大厅，真可称叹是金碧辉煌、富丽堂皇。大厅后面是一个花园，里面有婆娑的柳树，路的一侧摆满了苹果、香蕉等水果自然组成的图案，附有人造溪流、假山，占地面积不大，却恍如进入了伊甸园。

再离奇的故事在这里显得都平常，结婚犹如快餐一样方便

赌博，让人对钱财的贪欲发挥得淋漓尽致。赌博的背后，色、毒之魔应运而生。夜夜歌舞，灯红酒绿，拉斯维加斯色情业泛滥。

根据内华达州法律，人口不到4万的县份可以通过公民投票的方式决定是否允许开设妓院。王军告诉我，在离拉斯维加斯不远的斯托里县，合法妓院距离县议会只有1.5千米，性工作者可以通过游说对当地立法产生影响。在其他一些边远的县份，由于没有农业和其他工业，当地人只好靠性

产业来刺激地方的落后经济。

拉斯维加斯街头，同样可以随处看到衣着暴露的性感女人广告。甚至有人夸张地说，色情成了拉斯维加斯仅次于老虎机的城市符号。

拉斯维加斯有数万表演脱衣舞的舞女，她们把跳脱衣舞作为谋取更好工作的跳板。等挣到大把钞票后，这些舞女开始"改邪归正"，成家立业，生儿育女，都希望将来的自己在家里做个贤妻良母。也有心气高的舞女梦想今后当个职业演员、模特或老师。但是，在编织美好梦想的同时，她们一不小心就会跌入吸毒、酗酒和卖淫的无尽深渊。

粗俗的性欲荡涤着拉斯维加斯的文化，如今这个城市比过去更加色情化。无论是烈日炎炎的白天还是凉风习习的黑夜，我们在拉斯维加斯街头，到处可以看到年轻男女列队向过往的人们散发各种色情名片和广告，上面印着的都是一些裸体女郎的照片和电话号码。

拉斯维加斯还是一个"自杀之都"以及结婚和离婚的天堂。有数字表明，自1998年以来，拉斯维加斯每年有282~292人自杀，平均10万人中有22.3人走上绝命之路，高居美国城市自杀率榜首。据称自杀者中大多数是当地人，其中以男性为多数，外地游客占自杀人数的10％。自杀者大多选择开枪的方式，也有一些输得倾家荡产的赌徒，从赌场的高楼纵身跳下。

不少有问题的人本来抱着妄想到这里进行最后一搏，可是拉斯维加斯根本容不下这些落魄的人，他们最后只好带着绝望去见上帝。

享有"世界结婚之都"称号的拉斯维加斯，有个永不关门的婚姻登记处，平均每年有近12万对男女到这里登记结婚，其中外地人和外国人占65％~75％。申请者不需要出示任何证明文件，只要支付55美元的登记费，婚姻登记处就完全相信人们编造的任何谎言，15分钟内就可拿到结婚证书，然后在附近的教堂找个牧师举行婚礼。

要是来拉斯维加斯结婚的男女身边没有亲友和熟人证婚，可以在街头随便拉个陌生人当证人，条件当然是给对方几十美元的小费。如要追求刺激，可以在牧师的陪伴下，乘坐直升机或气球在空中举行婚礼，这样的婚礼费用大约需要几千美元。

有人形象地说，结婚在拉斯维加斯犹如吃快餐一样方便。还有说得更离谱的，我听到这样一个离奇的真实故事，只要法官认为合情合理，12岁的少女竟可以在拉斯维加斯成为中老年男性合法的妻子。

结婚容易，离婚自然也就更为轻易。只要其中一方在拉斯维加斯居住3个月，就可以拿到离婚证明。许多电影明星和名人喜欢到拉斯维加斯结婚，最终也在这座城市离婚。2004年1月3日凌晨，歌星布兰妮与童年好友杰森神不知鬼不觉地在拉斯维加斯注册登记并举行闪电婚礼，把整天跟在屁股后面转的美国娱乐媒介都蒙骗了。两天后，布兰妮和她的新郎便获得拉斯维加斯法院宣布婚姻无效的判决书，结束了他们这段轰轰烈烈的历时55小时的婚姻。

那些豪华与奢侈不管以怎样的形式出现，都是配角，主角只有一个字，那就是"赌"。驻足拉斯维加斯繁华的街头，我甚至在想："如果没有了赌场，拉斯维加斯将会是怎样？"

徘徊在阴阳间的拉斯维加斯，暴富历程就是一出大戏

如同所有暴富的富翁经历一样，拉斯维加斯的暴富历程更显得有戏剧性。

若干年前，内华达州境内沙漠遍布，因为土地贫瘠，经济的发展受到限制，境内只有几个大城市，都分布在临近加州的边界，拉斯维加斯是其中最大的一个城市。它位于内华达州南端，东方有科罗拉多河流过。科罗拉多河的支流进入拉斯维加斯。上帝是公平的。就是这样一个恶劣纵横的地方，却滋生了一片绿洲，这成为拉斯维加斯得以发展的一个重要因素。胡佛水坝就建在附近，为拉斯维加斯提供充沛的水和电。

我仿佛看到一群魔鬼来到了地球，正四处肆掠。翻阅历史我知道，拉斯维加斯在发展之前，原本只是印地安人所熟知的一个绿洲，周围是一望无尽的沙漠。就在20世纪初，位于美国内达华州的拉斯维加斯还是印第安

人的地盘，仅有几十户人家，以及一个很小的旅馆。西南距洛杉矶466千米，四周围是茫茫的沙漠，土地贫瘠。

相传1829年，一支前往洛杉矶的西班牙商队途经距现在的拉斯维加斯东北部100英里（约合160.93千米）的地方，一小队人往西出发寻找水源。一个年轻的侦察兵拉斐尔·里维拉离开了大部队，独自进入了这片未经开发的沙漠之中。

经过两个星期的寻找，他终于找到了泉水。拉斐尔·里维拉是人们所知道的第一个踏上拉斯维加斯山谷的非印第安人。后来，西班牙人将这片山谷取名为"拉斯维加斯"，意思是"肥沃的草原"。

今天我们不得不佩服西班牙人的先知先觉，这样一个不毛之地有如此美丽的名字。让我们循着历史的脉络继续探寻拉斯维加斯的前世今生——

1843年，驻守边疆的侦察兵基德·卡森带领着约翰·弗雷蒙的探险队越过了内华达地界并绘制了内华达地图。1844年5月13日，弗雷蒙带着他的探险队扎营在拉斯维加斯泉水边。如今，人们在博物馆和历史书中都能找到弗雷蒙的名字，而拉斯维加斯老城区的弗雷蒙酒店和著名的弗雷蒙商业街更是以他的名字来命名，以让后人崇敬的来纪念这位探险家。

1855年，摩门人在拉斯维加斯山谷建造了一座150平方英尺的堡垒，这是第一座非印第安人在这里建造的堡垒。摩门人在这里种植果树、蔬菜，他们想把种植技术教给当地的印第安派尤特族人。但是派尤特人拒绝接受摩门人的好意，并不时袭击堡垒。1857年，摩门人放弃了堡垒，离开了这里。

1890年，铁路开发者决定将水源丰富的拉斯维加斯山谷作为一个中转站。1904年的夏天，拉斯维加斯的第一条铁路开始动工。1905年，连接南加利福尼亚和盐湖城的主干线完工，拉斯维加斯成了一个真正的铁路城市。铁路是随后25年中拉斯维加斯的核心。

1905年5月15日，拉斯维加斯正式成为一个城市。这一天，120笔共计110英亩（约合44.5万平方米）的土地被拍卖。起初，拉斯维加斯被当作林肯县的一部分，直到1909年，它成了新成立的克拉克县政府所在地。

1911年3月16日，拉斯维加斯合并了周边一些土地，通过第一部宪章。当时，拉斯维加斯总面积为19.18平方英里，居民总数将近800人，不到全州总人口的1%。当时，克拉克县的人口数为3321。

到了1930年，拉斯维加斯人口发展到5165人。在1931年发生了三件大事，从而改变了内华达州及拉斯维加斯的面貌。其中一件事便是赌城的"准生证"，内华达州通过"赌博合法化"的法令，另一件事便是保障赌城兴旺的胡佛水坝工程的实施。

在美国混迹多年的王军告诉我赌城由来的另一个版本，自然条件上内华达州是美国条件较差的州之一，这儿工业、农业都不具备发展的条件，美国政府便将核设施、军事基地放在了这里。为了弥补其"经济损失"，联邦政府以法律的形式特地给内华达州开具"赌场"和"色情业"的营业执照。

两相对比，我似乎更相信王军所说的那个版本。因为在洛杉矶去在拉斯维加斯的途中，我们就看到一个美军事基地。

天堂沙雕，雕出一个魑魅魍魉之都

2006年，拉斯维加斯建城100周年之际，暴富的拉斯维加斯制作了一个比篮球场还要大的生日蛋糕。在我看来，这种暴富一个最为标志的变化是：昔日的沙漠区，成了今天的沙漠疗养区。

没有人否认，拉斯维加斯的奇迹是赌博一手培养起来的。拉斯维加斯可以在极短时间内培养起游客的"赌博意识"，来这里的人除了小孩之外，很少有不去赌博的，最要命的就是每个赌场都连着，好不容易出了这个赌场还没见到天，一转眼又进了下一个赌场。有统计表明，虽然有65%的游客表示他们并不是来这里赌博，但是最终87%的人在其逗留期间的某个时刻，便会不由自主地走向赌场，平均每人花费480美元，其中三分之二被老虎机"吃"掉了。

要想拒绝随处可见的老虎机的诱惑，而不至于小试身手一番，真是难上加难，这便是整个拉斯维加斯所营造出的气氛使然。

这里的赌场极多，不管在哪个地方，只要你走几十米，准能见到。所有的饭店皆兼设赌场，毫无例外，而且都设置在一楼的交通要冲。有些游客虽是办妥了住宿登记，但只在房间洗把脸，便进了赌场，在这里，赌场像进洗手间一样，方便至极。

来这里的人永远是忙碌的，忙于赌钱，忙于休闲，虽然是有名的耍都，人们却都是来去匆匆。

西方有句俗语：上帝从不掷骰子。谁心里都清楚，最终的赢家总归是赌场老板，赌场有两句名言："不怕你赢钱，就怕你不来；不进赌场是你的问题，进了赌场不赌钱那是我的问题。"

王军私下告诉我一个秘密，去拉斯维加斯玩最好是在周一，这时旅馆便宜得惊人，有不错的旅店40美金一晚就能住上。不过要是到了周五晚上，如果腰包里不太充实的话，那在方圆几十里花上70美金，找到个能睡的地方就算幸运了。

拉斯维加斯的赌场就像是一周一次的大潮，周末就溢涨得满满的，到周一就消退得十分苍凉了。

如果拉斯维加斯是一个风景区的话，表面上看，其风景的最高点在于它的夜景和各大酒店。在拉斯维加斯大街上的每一个酒店内，都可以让你感受到不同的精彩，会在你的心头落下流连忘返的滋味。

赌城是在沙漠上建的，绿化十分困难。每种一棵树就得把水管通到树下，这样种一棵树的成本大约是2000美元，因此人们把赢钱叫"拔树"，输钱叫"种树"。

这里，足以颠倒贫富，让倾城富有与一贫如洗在一夜之间彼此换位。没有人知道，在这里，多少人坠落红尘；多少人血本无归，瞬间沦为穷光蛋；多少人放纵自己，将一生功名挥霍一空……

我们所住的宾馆楼下就是一个很大的赌场。我们一行人都没有什么赌欲，一直做"旁观者状"，因此没给拉斯维加的老虎机以任何贡献。像穿过超市一样，我们走出赌场，到大街上去寻乐。在赌场看着人来人往，我心若止水。

为了赶飞机到达另一个城市。清晨6时许我们就早早地起了床，此时太阳已经高高地挂在头顶。拉斯维加斯又一个热浪狂流的天即将到来，穿过死一般的大街，喧嚣了一夜的拉斯维加斯还未睁开它的眼。

机场不远。去机场的路上见我又端起了相机，王军说不用拍了，常常往来于这里的他称这里就像一个吸食鸦片的瘾君子，白天死气沉沉，到了夜晚则精神百倍。

王军的话也不完全正确。清晨的候机大厅人影寥寥，密密麻麻的老虎机塞满其间，一位黑人兄弟正紧张地敲打着老虎机，里面是叮叮当当的响声。不一会儿，那位上瘾的黑人兄弟已经掏出几张美钞塞进了"老虎"的嘴里。

魑魅魍魉之都

随着候机厅内甜甜的登机提示音，他匆忙结束了游戏。然后，十分不情愿地走向了登机口。

在他的身后，一些老虎机上的赌徒还在聚精会神地操练着。这个世界，这个拉斯维加斯，人和机器的较量远远没有尽头。

随着飞机的不断升起，我注视着眼下这个金迷纸醉的世界里，禁忌暂时失效，罪与恶被抛向九霄云外，命运被飞速旋转的小小轮盘牢牢控制，时间没有了市场，放纵成了生活的主题……

拉斯维加斯——这个徘徊在阴阳间的现代化城市。天堂沙雕，雕出一个魑魅魍魉之都。海市蜃楼般的天堂沙雕，世间的雨水何时会冲刷得一干二净？

第五部分

人

TOTEM & RUINS

"夫天者，人之始也。"

自然而论，人，是一种灵长目人科人属的物种。

欧洲中世纪神学的观点认为，上帝造人。

人，作为一个哲学概念，在哲学史上存在多种理解。

人类创造了复杂的社会结构，从家庭到国家。

人类个体之间的社会交际创立了广泛的传统、习俗、宗教制度、价值观以及法律，这些共同构成了人类社会的基础。

人是能进行复杂思维活动的高等动物——人其实很简单，只是思维很复杂。

第 25 章
属于女人的巴黎，
属于三个女人的卢浮宫

亲吻是欧洲人一种公开的爱情语言。巴黎人可以把这种语言"玩"到极致。

一个真实的故事可以佐证：一对年轻人走到巴黎大街中央忽然紧紧拥抱，热吻起来，来往的车辆全都不按喇叭，而是鱼贯绕过他们而行，不忍心打扰情人们沉醉忘我的情调。

美国同样开放，同样浪漫。他们的开放和浪漫与法国相比，仍有一定的差距。法国人的浪漫多些精神意味，而美国人的浪漫直通着性；法国人幻想着一个长长的吻能够到达永远，而美国人的吻不超过一分钟就开始脱衣服了。

美国人浪漫的符号是纽约42号街红灯区那种只穿一双高跟鞋的裸女；法国人浪漫的符号则是这种街头的情人之间的吻。

只有在法国，只有在巴黎，只有在卢浮宫，才可以珍藏像蒙娜丽莎、维纳斯、胜利女神一样的世界级美人。而不是在美国。

卢浮宫

娇艳的 3 个女人，与卢浮宫珠联璧合

在巴黎塞纳河的东岸，有一座世人为之倾倒的建筑——卢浮宫。

今天，我们只知道卢浮宫是一个博物馆，殊不知它曾经也是路易家族的"皇宫"——作为凡尔赛宫的前身，它被迫"退居二线"，还原成今天的博物馆。

南来北往的游客中，大多数都是冲着卢浮宫的"三宝"而慕名前往的。这"三宝"就是3个女人：蒙娜丽莎、维纳斯和胜利女神。

第一宝是著名的达·芬奇的油画《蒙娜丽莎》。

在卢浮宫二层的入口，就可看到一块醒目的牌子，上面写着：看"蒙娜丽莎"请朝前走。牌子上还嵌有一小幅蒙娜丽莎的头像。走了好一阵，又看到一块这样的牌子："看蒙娜丽莎请向左拐"。拐了一个弯，又看到"看蒙娜丽莎……"。七拐八拐，好不容易到了真正展览蒙娜丽莎的地方。

无以数计的游客都是像我一样，寻着这块牌子箭头所指的方向，去瞻仰心仪已久的"蒙娜丽莎"。蒙娜丽莎在一个很深很深的展室里贴壁而笑，像是跟你捉迷藏似的，双手柔美富有生命力，宁静典雅的气质弥漫着整幅画面，人物背景的时间和空间随视觉感觉而转换。她被透明罩盖护卫着，一旁站着警卫。室内其他的那些大大小小的杰作，虽是都被载入了欧洲美术史，但此刻却列阵一般，成为蒙娜丽莎的陪衬。

油画《蒙娜丽莎》是达·芬奇于1503—1506年在佛罗伦萨所作。画中人被认为是当地一名贵族的妻子，她悠闲地坐在窗台前，宽阔的衣领露出白皙的肌肤，一把秀发顺滑地垂落在两肩，双手在胸前轻轻交叠，流露出娴静温婉的神态，人物的轮廓巧妙地融入窗外的景色里。画中远处可见朦胧的山峦景致，暗暗的色调令背景几乎失去了原来的形态，如梦幻一般。

很多人眼里，《蒙娜丽莎》不是一幅画，她的出世很像一部传奇大片。数百年来，背后的玄幻故事层出不穷，引得人们蜂拥前往，一睹真容。很大意义上讲，那幅小小的油画《蒙娜丽莎》，远远超过了画的本身。

第二宝是断臂维纳斯。展品的名称是《米洛斯的维纳斯》。维纳斯是罗马神话中集合着爱与美的神，也是象征丰饶多产的女神。古希腊神话中称为阿佛洛狄忒。传说她在大海的泡沫中诞生，在三位时光女神和三位美惠女神的陪伴下，来到奥林匹斯山，众神被其美丽容貌所吸引，纷纷向她求爱。

宙斯在遭其拒绝后，遂把她嫁给了丑陋而瘸腿的火神赫斐斯塔司，但她却爱上了战神阿瑞斯，并生下小爱神厄洛斯。后曾帮助特洛伊王子帕里斯拐走斯巴达国王墨涅拉俄的妻子、全希腊最美的女人海伦，引发了希腊人远征特洛伊的十年战争。

古希腊人创作了大量的维纳斯的雕像与画像，倾诉对女神的爱慕之情。1820年，在希腊的米洛斯岛发现了一尊维纳斯雕像，这尊雕像是公元前2世纪中叶的希腊雕刻原件，被称为米洛斯的维纳斯。当时它的双臂与躯干部分分离，但大体上保存完好，在不久之后的一场争夺雕像的混战中，她的双臂被彻底损坏。

1821年，这尊断臂的维纳斯雕像几经波折，最终被送入法国卢浮宫。

高2米的《米洛斯的维纳斯》不仅为女性体形美提供了公认的标准，同时展示了女性柔美妩媚的特征。当我站在这位绝世美女面前，似乎还能感受到她的妩媚与跳动的气息。断臂的

米洛斯岛维纳斯

维纳斯以丰腴的体态、曼妙的风姿折服了整个世界，以至于19世纪雕塑大师罗丹也不由发出赞叹，称赞她是"神奇中的神奇"。

世人关注的"断臂之谜"，在法国人杜蒙·杜尔维尔的回忆录中终于揭开谜底。据称当时爱神的右臂下垂，手持衣领，左臂高举一个苹果。然而，长期以来人们已认可了这尊独一无二的断臂的维纳斯，似乎爱神就本应如此。也许，真正的完美并不存在，历史造就了无以弥补的缺憾，恰恰因为这种缺憾，使人们对此愈加垂青。

第三宝便是风姿绰约的胜利女神像，体态匀称，动感十足，无头无手……就像一个有意遮住面容的绝美女子，令每一个驻足于此的人浮想联翩，等待人们掀开她的盖头来。

萨莫德拉克的胜利女神

胜利女神像又称《萨莫德拉克的胜利女神》，是统治着小亚细亚的德米特里乌斯因纪念在一次海战中打败统治着埃及的托勒密而做。雕像的构思十分新颖，底座被设计成战船的船头，胜利女神犹如从天而降，在船头引导着舰队乘风破浪冲向前方，既表现了海战的背景，又传达了胜利的主题。

雕像前的说明文字告诉我，这座古希腊著名雕像创作于前306年。上千年来，这尊雕像一直耸立在萨莫德拉克勒边的悬崖上，直到1863年从萨姆特拉斯岛的神庙废墟中发掘出来，虽然出现在游人面前的胜利女神像的头和手臂都已丢失，但这样的"残件"，仍被认为是古希腊的雕塑杰作。她上身略向前倾，那健壮丰腴、姿态优美的身躯，高高飞扬的雄健而硕大的羽翼，都充分体现出了胜利者的雄姿和欢乎凯旋的激情。不论从哪个角度，观赏者都能看到和感受到胜利女神展翅欲飞的雄姿。

海风似乎正从她的正面吹过来，薄薄的衣衫隐隐显露出女神那丰满而富有弹性的身躯，衣裙的质感和衣褶纹路的雕刻，令人叹为观止。

卢浮宫中"绝世三宝"，是世界排名前十名艺术女性形象中入围的三位。她们来自两个欧洲历史上最辉煌的时代：雅典盛世与文艺复兴时期。

卢浮宫中的"中国元素"，不应该是个意外

法国就是法国，巴黎就是巴黎。它的浪漫让世界上任何一个地方退避三舍，难以比拟。

卢浮宫从法国大革命后就开放给市民参观，如今它已经收藏了40万件艺术品。徜徉在那一件件古埃及和东方的、古希腊和罗马的、欧洲和法国的各个历史时期的雕塑、绘画、陶器、铁器等艺术珍品之中，人类几千年的辉煌文明几乎一下子全部浓缩在眼前。那些耳熟能详的精致的艺术品，虽然见到了它们的真迹，却来不及细细品味而任它们在眼前一晃而过。

两三个钟头，行程几千上万里，只来得及匆匆摄入照相机里，带回家慢慢欣赏了。

艺术家早已作古，他们的作品还活着，而且活到了卢浮宫，这是他们的成功，但他们无法想象，那么多杰作活在一起，相当于几千年来无数个历史名人全都活着，挤在一个屋顶下争奇斗艳，如何了得。

透过卢浮宫的大型落地窗，遥望那些往昔烟云，那是一种惆怅的情绪，还是一丝期待的目光？我自己也说不清。

亚里士多德说，历史学家如实地记录历史，而诗人却预言即将发生的历史。

巴黎是女人们的巴黎，卢浮宫虽然某种程度上也可称为属于女人们的卢浮宫，但这些女人们背后的主角大都是男人们，甚至可以毫不夸张地说，这些女人在很大程度上都是由男人们铸成的。在"铸"的过程中，有浪漫，在浪漫的背后，更多的是难言的悲和泪，辛和酸。

站在卢浮宫前，作为一个中国人，我甚感欣慰。因为这里矗立着一个十分醒目的现代建筑——玻璃金字塔。它便是华人艺术家贝聿铭大师的作品。

1989年3月，罗浮宫在耗资8500万美金并费时6年的整修后，以崭新的面貌重新向世人展示其风采。罗浮宫扩建部分，由美籍华裔建筑大师贝

聿铭设计。法国时任总统密特郎力排众议，确定贝聿铭为卢浮宫该扩建的主持人，既为巴黎缔造了一处新地标，也为贝氏增添了耀眼的光环。扩建部分的入口放在罗浮宫的拿破仑正庭的中央，入口设计成边长35米，高21.6米的玻璃金字塔。金字塔形体简单突出，玻璃清明透亮，可以通过玻璃的自然折光对罗浮宫全貌一览无余。

玻璃金字塔落成之际，密特朗亲自主持了启用仪式。除采光、挡风遮雨等功能上的意义外。还有一重艺术意义：入口处建筑需要与卢浮宫主体相协调，并保留原主体建筑群在观察视线上的完整性。试想，若做一个实体建筑，把部分卢浮宫建筑遮挡住，在原来看得见卢浮宫整体的地方视线永远被遮挡了一部分，卢浮宫的艺术感就会遭到破坏——玻璃金字塔的意思就在于此。贝聿铭原希望做成全透明的玻璃金字塔，能透过玻璃金字塔看到原建筑群，并且体量做得小一点，这样可在视线上尽可能不影响主体建筑。

玻璃金字塔已成为卢浮宫中三件最知名的艺术品之一，排在《蒙娜丽莎》和维纳斯雕像之后。由于西方园林布局惯常使用规则的几何图案，做成对称规则的金字塔形符合西方部分人审美观。只是不巧埃及人早用过这形状，所以遭一些人的反对也就无法避免了。尽管玻璃金字塔饱受非议，但近数十年过去了，人们对它喜爱的程度却与日俱增。

卢浮宫有多处入口，但三分之二的参观者坚持要从玻璃金字塔进入展厅，而非选择那些不太拥挤的入口。由于参观者众多，他们需要首先在玻璃金字塔外排队，然后再在地下厅内排队买票，之后还要在衣帽间前以及画廊入口处排队。

事实上，在我们眼里这样艺术与服务完美结合在一起的方式，当时推行时并不是十分顺利，甚至一度遭到法国民众的反对和诟病。

贝聿铭注定是超一流的世界级大师，那些玻璃的尖顶玩意儿一度被视作卢浮宫前的"涂鸦之作"，以至于到21世纪法国人捉刀设计北京国家大剧院，还被人笑称是对贝聿铭在法国这一作品的报复。当然，玩笑归玩笑，世界三大博物馆（其余两座是列宁格勒博物馆和梵蒂冈博物馆）之一

的卢浮宫，绝非浪得虚名。它在中世纪便已存在，800年间屡经扩建，方得今日之规模。

1793年卢浮宫成为博物馆后，曾屡受服务设施区太小的问题困扰，直到贝聿铭出山才得以解决。当贝聿铭被问及是否他和卢浮宫在修建这个金字塔时犯了错误时，贝聿铭坚决表示："不，没有人预测到参观者会这么多，我没有想到金字塔会成为一个标志。"

然而永恒在这个时代不再神奇，因为诸神离去，一切坚固的东西都烟消云散了。贝聿铭先生的金字塔不需要像法老之巨陵亘古长驻，它更像一只倦怠了的眼。这并不会使它有些厌烦睁开，相反，虹彩的色泽泛上来，在视线上涂抹延荡，使得整个卢浮宫浮沉入梦，而游人亦是不肯割舍此甜乡。

就像茶馆之于成都一样，咖啡馆一直是巴黎街头文化的象征

巴黎的夜，巴黎的梦；夜的巴黎，梦的巴黎。构成了我对巴黎的全部印象。

这种印象使我感受到，巴黎无疑是一座最健全的城市。什么是巴黎最迷人的风情？巴黎铁塔？巴黎圣母院？巴黎凯旋门？法国曾对160个美国观光客做过一次调查，很意外的，这些都不是。

答案竟是巴黎的咖啡馆。巴黎如果少了咖啡馆，恐怕变得吸引力全无。

和许多朋友一样，我是从历史书籍和文学艺术作品中认识巴黎和爱上巴黎的。或许正因为如此，我认为浪漫而多情的巴黎应该是属于咖啡的。

咖啡是巴黎多情的种子，她将这个国际大都市搅拌得风情万种、仪态万千。

就像酒吧之于伦敦、茶馆之于成都一样，咖啡馆长久以来一直是巴黎街头文化的象征。事实上也可以这么说，咖啡的历史就是巴黎的历史，在诗人眼里，塞纳河就是一条流淌着咖啡的河流。

咖啡是传统的、老旧的，提起它，似乎总与百年千年的风雨飘摇连在一起；咖啡又是现代的、年轻的、新鲜的，它是今天都市人时尚生活的一个重要内容。

如果有一个地方，可以嗅到来自远方的香浓，可以找到储存许久的芳香，可以听到从不褪色的心声，可以触摸记忆的柔软，可以守候四季的变迁……那就是咖啡馆。

咖啡桌上有哲学，咖啡馆里有沧桑，咖啡壶里煮的是沉浮，咖啡杯里盛的有梦想。在欧洲人的眼里和心里，这是心灵靠岸的地方。

史料上说，数百年间，咖啡馆一直主宰着法国老百姓的生活。在每一个咖啡馆里，政治家们在侃侃而谈，文化人在传播全新观点，革命家们在出谋划策，老人们在安详地阅读报刊，小市民们在热烈地传播小道消息和

他人隐私……甚至在最严酷的"二战"时期，巴黎人仍在咖啡馆沉默地呷着苦涩的咖啡。那个时候，地下抵抗组织还常用咖啡馆作接头地点，因而咖啡馆可以说几乎成了法兰西命运的象征。

"我们在咖啡馆见！"这是在欧洲流行了300多年的社交方式。在很长一段时间内，去咖啡馆都是一种不费钱但是费时间的社交活动。所以无论是在多瑙河之都，还是在柏林、巴黎、罗马或者阿姆斯特丹，咖啡馆的常客都来自广义上的"有闲阶级"的老人、大学教授、学生、作家、心理医生、画家、戏剧新星、评论家、作曲家以及贵族遗老、银行股东……真可谓是三教九流、形形色色、无奇不有。

风云变幻的300多年里，咖啡馆里的客人来来去去，成功的、落魄的，各领风骚数十年。咖啡桌上于是兴起了"启蒙主义"；大革命风暴中心于是有了"政治咖啡馆"；到了工业时代，成了城市中辉煌的"咖啡宫殿"；尔后，在著名的"咖啡中心"里，一个"作家咖啡馆"的哲学学派悄然形成；现代派艺术亦在从布拉格到维也纳的咖啡馆里刮起一阵旋风……

从巴黎的咖啡馆到卢浮宫的三宝女人，我们不难看出，浪漫的巴黎，浪漫的法国其实就是一幅风情万种的画。

红磨坊巨大的风车标志，成为巴黎另一种信物

如果说巴黎是世界上最浪漫的城市，那么红磨坊就是这个浪漫城市的"浪漫中心"。

大概因为大片《红磨坊》里介绍得太多，位于巴黎红灯区的"红磨坊"夜总会很是红火。1900年的巴黎，一位来自英国的年轻诗人克里斯蒂安，在蒙玛特的一处阁楼顶层打出这样一行经典的广告文字："在生活中你唯一能学到最伟大的事情就是爱，和以被爱作为回报。"红磨坊巨大的风车标志，正在窗外远处缓缓转动，这时他满脸悲伤地回想起一年前和夜总会里最闪耀的明星莎汀的爱情……

这便是音乐电影《红磨坊》留给世人的"红磨坊式"的经典时刻。

那位一生爱恋过许多女人的大师，把他与情人不断变换的关系，表现成狂暴的画面。直到1969年，他的作品《吻》才温柔地表现了一对情人心醉神迷的亲吻。

1971年，毕加索以90岁的高龄画出《戴里埃家》组画，亦名《德加在妓女中间》，画得同样欲火劲爆。虽说画中还能蕴透出毕加索的欲望，但同时也能深深透露老年毕加索的悲哀。那幅《老鸨的节日》中，妓女都在说德加的坏话，德加缩在一边，只露出三分之一侧影，面对着美色无能为力，令人唏嘘。此时已九旬的毕加索伤感地说："年龄迫使我们不再抽烟，但是烟瘾还是有的；做爱也是如此，年龄迫使我们不能做爱，但是欲望还是有的。"

于是乎，他开始画一些被岁月无情剥夺了雄性骄傲的老年男人。

评论家们"评论"说，毕加索悲怆地画下了自己。即便如此，在毕加索去世前两天，他仍然在创作情欲暴烈的作品。他从未停止过这方面的努力。

有幸用125欧元慕名到红磨坊去一睹盛况。在这里留下印象最深的，不是眼前的灯红酒绿，却是一个两个世纪前一位著名画家与红磨坊醉生梦死的故事——

1889年10月6日，红磨坊夜总会带着它不断转动的风车，在蒙玛特向全巴黎人打开了大门，这座充满异国风情的巨型歌舞厅不仅意味着更多的歌声，更多的舞女，更多夸张闪亮的服装饰物，尤其意味着更多暴露的肉体。所有的画室都鼓励学生从周围生活环境中寻找模特，18岁的图鲁兹·劳特累克带着他的速写本几乎每夜出入于各种酒吧、夜总会。当劳特累克的身影过于频繁地出现在红磨坊时，红磨坊中那些纵情狂欢的人们也频繁地出现在他的画作上。由于酗酒和放纵的生活，这位出身贵族的画家35岁就夭折了，他用自己的作品和纵情，给这个世界留下了不朽的后名。

事实上新崛起的号称"世界第一大"的丽都夜总会更能吸引年轻人，这里表演的舞蹈几乎都是半裸的，但是表演的水平极高，绝对不能列入色情表演之列，同时里面还包酒水和小吃，游客只要有兴致就可以在里面待一个整晚，票价只要95欧元。

应该说，欧洲文化的传统是将性与艺术、文学紧密地接连，毕加索便是这个传统中的典型代表。他明确地用自己的作品表达性与艺术的关系：性与艺术是相通的。

英国王妃戴安娜不是法国人，但她却以极端的方式，把自己留在了浪漫的巴黎。这是偶然的巧合？还是上帝的刻意杰作？

"为什么我们不能把我们的眼睛夹在两脚之间？"毕加索说，"我们应该禁止它与尚无准备的纯洁者接触。没错，艺术是危险的，但是如果它是纯洁的，就不能称之为艺术了。"这就是毕加索的悖论。

可尽管法国出过众多印象派大师，法国人仍旧把毕加索列为20世纪最伟大的十位画家之首，凡·高仅列次席。

艺术带给我们的不仅是现实的存在和精神上的享受，在我们接受或传递的同时，更应该让我们撞击自己的心灵。只有深远亘古的感受才能触动人类真正的良知。

亲吻是欧洲人一种公开的爱情语言。巴黎人把这种语言"玩"到极致

17世纪时，意大利歌剧院风靡了整个欧洲，并称霸着欧洲所有的歌剧舞台。欧洲各国的作曲家致力于发展本国的歌剧艺术，与意大利歌剧抗衡，与宫廷贵族追求时髦的庸俗趣味进行争斗。

就在这一时期，法国吸取了意大利歌剧的经验，创造出具有本国特点的歌剧艺术，法国歌剧也由此发展。法国歌剧艺术风格的形成，决定了法国将建立自己的歌剧院。1667年，由法国国王路易十四批准，歌剧院建设获得了政府的资助。

1671年，由佩兰、康贝尔和戴苏德克负责建造了法国第一座歌剧院：皇家歌剧院，它就是巴黎歌剧院的前身，后于1763年被毁于大火。1875

年，巴黎新的歌剧院建成。

巴黎歌剧院基本上保留了意大利式剧院的传统。由于它的规模空前庞大，建筑华丽，设备完善，因而对19世纪后半叶欧洲的歌剧院和话剧院都有巨大的影响。许多著名的歌剧、舞剧都曾在这里演出，如《拉可梅依》《非洲少女》等，剧院的立面采用的是意大利的晚期巴洛克风格，有大量的雕刻及装饰。其结构复杂的豪华前厅比观众席大上数倍，观众席内有4层包厢，可容2100人。巴黎歌剧院还有着全世界最大的舞台，可同时容纳450名演员。

在巴黎歌剧院演出的歌唱家以法国人为主，但也邀请世界各国著名的歌唱家参加演出。

巴黎歌剧院至今都保持着法兰西歌剧的顶峰位置，其独特的营造和存在让人们感受到法兰西人的气质。

从巴黎的随性再到卢浮宫的三宝女人，我们不难看出，浪漫的巴黎，浪漫的法国，其实就是一幅风情万种的画。

在巴黎，无论是街头巷尾，还是河边、桥头、地铁站、露天咖啡店，都时时可看到一对对男女在那里亲吻。我们在雨中的巴黎游塞纳河，恰逢一对对情侣在塞纳河上就这么站着。大多手里举着一把伞，痴痴地立着，两片嘴唇像贴在地上的口香糖一样"难舍难分"。他们的倒影柔柔地反照在地面的雨水里，情景非常触动人的内心。最司空见惯的画面便是一对邂逅的男女激情地拥抱和亲吻起来，完全不顾及周围人与车相互纠缠在一起的闹市。

来往的船只把塞纳河边那些多情的倩影打破，形成一道道五颜六色的涟漪。

自1848年照相机进入民众生活，巴黎的这种街头亲吻便时时进入摄影家们的镜头。当摄入的镜头都衍变成为杰作后，这些杰作就会流传到世界的各个角落，使得不少摄影家名扬天下。

亲吻是欧洲人一种公开的爱情语言。但巴黎人却把这种语言"玩"到极致。

一个真实的故事可以佐证：一对年轻人走到巴黎大街中央忽然紧紧拥抱，热吻起来，来往的车辆全都不按喇叭，而是鱼贯绕过他们而行，不忍心打扰情人们沉醉忘我的情调。

热吻中情人脚下的土地，永远是巴黎街心的安全岛。

美国同样开放，同样浪漫。他们的开放和浪漫与法国相比仍然有一定的差距。法国人的浪漫多些精神意味，而美国人的浪漫直通着性；法国人幻想着一个长长的吻能够到达永远，而美国人的吻不超过一分钟就开始脱衣服了。

这种区别在两国的经典电影中可一览无余。美国人的好莱坞所描述的爱情的最高境界，便是性的如狼似虎；而法国人说性"不是自私的情欲，而是肉体也要参与一份的崇高的友谊"。这是罗曼·罗兰在《约翰·克利斯朵夫》中的一句话。

所以，美国人浪漫的符号是纽约42号街红灯区那种只穿一双高跟鞋的裸女；法国人浪漫的符号则是这种街头的情人之间的吻。

只有在法国，只有在巴黎，只有在卢浮宫，才可以珍藏像蒙娜丽莎、维纳斯、胜利女神一样的世界级美人。而不是在美国。

法国女郎偏爱的香水是一种清雅的幽香，一种大自然中花的气味。所以常常会使你觉得闻到一种花的芬芳，扭头一看，却是一位法国女郎的背影。

第26章
以山为屏，悬崖上的"李将军"

　　1865年4月9日，南方军总司令罗伯特·李将军下令打起了白旗。

　　罗伯特·李一身戎装，含泪上马，如一尊雕像般离开时，格兰特将军和他的军官全部举帽致敬，目送一个悲剧英雄最后谢幕。

　　没有人上绞刑，没有一个战俘，没有胜利游行，战败的官兵还可以保留自己的随身武器……美国的南北战争就此结束。

　　如此礼遇一个败军之将，以至于格兰特手下的一个军官不禁发问："到底是谁在投降啊？"

　　签字仪式结束，北军士兵开始庆祝胜利。炮兵们点燃大炮，让它们在南军上空爆炸，以示庆祝。听到炮声，格兰特立即禁止。

　　对此，这位将军留下了一句让后世铭记的话："战争结束了，叛军再次成为我们的同胞。"

"山是一块石，石是一座山"的岩体上，坐着一位叱咤风云的"李将军"

有着"世界第八大奇观"之称的佐治亚石山，坐落在美国东南部佐治亚州首府亚特兰大的远郊，以此山为中心，建成了一座风光秀丽，别开生面的大型游乐中心，即闻名遐迩的佐治亚石头山公园。

一般游人眼里，在美国像石头山公园这样不起眼的景点，不会引起足够的重视。引起我浓厚兴趣的，是山体上雕刻有一位叱咤风云的"李将军"。

美国南北战争中有一个不可或缺的重量级人物，便是外号叫"李将军"的罗伯特·李。

佐治亚石山

发生在19世纪中叶的南北战争于美国的意义，在美国历史上有着深远的影响，无论放在哪个朝代，怎么评价都不为过。

这是美国唯一一次内战，参战双方为"北方美利坚合众国"和"南方美利坚联盟国"。最初发动战争的由头，本是一场维护国家统一的战争，后来却演变为一场为了黑奴自由新生而战的革命战争。

代表"叛军"的罗伯特·李，在美国南部享有至高无上的威望。巨石公园就是因为供有他和他的两位战友，而让南来北往的世界各地旅游者络绎不绝。这座公园位于亚特兰大以东30千米左右，因以一座巨大的花岗石山峰为主体而得名。

身临其境，你会不由得发出"山是一块石，石是一座山"的赞叹。

那座如山一般的石，长约2000米，宽约1000米，高达500米，耸立在一马平川的原野上，甚是巍峨与凸兀。整座石山经岁月的日晒雨淋侵蚀而成，远远望去，就像碧玉的盆景中盛着一块洁白无瑕的大理石。据说这块石头乃世界上最大的裸露在地表的花岗岩，难怪被誉为"世界第八大奇观"。

那是一个夏日的傍晚，我从亚特兰大东北郊出发，经85号高速公路、环城的285号高速公路，转78号高速公路，约半小时的车程便到达目的地。

远远地，坐在车上透过层层绿肥红瘦，便隐隐约约可眺望公园浮雕之意境。一片略有起伏的平地上，兀立着一座土豆形石山。花岗岩的山体最为特别，全是光秃秃的，一草一木都难插其间。一眼看上去，便知这山是火

我与佐治亚石山

山岩浆喷发而成的，南北纵向的山坡尚缓，横向剖面的山坡非常之陡。

山体上，最著名的景观就是"南部同盟纪念雕像"。不少人千里迢迢而来，就是奔着这幅著名的岩雕。

车还未停稳，掠过一片绿草坪远远望去，便隐约可见朝向东方的陡壁上，雕刻着三个动感十足的巨幅雕像，雕像中三名将军骑着高头大马，神采飞扬，英姿飒爽，灵动活现，栩栩如生，煞是威武。三位将军笔直的身板指挥若定，平添几分威然；三匹战马神态逼真，动感十足，恍若能听到铿锵的铮铮铁蹄。

人、马、石，形成一种三维立体的生动感。显然，画面要告诉人们的，是激烈战争场面的一瞬。

佐治亚石山独特的自然风光和地质地貌，再加上巧夺天工的石山雕像，构成了一幅极为壮观的美丽画卷，令人遐想，让人忘返。

这个堪称世界上最高大的浮雕，雕刻的三位主角，便是美国南北战争中"南方美利坚联盟国"邦联总统杰斐逊·戴维斯、南军统帅罗伯特·李和外号"石墙"的勇将杰克斯。因而这组雕像又称为"南部同盟纪念雕像"（或"联盟纪念雕像"）。

整座巨幅雕像之"巨"，更让人瞠目，仅一只马的眼睛就有一人高，最深的雕刻点是罗伯特·李的眉毛处，距离石山表面竟达3米。我翻阅了一些资料得知，这幅雕像的面积3英亩（约合1.2万平方米），比一个足球场还要大，跟总统雕像山差不多。被称为"世界上最大最壮观的石雕"。

1865年，就是中间那位骑马的将军罗伯特·李，代表南军签署了投降书。

"李将军"眼里，爱国得先从爱家乡做起

要了解巨幅浮雕上的三位主角，还得回到近两个世纪前的美国历史。我们从19世纪美国独立战争说起。

著名的独立战争结束后，美国开了联邦制的先河，由资产阶级与种植园奴隶主联合执政。不过南北两地依旧各行其道，南方奴隶制度严重影响了北方工商业的发展。

"南"与"北"的矛盾不可调和，自19世纪起，斗争日趋激烈。

1860年总统大选，成为美国内战的导火索。林肯的当选使南部分裂主义者如坐针毡。南卡罗来纳州首先宣布退出联邦，紧接着密西西比、阿拉巴马、佐治亚、佛罗里达、路易斯安娜和得克萨斯等南部6州相继退出，并成立"美利坚联盟国"，他们还通过一部仓促草就的临时宪法，从而推举出临时总统和副总统。

稍后，又有弗吉尼亚、阿肯色、田纳西和北卡罗来纳4个州加入。这样一来，当时南部的15个州中，就有11个州脱离联邦，加入"南部同盟"，还有4个州处于观望之中。

美国处于随时可能被分裂的边缘。

"南部同盟"铤而走险的直接原因是他们误以为北部不会轻易动武。

他们眼里，棉花是南部要价的最大筹码。事实上也如此，某种意义上，没有奴隶制就没有棉花；没有棉花，北部纺织工业就得立即停摆。

这样的"食物链"让南方处于主动地位，继而，他们的胆子和步子也就越来越大。

面对如此糟糕的局面，林肯政府显得特别尴尬。就任演说的承诺余温尚存，刚刚上任的他，起初表现出宽容和克制，这样的表现和姿态，又被"南方"视为委曲求全，如此背景之下，乐观的"南方"越走越远，竟然发展到悍然打响旨在分裂的"内战第一枪"。

这一天是1861年4月12日。战争的始发点位于南卡罗来纳的萨姆特要塞。

显然，这种武装分裂国家的行为，已经超出了林肯容忍的底线。他不顾体面，毫不犹豫地下令，为恢复联邦统一而战（又称"南北战争"）。

箭在弦上，不得不发。仅仅3天时间，美利坚合众国征召的7.5万名志愿军便开赴战争前线。

1861年，美国内战（又称"南北战争"）爆发，喜欢农奴制的南方头目戴维斯——当时的"美利坚联盟国"总统，与反对黑奴制的北方首领林肯——"正规"的美利坚合众国总统打了起来。

是年4月，新当选的林肯总统征兵平叛，最初任命具有丰富经验的李将军出任联邦军队少将，负责拱卫华盛顿。此前，罗伯特·李的老上级斯科特将军已被林肯总统任命为联邦军统帅。

作为土生土长的弗吉尼亚人，李将军深爱着自己的家乡，胜过爱自己的祖国。他留下一句"绝对不会将枪口对准自己的弗吉尼亚同胞"后，毅然决然地脱掉穿了30多年的联邦蓝布军装，披上了南方邦联政府的灰布军衣。

虽然，李个人并不怎么喜欢南方的农奴制，对南方脱离联邦搞分裂的行为也很反对，但他的家在南方，他有责任和义务拿起刀枪保卫家乡。

就为了这一个理由，于是公然对抗北方联邦政府，与其说李是"叛逆"，还不如说他是一个"爱国者"——在他眼里，爱国得先从爱家乡做起。

李的"英勇"行为受到南方军首领的肯定，他被任命为弗吉尼亚司令官和戴维斯总统的军事顾问，后又担任了南部同盟军的总司令。

李生于美国南方的弗吉尼亚，他老爸亨利·李也是美国历史上一位了不起的牛人，乃独立战争时期的名将，绰号"轻骑兵亨利"，他说过一段被老美们传颂至今的"经典名言"，就是致"国父"华盛顿的悼词——"战争时期第一人，和平时期第一人，同胞心目中第一人。"

身为将门虎子的罗伯特·李比他爸还要厉害，他生得相貌堂堂，举止优雅，气宇不凡，品德出众，从西点军校毕业时成绩名列第二，他的档案里没有任何不良记录。

美国与墨西哥战争爆发后，李初露锋芒，表现出色，当时的美军统帅斯科特将军说："罗伯特·李是我在战场上见到过的最出色的士兵……假如我哪天不行了，总统让我推荐一个人当司令官的话，我肯定会让罗伯特·李去干的。"

45岁时，李回到了阔别20多年的母校西点军校，当上了校长，在三年校长任内，他最著名的一件事就是开除了一个成绩极烂，除了绘画课外其他课程一塌糊涂的"差生"，这个"差生"就是美国后来的著名画家惠斯勒。李这一"英明之举"，使美国军队中少了一个"弱智军官"，而世界历史上多了一位印象主义大师，真乃李将军对世界美术事业做出的一大"贡献"也。

美国历史上有不少声名显赫的名将，诸如独立战争时期的华盛顿、内战时期的格兰特、"一战"中的潘兴、"二战"中的艾森豪威尔、麦克阿瑟、巴顿等，但是获得"战神"这一称号的只有一人，他就是智勇双全、用兵如神、美国内战时南部同盟军统帅罗伯特·李将军。

罗伯特·李的意外投降，美国内战以令人未曾料想的方式告终

惨烈的葛底斯堡大战，成了美国内战的转折点。

1864年，北方军派出格兰特担当总司令，此人和李可谓棋逢对手。同时，北方军另一位悍将谢尔曼率军"千里挺进"，在南方大玩"恶魔手段"——烧杀抢掠，南方大片地区被严重损毁。李的军队到最后士兵在寒冬里连鞋子都没有，粮草奇缺，战马瘦骨嶙峋，"战神"回天无力。

罗伯特·李心里很清楚，其实，这场内战一开始就是一场不平等的战争。作为美国国家军队，林肯所领导的北方军有着强大的人力和物力，还有源源不断的后勤补给。随着战争的发展，南方军队在各方面都日益捉襟见肘。

最后时刻，实在打不下去了，南军中的将领以及南方政府都要求分散打游击。因为南方文化和北方文化非常不一样，南方人很看不起北方人，认为北方人很土，而南方人都是绅士，南方人认为自己坚决不能投降。

1865年春，罗伯特·李放弃了被围困长达10月之久的彼得斯堡和南方首府里士满，一路向西，希望与另一支南方军队会合。但在弗吉尼亚中南部小镇阿波托马克斯，罗伯特·李带领的军队再次陷入联邦军队的重围，补给断绝，进退维艰。

罗伯特·李面临艰难抉择，他知道，游击战争不是一年两年能结束的，十年八年打下去，仇恨会越结越深，最后美国就会分裂，这个国家、这个民族很可能就完了。

作为军事将领，罗伯特·李亲眼目睹了尸横遍野的战场和痛苦扭曲的伤兵，无情的战争摧毁了生命、毁坏了农庄、离散了妻儿，一曲曲人伦惨剧随时都在上演。

军人也是人，也有亲人，也有七情六欲。罗伯特·李动情地说："战争是军人的职业，不能殃及人民。我们不能只想到自己。"

说完这席话后，罗伯特·李决定投降，南北战争因此以令人未曾料到的方式告终。

美国内战死了这么多人（按当时美国的人口，仅战死的士兵相当于每60人中就有1人死亡），给美国带来巨大伤痛。照常理来说，总得有人为这场残酷的战争负责。

自古成则王侯败则寇。罗伯特·李对属下表示，今后的人生可能会在漫长的囚禁中结束。显然，他已经做好了为战争负责的"相应准备"。

复杂的政治面前，罗伯特·李只是一个纯粹的军人。事实证明，罗伯特·李的决定是明智的。

美国联邦历史上，州权观念根深蒂固，就是今天也同样如此。因为南方军队有备而来，战争初期联邦军队频频失利。特别是1861年7月，北方首都华盛顿与弗吉尼亚只一河之隔，南方军队也一直喊着要杀进华盛顿，活捉林肯。离华盛顿仅40千米的马那萨斯城发生第一次会战时，华盛顿几乎失守。

然而，四年过去了，南方胜利的希望越来越渺茫。

为了改变战争初期被动的状况，足智多谋的林肯政府及时采取了两项重大改革措施——

1862年5月，林肯签署了《宅地法》；1863年1月1日，美国政府又颁布了林肯亲自起草的《解放黑奴宣言》，宣布即日起废除叛乱各州的奴隶制。

这两计关键时刻的"危机攻关"，显示出林肯的政治敏锐，收到了扭转乾坤之奇效。其一，《宅地法》从根本上消除了南方奴隶主夺取西部土地的可能性，大大激发了农民参战的积极性；其二，解放的黑奴可以应召参加联邦军队，从根本上瓦解了叛军的战斗力，也使北军得到雄厚的兵源。

这两个法令的颁布，成为南北战争的转折点和分水岭。

1862年8月22日，林肯回复了一封在多家报纸上发表的公开信："这场斗争中，我至高无上的目标就是要拯救联邦共同体，而不是保全奴隶制或摧毁奴隶制。如果我可以拯救联邦而不需解放任何一个奴隶，我愿意这么做；如果为了拯救联邦就需要解放所有的奴隶，我也愿意这样做；而如果为了拯救联邦需要解放一部分奴隶，而保留另一部分奴隶，我同样愿意这样做。"在这封公开信的结尾，林肯断言，以上所述是他"所理解的官方职责；至于我经常表达的个人意愿，即无论何处，人人都应是自由的，我从未有过一丝改变"。

正因为有林肯所讲的"烈火般的考验"，民心所向，战场上的形势变得对北方越来越有利。

据说林肯提笔写下这封信的时候，他已经开始起草解放黑人奴隶的宣言，只不过林肯还是在等待着一场联邦的军事胜利，以此赋予解放宣言以推动力和公信力。

1863年年初，美国南北战争中最大的一次会战在葛底斯堡爆发，这是战争中北部联邦军由败转胜的关键。葛底斯堡战役打得非常惨烈，联邦军损失2.3万人，南部同盟军伤亡2.8万人。

战争一直呈胶着状态，直到同年7月4日，联邦军队在维克斯堡大获全胜，南部"叛军"一蹶不振，联邦军队方开始转入反攻。

两剂猛药过后，趁南方同盟军还未缓过神来，林肯的第三个药方又随即抛出。

1863年11月19日，林肯出席在葛底斯堡举行的国家烈士公墓落成典礼，并特地为南北战争中牺牲的阵亡将士发表著名演讲，又大大激发了将士们的斗志，为取得最终胜利奠定了基础。

1864年11月，全美进行总统大选，林肯毫无悬念连任总统。作为政治领袖，他深谙得民心之道，匆匆宣誓就职之后，便亲赴前线督战，联邦军士气大振，不断遭受重击的南军败局已定。

没有一个战俘，没有胜利游行……美国的南北战争就这样结束了

1865年4月9日，南军总司令罗伯特·李将军下令打起了白旗。

他率余部2.8万将士，代表南军向联邦军签下了投降书。在起草给战士们最后一份文告里，他这样深情地写道："只是因为感到英勇和忠诚，无法补偿继续战斗所招致的损失，所以我决定避免无谓的牺牲。"

自此，美国恢复统一。

北军将领们基本上都是罗伯特·李的学生，罗伯特·李此举获得了全体北军官兵的崇高敬意。他去北方军营投降的时候，骑了一匹白马，这匹马也很有名，叫"旅行者"，一直跟着他。

作为失败的降将，罗伯特·李却获得了不下马的荣誉，全体北军列队向他致敬。

到了格兰特面前，罗伯特·李交出自己佩带的将军剑，格兰特没有接，说这是内战，我们不论胜负，只是结束了战争。

内战让美国成了一个"受难的国度"，这场历经整整4年的著名战争，留下了这样一组血与泪凝成的数字——

23万黑人参军，南北双方共有62万人死于疆场，伤亡人数达百万，北方伤亡63万余人，南方伤亡48万余人。约每60个美国人中，就有一个死于战火。南部有四分之一白人青壮年阵亡，家畜死亡五分之二，农业机械、工厂、铁路损坏一半，财产损失近三分之二。双方共耗资250亿美元。

这些沉重的数据面前，当新任总统杰克逊询问北方军总司令格兰特，什么时候审判罗伯特·李和杰斐逊·戴维斯时，格兰特将军不容商量地留下五个字："决不能审判。"他甚至说自己宁可辞去总司令之职，也不愿去执行逮捕罗伯特·李的命令。

原来，在格兰特将军心里，罗伯特·李早已是美国历史上最为出色的"战神"。

这样一位"战神"面前，格兰特的毕恭毕敬是出自内心的。

虽为败军之将，罗伯特·李的担心是多余的，他去格兰特军中洽谈投降事宜前，还曾特地对属下交代："我可能要成为格兰特的阶下囚了，我想我必须使自己的仪表尽可能好一些。"

谈判仪式和内容比想象的还要简单。

仪式在一个叫迈克林斯家的二层红砖楼里进行，仪式之前，格兰特将军和罗伯特·李将军如休闲巡庄园一般，先后骑马来到弗吉尼亚州的阿波马托克斯镇。

受降签字仪式上，为了表示对对方的尊重，胜利者43岁的格兰特将军有意穿了套很普通的士兵制服，和59岁穿着南方将军制服的败将李将军，形成了鲜明的对比。

人们没有忘记那极富纪念意义的一天——1865年4月9日。

仪式上的对话也颇具史诗般耐人寻味。他们先开始叙旧，从西点到墨西哥战争，然后才开始商谈投降条件。

罗伯特·李提出："败军不受辱，必须充分保证南军将士的人格和尊严不受侵犯。"望着罗伯特·李不屈的双眼，格兰特的助手奥特将军也特地加以提醒："应该在停战协议里写上，所有接受投降的南军军官，可以随身携带他们的手枪和佩剑。"格兰特点头同意。

罗伯特·李继续提出条件，希望他的骑兵和炮兵，能够保留那些属于他们自己的马匹。格兰特的回答比罗伯特·李想象的还要富有幽默与创意："如果这些士兵没有现在所乘马匹的帮助，就很难收获下一季的庄稼，养活家中老小过冬，我会这样安排的。"

那些马匹曾经是战争的工具，但格兰特和罗伯特·李都没有忘记，美国此刻更需要"养活家中老小过冬"。当得知李将军的部下缺粮之后，格兰特甚至拨给李将军25000人的口粮。

罗伯特·李一身戎装，含泪上马，如一尊雕像般离开时，格兰特将军和他的军官全部举帽致敬，目送一个悲剧英雄最后谢幕。

如此礼遇一个败军之将，以至于格兰特手下的一个军官不禁发问："到底是谁在投降啊？"

签字仪式结束，北军士兵开始庆祝胜利。炮兵们拉响大炮，让炮弹在南军上空爆炸，以示庆祝。听到炮声，格兰特立即禁止。对此，这位将军留下了一句让后世铭记的话："The war is over, The rebels are our countrymen again"（战争结束了，叛军再次成为我们的同胞）。

仅此一句，格兰特足以成为一代伟人。

没有人上绞刑，没有一个战俘，没有胜利游行，战败的官兵还可以保留自己的随身武器……美国的南北战争就此结束。

败军之将成了盖世英雄，战争的胜利者是谁，却没有人知道

有这样曲折离奇的故事作铺垫，我们不难理解，后来亚特兰大人为何要以极其特殊的方式，给他们心目中的英雄最高礼遇。

1916—1972年，历时56年。世界上那尊最大的花岗岩石上，三个南军领袖以其伟岸雄浑的方式，走进不朽。

原来，那座巨石公园原系维纳博家族的私有财产，他们一直构想在公园巨大的屏障上，永久保留南北战争的功勋人物。1916年，受邀的雕塑家鲍格勒姆构思有七个中心人物伴随千军的画面，因为所需经费太过巨额，加之第一次世界大战到来，直到1923年才开始动工。但一年过后，因为彼此存在分歧，雕塑家带走了所有的图纸和模型，去南达科他州开凿了著名的总统雕像山。1925年，又一位雕塑家接手了这神圣的工程，可直到协议规定的1928年期限已到，也只完成了罗伯特·李的头部，经费就消耗殆尽。

当初未曾预料工程如此艰巨，维纳博家族收回了他们的财产。此后36年，这座巨大的花岗岩山再无人敢触摸。

梦想纪念南北战争的，不仅仅只有维纳博家族。当时间走到1958年时，强大的民意之下，南方重镇乔治亚州特别成立石山纪念协会，并购得维纳博家族的巨石山以及周边土地。

经过两年准备，面向世界的设计招标全面展开，9位世界知名雕塑家相继递交雕塑设计图后，方案得以敲定。

1964年工程重新开始，在喷气火炬的作用下，一天之内可以移开好几吨石头。罗伯特·李、杰斐逊·戴维斯、杰克斯的浮雕每位高约30米——比一座9层楼房还要高，仅一只眼睛就有一个人高。工人们常常能够很轻松地站在马的耳朵上或者在马的嘴里，躲避突然降临的大雨。

为了这个巨大的工程，切割花岗岩的喷气火炬烧了整整8年……三位南军将军在啸啸马鸣中神采飞扬，活灵活现。眉毛、手指、扣子，甚至头发丝都在小的热喷火炬雕刻下，精准地呈现出来。

似一幅油画，又恰如一件浮雕，更像一帧山水画……嵌入这巨石之上，真可谓浑然天成。

整个工程1972年竣工，正式面向游人开放。自此，三位南军将军的军姿，在花岗岩上定格成永恒。

更为巧合的是，位于华盛顿的林肯纪念堂，其花岗岩石料也是采自这座山。冥冥之中，南北战争中的当事人，以这样的方式紧紧地粘连在了一起。

驻足于此，我不禁心生感慨，至少在我这个东方人眼里，多少显得有些滑稽——败军之将成了盖世英雄，战争的胜利者是谁却没有人知道。

美国这场著名的内战，究竟是一场怎样的战争？

山只是一张白纸。

夜里，美国人用激光画出最美的画卷。激光的高潮部分是三位将军写实感很强的画面，特别是骑马前行的动作，给人以强烈的震撼，与傍晚的风雨雷电形成一部默契的连续剧。

瞬间，一组爆竹映亮夜空，石刻的三位将军在爆竹中复活了，赫然醒目，让人眼前为之一亮。这样生动的历史教材效果奇好，在人们眼里，浮雕里的那三位将军俨然成为十足的胜利者。

美国人很是精明，这样的节目不仅有了可观的收入，还向全世界上了一堂生动的美国历史课。表演过后，阵阵烟花闪烁其间，突然，一幅巨大的美国国旗铺陈在整个巨石山上，让人拍案叫绝。全场响起阵阵掌声之际，蓦然间我发现，一对美国夫妇在一旁失声痛哭起来。原来，他们的儿子牺牲在伊拉克战场，未曾想这一幕引起"旧伤复发"。

每年5—9月的第一个星期一晚上，巨石公园都要举行精彩的彩色辐射灯光表演。我们便是瞄准了这个时间，下午6点左右早早地来到这里。

夏日的阳光已经西去，慢慢收起灼人的余晖。驻足仰望，三位将军浮雕所在的岩壁构成一个天然的屏障，屏障下有一个半圆形的水池，不时喷射出若干形状不同的图案，水池外圈是大片草坪，宁静、开阔，草坪的尽头是南北战争纪念馆。

这儿天朗气清，碧绿的草坪很是诱人，早早地不少人便来到这里，等着晚上的灯光秀。他们有的带着野营的帐篷，有的围坐在垫布上，还有的几人十几人围坐在一起娱乐……煞是悠闲与自在。

一块石头，三位将军，腐朽瞬间化为神奇

一切有如过眼烟云。此刻我最为关心的，还是可能成为"战犯"的三位将军最后的命运。

他们的故事比想象的还要圆满，南部邦联总统杰斐逊·戴维斯活到81岁，于1889年去世；副总统杰克斯战后不久就被佐治亚选为联邦参议员，死后墓碑上刻着"一心为公"，他生前没有被人伤害，死后也没有谁敢去鞭尸。即使是1865年4月14日林肯被同情南方的布思刺杀，美国也没有因此疯狂。

从这方面来讲，美国始终是一个"不彻底"的国家。

内战结束后，罗伯特·李从此远离尘嚣，也远离仇恨，隐姓埋名，安度余生。而他的家乡弗吉尼亚和南方人民没有忘记他，他们给脱下军装的李将军提供了很多头衔。无奈之下，罗伯特·李选择了到位于列克星敦的华盛顿学院担任校长，因为他曾任过西点军校的校长，而罗伯特·李的夫人玛丽·安女士又恰好是华盛顿的曾外孙女。

这是一家由教会创立的学院，曾得到"国父"华盛顿的大力援助，故而得名。这所起初规模很小、名气也很小且破了产的学院，地处偏僻的列克星敦山区。

1865年9月，夫妇俩欣然来到小城列克星敦，罗伯特·李在此担任了5年校长，他去世后就葬在校园里，为了纪念这位伟大的将军和校长，学校后来更名为华盛顿-李大学（Washington and Lee University），一直沿用至今。

就是今天，列克星敦也不过只是一座人口不足1万的小城。可因为华盛顿和罗伯特·李两位巨人，小城由此成为世界级旅游目的地。

南北战争结束后的30余年里，昔日南部邦联的一些大人物们，用回忆录和文章继续着往日的战斗。而这位善于辞令的校长，一个字也没写。

1870年，罗伯特·李生命的最后一年，他带着女儿安妮到南方休了两

个月假。所到之处,迎接他的是鲜花、欢呼和敬意。在哥伦比亚,南部邦联老战士冒着倾盆大雨,列队走到车站欢迎;在奥古斯塔,数千人向他致敬;在朴茨茅斯,人们为他鸣放礼炮……南方的人民用凯旋者才可能获得的仪式,迎接这位过去的败将。

罗伯特·李最终长眠于华盛顿学院的小教堂之下。那里,他的塑像依然身着南部邦联军装。

李将军病逝5年后,美国国会通过决议,恢复了李将军的公民权。

对"李将军"和"平叛"的格兰特,美国人都可以同表敬意。

这,就是美国。我们眼里始终不一样的美国。

10多年过去了,我的脑海里一直定格着巨石公园我遇到的甚为离奇的一幕,夕阳西下之际,草坪上的人们以不同的姿态驻留,或铺一张地毯小憩,或直接小卧草坪,吃着各种小吃,小孩子则肆意在此撒野,大家都等着晚上的激光表演秀。

顷刻间,阳光灿烂被乌云密布替代,风声骤起。正当人们为这突袭的凉意叫好之际,硕大的雨滴横空而至,坐在草坪上的人们根本来不及撤退,有的惊慌失措,有的脱衣罩头,有的赶紧收起行头撒腿而逃……奇怪的是,还有人在草坪上动也未动,尽情享受老天赐予的免费淋浴。

为了保护相机,我从草坪落荒而逃,跑到能躲雨的建筑里也不过20多米,却已是落汤鸡了。

草坪山的游人

雨粒在风的追赶下列阵般的从我们眼前急驰而去。约莫5分钟左右，奇迹出现了。对面嵌着三位将军的屏障，挂着10多条雪白的瀑布，瀑布直泻而下，目光穿透被风掠过的"雨阵"，看上去十分壮观，而眼前昏暗的天空更显惨烈，平添了几分阴森恐怖。

举目望去，三位将军的浮雕因为地势凹进去一些，其上方的水流自动形成一个方框，就像一条洁白的哈达，围在由三位将军组成的像框上。

那种神奇效果，让我目瞪口呆。

眼前的一切，金戈铁马，气吞山河如虎，似乎要把我们带进百年前的南北战争时代。这种特殊氛围，真可谓惊天地，泣鬼神。

天公真是位神奇的大师。仅一刻钟之后，雨骤然停了，天由阴转晴，黄昏的余晖在雨清洗过后，把一切衬托得美轮美奂。

世间奇迹。

老天在如此短的时间内，给我们讲述了美国那场历史上著名的战役。如置身于梦幻之中，为晚上高、新、特的激光表演安排了奇妙的前奏。

同行的美国朋友告诉我，在夏天的巨石公园，只要运气好，很容易看到这样的美景。难怪有人在雨中一动不动，他们是盼着享受这大自然的赐予。

这真是一个绝妙的创意，有花岗岩般不朽的待遇，三位"败军之将"该知足了。

从巨石公园出来，望着如墨的夜色，我一直心潮难平，一方面佩服亚特兰大人的勇气，一方面叹服亚特兰大人的眼光。

一块石头，三位将军，腐朽瞬间化为神奇。

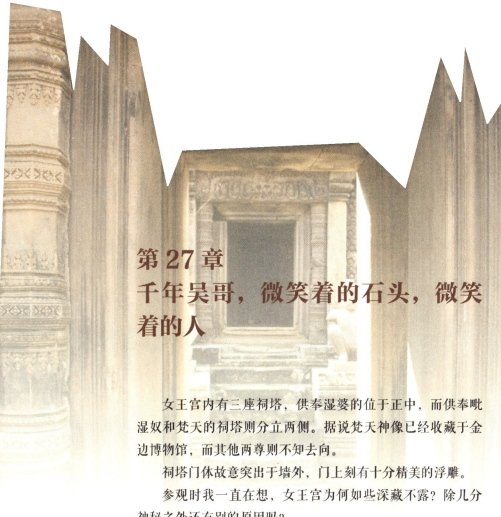

第 27 章
千年吴哥，微笑着的石头，微笑着的人

女王宫内有三座祠塔，供奉湿婆的位于正中，而供奉毗湿奴和梵天的祠塔则分立两侧。据说梵天神像已经收藏于金边博物馆，而其他两尊则不知去向。

祠塔门体故意突出于墙外，门上刻有十分精美的浮雕。

参观时我一直在想，女王宫为何如些深藏不露？除几分神秘之外还有别的原因吗？

参阅历史我发现，女王宫修成的时期，恰是吴哥王朝与邻邦处于战争多发期，或许正是在这远离吴哥王城之地建造宫殿，才是保护后宫佳丽的最好办法。

难怪女王宫还有个别名，叫作"女子避难所"。

由于隐藏得太深，直到1914年一位法国地理学家方发现这位"小美人"，这时离吴哥窟的发现已经过去半个多世纪。

小屋内一个个神台依然故我，神台的主人——"神"，已不知去向

山乃一座寺，寺是一座山。

来到慕名中传说的阿肯山和阿肯寺前，我无法形容内心的激动与兴奋。

时值隆冬时节，这里却是一派炎炎暑夏。来到柬埔寨最为繁华的城市暹粒市，已近中午，刚将行李箱放进下榻的吴哥假日酒店，我便匆匆来到柬埔寨国家博物馆，因为马上就要到神往已久的吴哥窟，必须先到这里来补补课。

从博物馆走出来，直接进入吴哥王国，赶在太阳落山前，去观看吴哥窟一天中最美的时刻——吴哥落日。

阿肯山上的阿肯寺是观看落日的最好去处。由是，这里便成为我认识吴哥的第一个窗口。

车只能开到阿肯山脚下的森林里，时至下午5时，人们从不同的地方朝圣似的赶来，像是赶赴一场盛筵，纷至沓来，彼此成为拍摄对象。

一动一静，和谐共生，怎么看都精彩与精致。

动，是流动的人群和一颗颗鲜活的心；静，乃千年不变的石头城。

沿着阿肯山慢步上行，穿过那些千年的尘埃，心里涌起一种说不出的感动与悸动。我从多山的四川而来，阿肯山不能算作严格意义上的山，顶多算得上一个"丘"或一个"坛"。说它是一个"坛"，实际上我发现，这里像金字塔一般——酷似一座人造山，四面低中间凸起。山的四面都有一条长长的路，直通山顶，山顶就是阿肯寺，这绝对是阿肯山的高潮部分。山矮且被四周浓密的绿荫所笼罩，虽然原先的那些通往阿肯寺的路已经破败不堪，文物部门已经用绳子圈起来加以保护，不让游人再走，但你仍可感觉到当年熙熙攘攘的人流……

这"坛"构成了一个特殊的"坛场"，上千年过去了，我们的心里仍可强烈地感受到。可以想象，以一座山作为一个"坛场"，那该是一种怎样的奢华与气派，不说千年前，就是今天，也应该进入吉尼斯世界之最了。

阿肯寺因石头而存在，石头们布阵似的高高耸立，时而形成一个个陡陡的台梯，时而构成一间间神秘的小屋，时而又演变成一具石头动物……真是变幻莫测，叹为观止。

小屋内那一个个神台依然故我，只不过神台的主人——"神"，已不知去向。神因有供奉者而存在；或许神因王朝而存在，王朝不在了，神便失去依托而烟消云散。

寺的基座前，一头石鹿最先映入我的眼帘。石鹿只不过是这一大堆宝贝中不起眼的一类，但其旁边香火缭绕，让人肃然虔诚起来。顺着那缕缕青烟，我感觉，这里的一切都还活着。

当坐下来解剖整个吴哥王朝，你便会豁然开朗，上帝将美丽的落日放在这里，一定是有其道理和寓意的。

吴哥王朝应该是最早的一个"日不落帝国"。

我真的佩服吴哥王朝最初的设计者——阇耶输跋摩二世，是他选中了这个足可以成就帝国的绝佳之地。有这样的眼光是无愧为一代帝王，要知道他所处的时代是距今天1200多年的9世纪（893年）。

很难想象，鼎盛时期这里有上百万人生活，远超全盛时的罗马古城

神的居所，人的精神图腾——人神共一。

神为重，人为轻——吴哥窟所有寺庙有暗含这一理念。

最能体现这一理念的，还是吴哥通王城。吴哥通王城（Angkor Thom）中的"Thom"读"通"乃"大"之意，查资料发现，按梵文原义，"Angkor"是"城市"的意思，故而"Angkor Thom"应该是"大城市"。

的确如此，吴哥通王城就是吴哥王朝时期的一座大城市。它是真腊王国的国都，鼎盛时期这里有上百万人生活，远超全盛时的罗马古城。

要追述这座城市的来龙去脉，还得提到吴哥的开国之君——阇耶输跋摩二世。他最早筑城在巴肯山，修造了巴肯寺之后，他站在巴肯山上注视着远方那片平坦而肥沃的土地，在他看来，那里是一块绝对上佳的风水宝地，于是，他决定迁都到几千米外的通王城。

我们可以想象，这个时候，印度教和佛教正大行其道。这位伟大的君王在选中了巴肯山之后发现，虽然这座山不高，但周围都是一片平展展的土地。巴肯寺供奉着印度教的主神"湿婆"，而在印度教的庙宇里，人们把"林迦"（男性生殖器）的造像当作湿婆形象来顶礼膜拜。

在这样一个平原地带，只有小丘一样的巴肯寺山形似林迦，矗立于此。在阇耶输跋摩二世眼里，如此绝佳之地理，是上天赐予的天然的神的居所。

既然是神的居所，人类必须敬而远之。我想，这是对神无限虔诚的阇耶输跋摩二世迁都的最大的也是唯一的理由。

吴哥城有凯旋门和胜利门，它们又称为南门和北门。南门是国王带领部队出征的大门，北门是国王休闲旅游所出的大门，所以百姓只要看到国王从北门出来，意味着国内平安祥和，国外无事；而从南门出去的话，说明举国战事紧急，要全民皆兵了。

我们从通王城的南门进入，这是一座佛教风格建筑。这个方向与当年国王出城的方向相反，那是一道独特的大门，之前在各种照片上我都已经熟悉了大门上端的那张笑脸。虽然门很气派很雄伟，但也是窄窄的，此门与一条长长的通道相连，通道实际上是一座大桥，桥下面是一条设计科学的护城河。

这条我们今天看似平常的通道，却是吴哥王朝时期的神道，神道两旁由27位众神石雕以拔河模样组成一个强大的阵，最前端也是最高的地方雕刻的是眼镜蛇。在吴哥窟的各种石雕中，眼镜蛇石雕比比皆是，据说有极其严格的讲究，以蛇头的数量来代表尊贵程度。分别用三、五、七、九头蛇以明晰。长廊的尽头，如果是九头蛇的话，那一定是国王出入的通道。

桥上的那组雕刻名为"搅动欲海"。左右两旁的神分别扮演着"守护者"和"破坏者"角色，那些巨大的天神和阿修罗列着队，吃力地搅拌着大海。

419

在巴戎寺庙，当年的文武百官每天像我们一样穿行在森林里，所不同的是，神住在石头砌成的佛塔里，而人则住在佛塔下面的木质房子里，住在木质房屋里的人，每天都仰望着住在佛塔里的神，一种别样的神圣与神秘。

百年千年过尽之后，石头砌成的佛塔依然高耸在那里，而木质的居所早已灰飞烟灭。不朽的，是他们头顶上无所不能、无处不在的神。

不难看出，彼时的吴哥王朝，是神权与皇权的高度统一。国王一旦驾崩，就由人变为神了。也就是说，生前国王住在木质屋子里，而肉体生命结束之后，他就由木质屋子搬到了更高处的石头屋子里了，两者看似很近，却咫尺天涯。

巴戎寺有 5 道城门、49 尊佛像，两者数量相加为 54，正好代表吴哥王朝 54 个省

吴哥窟是一个让人感到温暖的地方，冰冷石头塑造的神大多面带笑意，温文尔雅。那些微笑的面孔，小的巴掌大小，大的似一座山。而映入我们眼帘的微笑面孔，更多集中在巴戎寺庙49尊巨大的四面佛，淋漓尽致、活灵活现、动感十足。

我以为，吴哥王朝应该是一个微笑的王国。至此可以相信，这个王国的文明指数和幸福指数是比较高的。因为微笑是需要各种因素垫底的"综合工程"，特别是发自内心的微笑，更是一个人一个民族内在与外在相结合的表达。

硕大而紧凑的巴戎寺一共有5道城门、49尊佛像，两者数量相加为54，正好代表吴哥王朝当时54个省。

巴戎寺为当时吴哥的首任国王苏利耶跋摩一世所建，看得出来，吴哥王朝神话世界的民本思想，是想把至高无上的神与他治下的百姓有机地链接在一起，用"54"这个数字表达出来，以示后人。或许正因为此，他的后代阇耶跋摩七世在百年之后又加以重建。

巴戎寺

　　印度教与佛教是吴哥窟石头城的最大主题，据说巴戎寺的四面佛代表释迦牟尼；还有一种说法，四面佛乃菩提的化身，对印度教和佛教略知皮毛的我对此没有更深的研究，因此也难以妄加评论，只知道佛教与印度教都诞生在印度，佛教诞生于前6世纪，其历史显然比印度教要早，影响也要大。

　　不管佛教还是印度教，有一点是共通的，那就是它们都代表"神"，这是一个"众神会聚"的地方，是我们人类的一种图腾。

　　穿行于众神聚集的迷宫式的巴戎寺，我感觉到一阵眩晕。众神注目之下，我又有一种刘姥姥进大观园般的惶惑。我仔细打量着那一尊尊四面佛出神，发现每一尊佛像都是眼睑下垂，眼睛微闭，稍翘的厚唇，扁平的鼻子，宽坦的前额，还有长长的耳垂……由于吴哥王朝男男女女都戴耳环，

佛

耳垂拉得越长象征越长寿，所以那些四面佛的耳垂都很长很富态。

每一面佛都有一个模式，专注地审视着四方，一种特有的大气与大器俱在，安详中带有几分神秘，悲喜不形于色。故而有专家如是赞叹，众神面对四方，象征着国家思想的高度统一；象征着天堂与地狱、天上与人间、国王与人民、佛教与印度教之间的统一；代表着国家从上到下都应遵守的统一……也确如此，"统一"成了这些神像的共同点。

那些至高无上的神像，既能看到从王朝到边境每个人的活动，又能看到天堂和地狱中的一切情况。他时刻在监督着众人的一言一行，谁也不敢越雷池一步。

谜一样的吴哥窟，给人们带来了另外一个个谜中之谜：那些已经灭绝的吴哥王朝每一个面孔，为什么总带着微笑？那是当时吴哥王朝幸福的真实写照吗？微笑为何成为王国永恒的主题？石头上的面孔是吴哥人的真实写照吗？……

从元代官员周达观描绘的吴哥王朝的文字中我们可以看出当时吴哥王朝的兴盛，但或许这并不能说明一个国家的"幸福指数"。我们知道，在封建帝王"家天下"时代，帝王将相的幸福恰恰是建立在百姓的痛苦之上。

人类的文字历史往往都是强者的历史，更大程度上也是帝王将相的家史。可以想象，举

巴戎寺佛像

一国之力去建造一个由石头构造的"精神王国"，这样的决策显然是在"神""人"合一时代，君王渴望成为"神"的真实写照。

一个人的伟大之处，在于致力于某一处，做出让许多人吃惊的事来。一个帝国同样如此，如果帝王下决心，几十年如一日，就可以留传后世。这是帝王的"形象工程"。

就像进入少女的闺房，隐秘而深邃，一种高深莫测由此荡漾开来

有如进入女人的闺房，必须掀开层层帘子一样，要走进女王宫需要穿过三道精致的门楣。对于这样的深宫禁地，这是必要的东方礼数。

相比之下，吴哥窟其他建筑要高得多。只要你进入窄而精致的门楣，就算是真正进入了女王宫了。走进之后方发现，给人感觉这不是神的宫殿，而是人的居所。那么得体，那么适宜，美到极致……穿梭其间，我也感

女王宫

觉不出是在宫殿，相反，就像进入少女的闺房，隐秘而深邃，一种高深莫测的氛围由此荡漾开来。

门楣上向外突出的图案几乎是以中线对称，而那中线的主角，往往就是神。女王宫也一样，有着极其明显的中轴线。

远离喧嚣和纷争，就像我们想象中的"后宫"。矮是其特色，建筑还不如一些树高，却分外精美、华丽、雍容华贵。细节之处见功力，看到女王宫那些精美的花纹，就知道什么叫巧夺天工了。

雕刻之精之美，你很难想象这是在石头上创作出来的，那细腻，那每一个细微之处的活灵活现……无论是门楣、柱廊，还是……都足以俘虏你的身心。

女王宫约莫半个足球场大小，呈长方形，如果走马观花的话，几分钟就可以完成参观。但你如果要细致考量，一两天时间也嫌太短。所以来这里参观的人，绝对不会像在其他宏伟的景点那样，有任何疲劳感和畏惧感。相反，给人一种说不出的亲近来。

看资料得知，女王宫建造于10世纪下半叶的967年，有着"吴哥古迹明珠"和"吴哥艺术之钻"美誉。

望着那一串串的精美，我不停地按动着快门，生怕有一点被遗漏而留下遗憾。从一圈二圈到三圈，再穿过水域之外远距离审视这座王宫，每挪开一点点距离，给人留下的美感都会不一样。

哪怕每个门楣、每根石柱、每个局部，都层层叠叠、林林总总逼真地表现出来，或神，或鬼，或兽，或人，淋漓尽致，叹为观止。

正在我专心致志地拍摄期间，一位僧人闯进了我的镜头……身披深黄色僧袍，脚趿拖鞋，约莫六旬开外。我突然有种不适之感，这样的深宫禁地，僧人怎么能随便进入？还没等我反应过来，游客们便纷纷围绕他照相，原来他是来专门点缀景观的。像这样专门供游客留影的僧人，在吴哥窟还有不少，只是他们要收取一定的小费，给多给少你看着办，不给他也不强求。

恍然间，僧人的长袍与女王宫的红砂石浑然糅合为一体了，正好以他为背景，我又是一阵"啪啪"地猛拍。

我在想，对于这座至美至幻的王宫而言，参观者来的时辰不一样，到访的心情不一样，来的次数不一样……都会有着不同的感受和享受。有一样是共通的：收获的，绝对都是一个字——美。

或许是建造者有意为之，整个女王宫全是用暗红色的石头雕琢而成，在庞大的吴哥窟仅此一例。他们把最美最好的颜色留给了吴哥窟的女人。看得出来，这里的红砂石虽然硬但延展性好，不易脆裂，就像似水的女人……我不禁惊叹于当初的雕刻大师，是如何将坚硬的石头如雕刻木头般琢磨出层次分明、线条纤柔的精细之品。真可谓巧夺天工。

女王宫内有三座祠塔，供奉湿婆的位于正中，而供奉毗湿奴和梵天的祠塔则分立两侧。据说梵天神像已经收藏于金边博物馆，而其他两尊则不知去向。

祠塔门体故意突出于墙外，门上刻有十分精美的浮雕。据考证，这里的浮雕与小吴哥城的回廊浮雕类似，雕刻内容大多取材于印度著名史诗《摩诃婆罗多》与《罗摩衍那》的神话故事，比如魔鬼罗波那掳走罗摩的爱妻悉多等场景……

参观时我一直在想，女王宫为何如些深藏不露？除了几分神秘之外还会有别的原因吗？参阅历史我发现，女王宫修成的时期，恰是吴哥王朝与邻邦处于战争多发期，或许正是在这远离吴哥王城之地建造宫殿，也才是保护后宫佳丽的最好办法。

难怪女王宫还有个别名，叫作"女子避难所"，或许这也间接映证了此宫深藏此地的缘由。

同吴哥窟其他寺庙一样，女王宫也有三道围墙，围墙外有一片水域，以为"护城"。战争到来之时，一条窄窄的水沟是无际于事的。

由于隐藏得太深，直到1914年一位法国地理学家在荔枝山一带勘察地形时方发现这位"小美人"，这时离吴哥窟的发现已经过去半个多世纪。或许由于矮小不易被发现，女王宫才发现得较晚，也方得以较为完整地保留下来。

即或如此，宫里最为核心的四只神猴——哈努曼的头也被人为割走，为保证全貌和美感，后来的考古人员照原样复制了几个"猴头"，但明显感觉到不甚匹配，搭配起来有些别扭，甚至还不如残缺之美。

女王宫外是一片高大硕壮的树木群，在树群中间，横七竖八地躺着一群石头，那些石头都用白色的油漆编着号，看得出来，它们当年也是女王宫的一部分，只是因为蹉跎的岁月才让它们静静地躺在那里，等待着哪一天能够重新"进宫"。

清晨和黄昏光线柔和，可以更加充分地欣赏这些雕刻。所以我们特别安排在太阳落山之际到达这里。

两个多钟头过得太快，夕阳西下，天色近晚，我们得起身了。真的不想离开。

塔丘，一座永远完不了工的城池

吴哥窟的兴奋点众多，高潮迭起。许多人会站在一处哪怕看似不起眼的建筑前面，凝神静气，虔诚膜拜，甚至一脸激动的泪水……

从浩瀚的吴哥王朝慢慢地走出来，我的思绪一直停留在一座名叫塔丘的寺庙里，久久不愿挪开。这是一座极其独特的寺庙，在整个吴哥窟是独一无二的，不仅仅是因为它是吴哥窟没有完工的半成品，恰恰相反，那种永远处于"正在进行时"的美，给人无限的想象空间。整座寺庙宏大高挺，没有任何雕刻修饰，全是石头堆砌的初始模样。

我以为，吴哥窟的建筑高潮之美，不在巴肯寺，不在女王宫，也不在小吴哥，而是在这里——永远完不了工的塔丘。它是我心中的圣殿。它是整个通王城中，唯一没有浮雕的一座石头城。

塔丘城50米高，由阇输耶跋摩五世所建。

初次接触到这座建筑时，就在猜它的名字，我们请的导游阿勇说出了几个不同的名字：达高、拓坷寺、塔凯欧、塔寇寺、茶胶寺。虽然名字不同，但据说有一个共同的意思，即"宝石爷爷"。在吴哥窟的各大寺庙里，因为发音的不同，因为印度教与佛教的不同，还因为每一个朝代的国王不一样，所取的名字也都不一样，因此，几乎每一座相同的寺庙都会有几个不同的名字，以至我们到访过某一座寺庙之后，还回过头来用另一个名字问导游："这个地方我们还没有到过吧？"这样的误会随时都在发生，所以，特别是那些旅行团队到这里来，每一处景点都会有一长串不同的名字，就像我们的一些古代文人墨客，除了本名之外，还有字，有号，有笔名，等等。

在这座永远也没有完工的寺庙前，我从众多的名字中，选了一个自认为比较得体的名字——塔丘。

从导游和一些资料中得知，塔丘没有浮雕有这样几种说法：第一是雷击说，据说在此塔修造过程中遇到雷击，阇耶跋摩五世认为不吉利，遂下令停工修建。第二种是坚硬说，认为石头太硬，不易雕刻，走进寺庙，也确实看见全是坚硬的长条青石，但这种说法有些牵强附会，一个强大的帝国，其意志是可以对付世上一切，还怕那坚硬的石头？其三是战争说，据说寺庙施工期间，战争来临，不得已，将所有能工巧匠变成战士；手持绣花的艺术工具，瞬间变成了勇猛的士兵……

我比较赞同"战争说"，这也与吴哥窟后来的命运有着某种因果关联。如果此说成立，那么这应该是一场没有准备的战争，换句话说，应该是一场至少准备不充分的战争。还可以看得出来，吴哥王朝是这场战争的被动者，不然的话，塔丘没有理由不完成的。

据说阇耶输跋摩五世当初是想把这座寺庙建成葬庙的，由于上述的"各种说法"，使他在位时建在都城外的很多寺庙都没有完工。但迄今为止我们还没有见到，不知道随着吴哥窟的进一步开掘，会不会还有更多的这种"半拉子工程"呈现在我们眼前。

我十分欣赏这样的"残缺美"，这样的美更为感人，我以为这是吴哥窟中最为伟大的建筑，甚至比那些更为精美的雕刻和凝固的微笑更为打动人。

从塔丘的半停工状态我们也可以看出，整个吴哥窟的建筑工序，是按设计将那些大大小小的石头叠加上去之后，才进行下一道工序——雕刻。

朝代更替，人世兴衰，冥冥中都有种说不尽的定数。不知道是不是人类自有君王那天起，就有在自己的"任期内"确定一个"政绩工程"的习惯，以昭后世仰目。许多民族都有这种好大喜功的心态，吴哥王朝就是一个极其鲜明的例子，从"一世"始，每一个帝王任内都有自己的宏图伟业，一代比一代甚……才成就了今天的吴哥窟。要知道，据卫星勘察，现在发现并示人的吴哥窟只是整个吴哥王朝的极小一部分，还有许多寺庙至今隐藏在森林里。

这一切，用我们今天的话说，叫作"为官一任，造福一方"。哪曾料，到头来却是"为官一任，造福自己，祸害一方"。不知道塔丘是不是其中比较典型的例子，但可以肯定的是，到目前为止，这座寺庙是我们发现的吴哥王朝唯一没有竣工的"半拉子工程"。

塔丘的美不仅仅是它的"半成品"，更重要的还在于自然的再创作。这是一座树根上的寺庙，塔丘周围全是高大而虬劲的树木，特别是盘根错节缠绕其间的树根足以吓倒每一个人。今天看来，是东南亚肥美的水土养育出的虬劲的树根，丰满了这里的寺庙，让它们极好的镜头感和审美情趣。不论是沿着塔体爬上高处俯视，还是站在塔底从各个角度仰视，都会有不同的美感冲击着你。

对于这件稀世珍宝，我发现却很少有人走近它，更谈不上走进它了，

"例个公事"来此一游的游客，大多远远地拍几张照片带回去了事。

由是，塔丘显得有几分孤独。这样也好，可以保持它的清高与宁静。中国有古语云"女为阅已者容"，我知道它是等待欣赏它的人。

考古界有句俗语："为什么要考古？因为有文物在那儿。"就像登山家说"有山在那儿"要登山一样，也与那句"我不在博物馆，就在去博物馆的路上"一样，听起来多少让人有几分感动。

塔丘就是这样的让你感动的对象。如果你来到吴哥窟，千万不要错过了这位孤独的高人。

吴哥窟每一个神庙都有水护着，更多的，是一种美的驱使

筑水而居，以水为邻，古往今来是一座城市的必然选择。

当然，吴哥王朝也不例外。表面上看，吴哥窟周围没有什么大江大河，但至今仍然可见吴哥王朝繁忙和繁华的水系统和水资源。上千年过去了，今天吴哥窟护城河的那些水系还那么完好，真的让人不可思议。

细细数来，吴哥王朝大型水利遗迹，可以通过七大建筑充分展示出来，他们分别分布于三个世纪，横跨七世王朝——

9世纪末（889年），因陀罗跋摩一世修造罗莱池，这是吴哥王朝第一个水利工程，由于年代久远已经干涸，但池中矗立的中央建筑物罗莱寺遗迹仍然健在；

吴哥王朝的第二大水利工程是10世纪初阇耶输跋摩二世修造的东池，也就是现在的东梅奔所在地，水已不复存在，呈现在我们眼前的是一片森林；

11世纪初（1060年）优陀耶迭多跋摩二世修造了西池，也就是西梅奔所在地。需要特别说明的是，资料记载，当时的西池水域面积达16平方千米，仅次于后来吴哥通王城的护城河，是当时世界上最大的人工池。

最为壮观的，我们也能直接感受的，当数苏利耶跋摩二世时期的吴哥寺护城河了，此时已经是12世纪上半叶，护城河最宽处有190余米，堪比今天的一些大河了。据说他为了使护城河水源充足，特别征集民工改变遍

粒的河道。

其余三项水利工程，都是在阇耶跋摩七世手中完成的，它们分别是我们今天看到的龙蟠水池、皇家浴池和吴哥通王城护城河了，尤其以长8千米的通王城护城河最为著名，科技含量也最高。

说吴哥窟的水系科技含量高，是指密布其间的壕沟、池塘、灌渠、护城河等，几乎所有水利设施，都是在同一个水网上合理布局的，它们不仅彼此相通，形成完善的水利系统，还设置有精巧的给排水装置，暗道密布，其间谜云重重……有很多谜团，今天也还未解开。

专供那些设施的形状不同，功能也不一样，有专门为举行仪式之用的，有专门进行御敌的，有专供灌溉排水的，还有专门用于水路运输的，还有专供饮水之用、沐浴之用、鱼类水禽养殖之用、农业灌溉之用……据说神庙周围的护壕专门用于阻挡白蚁，因为神庙里的经书多是在棕榈树叶写成……

吴哥窟的每一个神庙都有水护着，绝不是为了消防功用，更多的，是一种美的驱使。

当你行进在吴哥窟神庙十字路前，一般都会看到左右对称的水池。在吴哥通王城内看日出时，我们就是守候在水池边，太阳最先从水池里与"三颗玉米"倒影成趣、浑然一体的。

这些城池，应该是古吴哥王朝的镜子。

需要特别补充的是，现在挖掘出的吴哥遗迹还仅仅是庞大吴哥王朝的一部分，实际上的吴哥王城面积还要大得多。科技的发展已使考古变得非常容易。据媒体报道，2007年8月，澳大利亚、法国与柬埔寨组成的考古团队，在美国太空总署协助下，以雷达扫描深埋在暹粒地下的王城，发现比原先预估大至少三倍。发表于美国《全国科学院学报》的新地图显示，古城的市中心面积超过600平方英里（约合1554平方千米），几乎赶上一个大伦敦的面积，而杂乱的相关建筑继续伸延至数百千米之外。

古城内一个单一的水利系统连接整个城市网络，而且可能提供给吴哥城居民稳定的饮用水来源。所有的水塘都有出口和入口，有分散水流的渠道，还有一系列非常先进的控水装置，例如溢洪道。不过，古城可能面积太广难以维持，再加上农耕区密集、中世纪天气变暖，以及过度砍伐带来的灾难，最后导致它的文明崩溃。这项研究支持了高棉文明"因为过度发展而灭亡"的理论。

话题再次回到我所欣赏的护城河身上。正如前面所表述的那样，千年来水系完好的护城河应该是吴哥窟的一大奇迹。可以说，护城河是吴哥王朝的又一伟大工程。

小吴哥通王城的城门向外延伸的大道名叫七彩道，那是吴哥王朝通往天堂的路。其下面的护城河水是不相通的。

护城河上的石桥已经斑驳和损毁，但河水却宽而透澈，注视着那些活泼的水，你很难相信这是一条千年前的人工河。如果真的有评估机构去评估一下的话，这应该是世界上最完美的水利工程了。能够想象得到，当初吴哥王朝的设计者们，用于"水下"的功夫绝不比地面上的那些寺庙用的心血少，也就是说，他们的每一项工程都是非常出色。

上千年了，那条护城河仍忠实地护卫着它的主人——吴哥寺。就是今天，如果不是那条唯一通往外界的路向前延伸，谁也进不了吴哥寺半步。

望着清莹莹的河水，阿勇说，这护城河一直没有干涸过，如果干涸了，也就是世界的末日到了。我相信这个说法，但我也断定，吴哥窟的这个护城河一定干涸过。

因为他们的"世界末日"的确到来过……

护城河应该是封闭帝国的专利玩意儿，但更多的东西，是不用河来"护"的。

10年前站在开放的、园林似的宫殿——巴黎凡尔赛宫前，我曾批评过传统中国的"圈子心态"——上自帝王下至百姓，都是被死死地包裹着，透不得气。皇帝有皇城，百姓有四合院。就是今天中国的城市，也是"圈子心态"的结晶，一环、二环、三环……一层包一层，紧紧地裹着……我一直以为，护城河的设置是不自信的典型表现，即使与伟大擦肩的吴哥窟护城河也概莫能外……

曾经的繁荣

曾经的鼎盛

事物应该一分为二地去看，话题回到护城河的本身，应当说吴哥窟的设置，就是今天用科学武装起来的我们去审视，也是无可挑剔的。

有专家论，人类社会不断发展的历史，就是一部治水的历史。在吴哥窟看不到大江大河，但就是那些与水有关的"人工景点"，也可以看出"专家论断"的正确性。在这里看吴哥王朝的水利设施，已经不再是简单的一些设施了，而是一种科学和智慧的结晶，很有几分向后人炫耀的元素掺杂其间，以这样的方式告诉后人，吴哥不仅"玩石头"世界一流，"玩水"也是如此……

城因水而生，城也因水而兴而荣。如果说地面上那些举世无双的建筑支撑起吴哥王朝的鼎盛与繁荣的话，那么地下极富智慧的水下世界，则映衬出吴哥王朝惊世骇俗的发达与兴旺。

地上与地下相映成趣，凝固的石头与流动的流水刚柔相济，共同托起吴哥王朝的文明与辉煌。

第28章
650尊裸体雕像，
洞穿"生命链条"中的每一个"我"

以生命柱为圆点，四面八方呈射线状有36组雕塑，每一组都栩栩如生、可亲可近、可触可摸，他们就是我们的邻居、我们的亲人，甚至就是我们自己。

我能够听得见他们的细语，能够听得见他们的呼吸……

这里的每一件作品都在提醒和告诉我们，人对于生命不再是惶惑与不安，更多的是镇静与从容。

生命之柱四周有环形台阶，台阶上呈放射状矗立着36组花岗岩雕塑。

与生命之泉一样，主题同样是生命轮回。

由下到上，由近及远，一个个鲜活的生命体就像被机器挤压了一般，横亘在面前。

去奥斯陆，维格兰雕塑公园是绝对不允许错过的选择

维格兰雕塑公园

从斯德哥尔摩出发，一路向西挺进，横穿瑞典与挪威两个国度。

白色大巴似一个游动的光标，一整天在广袤的绿地与如画的山间穿行。十分专业的芬兰司机，带领我们近千米安全奔袭，一路陪伴我们的是瑞典一马平川的田野和森林，一望无垠的草场和牧场，越向西地势越高，渐渐以丘陵为主……时值仲夏，大片的草场上已经垒起白色的草包，艺术品一般白得刺眼。

白色的公路托着我们一路狂奔，山间的赭红色别墅隐映其中，点缀出奇特的北欧之美。

进入挪威后，地势变得狂野起来，我们由平原进入广袤的丘陵与高耸险峻的群山。远远望去，群山之巅但见一片片终年不化的皑皑白雪，斑点狗一般，和谐地伏在这片宁静山地上。强烈的阳光照射下，一些高山积雪开始融化，苍翠的群山上，雪白的瀑布飞流而泻，形成一道道独特的风景，给宁静的山峦平添了几分动感。

夜宿挪威首都奥斯陆郊外THON箱式酒店，长途奔波，早早入眠，一夜香甜。

清晨7时许我便起床，洗漱完毕后，净手，用餐……怀揣虔诚，待所有仪式结束之后，就等着去瞻仰心仪已久的艺术品——维格兰雕塑公园。

民间对地处奥斯陆西北角的维格兰雕塑公园有很多叫法，如奥斯陆雕塑公园、裸体雕塑公园、生命之园。实话说，我更喜欢和欣赏生命之园这个名字。公园雕塑分为生命之桥、生命之泉、生命之柱、生命之环四大部分，表现了从摇篮到坟墓的人生轨迹。

去奥斯陆，维格兰雕塑公园是绝对不允许错过的地方。我早早就知道并期盼一睹其芳容。里面展示着650尊裸体雕像只是一个表面的诱因，重要的在于维格兰享誉世界的艺术造诣，让包括我在内的不少人久仰。挪威的世界级艺术名人屈指可数。但维格兰绝对是一个响当当的名字。

一个人与一座城，关于艺术与生命的故事，本身就是一个传奇。先看看这些一直闪耀着生命律动的雕塑，再回过头去回味那些不朽作品背后的传奇，或许更有意义。

这是一个开放式的免费公园。东南西北，从每一个入口都可以随便进入，只要你愿意。

我们是从公园的正门伴随着人流进入的，刚刚进入大门，就与维格兰四目对视，和蔼可亲的他一手拿着锤子，一手拿着凿子，站在鲜花丛中，一副永远忙碌的样子。我知道，面带微笑的维格兰，已经早早在此恭候，74年来，他都一直绅士般站在那儿，微躬着腰，迎候我们这些南来北往的来客。

拜会过主人，往前走几步，会出现成排茂密而整齐的绿树，它们有一个让人联想的名字——菩提树。放眼一看，那些菩提树弥漫在整个公园内，是它们，将公园不同的功能区域隔开。

一人一如来，一树一菩提。看到这些与"神"有关的树，本来就肃穆的那颗心，顿生出几分莫名的紧张感——一种朝圣般的感觉涌上心头。

再往里走，仿佛进入了一座开放式的艺术殿堂，又恰似进入了全新体验的"生命通道"——那种中国人熟悉的中轴线式的气场，足以震撼每一个"外来者"。这应该是维格兰想要的效果，因为这里大到四个主题的编排，小到每一件作品的调度，都凝聚着维格兰一生的心血。

从中轴线上层层递进，依次可以看到维格兰呈现给我们的四大主题：生命之桥、生命之泉、生命之柱和生命之环。

视野所及，公园内的雕像比比皆是，琳琅满目，多而不乱。我们所走过的，就像走过仰卧着的维格兰全身，园里的中轴线酷似他的身高，轴线上的正门、石桥、喷泉、圆台阶、生死柱、生命环就好像他的头、颈、胸、躯干等部位，650尊铜雕、石雕、浮雕，都错落有致地分布于他的全身。石桥两侧29座彼此对称的铜雕，恰似其颈部与胸部间，而由喷泉、树丛雕、浮雕、托盘群雕组成的生命之泉，应该是心脏部位，高高隆起的生命之柱就是雕塑大师的"根"了……俯视维格兰的一"身"，就是一个生命体从生到死的循环过程。

那就让我们走进这些浓缩了从出生到死亡全过程的各个"主题"，全方位体验一下艺术大师留给我们的视觉冲击和不尽的想象空间。

"愤怒的小孩"面前，我足足站了五分钟，这位小孩可是孩提时代的维格兰？

生命之桥是真正的一座长百米的石桥。值得一提的是，原桥建于1914年，维格兰接手后，花了8年时间改建，他亲自加了花岗岩护栏和铸铁灯笼立柱。桥下河水潺潺，映照着花岗岩的桥栏两边镶嵌的58尊青铜人像，水天一色，若即若离，美轮美奂。那些深褐色青铜雕塑看上去有一种沧桑感和历史感。这些雕塑的主角多是体态丰腴的青年男女和儿童，他们或单人或双人，动感十足，男子体格雄健，女子绰约多姿，少儿天真烂漫……有男子抱着女子亲吻的，有男子抱着女子奔跑的，有男子呵护女子的，有青年男女窃窃私语的，有母亲托着孩子的，有青年女子洋溢着青春欢快的，还有男子托着孩子嬉戏的……真可谓千姿百态，仪态万方。初看上去，有点像体操运动员雕像，但稍加细看，便可洞见其主题——青春、事业、家庭和未来。

有两件作品印象深刻：一位母亲跪伏在地上，一男一女两个小孩骑在她的背上，还用一条绳子像套马缰绳一样套在母亲脸上嬉戏，母爱的伟大和艰难的负重得到了较好的表达，有朋友把它命名为"甘愿做牛马的母亲"。还有一件作品父亲右手举起两个小孩，左手举起一个小孩，右脚翘起垫着一个小男孩，整个作品只一只脚着地，极具动感，那个在脚上垫着的小孩随时都有掉地的危险，此景此情任何人都会忍不住上前扶一把，因而小男孩的手臂都被各路游客"扶"得光亮，这样的"互动"充分体现了艺术家深厚的艺术功底和作品的超强表现力。

20世纪初叶，在贫穷的挪威，男人们的生存压力是很大的，养家糊口是他们的责任。料理家务、养儿育女乃是女人的天职。故而，我将那尊男人托举着三个孩子的雕塑命名为"负重的父亲"。维格兰用现实主义手法，恰到好处地表达了这些男人们的形象，生存带来的压力，生活给予的无奈，孩子带来的欢娱……喜怒哀乐、酸甜苦辣，还有矛盾冲突，都入木三分地体现在我们眼前。

只是看我们如何用一双穿越历史的眼睛，去仔细解读、咀嚼与品味。

或许，这正是维格兰的高明之处，维格兰拒绝为他的作品命名，也不做任何解说，这使得他的作品一度引起论争。他特意把这些作品的命名权交给每一个站在作品面前的观看者，任由观看者凭借自己的人生经验去体会和感悟作品的内涵——是雅是俗，是美是丑，全由你说了算。其实，这同样是一种良性的"互动"。

"生命之桥"最鲜活的主角，是小孩，尤以四个小孩（两男两女）

的单独雕塑为代表，他们天真无邪、聪明伶俐、活泼可爱。有一个小男孩腆着圆圆的小肚子，期盼地望着远方；有一个小女孩双手摸着肚子，似乎闷闷不乐；还有一个小女孩两手下垂，显得委屈和无奈，充满祈求和期待；最为有名的，要算那个捏着双拳，跺着右脚，肚皮鼓鼓，张着小嘴喊叫的小男孩了。愤怒、痛哭、攥拳、顿足……集小孩子生气所有的表情元素于一身，刻画得活灵活现。这个"愤怒的小孩"吸引了大量的游客驻足，人们宁愿排着队上前与男孩握手，上前安慰这位委屈又滑稽的他，因为喜爱他的人实在太多，铜像上小男孩的左拳头竟摸得锃亮。

据传，这尊著名的雕像曾两次被盗，又都安全地找了回来，这更使他名扬四海。我善意地想，或许是喜爱他的人太多，有人竞相收藏吧。看来，他愤怒成那样，一定是有原因的。这尊雕塑不愧为维格兰的代表作，更是他的心血之作。查资料得知，这件作品从1901年绘制素描稿开始，经过建模、修模，直至1930年维格兰方完成，时年他已经62岁了，真可谓是老来得"子"。

"愤怒的小孩"面前，我足足站了5分钟，我甚至在想，这位小孩很可能就是孩提时代的维格兰，或许是他最心爱的儿子，不然，断然不会用30年时间去打磨一件小品一样的雕塑品。

可能很多人还不知道，这个"愤怒的小孩"还到过中国。2010年上海世博会时，他就在挪威馆与世界见面，愤怒的表情一直定格在脸部的每一块肌肉上。

曾有人把这四个孩子标记为"喜、怒、哀、乐"，看似有几分道理。我以为，小孩就是小孩，他们身上所散发出来的一切都是最可爱的。

感谢维格兰，是他把这些爱恰到好处地表达了出来，给了这个世界。

"生命链条"故事前，让人窒息的"生老病死"

从容走过生命之桥，眼前便呈现一池喷泉，看上去甚是赏心悦目，透过水雾，还可看到水池中央隆起一个巨大的圆鼎。走近一看，方见是6名体魄健壮的巨人张开双臂，合力将一只硕大的铜盆举过头顶，水就从那盆里均匀地溢出，形成一个水帘，白色的水帘后面那些黑色的巨人若隐若现。

水池围栏由黑色大理石制成，组成正方形。围栏的四壁，是一组微型浮雕，浮雕共36幅，从婴儿出生开始，经过童年、少年、青年、壮年、老年，直到死亡，形象而生动地反映了人生的全过程。几乎每一位游客都从婴儿看起：孩童们在捉迷藏，少年们在扭打玩耍，情人们在窃窃私语，老人们熬度暮年，最后是几具骷髅骨架，循环往复。

围栏上方的四周，矗立着20棵修剪整齐的"树木"。造型各异的男女塑像偎倚树下，有的在沉思，有的在挣扎，有的在玩乐，有表情痛苦的，有表情深沉的，也有表情幸福的。树被染成了绿色，艺术家试图显示出生命的活力，倚靠在生命上的树，也被唤作"生命树"。

导游刘箭告诉我，维格兰在一个简陋的工作室里用了整整10年时间，方构思出以喷泉为中心、由环绕它的20棵青铜铸成的"生命树"雕塑群。之所以称它们为"生命树"，是维格兰想借助他理想中的"树"，向世人讲述一个"生命链条"故事。

站在这里，人生的意义，生活的憧憬，生命的追问，都可以尽情释放出来。自然而然会想起苏格拉底的一个终极哲学命题："我是谁？我从哪里来？我要到哪里去？"这样的人生追问"问"了上千年。虽然耶稣说："我虽然为自己作见证，我的见证还是真的。因我知道我从哪里来，往哪里去。你们却不知道我从哪里来，往哪里去。"但因其太过高深，我们这些肉身凡胎依旧云里雾里。

上下左右，东南西北。全都充斥着"生老病死"，我围绕着黑色的正方形围栏四周，转了一圈又一圈，有如墓地祭奠一般。感受到的，除了追问之外，更多的却是莫名的凝重——黑色，挣扎，暮年，死亡……这些词汇交替着浮现在眼前，就连象征绿色的树，都披上了一层黑纱。这种氛围很容易影响到游客的情绪，人们除了默默地拍照之外，甚少发出声音。盆里溢出的清泉均匀洒落，形成的小瀑布，也没有一丝声响。伫立良久，我离开时，但见几只海鸥停在盆沿戏水，停下一会儿又飞走，一会儿又来几只，一会儿又飞走……如是来来回回，凝重中终于有了几丝动感与生机。

所有人都能看明白维格兰所要表达的东西，但不知为何，我却越看越糊涂，越看心里越堵，越看脚越发软。以至到后来看到壁上最后一件呈现出的骷髅浮雕时，我恍惚看到了暮年垂垂老矣的维格兰。

恕我愚笨，第二个主题不论"生命之泉"也罢，"生命之源"也罢，我都没感悟出维格兰的非凡来。或许他要的就是这"世人都醒他独醉"的效果？

雕　像

36组花岗岩"人体柱"，通向蔚蓝色天空的"通天塔"

挥别"生命之泉"，拾梯而上，漫过三级台地花园，但见一参天的恢宏白色石柱挺立，那便是整个公园的高潮部分——"生命之柱"，威武地矗立在一个巨大的方形石台正中。地理位置上看，这是维格兰雕塑公园中轴线上的"中"点，也是维格兰雕塑公园的最高处。

维格兰继续丰富着他对雕塑公园的构想。善于想象的他，想到了题材的高潮部分，他完成人生最精彩的雕塑作品——这便是"人体柱"及其36组花岗岩人体雕塑。

以生命柱为圆点，四面八方呈射线状有36组雕塑，每一组都栩栩如生、可亲可近、可触可摸，他们就是我们的邻居、我们的亲人，甚至就是我们自己。

徜徉其间，我感觉到他们一个个都鲜活，有的慈善地望着我，有的祈求般地看着我，有的友善地盯着我……我能够听得见他们的细语，能够听得见他们的呼吸……

维格兰似乎在有意改变"生命树"的表达方式，告别了青铜时代的他，用大理石的材料特质，采用了一种老练、

人体柱

稳重的表现模式。这里的每一件作品都在提醒和告诉我们，人对于生命不再是惶惑与不安，更多的是镇静与从容。

生命之柱四周有环形台阶，台阶上呈放射状矗立着36组花岗岩雕塑。与生命之泉一样，主题同样是生命轮回。

"生命之柱"是维格兰在完成"生命之源"群雕后，14年沉寂的结晶，也是维格兰临终之前的终极遗作。

站在大理石台阶上仰望眼前的"生命之柱"，内心会有一种特别的激动与震撼。由下到上，由近及远，一个个鲜活的生命体就像被机器挤压了一般，横亘在面前。

严格而言，这只是一个圆柱体浮雕，死者与生者绞在一起，构成了一个特殊场景的特殊画面。初看上去，那些不幸夭折的婴儿，惊恐万状的青年，绝望的中年男子，披头散发的妇女，骨瘦如柴的老人……有的沉迷，有的冷静，有的挣扎，有的呐喊……彼此头尾相接，摩肩接踵，紧紧拥抱在一起，共同织成了一个人生"万花筒"。

由下而上仔细观看局部细节，有被人紧紧拉着手向上攀的，也有正在下滑而渴望得到救助的，人们相互缠绕、相互搀扶。直到模糊不清的顶端，视野所及，那种理想状态就越遥远而模糊，需睁大眼睛，全神贯注，将头垂直望向天空，还可以看到有人兴奋地站起来，面朝天空而手舞足蹈。

这样一个螺旋上升的生命律动，令人拍案叫绝。应该说，"生死柱"就是维格兰向世人表现出的最大的宗教——由"人间"向"天堂"的攀登过程，就是一个不断"修行"的漫长过程。这种赤裸裸的状态下，人性的本来面目表露无遗。生与死，爱与恨，情与仇，在这里得到了极度的升华。正是人在这种特殊状态下的真实表情，组成了一座陡峭上升的"通天塔"。

导游告诉我，这根石柱上共雕刻有121个神情不同、向上盘旋的生命体。其实，"121"最多算是一个不确指的"概数"，代表着芸芸众生。

我不禁在想，如此巨大的石柱，会是一块完整的石头吗？如果不是一块整天个儿的石头，该如何抵御地震等不可抗拒因素而永远屹立？它是如何搬到这里的？又是如何立起来的？

我的疑惑很快就有了答案。17米高的石柱的确是一块整石头，重达270吨，采自挪威东南沿海的伊德峡湾山，是挪威最好的大理石。运用了当时奥斯陆最先进的运输技术和工具，方将这巨石搬到公园里。看到这"镇园之宝"的材料成功运抵，维格兰十分兴奋。

为了确保这件作品的成功，维格兰搭建了一个木棚吃住都在公园，特地制作了与生命柱同样大小的石膏模型。从1929年到1943年，可谓4年磨一"柱"，此作完成不到半年，维格兰便辞世了。

恍然间，我算明白了，维格兰为什么要将他的烛光之作称为"幻影世界"。

维格兰花了将近20年的岁月才完成，其意在表达人生的历程，塔顶的婴孩及骸骨，表示人生的两个极端，自此而下是人生的演变转化过程。

自下而上层层垒叠，反映出多姿多彩、艰难曲折的丰富人生。

从"生命之柱"向下行35级台阶，穿过拥有12个星座浮雕标志的日晷，是一尊圆形的青铜环，这个镂空的环在日晷的衬托下，给人一直旋转的动感。我看出来了，这些元素无时无刻不在呼应维格兰心中的主题——时光飞逝，生命轮回。

越过日晷沿中轴线再上行百步，便来了"生命之环"，这是中轴线上维格兰的最后一件作品——两对男女和三个儿童用柔软的身体编织成一个运动的圆圈。

日晷。生命。环。维格兰是在清楚地告诉我们，时间的流逝，生命的不息，就像一个环一样循环往复，世世代代，繁衍生息。环，还象征着圆满和完美，一眼看去，就可以洞穿其主旨——孕育生命，繁衍后代，生生不息，不断轮回。

我来到环的最近处，目光穿过用生命编织的空心环，看到的是一片湛蓝的天空，那种海洋般的天空蓝，刺得我双眼快睁不开了。

导游小刘对挪威的文化有较深入的探究，她告诉我，生命之环还有另一层含义，就是"O"恰是奥斯陆的挪威文（OSLO）中第一个字母和最后一个字母。她的话音刚落，我便体味到维格兰对自己祖国和家乡奥斯陆深沉的爱。维格朗还没等到公园建成，就辞世了，他用他苦心构筑的生命之作，延续了自己的生命。

有些神奇的是，站在生命之轮回首，当我举起相机对准焦距，要拍下整个中轴线的景观时，我猛然看到三个显著的标志格外醒目，那个高高隆起的生命柱自不必说，另外两个除了面前的生命之轮外，就是远远的挪威大教堂的倩影，是它无意中闯进了我的画面，还是偶然相遇，还是维格兰当初在构想作品时，中轴线有意的延伸？更值得玩味的是，挪威大教堂里的一些作品，就是维格兰弟弟创作的。或许，这是兄弟俩精心的合谋？

之前我真的没有想到这些，坐在电脑前写这篇小文时，才陡然发现，感觉如此奇妙。

如若真的如此，不得不佩服维格兰的睿智和苦心，他这是要告诉世人，他的心里是有宗教的，他所做的一切，都是在"神"的旨意之下完成的，生命轮回是上帝的最好安排。

650尊雕像没有一尊命名，让前来的每一个人找到其中的"自己"

不论肤色、种族、男女、老少，只要是人，其七情六欲、喜怒哀乐都大体相似。

人的生命到底有多少种形态？初生时，我们是纯真直率的婴儿，高兴或是生气都写在脸上；长大后，烦恼便追随而来，为情所困，为爱所烦，为生死所忧；再后来，为人父母，用责任撑起家庭；等到孩子长大，新的生命之旅又开始了；再再后来，我们成了爷爷奶奶，有功成名就，有力不从心，还有沧海与桑田……维格兰比我们悟得深、看得透，这也是他为何要将维格兰雕塑公园唤名为"人生旅途公园"原因所在吧。

从生命孕育到皓首苍颜，维格兰以其独特的艺术方式，解读着生命的伟大与尊严。

从那一组组一尊尊可亲可敬、可歌可泣、可以触摸可以聆听可以亲吻的雕像中，我们找到属于自己的感动，找到内心深处隐藏的秘密——有欢欣，有痛楚，有青春勃发，有暮气沉沉，甚至还会有无奈的悲鸣……无论"到此一游"还是长时间耳濡目染，都会生出感动与感悟来。

我想，维格兰当初的创意，或许就在于此吧，他已经耍了一个小聪明——650尊雕像没有一尊命名，也就是说，这650尊雕像都是无名雕像，但"世界语言符号"一看都会了然于胸，足可以清楚地看到我们心中不轻易看到的那个"自己"。原来，我们千里万里云集于此，就是为了寻找我们"自己"，我们都在其间寻寻觅觅，苦苦找出能够对应自己的那一尊——维格兰是想让我们中的每一个人，为"自己"取个名字。

这既是他的小聪明，也是他的大智慧。

维格兰全名叫阿道尔夫·古斯塔夫·维格兰，1869年4月11日生于挪威南部沿海城市曼达尔的一个农民家庭，祖祖辈辈都在附近山谷的一座村庄里务农为生。挪威的森林孕育了大量技艺精湛的木匠，他的父亲就是其中的一位。一眼望不到边的森林，也给他提供了最好的雕塑材料，他发誓不辜负上苍的赐予，沿着父亲的路，成为一名最好的"制木者"。

父亲很早就发现了儿子身上的与众不同，9岁那年，维格兰即被送往奥斯陆学习"制木"。哪知天有不测风云，父亲的意外早逝让不满15岁的维格兰不得不回家，与母亲共同撑起一家的生计，自由的乡下天空给了维格兰太多的灵感，他没有放弃心中的梦。

等弟弟稍长后，他再次到奥斯陆追梦，白天在餐馆打工挣钱，夜晚雕刻木件。日积月累，维格兰已经积累起相当数量的雕刻作品，一个偶然的机会，他的作品被奥斯陆玩艺术的贵族们发现并全部买下。一位叫约翰的贵族还特地为他投资成立工作室，并签订3年协议。

维格兰有了自己的"第一桶金"后，从未在艺术学院熏陶过的他，决定飞到遥远的地方——先后赴哥本哈根、巴黎、柏林、佛罗伦萨和英格兰学习和深造。

游学的历程注定是不平坦的。"我四处流浪，住过小阁楼、地下室甚至到了饥不裹腹的地步。"回忆起那段艰难岁月，维格兰曾如是说。

走投无路的维格兰找到了雕塑家波格斯连，他的才华终于被发现和肯定。维格兰一边在艺术学校上晚间课程，一边在雕塑家斯卡博克的工作室打工。

渐渐地，他在欧洲小有名气。25岁那年，维格兰回到奥斯陆举办首次个人雕塑展，获得成功。即使如此，在当时贫穷的奥斯陆，他还是难以通过艺术创作维持生计。为了填饱肚子，不得已，他只得跑到教堂干修复雕塑的工作，然而，他心中的梦却一直澎湃涌动着。这期间，他以挪威各界名人为原型，创作了一批不同凡响的作品。这使他的技艺和名声越来越具有影响力。

机缘终于来临，1907年，奥斯陆市政府找到他，请他为佛罗格纳公园（即今天的维格兰公园）创作一件喷泉作品，此时，他的目光才投向奥斯陆西北角的这片郊区，初次接触，他就料定此生与此地会结下不解之缘。

此时，维格兰已经38岁了。

公园的作品尚未完成，他就急不可耐地要与政府续约："给我这片绿地，我会让它闻名世界。"理由很简单，也很直白。

奥斯陆市政府毫不犹豫地答应这份约定：政府资助他和他的工作室在创作和修建雕塑公园过程中的所有费用，其中也包括维格兰日常生活的开支，维格兰承诺将自己包括雕塑、绘画和木刻等的所有作品全部捐赠给政府。

这无疑是一个双赢的约定，维格兰可以从此生计无虞，政府也可以获得一大笔财富。直到落笔签字的那一刻，维格兰还提出一个附加条件，他要在死后让政府把这个工作室作为个人美术馆对公众开放。政府爽快地答应了全部请求，这也正是政府所希望的。

夫复何求！自此，维格兰将自己最黄金的年华全部交给他心爱的艺术。

从公园的整体设计到公园里每一个雕塑的实体造型，都是由他独立创作并完成的。1943年，雕塑家燃尽最后的生命之烛，他辞世两年后整个雕塑公园方全部建成。

1945年，《时代》杂志称维格兰为奇人，并指出，从米开朗基罗时代以来，再没有一个雕塑家像维格兰一样能够留下数量如此庞大的作品。

公园里有一处平房建筑是"维格兰艺术博物馆"，这里是他生前的工作室，里面陈列着他毕生的作品，约1600座雕塑、420件木刻和12000幅素描。

值得一提的是，维格兰博物馆同时也是维格兰的陵墓，装有他骨灰的骨灰盒就安放在工作室的塔楼里。

第 29 章
沙漠深处，最后的印第安人

　　站在大峡谷的门户，我眼睛里的红色随着公路的蜿蜒不断变幻着——有的地方宽展，有的地方狭隘；有的地方尖如宝塔，有的地方堆如础石；有的如奇峰兀立，有的如洞穴天成……由于河水的冲刷，河谷地层在结构、硬软上的差异，致使漫长的峡谷，百态杂陈，浩瀚气魄，举世无双。

　　能亲眼感受这世间举世无双的"红色"，足矣。

　　很多人都是冲着这里的"土著"前来的。

　　作为山的儿子，他们一直以山为伴，成为最忠实的山的守护者。他们很纯朴，所以到科罗拉多大峡谷的游客，也可以住在那些印第安人的家里，他们以大峡谷主人的身份热情接待着世界各地的游客，到此你大可放心他们的人品，绝对不会被宰的。他们一直在恪守大峡谷的尊严。

　　大峡谷底，没有绿色，没有食物……有的只是漫山的赭红色的巨石，还有没完没了的阳光……真不知道这里的印第安人是怎样生活过来的。

帕克镇，印第安人和仙人掌最后的"自留地"

我们有幸，能走进印第安文明的腹地——印第安文明博物馆。

印第安文明博物馆是美国菲尼克斯市众多博物馆中，最有特色的一个博物馆。同菲尼克斯市这座沙漠之城的所有建筑一样，印第安文明博物馆是一幢低矮而平凡的建筑，平凡得外界以为这里只是一个仓库。直到走进博物馆院内，看到那组"印第安风味"极浓的雕塑和郁郁葱葱开着花的树林，才确定的确没有走错地方。

接待我们的是一位印第安人——体态丰满的中年妇女，从她不停的滔滔不绝的解说中，我们知道了印第安极其不凡的历史。大到战争，小到衣食住行，陈列的每一件文物背后，都可以挖掘出一段辛酸的故事。

那些美轮美奂的图案，往往都以水为主题，因为农业文明是"水"灌溉出来的，他们对水有着刻骨铭心的记忆。

凤凰城菲尼克斯长年都是热气腾腾的——典型的热带沙漠气候。据悉，凤凰城平均每年有89天的温度超过100℉（38℃），世界范围而言，只有波斯湾附近的一些城市，如沙特阿拉伯的利雅德和伊拉克的巴格达年均温度超过凤凰城。水，对于这里的人民而言，显得尤其重要。

仙人掌是这里最常见的植物。我们到菲尼克斯市的第一顿晚餐，便吃到了以仙人掌为原料的佳肴。席间，一位女士指着一盆清绿的菜问到："你们猜猜，这是什么菜？"看到她故作镇静状的样子，我们一脸茫然，她解密说："这叫清炒仙人掌，没吃过吧？"我们一惊，"原来仙人掌也可以吃啊？""当然了，是我们这儿最好的特色菜。"

于是乎，我们风卷残云般，将那"清绿"一扫而光。

我们来到市郊最有名的植物园，这里是仙人掌的家园。千姿百态的仙人掌无惧恶劣的环境，任凭土壤多么贫瘠，天气多么干旱，它却总是生机勃勃，凌空直上。它全身带刺，具有顽强的生命力，坚忍的性格，翡翠状的掌状茎上却能开出鲜艳、美丽的花朵。

仙人掌

有水、无水、天热、天冷都不在乎，是仙人掌构成菲尼克斯独特的风貌。

"慢，慢点。你踩在地上，稍不注意就可能踩到植物的根系，影响它们的水分吸收。"看着我们不经意间脚踩到了仙人掌根系附近，戴着一顶西部牛仔帽，爱德华兹像护着自己的子女一样，认真而风趣地说："我们这儿的水可金贵得很哟。"

在植物园里穿行，比起高大的仙人掌我们都显得格外渺小。徜徉其间，突然发现一位六旬长者守候着一个写有"不要惊动它"的牌子，示意我们不要出声。不少人驻足观看，远远地拿起相机啪啪地按着，原来，高高的仙人掌树顶上，一只鸽子正在50℃的烈日下孵化下一代，它盯着身边友好的人一点儿也不慌张。植物园工作人员爱德华兹说："各种鸟类经常会在这里孵化繁衍下一代。"

艺术缘于生活。印第安文明就一直根植于这缺水的恶劣环境之中。印第安文明博物馆里，那些精美的雕塑和器皿图案常令人拍案叫绝，精美绝

452

伦的艺术图案让人眼花缭乱，像守护祖先和神灵一样，他们一直小心翼翼地保存着自己民族最本真的那一分灵感。艺术的征服力，真让人叹为观止，你不由赞叹印第安文明的伟大。作为世上最古老文明人种的一支，他们让世界感动和骄傲，令人尊敬。

一直以来，大脑皮层储存的关于印第安人所有信息，都寄存于那一根根可以直通天地的

印第安人

图腾柱上，图腾柱上夸张而有趣的艺术造型，将印第安人的天生艺术细胞表露无遗。之前总觉得他们离我们太过遥远，所以也就没有太深入、太在意。

直到突然造访印第安文明博物馆，看到他们作为"土著人"在北美这块土地上创造的辉煌，才不得不肃然起敬。纳斯卡荒原巨画、拉文塔族石脑、百慕大三角区、复活节岛巨石人像等印第安人文明的不解之谜，一直成为世界尊重这个民族的最好见证。

在亚利桑那州，至今仍有大片区域为印第安保留地。作为原住民，政府提供给他们不少优惠政策，比如不用缴税、可以经营赌场等。因此很多印第安部落十分富有。

一个天边染霞的傍晚，我们特地驱车40千米，来到印第安人开设的赌场，里面服务生的几乎全是印第安人，包括保安。硬件设施和软件服务与拉斯维加斯也相差无几，秩序很好。

　　翻阅印第安人的历史，他们先前的生活，与现在有着天壤之别。美国自认为捍卫人权的典范，常常以优秀的人权记录视人，也以人权作为一张重要的"牌"，巡视世界。但美国人也不得不承认，他们一度对印第安人是不公的。

　　没法否认，这里是印第安人永久的家园。一切后来者，都是印第安人的客人。

　　而历史却常常不认"家园"这个词。欧洲殖民者进入美洲以后，不仅侵占和掠夺了印第安人的土地，还对他们进行血腥的杀戮。最为著名的就是葡萄牙人做过的几次灭绝种族的斩杀。但，不屈的印第安人生命力却出奇的旺盛，生生不息，遍及北美各地。仅在美国大体就分为7个文化圈，加拿大的印第安人绝对数虽然不多，但他们自称是加拿大"第一民族"，意为自己是这块土地上最早的主人。

印第安人的装束

可以肯定的是，殖民者在到达美洲之前，广阔的北美大陆已经有大量的印第安人居住、经营并开发，北起格陵兰岛，南至火地岛，都有印第安人的足迹。

科罗拉多河印第安人部落在法律上拥有他们"自己的政府"，这意味着他们拥有自己的学校、公共医疗卫生服务、税收、警察和法院，并且他们可以经营自己的赌场。

在美国，有一些设置和关系让我们很奇怪，也很难搞明白。尽管在印第安保留地内实行自治，但经营赌场仍然需要与州政府签订所谓的"合同"。在某些保留地，部落成员每月可以从赌博利润中获取最高达7000美元的个人救济，这样优厚的福利，有足够理由让他们放弃农业。

保留地印第安人经营的赌场在创造就业机会、减少印第安人对政府福利的依赖方面取得一些成就。赌场的盈利改善了很多部落及成员的生活水平，增加了印第安人的收入和就业机会，建立的一些学校、供水和排污设施、公路、社会服务中心等都是美国不同地区的很多印第安部落从未梦想过的。

大多人认为经济收益的好处远远超过了消极因素，至少从短期看是如此。但也有不少专家学者表示忧虑，即保留地赌博业所培养的物欲，在本质上是与印第安人部落文化背道而驰的，并对印第安人的价值观、行为和传统构成了威胁。

剑一般的教堂，直插在血色的记忆之中

印第安人的一切都会成为很好的旅游资源。此地红色的平顶山矗立在沙漠中，色彩鲜明，主要包括奇特的砂岩地貌；印第安内瓦和部族领域和四州交界纪念碑也在此地。到这里旅游可以探寻美国西部的历史，了解美国印第安人的历史。

带着种种好奇，我们继续往前，走进了印第安人的生活领地和精神领地——红石公园及一座镶嵌在高山上的教堂。

从凤凰城菲尼克斯驱车，一直向西前行，两个钟头便可抵达美国西部这人间胜境——红石公园。因为这里是"百里山河一片红"，所以民间都亲切地以红石公园唤其名。而它在美国官方的名字序列里，却是"橡树溪国家公园"。

满眼是锗红色的图画，在红日照耀之下，显出特有的血色，特别耀眼，也特别炫目……如果不是由远及近地慢慢适应，突然之间你真的会受不了——那种突如其来的红，那种突出其来的山，那种突如其来的美……晃然间，你会有一种隔世之感——那精致的红色，那红色的小镇，那小镇上川流不息的各色人等……这，就是我见到红石公园，最为真切的感受。

大自然真的是一位神奇的美术大师，随着轿车在丘陵地带的柏油路上

疾行，美国西部风光一览无余，渐渐地，色彩由青变红，泥土、山包都显露出时隐时现的红色，随着公路向前延伸，红色的成分越来越多……恍惚间，一大片红色便急匆匆地呈现在你的眼前。没有半点过渡，甚至你还来不及做思想准备，那种特有的美国"西部红"，根本不以你的意志为转移，活脱脱给"端"了出来。

这时，车上所有的人都大声"哇"了出来。所有的疲惫在此全无，所有的景观在此颠覆，所有的词汇此时苍白……片刻惊讶之后，我急忙举起相机，一个劲儿地猛拍。

这，就是传说中的红石公园。

其实，这里是美国最为基层的政权组织——一个小镇的所在地。小镇的名字叫圣多娜（Sedona），因为红石公园远远要比圣多娜大，所以这个小镇就被淹没在巨大的"红色海洋"之中了。

小镇被一些形状独特的巨型红石所包围，人们根据这些石头的形状为它们命名，有咖啡壶、大教堂、雷鸣山……喜欢看奇形怪状的石头的话，这里绝对是个好的去处。

由于时间的原因，我们只得在小镇稍作漫步，看着来来往往自由的人们坐着西部牛仔味十足的"登山车""沙滩车"眼馋，也没有办法。我知道他们是通过这些特殊的交通工具，到没有路的红色深处，去与红石公园拥抱，戴着太阳镜的他们，可以随着车辆的起伏而大肆地喊叫，然后一起开怀大笑，那是人类紧张工作之余，特有的释放与轻松……我只是在内心深处暗暗地安慰自己，留点遗憾也好，今后有的是机会。

为了与红石公园相得宜彰，圣多娜小镇上的建筑也都是以红色基调为主，且故意通透，一步一景，给到此的人们最大的美的享受。你随时可以透过哪怕一小处红色建筑为背景，镜头对准远远的红色高山，"咔嚓"一声，就会是上佳的景致。

小镇不大，但很有情调。虽然艳阳高照，但小镇街上的遮阳伞下，还是坐满了喝咖啡的人们。因为这里的一切都是为"休闲"而定制的，从休闲之都到此的我，本也想找一处座位坐下来慢慢地"品"，但还是不由自主地挪动脚步，争取在有限的时间里，尽可能多地看看最佳的风景。

跑马观花，不停地追着远景近景。小杜却在一旁催促我们："圣多娜小镇最佳的风景是山顶上的教堂，我来过几次，每一次都要去教堂看看。"带着恋恋与不舍，我们只得上车赶往山顶的教堂。

与其说是山，不如说是一处小山丘，四周都是红色的峰峦。转过几个弯道，只需仰视，顺着小杜手指的方向，便可看到山上一幢现代化建筑，那就是让小杜留恋不已的教堂。十分现代的公路直通山间教堂，到教堂的车辆很多，我们只得慢慢前移，而相当一部分人，是骑着自行车吃力地向上攀爬。或许，他们真的乐在其中。

我知道，教堂在西方的地位无与伦比，所以对于小杜的留恋也来了兴趣，只是不知道教堂修造在山上，会是一种什么样的感觉。

初看上去，教堂就是"钉"在红石山的中间。高高地耸起，给人一种距离感，虽然看上去教堂本身并不是太高。可以想象，当初那些信徒选中此地，就是要的这种效果。教堂能在这里修造成功，难度可想而知，但信徒们坚信，有神相助，没有什么战胜不了的困难。

这的确是一处特别的教堂，这样的宗教之地，之前我从未见到过。带着一种虔诚之心走进去，耶稣还在十字架上受难，只是他背后是一块大大的蓝色玻璃，而玻璃背后，是绵延的形态各异的红色高山。再往下走，是专门卖有关基督和红石纪念品的地方。

教堂不大，也就两层，事实上在这样的地方能够有如此规模已经相当不易了。可以想象，这里的红石像有一种魔力，每年吸引数以万计的人前往朝拜。神秘莫测，让人忍不住前往一看究竟。

静静地坐在教堂旁的条石上，我专注地看着这一方思想着的建筑，再慢慢地将视野移向远方，连绵不绝的红色给了教堂最好的陪衬。恍然间，我方明白，这一切红色的铺垫都是为教堂而存在的，主角只有一个，教堂是无理由推辞的。

太阳血色渐浓，漫漫西沉。斜照在红石之上的红，也更加特别。那些梯形的红色岩石山丘，如同一座座金字塔。鲜有植被，偶尔在岩石缝里，挣扎出一棵生命顽强的小树……

大峡谷底，没有绿色，没有食物，甚至没有生命迹象……那里是印第安人的家

我们沿着太阳西沉的方向，追着太阳前进……我知道，这里离科罗拉多大峡谷已经不远了，也可以说这就是大峡谷的门户。

我们从小所学的课本里，都将美国大峡谷称为科罗拉多大峡谷，以至于我一直有种错觉，以为大峡谷就位于科罗拉多州境内，到了才发现，这里的人都称大峡谷为Grand canyon，并不冠以"科罗拉多"这个名称。原来，大峡谷是由科罗拉多河经过数百万年以上的冲蚀而形成的。

我在想，大概这就是为什么把它称为科罗拉多大峡谷的由来吧。

朋友说，如果要从凤凰城到科罗拉多大峡谷，大概需要开4个多小时的车，途中经一条著名的66号公路——这条公路横跨半个美国，从芝加哥一直通到洛杉矶。大峡谷全长2000多千米，可以供游人进入的入口有很多个。

朋友又说，游览大峡谷有几种方式可选，除了在山谷上的地面观赏之外，还可坐直升飞机从空中俯瞰，下到谷底徒步或骑毛驴观赏，也可以在科罗拉多河上漂流。据说谷底有少量的印第安人，过着原始的生活，这样的自然环境下，很难想象他们是如何生存的。

我知道，科罗拉多土著的印第安人如同红石山上的教堂一样神秘，也难怪有那么多的游客前去"朝圣"……

只可惜，我仰视了红石山上的神秘教堂，却无缘科罗拉多大峡谷和一直在想象中的谷底的"土著"。

中国古语有云："鱼和熊掌不可兼得。"遗憾中也知足了。

站在大峡谷的门户，我眼睛里的红色随着公路的蜿蜒不断变幻着——有的地方宽展，有的地方狭隘；有的地方尖如宝塔，有的地方堆如础石；有的如奇峰兀立，有的如洞穴天成……由于河水的冲刷，河谷地层在结构、硬软上的差异，致使漫长的峡谷，百态杂陈，浩瀚气魄，举世无双。

能亲眼感受这间举世无双的"红色"，足矣。

很多人都是冲着这里的"土著"前来的。今天的一些印第安人还生活在大峡谷深处，是如此厚重的峡谷，养育了他们坚忍的民族性格。

作为山的儿子，他们一直以山为伴，成为最忠实的山的守护者。他们很纯朴，所以到科罗拉多大峡谷的游客，也可以住在那些印第安人的家里，他们以大峡谷主人的身份热情接待着世界各地的游客，到此你大可放心他们的人品，绝对不会被宰的。他们一直在恪守大峡谷的尊严。

大峡谷底，没有绿色，没有食物……有的只是漫山的赭红色的巨石，还有没完没了的阳光……真不知道这里的印第安人是怎样生活过来的。

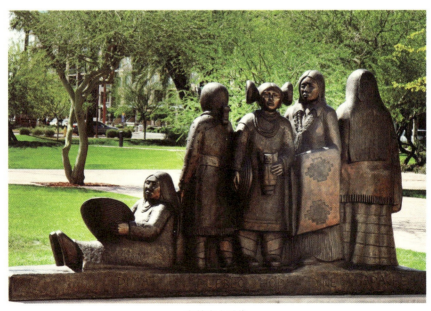

印第安人雕像

现今的印第安人究竟有多少，就是专家学者也众说纷纭，有认为只有2000多万，而更有学者认为有8000万至1亿。

印第安人在外形上具有亚洲蒙古利亚人种的特征：头发硬而直，汗毛较细弱，颧骨突出，面庞宽阔，肤色比较深。遗传学家还测定出蒙古人种DNA的四类变体基因俱全，而印第安人身上的DNA也有这四种变体，这更加证实了印第安人与亚洲人或许同属一个祖先的后代。

当然，这些都是科学和科学家们的事。但说明一个问题，世界是一个大家庭。

少了工业的洗礼和秩序的培养，我们在加拿大和美国一些城市的大街上，常可看到一些游手好闲的印第安人。

当然，这些真实的历史和现实，我们都无法从印第安文明博物馆中看到。

临别，博物馆特地赠送我们每人一件精美的印第安人手工项链饰品，煞是好看。我小心翼翼地接过来，佩戴在胸前……感谢印第安人，又给我上了一堂生动的世界人文历史课。

手工项链

菲尼克斯，连接起一条世界级豪华旅游线

对于国人特别是成都人而言，"洛杉矶—拉斯维加斯—科罗拉多大峡谷"旅游线，应该算得上是一条梦寐以求的精品旅游线。

成都送给菲尼克斯的熊猫雕像

洛杉矶有好莱坞环球影城，可以看到世界上最尖端的影视是怎样生产出来的，还有世界上生意最红火的、人人都喜爱的迪士尼公园；拉斯维加斯有最为经典的作秀表演和遍布每一个角落的娱乐产业；科罗拉多大峡谷则集中了美国西部所有的精华，不但有号称"地球伤疤"之称的撕裂开来的大峡谷，还有西部牛仔，最原始的印第安人土著生活方式……

把这些精品连在一起，打包销售，一定是最为畅销的产品。

坐在卡拉塔西亚女士的办公室里，她滔滔不绝地向我们介绍起美国西部的迷人景色："国家公园和州立公园也很好，很多好莱坞的影片都在那

些地方拍摄的，这里有老的摄影棚，有西部牛仔小镇……这里很适合于户外活动，比如爬山、自行车运动等……""这里不止有沙漠，还有水上运动，高尔夫球场有300多个。由于地质奇特，两个小时便可找到另外的天地……"卡拉塔西亚特地自豪地说，"全世界只有一个大峡谷，那就是我们的科罗拉多大峡谷……两条路进峡谷，还可以住在峡谷的土著人那里，日落前的峡谷美不胜收……这儿文化特殊，原是墨西哥领地，饮食又带有印地安人的口味……"

听着她的介绍，我突出灵感般的构思，抛出的上述旅游线路意见，引起了她浓厚的兴趣。

卡拉塔西亚是亚里桑那州商务厅国际贸易投资部主任，旅游这一块正是她的"辖区"。看着她好奇的眼神，我为自己的策划作了进一步强调："成都人天生喜欢休闲，玩，是成都人的最爱，所以洛杉矶可称为天堂；而成都的麻将是休闲中最大的特色，有个比喻，在飞机上只要一听到麻将声，就说明到了成都的上空。"卡拉塔西亚听得很认真，漂亮的签字笔在纸上飞快地跳舞，"所以拉斯维加斯一定能留住成都客，但成都人骨子里喜欢探险，喜欢玩刺激的东西。所以最能吸引他们的，还是科罗拉多大峡谷。"

一听到科罗拉多大峡谷，卡拉塔西亚更加来了精神，这才是她要的最佳答案，因为这个世界闻名的大峡谷就在她所供职的亚里桑那州境内。

我继续阐释："科罗拉多大峡谷的知名度自不必说，中国中学地理课本上都有介绍，而异域风光下的西部牛仔和印地安人等20多个土著民族是最大看点和卖点。"

听到这里，卡拉塔西亚疑惑地看着我。稍作停顿，我说出了成都人喜欢那里的原因，因为成都市与菲尼克斯20年前就已经成为友好城市，一根真挚的纽带早已把中美两国西部最具魄力的城市联系在了一起。

成都人喜欢晒太阳，而成都太阳不多，这里的阳光充足，菲尼克斯就是太阳城，一年有330天太阳高挂苍穹，还是加拿大人冬天度假的最好目的地。成都人喜欢体育运动，赛场上"雄起"的吼声响遍布全国，而成都人也可以去欣赏NBA比赛，太阳队的主场就在菲尼克斯……太多的元素和共同点，一定会吸引成都人的目光。

直飞洛杉矶后，开车便可抵达拉斯维加斯（400千米）和菲尼克斯（500千米），沿途风光旖旎，而开车，也是成都人的长项，一点儿也不累。

于是乎，在我的提议之下，他们赓即探讨"几日游"的可能性，一边算一边记，10分钟过去了，她们抛出了三日游、七日游和半月游的套餐，最后觉得七日游最适宜。

菲尼克斯在亚里桑那州的地位无与伦比，亚里桑那州有600万人，菲尼克斯就占了450万，是美国的第五大城市。那些精妙绝伦的景点和诸多谜团的印第安人，就环绕在菲尼克斯周围，就像青城山、九寨沟、峨眉山散落成都周边一样，都形成一个极好的布局。

第 30 章
徜徉在泰国文明的"中轴线"上

素可泰古城西北角，远远就可以看见一张安详的面孔在狭窄的庙门后若隐若现。

泰国的佛像大多高居佛堂之上，或坐或卧或立，庄严肃穆。但素可泰王朝时期的"行走佛"却是个例外，它们走下神坛，以婀娜的体态、曼妙的身姿现于苍茫人世。其姿态典雅，最富韵律与动感。

不少佛塔的围墙上，都雕刻着古暹罗时众僧侣步行朝圣的浩荡场面。他们有人的外形，却保持佛的内心，双目微闭，面带笑容，莲步轻移，手臂微屈，指间暗藏佛印。

佛，行走在土地上，也走入和他相遇的每个凡人的内心。

站在清迈的湄公河旁边，凝望着翻腾不止、滔滔不绝远去的河水，我不禁赞叹，大河文化在这片辽阔的版图上，淋漓尽致地表现出它强大的文化生命力。

河流像纽带一般，将其上的文化紧紧地拧在一起。

从南至北，由曼谷行700余千米，穿过"文明中轴线"，直抵清迈

从曼谷到清迈的飞机很方便，一个钟头的空中行程。

这是泰国最为热门的国内航线，每天的航班如织，我却不想从空中点对点做"快餐运动"。之前做了一些功课，发现泰国有历史感的人文景点，大多集中在曼谷至清迈之间。也就是说，曼谷到清迈的这条大道，就是泰国的文化中轴线，这条线上众多的历史遗存，构成了清晰的人文脉络。

我果断决定，从曼谷开车自驾行，且走且停，一路到清迈，慢慢品尝这道历史文化大餐。

去泰国访古旅行，有三个地方是必需的。第一是素可泰，其次是阿瑜陀耶和班清，这三个古城均被列入世界文化遗产名录。其中，素可泰尤为重要，当900多年前泰民族建立第一个独立国家的时候，素可泰就是泰国的第一个都城。

我们铺开地图，一一查找，北行50余千米是泰王宫，再行200千米是彭世洛府。值得一提的是，彭世洛即"毗湿奴"，稍有宗教知识的人都知道，此为印度教一位极其重要的神。15世纪时，彭世洛府就是大城王朝博咙泰洛卡那国王行宫所在地，人文景致众多。再北行150千米，即是泰国著名的世界文化遗产素可泰遗址公园，13世纪中叶，泰人在这里建立起第一个王朝——素可泰王朝。

从南至北，由曼谷开车700余千米抵达清迈，沿途人文景点众多。更有意思的是，素可泰遗址公园地处曼谷和清迈的中间位置。

大呼过瘾，我毫不犹豫地将此行的重点，放在了"素可泰"。

素可泰，泰国北部重镇，永河左岸，素可泰府首府。素可泰是泰文化

的摇篮。泰国的文字、艺术、文化与法规，很多都是从素可泰时代发端的。就是在今天，泰国不少绘画、雕刻和建筑，都留有素可泰时代浓厚的影子。

今天的素可泰分为新城和老城，两者距离大约12千米。呈现在我眼前的地形图，告诉我这个陌生古城的历史信息——

素可泰古城呈长方形，面积约116.5平方千米，古城被东西宽1800米，南北长1600米的古城墙所包围，周围有3层土墙，四周环绕着护城河。

素可泰古城共分为东西南北中5个区域，除素可泰历史遗产文化公园为中心区的核心外，古城的东、西、南、北四个区都在古城墙以外。

古城的城墙内，有古寺庙等遗址36处，古城外有90处，如果包含其他小遗址，总共有300处以上。泰国十大历史公园之一的素可泰历史遗产文化公园就在老城，这也是泰国入选联合国教科文组织四大世界文化遗产的一部分，位于素可泰老城的核心地区。

素可泰古城的缔造者泰族人据说来自云贵高原。相传素可泰开国君主是一位呼风唤雨的神话英雄，具有极高的智慧和极深的法力，深受百姓爱戴。真实的历史记载，在高棉王朝统治整个中南半岛时代，一个泰族领袖揭竿起义，被泰人拥戴为印拉第王，于1238年，创立了泰国第一个独立王朝素可泰王朝。

不过，素可泰王朝中最德高望重的君主，还要数第三任泰王兰坎亨大帝。为抵御元势如破竹的领土扩张，素可泰与北方泰族各王国缔结同盟，成为泰民族第一个统一国家。兰坎亨1278年登基后，将素可泰带进了前所未有的黄金时代。

此间的素可泰王朝覆盖了今日的缅甸、老挝，乃至马来半岛。除此之外，我们今天能够直观可睹的素可泰鼎盛时期的标志物，还有一块深藏于素可泰遗迹公园博物馆的石碑——素可泰石碑。这块石刻是兰坎亨大帝上任14年后所立。碑文上刻着这样的文字："素可泰是美好的。水中有鱼、

田中有米，皇帝不向人民抽税……他们交易大象也可，买卖马匹也可，交换金银也可，人民的面孔闪耀着神采。"

素可泰王朝标志着泰国社会由部落联盟向封建国家过渡。素可泰王朝在政治上采取家长式的统治，家庭是社会的基本单位，由若干家庭组成村，由若干村组成勐，由若干勐组成国家。村的首领称为"泼沐"，意即一村之父；勐的首领称为"泼勐"，意即一勐之父；全国的领袖称为"坤"。坤负有对外保护国家安全、对内维持国内秩序的责任。整个国家被置于军事体制之下，每个成年男子都是士兵，平时各自务农，战时便应征入伍。

坤是最高军事首长，下设千夫长、百夫长等官职。由于素可泰王朝刚从部落联盟脱胎而出，因而很大程度上带有部落社会的军事民主成分。坤不像封建专制时代的国王那样具有绝对权威，他和人民还保持一定程度的接触，遇到对外战争等重大事情还必须与各勐的首领商议。

国家和管理分为畿内和畿外地区，中央王朝的统治仅限于畿内地区，即包括京都素可泰城，以及附近的甘烹碧、是塞春那莱、披集、彭世洛等4城。畿外地区则由各城的"泼勐"管理，中央很少直接干预。另外还有属国。属国除了每年进贡和遇有战事出兵出饷帮助外，不对中央王朝承担其他义务。

这个时期的素可泰王国，虽然城市人口只有30万，但已经发展到一个文明鼎盛时期。

作为重要的历史物证，石碑不仅命名了城墙、湖泊和池塘，还划定了果园和田地的范围，其政策大抵是"谁耕种它们，谁就拥有它们"。这在古代简直就是一个世外桃源般的人间天堂。

更为重要的，石碑还明确记载了国王为表示宗教热诚而建立起来的建筑物——圣堂建设在中心地区。圣堂里的佛像通体都是用黄金、青铜和灰泥铸成。

就是今天，泰国人谈及这块石碑，也是莫名的骄傲与自豪。

圣 堂

走进由"人"组成的素可泰历史公园，如同展开一幅历史画卷

这样的骄傲和自豪同样影响着我，成为我一路前行的动力。

曼谷至清迈的路几乎全是高速公路，很宽也很现代，没有收费站，整个道路也是开放式的，随时有车进车出。起初我还以为这是条普通道路，或至多是条我们眼里的"国道"。一直前行，方知泰国的高速公路设计十分科学，像欧洲的高速公路那样没有广告牌，另外高速公路除了主路之外，随处都开有可以进出的岔道。如果你一直在主道上行驶，根本不受影响，如果你要出要进，也大行方便，特别是当你走错了路的时候，可以及时驶出高速再进行调整。

因为路不熟悉，我们在高速公路上一路走一路查，这样的人性化设计，让路上的驾驶员感觉很舒服。不像我们的高速公路，完全是全封闭的，与其他道路形成老死不相往来的"两个世界"，如果走错了道或提前出了高速路，就只有开行数十千米在"下一收费站"方可修正。

泰国的西部和北部为山林，东部和南部为平原。素可泰王朝的遗址就零零星星散布在山林和平原之间。

在彭世洛府歇了一夜之后，正好精力充沛，很快抵达素可泰遗址公园。

城内外密布着193处佛教古迹，包括1座王宫，35座佛庙以及大量的古塔、佛像、石碑、池塘、堤坝和古瓷窑等。

这样的城市布局，是古代君王心中的标准版本——"中轴线"的建筑表达，既显气派奢华，又有利于安全保卫。城内以水为护，戒备森严，把自己关在笼子里，这是典型的"围墙思维"的成果。

稍留心历史便可发现，素可泰王朝与中国的元代差不多同期，此间也正是吴哥王朝鼎盛的时代，因而这里的建筑物，都烙下了吴哥王朝的影子。

几年前，在庞大的吴哥窟遗址里，我望着那些由巨石铸成的文化遗迹，有一种莫名的冲动，凝视那一尊尊巨大的微笑面孔，虽然岁月的风雨已经将那些微笑镀上了厚厚一层近乎黑色的面纱，但这并不妨碍彼此之间的交流……仿佛瞬间有了一种亲切感，大脑皮层一直处于兴奋状态。虽然那些文化与我们相去甚远，但一丝一毫之间都有着迷人的色彩，让我欲罢不能。

放眼望去，一大堆陌生而熟悉的景致呈现在我眼前，一潭如镜的水映射出一个个古老的倩影。我静静地坐在大佛旁边，努力在大脑接通历史血脉。在素可泰，我似乎找到了同样的感觉，尚未莅临素可泰，我脑海中一下子就浮现了一座深藏在雨林深处的古城画面，一道道残垣断壁上爬满了错综交错的树木的气根，饱经风霜的古刹被时间敷上一层浅薄的青苔，随地可见倒塌在地的大石柱，依稀地能看出这个城市当初的辉煌。曾经受万人供奉瞻仰的古佛掩映在巨大的树木后面，佛像上的斑驳，将几个世纪的沧桑深埋在被人遗忘的角落。

徜徉于此，一不留神你会以为还穿梭在吴哥窟的历史景观之中。我分明看到了吴哥窟的影子——那建筑，那风格，那景色，甚至那水塘，都烙下吴哥王朝深深的烙印——看得出来，它们是一母所生。其间数百年的恩怨，虽然早已化作云烟，但那些成为国宝的物什，却一直存留着当年的一切。它们在用物证"说话"，告诉我们这些后人来如何忠实地审视历史。

直到我真真切切站在这座古城遗址上，才感觉到，她并没有我想象的那么颓残不堪，她带给我更多的是一种平和与温暖。走在古城的城墙与廊宇间，那种难以摹状的历史味道地无声无息地围绕着我。她的神秘不是令人畏惧的，她的沧桑也不会给人带来一种难以呼吸的沮丧，她带给人的感觉更像一杯陈酿，时间久远，但是沁人心脾。

穿梭其间，除一种说不出的兴奋外，我内心深处涌起几丝神圣。素可泰被称为"寻回暹罗旧梦"的古都。走进素可泰历史公园，如同展开一幅历史画卷，漫步在残缺不全的古刹、庙宇、殿堂和佛像之间，一种撼人心魄的沧桑感不由注满身心。

素可泰遗址

果园和谷地的中间，是茂盛的大草原，草原延伸过一个山谷，与山谷平行的是一条发源于中国边境的山上的河流——湄公河即由此流过。一片杜果和椰子、棕榈之后，有一个耸立的高塔，带着尖塔的圆屋顶连同巨大的雕像一起矗立在下层丛林中，几乎覆盖了一群更小的建筑遗迹——一个古城所留下的历史遗迹。

矗立在城墙和护城河旁边的建筑物便是神殿、寺庙和修道院，仿佛最初建造这个城市并且利用泥土和树木做房屋的人们，只想把他们的精神传给子孙后代似的。

素可泰遗迹公园内的寺庙、佛塔与宫殿，数目极多，宏伟的建筑，设计之精妙，令人叹为观止，给人一种眼花缭乱之感。仰视一尊尊高高在上的神像，你会觉得众生渺小。

由于泰族笃信佛教，所以，园内到处可看到佛祖的雕像。

素可泰时期的佛像，纤秀优雅、自然随和，给人以恬淡之感。素可泰佛塔多系莲花佛塔，即塔身方形，塔顶呈螺旋状的圆锥形。塔上佛像的设计流畅精细，有着宽阔的肩膀和纤细的腰身，头部戴着火焰装饰物，身披袈裟波浪垂饰。

整体上看，他们有着高耸笔直的鼻梁，有着清晰柔美的面部轮廓，这赋予了平和安详的素可泰佛像更多灵性。

有的虽是残垣断壁，却不失庄严。那些遗迹没有过多的修补和粉饰，它们坦然地接受时光留下的痕迹，不完整，却更加厚重；不完美，却更引人遐思。

佛，行走在土地上，也走入和他相遇的每个凡人的内心

素可泰古城西北角，远远就可以看见一张安详的面孔在狭窄的庙门后若隐若现。探身进去，只见一尊大佛端坐其中，几乎占据了整个空间，阳光投射下来，落在佛顶，恍若佛光普照，佛像随时准备升腾而起似的。那尊坐佛名叫"阿迦纳"，泰语中意为"无畏之神"，是泰国最大的坐佛。

契迪龙寺

尽管佛像的面部和全身已经斑驳、残颓，修长柔美的金色手指却流光溢彩。

立于佛像之前，人渺小如沧海一粟，无论行至佛龛何处，似乎都正被低睑的佛眼审视着，让人心生敬畏。

相传佛龛内有一条秘密通道可通往顶部，外敌入侵时，曾有两个小兵藏在里面假装佛祖显灵说话，入侵的高棉人吓得撤兵。之后，这座佛也被泰国人称为"说话佛"。

那些经简单整饬的古老佛刹和庙宇，看上去相当随意地散落在布满青草的大地上，气质内敛而质朴，高贵而不昂贵，没有各种铁索链加以"保护"，令观者可亲近而不敢亵渎。

泰国的佛像大多高居佛堂之上，或坐或卧或立，庄严肃穆。但素可泰王朝时期的"行走佛"却是个例外，它们走下神坛，以婀娜的体态、曼妙的身姿现于苍茫人世。其姿态典雅，最富韵律与动感。

不少佛塔的围墙上，都雕刻着古暹罗时众僧侣步行朝圣的浩荡场面。

他们有人的外形，却保持佛的内心，双目微闭，面带笑容，莲步轻移，手臂微屈，指间暗藏佛印。

在萨西寺，我见到一尊青铜"行走佛"，就再也舍不得离开。这尊"行走佛"双目微闭，抿嘴微笑，体态圆润饱满，身形曼妙多姿，左脚踏地，右脚跟微抬，左手臂略微弯曲，手掌向外，手指朝上，大拇指与食指拈成环状，衣襟下摆随风飘动，仿佛正款款走下神坛，向你靠近。

佛，行走在土地上，也走入和他相遇的每个凡人的内心。

在泰语里，那些古老的城市名字只要一张口咀嚼，仿佛都带着莲花的清香，典雅而温和。比如素可泰，其原意就是"快乐的开始，幸福的黎明"。我们眼里所摄入的，那些昔日的佛寺和宫殿虽光华不在，但古朴敦实的气质，还有时间沉淀出来的美，时时处处摄人心魄。

落花有时，飞絮有时，万物皆有尽时，盛开时欣赏其骄傲，废墟处也不用唏嘘感怀彼时的美好。犹如女人年轻时的风情万种，光彩照人，但唯有读过千遍万遍之后，才会爱得更深更切，透彻骨髓。

我以为，大凡能在历史上留存下来的，无论是伟大的建筑还是经典的文化，都会让当代和后世仰视。

素可泰同样有这样的代表性作品，那就是其中的玛哈泰寺——素可泰最大的佛寺。玛哈泰寺无疑是素可泰古城最伟大的作品——寺内大小佛塔209座、10座礼拜堂、8处僧院堂及4个池塘。它从印拉第王年间开始建造，直到1345年李泰王在位时才完工，前后历时100多年。

今天我们尚能辨识的，有纯素可泰式的主塔，被4座锡兰式小塔和4座高棉式小塔包裹着，还有素可泰主僧院、大城盖的主僧院、李素五骨灰院、南北两座内含9尺立佛的庙宇，还有黄昏时可拍摄美丽剪影的大雄宝殿。

玛哈泰寺的主塔是一座上部呈含苞莲花状的纯素可泰式佛塔，那是李泰王时重新修建的。查看资料我方得知，原来这里是一处高棉式佛塔，李泰王不想受高棉文化的影响，遂把原来的高棉塔包起来，外面代之以纯素可泰式的佛塔。其实，这样的奇特现象在泰国的文物古迹中随处可见，主要是因为神的力量，他们不敢破坏庙宇或佛像，哪怕是"大帝"或"大王"，在神面前都必须毕恭毕敬，都不可有半点造次，哪怕这庙宇或佛像是前人或前朝留下的。玛哈泰寺主塔前，有一前一后两个主僧院，原来是大城时期，大城国王为了遮住旧有的素可泰主僧院，在它的面前又盖了一座。真有意思。

这些伟大之所在，如今大部分只剩下地基和一些残存的遗迹。我走近仔细凝视，有一尊巨型坐式佛像，其指尖还残存有鎏金的痕迹，这样的痕迹在其他佛像身上也不难找到。

佛像前的香炉里还如同千年前那般青烟缭绕，来往穿梭的游人不时往里面添香，更为虔诚者甚至停下来，放下行囊，行三叩九拜之大礼……它们虽为残垣断壁，却不失昔日尊严。

寺内令人震撼的，要数那尊高约9米的立身佛像，这尊佛像显然是寺内最为重要的主角，四周无数根石柱直刺苍穹，仿佛在诘问历史的浩劫。

看得出来，这里原是一个主殿，只是上方屋顶已经坍塌，天空替代了屋顶，呈现出更为显赫的隆重与庄严。

同行的朋友对佛教研究颇深，他称这巨佛便是释迦牟尼造像。我的印象中，释迦牟尼神像都是坐着的，这样高大的立身造像还真的少见。站在佛像的正前方，我努力想象最初这里的空间结构，高高隆起的方形基座将一朵如莲花花苞的塔顶托向天空，以表达对佛祖的崇敬，主塔两边各有一个由佛龛保护的巨大立佛……近千年过去了，我仍可感受到曾经来这里朝圣的熙熙攘攘的人流。

玛哈泰寺无疑是素可泰古城绝对的中心，紧紧围绕这座古城的，还有4处重要的池塘——东方的金池、西方的银池、北方的白池与南方的空心菜池。素可泰王朝时期，即将出征的将军都会来这里举行神圣的仪式，象征性地喝一口这四池的水，只有这样，方能凯旋。

素可泰石碑记载，君王登基时，必取金池之水用于誓礼，足见金池的分量与地位。我来到硕大的金池旁，池里的水清澈见底，池子能装下整个

玛哈泰寺

天空，与天空浑然一体，十分漂亮。但见池塘中心还有一个湖心岛，岛上建有一座小寺庙。一座小木桥连接着小岛。只是小木桥因年代久远已经作朽，只留作眼观。

那应该是最高统治者的玩物，这样的闲情逸致，没有哪个统治者能够放过，数千年过去了，这里的一切依旧时时透露出独有的高贵气质来。

上千年来，"泰族"作为凝聚力强大的民族，一直盘垣在那条流经五国的河流两旁

世间万物正所谓盛极必衰，素可泰王朝从兰坎亨驾崩后开始由盛转衰，走向分裂。

遥想素可泰王朝建立以前，湄南河流域的泰人处于吉蔑人建立的真腊王国的统治之下。13世纪后真腊王国逐渐衰落，泰族部落首领膺它沙罗铁联合周围其他部落的助力下，高棉吴哥王朝方得以在素可泰建城。1238

年，泰国军队战胜了高棉人，在这里建立了泰国历史上第一个王朝。

兰坎亨无疑是一位伟大的君王。其父膺它沙罗铁是素可泰王朝创始人，其兄班孟是素可泰王朝的第二代国王。1257年，父亲去世后，兄长班孟让他管辖名为西萨特恰纳莱的城市。20年后，班孟去世，兰坎亨即位。兰坎亨19岁时随父与功德城的君主沙木槎作战。膺它沙罗铁的士兵战败而逃，兰坎亨一人驱赶战象，坚持战斗，结果转败为胜。因而他父亲给他取名为兰坎亨，即勇敢的意思。因其卓著的文治武功被誉为泰国历史上5位大帝之一。

兰坎亨在位时，曾两度亲访中国，其后又再度遣使访问中国，还礼聘元朝学者担任顾问，指导农工建设，订立法制，缔造泰文。元朝的中国使节亦曾三次访问素可泰，其中一次是1282年由何子志、黄甫杰等充任使节，据说途经占城时被杀，未能到达素可泰。

为了表明其文化地位超越了曾统治素可泰的高棉，兰坎亨避开了高棉的大乘佛教，从斯里兰卡引进了小乘佛教，并使其在泰国逐渐占主导地位。兰坎亨锐意改革，在他的倡导下，人民称君王为"大父"，官员为"小父"。他给予百姓自由的就业权与财产权，平民有了冤屈，还可直接到王宫申诉，由他亲自主持审判。高棉文字在他的授意下，被改造成一种新的文字——泰文。

兰坎亨还把中国工匠带回素可泰，使中国古代陶瓷文化和冶炼造船技术在泰国生根、开花和结果，中国元朝的青瓷烧制工艺也在此刻南下来到素可泰。在兰坎亨博物院就陈列了不少素可泰时期的出土文物和雕刻，其中包括在暹罗史上极负盛名的宋加洛陶瓷器。

只可惜他的伟大并没能延续多久，甚至他手中诞生的众多伟大，既成为空前，也成为绝后。1257年，素可泰王朝第三代君主兰坎亨统一暹罗。他以后的几代国王大多懦弱无能，沉溺于佛教，以致畿外各勐和属国纷纷脱离中央的控制。

历史后来的走向大抵是这样的：1365—1378年，素可泰被强大的阿育塔雅王朝吞并，成为大城王朝的藩属国；1438年，素可泰最后一名君王逝世后，素可泰开始走向衰落，其所管辖的领土被收归为大城王朝的行政省。由是，南部的大城得以兴盛，逐渐成为国家的政治中心。

你方唱罢我登台，各领风骚数百年。丛林时代，人类的发展史就是一部不断征伐与征服的历史。只可惜，大城王朝攻打素可泰时，曾摧毁了众多宫殿与庙宇。也难怪，历来胜利者的铁蹄都是最坚硬的，所到之处都是一片狼藉。1584年，素可泰被弃置荒废，几成残墟。

历经多年战火洗礼，当年的帝王将相、佛门僧众以及两度入侵的缅甸军队早已灰飞烟灭，只有巨大的廊宇、石柱和佛塔仍巍然耸立，而佛像，永远展露嘴角那一抹淡然微笑，温柔无声地俯瞰世间沧桑。

很长的一段时间里，素可泰古城隐匿在东南亚丛林之中，被时间吞噬，为世人遗忘。直到20世纪30年代初，泰国方将其列为国家重点保护的文化遗址。1979年，泰国得到联合国教科文组织，合力修葺，素可泰之伟大史迹才得以保留下来。1987年年底，素可泰古城终于蜕变成素可泰遗址公园，我辈方得以洞见。

如果稍深一些探究泰国的历史，可以看到一些很有意思的现象，上千年来，"泰族"作为一个凝聚力强大的民族，一直盘旋在那条流经5个国家的河流两旁（中国称澜沧江，泰国称湄公河）。这条5000千米的世界第六长河、亚洲第三长河、东南亚第一长河，源出青海省唐古拉山，被称为"东方多瑙河"。

中国的傣族与泰国的泰族风俗习惯、其生活方式和建筑模式相近。站在清迈的湄公河旁边，凝望着翻腾不止、滔滔不绝远去的河水。我不禁赞叹，大河文化在这片辽阔的版图上，淋漓尽致地表现出它强大的文化生命力。

河流，像纽带一般，将其上的文化紧紧地拧在一起。或许，这也是上千年来战争无休无止的未停息之原。

穿越大河为主线的时空隧道，我蓦然发现，这条河流就是他们的乳汁，就是他们的家园，就是他们的根。那条大河所彰显出的人文血脉，是他们认祖归宗的清晰回家之路。

丛林、绿水、佛塔

　　将古老传说和那些可人的故事连在一起，推销给世界，是旅游管理者们的杰作，只有这样，才能将景点知名度最大化。今天的素可泰也不例外，为了吸引游客，扩大旅游知名度，每年10月的水灯节时，这些古迹文物身上会打上特别的灯光，还有素可泰古式舞蹈表演，据说热闹非凡。

　　我已经过了凑热闹的年纪，躲在一隅静静观察每每成为最大的享受。

　　清晨离开之际，近看红色睡莲在池塘里盛放，清雅闲适。再眺望远方，遗址公园内的主殿之上，空留几根孤立的大柱在阳光下特别显眼，它们还在一如既往地簇拥着那尊大佛，四周苍凉，但独坐于莲花座上的大佛还一直温暖地微笑着……我虔诚地朝它挥了挥手，猛然轰了一脚油门。

《说文》："家，居也。从宀，豭省声。"又说："豭"，牡豕也。

严格来说，始见于甲骨文的"家"是个形象字，最初的意思与人的关系不大，直到《史记·乐毅列传》："乐羊死，葬于灵寿，其后子孙因家焉。"引申为安家落户，人在其中方成为主角。

人类关于"家"的眷恋，可以追述到很久以前。有了"家"就有了战争，很大程度上讲，人类的历史就是一曲保家卫国的历史。

无论是历史上看不见的十字路口落凤坡，还是因家国破败而不愿侍新主不得已而留下的《陈情表》；无论是贰贬入蜀，人生不得意而远离庙堂的忠臣良将，还是为抵御外敌而铸成的可歌可泣的英雄……一切都因"家"而起，因"家"而立。

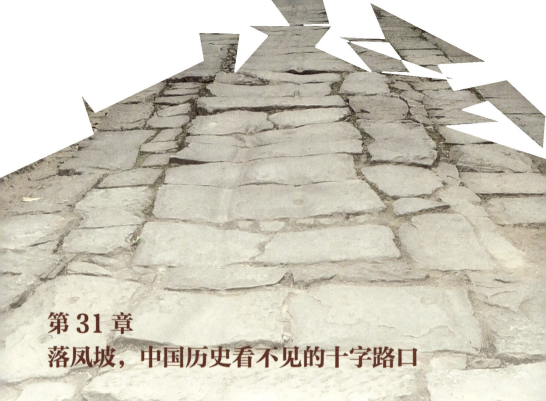

第 31 章
落凤坡，中国历史看不见的十字路口

　　一切起因都源于庞统这块多米诺骨牌的倒下，才引发一系列的连锁反应。

　　刘备原先的计划，是以庞统为辅翼直下成都。而庞统的身亡，让诸葛亮不得不提前离开荆州，进入川中。因为诸葛亮的离开，荆州无人能制衡关羽，以致大意失荆州。关羽的败亡，引发刘备讨伐东吴，夷陵一场火烧光了蜀汉的家底和刘备的寿数，也让蜀汉的国运彻底改变……以致诸葛亮后来的北伐，渐成强弩之末。

　　那漫不经心的一箭，不仅夺去了一位天才军师的性命，也完全扰动了整个历史大局，历史的走向朝着完全相反的方向，汹涌向前，难以阻挡。

　　由此看来，任何大的格局之变，往往都是由一个小小的不经意间的意外而造成的。

　　这样的历史结局，有如一个连环套，一环套一环，一环连一环，形成一个完整的闭环，环环相扣，精彩纷呈，让人为之惊叹。

　　落凤坡，一个现实中原本不存在的地名，成了中国历史上看不见的十字路口。

从成都出发，汽车的行程如射线一般，一路向东，在碧绿的成都平原肆意奔驰。

成绵高速路上行驶约40分钟，有一个"罗江"的指示牌诱导着你，出高速，进入丘陵地带。慢慢地，山峦呈现，山势虽不高，但角度刁钻，浓郁的绿植时常把你的视线遮挡得严严实实。

精准的汽车定位系统，牵引着越野车在复杂的田畴间穿行，地势随海拔的升高慢慢上移。行进其间，让人忽然明白，坦荡平原，无险可守，只有进入崎岖山势，才有机会设伏。

这，或许就是三国时刘备麾下的成都最后的屏障？

我专程造访庞统和他的落凤坡，但落凤坡却一直难露真容。

最先映入眼帘的，是大名鼎鼎的白马关。古代，白马关只是一个关隘。而今天，白马关已经开辟成一个风景区，位于今天的白马关镇境内。

白马关

七拐八拐终于来到白马关前。风景区不大，植被也很好，各种组团和设施极多，如果没有导航引路，肯定会迷失方向。

白马关，金牛道，纷纷嵌入历史道痕

不知古老的白马关与卢马有没有关系。来到关前，果然是一座十分古老的关楼，城楼不高，但保存得十分完好。

其实，白马关之所以能成为一道"关"，还仰仗一座山——鹿头山。如今，此山已成为风景区重要的历史遗存。要了解三国战事，除历史遗存外，地形地理同样重要。

鹿头山为由秦入蜀途中的最后一道军事防线。

因其独特的区位，鹿头山自古以来都是东川（巴）、西川（蜀）的分界线。也因为有了此山，这里不仅成为蜀都北部的重要"门户"，也是四川的古战场。

建安十九年（214）夏，庞统死后，刘备就将他葬于城东鹿头山。

炎兴元年（263），蜀汉与曹魏军队在此进行了最后一场存亡之战，征西将军邓艾、镇西将军钟会、雍州刺史诸葛绪分道伐蜀，最后在鹿头山会师。

诗圣杜甫专门赋诗《鹿头山》，诗中如是形容："鹿头何亭亭，是日慰饥渴。连山西南断，俯见千里豁。游子出京华，剑门不可越。及兹险阻尽，始喜原野阔。"

诗的最后两句，一语道破白马关附近山河要旨。

鹿头山，东麓纳罗江县城而抵纹江，西麓触绵远河与绵竹故城隔水相望。罗纹江水蟠于东下注涪水，绵远河西绕环成都平原聚为沱江。逶迤绵绵的山岭，因两侧江河走向各异，又被古代朝廷定为东、西两川的分界，三国时曾于此设绵竹关，南北朝至隋唐置鹿头关，五代移鹿头戍于山西南绵远河右岸的黄许镇，另名白马关至今。

也即是说，只要过了白马关，就进入"险阻尽""原野阔"一马平川的成都平原了。

鹿头山，白马关，"享享山获影，落落路招魂"。古往今来，这里有帝王将相的足迹，有名流雅士的咏叹，有商贾车驾的辙痕，有战骑、驮马的蹄印，还有不知多少叱咤风云的英雄豪杰，在此演绎出无数荡气回肠的故事。

关楼正中，有斑驳的"白马关"三字，落款是苏轼。字里透出几分忧郁寂寥之气，心里有些疑狐，这是那个豪放的东坡先生吗？从行笔到落款，总感觉不像苏东坡的笔意。苏东坡是乃四川才子，他可能云游过此地，造拜过庞统，或许留下了墨宝。

再往上看，白马关楼上一副楹联意味深长："一统江山毁于一马，三分天下差煞三人"。

白马关楼正对面有一座石制牌坊，上书"挂镜台"三字，初看上去甚是气派。但细一看，字的确不怎么样，台是繁体字，我看了半天也没猜出来。

此乃清乾隆三十二年（1767）间当地一位知县所书，右门额楷书"彰善"二字，左门额楷书"瘅恶"二字。原来，"挂镜台"寓意明镜高悬，鉴查过往者之"善恶"。善者神灵彰之，恶者神灵惩之。

总感觉，这样的"摆设"置于此，有些不伦不类。仔细一看牌坊旁边注释，方知此坊原在罗江县城的东街上，旧城改造时，迁移于此，将所有风景集中在一起，方便游客劳顿之苦。心是好心，但效果却不敢恭维。

走进关门，映入眼帘的是一段古朴沧桑凹凸不平的古蜀道。

那些由石板铺成的古道，一看就是上了年岁的陈年旧物，道路中间还明显有一条深深的车辙痕。说是诸葛亮北伐时，木牛流马运粮时留下的古印迹。看着那些碾压精确的车痕，明显感觉有一种"做旧"的意味，因而我有些将信将疑，千年过去了，三国时的遗物今天能安然留下脚下吗？

旁边的旅游指示牌上，注明是"秦蜀金牛古道"，上面还有一段注释文字——

公元前三世纪，古蜀国开明王朝，命五丁开山所筑，北至长安（今西安）九百一十公里，南至益州（今成都）九十公里。蜀道难至此始，亦此终。秦岭南下至此为坦途，自成都北上至此路途险峻。

稍后前往落凤坡时，也能时断时续地看到这样的印痕。新修的石板路中间，特意框出一截，保留那些凹凸不平的叫做"金牛道"的遗迹。

指示牌

金牛道就是古蜀道，自修建之日起，就是古代蜀中连三秦最重要的一条"官道"。其南端的起点是成都，一路向北穿过川北平原，直到广元出川，再经宁强、勉县到汉中。川北的重要枢纽城市，基本上都是沿金道走向建起来的。

三国时期，诸葛亮北伐时，前方屯兵汉中，后方源源不断地补给，就是成都平原通过金牛道续上的。可以说，金牛道就是蜀汉生死攸关的一条生命线。

金牛道从北到南，嵌有剑南五关。这五道关隘分别是：葭萌关、剑门关、涪城关、江油关和白马关。

白马关乃金牛道上最后一道关隘，所以至关重要。

清代著名才子李调元就是此地人，他留有这样一首诗："江锁双龙合，关雄五马侯。益州如肺腑，此地不咽喉。"

这里处于成都平原的边缘地带，之后就是高耸的龙泉山脉，只要破了白马关，成都平原便无险可守，因而只要守住了白马关这最后一道屏障，就保住了蜀汉平安。

但见一块刻有"示我周行"的石碑，是对历代修金牛道最好的写照。

原来，清嘉庆十年（1815）的时候，一位叫毛学宗的乡绅捐款修砌官道80里，当时的学使留下此碑以示纪念。"示我周行"出自《诗经·

小雅·鹿鸣》，意为"指示大道乐遵照"。

我特地坐在古道边的一块石头上，慢慢闭上双眼，想象着川流不息的人流和车流，他们当中，或许有一位就是我们的祖先……徜徉在这段古道上，我有时会有不自觉地侧身让道，生怕挡着他们前行的路……脚下的凹凸不平，似他们磨破皮的老茧。

就是通过这条古道，秦国一举灭亡了古蜀国，从而奠定了帝国气象。也让蜀人告别了"不与秦塞通人烟"的历史。

金牛道真是热闹。道旁还有一尊贞洁牌坊，全石头建筑，加之人为毁坏严重，呈老态龙钟，已经大半不存。后人又修了一个木质的牌坊将它罩了起来，用以保护。

经过一截金牛道，但见残缺的石牌坊，那是清代留下的遗物。

早已枯死的"龙凤柏"，徒留下几分写意

庞统就葬在金牛道旁。庞统祠墓，就掩映在白马关楼之内。

庞统祠坐北朝南，三进四合布局，依次排列着山门、二师殿、栖凤殿和庞统墓园。

正门涂成了赭色，没有太阳的正午显得有些暗淡，门楣未做任何修饰，隐隐约约透出一股"出师未捷身先死"的阴郁气质。

祠堂大门正中镶嵌着一块木牌，上面写着"汉靖侯庞统祠"六个大字。那是四川著名书法家何应辉早年的手笔，留存着极浓的北碑痕迹，看上去有几分拘束，无论是铺排还是走笔，远没有现在的笔力老到。

庞统之碑

让人意想不到的是，庞统祠堂竟始建于东汉末年。

现存的祠墓乃四川巡抚能泰重建于康熙三十年（1691）。此后，几代清帝时期均有重修，遂成现在规模。乾隆初，罗江县令李德瀚建栖凤亭，专祀靖侯木主。嘉庆二十年（1815）再次进行全方位维修。其后，道光、光绪年间，均屡次培修。

随着历代王朝的兴衰，庞统祠几经兴废。唐乾元二年（759），诗圣杜甫入蜀时，曾留下遍地诗篇，当然，他也特地为庞统写了一首：

殊方昔三分，霸气曾间发。天下今一家，云端失双阙。
悠然想扬马，继起名硉兀。有文令人伤，何处埋尔骨。

诗中透露出的，难免有几分伤感。

南宋乾道八年（1172）秋，又一位名叫陆游的诗人从南郑回成都，特地经罗江过鹿头山，在拜谒庞靖侯祠亦感慨赋诗，留下这首《鹿头关过庞士元庙》：

士元死千载，凄恻过遗祠。海内常难合，天心岂易知。
英雄今古恨，父老岁时思。苍藓无情极，秋来满断碑。

从诗中，我们能读出一种特有的悲壮之外，还可以详细领略到宋时庞统祠墓的状况。

明末清初，张献忠义子孙可望在攻取鹿头山白马关战斗中毁掉了庞统祠，"嗣后复新之，壮丽倍往日。王屏藩乱蜀，祠复毁，惟一石猱狲尚存"。

即使如此，据说庞统祠墓还是四川最早、保存最为完整的一处三国蜀汉遗迹。

辙痕深邃，傍祠而过的陇蜀驿道，驿道两侧屡经战火遗留的断壁残垣，夹道阴森的古柏，无不透露出千年历史的沧桑。

带着几分萧瑟迈入祠堂大门，但见左右各一株参天古柏。

古柏旁边也立有一碑，号称"龙凤柏"，上面的释文龙飞凤舞，通书法的我也难以认完，隐隐感觉到这古树乃张飞手植。遗憾的是，两棵柏树都已寿终正寝，虽然加了铁架子，有铠甲加身，终究还是没保住性命。或许年代太过久远，都已经枯死了。仍可见直刺苍穹的气势与不凡。

关于这对参天古树"龙凤柏"，至今还留有传说，称那棵叫龙的柏树是卧龙先生诸葛亮的化身，那棵叫凤的柏树乃凤雏先生庞统的代指。据说，很久以前那"凤"树便死亡，早些年那株叫作龙的树还活着，慢慢地也枯萎而亡。

难怪《三国演义》引东南童谣云：

一凤并一龙，相将到蜀中。才到半路里，凤死落坡东。风送雨，雨随风，隆汉兴时蜀道通，蜀道通时只有龙。

此说给人们很多想象空间……树旁还专门有一块"龙凤二师柏碑"石碑，所刻之字龙飞凤舞，我试了几次也没有完全认识，只得作罢。大体是以古柏歌颂诸葛亮和庞统之美德。

凤冠与"靖侯"，留待后世有何用

步入祠堂大门前，还可看到穿斗式的中柱上刻有一副楹联：

凤落龙飞森森古柏山光旧，车尘马迹荡荡征途庙貌新。

中柱内侧还嵌有一副：

功盖三分管乐当年诚小许，才非百里云霄终古并高名。

再往前几步，方可看到门两边的黑底金字联：

僧开栋宇传名士，天遗风云护此祠。

实话说，无论从楹联内容还是书法功力，都极其一般，难以给人留下印象。这样的低调与庞统的性格和命运相对照，可谓格格不入。

紧接着是二师殿，里面供奉着庞统和诸葛亮两位蜀汉军师。上方高悬一"龙凤名高"匾额，那是刘云泉书写的。此殿仍嵌有一联：

造物忌多才，龙凤岂容归一主；先生如不逝，江山未必竟三分。

这副楹联对庞统的评价极高，上联说的是"天妒英才"，下联说的是"扭转乾坤"，对仗工整，极有水准。

正殿名为"凤栖"。上挂着两副楹联：

从古大才非百里，至今有庙祀双江。
真儒者不徒文章名世，大丈夫当以马革裹尸。

一看就很有气势，且文采与典故俱佳。"真儒者"和"大丈夫"评价殊高。

值得一提的是，殿内高悬四条屏"庞靖侯传"，那是陈寿《三国志》里的文字。

三进三出之后，从祠堂后墙的耳门出去，便可领略到期待中的主角——庞统墓。

初看上去，庞统墓显得不是那么高大，但极有特色。走近一看，却透露出几分精致。墓呈圆形，像一个圆柱体，显得雄实，如庞统的为人一般，有一种逼人之气。

表面上看，类似成都武侯祠里刘备的墓，只是没有刘备的墓大。

刘备的墓上郁郁葱葱，长满了绿树，显得很有生气；而庞统墓上寸草不生，没有一丝绿意，形如一件兵器，随时都有可能刺破苍天一般；又似一顶凤冠，有一种说不出的大气。

这样的对比之下，庞统显得更有个性。

墓顶为石雕镂空宝顶，下压八角凤尾，形同八条棱角。这样的设计，使整个墓看上去顿时生色，如同被一顶将军铁盔盖住，又似列阵一般，令人捉摸不透。加之墓前马亭里那匹白马，总让人感觉庞统还活着，似乎心有不甘，一直未脱下战袍。

墓前那块石碑雕梁画栋，甚是考究，上书"汉靖侯庞士元之墓"，很像过去宗祠里神龛上的灵位。

庞统墓

墓前照例摆了一个大大的香炉，香炉两边各有一座焚纸的塔炉。香炉里插满了正在燃烧的香，塔炉里也忙碌燃烧着化钱的火纸。香火兴盛，香烟缭绕，直达天庭。

"靖"是庞统的谥号。是景耀三年（260）刘禅追加的，此时庞统已经牺牲46年了。

那块立于康熙四十八年（1709）的墓碑，乃四川巡抚能泰所立，200多年过去了，碑已经被南来北往的香火熏得黝黑。我有些意外，庞统既不保发财，也不管升官，人们为何络绎不绝来祭拜？我忍不住问刚刚上过香的妇女，她回复称："保佑娃娃，学业有成。"原来，人们是看中庞统的聪慧与才情。

其实，这些香火的延续，一直是人们心中的一个情结，也可以叫作文化的传承。

比如落凤坡本无其地名，更遑论庞统死于此，只是罗贯中在《三国演义》中"演义"出来的一个地名，自古一些志士人仁却以此写了大量诗文以纪念。当地民间传说农历正月二十六日是庞统生日，每年还为此举行盛大庙会，已经延续上千年。宋代诗人陆游曾留下"英雄今古恨，父老岁时思"的诗句，可映衬人们的追思之情。

这些都早已凝固成文化，其源头是否为真早已不重要了。

落"凤"坡的偶然与必然

如今，大名鼎鼎的落凤坡只残存一块石碑。是白马关景区众多文物遗迹中，最没有看头的一个景点。

《三国演义》里，庞统中了张任的埋伏，死于落凤坡。刘备随即调诸葛亮入川，诸葛亮在雒城外

落凤坡石碑

用张飞、黄忠、赵云、魏延、严颜五员大将设伏，拿下雒城并活捉了益州守军张任。

读过《三国演义》的朋友都知道，刘备坐骑"的卢白马"有着极强的标识性。罗贯中写到落凤坡一节时，刘备见庞统的坐骑乃一"劣马"，遂将自己的白马换给庞统，结果张任认定"骑白马者必是刘备"，于是下令万箭齐射，庞统就是在乱箭中被射杀，死于落凤坡的。

我一直以为，白马关名字的来历，源于罗贯中笔下的《三国演义》。原来，因古绵竹城就在附近，这里原本叫绵竹关，隋代时改为鹿头关。据说一直到了唐末，王建在成都称王时，特地借上述典故，又改名为白马关。

由此看来，白马关真的还与那匹"的卢白马"有密切关系。我在查资料时，也有对此说存疑。但无论此关叫"绵竹关"也好，"白马关"也罢，千年历史是肯定无疑了。

《三国志》对庞统的死说得简洁明了："进围雒城，统率众攻城，为流矢所中，卒。"

雒城乃今天的广汉市，也就是三星堆遗址所在地，而落凤坡地处今天的罗江县。广汉与罗江相隔20多千米。

因而生疑，庞统究竟死在落凤坡还是雒城？

有史料认为，庞统墓只是庞统的衣冠冢，而真正的庞统墓，在落凤坡，因那里掉落了庞统血衣，所以也称庞统血墓。

我是奔着落凤坡而来的，肯定要去看看。

走出庞统祠，沿金牛古道走出关楼。沿着新修的和旧时的金牛道一直往前走，忽然有一长长的坡地，坡地路旁栽在地上一指尖尖的石碑，上书"落凤坡"三个隶体字。我四下打望，四周一派翠绿，没有什么不同。

再往脚前定睛一看，又见一块陈旧的石碑，竖起十一个大字："汉靖侯庞凤雏先生尽忠处"。那是同治七年（1868）罗江知县梁绥祖所立，两侧还有密密麻麻的小楷碑文，似记叙立碑缘由，因石头风化厉害，有的字迹已模糊不清。

面前是长而陡的斜坡，我特地在石碑前坐下来，身旁是来来往往的行人，坡两边的游乐设施也是一派喧嚣……抛却这些杂音，我让自己回到三国，凝神上下，环顾四周，沉思良久，感慨万端。

道旁指示牌如是写道："落凤坡在庞统祠北1500米的古驿道旁，是《三国演义》中描述的庞统战死沙场之地。"指示牌最后的文字解了人们心中疑团，"落凤坡是因文学名著而衍生的地名，古今名人过落凤坡，多有诗词吟咏"。

我又想，既然落凤坡是一个文学作品上的地名，那么这道坡之前的名字叫什么呢？

带着这个问题，我特地在当地问了一些当地上了年岁的老人，他们几乎都众口一词："我们生下来记事开始，这里就叫落凤坡。"也即是说，落凤坡一名，也应该是"很有年岁"的历史地名了。

落凤坡虽然是罗贯中杜撰的一个历史地名，但其名气却很大。

我有些钻牛角尖，罗贯中为何要杜撰这样一个地名？是随意，是偶然为之，还是着力刻画？《三国志》用15个字轻轻滑过，这给《三国演义》的文学想象留下了巨大空间。可以说，罗贯中关于这一节的描写堪称举轻若重。我以为，看似漫不经心，却实则匠心独具……所要表达的东西应该十分丰富。

行文至此，窃以为，"落凤坡"一名或许是因为庞统埋葬于此而得名，这样更合乎情理一些。当然，罗贯中在小说中这样处理，更显得有冲击力一些。

庞统被刘璋所杀，天意？报应？

纵观三国及其后的整个历史进程，可以说庞统的死，有如倒下的第一块多米诺骨牌。不仅成为蜀国的转折点，还影响到后来历史的走向。

于蜀汉而言，庞统的离开，引发了极其严重的后果。

庞统36岁身亡，还没有在人生舞台上充分表演，就流星般英年早逝，致使人们对他知之不多。这里有必要作简要介绍，庞统精通天文、地理、星象、八卦。20岁那年，他特地拜访有"水镜先生"之称的司马徽。司马徽乃东汉末年名士，精通道学、奇门、兵法、经学，为人清高脱俗，学识广博，有知人论世、鉴别人才之能，很受世人敬重。

司马徽初遇庞统时，便引为知己。"司马徽坐于桑树上采桑，而庞统坐于树下，俩人交谈一直从白天说到黑夜"，"尊庞统为南州名士之首"。

汉末士人大多追逐功名，各奔其主，而诸葛亮、庞统却隐居在襄、汉之间，不轻易投靠他人。司马徽一生向刘备推荐了两个人，就是诸葛亮和庞统。徐庶也曾向刘备如是举荐诸葛亮和庞统，留下"卧龙凤雏，得一人便可得天下"的佳话。原来，徐庶乃刘备身边谋士，后因母亲被曹操掳获，不得已辞别刘备，进入曹营。后官至魏国右中郎将、御史中丞。当然，这是后话。刘备很是器重二人，任命他们同为军师中郎将。

赤壁之战，庞统献上连环计，为日后火攻打下基础。到刘备帐下后，协助刘备一路西进，打下了大片的地盘。

刘备原先的计划，是以庞统为辅翼直下成都。而庞统的身亡，让诸葛亮不得不提前离开荆州，进入川中。因为诸葛亮的离开，荆州无人能制衡，以致关羽大意失荆州。关羽的败亡，引发刘备讨伐东吴，夷陵一场火烧光了蜀汉的家底和刘备的寿数，也让蜀汉的国运彻底改变……以致诸葛亮后来的北伐，渐成强弩之末。

一切起因都源于庞统这块多米诺骨牌的倒下，才引发一系列的连锁反应。落凤坡，一个现实中原本不存在的地名，成了中国历史上看不见的十字路口。

由此看来，任何大的格局之变，往往都是由一个小小的不经意间的意外而造成的。

清代史学家李仙根在《三国史论》中也如是惋惜评论道："汉季之兴也，以武侯之得，其衰也，以靖侯之失殁也。士元不死，则诸葛不必入川；孔明不来，则荆襄不至失守。"

这样的历史结局，有如一个连环套，一环套一环，一环连一环，形成一个完整的闭环，环环相扣，精彩纷呈，让人为之惊叹。

那漫不经心的一箭，不仅夺去了一位天才军师的性命，也完全扰动了整个历史大局，历史的走向朝着完全相反的方向，汹涌向前，难以阻挡。

这，可能是料事如神的诸葛亮也未曾料想到的。

可能在诸葛亮眼里，庞统这样的结局，既是偶然也成必然。

在庞统祠的大殿里，左右各有两组塑像，左边"庞统三计策蜀"的塑像栩栩如生，这大体浓缩了庞统人生中最为精华的部分。塑像旁的说明文字同样生动，云——

建安十六年（211），刘备受刘璋之邀会于涪城（今四川绵阳市），弃军师庞统"今因此会，便可执之，则将军，无用兵之劳而坐定一州也"之计不用。北上帮刘璋守于葭萌（今广元昭化镇），"不讨汉中张鲁，厚树恩德以收众心。"刘璋渐生嫌隙。

建安十七年（212），曹操征东吴，孙权向刘备求救，庞统再次献计："阴选精兵，昼夜兼道，径袭成都，璋既不武，又素无预备，大军卒至，一举便定，此上计也。"

"杨怀、高沛，璋之名将，各仗强兵，据守关头，闻数有笺谏璋，使发遣将军还荆州。将军未至，遣与相闻，说荆州有急，欲还救之，并使装束，外作归形：此二子既服将军英名，又喜将军之去，计必乘轻骑来见，将军因此执之，进取其兵，乃向成都，此中计也。"

"退还白帝，连引荆州，徐还图之，此下计也。若沉吟不去，将致大困，不可久矣。"

刘备采纳了庞统的中策，诱斩了白水关守将杨怀、高沛。还向成都，所过辄克。

严格而言，庞统的"三计"一计比一计狠毒。或许因为身为军师，出计谋乃其本分，所以也无可指责。只是益州牧刘璋的儿子在死守一年间，无意中射杀了凤雏庞统。

是庞统之计让刘璋失去了江山，而最终他也被刘璋所杀。

这是天意，是偶然，还是报应？

从某种意义上讲，庞统也是"躺着中枪"。他要不与刘备交换坐骑，也不会死于非命。

或许庞统早已料到会有那一天，难怪当他看到落凤坡三字时，便惊曰："吾道号凤雏，此处名落凤坡，不利于吾。"遂令后军疾退，只可惜，一切都为时已晚。

每每看书至此，我都会喃喃而语，冥冥之中，自有天数。

站在落凤坡凝望三星堆，历史投下长长的斜影

其实，庞统之死，早有迹象表明。

就在刘璝、冷苞、张任、邓贤点5万大军，星夜往守雒县之时，他们便去锦屏山中，拜访了能知人生死贵贱的紫虚上人，紫虚上人遂写下八句言语："左龙右凤，飞入西川。雏凤坠地，卧龙升天。一得一失，天数当然。见机而作，勿丧九泉。"其中"雏凤坠地"一句，已经不言自明。

当刘备与庞统换马过后，得知庞统要走小路时，刘备特地提醒："军师不可。吾夜梦一神人，手执铁棒击吾右臂，觉来犹自臂疼。此行莫非不佳。"彼此分别之后，刘备仍"心中甚觉不快，怏怏而行"。

不止于这些，在荆州的诸葛孔明也"算"出了先兆。对这一细节，《三国演义》作了白描似的刻画——

只见正西上一星，其大如斗，从天坠下，流光四散。孔明失惊，掷杯于地，掩面哭曰："哀哉！痛哉！"众官慌问其故。孔明曰："吾前者算今年罡星在西方，不利于军师；天狗犯于吾军，太白临于雒城，已拜书主公，教谨防之。谁想今夕西方星坠，庞士元命必休矣！"言罢，大哭曰："今吾主丧一臂矣！"众官皆惊，未信其言。

应该说，作了如此丰富的铺垫，无论从唯心还是唯物，庞统的死也尽在情理之中了。

值得一提的是，除"庞统三计策蜀"之外，庞统祠大殿右边还有一组塑像，取名为"刘备自领益州牧"，生动地定格并再现了当时的历史时刻——

建安十七年（212），先主用庞统计，"召璋白水军督杨怀，责以无礼，斩之。乃使黄忠、卓膺勒兵向璋。先主径至关中，质诸将并士卒妻子，引兵与忠、膺等进至涪，据其城。璋遣刘璝、冷苞、张任、邓贤等拒刘备于涪，皆破败，退保绵竹（城在今白马关西南十里）。璋复遣李严督绵竹诸军，严率众降。先主军益强，分遣诸将平下属县，诸葛亮、张飞、赵云等将兵溯流定白帝、江州、江阳，惟关羽留镇荆州。先主进军围雒。时璋子循守城，被攻且一年。"

"十九年（214）夏（庞统中流失卒），雒城破。进围成都数十日，璋出降。"

时益州尚有精兵三万人，谷帛支一年，吏民咸欲死战。璋言："父子在州二十余年，无恩德以加百姓。百姓攻战三年，肌膏草野者，以璋故也，何以安。"璋降后，刘备自领益州牧。

关于这一段历史，很多专家学者都认为刘备不甚厚道，盖因刘璋的益州牧官职乃汉室所封，刘备打着兴复汉室的旗号谋取汉室，于情于理都说不过去。而庞统的计策在某种情况下，也超出了为人的底线。孰是孰非，可谓见仁见智，在弱肉强食的丛林时代，站在刘备的处境，我们也似乎可以理解。只是一向以贤厚著称的刘皇叔，以这样的方式向自己的本家下手，无论计策多么完美，此举都显得极不磊落。

刘璋乃汉室之后，其父刘焉系东汉末年群雄之一，因益州刺史郤俭在益州大肆聚敛，贪婪成风，加上当时天下大乱。刘焉欲取得一安身立命之所，割据一方，于是向朝廷请求前往成都。中平五年（188），灵帝任命刘焉为益州牧。

罗贯中在《三国演义》中演绎得更为精彩,在第一回刘焉就以幽州太守的身份出场。而此时的刘备,就是幽州麾下涿县一个以贩屦织席为业的小贩。正是有了刘焉发榜招军镇压张角的黄巾军,才有了刘关张看到榜文后,引发的桃园三结义。

刘焉、刘璋、刘备,他们同为汉室后裔,这段历史渊源,也让我们清晰地了解了几位与益州有关的"人物关系"。性格即命运,他们都先后成为益州的父母官,虽同为刘氏血脉,可他们的德行与秉性、理想与抱负,却有天壤之别。

古代的雒城是一个兵家必争的咽喉重地。从庞统祠出来,缓缓驶出白马关,夕阳西下,凝望三星堆遗址。我不禁想,好在有陈寿,有罗贯中留下了可歌可泣的三国。只可惜,三星堆没有这样的福分,如果有史家也留下关于三星堆的文字,也有一个落凤坡般的戏剧性出现,那又会是怎样一个历史的十字路口?只可惜,历史没有如果。

"鹿头关,百战空堆瓦。"如今,白马关上古柏森森,落凤坡前辙痕深深。历史早已远行,是非恩怨转头空,世间往事如过眼烟云,天空依旧风淡云清。

我加大了油门,任越野车在成都平原上撒野。

古 道

第 32 章
公元 1242 年的云顶山

宋宝祐元年（1253），余玠的突然辞世，让四川百姓
"莫不悲慕如失父母"。

此消息于蒙古大军而言，无疑是天大的喜讯。

后人作了一个粗略的统计，余玠在四川与蒙军36战，把
敌人打得龟缩在几个据点里不敢出来，大量的良田在南宋的
掌管之中。

也正因为有了余玠，蒙军用了51年时间，方艰难地拿下
四川。

南宋帝国的版图就像一只碗的侧面，碗口对着北方，首
都临安（今杭州）在碗的东面，最西的边沿就是四川。

以当时的交通和信息技术，将遥远的川西平原这块膏腴
之地控制起来并非易事。可在南宋时期，中央政权一直都把
四川牢牢地控制在手里。这不仅仅是因为四川是全国最重要
的税赋来源，更为重要的在于，这里是南宋抵御北方游牧民
族政权的上游要塞。

云顶山，是成都平原一堵"挡风的墙"

风猎猎。春光融融。暮鼓晨钟。松涛阵阵。荆棘遍地。怪石嶙峋。

这些看似毫不相干的词与词组，齐刷刷指向同一个主体——云顶山城堡。

天上，云卷云舒，静动相宜，自由自在的云儿不断地从远处飘来，像一团雾紧紧地包裹着我，顷刻间又随风而去，撒娇一般；地上，春之序曲，舞动人间，漫山遍野穿红着绿的百姓，在如画般的大地上悠闲劳作。天地在此刻相映成趣，熠熠生辉。

远望，高高低低山峦起伏，沟壑纵横，满目葱绿，一派生机；近观，赶着趟的各种花儿开着谢着，此起彼伏，一律北望的古柏，整齐地斜着身子向古蜀成都方向做低垂状，令人动容，让人震撼。

那是风的力量。长年的山风自北而来，一年四季，北风劲吹，岂是树所能左右？

那是情的寄托。跟随着北风而来的，还有自北所向的铁蹄，所到之处一片狼藉，血染望川。一排排，一队队，一列列古柏又似千军万马……列阵似的低垂而泣，似乎在履行着千年不变的既定仪式。

"遗民泪尽胡尘里，南望王师又一年。"不知为何，一登临这云顶山（又名石城山）顶，总能给人一种怀古之感。虽然千年过尽之后，古也荡然难存一二，可那种萧瑟，那种凄厉所凝成的特殊气场，却长存世间，难以挥之而去。

初春时节，登临云顶。全身心地感受着云顶山上的云、树、人和远处的风景。祥和中带着几分苦涩，和煦中藏着几许不安。

谒拜云顶山，我是有备而来的。很早就知道云顶山近千年前的壮烈故事——此乃著名的抗元城堡遗址，又为宋末巴蜀八大山城防御体系之一。

云顶山

一直都有种一览云顶山的冲动，可一直都难以成行。不仅仅是时间的原因，更多的是不想让自己的思绪进入到怀古的管道里，弄得怅然忧然。所以冥冥之中内心深处有一种怕——一种莫名的逃避似的怕。以至于推迟到又一个春天来临之际，方启动膜拜的脚步。

南宋那个风雨飘摇的历史切片里，云顶山无疑是成都平原一堵挡风的墙。

解读云顶山之前，我们首先定位一下云顶山的历史方位。从成都出发，满打满算一个钟头即可抵达云顶山。先是高速公路抵达金堂县城，继而大件路沿沱江而上，再是窄窄的水泥路上山……现代化的元素一直铺陈至山顶。

沿着慈云寺长长的红墙，我走进了荆棘丛生的云顶山主峰，没有人烟的石头城——我要直奔曾经厮杀震天的古战场。

举目一望，叫得出名字和叫不出名字的花草树木将云顶山包裹得严严实实。齐腰的杂草有时让你根本下不了脚，稍不留意，深深浅浅的带刺之物就会无情地"拉"住你，让你不得脱身，你好不容易挣脱了，走不了几步，又会被另一群荆棘留住。

这，绝对是一处人迹罕至之地。进山之前，听说我们要去寻找古"北城门"，当地老农手指着齐天的古柏，望着天回应："沿山梁直走吧，够呛。"老农的话此时就是"圣旨"，我毫不犹豫地沿着手指的方向，沿着山梁走进了无路可走的古云顶（其实，去古城门还有一条山间便道，我暗

504

自感谢那位老农，让我真实体验了一回城堡之上的古风蜀道。）

我双手左推右挡迎面而来的荆棘，艰难前行。虽然无路可走，但只要沿着山梁和古柏低垂的方向，披荆斩棘，就绝不会走错路。隐隐约约，荆棘之下的古路清晰可见，我知道，那是前人蹚出的古迹，指引着我前行的方向。

环绕前后左右，这里山势虽挺拔，峭壁却不过10余米，虽如刀削斧砍，也只略环绕数里。我踽踽而行在山顶一片不大的平地上，平面状若城垣，与想象中的"高大"与"险要"似乎相去甚远。

我甚至在想，以此作障碍，能有效地拒敌于山下吗？云顶山虽为金堂山主峰，海拔也不过982米，在成都平原这块沃野百里的川西坝子，花那么大力气与精力构筑要塞，有此必要吗？谁敢肯定凶猛无比、狡猾多端的蒙古铁蹄就一定来此受死？

显然，我平庸的理解与眼光跟古人的智慧难以相比（容后仔细分析）。历史事实也充分证明其科学性和实用性，但我还是不免带着几许疑问与猜测。行进约一个时辰，终于走出了那块难行的荆棘地。

由北往下眺望，山脊所延展之处，应该就是我所要寻觅的"古北城门"——我暗自想。而视野所及，却难见城门。健步向前，苦苦寻找——低矮处，草丛旁，一座古老的石门魔术般赫然眼前。几米开外居然难以发现，依山而成的石门，是有意低调，是刻意隐匿，还是二者兼之？

我抚摸着已经风蚀斑驳的青石，一看就知道是陈年古物，城堡门四周长满了青草，门外的绝壁上由石头砌成的堡垒，整齐划一，因年代久远石缝间长出些许小树和杂草，在绿色的掩映下，格外醒目。

身处城门洞往上一望，城门券拱的正中两行石刻的正楷字迹隐约可见，字迹较小且已经模糊，仔细辨认其内容——

忠节郎利州驻扎御前右军统领兼潼州府路将领都统使司修城提振官孔仙
保义郎利州驻扎御前摧锋军统制兼潼川府路兵马副都监提督诸军修城
萧世显

505

显然，这应该就是当年筑城时的原始记载。利州是广元的古称，潼州系今天的三台，都在成都北向的走廊之上。此记载可以看出，修筑此城堡门的两位官员分别是：孔仙和萧世显。也就是说，修城期间调来了广元和三台的将士。

正当我们看得出神之时，又一位老农走了过来，告诉我们城门下面还有一道城门。他用手往右下方指着："就在百米开外，是座瓮城门。"顺着手指的方向，我们绕过那道垂直的七佛崖石城墙，走约一站地，很容易地找到了这道同样隐匿的城门，瓮城门比北城门略小，样式相同。用条石砌筑，门洞顶部正中的条石上镌有"皇宋淳祐巳酉仲秋吉日帅守姚世安改建"十七字楷书题记。仔细一看，题记上端为浮雕莲叶盖，下端为浮雕莲花座。

古城门

这样，我们又记住了第三位宋将的名字——姚世安。这些重要的文化信息，成为我们今天探究军事古物的唯一孤证。我手持相机，赶紧拍照留存。

云顶山是庇佑成都的一座天然屏障。

站在城门之处往上仰视，方感觉云顶山峻峭嶙峋，自成天险，简直就是一座天然的城堡。据悉，这个军事要塞只有八道城门可上，其余皆为天堑。站在山顶时还感觉不出来，视觉的不同，看事物之后所得出的结论也完全迥异。

我不由暗自感叹，冷兵器时代，这样的布局已经是固若金汤了。

其实，像这样固若金汤的城堡在巴蜀甚多。据四川大学历史学教授胡昭曦考证，沿岷江流域的4处，沿沱江流域的2处，沿涪江流域的6处，沿嘉陵江流域的10处，沿通江、南江、巴河、渠江流域的7处，沿长江流域的14处……至元十五年（1278）安西王相府给元朝廷的奏疏中记载："川蜀悉平，城邑山寨洞穴凡八十三，其渠州礼义城等处凡三十三所，宜以兵镇守，余悉撤毁。"

从这些数字我们可以看到，南宋的整个四川版图之上，都密布着大大小小的城堡和要塞。这些堡垒可谓首尾相连，从川北、川西到川南、川东，依着四川的主要河流，构成了一张网，以阻挡蒙古军队。

堡　垒

这些堡垒有一个共同特点，恃险凭夷，控扼要冲，交通较便，利于防守；水源不竭，粮秣有继；就地取材，修筑较便。即是说，山势陡峻，却不算太高，一般相对地面高差都在100米至500米，这样的堡垒可以表面上麻痹敌人，常使得敌人很难以攻城云梯攀登。堡垒上面多平整，宜于驻扎军队和老百姓，且很多堡垒山上都有泉水，靠近大河，使得堡垒间相互联系和后勤补给便利。

而云顶山城堡是距成都平原最近的堡垒，它的功能除了守护无险可守的成都之外，还扼嘉陵江外水——涪江，与钓鱼古城共同阻止蒙古军队企图利用嘉陵江舟师之便顺流袭击重庆的计划。

余玠之死，与蒙军 51 年的等待

我们不禁要问，这些遍及四川的城堡是怎样布局的？又是如何修成的？决策者是谁？它能有效地抵抗蒙古铁蹄的蹂躏吗？

在弄清这些问题之前，有一个重要的历史人物需要我们记住，他的名字叫余玠。

却说时光倒流到13世纪初叶，成吉思汗的蒙古铁骑势如破竹，锐不可挡，蹂躏了半个亚洲。成吉思汗死后，他的后代窝阔台汗、蒙哥汗、忽必烈汗继续用驰骋的骑兵和鲜血，换来征服。所过之处，秋风扫落叶般的进攻使抵抗者屈服，给东西方文明造成了极大的震撼和破坏。

淳祐二年（1242）四月，蒙古大军兵临成都城下。此消息令宋朝的第十四位皇帝理宗赵昀寝食难安："今日救蜀为急，朕与二三大臣无日不议蜀事。"理宗所急的是，川西平原乃"南宋国库"，如今，"川西主要富庶州县的税收失去"，"国用日窘"……遂成心腹大患。

守住四川这个粮仓和聚宝盆，是南宋王朝不可动摇的底线。

如何守得住？谁才会不辱使命？此危难之时，余玠走进了理宗的视野。

余玠何许人也？我们不妨简单认识一下，余玠，字义夫，蕲州（今湖北蕲州）人。少时家贫，落魄无行。有经国济世之才，以建功立业为平生抱负。嘉熙三年（1239），率军与蒙军战于汴州、河阴，有功，被升为淮东提刑和淮东制置司的参谋官。淳祐元年（1241）十月，与淮西制置使杜杲一起，率舟师在淮河安丰（今安徽寿县）与蒙古察罕军激战40天，遂解安丰之围。

由是，理宗破格宣他入京觐见。淳祐二年（1242）六月，理宗朱批余玠为四川宣谕、制置使兼重庆知府。

此间，进川立足未稳的蒙古大军旨在试探南宋防卫的虚实，并未扩大战果，蒙古大军汪世显部驻扎在川北重镇广元，不时出击骚扰成都。这给初到四川的余玠以喘息之机。

余玠甫一上任，便集思广益，谨记诸葛亮"近贤臣，远小人"的用人法则。由于手握理宗特赐的金腰牌，使他得以放手革除弊政，大胆改革。

博采众长，不耻下问。余玠依其地理环境，沿山筑堡垒，在堡垒里储备粮食，同时将州府设在堡垒里，依山守水，一遇蒙古大军进攻，即将军民撤退到堡垒里坚守。这些堡垒又相互联成一气，一遇战事，可以遥相呼应。将蒙古大军的破坏降至最低，当蒙古大军攻势缓和以后，则从堡垒里出动正规军与义军骚扰对方，让敌人最终因粮草耗尽而被迫撤退。

就像中世纪欧洲城堡那样，所不同的是，这些堡垒群是在一个统一的军区司令部调遣之下，可以随时相互配合支援。即使强大的蒙古大军也无计可施。

余玠的战略眼光十分独到，他命令驻扎在嘉定的俞兴部在成都平原屯田，由嘉定的堡垒和云顶堡垒对成都进行遥控。在平原上部队的军垦农场作用有二，既可稳定民心，亦可联系地方政权。

"边关无警，又撤东南之戍。"余玠兴办教育，轻徭薄，修筑城墙，赏罚分明，使"糜烂之蜀，自是复见汉官仪矣"。短短八年的治理，四川恢复了昔日的平静与富裕，成为南宋重要的"税源地"。强大的合力，使"敌不敢近边，岁则大稔"。

"自古名将如红颜，不使人间见白发。"正当余玠一步步实现他"用十年时间，收复四川全部土地计划，然后解甲归隐"的美梦时，他的"后院"起火了——余玠所推行的政策直接影响了云顶堡垒统领姚世安的利益，姚串通朝中川籍宰相谢方叔和参知政事徐清叟等，向理宗参本倒余，攻击余玠"独掌大权，却不知事君之礼"。加之余玠自以为功高，往往在日常奏折也不注重遣词造句，屡使理宗不快。

宋宝祐元年（1253），宋理宗召余玠回朝。为人秉直的余玠知有变故，愤懑成疾，服毒自杀。四川百姓闻之，"莫不悲慕如失父母"。

余玠的突然辞世于蒙古大军而言，无疑是天大的喜讯。

后人作了一个粗略的统计，余玠在四川与蒙军36战，把敌人打得龟缩在几个据点里不敢出来，大量的良田在南宋的掌管之中。

余玠的军事才能也得到后辈的称赞。正因为有了这套防御体系，使蒙古大军虽然横扫了亚欧，在四川却始终难以"打"开局面。

余玠治下的钓鱼城保卫战可谓献给后世最为经典的案例。由于堡垒防卫策略的得当，蒙古军队没有能力从四川东下，进攻长江中下游地区。只好改道四川西部，去征服在云南的大理国，目的除了扩大版图以外，还想在占领大理国后，从云南东南部侵犯南宋交、广地区。

也正因为有了余玠，蒙军用了51年时间，方艰难地拿下四川。

余玠死后第5年，也就是宝祐六年（1258），蒙古兵分四路大举伐宋——

淮东前线，蒙军李璮部进攻海州（今江苏东海县）、涟水军（今江苏涟水县）；

长江中游，蒙军忽必烈、张柔部进攻鄂州（今湖北武昌）；

蒙古主大汗蒙哥亲率主力精锐分四路进攻四川；

同时，蒙哥命在云南的兀良合台军从交、广进军湖南，从鄂州的后方，配合忽必烈消灭华中面南宋的主要军事力量。

开庆元年（1259）二月，蒙哥率蒙古大军主力4万，来到钓鱼城下，准备在这里向南宋四川第一要塞合州发动最后攻势。没想到，久攻不下之际，这位大汗竟染疾身亡。

蒙哥的弟弟忽必烈继大汗之位，改国号为元，正式成为元帝国的皇帝。忽必烈亲率大军复仇似的再次踏上四川版图。有了余玠的前车之鉴，宋将人心动摇，泸州守将刘整更是举泸州15郡、30万户投降蒙古。随着这个重要要塞的丢失，成都和重庆都岌岌可危。

漫长而残酷的51年反侵略战争，成都百姓大批战死或被屠杀，人口剧减，田野荒芜，十室九空，城郭被焚毁或被遗弃而荒废，庭院漫生蒿草，官舍狐兔作窟。

元军在川西平原的屠戮，见之于史册的记载甚多，我们不妨择其一二，以窥其惨状——

宋阳枋《字溪集上宣谕余谯隐（余玠）书》载："蜀自辛卯以来，士夫军民死于兵者不知几百千万。远者未暇论，姑自近者言之。辛丑西州之祸，殆不忍言。汉嘉之屯，阵亡者众。江阳失险，泸、叙以往，穷幽极远，搜杀不遗。僵尸满野，良为寒心"。

明杨慎《全蜀艺文志》辑明赵枋《史母程氏传》载："呜呼！余尝得《三卯录》读之，蜀民就死，率五十人为一聚，以刀悉刺之，乃积其尸，至暮，疑不死，复刺之。异孙尸积于下，暮刺者偶不及，尸血淋漓入异孙口，夜半始苏，匍匐入林，薄匿他所。后出蜀为枢密使。尝坦视人，未尝不泣下。贺靖权成都，录城中骸骨一百四十万，城外者不计"。

历史学家郭声波教授在其专著《四川历史农业地理》一书中，以翔实的资料，记录了宋元期间四川人口的变化过程——

宋蒙战争发生前的四川人口为1400万。绍兴三十二年（1162年）四川的户数为264万，按平均每户为5人计算，则南宋初四川人口大约为1320万人。这个数字大约为南宋全国总人口的24%。

南宋中期的淳熙二年（1175年），四川的户口数为258万，略微比绍兴初期的人口减少，人口为1290万。按《元史·世祖本纪》载，元世祖至元十九年（1282年），"以四川民仅十二万户，所设官府二百五十余，令四川和省议减之"。四川人口从战前的1290万人减少到82.5万！

千万生灵就这样在连绵不绝的战争中，被活生生"涂炭"。

战争爆发以前，繁荣使成都平原"地狭而腴，民勤耕作，无寸土之旷"，"虽硗确之地，亦耕溽殆尽"。残酷的屠杀和战乱，使得"蜀土数罹兵革，民无完居，一闻马嘶，辄奔窜藏匿"，"淮蜀重遭于侵扰，道路流离之重，惨不聊生。室庐焚毁之余，茫无所托"。

这些都是表面上的，令人痛心的是，战争造成的生产技术的破坏、文化资源的损失与文化精英的摧残，葬送了花费将近千年才建立的文化根基。

我们不禁会问，四川历来偏安一隅，并非"兵家必争之地"，成都又作为四川盆地的"盆底"，应该是相对安全的。当时南宋的政治中心在临安（今杭州），离成都相距甚远……草原部落蒙古军因何看上此地？

其实，把四川放在整个历史长河中去仔细考量，就不难看出，历次南中国保卫战中，四川都占据十分重要的战略地位——

秦国灭楚，采取了司马错的战略决策，首先兼并了巴蜀，然后顺流出峡，得以灭楚；

灭蜀以后建立起来的西晋政权，也是在巴蜀地区建造舰只，最后顺长江而下，一举突破了孙吴的建业外围防线；

东晋时期的桓温北伐，则是先从长江峡口溯江西上，亡了在巴蜀割据的李氏成汉国，然后才挺进关中平原。

也正如明末清初著名思想家、经学家、史学家和文学家王夫之在《读通鉴论》里如斯总结："故秦灭楚，晋灭吴，隋灭陈，必先举巴蜀，顺流以击吴之腰脊，兵不劳而迅若疾风之扫叶，得势故也。"

有专家更是形象地形容，南宋帝国的版图就像一只碗的侧面，碗口对着北方，首都临安（今杭州）在碗的东面，最西的边沿就是四川。

以当时的交通和信息技术，将遥远的川西平原这块膏腴之地控制起来并非易事。可是在南宋时期，中央政权一直都把四川牢牢地控制在手里。

这不仅仅是因为四川是全国最重要的税赋来源，更为重要的在于，这里是南宋抵御北方游牧民族政权的上游要塞。

毋庸讳言，这两点都是元朝垂涎三尺的重要诱因。

大宋灭亡，最重要的一张多米诺骨牌徐徐倒下

直到今天，成都人谈论起成都的历史，都无不充满自豪与骄傲，"扬一益二""天府之国"是常常挂在嘴边的溢美之辞。

我们不妨具体看看宋时成都到底有多么富有。南宋高宗建炎、绍兴时期，四川每年税收为3342万缗（古时的计量单位，一缗钱就是一贯钱。古代的铜钱用绳穿方崐孔，一千个方孔铜钱用绳串联在一起，就是一贯。贯即串钱的绳索，俗称"钱串"）。孝宗淳熙时期为3667万缗；这一时期四川向中央政府大约每年输送钱赋3000万缗约占淳熙朝（1174—1189年）末全国总钱税收入的三成多。

四川除了正常的田赋以外，四川还向中央交纳茶、马、绢、布、酒、盐、巩、商税，南宋中央在四川特设茶马和绢等榷局，专门管理四川的税收。

宋朝的成都真可谓一座巨富之城。当所有人出门时还托着沉重的金银去流通时，在这里诞生了世上第一张纸币——交子；当百姓还在面朝黄土背朝天劳作时，成都却"每月有节庆"，这里的人们想的是如何天天过节……

成都富裕的源头可以上溯到三星堆、金沙古蜀时期。从三星堆和金沙遗址的出土文物看，古蜀人创造的文明让世界震惊。南方丝绸之路比北方丝绸之路早了整整1000年。

自秦建巴蜀郡以后，秦蜀郡郡守李冰在古蜀开明王朝离堆的基础上，修建了迄今还泽被于民的都江堰水利工程，使川西平原享有"水旱从人，不知饥馑"的优越条件。

汉初景帝时期，蜀郡太守文翁在成都创办全国第一所官办学校。至武

帝时，已经是"蜀地学于京师者比齐鲁焉"。西汉时期，全国"四大儒"中成都占有两席：司马相如、扬雄的作品不仅影响了当代，更是千载流芳。

东汉中期时，洛阳太学生张陵在四川鹤鸣山结合巴蜀源远流长的巫文化，创造了道教。

三国时期，经过刘备集团的开发经营，以及荆州知识分子集团的全面进入，偏安一隅的成都得到了空前的发展，休养生息，百姓安居乐业。

五代十国的成都更是"躲进小楼成一统"，前蜀王王建和后蜀王孟昶，将创新与享乐发扬光大。

唐时的成都同样繁荣富强，一个十分鲜活而生动的例子是，唐时两位皇帝国破败落之际，同时想到了成都——"幸蜀"是他们最好的选择。

两宋时的四川是人文荟萃的地方，时称"人文之盛，莫盛于蜀"。

然而，这一切灿烂，都在蒙古军队的铁蹄之下，烟消云散了……成都的发展陡转直下，惨不忍睹。

云顶山堪称大宋灭亡的一张多米诺骨牌——丢失了一座云顶山，就丢失了整个成都。就丢失了整个四川。就丢失了整个大宋江山。

这一段历史，一直让美丽的成都隐隐作痛，让整个中华大地隐隐作痛。

唐诗宋词里描绘的那个家园是多么美好，而"南宋末年"那个现实版的宋朝却给了我们另外一版本的家园。

或许成都早已习惯了这样的渊薮，历史上五次大移民无不是对这座城市残酷的考验，"五方杂居，八方共生"。而每一次来自四面八方移民的大融合，都能使再生的成都一次次超越自我，那种融合的优势迎来的是更辉煌的崛起。

柔与刚，构成了成都这座城市独特的DNA。

纵观宋朝灭亡的全过程，给后人留下诸多启示。不少专家学者也一头扎进历史的资料堆里，找出种种证据和论据，但结论却纷繁复杂，莫衷一是，仁者见仁，智者见智。

就在撰写此文的过程中，我也翻阅了一些史料和一些专家学者的论著。在目不暇接的史料面前，不同专家眼里的"因"与"果"反差却很大……

于我们普通人而言，宋代历史名人像岳飞、杨家将、文天祥等可谓妇孺皆知。而对于宋朝的历史，我们却又显得十分陌生，感觉十分遥远。

成文至此，我们还可以把视野放得更宽一些，除了战争胜负之外，从人文、经济、科学等一些细小的切口，一窥北宋与南宋的前世今生——

宋朝（960—1279）是中国历史上承五代十国、下启元朝的时代，历时320年，共有18帝。可以说皇室一代不如一代，而百姓却是历朝历代最忠最勇之辈。

当最后一个年仅7岁的儿皇帝赵昺，被蒙军撵至新会崖门海域（今属江门市）之时，还不忘大兴土木建宫建庙。南宋残军与元军在此展开了一场历时20多天的大海战，最终宋军全军覆没。而导致宋朝直接灭亡的，却是宋朝叛将张弘范。丞相陆秀夫见大势已去，背起儿皇帝赵昺纵身跳海自绝……这一示范动作引发了"骨牌效应"：太后跳海自杀，百姓纷纷跳海殉国……顷刻之间，崖门海域浮尸十万，成为南宋王朝灭亡之际最悲壮的惊天大特写。

面对如此忠勇的百姓，主持大宋王朝的历代皇帝该作何感想！

回想起那一幕幕惊天地泣鬼神的画面，有专家无不悲愤地叹息："崖山之后，再无中国。"

宋代的"中国"，该是怎样的一个词

我们不禁要问，此时的"中国"，应该是怎样的一个词？

稍作考证就会知晓，"中国"一词，在宋以前只泛指一块地方（略相当于"中原"）。自宋代才开始以政治实体指一个国家，同时兼为中华文化的载体。当时宋辽两国文书往来互称南北朝，正好说明他们同属一个中国（文化中国）。

元末人民大起义的口号是"驱逐胡虏，恢复中华"，并非只恢复帝国。这时的中华，应该是一个包括文化和政治在内的现代化中国。

我以为，"大宋"并非指地理版图上的，更重要的是指文化意义上的。

宋元之战半个世纪，很大程度上讲，元是军事上的胜利者，他们以武力强迫宋王朝并入了元朝。但从长计议，宋无疑是文化上的胜利者，他们融合了元王朝的蒙古人。

这，应该不算自嘲。

平心而论，宋朝对中华民族的贡献应该是巨大的。不说别的，就说我们津津乐道的四大发明中，有三大发明是在宋代完成的。

历史学家史执中先生有一句通俗易懂的大白话予以评价，说"宋人无疑是同时代世界最为聪明的那一群人"——

宋人发明的罗盘与最先进的造船术，通过阿拉伯人传到欧洲。宋王朝虽然覆亡，但他们的发明创造却把人类推向了一个新时代——航海时代。

宋人发明了活字版印刷术，能让全人类逐步告别野蛮，通过书籍传播文明。

宋人发明了火药，直接将人类从冷兵器时代推进了热兵器时代，蒙古创建的元朝，就是由蒙古人的骑术加上宋人的火药技术，消灭了宋朝的。

史先生不由得诘问，没有罗盘，能航海么？没有火药垫底，能建立新的军事科学么？没有活字印刷术，能传播文明么？

可以说，世界近代的辉煌文明均源于中国的宋代。

史学大师陈寅恪也不无肯定地承认："华夏民族之文化，历数千载之演进，造极于赵宋之世。"英国著名汉学家李约瑟博士用毕生精力研究中国的科学技术史，他认为"宋代的科技水平相当于英国工业革命的前夕"。但为何工业革命没有发生在中国的宋代，而是数百年后的英国？最为直接的解释似乎是，是时强大的蒙古铁骑横扫欧亚大陆，没有哪一个国家能抵挡其脚步，于军事弱小的宋朝而言，可谓"玉石俱焚"。

我们今天只能仰天长啸，在能征善战的蒙古军队面前，宋王朝也只能哀叹时运不济，有点"既生瑜何生亮"悲愤之叹。

不可否认，轻武重文成为宋朝走向末路的"致命伤"。我们似乎难以置信，宋代人才辈出，那么多科技发明，他们发明了火药、指南针这些重要的"军事元素"，为何就不能打造出一支铮铮铁甲部队，而一举与蒙古抗衡？

历朝历代这样的诘问肯定很多，只可惜历史无法假设，那些谜团只能留给专家们书斋里研究了……

站在历史长河的时空隧道审视宋朝，我们的目光始终难以走出那320年的时代背景。因为大宋治下的320年间，至少有200年老百姓是在自由自在的环境里和谐共生的。

从秦至清的2200年间，中国历史上出现过大大小小数十个王朝，争议最大的莫过于宋朝。"积弱积贫""外患不断""国威前赶不上汉唐，后赶不上明清"……都是后人给宋朝量身定做的标签。

宋王朝立国之初，手里的兵力有限，南有诸多小国割据，北有强辽虎视眈眈，从两国边境到首都东京，一大片开阔的平原地带，一个国家的首都都处于敌方的威胁之下，何谈发展？宋朝第一任大管家赵家天子之首赵匡胤决定低调立国，关起门来发展，重点在经济与文化。

今天看来，这种策略并没什么过错。事实证明，也的确取得了举世瞩目的业绩——

唐宋古文八大家，唐朝只有韩愈、柳宗元二人，其余皆为宋人；

开科取士，选拔贤才，唐早于宋。但也只有到了宋代，才真正形成了一套完备的制度，采用"封弥""锁院""糊名""誊录"等行之有效之法，以公平、公正、公开为准绳，做到"取士不问家世"。

宋王朝是普通老百姓所熟知的一个朝代。今天我们所推崇的国学读物《三字经》《百家姓》《千家诗》都缘于宋人编写。毫不夸张地说，宋以后历朝历代的文人雅士，自发蒙时就在"读宋史"。

宋朝尊重知识分子成为传统，还专门立有"誓碑"，规定不杀士大夫

道阻且长

与上书言事人，也因之成为知识分子最为宽松的黄金时代。而著书立说，科技发明也最为丰厚。

宋朝对于反贪，也有着自己一整套办法，官员在初任或升迁时，都须输取保手续，若行为不检，谁都不敢保。一人一朝犯了贪污罪，终身受歧视，许多家族规定，凡有过贪污的人，死后不许葬入本族坟山。整个宋朝320年间，未出现像明代严嵩、清代和珅那样的巨贪，却有着像包公那样名垂千古的大清官。宋太祖赵匡胤在位时有过两次大赦，但都规定"官吏受赃者不赦"，并把赃官定为与"十恶杀人者"同罪。

纵观宋朝上下320年，外患不断。先是辽国，再是西夏，接着金、元觊觎……几乎少有清静日子，宋朝的皇帝也成为世上最为窝囊的皇帝，但百姓却十分争气，我们耳熟能详的保家卫国的英雄多半生在宋朝——

一个"英雄群体"杨家将足以名震历朝历代；"精忠报国"的民族英雄岳飞同样名垂青史；从容就义的仁人志士文天祥更是以一首千古绝唱《正气歌》长存天地间……当南宋覆亡之际，投海殉国的十万忠勇之士，堪称民族英雄的一座千年群雕。

与之相对应的，是流芳百世的爱国文人，伟大的爱国诗人陆游、爱国词人辛弃疾、爱国女诗人李清照……这些今天妇孺皆知的文豪大家，都出自宋代。

难怪有专家感慨，如果五代之后没有建立一个宋王朝，就那么一直乱下去的话，世界上不可能有一个统一的中国。

此言在理。

其实，龙泉山脉的麾下，地理意义上的云顶山只不过是个貌不出众的平庸之辈，但却干出了令后世景仰的伟绩。它的人文影响力，让古今文人骚客驻足朝拜。有那么多生命和用生命染成的故事作铺垫，云顶山的伟大却从一草一木的朴实中显现开来。

今天，只有残缺的城堡门坚守于此，目睹着一幕幕兴亡更替，在这一片暮色里，新文明的灯火似乎才照亮西部茅舍半晦半明的窗户。有谁还知道，在这片土地上，曾经孕育过姹紫嫣红？暴虐的雷雨之后，又有谁还记得上一个季节的杜鹃啼红？

虽然这里已被时间的刀锋嵌进历史的最深处，致使这名垂千古之地至今人迹罕至，让很多"到此一游"的匆匆过客无暇一顾。即使偶尔不幸造访，置身其间，也是带着玩赏的心理欣赏着一些陈年古物而已……这一切主动或被动的轻视，都不影响云顶山的光芒四射。

著名的南宋爱国诗人陆游，一生留下无数脍炙人口的佳作，从他写给《自小云顶上云顶寺》的诗句中，我们仍可看出其内心深处的忧思——

> 素衣虽成缁，不为京路尘。跃马上云顶，欲呼飞仙人。
> 飞仙不可呼，野僧意甚真。煎茶清樾下，童子拾坠薪。
> 我少本疏放，一出但坐贫。缚裤属囊鞬，哀哉水云身。
> 此地虽暂寓，失喜忘呻吟。故溪归去来，岁晚思鲈莼。

诗中最末一句"岁晚思鲈莼"，无不表达其思乡之痛。

一寸山河一寸血。在中华漫长的征战史上，云顶山只不过是一个鲜活的历史切片，而透过这个"切片"，却让我们看到了血淋淋的历史原貌。

身临其境，"山下旌旗在望，山头鼓角相闻"之感油然而生。

如今，站在云顶山的最高处，耳畔是拂面的和煦春风，满眼一派和谐与安宁。"云顶日出""雾山云海""云顶晴岚"等胜景不时浮现在眼前，替代了历史的硝烟……不远处的慈云寺不时响起悠扬的钟声。

望着那浅浅的红墙，猛然间我生出一个疑问来，这座存世1800多年的唐代十大名寺，为何竟没有在宋末惨烈的战争中消亡？"寺庙"与"战场"，两个处在战争与和平，文明与野蛮两端的尤物，聚在一起的时候，那么惨烈的战争，是怎样打下去的？

只怕寺院只会成为战争医院或者肉体避难所，灵魂就只能在外飘荡，没有了家园。

别了，云顶山

　　山在脚下，思绪已走向远方。

　　我的头顶陡然升起一片云彩……云是神物，上苍的天使。云没有痛苦，只知道跟着风一路前行，从不回头，或许它们已经见过更多的苦难与精彩，但它们心里永远只装着前方的风景，它们的脚步只浅浅地掠过天空，不留痕迹。所以，置身于尘世的我们，很难做到"挥一挥手不带走天边的云彩"。

　　思绪带着脚步，轻轻地慢慢走出历史的印痕。那远山的深绿，夹带着淡黄和绯红，缤纷之中，总有一股挥之不去的忧郁。夕照，正把她最后一抹灿烂，投射到一个朝代那洞墨绿色的城门之上。格外深沉，也格外清晰。

　　当火红的云霞铺满天空的时候，我突然看见了藏在云霞背后的那道彩虹。那遥远的、无法触摸的美丽，让我在瞬间明白了生命最真实的含义。

　　云顶山上那片若有所思的彩色云朵，你明白了么……

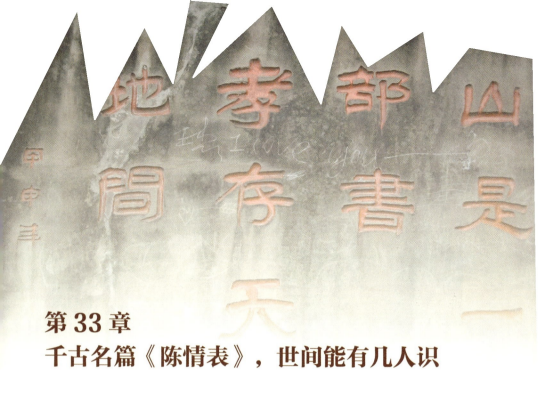

第33章
千古名篇《陈情表》，世间能有几人识

对于"忠"与"孝"，人们自然都会想到两篇传世佳文——《出师表》与《陈情表》。

如果以年龄计，诸葛亮和李密是两代人。诸葛亮写下《出师表》时，李密刚刚出生。诸葛亮苦苦经营着三国时代的蜀汉，而后三国时代的李密，却见证了蜀汉的消亡。

李密出生于224年。

巧合的是，就在李密出生的那一年，另一个男丁也出世了，他就是后主刘禅的长子刘璿。

15岁那年，刘璿被封为太子，而李密则在寒窑苦读。

此时的李密正进入人生的转折时刻——作为亡国之人的他，没有选择迎来一位新君。

好端端的一个读书人李密，好端端的一篇《陈情表》，被晋朝统治者司马炎发挥到了极致。

没能活在当下，却活在了未来。能够以这样的方式让后人铭记，李密也不枉此生了。

从成都一路向南，进入眉山市所属的彭山县境内，行驶不到20千米，便来到一个叫作保胜乡的地方，越野车在蜿蜒的乡村水泥公路上七弯八拐，映满双眼的橘红柳绿。移步易景，恍然间一块龙门村的路牌出现在眼帘，四周又是一片满眼的绿，由竹子掩映的林盘星罗棋布，酷似老和尚的百衲衣，规则有序地镶嵌在这块丰饶大地上，类似川西坝子的田园风光举目皆是。

见过"龙门村"路标后，紧接着闪现的另一路标，便是我要找的目的地——"李密故里"。木牌上的字告诉我，没错，这就是1800年前留下被誉为"千古散文绝唱"《陈情表》之地。

颇让人意外，与各种喧嚣之下的名人故居不同的是，龙门村至今还守着一片难得的宁静。池塘、菜地、民房、宽敞的院坝、三株古树、忙着打牌的乡亲们……一切回归成原来的样子。

这就是李密故里。

不知是李密的"名人效应"还未来得及彰显，还是人们已经淡忘了这位古代名人。人很少。田野间除了农作的乡亲，还有黄桷树下几位打川牌的老人。没有人搭理我们几个外来人，停下车，径直向眼前的崖壁走去——这里是一片碧绿的植物，没有任何故居供人凭吊。眼睛再往前挪移，陡然看见两座小庙，也与李密无关。

我们努力用放大镜一般，寻找着有关李密的蛛丝马迹。猛然间，寻着小庙的方向前移，发现一处依山凿成的崖刻——这便是与李密有

孝

关的唯一物证。

　　所谓的崖刻，就是放大了的连环画，甚为粗制的连环画只有一个字主题——孝。显然，这些崖刻是现代速成品。

现代崖刻

千古之谜，李密为何拒绝入朝

　　据考证，这里便是李密1800年前的家。我有些迷糊，这样一个前不着村后不着店的小丘弯，怎么会成为李密的旧居？转念又想，或许时间太过久远罢。数十上百年前的老屋我们都找不着了，也不必强求千年前的模样。

　　于是乎，向老乡要了一杯茶，我们三人（同道文友唐毅、傅吉石）在恬静的乡村坐下来，望着三棵古树发呆。却不知，这三棵古树乃千年桢楠树。村民告诉我们，本

树下的村民

来原有7棵古树。我们沉默良久，不禁唏嘘不已：

"这三棵古木与李密有关吗？"

"古今读书人的心灵其实都是相通的。"

"我恍然感应到，今天在这里喝茶的，还有一个人，那就是李密。"

李密曾言："吾独立于世，顾影无俦；然而不惧者，以无彼此于人故也。"茶碗边的龙门阵让思絮飞扬，我们很快就穿越到李密所处的西晋时代，那是生长《陈情表》肥沃的土壤……

李密先后生活在蜀汉和西晋，要历史地研读《陈情表》，就得弄清晋武帝司马炎治下的西晋初期，以及更早的后主刘禅蜀汉时代。

历史像个万花筒，看得人眼花缭乱。司马炎和刘禅，他们究竟是什么样的人？

先说司马炎。此时，"三足鼎立"的格局正在发生倾斜，魏国在连年征战中占据上风。曹家天下被司马氏掏空。而他们首先选择要打击的目标，就是蜀国。

263年，司马懿的儿子司马昭灭蜀，结束了魏蜀吴三国混战的局面，三国鼎立变成了魏吴两国南北对峙。

咸熙二年（265），54岁的司马昭病逝。咸熙二年十二月丙寅日，司马昭的儿子司马炎废除了三国时期魏国最后一位皇帝——魏元帝曹奂，即位为帝，定国号晋，定都洛阳，史称"晋武帝"。

此时，晋蒸蒸日上，吴日落西山。而祖辈和父辈留给司马炎的，并非全是一片光明的未来。新君称帝，曹氏宗族蠢蠢欲动，鲜卑族大规模叛乱。

长达10年的战争让司马炎和他的西晋王朝筋疲力尽。北方未定，司马炎根本难以抽身染指东吴。所以直到蜀亡17年之后，司马炎方拿下东吴。当然，这是后话。

却说，统一大业尚未完成之际，司马炎只能采取怀柔政策，其重要举措之一，便是大封西晋功臣，笼络蜀汉旧臣。短短几年间，司马炎封了57个王，500多个公侯，一批原在蜀汉供职的官吏入洛阳为官。

就是在这样的历史背景之下，李密等蜀汉官员悉数征召入朝，李密被任命为太子洗马。即，辅佐太子，教太子政事、文理的官职，为太子的侍从官。

时年44岁的李密，并未对新君的开恩表示感恩戴德，反而拿晋朝"以孝治天下"为口实，以祖母供养无主为缘由，递上《陈情表》，要求暂缓赴任，以表恳辞。

让我们从历史的蛛丝马迹中，洞悉李密恳辞的动机和背景——

史载，晋武帝统一后，举国上下奢靡成风，京都洛阳就有三个出名的豪富：羊诱、王恺、石崇。这个王恺，便是晋武帝司马炎的舅父。

《世说新语·汰侈》就记载了一个王恺与石崇斗富的故事。

南中郎将石崇听说王恺家里洗锅用饴糖水，就令他家用蜡烛当柴火烧。看热闹的人们纷纷扬扬传说石崇家比王恺家阔气。作为皇亲国戚的王恺当然不甘示弱，他命人在家门前大路两旁，夹道四十里，用紫丝编成屏障，奢华装饰轰动洛阳城。石崇闻讯，让人用香料来粉刷墙壁，用比紫丝贵重的彩缎，铺设了五十里屏障。

晋武帝闻讯，竟然觉得这样的比赛有趣，就把宫里收藏的一株两尺多高的珊瑚树赐给王恺。

因为是皇家的稀罕之物，底气更足的王恺，以为胜券在握，特地请石崇和一批官员上他家吃饭。宴席上，王恺命令侍女把珊瑚树捧了出来，众官员都为这罕见宝贝所惊叹。只有石崇在一旁冷笑，他顺手抓起案头一支铁如意，轻轻一砸，珊瑚当场粉碎。若无其事的石崇叫随从把家里几十株珊瑚树搬来让王恺挑选，看得王恺目瞪口呆，只好认输。

原来石崇出身豪门，其父石苞是西晋的开国元勋。因为征讨吴国有功，石崇被封为南中郎将、荆州刺史。荆州刺史期间，石崇搜刮民脂民膏已成家常便饭，甚至还杀人越货。就这样，石崇成了当时最大的富豪。

传说石崇的厕所也修得十分豪华，厕所内准备了各种香水、香膏供客人洗手、抹脸。门口有十多个穿着锦绣的女仆恭立侍候。客人上完厕所，这些婢女把客人身上的衣服脱下，换上新衣才出去，换下的衣服就不再穿了。

石崇的一个朋友，叫刘实，一次去拜访石崇，突然感觉肚子痛，一进厕所，见里面有一只大床，挂着漂亮的纱帐，铺着华丽的垫子。两个侍女各立一旁，手里拿着香囊。刘实连忙退出来，石崇哈哈大笑："你进去的正是厕所啊。"

有一个叫傅咸的大臣痛心疾首，上奏晋武帝说，这样下去对国家大大不利。晋武帝看了奏章，根本未予理睬。

天下没有不透风的墙，这些逸闻趣事像风一般传遍了朝野，李密当然也能听到。用今天的话解释，这与他自己所崇尚的人生观和价值观背道而驰。从内心深处而言，他肯定不愿意同流合污。

李密被司马炎征召入朝，他所侍奉的太子，便是后来著名的傻皇帝司马衷。召李密进宫为太子洗马时，司马衷才9岁，司马炎一心想找个好老师来教育。找来找去，得知蜀汉旧臣李密仁孝博学，不禁如获至宝般喜出望外，立即将正五品的太子洗马封给李密。并督令当地官员，务必把李密请到洛阳任职。

谁知下面的人不会办事，以为谁都会对乌纱帽垂涎三尺，加之李密可能也没有为钦差们准备像样的"见面礼"，所以钦差们难免态度有些生硬。

"诏书切峻，责臣逋慢。""郡县逼迫，催臣上道。""州司临门，急于星火。"

字里行间不难看出，李密在《陈情表》里所透露出的，是一种莫名的愤怒与无奈。

"扶不起"的刘禅，何以成三国在位时间最长的皇帝

再来看看刘禅。

有一个问题浮出水面，既然李密如此怀念旧主，那么人们不禁会问，蜀国有什么值得他坚守与怀念的？蜀国的灭亡，刘禅是直接责任人。刘禅治下的蜀国，到底是一个什么样子？

223年登基，至263年降魏灭国，刘禅称帝共41年。我们很难想象，

41年竟是三国时期所有君王在位时间最长的。

诸葛亮逝于234年，至263年蜀亡，刘禅还继续做了29年皇帝。也即是说，这29年蜀汉王朝的存续，是没有诸葛亮的"后诸葛亮时代"。

甚为巧合的是，自刘备三顾茅庐诸葛亮出山，到诸葛亮鞠躬尽瘁，他刚好为蜀汉工作了27年。诸葛亮加入刘备集团时27岁，42岁那年辅佐后主刘禅，11年间，诸葛亮以"相父"的身份操持着蜀国的一切，可谓"大事小事，悉以咨之"。

故而在后人眼里，刘禅当时除了贡献一个"扶不起来的阿斗"成语之外，基本上没什么作为。

历史告诉我们，诸葛亮光环照射下的刘禅，的确就是一个"扶不起来的阿斗"；而"后诸葛亮时代"的刘禅，才是一个真正的后主。

陈寿的《三国志》里，刘备给刘禅的遗诏中有这么一段话："射君到，说丞相叹卿智量，甚大增修，过于所望，审能如此，吾复何忧？勉之，勉之。"射君是谁已不可考，但这段话的意思很明白，诸葛亮对射君称赞刘禅的智慧，射君又将这赞辞告诉了刘备，刘备很高兴予以勉励。诸葛亮不是阿谀奉承之人，刘备也颇有知人之明，由此可推刘禅非鲁钝之人。

诸葛亮在《与杜微书》中，对刘禅也有不错的评价："朝廷年方十八，天资仁敏，爱德下士。"一个"敏"字也可说明阿斗不是愚蠢之人。

"益州疲弊"。诸葛亮举全国之力的北伐之战，刘禅原本是不赞成的。他曾委婉相劝："相父南征，远涉艰难；方始回都，坐未安席；今又欲北征，恐劳神思。"诸葛亮显然没听他的意见，北伐决议一旦形成，十分"讲政治"的刘禅还是全力支持。诸葛亮前方北伐，刘禅后方补给，虽然最后败北，他还是竭心当好"后勤部长"。

诸葛亮病死五丈原后，刘禅立即停止了空耗国力、劳民伤财的北伐。诸葛亮死讯传来，刘禅连日伤感，不能上朝，竟哭倒于龙床之上。当灵柩运回时，刘禅率文武百官，出城20里相迎。

人们都知道武侯祠是诸葛亮的纪念堂，殊不知它还有一个名字，叫汉昭烈庙。"昭烈"是刘备的谥号。也就是说，这里本来是刘备的纪念馆。诸葛亮死后，刘禅一直没有给他立祠，直到后来，才在定军山修了一个庙。刘禅在世时，成都只有先主庙，没有武侯祠。刘禅死后，其牌位也供于先主庙内。直到南北朝时期，人们才把诸葛亮挪进先主庙，慢慢占了一个位置。没想到香火兴旺，绵延至明代，正式成了君臣合祀庙，并改名为武侯祠。

有意思的是，也就在此时，刘禅的牌位换成了他第五个儿子刘谌。

诸葛亮死后，邓艾军队兵临城下，刘谌劝说父亲"父子君臣，背城一战"。刘禅听从了陈寿老师谯周的建议，权衡利弊之后，决定投降。据说刘谌闻讯，便杀妻斩子，哭诉祖庙，自刎殉国。后人感念其刚烈秉性，是个男人，用他取代了其父。谯周一向以反对北伐战略而闻名，曾写下《仇国论》，其中留下名言："处大国无患者，恒多慢；处小国有忧者，恒思善。"当然，这是后话。不扯远了。

没有了相父的蜀国，进入到"后诸葛亮时代"。刘禅果断废弃了丞相这一职位。

应该说，刘禅还是有较高的情商与谋略，他不仅将张飞的女儿纳为皇后，还把自己女儿许配给关羽的孙子。其目的不难看出，除了父辈情谊之外，刘禅还想牢固这种关系，做给天下看。

刘禅治下的蜀汉，经济稳定，社会安宁，人们过着男耕女织的宁静生活。

或许有人会质疑，既然如此，为什么蜀汉在三国演义中最先走向灭亡？需要说明一点的是，此处并非粉饰这位后主。客观分析蜀汉灭亡，原因应该是多方面的，既有刘备集团起势晚、家底薄、国力弱等先天不足的客观现实，当然也有刘禅及其智囊确实非出色之辈等主观因素。

作为一介平民，从李密的家世与成长经历也可看出，在蜀汉，儒家礼仪已经深入人心。不然，李密的"孝"，不可能得到社会的认可与传颂。

这个时候还没有以科举论功名。寒窗十年，李密成了有一定知名度的读书人，先后被推举为"孝廉"和"秀才"。举孝廉始于汉朝，乃一种由下向上推选人才为官的制度。孝廉是察举制的主要科目之一，被举人的资历，大多为州郡属吏或通晓经书的儒生。

以"孝"闻名乡里的李密，人云"博览多通、机警辩捷"的李密，由此进入了蜀汉政权的通道。后主刘禅先后任命尚书郎和侍郎等职。

尚书郎系尚书台内负责起草文书的官员。这个官职始于东汉，专门选取孝廉中有才能者入尚书台，满一年称尚书郎，三年称侍郎。

可以想象，李密的童年和少年虽然清苦，但生活应该还算不错。一个明显的标志是，他有机会识字读书，这在一般贫穷家庭，是不易实现的。我们今天都难以想象，一老一小的这样一个家庭连基本生活都不易维持，其祖母又是通过何种手段供李密完成学业？

因而，李密长成之后对祖母的"孝"，无不以童年祖孙相依为命为重要基础。这样一个特殊家庭，在自古中国传统的熟人社会里，是很能引起人们注意并颂扬的。

可以说，李密和他的《陈情表》，就是蜀汉社会镜像的一个生动写照与缩影。

《晋书·李密传》载，李密认为刘禅作为国君，可与春秋首霸齐桓公相比，齐桓公得管仲而成霸业，刘禅得诸葛亮而与强魏抗衡。

也即是说，如李密这般蜀汉中低级官吏，对刘禅的政权是十分认可的。

晋武帝的权术，本想用《陈情表》"以德治国"

那个风云变幻莫测的时代，人们都小心翼翼，稍不谨慎就会有性命之忧。很多人，特别是官员行事，如同今天大街上红绿灯一般，"一慢二看三通过"。

此时的李密，不可能不考虑自己的命运，瞻前顾后也就在所难免。除了《陈情表》中说的"祖母无臣，无以终余年"，确实有一个供养祖母问题之外，李密写《陈情表》还有另外更深层的原因，那就是前述的蜀汉的教化与民风。

李密当时已经以孝闻名于世。他出生6个月即丧父，4岁时母亲何氏被逼改嫁，虽然其祖父李光曾任东汉朱提太守，但家境并不太好。所以到了李密渐成年时，经济上应该比较拮据了。能够拜师蜀中大儒谯周，应该也是祖上的声誉所赐。

据《晋书》本传记载，李密奉事祖母刘氏"以孝谨闻，刘氏有疾，则涕泣侧息，未尝解衣，饮膳汤药，必先尝后进。"这一点恰好与晋武帝"以孝治国"的口号不谋而合，司马炎要用孝来维持君臣关系，维持社会的安定秩序，李密是一个极好的典型人物。

令司马炎没想到的是，李密却不配合他的表演。

自古以来"学而优则仕"。平心而论，身在官场的李密不是不想做官，只是不想在这个时候出来做官。他更关注的是"为谁当官""什么时候当官""当什么官"。在这些问题不明朗之前，李密韬光养晦的心态就可以理解了。加之他看出了司马炎的治国策略，面对催逼，更有了谈条件的本钱。

"诏书切峻，责臣逋慢。郡县逼迫，催臣上道。"李密心里十分清楚，轻慢皇帝、违抗皇命是要杀头的。他一方面要掌握好"辞不就职"的火候，另一方面要讲够"此时不第"的理由。

李密深知自己是蜀汉旧臣，"少仕伪朝，历职郎署"，古人讲"一仆不事二主""忠臣不事二君"。如果不出来做官，就有"不事二君"的嫌疑，这就极其危险了。所以他在落笔之时，是经过十分周详的考虑的。最为直接的信号，便是《陈情表》总共29个"臣"字中，有27个"臣"字是李密的自称。可以说从第一个字到最后一个字，李密都是战战兢兢、如履薄冰，说自己"不矜名节"，"岂敢盘桓，有所希冀"。

归根到底，还是不敢让晋武帝有半点不开心。

李密深知，要千方百计把自己的行为纳入到晋武帝的价值观中去，而"孝"正是最好的黏合剂。言下之意，我不出来做官，完全是为了供养祖母，也是为了顺应你弘扬的"孝"。

他断定，在"孝"面前，司马炎就是再恼火，也不好龙颜大怒。

自古忠孝难两全。李密很巧妙地解决了这个矛盾，即先尽孝，后尽忠。也就是说，既可以继续为官，又可以韬光养晦。"臣密今年四十有四，祖母今年九十有六，是臣尽节于陛下之日长，报养刘之日短也。"臣下我今年已经44岁了，祖母已是96岁高龄，我在陛下面前尽忠尽节的日子还长着呢，而在祖母刘氏面前尽孝尽心的日子已经不多了。

入情入理入泣的表述，旨在打动晋武帝。

事实上，《陈情表》之所以能成为千古绝唱，不仅仅因为一个"孝"字，而是将"孝"进行出神入化的处理之后，达到一种情景交融的境界。

短短五百余言，李密从头至尾都在不断渲染三种交错出现的感情：因处境狼狈而产生的忧惧之情；对晋武帝"诏书切峻，责臣逋慢"的不满情绪；对祖母刘氏的孝情。

李密本来想着重表达前两种感情，但为了保护自己，他十分压抑地将前两种感情含蓄地一笔带过，大肆渲染对祖母刘氏的孝情。"臣无祖母，无以至今日；祖母无臣，无以终余年"，将读者的情绪带入一种特定的情境之中。先以简洁精练的语言写自己的孤苦，为"祖母无臣，无以终余年"作铺垫，反复强调祖母的病，"夙婴疾病，常在床蓐"，"刘病日笃"，"日薄西山，气息奄奄，人命危浅，朝不虑夕"。

这样反复强化的效果，让人感觉到这不是一般的祖孙之情，而是特定情境中的特殊孝情。

《陈情表》最主要的读者是晋武帝。面对这个特别的读者对象，李密不敢把儿女情长一泄到底，而用理性对感情加以节制，使其在不同的层次中、不同的前提下出现。因而先写自己与祖母的特殊关系和特殊命运，"臣侍汤药，未曾废离"。然后笔锋一转，写蒙受国恩而不能上报的矛盾心理和自己的狼狈处境。紧接着表白自己感恩戴德，"奉诏奔驰"。然后解释"不能应诏"的原因，"刘病日笃"。继而写自己"不矜名节"，并非"有所希冀"。发誓"生当陨首，死当结草"。

做足种种铺垫，排除晋武帝的怀疑之后，才肆意抒发对祖母刘氏的孝情，这样显得更真实、更深切、更动人。

透过《陈情表》不难看出，李密不仅是作赋为文的妙手，也是精通心理学的高手，更是深谙官场文化的老手。

据说晋武帝览此表后，叹道："士之有名，不虚然哉！"感动之余，"赐奴婢二人，并令郡县供应其祖母膳食，密遂得以终养"。

一篇《陈情表》，简直就成一块"孝心牌坊"了。

将计就计，李密和司马炎都是"作秀"高手

关于"忠"与"孝"，人们自然都会想到两篇传世佳文——《出师表》与《陈情表》。

如果以年龄计，诸葛亮和李密是两代人，诸葛亮写下《出师表》时，李密刚刚出生。诸葛亮苦苦经营着三国时代的蜀汉，而后三国时代的李密，却见证了蜀汉的消亡。

一个写下《出师表》，一个写下《陈情表》。两篇绝世美文对后世影响都极其深远。

自古以来，中国的传统文化都是在"忠"与"孝"的光环下，得以生存的。《出师表》苦口婆心讲的是"忠"，而《陈情表》深情并茂呈的是"孝"。

对于"忠"与"孝"，南宋文人安子顺出语惊人："读诸葛孔明《出师表》而不堕泪者，其人必不忠，读李令伯《陈情表》而不堕泪者，其人必不孝。"

"两表绝作"均出自四川，说明当时的"蜀汉文化"同"魏晋风骨"不相上下。说这话的唐毅先生是李密的老乡，他不禁感慨，读"三国"是一件让人感觉很累的事，看多了英雄、枭雄、奸雄……突然读到一篇《陈情表》，心里会平适一些。

三国遗迹遍布四川，成都有武侯祠、德阳有庞统墓、广元有剑门关……殊不知眉山还有一个李密故里。李密生活的时代，前有"建安七

子"，后有"竹林七贤"……幸好还有《陈情表》。

李密出生于224年。

巧合的是，就在李密出生的那一年，另一个男丁也出世了，他就是后主刘禅的长子刘璿。15岁那年，刘璿被封为太子，而李密则在寒窑苦读。

中国漫长的历史岁月里，不同的生命就像一粒粒种子随手撒在地上一样，由着土地的贫瘠与富饶，野蛮地生长出不同的形态。不由自主地由着命运的舢舨，驶向不同的水域。

只可惜当上太子的刘璿跟他的老子一样，最终未成大器。景耀六年（263）冬天，魏国攻打蜀汉，刘禅举国向魏国大将邓艾投降，蜀汉灭亡。咸熙元年（264）正月，蜀汉大将军姜维听闻，欲设计将邓艾杀死，但因消息泄露被擒，可惜一代名将就此虎落平原。

此刻，刘璿也走向了人生终点。

此时的李密正进入人生的转折时刻——作为亡国之人的他，没有选择迎来一位新君。

凡事一扯上政治，就变得"暧昧"起来。李密和司马炎彼此都在向世人作秀，司马炎想要的，可能就是这样一个效果。

好端端的一个读书人李密，好端端的一篇《陈情表》，被晋朝统治者发挥到了极致。

李密写完《陈情表》一年左右的时间，刘氏就去世了，他又在家守孝两年。没过多久，李密便由太子洗马这样一个学术性职务，外放到河南任温县做县令。温县乃晋武帝祖地，分封到各地的王侯每年回乡祭祖，都会刮地皮般寻求供给，温县百姓不堪重负。李密到任后，为改变此风，特设宴巧妙相劝："今武帝以'孝'治天下，凡属故老，可得哀怜养育。如过多向百姓索取，将有损皇恩，失去民心。"果然奏效，后便再无此现象。

今天看来，李密的这一任命，应该也是晋武帝精心考量的。

李密后任汉中太守，修水利、重田耕、轻税赋、办教育，使汉中富甲一方。

后，"被谗免官，死于家中"。人生结局不免让人唏嘘。

我在李密故里

李密逝于晋太康八年（287），葬于彭山县凤鸣镇龙门村。民国《彭山县志·疆域》载："治北龙门桥去不一里，即为晋李密墓。碑为咸丰六年知县李吉寿题。"

纵观李密一生，没有骄人政绩，亦非大忠大奸。然而有晋书专门为他作传，想来就是这篇《陈情表》。

没能活在当下，却活在了未来。能够以这样的方式让后人铭记，李密也不枉此生了。

第 34 章
伴寻五个历史老人的视野揳入
一座古城

　　街道、房屋只是驱壳。驱壳可以千篇一律，而其中的人，则是形形色色，无法复制的。

　　一个又一个与阆中有关的人物浮现于眼前，排队似的纠缠着我。"弱水三千，取一瓢耳。"我抓阄一般"钦点"了几个，试图能截取一个或几个小小的切片，给阆中庞大的历史肌体上，镶嵌几块无关紧要的鳞片。

　　五个人，五个男人，五个阆中男人——准确地说，应该是五个男人的阆中面孔。

雨水过了、惊蛰过了、春分也过了……大自然已经苏醒，春天渐渐向夏天靠拢。

就在"二四八月乱穿衣"的时节，我来到阆中时，这里还沉浸在浓浓的春节氛围之中，古城街头依旧一派大红大紫——处处洋溢着"年"的喜庆。

刚刚落脚，循入九大碗饭桌旁，财神招春、春倌说"春"……充满年味的表演，穿梭于饭桌之间，人们一边品美食一边看演出，简直就是一幅鲜活的春之图卷。

踩着春天的尾巴来到阆中，而阆中却在营造永不落幕的春节——他们提出

阆中古城

一个大胆的口号："一年365天，我把春节演给你看。"

一个又一个与阆中有关的人物浮现于眼前，排队似的纠缠着我。"弱水三千，取一瓢耳。"我抓阄一般"钦点"了几个，试图能截取一个或几个小小的切片，给阆中庞大的历史肌体上，镶嵌几块无关紧要的鳞片。

五个人，五个男人，五个阆中男人——准确地说，应该是五个男人的阆中面孔。

朗朗苍穹之下，有一颗叫作落下闳的星

严格而言，我是通过一顿饭，侧面认识落下闳的。

下榻在落下闳大酒店，品尝着"24节气宴"。菜还未上桌前，听到介绍时我们都相视一笑，一位文友窃语："这年月，概念满天飞。"可随着

一道道与节气高度匹配的菜肴端上桌，大家都不由自主地举起手机，先在朋友圈享用。

不得不佩服菜品的创意和厨师的手艺：春分笋、清明花、谷雨茶、立春盘、雨水菜、惊蛰虫、芒种梅、立夏饭、小满苔菜、小暑藕、立秋肉、大暑汤、白露鳗、秋分蟹、寒露酥、霜降柿、立冬饺、小雪煲、大雪炉、冬至羊……仅以"处暑鱼"为例，椭圆形的盘子就是一个精致的木船，一文人拿着鹅毛扇，诸葛一般伫立船头，船的另一头是一间茅舍，生鱼片放在文人与茅舍中间，旁边小炉的瓦罐里，熬着雪白的汤。人物、情节齐全，极有画面感，不由让人垂涎。小小的纸片上如是介绍这道菜的创意：处暑以后是渔业收获的时节，每年这个时候，沿海城市都要举行一年一度的"开渔节"。

这些年走南闯北也见识过不少，此景此情还是让我开了眼界。

直到入住落下闳大酒店，孤陋寡闻的我，方知24节气乃落下闳推算出来的。落下闳大酒店，加上24节气宴，这样的创意真可谓珠联璧合，在阆中这个特殊的文化气场，应该会成为最具特色的看点和卖点。

自古，阆中有"前挡六路之师，后依西蜀之粟，左通刑襄之财，右出秦陇之马"之誉。史载，华夏祖先伏羲之母华胥就出生于此，相传伏羲亦孕育于阆中南池。

这里强大的气场自古有之，《尚书·尧典》载，尧命羲氏与和氏观测天象，"敬受民时"，因之羲氏与和氏方得出"年为三百有六旬有五，以闰月定四时成岁"的结果。

原来，羲氏（羲仲、羲叔）就是远古的天文大师。也即是说，落下闳的发现并不是偶然的，他同样是踩在先人的肩膀上向上攀登。

不可否认的是，羲氏只是拉开了一个序幕，令那时的节令、物候有了雏形，历史的舞台期待落下闳这样的大师去不断超越。因而才有了《太初历》，才有了科学而精准的24节气，才有了"正月朔日"，也才有了我们乐享千年的春节。

从小记事起，丰富而多彩的春节故事，就固化进我们的血液里——

自腊月初八始，就进入"年"的气场：吃过"腊八粥"（须用米、花生、腊肉、豆类、胡萝卜、盐等不少于8种食材熬煮而成）之后，便忙着采年货，腊月二十三"祭灶"（向灶王爷敬香），"腊月二十四，掸尘扫房子"（开始系统扫尘除垢，因"尘"与"陈"谐音，有除陈布新之意）。

年近除夕，就开始贴春联、剪春花。除夕的年饭把春节的气氛推向高潮，与北方更看重"年夜饭"不同的是，四川人十分注除夕日中午的年饭。

打小记忆里，这一定是一年中最为丰盛的一顿饭。特别是物质短缺的年月，很多稍贵重一点的食物，都会存放到这个时候才享用。这顿饭的仪式感也特别强，饭前，母亲带领女性成员在厨房忙着，父亲则带着我们敬神龛、祭祖先、放鞭炮。

开饭了，饭桌上鸡、鸭、鱼一定要头尾俱全，寓意着有头有尾。满满的一大桌菜，是专门用来剩下的，寓意着吃不完用不完，年年有余。

中午的年饭过后，父亲就会拿出早已准备好的"压岁钱"，给我们这些儿女们一人一份（记忆中最早过年的时候给一元钱，后来生活慢慢好了，给两元、五元不等）。有了钱，我们就有了不回家的资本。特别是我们这些男孩子，会急不可待地买甘蔗、买花生、买鞭炮之类，不花完钱是不会回家的。

年关时节的阆中是不夜城。从除夕夜到正月十五，阆中古城都是热闹非常。舞火龙、耍龙灯、踩高跷、打钱棍、花轿迎亲、张飞巡城、提

街头的表演

灯会、巴渝舞等，上古时期流传下来的地方特色民俗大戏，都会轮番上演。

过了正月十五，年还不算过完，正月十六"游百病"，这是阆中最具地域文化特色的体育活动。是日，民众们会邀亲朋好友，登高过桥祛百病，城周白塔山、滕王阁都是大家趋之若鹜之地。据说，每年参与者都在十万之众以上，前些年，这项活动被列为国家级非物质文化遗产。

是一个叫落下闳的阆中人，给了我们春节，让我们不仅欢乐了上千年，还成为华人独有的"文化身份证"。

落下闳是一个人，落下闳也是一颗星。对中国有着深入研究的李约瑟，称落下闳是世界天文领域中"灿烂的星座"。之后，国家天文台将一颗小行星命名为"落下闳星"，国际永久编号为16757。

对于落下闳的伟大，那些专业的术语我辈不是太明白。根据我通俗的理解，这样说吧，中国自古是农耕社会，在落下闳之前，因为没有时令，人们都在昏昏噩噩地过日子，种下庄稼因不在"点"上收成不好。是落下闳根据天文地理，精准地推算出一年四季和24节气。用我们今天的话说，自此，人类才真正进入"科学种田"的范畴。近千年来，农民何时下种，何时收成，无不将节气奉为圭臬。

中国古城很多，而阆中只有一个。阆中号称风水之城，历史上与风水有关的人，都与阆中有关。落下闳之后，还有袁天罡，还有李淳风。

李淳风的墓，袁天罡的《推背图》，一直蛰伏在阆中的绿水青山间。

阆　中

大隐隐于野，隐居于谯庙子村的"三谯"

落下闳、袁天罡、李淳风等人的名气太大，我想躲过他们的光芒，把注意力聚集到另外几个与阆中有关的人物身上。

于是，我来到了距县城40千米的老观古镇上。

坦诚地讲，在古镇云集的世象里，像老观这样破败的古镇，并不能提起人们的游玩兴致。从建筑上看，古镇除了清代的粮仓，标配的奎星楼，徒有虚名的财神庙，还有并不古旧的亮花堂之外，其余皆"泯然众人矣"。没有经过"打造"的古镇上，几条窄窄的街道歪歪斜斜，一爿爿错落有致的房屋破破烂烂，出入房屋的，也只有老人和小孩。

或许正是这种毫无掩饰不着边际的"破"，吸引了我的目光。

街道、房屋只是驱壳。驱壳可以千篇一律，而其中的人，则是形形色色，无法复制的。

我看中的，正是老观镇上的人。

刚刚踏入窄窄的蜿蜒的街道，就听见一阵锣鼓声，那节奏很熟悉，我们一行人寻声前往，有节奏的锣鼓声，从一个破败的老屋里传出来，原来那是镇上的文化站。

"在我们这儿，就叫逗狗锣鼓。"南充市散文学会会长何永康操着川北方言，形象地解释说，"锣鼓在向大家吆喝，有好戏马上开演了。"

我们悉数进入破屋子，在长条凳上坐下，但见一精瘦老者偏着头，聚精会神，右手锣左手镲，"哐且哐且——当"一招一式很有风范，全然不管台下多少人举起手机对着拍照、录像。

表演的是新编的川剧折子戏，名字叫"李富贵相亲"，与扶贫有关。随同我们的副镇长介绍说，这里唱戏的、打锣鼓的，都是镇上的票友。我放眼一看，台上看戏的，也多是老人与小孩。

平心而论，也就是"票友"级水准。少顷，我起身离开，只见后门外几个衣着大红衣服的妇女在跳舞，遂向外走去。她们练的基本上是脚上功夫。水平也很业余，我们却看得津津有味，对着她们拍照，她们大明星一般只醉心于排练，无视我们这批不速之客。

沿着狭窄而弯曲的街道前行，经过财神庙，来到亮花堂。副镇长指着那幢标有"亮花堂"三字的建筑物说："这个地方，是春节期间最热闹的地方。"

这就是著名的年俗舞蹈"亮花鞋"的根。据传，始于东汉光武帝刘秀时期的"亮花鞋"，源于老观镇古代盛行的"亮宝会"。直到明末清初，亮宝会以展示精巧的女红为主，当地又俗称"亮骚会"。需说明一点的是，这里的骚，指俊俏、俏丽。出处源于《红楼梦》那句"身量苗条，体格风骚"。

久之，"亮骚"一词，便成了川北一带专用"方言"，有炫耀之意。

明代中期，女子被迫裹足始，男人对女子第一审美，便是"三寸金莲"。"亮骚"主要看女人的小脚和脚上穿的花鞋。旧时要看"三寸金莲"不易，故而有绅士文人总结出"观莲五术"，也称女人的"五步表演"。即蹬阶梯、下阶梯、上花轿、过小桥、逆风中行走。

新文化运动放开了女人小脚，老观风靡数代的"亮骚会"停止。直到民国十年（1921），老观团总彭典初动议，将女人们做的绣花鞋来一个比赛。"亮花鞋"演变为当地女红大赛，除了绣花鞋外，还有扎花绣朵的荷包、手帕、围腰、裹肚子、帐帘、门帘、窗帘、小孩鞋帽等。

2018年，阆中市选送的民歌舞蹈《亮花鞋》惊艳央视春晚，深藏于老观镇的这个年俗方为外界所识。

行进于凹凸不平的石板路上，何永康告诉我，老观镇不仅仅是"亮花鞋"原产地，而我们在老街上看的灯戏，其源头也在老观。

这让我有些意外，陡然间对老观刮目相看。

灯戏，是川剧的源头之一。川剧的唱腔乃所有剧种最为丰富的，是为"五腔共和"。要知道，灯戏有着上千年的历史了。见我有些困惑，一直徜徉在南充这片土地上的永康兄肯定地说："没错。灯戏就发源于老观。"原来，老观作为有名的旱码头，历来就是一个"灯戏窝子"。自古以来，这里的人们演灯戏、看灯戏、议灯戏，年复一年，代复一代，已经形成浸润到骨子里的传统了。

2005年，老观能够被评选为"中国历史文化名镇"，我以为，肯定不仅仅是这些"看得见"的几条古街，更多的，是像亮花鞋、灯戏这些"看不见"的，不为外人所知的那些传承。

其实，我还是有些过早结论了，老观"看不见"的"古"，远不止于此。

历史上溯到1500年前，也就是南朝梁武帝天监八年（509），此地置白马义阳郡。西魏恭帝二年（555），改白马义阳郡为白马郡并置奉国县。后历隋唐、五代、宋均为奉国县。元世祖至元二十年（1283）奉国县撤废，不再恢复。直到明代，还存有奉国寺遗址。后为奉谷乡，清代为重锦乡，直到今天为老观镇。

老观镇的文化名人，最早有汉武帝时重要臣僚谯隆、谯玄和谯瑛，史称"三谯"。当地建有谯玄庙。

或许年代太过久远，"三谯"在家乡的遗存已经烟消云散。好在《华阳国志》《后汉书》《保宁府志》等一些史料，给我们提供了一些历史佐证——

谯隆，字白司，西汉贤臣，先后任上林令。忠下侍中，汉武帝元封年间，把同乡落下闳推荐给汉武帝，遂有落下闳创制《太初历》。

谯玄，字君黄，谯隆之子，少好学，西汉成帝时先后任朝庭义郎、太常丞、中散大夫，后王莽篡位，弃官隐居谯庙子村。王莽请他做官，谯玄没答应，被赐毒酒。儿子谯瑛以钱财为父赎罪才得以幸免，后老死于家乡。东汉光武帝下诏书命阆州郡修庙祀谯。

谯瑛，谯玄之子，学识丰富，熟悉易经，皇上授予北宫卫士令。

原来，这个谯隆，便是推荐落下闳创制太初历的谯隆。本以为谯氏三爷孙不是什么出众之人，但当听说当初落下闳就是经谯隆举荐而闻名天下时，我不禁张大了嘴巴。

我真是有眼不识泰山。

老观人没有忘记谯家祖孙三代，迄今为止，"老观镇谯庙子村"仍是一个留传后世的最佳符号。

阆中的"古"不是偶然的，老观为观察阆中一个最好的入口。

古镇广场边有一个告示牌，牌上写有这样的文字："在这里，

层层叠叠的屋檐

有许多古老的房屋拥着这些小巷，不管外面的世界怎么变，仿佛对他们没有任何的影响，他们依然按照他们传统的方式生活着……对于古镇来说，生活原来是可以这么平淡、悠闲。"

这段话不仅仅是写给古镇的。我以为，它更多的，是写给与古镇有关的人。

天井里的人

"王灯影"的乾坤挪移

夜幕降临，大地一片寂寥，唯有此处喧嚣。

雪白的屏幕上，龙楼凤阁，雕廊石砌，绿树红花，蜂蝶雀鸟，飞云奇峰，怪石异璧……一个似真非幻的万千世界。身段优美，造型别致的影戏人物，时而举步而蹈，时而掸袖而舞，指爪灵巧自如，举止分寸适度。

再配以优美的乐曲和绝妙的唱腔，令你上下通态，身心俱悦。

这便是我年少时，第一次看皮影戏的全部感受，数十年后历历在目。

我们这些经历过生活困苦的人生，小时候的娱乐生活是很单调的，因而每一次都会记忆犹新，不断咀嚼，终生难忘。往往或会因一场电影、一出川戏，都会跟着大人翻山越岭跑十数里地。

青葱岁月里最快乐的时光，莫过于看"王灯影"的皮影表演。

"王灯影"的皮影表演

"王灯影"就是王文坤。我嫂子的父亲跟王文坤同岁，彼此成为"老庚"（据说还举行过拜庚仪式）。

我的老家紧邻阆中，嫂子就是地道的阆中人。嫂子姓仰（一个比较少见的姓），老家在阆中水观的仰家坪（奇怪的是，这个很狭小的地方，几乎都是仰姓，其他地方却没有此姓居住者，值得研究）。

我最早一次看皮影表演，便是在嫂子的娘家。那一天是她父亲（我哥哥岳父）生日，王文坤带着班底，到她家"慰问演出"，也庆祝他自己的生日。

说是班底，其实就王文坤父子俩，还有一个背着皮影的背囊。

这是我第一次见到王文坤，他抽着叶子烟，长得有些富态，或许是跑江湖的缘故，很喜欢笑，也十分和善，大人小孩都乐于亲近。遇到年龄相仿的，他会将叶子烟杆从嘴里抽出来，擦掉口水，满脸笑着："您也来一口？"对方会不介意地接过烟杆，"叭哒"几口，用鼻子吐出长长的白雾，心满意足之后，再擦一下烟杆，礼貌地回敬给王文坤。

烟杆无疑是王文坤的江湖"礼器"。千万别小看这社交礼仪，就在这一来一回间，平添了彼此信任，说不定下一场演出，就在这无声无息中敲定了。

这个慈祥的老头，我没有看出其过人之处。但到了晚上，王文坤像换了一个人。

黄昏过后，一块白色的布挂在阶檐边，人们慢慢地向白布前靠拢，夜色渐浓，一盏汽灯（那时少电，煤油汽灯是必备）置放在白布后面，白布瞬间变成了屏幕。四周一片漆黑，人们的目光全聚焦在屏幕上，王文坤和他的儿子在众望所盼中登场。

几张牛皮，几根竹棍，几声唱腔，就是一台精妙绝伦的春秋大戏。

王文坤的唱腔我至今记忆犹新，时而高亢，时而低沉；时而严肃，时而诙谐；时而老腔，时而花腔，各种角色在他的旁白和唱腔里转换自如，不时赢得阵阵掌声与喝彩声。

看着看着，我们就会好奇地跑到屏幕后面去一探究竟，却只见父子俩端坐后台，又要走影子（耍皮影），又要打锣、吹唢呐、拉胡琴，还要说唱。双手挥舞着千军万马，整个世界都在掌握之中。顷刻之间，那种莫名的神秘感和崇拜之情，便油然而生。

无论是传统戏剧还是折子戏，我幼小时仅存的历史记忆，多是王文坤的皮影种下的。

读书后，工作后，再也没有见到过王文坤和他的皮影，只偶尔从哥哥和嫂子闲谈中，获取一些碎片信息。说王文坤全家出动耍皮影；说王文坤漂洋过海到维也纳金色大厅演出，很是长脸；说王文坤的10个皮影被奥地利国家博物馆收藏，挣了一大笔；说没人看表演了，王文坤的皮影生霉了；说王文坤已经过世了……他去世的同一年，他的老庚，嫂子的父亲，我哥哥的岳父，也相继离世……自此，世上再无"王灯影"。

这是20世纪90年代的事了，看起来很遥远，想起来却很近。

20世纪过去了。仲春时节，我来到阆中古城，在南津关古镇再一次看到"王灯影"，仿佛又回到了童年。还是那个味道，没变。唯一不同的，是屏幕背后的油汽灯换成了电灯。

又得知阆中有了"王文坤家庭皮影艺术团"，还有"王文坤皮影博物馆"。

当晚，在下榻的宾馆里，我心里有一种说不出的悸动。我一头钻进了资料堆——

天下皮影源出陕西，而陕西皮影起自李夫人。夫人的兄弟李延年，唱了一首《佳人歌》，使得汉武帝听后叹息："善！世岂有此人乎！"

后来，李夫人早逝，汉武帝悲恸不已："上怜闵（悯）焉，图画其形于甘泉宫。"武帝太过思念李夫人，"方士齐人少翁言能致其神"。夜中请武帝坐在远处，用烛光照亮李夫人形象的剪影，"遥望见好女如李夫人之貌，还幄坐而步"。

自此，皮影成为汉武帝的慰藉。

上述出自《汉书·外戚传》的记载，成为中国历史上最早的"皮影传奇"。

却说王文坤早年拜入川北冯朝清皮影班主李云亭门下，从此开始走村串街"耍影子"。攻木雕，学剪纸，习器乐，练唱腔，最后雕刻皮

寻常巷陌

影。继任班主后，王文坤集"土""广""渭"等皮影之长处，吸众家"雕""剪""绘""刻"等技艺之精要，融川北风情民俗之意趣而自成一派，创立了影像较大、人物造型圆润、独具神韵的"王灯影"。

雕刻皮影的难度之大，人物之复杂，超出我们想象，只有在通晓戏剧故事全局和人物性格后，才能胸有成竹并可操刀雕刻。一人能完全"走影"（表演皮影），会唱能耍，少则五年，多则一生。而像王文坤能唱能雕能剪能刻能吹能拉能打（器乐）的，独此一人也。

川北皮影有土皮影、渭南皮影之分，而是"王灯影"是中国唯一以人名命名的皮影。

这，就是王文坤的伟大之处。

方寸白布一盏舞台，尺把小人演绎华彩。当青灯之影穿透人物、花草、楼宇……千人千像在画幕的另一端映现，波澜壮阔的故事呈现于观众眼前……声色犬马、世间百态，令你眼界大开。这便是中国非物质文化遗产独特的魅力。

令我万分遗憾的是，作为一个弄新闻的人，之前竟错过了身边一个如此重量级人物，真的该检讨。

"一帘灯影唱高楼，宛转歌喉度曲幽。阿堵传来神毕肖，果然皮里有春秋。"

王老已远行，我辈叹弗如。

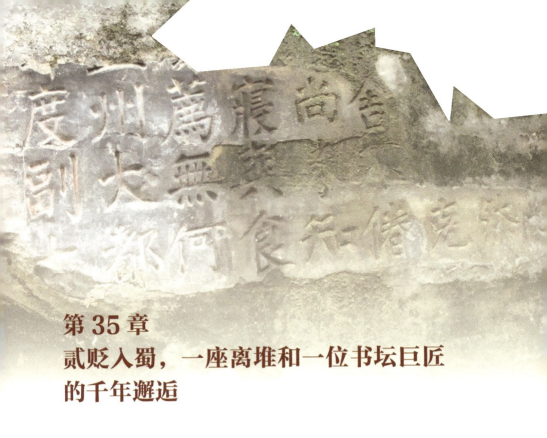

第 35 章
贰贬入蜀，一座离堆和一位书坛巨匠的千年邂逅

颜真卿与四川的情缘不浅，隋唐五代时期，颜姓多人曾在四川为官。除颜真卿本人之外，颜真卿的二儿子颜颢，曾任蓬州长史；颜杲卿的儿子颜泉明曾任彭州司马；颜威明曾任邛州（今邛崃）司马；颜翙曾任温江丞；颜规曾任绵州参军；颜靓曾任盐亭尉等。

镌刻于四川南充仪陇新政的《鲜于氏离堆记》为颜真卿54岁所书。这个年龄正是一个人年富力强之际，也正值颜真卿书法艺术中期。

摩崖大字，丰硕伟岸，气势磅礴，震撼人心，不愧为颜书大字的杰出代表。

历朝历代书法名家的排行榜，算得上另一个版本的历史晴雨表。

就书品而言，颜真卿的伟大之处，就在于他改变了汉字的外表形象；就人品而言，颜真卿更是为悠久的中华文明树立了一个铮铮铁骨的士大夫典范。

新政离堆肇始

离堆亦称"离碓"。水离山，山离水，俱各分离而又各相依托。是为人工开凿水道所遗址孤岛般的山体，此乃古人修治山水之智慧。

《四川省志·文物志》载："蜀中四大离堆，新政离堆居首，灌县都江堰离堆、乐山乌尤山离堆、洪雅离堆。"有着"千河之省"美誉的四川，离堆的形态十分丰富，历代有文字记载的被称为离堆的多达10余处，甚为有名，大体有4处——都江堰离堆、乐山乌尤寺离堆、洪雅岷江离堆和新政离堆。

新政离堆，位于新政城南3千米的嘉陵江西岸，相传为禹以火焚之法辟山导洪所致。辟断开的山头北东南三面绕以大江，突兀高峻，直插江心，故称离堆。颜真卿在《鲜于氏离堆记》也如是记述："斗入嘉陵江，直上数百尺，形势缩矗，欹壁峻肃，上峥嵘而下回洑，不与众山相属，是之谓离堆。"

司马迁在《史记》之"河渠书"载，战国时秦蜀太守李冰"凿离碓，辟沫水之害"。都江堰离堆是从玉垒山分离的小山堆。离堆北端有伏龙观，传说李冰于此降服孽龙，锁于离堆之下的伏龙潭中。伏龙观的左侧是宝瓶口，江水奔腾澎湃，气势磅礴。恰如都江堰一副楹联所言："完神禹斧椎功，陆海无双，河渠大书秦守惠；揽全蜀山水秀，导江第一，名园生色华阳篇。"南宋著名诗人范成大在《离堆行》中，也形象地记录了都江堰离堆之雄伟："残山狠石双虎卧，斧迹鳞皴中凿破。潭渊油油无敢唾，下有猛龙跧铁锁。自从分流注石门，西州粳稻如黄云……"

乐山乌尤寺离堆就在乐山大佛所在地，近靠凌云山，规模也甚宏大，大渡河、青衣江、岷江汇合于此。其支流在此入分洪道，绕过乌尤山后在马鞍山又入岷江。乐山乌尤离堆的工程精妙，将凌云、乌尤两山之间马鞍形凹洼地势巧妙用之，借以除去"三江第一关"的障碍，裨使过往船只安全通过。

相较于都江堰离堆、乐山乌尤寺离堆，新政离堆的悠久历史与傲岸风景均不在前二者之下。新政离堆唐时颜真卿撰文并书写的《鲜于氏离堆记》，故最为有名。

新政离堆，高数十丈，西临白鹭坝遥接灵宝寨，东南隔水与火焚山对峙，由北奔腾而来的嘉陵江在此急转弯，绕着离堆再向西南流去；悬崖峭壁，激流回洑，波涛汹涌，是千里嘉陵江航道上的险滩之一。千百年来，此处被扳稔引舳的舟子船家视为鬼门关，故而在离堆山建坛设庙，企盼神灵能镇住河妖，保佑南来北往行船平安。自汉代以来，离堆山香火旺盛，道教盛行。

何来新政？背靠嘉陵江水的新政，坐落于南北长15里，东西宽约10里的冲积型河谷盆地中央，三面依山，一面临水，自古以来就是一个十分繁华的水码头。唐李吉甫《元和郡县志》载，唐高祖武德四年（621），割相如（今蓬安县）、充国（今南部县）立新城县，为避太子建成讳而改名新政县。

自汉代以来，新政就以盛产井盐和水运交通发达著称于嘉陵江流域。随着唐朝设县的大好机遇，这个政治交通要冲上的古镇，其文化经济得到极大的发展。

明清时这里还有城墙和护城河，城依地势而修，有大小八道门，依八卦方位立门。

直到20年前，年少之时的我初到新政时，印象最深的，莫过于那一片有无数小吃的窄窄的老街，和那临街而泻的一汪江水。那些老城街道纵横呈井字形，有正街、新街、盐店街、米市街、布市街、铁匠街、大小南街、大小西街、五福街、问昌巷、油房街、外东街，这些街与东西南北八门相连通，构成了一个繁华的水码头。

举家南迁，离堆与"鲜于氏家族"

却说水码头新政，历史上是经济繁荣人文荟萃的工商重镇。隋初时，风光旖旎的离堆山已是闻名遐迩的道教圣地，一年四季香烟缭绕，钟磬声、颂经声回荡在嘉陵江两岸。

新政的繁荣与兴旺，吸引了南来北往的商贾巨富、仁人志士。其中最具代表性的，就是从河北渔阳来的"鲜于氏家族"。

"鲜于氏"一脉可谓源远流长，要上溯到周王朝。据载，周武王灭纣，封箕子于朝鲜，其子仲食邑于，故受氏。自此，子孙以鲜于为姓氏。鲜于祖庙按周礼建于其封地所属的渔水之阳，故称"渔阳人"。其踪迹可在颜真卿《中散大夫京兆尹汉阳太守少保鲜于公神道碑》中寻见，有文字曰："洪范垂休，系殷封周，鲜于身繇，派渔阳兮。"

鲜于氏的老家在北方。早在东汉时，渔阳人鲜于褒官至京兆尹。褒十二世孙鲜于康，任后魏秦州刺史，后官至直阁将军封武威郡公。鲜于康玄孙匡赞、匡绍，分别任隋通议大夫和隆州（今阆中）刺史。鲜于匡赞生士简、士迪，匡赞早孤，二字随叔父隆州刺史鲜于匡绍迁居新政。

其后，渔旭籍人鲜于氏家族便在新政落地生根，生息繁衍。鲜于士简生令征，鲜于令征生仲通、叔明兄弟。

也即是说，由于仕途原因，鲜于氏家族异乡为官，来到川北这片土地。

生长于钟鸣鼎食之家的鲜于匡绍，在隋为刺史，隋亡后弃官经商，充分展现其商业才干。其财富也迅速集聚。到鲜于仲通、叔明兄弟这辈时，"鲜于氏家族"在新政已经生活了四代。

唐中叶，已跃升为巴蜀大豪的鲜于氏家族，买下了新政沿江两岸长近百里、宽约20里的大片土地。在发展传统制盐、淘金、制陶的同时，还利用新政便利的水上交通，开通上至利州（今广元市）、下达渝州（今重庆市）的全程河运航线。在鲜于氏家族的打理下，新政优越的地理环境、绵延数十里的砂金矿床、丰富的井盐资源、发达的水陆交通条件得以利用，使之成为川东北重要的商埠。

至唐开元年间，鲜于氏家族的接力棒传到了鲜于仲通、叔明兄弟手里，他们继续彰其祖业，加大对休闲娱乐产业——离堆山的建设投入，欲以离堆山独特的人文景观，跻身于巴蜀著名道教宫观及避暑胜地之列。

其实，鲜于氏家族看中离堆这块宝地，还有另外一个缘由。那就是有利于鲜于仲通的成长。"鹰犬射猎自娱，轻财尚气，果于然诺。弱冠以任侠自喜。""年二十余尚未知书，太常切责之。"从上述简单的文字可以看出，鲜于仲通少年时甚是顽劣，到了二十几岁才发奋读书，"慷慨发愤，养蒙学文，忘寝与食"，在离堆偏僻而陡险的临江一侧的山岩上凿洞隐居，励精治学。相传，鲜于仲通"读书欲睡"时，为惩罚自己，乃"以针钩膝，血流至足"，仍奋然曰："安有勤奋苦读，而不能破万卷书耶。"

从来纨绔少伟男。生长于富贵之家的鲜于仲通，"开元二十年（732），年近四十，举乡贡进士高第"，有了一纸"进士文凭"，鲜于仲通可以走入仕途。

自从杨玉环成为贵妃后，杨氏家族鸡犬升天。远在四川的堂兄杨国忠在富豪鲜于仲通的资助下，也来到了长安。杨国忠将仲通推荐给剑南节度使章仇兼琼，鲜于深得章仇兼琼赏识，任为采访支使，委以心腹。

唐天宝九年（750），鲜于仲通荣升剑南节度使。

剑南道是唐朝的西南门户，担负着绥靖南诏的重任。唐王朝最初扶持南诏，本想借其牵制吐蕃。未曾想南诏势力坐大以后，想要摆脱唐王朝的控制。

天宝十年（751），针对南诏的"天宝战争"爆发，鲜于仲通率领6万大军，分两路出戎州、嶲州，进至曲州、静州，意图一举击溃南诏。南诏王阁罗凤遣使者谢罪，请求归还所俘获劫掠的人与物，并澄清利害得失："现在吐蕃大军压境，如果不允许我的请求，我就归顺吐蕃，云南就不是唐朝的了。"

鲜于仲通不听，囚禁了南诏使者，继续进攻。结果6万余人战死，鲜于仲通大败后，只身逃归。杨国忠竟上报说大捷，并下令临时从两京以及河南河北招募百姓为士兵，进攻南诏。

　　天宝十三年（754），李宓率领7万军队进攻南诏。李宓打到南诏首都太和城外，阁罗凤闭门不战。李宓的粮草耗尽，军队有十分之七八的人因为患瘴疬瘟疫以及饥饿而死。李宓率军返回，南诏追击，全军覆没。

　　战后，南诏归顺吐蕃。自此，南诏和唐朝以及吐蕃之间的战争不断，给百姓带来了无尽的灾难。

　　洪迈在《容斋随笔卷四·李宓伐南诏》用不足百字，较为详细地记载了前因后果——

　　唐天宝中，南诏叛，剑南节度使鲜于仲通讨之，丧士卒六万人。杨国忠掩其败状，闭壁不战，宓粮尽，士卒瘴疫及饥死什七八，乃引还。蛮追击之，宓被擒，全军皆没。国忠隐其败，更以捷闻，益发兵讨之。

　　"天宝战争"后，唐军统帅鲜于仲通"仅以身免"。杨国忠为掩盖讨伐南诏败迹，调鲜于仲通任京兆尹（首都行政长官）。

　　天宝十二年（753），京兆尹鲜于仲通、中书舍人窦华，侍御史郑昂等杨国忠亲信，请求玄宗给杨国忠在尚书省门立"铨综之能"碑，歌颂其选官有"功"。玄宗让鲜于仲通起草碑文，并亲自修改了几个字。为了向杨国忠献媚，亲自把这几个字用黄金填上。

　　交换和利用的关系注定不能长久。随后不久，鲜于仲通便因违背杨国忠遭贬，先贬为邵阳郡司马，后迁汉阳郡太守，最终死于天水郡太守任上，享年62岁。

　　时间过得真快，从贬到死，仅仅过了两年时间。

　　对于史家而言，鲜于仲通是南诏史中的重要人物之一。《旧唐书》和《新唐书》没有给鲜于仲通立传。

同朝为官，颜真卿与鲜于仲通莫逆之交

关于鲜于仲通的身世，相关记录甚少。后世研究主要依据《中散大夫京兆尹汉阳郡太守赠太子少保鲜于公神道碑铭》，这是颜真卿专门为鲜于仲通撰写的一篇散文。

这篇散文可谓鲜于仲通的履历表，颜真卿对他应该是了如指掌。"公讳向，字仲通，以字行，渔阳人也。"文章开宗明义，表明了与主人公非同一般的关系。

仲通与真卿"既接通家之欢，载敦世亲之好"。这是颜真卿在《神道碑》文中所下的评语。

严格来说，鲜于仲通与颜真卿真正在一起共事的时间，满打满算也不满3年时间。且都为一殿之臣，能将他二人紧紧捆在一起的，是他们同是"忠正耿介，嫉恶如仇"之士。因为彼此惺惺相惜，最终成为莫逆之交。

我们看看他们的履历——

天宝九载（750），鲜于仲通由益州大都督府长史兼御史中丞持节充剑南节度副大使知节事，剑南山南两道采访处置使调京任司农少卿。天宝十一年（752）拜京兆尹。而颜真卿天宝九年由东都采访判官调京任殿中侍御史武部员外郎，到天宝十二年（753）没有工作调动。

总结一下史料的信息，他们二人交往的巧合，堪耐玩味——

相似的仕途经历。两人同于天宝九年调回京师供职，得以有三载同僚，才有相识相知的机会。在与权奸明争暗斗中，同样耿介特立，刚严不阿，绝不同流合污。

相同的政治命运。同遭杨国忠排斥，同时贬谪外地，两人的友情在天宝十二年（753）达到升华的顶点。为职责使命所驱使，两人常互相支

持，互为声援，同仇敌忾，结下了深厚的情谊。

相近的家世背景。皆是诗礼传家的世家子弟，均受到良好的文化教育和严格的礼教熏陶，他们身上均具忧国忧民儒雅忠义的刚正之气。

相同的一门忠良。鲜于氏家族先后有八人为国效力，两人战死一人身残，在平蛮平蕃等战役中功勋卓著。颜氏家族先后有七人在朝为官，有三十余人死于安史叛军之手，并在平定安史之乱中立下赫赫战功。

颜真卿一生为人撰记写碑无数，但为同一人既撰记又写碑，则只有鲜于仲通一例。不仅如此，颜真卿在写下《鲜于氏离堆记》七年之后，还特地为他撰书"神道碑铭"，铁杆兄弟之情跃然纸上，让我们看看颜真卿笔下的溢美之辞——

以财雄巴蜀，招徕宾客，名动当时，郡中惮之，呼为北虏。士简生令征，公之父也。

倜傥豪杰，多奇画，尝倾万金之产，周济天下士大夫。

十一载拜京兆尹。公威名素重，处理刚严。公初善执事者，后为所忌。

十二载遂贬邵阳郡司马，灌园筑室，以山泉琴酒自娱，赋诗百馀篇。俄移汉阳郡太守，下车闭阁，唯读《元经》以自适。

不幸感疾，以十四载闰十有一月十有五日，终于官舍，春秋六十有二。

让人意外的是，颜真卿《神道碑铭》中，只字未提鲜于仲通与杨国忠的关系，而影响鲜于仲通一生荣誉的"天宝战争"，也只是一笔带过。

是颜真卿有何难言之隐有意为之？还是颜真卿果真不知实情？

彼此同朝为官，如果说不知道显然情理上说不过去。按颜真卿的为人与秉性，也不会是非颠倒，黑白混淆。那么只有一种可能，我们今天收集到的关于鲜于仲通的信息，是片面的不完整的。

无论是《鲜于氏离堆记》，还是《中散大夫京兆尹汉阳郡太守赠太子少保鲜于公神道碑铭》，颜真卿字里行间所透露出的，都是肺腑之言。不仅仅颜真卿如此，诗圣杜甫也给鲜于仲通留下了一首长诗，予以颂扬。《奉赠鲜于京兆二十韵》诗云：

王国称多士，贤良复几人。异才应间出，爽气必殊伦。
始见张京兆，宜居汉近臣。骅骝开道路，雕鹗离风尘。
侯伯知何等，文章实致身。奋飞超等级，容易失沈沦。
脱略磻溪钓，操持郢匠斤。云霄今已逼，台衮更谁亲。
凤穴雏皆好，龙门客又新。义声纷感激，败绩自逡巡。
途远欲何向，天高难重陈。学诗犹孺子，乡赋念嘉宾。
不得同晁错，吁嗟后郤诜。计疏疑翰墨，时过忆松筠。
献纳纡皇眷，中间谒紫宸。且随诸彦集，方觊薄才伸。
破胆遭前政，阴谋独秉钧。微生沾忌刻，万事益酸辛。
交合丹青地，恩倾雨露辰。有儒愁饿死，早晚报平津。

另外，因"安史之乱"流亡至川的这位诗圣，还特地为鲜于仲通的儿子鲜于炅赋诗一首。《送鲜于万州迁巴州》云：

京兆先时杰，琳琅照一门。朝廷偏注意，接近与名藩。
祖帐排舟数，寒江触石喧。看君妙为政，他日有殊恩。

其子鲜于炅为万州刺史，政迹优异，改任巴州刺史。纵观鲜于仲通一生，沉浮宦海，却好侠尚气，交际甚广。或许因为身上有文人风格、商人气质、军人秉性，才给人留下一个立体的、多面的、色彩斑斓的印象。也正因为如此，他才不仅与以忠烈留青史的颜真卿成挚友，与诗圣杜甫情谊甚笃，还与杨国忠等官场中人一度成为莫逆之交。

作为鲜于仲通人生重大转折点的离堆山，鲜于家族颇为重视。在他昔日隐居读书的岩洞北侧盘石上，引山岩间泉水，作九曲流杯池。

鲜于仲通病故后，天宝十五年（756）归葬于新政先茔（嘉陵江西岸，今南部县度门乡报本寺）。其弟鲜于叔明又在离堆山上，奉置"景福宫"，以示纪念。

寻"离堆记"

"阆州之东百余里，有县曰新政。新政之南数千步，有山曰离堆。"于我而言，印象最为深刻的，还是嘉陵江边离堆上颜真卿的《鲜于氏离堆记》。

千年过去，透过老城，遥望江对面山嘴前的石壁，就是那神一般的《鲜于氏离堆记》摩崖石刻。

今天看来，新政之"新"还在于它包容的多元文化。此处道观寺庙林立，儒、佛、道并存，19世纪初又融进基督教。十余年前，朱德故乡仪陇县，将县城从金城镇搬迁到了这个地势开阔的水码头——这里成为仪陇县城所在地之后，"人气"和"商气"更加繁盛。

由于仪陇县城迁址新政，这些年大举土木，我原来记忆中的老新政几乎看不到了。当然，那个我心向往之的离堆和《鲜于氏离堆记》，也就逐渐消失在人们的记忆之中了。所以，我向住在县城里的老人打听，他们只知道有个离堆，却"没听说过"颜真卿，当然更不知道他的《鲜于氏离堆记》在何处。

此时的离堆已是树木成林，映入眼帘的，是松柏遮天、绿茵铺地。加之雨后初霁，我在没有路的沼泽丛林里探行。从上至下，沿着离堆的高檐四处打望，未果。

我不甘心，明明来此看过，印象中还有一座新修的牌坊。于是，我睁大眼睛在满绿的树丛中搜索。终于，透过薄薄的雾气，四角上翘的建筑渐渐清晰了起来。迈过一人多高的草丛我攀了上去，原始森林一般，四周无人，脚下是湿漉漉的沼泽地，我心里有些虚，高一脚低一脚地前行，脚下

鲁公坊

的皮鞋完全成水靴了。

　　眼前的牌坊越来越完整，"鲁公坊"三个褪色的字嵌在牌坊的正中高处。

　　离堆下的江水缓缓渡过，这里静得出奇，可数百米开外的新城，却是车水马龙。

　　伫立于此，我突然有一种恍若隔世之感。

　　越往前行，牌坊的破败就越发瞠目。距牌坊3米远立有一块已经长满青苔的石碑，我努力辨认，零零星星看到这样一些文字——"南充市文物保护单位""离堆石刻""1994年立"。再往前挪动，依稀可见坊下有些斑驳的香火印记，在"有庙必拜，有神必求"的土地上，这是老百姓对"鲁公坊"的一种礼节。

　　看得出来，有多年无人造访于此了。

　　"鲁公坊"有些破败，年久失修，石材间已经露出较宽的缝隙，坊上端的石帽已经脱落。栏杆上不标准的篆字刻着一副对联，联云："真卿翰墨流芳，嘉陵闻堆连云。"

一看就知道这是一件速成品，令我意外的是，"鲁公坊"最里面放着一块已经风化的石碑。由于光线不好，我靠近栏杆，看到上刻"唐颜鲁公真卿摩……（后面的字已经朽蚀）"，再一看吓我一跳，落款是"宣统纪元夏六月"。

我惊叹，这件文物慢条斯理摆在那儿，居然没有文物贩子看中它。

我为颜真卿的《鲜于氏离堆记》而来，却没能看到其真容，

已经风化的石碑

心有不甘。凭着20年前的记忆，我再往前行，终于在不起眼的一角，在杂草密布的山体上，我看到了石壁上散落的汉字，"处、置、使、入、忠、贬、邵、阳、太、守、十"，视野挪移，我还看到了"德、也、然、克、舍、不、倦、尚、未、知、寝、与、食、荐、无、何、州、大、都、度、副、大"。

一代书圣墨迹虽历经千年风雨剥蚀、牵藤磨损、船工攀摹、江岸崩裂等沧桑变化，至今39字犹在……我似乎翻开尘封的历史，穿越到唐代。

虽然零零碎碎，只言片语，但那雄健浑厚、苍劲典雅、古朴俊逸、神韵盎然，遒劲舒展的笔力，让我热血上涌，心潮起伏。

没错，那就是我钟爱的颜体。

"风流总被雨打风吹去。"《鲜于氏离堆记》经千年风雨，历人间沧桑，已渐近泯灭。我辈是无缘见到当初的真容了。

何况我辈？《碑贴叙录》载："《离堆记》，唐宝应元年（762）刻，颜真卿也。石已残缺，清嘉庆间（1796—1820）发现，已存残石五块共存四十七字。旋又失去一块，只存四石，存十三字。"

据说，《鲜于氏离堆记》被四川省文化厅列为四川名碑后，原南充地区文化局曾对这段嘉陵山水进行考古调查，跑遍了整个离堆山，却没有找到《鲜于氏离堆记》残石。1981年，仪陇县文管所到离堆调查，依然没有发现《鲜于氏离堆记》石碑残石，却意外发现了另外两件不可多得的珍贵碑刻。一件是明正德十三年（1518）监察御史卢雍书写的《重修颜鲁公祠记》；另外一件是清道光三十年（1850）敕授文林郎保宁府教授李义得撰写的《重修离堆山忠贤祠记》。

1984年10月29日，南部县一位小学老师到离堆山游玩时，无意中在水井边的一个石缝中发现了几个字。仪陇县文管所将四块残石（原有五块，第一块早已无存）全部清理出来。第二块字迹全无，第三块存22字，第四块存"处、置、使"等11字，第五块存6字。共存39字。

除此之外，在江岸一水井旁，还发现一首镌刻的《离堆怀古》诗，诗言"名胜传留此，空余草木黄，颜公遗迹在，凭吊倍凄凉"。原来，此诗为简阳名士黄从舜所题。历代不知多少志士仁人在此留下墨宝，只可惜随着风剥雨蚀，都化为无形。

留存于世的，虽只是《鲜于氏离堆记》的一鳞半爪，但鲁公风骨却仍在其间。当地百姓在亭阁前的台阶上，虔诚地明烛焚香。

灿灿烛光中，渺渺香烟里，曾经的鲜于氏离堆成为传说，盘绕在青郁的山堆、灵动的江水、益新的城市间，溶入山泉。

沧桑饱经，几近湮灭，虽仅残存30余字，而其雄浑苍古的韵致依然似要崩石而出。往事越千年，基址虽在，大半剥落，致古人之遗迹湮隐。凭吊感慨，不胜今昔之悲，带出时间深处的悲辛和哀愁。

习习江风，矗立于鲁公亭前，松柏拥翠，绿茵铺地，脚下嘉陵江犹如一条玉带，蜿蜒向东逝去。

贬谪之路，《鲜于氏离堆记》的由来

唐肃宗上元元年（760），颜真卿从任刑部侍郎任上被贬为蓬州长史

（为幕僚性质的官员，无实职）。

"宋元符三年（1100），阆中尹唐庚在《颜鲁公祠记》中写道："唐上元中，颜鲁公任蓬州长史，过新政作《离堆记》四百余言，书而刻之石壁上，字径三寸，虽崩环剥裂之余，而典型俱在，使人见之凛然也。"

颜真卿是怎样来到离堆的？又为何要写《鲜于氏离堆记》呢？

原来，颜真卿等在秋祭之时，想到独居一隅的故主玄宗，心下黯然，便商议在祭奠后一同去向太上皇玄宗请安。君臣一晤面，方知太上皇已被宰相李辅国矫诏迁往兴庆宫了。俟群臣弄清太上皇迁寝原委时，李辅国已恶人先告状，诬称颜真卿等仍念故主，欲对肃宗不利。加上颜真卿等人的诘问争辩，使肃宗十分恼火，便听信谗言，将为首的颜真卿贬到蓬州。

《新唐书·段颜传》载："辅国矫诏迁上皇兴庆宫，真卿率百官问起居，辅国恶之，贬蓬州长史。"为何是蓬州？原来唐代对犯过失的官员很多处罚方式：只降职不放任边远之地者称降，既降职又放任边远之地的称贬。史载，颜真卿于乾元元年（758）十月，因御史唐旻的诬告而贬饶州刺史，乾元三年（760）二月才被召回任刑部侍郎。

《颜鲁公文集·离堆记》说得清楚："乾元改号上元之岁，秋八月哉生魄，猥自刑部侍郎以言事忤旨，圣恩全宥，贬贰于蓬州。"不幸的是，仅仅过了半年时间，因为"言事"，又被贬于蓬州，故称"贬贰于蓬州"，其仕途之坎坷，可窥其硬骨。

《四川省志·艺文志》载："蓬州，州治在今仪陇县大寅。"历史的细节，在此进行悄然地无缝对接。

颜真卿来到新政，不是游山玩水，不是赴好友之邀，而仅仅只是绕道路过。入蜀取道嘉陵江，途经新政，应该说不是偶然。他入川远行的终点是蓬州，与新政相距仅数十里地。

在鲜于仲通之子鲜于昱的陪同下，颜真卿游览亡友故地，甚是欣然。于是，乘舟渡江，游览离堆山水，瞻仰故友旧迹，忆昔话今，举杯畅谈。

应该说，此行颜真卿的心情极其复杂，宠辱皆难忘，面对知己和故友，可谓感慨万端，思绪万千。

也可能在此曲水饮酒，酒催情长，千言万语凝结笔端，喷薄而出。"……盘石之上，有九曲流杯池焉，悬源离犹，蠲喷鹤口朱，酉丽渠股引，列坐环溜，若有良朋以倾醇酌。"

当晚他留居鲜于氏旧宅。酒过三巡，情谊甚笃之际，世事莫辩之间。回首往事，心潮难平，时事相殊，感慨万千，遂对着晴空皓月，颜真卿一声长叹："悲夫，雄图未展，志业已空！"逐展纸濡墨，笔毫在纸上郁勃而下。

写下《鲜于氏离堆记》——

阆中之东百余里有县曰新政，新政之南数千步，有山曰离堆。斗入嘉陵江，直上数百尺，形胜缩矗，欹壁峻肃。上峥嵘而下洄洑，不与众山相连属，是之谓离堆。东面有石堂焉，即故京兆尹鲜于君之所开凿也。

堂有室，广轮袤丈，萧豁洞敞，虚闻江声，彻见人群，象人村川坝若指诸掌。堂北盘石之上，有九曲流杯池焉，悬源螭首，蠲喷鹤唻，酾渠股引，列坐环溜，若有良朋以倾醇酌。堂南有茅斋焉，游于斯息于斯，聚宾友于斯，虚而来者实而归。

其斋壁间有诗焉，皆君舅著作郎严从君甥殿中侍御史严铣之等美君考槃之所作也。其右有小石卢焉，亦可荫而踆据矣。

其松竹桂柏冬青杂树，皆徙他山而栽莳焉。其上方有男宫观焉，署之曰"景福"。君弟京兆尹叔明，至德一年十月，尝任尚书司勋员外郎之所奉置也。

君讳向，字仲通，以字行，渔阳人，卓尔坚忮。毅然抗直，易有之曰，笃实辉光，书不云乎，沉潜刚克君。自高曾以降，世以财雄招徕贤豪，施舍不倦，至君继绪其流，益光弱冠以任侠自喜，尚未知名，乃慷慨发愤于焉，卜筑养蒙学文，忘寝与食，不四三载，展也大成著作奇之勋，以宾荐无何，以进士高第骤登台省天宝九载，以益州大都督府长吏兼御史中丞，持节充剑南节度副大使，知节度事。

剑南、山南两道采访处置使，入为司农少卿，遂作京兆尹。

564

以忏杨国忠，贬邵阳郡司马，十有二载秋八月，除汉阳郡太守，冬十有一月终于任所官舍。悲夫，雄图未伸，志业已空。葬于县北表，附先茔礼也。君之薨也冢子光禄寺丞昱匍匐迎丧，星言泣血，自沔溯峡，湍险万重，肩槁足蹋，板筹引舳，凡今几年，鞍瘵在目，因心则至，岂无僮仆暨昱之季。曰：尚书都官员外郎炅克笃前烈，永言孝思，（恳承）先志。反葬于兹，行道之人孰不跋，而真卿犹子曰纮，从父兄故偃师丞春卿之子也，尝尉阆中，君故旧不遗，与之有忘年之契。

叔明、昱、炅亦笃世亲之欢，真卿因之又忝宪司之僚，亟与济南寒昂奉以周旋，益著通家之好，兄允南，以司膳司封二郎中；弟允臧，以三院御史皆与叔明首末联事，我是用饱君之故。

乾元改号上元之岁，秋八月哉生魄，猥自刑部侍郎以言事忤旨，圣恩全宥，贬贰于蓬州，沿嘉陵而路出新政，适会昱以成都兵曹取急归觐，遭我乎贵州之朝，留游缔欢，信宿陉岘，感今怀昔，遂援翰而志之。

叔明时刺商州，炅又申掾京兆，不同跻陟，有恨如何。

帝唐龙集团后壬寅仲夏乙卯朔十五日甲午，刻于门序之左右。

790言的《鲜于氏离堆记》，就这样，在摇曳的烛光中，伴着江流声、山风声，问世。

《鲜于氏离堆记》

凝视其中的每一个字，流失沉没的时光碎片，透射出的人性亮点与旧闻遗骸。

文章不仅描写离堆的位置、山势和离堆石堂的形制及周围景色，也介绍鲜于仲通其人及颜氏与鲜于氏的通家之谊。

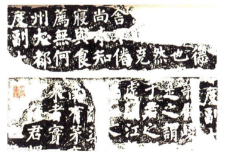

《鲜于氏离堆记》拓本

流杯池留存于千年前的文字之中，现早已物非人非。岁月留下的，只是残渣尘垢，岩间的小井，也唤名为"桂花井"。

颜真卿遣词造句，似乎深入物象之血脉骨髓。描述自然生态，尤为穷形尽相。其对气氛的造设，最注意干湿浓淡的急剧变幻，实更有寻常遣兴文字所不到的重量。

文中对自然的皈依，乃是对自由观念的认同；迷恋山水的投入，加深了精神的向往和对山河风月的追随。其文字之魔力以至于是。甫读之下，仿佛为其文字一把揪住，动弹不得。

文字的容积感，既不嚣张也不突兀，然而暗中蕴藏巨大深厚的情感力量，再现历史的渴求。仿佛古代知识分子追求自由的基因，长期积淀，至此密集透露，它再现的自然物象被镌刻上一种艺术价值和永恒性印记。

文字的摹写，和画师的心曲相似，颜真卿刻画山水的眸子，也勾勒山水的体貌，传达整体的气韵。而山水受伤的所在，亦往往是人的悲情所寄。饱受摧残之地，其气息也使文字携带阴郁苦重的气味。

历史、生命、美与真的毁灭、邪恶的泛滥……有机吸纳文字的涌动之中。

字如其人，颜真卿乃民族精神的大孩

古人云，字如其人。纵观中华文明史，历代书法大家如星河灿烂，但能够积淀传承下来的精英，都是人品书品俱佳者。

在中国，文化传承的家族血脉，源远流长。若以一个书家的命运、家族的命运来作为历史切片，解剖中国人文现象，无论从哪方面来说，生于唐代的颜真卿都应该是不二人选。

颜真卿是中国书史上继二王之后书法史上的又一座丰碑，其作品数量之巨、艺术造诣之高，可谓历代书家之冠。颜真卿的楷书，气宇轩昂，傲然挺立。自有颜真卿以来，凡书法成为大家者，几乎都以"颜体"为根基。史学家范文澜每谈及唐代书法，必称"盛唐的颜真卿，才是唐朝新书体的创造者"。

笔者学书十余年，遍临颜体各帖，感触颇深。毫不夸张地说，楷书至颜，真正反映出了大唐王朝的盛世风貌。

颜真卿的书法成就与其秉性和家族渊源莫不相关，我们仅可用寥寥数语来小结颜真卿的人生履历——

25岁登进士第，官至刑部尚书、吏部尚书、太子太师，封鲁郡公，人称"颜鲁公"。

755年，安史之乱爆发，46岁的颜真卿发表了讨伐安禄山的檄文，带着20万大军攻打叛军。平叛中颜家被杀了30多人。兴元元年（784），平卢、淄青节度使李希烈起兵反唐，74岁的颜真卿义无反顾地奉命前往劝降，被李希烈扣留并缢杀。三军闻讯，无不为之恸哭。半年后，李希烈叛乱平定，颜真卿的灵柩才得以由其子颜頵、颜硕护送回京。德宗皇帝为他废朝五日，追赠司徒，并谥号"文忠"。

就是这样一个看似忠烈且行伍出生的履历，其背后却是一个书法家的涵养所支撑着。我们不妨再看看颜真卿不凡的书法履历——

43岁书《多宝塔感应碑》。45岁书《东方朔画赞》。49岁书《祭侄文稿》。张怀瓘撰《书议》。53岁书《郭家庙碑》《争座位帖》。54岁书《鲜于氏离堆记》。62岁颜真卿书大字《麻姑仙坛记》，书摩崖书《大唐中兴颂》。63岁书《八关斋记》。68岁书《李元靖碑》。70岁书《颜勤礼碑》。71岁书《颜氏家庙碑》。74岁书《自书告身帖》《告伯父稿》《祭明远帖》等数十种，作书论《述张长史笔法十二意》。77岁卒。

对书法不熟悉的朋友不禁会问，颜真卿书写的那些帖那些碑，在历史上有什么重要意义？我们且以他49岁所书的《祭侄文稿》为例。

惟尔挺生，凤标幼德，宗庙瑚琏，阶庭兰玉，每慰人心，方期戬穀。何图逆贼间衅，称兵犯顺。尔父竭诚，常山作郡，余时受命，亦在平原。仁兄爱我，俾尔传言。尔既归止，爰开土门。土门既开，凶威大蹙。贼臣不救，孤城围逼。父陷子死，巢倾卵覆。天不悔祸，谁为荼毒？念尔遘残，百身何赎？呜呼，哀哉！

《祭侄文稿》

《祭侄文稿》是颜真卿祭其侄季明时，在极度悲愤中写下的，是一篇忠义愤发、顿挫屈郁的盖世杰作。此帖原不是作为书法作品来写的，但正因为无意作书，所以写得神采飞动、笔势雄奇、姿态横生。以篆法入行，如熔金出冶，随地流走，一泻千里，时出遒劲，杂以流丽。我们可以从中看出"郁怒"，又可看出"沉痛切骨"。

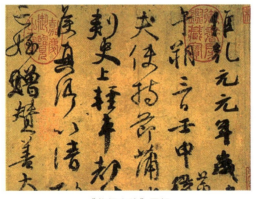

《祭侄文稿》局部

由于颜真卿深厚的书法功底，方可随心所欲地驾驭他笔下的每一个字。《祭侄文稿》被后人尊为颜书第一，"天下第二行书"。恰如苏东坡所说"书法无意乃佳"，

书法是人的心理描绘，是以线条来表达和抒发作者情感心绪变化的。从这一点上讲，颜真卿无疑是一个独特的存在，一座书法史上的丰碑，是民族精神的大核。

如追根寻源，不难看出，颜氏家族这样的血脉旺门并非偶然，他竟然与孔子有关。

颜真卿之父颜惟贞，颜惟贞之父颜勤礼，颜勤礼之父颜思鲁，颜思鲁之父颜之推，颜之推系颜回34代孙。再往上溯，传说春秋时期，曲阜的大姓人家颜襄有3个女儿。有一位名叫叔梁纥的武士找到颜襄，希望能娶他的一个女儿为妻。颜襄同意了，咨询3个女儿的意见，老大和老二都不乐意，只有18岁的三女儿颜征在同意。颜征在嫁给叔梁纥后，于鲁襄公二十二年（前551）夏历八月二十七日生下一个儿子，取名孔丘，就是后来的孔子。

颜真卿与四川的情缘不浅，隋唐五代时期，颜姓多人曾在四川为官。除颜真卿本人之外，颜真卿的二儿子颜颙，曾任蓬州长史；颜杲卿的儿子颜泉明曾任彭州司马；颜威明曾任邛州（今邛崃）司马；颜翙曾任温江丞；颜觌曾任绵州参军；颜靓曾任盐亭尉等。

镌刻于四川南充仪陇新政的《鲜于氏离堆记》为颜真卿54岁所书。这个年龄正是一个人年富力强之际，也正值颜真卿书法艺术中期。虽然今日留存仅有30余字，但纵观起笔到落笔，可知他在运笔过程中都满蕴笔力，这是"颜体"体相更加成熟的表现。其用笔雄逸，字画刚健，结体宽博挺然，形势精绝，斩金截铁，雄健浑厚，苍劲典雅，古朴俊逸，神韵盎然，竖法逆锋而下垂，间无阻挡；且是摩崖大字，丰硕伟岸，气势磅礴，震撼人心，不愧为颜书大字的杰出代表。

历史晴雨表，字库凝结的中华文明

中华文明延绵不绝的重要缘由，是因为拥有世界上独一无二的汉字，并继之而生发出生生不息的中华文化。这一世间奇观所引发的无数奇迹，令世界其他古文明望尘莫及。

作为中华文明的重要载体，汉字承载着中国人"修身、齐家、治国、平天下"的重任。自有文字始，中国人一旦生将于斯，从《三字经》《百家姓》启蒙，习字读书就伴其终老。

汉字是通过书法来实现其价值且熠熠生辉的。只要将黑黑的墨汁与白白的宣纸一结合，便发生化学反应，汉文化的天空瞬间生动而神圣起来。由是，老祖宗告诫我们，无论"黑白而成"的字如何，都不能随便处置，因为字是文化的化身，是对仓颉的尊崇，是对孔夫子的膜拜。

故而，那些看似废纸一样的写上字的纸，便有了一个最好的归宿——字库——专门为字修造的灵塔——神一样的供奉着。那些字在焚化之后，烟雾一样的仙化，又回归给孔夫子。

这个美好的过程，赋予了汉字无限的神秘感和神圣感。

我们可以看到和感受到的是，无论是都市还是乡村，字库之塔自古随处可见，就是今天，我们依稀还会从古镇、古寺、文庙等文化重地，看到那些叫作字库的精致的矮塔。

对字如此，可以想见，那些水平较高的书法作品，所享受的地位就更加显赫。那是要经过烦琐的装裱程序之后，供奉在一个家庭的堂屋，一处庙宇的大殿，一幢恢宏的建筑最显眼的地方。

这是中华文明的文化习俗。

上千年的科举考试，首先看重的是一手好字，其次才是文采。也就是说，即使你笔下的文章再美，书法本身无法可言，也难以入阁及第。历朝历代那些金榜题名的状元，都是卓尔不凡的书法家。

中国书法经过千年的演变，有了篆、隶、楷、行、草五体，各种书法功能各异，千变万化，丰富多彩。自殷商甲骨文呈现出书法的萌芽状态开始，到汉隶，到钟王时书法的第一个高峰期，到三国后的魏碑，到章草，到魏晋南北朝后的颠张狂素，书法家比比皆是，星汉灿烂，填满了中华汉字文明的天空——钟繇、卫瑾、陆机、索靖，以王羲之、王献之为代表的王氏家族，以庾亮为代表的庾氏家族，还有以谢安为代表的谢世家族，都是1600多年前人们仰望的对象。

继之而来的唐代四家（欧阳询、颜真卿、柳公权、褚遂良），宋代四家（苏轼、黄庭坚、米芾、蔡襄），中国书法达到又一个顶峰期。后来又有晚明四家（邢侗、张瑞图、米万钟、董其昌），"吴中四才子"（文徵明、沈周、唐寅、仇英），清四大家（笪重光、姜宸英、汪士铉、何焯），扬州八怪（汪士慎、李鱓、金农、黄慎、郑燮、李方膺、罗聘、高翔）等。真可谓"江山代有才人出，各领风骚数百年"。

纵观中国书法之发展过程，宛如按脉，可感到其脉动，感到整个中国书法是活的，像江河一样流动。

孔子说，志于道，据于德，依于仁，游于艺。上至历代君王，下至普通百姓，都与书法有着紧密的联系。可以说，书法是最能代表民族特质又有广泛群众基础的艺术。

郭沫若说，有意识地把文字作为艺术品，或者使文字本身艺术化和装饰化，是春秋时代末期开始的。这是文字向书法的发展达到了有意识的阶段。

中国人具有诗的灵性，崇尚心灵自由的诗意人生。王羲之书《兰亭序》，记叙兰亭山水之美和集会的欢乐之情，抒发了"一死生为虚诞，齐彭殇为妄作"的感慨；颜真卿书《祭侄稿》作于亲人罹难、"父陷子死，孤城围逼"的情况之下，借其文其书表达对叛贼的痛恨和失去亲人的悲愤，书文辉映，产生强烈的艺术感染力；苏东坡于困顿之中书《黄州寒食诗》，"空庖煮寒菜，破灶烧湿苇"，寓忧患之意于点画之间，将抑郁却旷达之情倾泻于笔端……历代志士的家国情怀无不体现在书法之中。

历朝历代书法名家的排行榜，实际上算得上另一个版本的历史晴雨表。

河　山

就书品而言，颜真卿的伟大之处，就在于他改变了汉字的外表形象；就人品而言，颜真卿更是为悠久的中华文明树立了一个铮铮铁骨的士大夫典范。

字既可以"外师造化"，又能"中得我心"。也就有了早在2000年前西汉文学家扬雄的一句名言："书，心画也。"以至楷书演进到颜真卿这里，他以超乎寻常的智慧和胆略，冲破种种传统的束缚和困扰，对楷书的结体、用笔进行了彻底的改造和有意识的组合。于是，雄伟壮美的形象，顿时矗立在人们的眼前。

游历，让人生变得更精彩

章　夫

时隔20余年，再来梳理曾经走过的那些人文与山水，仿佛又沉浸于那些绝色佳景，那些蓝天白云，那些异国风物……再次一一走到大脑皮层的前台，恍若昨天，十分亲切。

6个部分。35篇文章。5大洲。30余个国家。80余座城池。20年。最终堆砌成30余万文字。

这些数字，初看上去，就是一项工程，一项耗时且长的工程。是啊，人的一生能有几个20年？好在我是一个喜欢行走的人，作为一个旅行者，过程的乐趣有时妙不可言。所以，这项工程虽然看似漫长，却也无不是一件惬意的事。

正所谓"集腋成裘，聚沙成塔"，用20年间来稀释30余万字，就算不上什么了。这本身是一项"边走边写"的工程，做个有心人，每走一处，记录下来，写一些文字"放"在一边，等时机成熟或有了"感觉"之后，就形成一些篇什，再进行修订，又"放"在那里，等到机会来了，就"交"出去变成油印的方块字。

没有那种急就章式的催逼，随性而为，有感而写，怡然自得。温水泡茶一般，慢慢浓。

这个过程，又更似酿酒一样，本身就是一个不断"发酵"的过程，只不过这个"发酵"的周期有些长。20年为期。

古人云，读万卷书，行万里路。实际上，行路有如读书，读书也形如行路。因为要行走，所以购买了不少相应的书籍来丰满自己，充实自己；读书期间有什么疑问，又用行走去验证，以消除心中疑团。

读了又走，走了再读。在我看来，彼此是一个互动的过程。很大程度上讲，读书与行走互为因果，相生相伴。行万里路有如读万卷书，世间这本鲜活的大书，比静静躺在书库一本本的纸上描述，更为精彩。

这是文字的结晶体，更是思想的结晶体。

很多时候，站在那些从书本中看过的人类历史遗产面前，有一种说不出的亲切感。比如迈锡尼古城，比如雅典卫城，比如埃及神庙，比如印度顾特卜塔……就像聆听一个个历史高人的教诲，虽然在书本上认识已经很久了，可一旦相见，仍激动万分。很多故事、很多典故不免又浮现在耳畔，难舍难分，不忍离去。

必须承认，是西方文化的重要标志——教堂，将我对世界的认知，提

跋

升到了一个崭新的阶段。特别是站在德国科隆大教堂前，心里涌起的那种特别异样之感，一直记忆犹新。20多年过去了，这种感觉尚在，一直挥之不去。

科隆大教堂独特的造型自然不说，端是那建筑所形成的气场，就足以让所有来这里朝拜的人，倍感渺小。

这应该是世界上最完美的建筑了。

中间是白云深处若有若无的双尖塔，四周林立着无数座精致的小尖塔，钟楼上装有5座响钟，其中24吨的圣彼得钟最大。

站在这样一位世纪老人面前，你不得不叹服"造物主"的伟大。这位"世纪老人"便是科隆大教堂。

记得那是一个雨后初霁的秋天。阳光很好，秋日下的科隆大教堂是最迷人的。它的古朴它的华丽它的富贵它的沧桑，全都在橙色的阳光下展现出来，分外妖娆分外妩媚。

伴随着悠扬而沉稳的钟声，我进入教堂内。里面黑压压一片，数百教徒正在做"弥撒"。室内一派宁静，神父身披紫色祭衣，手持《圣经》，面对祭台上方的大十字架，开始了他每天的功课。他身后聚集的教徒们，随着他的有节奏的调度，配合默契。

我听不懂他们说的什么，但从每一个人微闭的双眼和专注中，能感受到内心的虔诚。

晚到的信徒踩着细碎的脚步，从旁边小门揳入。少顷，众教徒在神父的引领下，小声齐声唱诵着圣经。圣歌的声音是那么单纯，教堂仿佛就是一个大音箱，歌声虽然很轻，但却清晰而动听，温柔地回旋其间，尔后慢慢上升，洒向遥远的天际。加上那一片片摇曳的烛火所营造的氛围，构成了一个个卑微灵魂祈祷和倾诉的特殊场所。

此刻，你会感受到灵魂可以超脱肉体的束缚而升华。

教堂内的两侧是一个接一个的忏悔室。里面的人早已泪流满面，时而匍匐在地，时而双手合十，时而喃喃有词，直到把内心的污秽掏空，方轻松地离开。一些等候忏悔的人，静默地候在小小忏悔室外的长椅上，忐忑地迎接来自神的侦询与拷问。

上述这些文字，是2003年我第一本关于世界游历著述中的一个片断——那是一本游历欧洲的人文札记。作为一家出版社社长，我的好友康利华当时看过书稿后，亲自担任责任编辑。只憾他英年早逝，在此特表示深深的纪念。

科隆大教堂是欧洲建筑史上建造时间最漫长的建筑物之一，能为一幢建筑耗时6个世纪，仅此就会让人油然而生敬意。

600余年过去了，教堂还在举行延续千年的弥撒，神父还在接受传统的忏悔。

世界文明史有几个600年？五光十色的玻璃彩画装饰在教堂四周的"腰部"，耀目而璀璨，每一幅彩绘上都"讲述"着与《圣经》有关的故事。几百年前，欧洲就将这种"高科技"用于建筑上，你不得不叹服他们的文明。

据说，第二次世界大战结束前夕，整个德国几乎被夷为平地，德国第四大城市科隆当然也不例外。但是，科隆大教堂却奇迹般地幸存活了下来。据说，当时美国轰炸机飞行员曾多次飞临它的上空，却又多次把准备揿动投弹装置的手缩了回去，因为科隆大教堂太美了，美得令人炫目。任何人看了它，都会动恻隐之心。

跋

06

　　看过此书的朋友肯定会感受到，在书中，我基本上没有完整地描写一座教堂。是因为世界上堪称"伟大的"教堂太过多了，西方大抵每一座城市都会有自己骄傲的心灵居所。所以，看花了眼的我，也不知道应该选择哪一座教堂了。

　　之所以在后记中要把笔墨留给科隆大教堂，我是觉得它太过伟大了（当然，像巴黎圣母院、罗马大教堂……同样伟大）。其实，留给我印象很深的，还有一座教堂，那就是德国的柏林大教堂，教堂建筑本身轮仑美奂自不必说，我记忆犹深的，是它身体上的弹孔，这些都是历史最为真切的不可分割的一部分，能够经历第二次世界大战存活下来，本身就是个奇迹。

　　用一句时下流行的话，它们都是"有故事的教堂"。

　　《庄子》云："沐甚雨，栉疾风。"我以为，用这些栉风沐雨的教堂来阐释本书的书名，体味什么是废墟，什么是奇迹，再恰当不过了。

07

　　因为职业习惯，养成了做一个"有心人"。走一路，看一路，记一路。在看中记，在记中问。看事物，看风景都会条件反射一般地问个"为什么"。天长日久，这种习惯的作用之下，便会有一些收获。书中的如许文字，便是其中收获的重要部分。

　　春秋战国时，孔子曰："彼，游方之外者也；而丘，游方之内者也。"唐代道家理论家成玄英如是阐释："方，区域也。彼之二人……游心寰宇之外。"

　　无论是春秋战国时期的孔子，还是大唐盛世的成玄英，一个"游"字，道出了人与世界的关系。

　　这，也构成了本书写作之缘起。

初看书名，有些像一本深沉的理论读物。需要说明的是，此书原名叫《彳亍》，当写毕30多万字的书稿，我脑海里自然就冒出了这个书名，并为之欣赏。

彳亍（chì chù），彳，左步。亍，右步。意为慢步行走；小步慢走或时走时停。

出版社编审说，这两个字太过冷僻，可能会影响到市场销售。我一度还挺坚持，但书毕竟是商品，为了扩大它的覆盖面和影响力，后来放弃了我的想法。

将原先书名中的一个副题"图腾与废墟"作为现在的书名（原来此书的副题上下卷各有一个，《图腾与废墟之上·上卷》，《传说与众神之间·下卷》），也是我所喜欢的。因为本书所撰写的主题，也尽在"图腾"与"废墟"间游弋，两者看似有些虚幻，却也是最好的诠释。

一个国度，一个民族，一个群体，甚至浓缩到一个人，无论一天或一生，不都是徘徊在这两者之间吗？当责任编辑段瑞清先生向我谈及本书样式的构想时，我就有一种特别的期待，当美术编辑以雕花般的素描，做出精致的封面时，我心里暗自庆幸，只有这样的书名，才得以匹配这样精美的装帧。

最后，感谢《人民日报（海外版）》副总编辑李舫老师，看过书稿后，她十分乐意作序，百忙中的她在中秋节当天将序发给我时，顿生一种说不出的感动——这是2021年中秋最为珍贵的节日礼物。

牛年仲冬于古少城之南得一斋

跋

这世间的我们

我们都在行走，行走在这世间，行走在这时间，不曾停歇，不问西东，不相通的悲欢，塑造着不同的我们。

每个人都是一个异类，孤独且执拗。生肖、星座，或是八卦，似是而非的话语体系将所有的异类简单粗暴地进行了归纳。异类们似乎找到了自己的"归宿"，围着想象中的篝火，报团取暖。

想象终究是想象，每个人仍然孤独，且执拗。

我们依旧在寻找，寻找从孤独中挣脱的方法，寻找能够归纳自己的符号。

在这漫长的探索中，我们只顾前行，却忽略了路途中留下的记号，或许是一束雕花，或许是一处涂鸦。凡此种种，被后人统称为"文明"。

它是一群不同的人留下的相同物件，它是一群不同的人留下的相似话语，它是一群不同的人留下的定势思维，它是"文明"，一群不同的人的内在统一。

终于，我们在祖辈遗留的痕迹中顿悟，发现自己不再孤独，摆脱孤独的答案不在远方缥缈的目的地，而是在自己的身边，这些被称为"文明"的种种。

以"文明"的名义，我们贯穿了横向的空间，贯穿了纵向的时间，与今人，与古人，与后人，一同热泪盈眶，时空相隔，又触手可及。这是心灵最深处的感动，由于祖辈的筚路蓝缕，由于我辈的栉风沐雨，由于后辈的餐风饮露。

我们将文明划分为无数种，并加以标记，打上标签——衰退、兴盛、失落、繁荣……在图腾与废墟之间，不断对自己加以划分、归类，苦苦寻觅最小的合集。

这些努力终于是白费力气，回望整个人类的命运，我们终究是一个共同体，一个命运的共同体。不论划分多少个细碎的合集，来自文明的感动，还是能够击穿这些合集的边缘，横跨在不同的地域、不同的语言、不同的时间之上，连接我们的心灵。

愿本书能带给您那一瞬的热泪盈眶、那一处的长吁短叹，穿透世间与时间，不同的我们悲欢相通。

图书在版编目（CIP）数据

图腾与废墟 / 章夫著. -- 成都：四川人民出版社，
2022.6

ISBN 978-7-220-12534-8

Ⅰ.①图… Ⅱ.①章… Ⅲ.①散文集－中国－当代
Ⅳ.①I267

中国版本图书馆CIP数据核字(2022)第069971号

TUTENG YU FEIXU

图腾与废墟 /下

章夫 /著

责任编辑	段瑞清
版式设计	成都原创动力
封面设计	李其飞
特约校对	北京悦文
责任印制	李 剑

出版发行	四川人民出版社（成都三色路238号）
网　　址	http://www.scpph.com
E-mail	scrmcbs@sina.com
发行部业务电话	（028）86361653　86361656
防盗版举报电话	（028）86361661
印　　刷	成都东江印务有限公司
成品尺寸	155mm×230mm
印　　张	37.75
字　　数	524千
版　　次	2022年7月第1版
印　　次	2022年7月第1次印刷
书　　号	ISBN 978-7-220-12534-8
定　　价	138.00元